벙어리 삼룡이

벙어리 삼룡이

나도향 중단편전집

애플북스

눈물과 땀, 울음과 기침 소리, 추악함과 서러움 인간의 맨얼굴을 보여주다

노 경 실

1

인생의 가장 푸르른 시절인 청소년, 청년에게는 늘 기쁨과 사랑, 풍부함과 안정만이 있을까요? 결코 그렇지 않습니다. 그 시대 상황에 따라 젊은이들은 그들의 젊음을 꺾으려는 갖가지 어려움을 만납니다. 전쟁과 분쟁, 가난과 굶주림, 천재지변과 전염병 등은 개인적인 어려움을 넘어서 사회, 나라, 또는 전 세계적으로 휘몰아칩니다.

어느 한 세대도 태평세월인 적은 없습니다. 온갖 이름의 고통의 태풍과 슬픔의 폭풍은 인간을 위협하고, 특히 젊은이들을 혼란스럽게 하지요. 이 고난을 헤치고 이겨내는 자는 지구와 인류 역사를 이어가는 역할을 하지만, 그 앞에서 무너지는 자는 쓸쓸하게 역사의 무대에서 사라지는 것입니다.

문학, 특히 소설이란 바로 이런 승자와 패자의 이야기이기도 하지요. 사람들이 늘 승리자의 함성만 좋아하는 건 아닙니다. 사랑의 아픔, 사회의 혼란, 피의 혁명, 가족의 이별, 우정의 무너짐 등등 누구나 겪을 수 있는 인간의 아픔에도 귀를 기울입니다. 그 이야기 안에서 스스로 위안을 받거나 삶의 지혜를 얻기도 하고, 세상과 사람을 더 잘 이해하는 통찰의 힘을 키우기도 합니다.

그렇다면 요즈음 우리 젊은이나 청소년들의 가장 큰 어려움은 무엇일까요? 성적, 외모, 돈, 취업, 결혼, 집과 자동차 장만 이런 것이라고 합니다. 결국 한마디로 정리하면 물질과 '치레'지요.

이런 것들은 젊은 세대의 마음과 희망 등을 짓누릅니다. 그러다 보니 '좀 더 부자라면', '좀 더 잘 생겼다면', '좀 더 좋은 학교를 졸업했으면' 하는 한탄과 자조가 사회 곳곳에서 그치지 않습니다.

100세 인생길에서 20여 년도 채 되기 전에 '나는 아무것도 될 수 없어', '내게는 행복한 인생을 살아갈 자원이 하나도 없는데 무슨 미래가 있겠어? 하루하루 살기도 벅찬데……' 하며 희망 없이 살아갑니다. 이 시대의 주인공은 흔히 말하는 '잘나가는' 사람이라고 생각합니다.

여기 한 남자를 보십시오. 그는 이 소설의 버젓한 주인공입니다. 요즘 사람들이 생각하는 주인공이란 드라마의 주인공처럼 잘 생기고 모든 면에서 부족함 없는 사람입니다. 그러다 보니 그가 하는 모든 언행은 주위 사람들의 공감을 얻고 선의 중심축 역할을 합니다.

하지만 〈벙어리 삼룡이〉의 주인공 삼룡이는 우리의 통념을 완전히 깨뜨립니다. 마치 '불온의 별'에서 태어난 사람처럼 아무것도 가진 게 없습니다. 그의 것이라고는 사람들의 냉대와 비웃음, 멸시와 학대뿐입니다. 작가 나도향은 꽃미남도 아닌 삼룡이의 혐오스러운 외모를 세밀화처럼 자세히 보여줍니다.

키가 본시 크지 못하여 땅딸보로 되었고 고개가 빼지 못하여 몸뚱이에 대강이를 갖다가 붙인 것 같다. 거기다가 얼굴이 몹시 얽고 입이 크다. 머리는 전에 새 꼬랑지 같은 것을 주인의 명령으로 깎기는 깎았으나 불밤송이 모양으로 언제든지 푸 하고 일어섰다. 그래 걸어 다니는 것을 보면 마치 옴두꺼비가 서서 다니는 것 같이 숨차 보이고 더디어 보인다. 동네 사람들이 부르기를 삼룡이라고 부르는 법이 없고 언제든지 '벙어리' '벙어리'라고 하든지 그렇지 않으면 '앵모' '앵모' 한다. 그렇지만 삼룡이는 그 소리를 알지 못한다.

삶의 모습이 어떠할까요? 그 비참한 생의 모습은 정반대의 캐릭터인 주인집 삼대독자를 통해 그려집니다. 그럼에도 그의 가슴이 분노 대신 희망을, 통곡 대신 웃음을, 복수 대신 희망을 품게 된 것은 바로 '사랑' 때문입니다.

결코 이루어질 수 없는 사랑으로 그는 세상을 다 용서하고 사람을 몽땅 품을 수 있을 만큼 풍요로운 사람이 됩니다. 이 이야기의 결말은 보통 사람의 눈으로 보면 비극이자 처참함이며 공포스럽기까지 합니다. 만약 이렇게 느꼈다면 그 사람은 아직 물질과 유행하는 삶의 가치관이란 이불 속에 푹 덮여 있는지도 모릅니다.

2

일제강점기에 태어난 나도향은 별일 없었으면 의사가 되었을지도 모릅니다. 경성의전에 입학했으니까요. 그러나 그의 마음은 이미 문학에 대한 열정으로 꽉 차 있었습니다. 그래서 요즘 아이들도 선뜻 하기 힘든 일을 벌입니다. 조부의 돈을 훔쳐 가족 몰래 일본으로 건너가 문학 공부를 하지요.

결국은 학비도 생활비도 모두 끊어져 다시 돌아옵니다. 그럼에도 열정은 전혀 사라지지 않았지요. 그는 독립운동을 위해 총과 칼을 드는 대신에 펜을 들었습니다. 그렇다 해서 총알이 퍼붓는 글을 쓴 것은 아니었습니다. 시대의 불안과 두려움을 극복하려는 개인의 자유로운 정신을 작품 안에서 마음껏 쏟아냈습니다.

그래서인지 사실주의 작품을 주로 발표합니다. 주인공들이 대부분 인간의 본능과 물질, 치열한 삶의 투쟁 속에서 괴로워하고, 타락하며, 핍박당하는 모습들입니다. 그 모습 속에서 우리는 시대의 모습을 읽고, 인간이 인간답게 살아가는 것이 얼마나 어려운지 깨달으며, 생의 광장 한가운데에서 겸손함을 배우게 됩니다.

〈벙어리 삼룡이〉와 비견되는 두 가지 작품을 읽어보아도 알 수 있지요. 1925년 〈개벽〉에 발표한 단편소설 〈뽕〉이 그렇습니다. 김삼보와 아내 안협집, 그리고 삼돌이. 가난과 무지, 본능 속에서 세 사람은 스스로 상처 입고, 그 상처가 채 아물 사이도 없이 더 큰 상처를 입으며 자신들의 인생을 비참하게 짓밟는 서글픈 인생을 삽니다. 출구가 보이지 않는 그 당시 우리나라의 맨얼굴을 말하는 것 같기도 하면서, 한편 인간의 어두운 모습을 발가벗겨 그대로 보여주는 고발 현장 같기도 합니다. 〈물레방아〉도 마찬가지지요. 역시 가난과 무지스러운 삶, 애정과 본능이 혼동된 혼란스러운 현장이 그려집니다.

아이러니하게도 세 작품 모두 1960년대 이후 영화와 드라마로 만들어져 대부분 사람들이 소설을 읽지 않았어도 줄거리를 훤히 압니다. 하지만 안타깝게도 작가의 의도는 완전히 가려진 채 상업 논리에 따라 감각적이고 성적인 부분만 강조되고 각인되었지요. 왜 그 시대의 주인공들이 그렇게 짐승처럼 살 수밖에 없었는지, 왜 하루 한 끼 먹을거리에 옷을 벗어야 하는지, 왜 허구한 날 술에 취해 인생을 낭비하는지 알려주지도 않고 관심도 없게 만드니 가슴 아픈 일입니다. 문학 작품은 결코 시대를 떠나 이야기할 수 없는데 말입니다. 세 작품 모두 농촌이 배경이지만 그것은 곧 도시 사람의 물줄기가 흘러내려 온 것이고, 또한 도시의 것은 나라 전체의 물결이 아닐까요!

청소년들이 문학 작품을 읽을 때 항상 그 작품의 시대 상황, 역사의 흐름을 먼저 살피는 습관을 지닌다면 작가가 직접 내게 이야기해주는 친절함과 시대 속을 걸어가는 역사의 재현성을 맛볼 것입니다.

3

아무리 IT가 발전하고, 물질세계의 극치를 달리는 시절이라 해도 글을 쓰고 싶어 하는 사람들은 곳곳에 참으로 많습니다. 특히 장래 희망이 작가인 청소년들도 꽤 많습니다.

이런 후배 작가들에게 나도향의 작품을 정독하라고 권합니다. 앞서 말했듯이 세밀화를 보는 듯 치밀하다 못해 움찔하며 놀라게 할 만큼 사실적인 인물 묘사는 깊이 배워야 할 점입니다. 또 인간 본능에 대한 철저하고도 솔직한 해부 작업은 읽는 이로 하여금 인간에 대한 연민과 때로는 혐오마저 들게 할 정도로 적나라합니다. 심지어 나 자신에 대한 반성을 하게 하지요.

시대를 걸어가는 사람의 모습은 저마다 다릅니다. 나도향이 글을 쓰던 그 시절 만약 당신이 그였다면 밤마다 책상 앞에 앉아 무엇을 위해 어떤 이야기를 써 내려갔을까요? 그리고 그 고통의 시간 속에서 당신의 주인공들은 얼마나 위대하고 또 얼마나 한탄스러운 존재로 등장할까요?

죽음의 순간에서야 진정으로 환하게 웃는 벙어리 삼룡이, 매를 맞는 아내를 보고도 동네 개가 매를 맞는 것처럼 멍하니 바라보고만 있는 김삼보, 참외 한 개에 맨발을 드러내는 안현집, 아내의 마지막 한마디에 목숨을 내건 이방원…… 지금 이 인물들이 과거에만 존재한 허상들 같은가요?

문학은 시공간을 넘어서 언제나 우리에게 현재진행형의 메시지와 질문을 던지는 사자使者입니다.

어느 시대이건 온전한 평화, 굳센 안정으로 풍요의 음악을 울리고 배부른 일상을 지낸 적은 없습니다. 인간은 어쩌면 쉬지 않는 호기심과 탐욕, 화해와 투쟁에서 '발전'이라는 이름으로 역사를 이어가는 듯합니다. 그 흐름 안에서 작가는 자신의 안위와 방관이라는 포근한 이불 속에서 나와 역사의 생생한 보고자 역할을 합니다. 추하면 추한 그대로, 아름다운 것은 그 아름다움 그대로. 나도향의 작품은 숨기고 싶은 우리의 역사 현장을 눈물 속에서 그대로 보여줍니다.

이제 여러분이 기록할 시간 아닌지요!

우리가 주인공이 되어가는 시간 속에 있는 건 아닌지요!

노경실

1982년 〈중앙일보〉 신춘문예 동화 부문에 〈누나의 까만 십자가〉, 1992년 〈한국일보〉 신춘문예 소설 부문에 〈오목렌즈〉가 당선. 《동화책을 먹은 바둑이》《우리 아빠는 내 친구》《상계동 아이들》《다를 뿐이지 이상한 게 아니야》 등의 창작동화와 《열네 살이 어때서?》《철수는 철수다》 등의 청소년소설을 썼다.

차례

일러두기

1. 이 책은 나도향이 1922년부터 1926년까지 발표한 중단편소설 21편을 수록했다. 그중 〈화염에 싸인 원한〉은 1926년 〈신민〉에 연재하던 중 작가가 사망해 미완인 작품이다. 각 작품 끝 부분에 첫 발표 지면을 표기해 두었다.
2. 맞춤법, 띄어쓰기는 현대어 표기로 고쳤으나 작가가 의도적으로 표현한 것은 잘못되었더라도 그대로 두었다. 띄어쓰기와 맞춤법은 국립국어원의 《표준국어대사전》을 기준으로 삼았다.
3. 한글로 표기된 외래어는 외래어맞춤법에 맞게 고쳤으나 시대 상황을 드러내주는 용어는 원문을 그대로 살렸다.
4. 한자는 한글로 표기하고 의미상 필요한 경우에만 한글 옆에 병기하였다.
5. 생소한 어휘는 독자들의 이해를 돕기 위하여 각주로 설명을 달아두었다.
6. 대화에서의 속어, 방언 등은 최대한 살렸으나 지문은 현대어로 고쳤다.
7. 대화 표시는 " "로 바꾸었고, 대화가 아닌 혼잣말이나 강조의 경우에는 ' '로 바꾸었다. 또한 말줄임표는 모두 '……'로 통일하였다.

젊은이의 시절

아침 이슬이 겨우 풀 끝에서 사라지려 하는 봄날 아침이었다. 부드러운 공기는 온 우주의 향기를 다 모아다가 은하 같은 맑은 물에 씻어 그윽하고도 달콤한 내음새를 가는 바람에 실어다 주는 듯하였다. 꽃다운 풀 내음새는 사면에서 난다.

작은 여신의 젖가슴 같은 부드러운 풀포기 위에 다리를 뻗고 사람의 혼을 최음제의 마약으로 마비시키는 듯한 봄날의 보이지 않는 기운에 취하여 멀거니 앉아 있는 조철하는 그의 핏기 있고 타는 듯한 청년다운 얼굴은 보이지 않고 어디인지 찾아낼 수 없는 우수의 빛이 보인다.

그는 때때로 가슴이 꺼지는 듯한 한숨을 쉬었다. 그는 몸을 일으켜 천천한 걸음으로 시내가 흐르는 구부러진 나무 밑으로 갔다. 흐르는 맑은 물은 재미있게 속살대며 흘러간다. 푸른 하늘에 높다랗게 떠가는 흰 구름이 맑은 시내 속에 비치어 어룽어룽한다.

꾀꼬리 한 마리는 그 나무 위에서 울었다. 흰나비 한 마리가 그 옆 할미꽃 위에 앉아 그의 날개를 한가히 줍혔다 폈다 한다. 철하는 속으로 무슨 비애가 뭉친 감상의 노래를 불렀다.

사면의 모든 것은 기꺼움과 즐거움이었다. 교묘하게 조성된 미술이었다. 음악이었다.

그러나 그의 입속으로 부르는 노랫소리나 그의 눈초리에 나타나는 표정은 이 모든 기꺼움과 즐거움과 아름다운 포위 속에서 다만 눈물이 날 듯한 우수와 전신이 사라지는 듯한 감상뿐이었다.

그는 속마음으로 부르짖었다.

하느님이여! 하느님은 나에게 가슴을 뭉클하게 하고 말할 수 없이 갑갑하게 하며 아침날에 광채 나는 처녀의 살빛 같은 햇볕을 대할 때나 종알거리며 경쾌하고 활발하게 흐르는 시내를 만날 때나 너울너울 춤추는 나비를 볼 때나 웃는 꽃이나 깜박이는 별이나 하늘을 흐르는 은하를 볼 때, 아아, 나의 사지를 흐르는 끓는 피 속에 오뇌의 요정을 던지셨나이까? 감상의 마액魔液을 흘리셨나이까?

아아, 악마여, 너는 나의 심장의 붉고 또 타는 것을 보았는가? 나의 심장은 밤중에 요정과 꿀 같은 사랑의 뜨거운 입을 맞추고 피는 아침의 붉은 월계月桂보다 붉고 나의 온몸을 돌아가는 피는 마왕의 계단에 올리려고 잡는 어린 양의 애처로운 피보다도 정精하였다. 또 정하다. 아아, 너는 그것을 빼앗아 가려느냐? 너는 그것을 너의 끊이지 않는 불꽃 속에 던지려느냐?

이 젊은 청년은 어렸을 때부터 저녁 해가 뉘엿뉘엿 서산으로 넘으려 할 때 붉은 석양에 연기 끼인 공기를 울리며 그의 대문 앞을 지나 멀리 가는 저녁 두부 장수의 슬피 부르짖는 "두부 사려!" 하는 소리나 집터를 다지는 노동자들의 "얼럴러 상사디야" 소리를 들을 때나 한적한 여름날 처녀 혼자 지키는 집에 꽹과리 두드리며 동냥하는 중의 소리를 들을 때나 더구나 아자我子의 영원히 떠남을 탄식하며 눈물지어 우는 어머니의 울음을 조각달이 서산으로 시름없이 넘어가는 새벽 아침에 들을 때나, 아아, 하늘 위에 한없이 떠가는 흰 구름이여, 나의 가슴속에 감추인 영혼과 그의 지배를 받는 이 나의 육체를 끝없는 저 천애로 둥실둥실 실어다 주어라! 나는 형적도 없고 보이지도 않는 그 소리 속에 섞이고 또 섞이어 내가 나도 아니요 소리가 소리도 아니요, 내가 소리도 아니요 소리가 나도 아니게 화하고 녹아서 괴로움 많고 거짓 많고 부질없는 것이 많은 이 세상을 꿈꾸는 듯 취한 듯한 가운데 영원히 흐르기를 바란다 하였다.

그는 어렸을 때부터 자연의 미묘한 소리에 한없는 감화를 받았다. 그는 홀로 저녁 종소리를 듣고 눈물을 씻었으며 동요를 부르며 지나가는 어린 계집아이를 안아주었다.

그는 가끔 음악회에도 가고 음악에 대한 서적도 많이 보았다. 더구나 예술의 뭉치인 가극이나 악극을 구경할 때에 그 무대에 나타나는 여우의 리듬 맞춘 경쾌하고 사랑스럽고 또 말할 수 없는 정욕을 주는 거동을 볼 때나 여신같이 차린 처녀의 애연한 소리나 황자 같은 배우의 추력醜刀을 가진 목소리가 모든 것과 잘 조화되어 다만 그에게 주는 것은 말하기 어려운 환상뿐이었다. 넘칠 듯한 이상理想뿐이었다. 인생의 비애뿐이었다.

그는 지금 나무 밑에 서서 주먹을 단단히 쥐고 공중을 치며,

"음악가가 되었으면! 세상에 가장 크고 극치의 예술은 음악이다. 나는 음악가가 될 터이다."

그는 한참 있다가 다시,

"아니, 아니 '음악가가 될 터이야'가 아니다. 내가 나를 음악가라 이름 짓는 것은 못난이 짓이다. 아직 세상을 초탈하지 못한 까닭이다. 그렇다. 다만 내 속에 음악을 놓고 내가 음악 속에 들 뿐이다."

그의 표정에는 이 세상 모든 것을 조소하는 웃음이 넘치는 듯하였다. 그는 한참 가만히 있었다. 그러하다가 그는 갑자기 눈에 희미한 눈물방울을 괴었다. 그리고 다시 주먹을 쥐고,

"아, 가정이란 다 무엇이냐? 깨뜨려 버려야지. 가정이란 사랑의 형식이다. 사랑 없는 가정은 생명 없는 시체이다. 아아, 이 세상에는 목숨 없는 송장 같은 가정이 얼마나 될까. 불쌍한 아버지와 애처로운 어머니는 왜 나를 나셨소. 참 진리와 인생의 극치를 바라보고 가려는 나를 왜 못 가게 하셔요. 어머니 아버지가 나를 낳아 기를 때에 얼마나 애끓이는 생각을 하셨어요. 어머니는 나를 업고 어떠한 날 새벽 우리 집에 도적이 들어오니까 담을 넘어 도망을 하시려다 맨발바닥에 긴 못을 밟으시어…… 아아, 어머니, 나는 지금 그것을 생각만 하여도 가슴을 찌르는 듯합니다. 그러하나 어머니, 어머니의 그와 같은 자비와 애정은 헛된 것이 되었습니다. 나는 차마 못 하는 눈물을 흘리고서라도 가정을 뒤로 두고 나 갈 곳으로 갈까 합니다."

이렇게 흥분하여 있을 때에 누구인지 뒤에서,

"그러면 같이 갑시다……."
하는 고운 여성의 목소리가 들린다. 그는 돌아다보고 눈물 괸 두 눈에 웃음을 띠었다. 두 눈에 괸 눈물은 더 또렷하게 광채가 났다. 눈물은 그의 뺨으로 흘러 떨어졌다.

"아아, 누님, 아아, 영빈 씨."
하고 그는 손을 내밀었다. 누님은 그의 동생의 눈물을 보고 아주 조소하듯,

"시인은 눈물이 많도다……."
하고,

"하하."
하고 웃는데, 누님하고 같이 온 영빈이란 청년은 껄껄하고 어디인지 아주 불유쾌한 표정을 나타내며,

"눈물은 위안의 할아버지지요, 허허허."

철하는 눈물을 씻고 아주 어린아이같이 한번 빙긋 웃고,

"왜 인제 오셔요, 네? 나는 한참 기다렸어요. 그러나 그것은 어찌 되었어요?"

이 말대답을 영빈이가 가로맡아서 대답하였다.

"다…… 틀렸어요. 실업가의 아드님은 부모에게 정신 유전을 받는 것같이 직업이나 학업도 유전적으로 해야 한다고 당당한 다윈의 학설을 주장하시니까요. 저는 더 말할 것 없습니다마는…… 제삼자가 되어서…… 매씨께서도 퍽 말씀을 하셨으나 무엇 당초에……."

철하는 이 소리를 듣고 과도의 실망으로부터 나오는 침착으로 도리어 기막힌 웃음을 띠고,

"아아, 제이세 진화론자의 학설은 꽤 범위가 넓구나……."

그러하나 그의 누이 경애는 상냥하고도 부드러운 표정을 하고 그에게 가까이 가서,

"무엇 그렇게까지 슬퍼할 것은 없을 듯하다. 아주머니도 네가 날마다 울고 지내는 것을 보시고 아버지께 자주자주 여쭙기는 하나 본래 분주하니까 여태껏 자세히는 못 여쭈어보신 모양인데 무엇 아무렇기로 너 하나 음악 공부 못 시키겠니. 아버지가 안 시키면 아주머니라도 시키겠다고 하셨는데…… 아무 염려 마라 응! 너의 뒤에는 부드러운 햇솜 같은 여성의 후원자가 둘이나 있으니까 무얼. 아버지도 한때 망령으로 그러시는 것이지 사회에 예술이 얼마나 유익한 것인지 아주 모르시지도 않는 것이고…… 자, 너무 그러지 말고 천천히 집으로 들어가자. 그리고 오늘 저녁에는 중앙극장에 오페라 구경이나 가자. 이것은 무엇이냐, 사내가 눈물을 자꾸 흘리며…… 실연했니? 하하하, 자, 어서 가자, 어서."

아지랑이 같은 부드러운 경애의 마음이여, 천사의 날개에서 일어나는 바람결같이 가벼운 그의 음조. 공중으로 떠오르는 듯한 철하의 가슴속에 있는 모든 열정의 뭉친 의식을 그의 누님의 그 마음과 음조는 모두 다 녹여버렸다. 그 녹은 것은 눈물이 되어 쏟아져 나왔다.

"누님, 저의 마음은 자꾸만 외로워져요. 아버지 어머니 다 믿을 수 없어요. 나는 누구를 믿을까요? 나는 누님밖에 믿을 사람이 없습니다. 나의 가슴에 보이지 않게 뭉친 것은 누님만 알아주십니다."

그의 애원하는 정은 그의 가슴에 북받쳐 올라와 눈물지으면

서 그의 누이의 손을 쥐었다. 그러나 여성의 손을 잡는 감정적感情的에 그는 아무리 자기의 누님이라 할지라도 알지 못하게 가슴을 지나가는 발랄한 맛을 보았다. 그는 얼른 손을 놓았다.

저녁 해가 질 만하여 그들은 넓고 넓은 들 언덕을 걸어간다. 경애는 파라솔을 접어 풀밭을 짚으면서 구두 끝으로 앞 치맛자락을 톡톡 차면서 걸어가고 영빈은 무슨 책인지 금자金字로 쓴 커다란 책을 들고 그 옆을 따라가며 철하는 두 사람보다 조금 앞서서 두 사람을 가지 못하게 막는 듯이 걸어간다. 동리에 저녁 안개는 공중에 퍼지어 그 맑던 공기를 희미하게 하고 땅에 난 선명하게 푸른 풀을 횟빛으로 물들인다. 경애는 다시 말을 내어 영빈에게,

"저는 예술이란 것을 알지 못합니다마는 예술가들은 다 저 모양입니까?"

하며 자기 오라비 동생을 가리킨다. 영빈은 기침을 두어 번 하고,

"그렇지요, 예술을 맛보려 하는 사람은, 더구나 예술의 맛을 본 사람은 처녀가 사랑을 맛보려는 것이나 맛을 안 것과 같습니다."

하고 유심히 경애의 얼굴을 들여다본다. 그 들여다보는 곳에는 무슨 의미가 있는 듯하였다. 경애는 그 뚫어지게 들여다보는 영빈의 눈을 피하여 다시 철하를 바라보며 '참으로 그러한가?' 하는 듯하였다. 그리고,

'나는 너를 다시 동정하겠다. 지금까지 다만 자매의 정으로 동정하여 왔지마는 지금부터는 참으로 너의 괴로운 가슴을 동정하리라.'

하였다. 왜 그런고 하니 그는 사랑으로 인하여 마음의 견디기 어려운 괴로움을 당하여 본 까닭이었다.

사랑은 이 세상 모든 것에서 떠나고 뛰어넘은 것이고, 벗어난 것이다. 문학가가 신의 부르는 영靈의 곡을 받아 써놓는 것이나, 음악가 미술가 배우 들이 그 예술 속에 화하여 이 세상 모든 것으로부터 떠나는 것과 같은 경우를 생각하고 시기를 생각하는 것은 참사랑이 아니다.

경애는 영빈을 사랑한다. 영빈도 경애를 사랑한다고 한다. 경애는 사랑이요 사랑은 경애요 영빈은 사랑이요 사랑은 영빈이다. 사랑과 영빈과 경애는 한 몸이다. 세 사람은 어떤 요릿집에서 저녁을 먹고, 철하는 두 사람에게 작별을 하고 어디로인지 혼자 가버렸다.

두 주일이 지나갔다. 철하는 날마다 자기 방에 앉아 울었다. 그는 다만 자기 희망의 머리카락만 한 것은 자기의 누님으로 생각하였다. 자기의 누님은 예술이란 것을 이해하고 자기의 마음을 알아주고 자기를 위하여 준다 하였다. 아아, 하늘의 선녀여, 바닷가의 정精이여, 그대는 나를 위하여 나를 쌀 것이다. 숭엄하고 순결한 것이라야 숭엄하고도 순결한 것을 싸나니 그대는 나를 싸줄 것이다. 예술이란 숭엄하고도 순결하니까.

그는 저녁마다 꿈을 꾸었다. 꿈마다 천사와 만난 그는 천사에게 아름다운 음악을 들려 받았다. 그 음악 소리는 그의 모든 것을 여름날 지평선 위로 떠오르는 흰 구름같이 희고, 그 뒤에는 봄날의 아지랑이같이 희고, 그 뒤에는 한 줄기의 외로운 바이올린의 가는 선으로 떨려 오르는 세장細長하고 유원幽遠한 음악 소리로 화하였다. 그는 음악 소리를 타고 한없는 곳으로 영원히 흐르는 듯하였다. 조그마한 근심도 없고 다만 아름다움과 말하기 어려운 즐거움뿐으로…… 그가 그 음악 소리를 타고 흐를 때에 우리가 땅 위에서 무엇을 타며 다니는 것과 같이 규칙 없는 박절拍節로서 흐르는 것이 아니라 간단없고 한결같아 그의 기꺼움은 있다 없다 하는 웃음으로 나타나지 않고 그의 자는 얼굴에는 빛나는 미소로 찼었으며 빛나는 달빛이 창으로 새어들어 그의 얼굴을 한층 더 빛나게 하였다.

그가 한참 흘러가다가 멈칫하고 쉴 때에는 잠을 깨었다. 괴로움과 원망함이 다시 생기었다. 그가 창을 열고 달빛이 가득 찬 마당을 볼 때 차디찬 무엇이 그 피를 식혀버리는 듯하였다. 그는 또 다시 울었다. 그의 울음은 결코 황혼에 쇠북 소리를 듣는 듯한 얼없이 가슴 서늘한 설움에서 나오는 것이 아니라 파란 물 위에서 은빛 물결이 뛸 때 강 언덕 마을 집에서 일어나는 젊은 과부의 창자를 끊는 듯한 울음소리 같은 슬픔으로 나오는 울음소리였다. 그는 머리를 팔에 대고 느껴가며 울었다.

그는 속마음으로 천사여, 하고 불렀다. 또 마녀여, 하고 불렀다.

너희들은 무엇들을 하는가? 달이 은빛을 내려 쏘는 것이나 별들이 속살대는 것이나 모래가 반짝거리는 것이나 나뭇잎에 이슬이 달빛을 반사하여 번쩍거리는 것이나 나의 전신의 피를 식히는 듯 선득하게 하는 것이나 나의 가슴속을 괴롭게 하는 것이 천사여 너나, 마녀여 너나 누구의 술법으로써 나를 괴롭게 하는 것이라 하면 혹은 지나간 세상에서 나에게 실연을 당한 자가 천사가 되고 마녀가 되어 나를 괴롭게 하는 것이면 누구든지 그중에 힘센 자는 나를 가져가라. 천사나 마녀나 그리고 너의 가장 지독한 복수의 방법을 취하라. 그러나 데려다가 못 견딜 빨간 키스는 하지 말 것이다. 그렇지 않고 둘이 다 세력이 같거든 나를 둘에 쪼개 가라. 아니 아니, 잠깐 가만히 있거라. 나는 조그마한 희망이 있다. 나의 누님이시다.

그는 다시 잤다.

그 이튿날, 경애는 일어나 세수를 하고 근심이 있는 듯이 자기 오라비 아우에게로 왔다. 그가 드러누워 있는 아우의 자리로 가까이 와,

"어서 일어나거라, 무슨 잠을 여태 자니?"

"가만히 계세요. 남은 지금 재미있는 꿈을 꾸는데."

"무슨 꿈을?"

하고 경애는 조금 말을 그쳤다가,

"그런데 영빈 씨가 웬일이냐. 그 후 한 번도 만나보지 못하고 또 편지 한 장 없으니…… 어디가 편치 않은지도 몰라. 벌써 두 주일이나 되었지? 그러나 무엇 다른 일은 없겠지. 너 오늘 좀 가보렴, 아침 먹고……."

철하는 빙그레 웃으며 고개를 돌리어 벽을 향하여 드러누우며,

"싫어요. 나는 그런 심부름만 한답디까? 영빈 씨인지 무엇인지 무엇을 아는 척 그까짓 게 예술가가 무엇이야. 어떻게 열이 나는지 지금 생각하여도 분하거든. 남은 한참 누님 오기만 기다리고 있는데…… 무슨 좋은 소식이나 올까 하고…… 묻지 않는 말을 꺼내어 '다 틀렸어요. 실업가의 아드님은……' 어찌하고 알지도 못하고 떠드는 것은 참 불티를 저지르고 싶거든, 망할 자식."

감정적인 철하는 생각나는 대로 말을 다 하고 다시 돌아누웠다. 그의 누님은 얼굴이 빨갰다 파랬다 한다. 아무리 자기의 동생

일지라도 자기의 정인에게 치욕을 주는 것은 그대로 견디기 어려웠다. 그러하나 무엇이라 말을 할 수도 없고 억지로 분함을 참으면서,

"어디 너 얼마나 그러나 보자. 내 말 듣지 않고 무엇이 될 줄 아니? 그만두어라."

일어서 나간다.

철하는 돌아누운 채 속으로 혼자 웃으면서 일부러 부르지도 아니하였다. 그러나 경애는 철하가 다시 부르려니 하였다. 그것이 여성의 약하고도 아름다운 점이었다.

철하는 아침을 먹고 대문을 나섰다. 정한 곳 없이 걸어갔다. 그는 어떤 네거리에 왔다. 거기에는 전차를 기다리는 사람이 많이 서 있었다. 그 어떠한 여자 하나가 거기 서서 전차를 기다리고 있는 것을 보았다. 그 여자는 자기 누이보다 더 예쁘지는 못하나 어디인지 자기의 누이가 갖지 못한 미점美點이 있는 여자라 하겠다. 그는 한참 보다가 다시 두어 걸음 나아가 또다시 돌아다보았다. 그는 그 옆에 영빈이가 서 있는 것을 보았다. 영빈은 그 여자와 무슨 이야기를 하고 서 있었다.

철하는 다만 반가움을 못 이기어,

"야! 영빈 씨, 오래간만이십니다그려. 왜 그렇게 한 번도 아니 오세요? 저의 누님은 매우……."

"네…… 네…… 어디로 가십니까?"

영빈은 아주 냉담하였다. 철하를 아주 싫어하는 듯하였다. 그리고 전차가 얼른 왔으면 하는 듯이 저편 전차가 오는 곳을 바라본다. 철하는 그래도 여전하게 반가이,

"네 아무래도 좋지요. 참 오래간만입니다. 마침 좀 만나 뵈오려 하였더니 잘되었습니다. 바쁘지 않으시거든 우리 집까지 좀 가시지요."

그전 같으면 가자기 전에 먼저 나설 영빈이가 오늘은 아주 냉정하게,

"아네요, 오늘은 좀 일이 있어요. 일간 한번 들르지요."

그때 전차가 달려온다. 영빈은 그 여자와 함께 전차를 타며 모자를 벗는 둥 마는 둥 하더니,

"또 뵙겠습니다."

한다. 철하는 기막힌 듯이 가만히 서 있었다. 전차는 떠났다. 멀리 달아나는 전차만 멀거니 바라보는 철하는 분한 생각이 갑자기 나서,

"에! 분해……."

사람의 본능이여! 아침에 방에 드러누워서는 일부러 장난으로 자기 누이에게 영빈과의 사랑을 냉소하였으나 지금은 다만 자기 누이의 불행을 위하여 눈물을 흘리고 가슴을 쓰리게 하지 아니치 못하였다. 나의 가장 사랑하는 누이가 영빈이란 가假예술가 부랑자 악마 같은 놈에게 애인이란 소리를 들었던가 하는 생각을 할 때 그는 기어코 원수를 갚아야 하겠다 하였다. 그는 부리나케 전차가 간 곳으로 향해 갔다. 그는 주먹을 쥐고 무엇이라 중얼중얼하였다. 또다시 정처 없이 갔다.

그는 하루 종일 집에 돌아가지 않고 돌아다녔다. 만난 사람도 별로 없다. 저녁이 거의 되었다. 전등은 켜지었다. 철하는 영빈에게 꼭 원수를 갚으리라 하고 그의 집 대문으로 들어섰다.

"이리 오너라……."
하고 불렀다. 하인이 나와 보다가 아무 말도 아니하고 들어가더니 영빈이가 나오며,
"아! 아까는 대단히 실례하였습니다. 이리로 들어오시지요."
하고 그전과 같이 반갑게 맞아준다. 철하는 그리하면 내가 공연히 영빈을 의심하였다 하는 생각이 들며 하루 종일 벼르던 분한 생각이 반이나 사라진다.
철하는 방문에 버티고 방 안을 들여다보며,
"아녜요. 잠깐 다녀오라고 하여서 왔어요."
"아까 매씨도 다녀가셨습니다."
영빈은 무슨 하지 못할 말을 억지로 하는 듯하였다. 그의 얼굴에는 무슨 죄악의 그림자가 보이는 듯하였다. 철하의 분한 마음은 자기 누이가 다녀갔다는 말에 다 날아가 버렸다. 그러나 그의 머릿속에는 아무도 없는 영빈의 방에 자기 누이인 여성이 다녀갔다는 말을 들을 때에 여자를 입 맞추는 것, 음란한 행동의 환영이 보이고 또 사랑의 귀여움도 생각하였다. 그는 미소를 띠며,
"네, 그래요? 그러면 제가 오히려 늦었습니다그려. 그러면 가보겠습니다."
"왜 그렇게 들어오지도 않으시고 가세요."
"아녜요. 관계치 않습니다. 얼핏 가보아야지요."
철하는 대문까지 나와 다시 무엇을 생각한 듯이 영빈에게,
"아까 그 여자가 누구입니까?"
하였다. 영빈은 주저주저하다가,
"네…… 네…… 저의 사촌 누이예요."

"네, 그러세요. 그러면 내일 한번 우리 집에 놀러 오시지요. 안녕히 주무십쇼."

철하는 휘적휘적 걸어 자기 집으로 돌아갔다. 철하가 안마루 끝에서 구두끈을 끄를 때에 경애가 자기 아우가 돌아옴을 보고 반기어 나오면서도 어쩐 까닭인지 그전에 없던 부끄러움을 띠고,

"어디 갔다 인제야 오니?"

"공연히 돌아다녔죠."

철하는 자기 누이의 부끄러워함을 알지 못하였다. 철하는 도리어 자기 누이에게,

"누님은 오늘 어디 갔다 오셨어요?"

하고 물었다. 경애는 주저주저하며 황망히,

"응, 우리 동무의 집에 잠깐……."

"또요?"

"없어."

이 말을 듣는 철하의 가슴은 선득하였다. 그리고 자기 누이를 한번 쳐다보며,

"정말 없어요?"

"왜 그러니?"

"왜든지요."

철하의 눈에서는 눈물이 날 듯하다. 알지 못하는 원망의 마음과 가슴을 뻗대는 듯한 슬픔은 철하를 못 견디게 하였다. 아…… 왜 나의 또다시 없는 사랑하는 누이가 나를 속이나? 사랑이라는 것이 형제의 의리까지 없이한다 하면? 아…… 나는 사랑을 하지 않을 터이야. 우리 누이는 평생에 처음으로 나를 속이었다. 나는

이제 믿을 사람이 하나도 없다. 영빈에게 갔다 왔다고 하면 어때서 나를 속일까? 무슨 죄악이 숨어 있나? 비밀이 감추어 있나?

경애는 가까스로 참지 못하는 듯이,

"그이 집에."

하고 얼굴이 발개진다.

"그의 집이 누구의 집예요? 그이가 누구예요?"

"영빈 씨 말이야."

"네…… 영빈이요. 그러면 왜 아까는 속이셨어요? 에…… 나는 인제는 믿을 사람이 하나도 없어요."

그는 갑자기 눈물이 솟구쳤다. 그는 아무 소리 없이 자기 방으로 뛰어 들어갔다.

'이 세상에는 한 사람도 믿을 사람이 없어…….'

그는 엎드려서 느껴가며 울었다. 전깃불은 고요히 온 방 안을 비추었다.

경애는 자기의 잘못으로 인하여 가뜩이나 울기 잘하는 철하가 우는 것을 보고 얼마큼 불쌍하고 또 사랑의 참 정이 북받쳐 올라왔다. 그는 철하의 방 문을 열었다. 철하는 눈물을 흘리고 이불도 덮지 않고 드러누워 있었다. 만일 영빈이가 이렇게 하고 있는 것을 보았다면 경애의 마음은 끼어안고 입이라도 맞추었을 것이지만 그렇게 할 수 없는 철하에게는 가만히 전깃불을 반사하는 철하의 아랫눈썹에 괸 눈물을 그의 수건으로 씻어주었다. 철하는 잠이 들었었다. 가끔가끔 긴 한숨을 쉬며 부드러운 입김을 토하였다.

경애는,

'왜 내가 한 번도 거짓말을 하여보지 못한 나의 오라비에게 거짓말을 하였을까? 아…… 육체의 쾌락은 모든 것의 죄악이다. 아무리 사랑하는 자에게 안김을 받은 것일지라도 죄악이다. 그 죄는 나로 하여금 가장 사랑하는 나의 아우를 속이게 하였다.'

그는 자기 아우의 파리하여 가는 얼굴을 들여다보며 자꾸자꾸 울었다. 그러하나 그는 감히 그날 지낸 것을 자기 아우에게 이야기할 용기는 없었다. 그는 붓과 종이를 들어 그날 하루의 지낸 쾌업快業을 쓰려 하였다. 그는 썼다.

철하는 자다가 일어났다. 희망 없는 사람이다. 도와주는 사람은 없다. 하느님을 믿을까? 의지할까? 도와주심을 빌까? 그러나 만일 신이 실재가 아니라 하면? 그렇다, 하느님도 믿을 수 없고 의지할 수 없었다. 그의 가슴속에는 신앙이 없었다. 그의 가슴에는 하느님의 위안이 없었다. 하느님의 위안은 있는 사람에게 있고 없는 사람에게는 없다. 또 있는 것을 없이할 필요도 없고 없는 것을 일부러 있게 할 것도 없다 하였다.

그는 밤새도록 울었다. 오늘 저녁에는 엊저녁같이 아름다운 꿈을 꾸지 못하였다. 그는 새벽에 그의 누이가 써놓은 글을 읽었다. 그러나 그는 괴이하게 읽지 않았다.

영빈은 경애를 그의 침상에서 맞은 것이었다. 뭉친 사랑은 파열을 당하였다. 익고 또 익어 농익은 앵두같이 얇아지고 또 얇아진 사랑의 참지 못하는 껍질은 터지었다. 그러나 터진 그때부터 그 사랑은 귀여운 사랑이 아니었다. 사랑이 터진 후로부터 경애는 알 수 없는 무슨 괴로움을 깨달았다. 순간적인 쾌락이 언제까지든지 계속하겠지 하고 영원한 희망을 갖고 있는 그는 그 순간이 지난 후부터 무슨 비애와 부끄러움이 그의 가슴에 닥쳐왔다. 그리고 가장 사랑하는 자기 오라비를 속이게 되었다. 그리고 그 이튿날도 종일 눈물을 흘리게 되었다. 그는 하느님이여, 어찌하여 나를 약한 자로 세상에 오게 하셨나이까? 운명의 신이여, 어찌하여 나를 이브의 후예로 나게 하셨나이까? 부드럽고 연한 살과 정욕을 품은 붉은 입술과 최음의 정情을 감춘 두 눈과 끓는 피가 모두 부끄러움과 강한 자의 미끼를 위하여 만들어지지 않지는 못할 것입니까 하고 혼자 가슴이 답답하였다.

철하는 경애의 고백문 같은 것을 읽고 아무 말도 없이 다만 사랑의 결과는 찢어졌구나, 그러하나 아무것도 부끄러울 것이 없지 아니한가. 부정不貞이란 치욕만 없으면 그만이지 영구한 사랑만 있으면 그만이지 영빈과 누님이 영원한 한 사람이면 그만이지. 그러나 여자는 약하다. 그 순간의 쾌락을 부끄러워서 나를 속이었고나.

아침이 되었다. 해는 아침 안개 속으로 금색의 붉은 빛을 내려쏟는다. 하인들은 들락날락, 부엌에서는 도마에 칼 맞는 소리가 난다. 아름다운 아침이었다. 분주한 아침이었다.

경애는 일어나며 철하의 방으로 갔다. 창틈으로 자고 있는 철하를 들여다보았다. 철하는 곤하게 자고 있었다. 경애는 멀거니 공중만 바라보며 아무 소리도 없이 서 있었다.

철하는 겨우 눈을 뜨고 하품을 하였다. 창밖에 섰던 경애는 깜짝 놀라 저리로 뛰어갔다. 철하는 창을 열고 경애를 바라보며,

"왜 거기 가 계세요? 들어오시지 않고."

그는 조금도 다른 기색이 없이 평상시와 같았다. 경애는 오히

려 부끄러워 바로 철하를 보지 못하였다.

"무얼 그러세요, 거기 앉으시지."

"뭐 어떠니?"

하며 어색한 말씨로,

"나는 네가 너무 울기만 하니까 대단히 염려가 되더라."

"염려되신다는 것은 고맙지만 어쩔 수 없는 일이지요. 그러나 아버지는 또 무엇이라셔요?"

"무얼 무어라셔, 언제든지 그렇지."

"그러세요."

하고 그는 한참 생각하듯이 고개를 숙이고 있다가 갑자기 고개를 들고,

"누님, 나는 그러면 맨 나중 수단을 쓰는 수밖에 없습니다. 내가 부모를 버리는 것이 잘못이지요. 나는 나의 하고 싶은 것을 하지 못하고 이렇게 쓸데없는 시일을 보낼 수가 없어요. 집에 있어야 울음뿐입니다."

"그러면 어떻게 한단 말이냐?"

"저는 갈 터입니다. 정처 없이 가요."

"에라, 또 미친 소리 하는고나. 가면 어디로 가니?"

"날더러 미쳤다고요! 흥!"

"그런 소리 말고 조금만 더 참아보아라. 나하고 아주머니하고 어떻게 하든지 하여볼 터이니 마음을 안정하고 조금만 더 참으렴. 또 네가 정처 없이 간다니 가면 어디로 가니? 가다가 거지밖에 더 되니. 너만 어렵다. 네가 무엇이 있니? 돈이 있니? 학식이 있니?"

"네, 저는 거지가 되렵니다. 거지가 더 자유스러워요, 더 행복스러워요. 지금 저는 거지 아닌 듯싶으십니까? 아버지의 밥을 얻어먹고 있는 거지입니다. 그러나 마음은 항상 괴로워요. 차라리 찬밥 한 덩이를 빌어먹더라도 마음 편하고 자유로운 거지가 더 좋습니다."

그의 가슴에서는 한때 북받치는 결심의 피가 끓었다. 나는 가정을 떠날 터이다. 차디찬 가정을. 그리하고 또 되는대로 가는 대로 흐를 터이다. 적적하게 빈 외로운 절 기둥 밑에 이슬을 맞으며 자고 한 뭉치 밥을 빌어 찬물에 말아 먹고, 아아, 그리운 방랑의 생활, 길가에 핀 한 송이 백합꽃이 아무러하지 않고도 그같이 고우며, 열 섬의 쌀을 참새 하나가 한꺼번에 다 못 먹는다. 불쌍한 자들아! 어리석은 자들아! 오늘 근심은 오늘에 하고 내일 근심은 내일에 하라.

아아, 어두운 동굴 속에도 나의 자리가 있고 해골이 쌓인 곳에도 나의 동무가 있다. 오막살이 초가집에서도 하늘의 천사에게 향연을 베풀며, 망망한 대양에 반짝거리는 어선의 등불 밑에도 달콤한 정화情話가 있지 아니한가. 한 방울의 물로 그 대양 됨을 알지 못하나니, 사람이 무엇으로 크다고 하며 무엇으로 자기인 체하나뇨? 재산은 들고 가려느냐, 땅은 사서 메고 가려느냐. 죽어지면 개미가 엉기는 몸뚱이에 기름을 바르는 여자들아, 분 바르고 기름칠하면 땅속에서 썩지 않고 다시 산다더냐? 떠나라! 거짓에서 떠나고 사랑 없는 곳에서 떠나라! 너의 갈 곳은 이 세상 어디든지 있고 너의 몸을 묻는 한 뼘의 작은 터가 어느 산모퉁이든지 있느니라. 아! 갈 것이다. 심령의 오로라여, 나를 이끌라. 진리의 밝은 별이여, 그대는 어디든지 있도다. 아! 갈지라. 나는 갈지로다.

그는 이렇게 결심하였다. 그러나 그는 눈물을 아니 흘리지 못하였다. 육체인 그는, 감정의 그는 울지 아니치 못하였다.

"누님, 지는 갈 터입니다. 삼각산 높은 봉에 쉬어 넘는 구름과 같이 가요. 붉은 해가 서산을 넘어가기만 하고 오지 않는 것같이 가요. 산 넘고 물 건너 걷기도 하고 배도 타고, 얼음 나라도 가고, 수풀 사이로 흐르는 시냇가에도 가고, 인도에도 가고, 애급에도 가고, 예루살렘에도 가고, 이태리에도 가고, 어디든지 갈 터입니다."

이때 하인이 편지 한 장을 갖다가 경애 앞에 놓았다. 그는 반가워 뜯어보았다.

경애여, 그대의 오라비는 나를 욕보였다. 진실한 사랑을 의심하며 나에게 치욕을 주었다. 나는 다시 그대의 남매를 보지 않을 터이다. 그대의 오라비는 나를 의심하여 "그 여자가 누구입니까?" 하던 그 여자는 참으로 나의 정인이다. 너의 연한 살과 부드러운 입술과 너의 육체의 아무것으로라도 흉내 내기 어려운 사랑의 애정哀情인 그의 두 눈의 광채를 보라. 타는 가슴에 불이 붙는 것의 상징인 그의 뺨을 보라. 그는 참으로 산 자이다. 그러나 너는 죽은 자이다. 죽은 자는 죽은 자라야 사랑한다. 그만.

영빈.

경애는 땅에 엎디어 울었다. 그는 편지를 북북 찢으며,

"예술가? 예술이 다 무엇이냐? 죽음을 저주하는 주문이냐, 마녀의 독창이냐. 보기에도 부끄러운 음화냐. 다 무엇이냐. 사랑 같은 예술이 어찌 그 모양이냐? 아 분해, 너도 예술을 다 고만두어라. 예술가는 다 악마이다. 다 고만두어라."

그는 자꾸자꾸 느껴 운다. 그는 자꾸자꾸 분한 마음이 나며 또 한옆으로 자기 누이가 그리하는 것을 보매 실망되는 생각이 나서 마음은 자꾸 괴로워진다.

"누님, 무엇을 그러세요?"

"무엇이 무엇이냐. 나는 예술가에게 더러움을 당하였다. 속았다. 다 고만두어라. 예술가는 다 독사다, 악마이다. 여호와를 속인 배암과 같다. 다 고만두어라."

철하의 마음은 갑갑할 뿐이었다. 쉴 새 없이 흐르는 그의 더운 피가 갑자기 꽉 막히는 듯하였다. 자기의 누님이, 가장 미더웁고 가장 사랑하는 누님이 가짜 예술가에게, 독사에게, 악마에게, 아, 그 곱고 정한 몸을 순간에 더럽히었다. 아니 아니, 그 순간이 아니다. 더럽힌 것이 그 순간이 아니다. 형식을 벗어난 사랑의 결과를 나는 책망하지 않는다. 그러나 영빈의 머릿속에는 벌써부터 나의 누이를 더럽히고 있었다. 보이지 않는 그의 머릿속에서는 몇만 번 나의 누님을 침상에서 맞았다. 그 머릿속에 있던 음욕의 환영은 몇천 번인지 모른다. 아아, 악마, 독사, 너는 옛적에 에덴에서 이브를 꼬이던 배암이다. 거침없고 흠 없던 이브는 그 배암으로 인하여 모든 세상의 괴로움을 깨달은 것과 같이 너는 나의 누님에게 모든 고통을 주었다. 거리낌 없는 나에게 거짓말을 하게 되었다. 인생의 모든 것을 저주하게 되었다.

철하의 가슴은 갑자기 무엇이 터지는 듯하였다. 모였던 물이 터지는 듯하였다. 막히었던 피는 다시 높은 속도로 돌았다. 그의 천칭天秤 중심 같은 신경은 그의 뜨거운 피의 몰려가는 자극을 받아 한없이 흥분하였다. 그는 갑자기,

"누님!"

하고 부르짖으며,

"누님은 예술을 욕보였습니다. 예술이란 것이 어떠한 뭉치로나 부분의 한 개로 있는 것이 아니야요. 생이 있을 때까지는 예술이 없어지지 않아요. 아아, 누님은 생의 모든 것을 욕보였습니다. 누님은 누님 자기를 욕하고 가장 사랑하는 아우를 욕하고…… 아아, 나는 참으로 그 말을 그대로 듣고 있을 수 없어요. 나의 목을 누르는 듯한 누님의 말을 그대로 듣고 있을 수 없어요. 아아, 내가 독사 악마라면 누님은 나보다 더 무엇이라 할 수 없는 요녀입니다. 사람의 육체를 앙상한 이빨로 뜯어먹는 요녀예요. 무덤 위에 방황하는 야차夜叉입니다. 아아, 나의 가슴은 터지는 듯해요. 가슴에 뛰는 심장은 악마의 칼로 찌르는 듯해요. 아아, 어찌하면 좋을까요. 누님…… 네……."

경애는 자기 오라비의 갑갑하여 어찌할 줄 모르는 것을 보고, 그가 엎어져서 가슴을 문지르며 우는 것을 보고, 또 자기에게 원망하는 듯하는 소리에 말하기 어려운 비애가 뭉친 것을 보고, 어디까지 여성인 그는 인자가 가득 찬 무엇이라 말할 수 없는 원망과 슬픔과 사랑과 어짊이 뒤섞인 마음이 생기어 그의 오라비를 눈물 괸 눈으로 바라보았다. 물끄러미 아무 말 없이 쳐다보는 그의 눈에는 사랑의 빛이 찼다. 그의 눈물이 하얀 빰을 흘러 떨어질

때마다 그는 침을 삼키며 한숨에 북받친다. 그는 메어가는 목소리로,

"철하야, 다 고만두자. 지나간 일은 잊어버리자. 나는 전과 같이 너를 사랑할 터이다. 나는 또다시 너를 속이지 않을 터이다. 아아 그러하나 나는 분해, 참으로 분해……."

"모두 다 한때의 감정이지요. 그러나 누님, 분해하는 누님을 보는 나는 더 분해요. 저는 누님보다 더 분해요…… 에…… 나는 그대로 참지는 못하겠어요. 참지 못해요. 내가 죽어 없어지기 전에는 참지 못해요. 그놈이 나의 누님의 원수라 함보다도 나의 원수입니다. 그놈은 예술을 욕보였습니다."

철하는 자기 누이의 사랑스러운 항복을 받고는 갑자기 더욱 흥분되었다. 그리고 벌떡 일어났다.

"아녜요, 가만히 있을 수 없어요."

그의 누이는 그의 옷자락을 잡으며,

"어디를 가니?"

"놓으세요, 그놈을 그대로 두지 못해요. 독사 같고 악마 같은 놈을 그대로 둘 수는 없어요. 나의 손에 주정酒精이 타는 듯한 날카로운 칼은 없지마는 그놈의 가슴을 이 손으로라도 깨뜨려 버릴 터입니다. 놓으세요, 자, 놓으세요."

경애의 손은 떨리며 나지막한 소리로 애원하는 정이 뭉친 듯하게 그를 쳐다보며,

"이애, 왜 이러니? 그렇게 감정적으로 하면 안 된다. 자, 참아라, 참아……."

"그러면 누님은 나보다도 나의 생명보다도 영빈의 그 악마의

생명을 더 아끼십니까? 안 됩니다. 안 돼요."

경애의 마음은 어디까지 사랑스러웠다. 그의 마음에는 오히려 지나간 흔적이 남아 있었다. 부질없는 지나간 때의 단꿈의 기억은 오히려 영빈을 호의로 의심하게 되었다. 자기의 불행을 조금 더 무슨 희망과 서광이 보이는 듯이 인정하게 되었다. 아무렇기로 영빈 씨가 그리하였으랴. 그것은 무슨 잘못된 일이 아닌가 하였다. 그리고 어떠한 때에는 자기 오라비에게 대한 사랑이 영빈의 그것과 대조하여 미치지 못하는 점이 있었다. 철하는 아주 냉담하게,

"저는 일어섰습니다. 누님을 위하여 일어섰으며 예술을 위하여 일어섰습니다. 저는 다시 앉을 수는 없어요."

"이애, 너는 나를 위하여 한다 하면서 그러면 어찌 나의 애원을 들어주지 않니! 자…… 앉아라 앉아. 너무 그리 급히 무슨 일을 하다가는 무슨 오해가 생기기 쉬우니라, 응!"

"앉을 수 없어요. 만일 누님이 영빈이를 위하여 나에게 한번 일어선 마음을 꺾으라 하면 아…… 네, 알았습니다. 영빈에게는 가지 않겠습니다. 영빈을 위하여 가지 않는 것이 아니라 나의 누님을 위하여……."

"아아 정말 고맙다. 그러면 여기 앉아라."

"그렇다고 앉지는 못해요. 나는 일어선 사람입니다. 혈기 있는 청년예요. 나는 누님을 위하여 나의 몸을 바칠 터입니다. 자…… 놓으세요. 저는 저 가고 싶은 곳으로 갈 터입니다. 자…… 놓으세요."

경애는 어찌할 줄 몰랐다. 그는 철하의 옷자락을 어리광도 같고 원망하는 것도 같이 잡아당기며 거기 매달려 한참 엎디어 소

리를 내어 울었다. 그 꼴을 보는 철하의 마음은 괴로웠다. 눈물은 한없이 흘렀다.

"누님, 그러면 어떻게 해요? 갈 수도 없고 있을 수도 없고 어떻게 하란 말씀이오!"

"나는 어떻게 해야 좋을지 모르겠다. 그러나 나는 너를 놓아줄 수는 없어, 놓을 수는 없어."

철하는 그대로 사라져버렸으면 하였다. 그러나 자기 누님의 눈물과 한숨을 보면 볼수록 자기의 마음은 약하여졌다. 철하의 결심은 식어버리기 시작하였다. 그는 아주 단념한 듯이,

"그러면 놓으세요. 저는 다…… 고만두겠습니다. 안 갈 터입니다……."

그가 다시 자기 책상 앞에 가서 "아하" 하고 한숨을 쉬고 팔을 모으고 고개를 대고 엎드리려 할 때 하인이 창을 열고,

"아가씨, 마님이 좀 들어오시라고요."

하고 의심스럽고 호기의 웃음을 띠고 쳐다본다. 경애는 눈물을 씻고 아무 소리 없이 나간다. 그의 몸을 슬쩍 돌릴 때에 그의 희고 고운 옷자락이 바람에 슬쩍 날리어 그의 부드러운 육체의 윤곽이 선명하게 철하의 눈에 보였다. 아아, 정욕! 그는 고개를 다시 내려 엎드려 책상 위에 엎드렸다. 그는 자꾸 울었다. 방 안은 고요하다. 그때는 철하의 머릿속에는 아무 의식도 없었다. 그는 깜박 잠이 들었다.

그는 고개를 땅에 대고 엎드려 있었다. 사면은 다만 지평선밖에 보이지 않는 넓고 넓은 사막이었다. 아무것도 보이지 않았다. 저쪽 우묵히 들어간 곳에는 도적에게 해를 당한 행려의 주검이

놓여 있다. 어디서인지도 모르게 괴수의 울음소리가 들린다. 멀리 두어 개 종려나무가 부채 같은 잎사귀를 흔들었다. 적적하고 두려운 생각을 내이는 적막한 것이었다.

그의 눈물은 엎디어 있는 팔 밑으로 새어 시내같이 흘렀다. 그는 목이 마르고 가슴이 답답하였다. 두려움이 생겼다. 조금도 눈을 떠 다른 곳을 못 보았다. 지나가는 바람 소리가 날 때 그의 머리끝은 으쓱하여지고 귀신의 날개 치는 소리가 아닌가 하였다. 그러나 그의 울음은 그치지 않았다. 그의 울음은 극도의 무서움까지라도 그치게 하지 못하였다. 그는 자꾸 울었다.

그때 하늘 구름 사이로 황금빛이 나타났다. 온 사막은 기꺼움의 광채로 가득 찼었다. 도적에게 맞아 죽은 주검까지 전신에 환희의 광채가 났다. 그 구름 위에는 이천 년 전 갈보리 산 위에서 십자가에 돌아간 예수의 인자한 얼굴이 나타났다. 웃지도 않는 얼굴에는 측은하여하는 빛과 사랑의 빛이 찼다. 그는 곧바로 철하의 엎디어 있는 공중 위에 가까이 왔다. 그는 한참 철하를 바라보더니 그의 바른손을 들었다. 그의 못 박힌 자국으로부터는 붉은 피가 하얀 구름을 빨갛게 적시며 철하의 머리털 위에 떨어졌다. 그리고 다시 하얀 모래 위에 빨갛게 물들인다. 그때 모든 천사는 예수를 찬송하는 노래를 불렀다. 구름과 예수와 천사들은 다 사라졌다.

철하는 고개를 들어 쳐다보았다. 그러나 아무 위안을 주지 못하였다. 모래 위의 피는 다 사라졌다. 마음은 여전히 괴롭고 두려웠다. 그는 다시 엎드렸다. 어느덧 공중에 달이 솟았다. 온 사막은 차고 푸른빛으로 덮이었다. 지평선 위 공중에서는 별들이 깜박거리었다. 아주 신비의 밤이었다.

어디서인지 장구와 피리 소리가 들리었다. 그 소리는 아주 향락적 음악을 아뢰었다. 그때 저쪽 어두움 속에서 아주 사람이 좋은 듯이 싱글싱글 웃는 마왕 하나가 피리와 장구의 곡조에 맞춰 덩실덩실 춤을 추며 이리로 가까이 왔다. 그의 몸에는 혈색의 옷을 입었다. 그가 밟는 발자국 밑 모래 위에는 파란 액체가 괴었다. 그는 달님과 별님에게 고개를 끄덕 인사를 하고 철하 앞에 와서 넘실넘실 춤을 추었다. 그는 유창하게 크게 웃었다. 아주 낙환樂歡의 마왕이었다.

"하—하."

빙글빙글 웃는 달
나의 얼굴빛 밝히소서.

첫날 저녁 촛불 밑에
다홍치마 입고서
비스듬히 기대앉아
아무 소리 아니 하고
신랑의 얼굴만
곁눈으로 흘겨보는
새색시의 얼굴 같은
달님의 얼굴빛을
나는 보기 원합니다.

쌩긋쌩긋 웃는 별님
홍등촌紅燈村 사창紗窓 열고
바깥 보고 혼자 서서
지나가는 손님 보고
치마꼬리 입에 물고
가는 허리 배배 꼬며
푸른 웃음 던지면서
부끄러워 창 톡 닫고
살짝 돌아 들어가는
빨간 사랑 감춘
웃는 아씨 그것같이
나에게도 그 웃음을 던져주기 비옵니다.
하하하 하하하하하.

하늘 위에 흐르는 물
은하수가 되었어라
인간에는 물이지만
하늘에는 술뿐이라
쉬지 않고 흐르는 술
인간에도 들어부어
눈물 없는 이 마왕과
한숨 없는 이 마왕과
원망 없는 이 마왕과
거짓 없는 이 마왕과

웃음뿐인 이 마왕과
즐거움만 아는 나와
사랑만 아는 나와
꿈속에서 아찔하게
영원토록 살려 하는
이 마왕의 모든 친구
모두 마시게 하옵소서.
하하하 하하하하하.

마왕은 철하 귀에 입을 대고,

"철하."

하고 아주 유혹하듯이 나지막한 목소리로 불렀다.

"철하, 일어나게. 근심은 무엇이고 눈물은 왜 흘리나. 나는 여태껏 그것을 몰라. 자, 일어나게. 내 그 눈물과 근심을 다 없이할 것을 줄 터이니."

철하는 가만히 눈을 들어 보았다. 그는 주저주저하였다.

"하하, 철하, 그대는 나를 알 터이지, 어여쁜 처녀의 붉은 입술같이 언제든지 짜르르하게 타는 달콤한 '술의 마왕'을! 자, 나의 동무가 되라. 나와 사귀면 근심 모르는, 눈물 모르는, 어느 때든지 저 달님과 별님과 같이 될 것이다. 자, 나와 같이 '술의 노래'를 부르며 춤추고 놀아보자. 하하하하하 하하하하하."

철하는 그의 손을 잡고 일어섰다. 마왕은 자기 발자국에 괴는 파란빛의 액체를 철하에게 먹였다. 철하는 모든 근심, 모든 괴로움을 잊어버리게 되었다. 그리하고 마왕과 함께 춤을 덩실 추었다. 그리고 그 가슴에서는 뜨거운 정욕만 자꾸 일어났다. 그의 입술은 점점 붉어지고 온 전신은 열정으로 타는 듯하였다. 그는 부끄러움도 잊어버리고 옷을 벗었다.

그때에 누구인지 보드랍고 따뜻한 손으로 그의 손을 잡는 자가 있었다. 그의 가슴에 정욕은 더 높아졌다. 그는 돌아다보았다. 철하 뒤에는 눈썹을 푸르게 단장하고 가슴의 유방을 내어 보이며 입에는 말하기 어려운 정욕의 웃음을 띠고 푸른 달빛을 통하여 아지랑이 같은 홑옷 속으로 타는 듯한 육체의 말할 수 없는 부드러운 대리석 같은 살의 윤곽을 비치었다. 그의 벗은 발 밑에서는 금강석 같은 모래가 반짝이었다.

철하의 가슴속의 붉은 심장은 가장 높은 속도로 뛰었다. 그가 마왕에게 취한 거슴츠레한 눈으로 사랑의 이슬이 스미는 듯한 그의 입술을 바라볼 때 그는 알지 못하게 그 여자의 뭉클하고 부드러운 유방을 끼어안았다. 그는 타는 듯한 입을 맞추었다. 초자연의 순간이었다. 그때 또다시 유창한 마왕의 웃는 소리가 들리었다.

"하하하하 하하하하하."

철하는 꿈같이 몇 시간을 보내었다. 이때 멀리 새벽을 고하는 종소리가 들리었다. 마왕과 그 여자는 깜짝 놀라 손을 마주 잡고 여명 속에 숨어버리었다. 달은 서쪽 지평선 저쪽으로 넘어가며 얼굴이 노한 듯 불쾌하여 철하를 흘겨보는 듯하였다. 별들은 눈을 비비는 듯하였다. 철하는 혼자 남아 있다가 다시 엎디었다. 마음은 시끄러웠다.

아아 사랑스러운 새벽빛이 동편 지평선의 저쪽으로 새어 들어왔다. 하늘은 파르스름하게 개었다. 그는 어디서 오는 것인지 길고도 그윽한 정신을 취하게 하는 바이올린 소리를 들었다. 천애 저쪽으로부터 들려오는 음악 소리에 화하여 처녀의 조금도 상치 않은 목소리가 들렸다. 그러나 그 소리가 어디서 오며 어디로 가는지 몰랐다. 그때 철하는 눈물을 흘리며 멀리 저쪽 하늘 끝을 바라보았다.

그 음악 소리는 산을 넘고 물을 건너 한없이 왔다. 그 보이지 않는 소리는 처음에는 아지랑이같이 희미하게 보이게 변하고 또 그다음에는 지평선 위로 떠오르는 흰 구름 같은 것으로 변하고 나중에는 육체를 가진 여신으로 변하였다. 그는 사막 위로 걸어 철하에게로 가까이 왔다. 철하가 그 여신의 빛나는 눈을 볼 때 아아, 모든 근심과 눈물은 사라졌다. 자기가 그 여신 같기도 하고 여신이 자기 같기도 하였다. 그러나 그 여신의 눈에는 눈물이 있었다. 새로운 아침 빛이 그것을 비추었다. 음악의 여신은 아무 말도 없었다. 그는 다만 철하의 손을 잡고 물끄러미 쳐다볼 뿐이었다. 그 여신은 감정적인 여신이었다. 그의 눈에서는 눈물이 자꾸자꾸 흘렀다. 그 눈물은 철하의 손등에 떨어졌다. 그 여신은 철하를 끼어안고 어머니가 어린 자식을 어루만지듯 하였다. 철하는 그 여신을 단단히 쥐었다. 그러나 그 여신은 돌아가려 하였다. 철하는 놓치지 않았다. 그때 여신의 몸은 구름같이 변하고 아지랑이같이 변하고 보이지 않는 소리로 변하였다. 그리고 저쪽 지평선으로 넘어갔다. 철하는 여신의 사라진 손만 쥐고 있었다. 그는 다시 엎드려 울었다.

철하가 눈을 떴을 때에는 그 여신을 잡았던 손에 자기 누이의 고운 손이 잡혀 있었다. 자기 누이는 자기 손을 잡고 그 위에 눈물을 뿌리고 있었다.

— 〈백조〉 제1호, 1922. 1.

별을 안거든 우지나 말걸

—건반 위에 피곤한 손을 한가히 쉬이시는 만하晩霞 누님에게 한 구절 애달픈 울음의 노래를 드려볼까 하나이다.

1

저는 이 글을 쓰기 전에 우선 누님 누님 누님 하고 눈물이 날 만치 감격에 떨리는 목소리로 누님을 불러보고 싶습니다.

그것도 한낱 꿈일까요? 꿈이나 같으면 오히려 허무로 돌리어 보내일 얼마간의 위로가 있겠지만 그러나 그러나 그것도 꿈이 아닌가 하나이다. 시간을 타고 뒷걸음질 친 또렷하고 분명한 현실이었나이다. 저의 일생의 짧은 경로의 한 마디를 꾸미고 스러진 또다시 있기 어려운 과거이었나이다.

그러나 꿈도 슬픈 꿈을 꾸고 나면 못 견딜 울음이 북받쳐 올라오는데, 더구나 그 저의 작은 가슴에 쓰리고 아픈 전상箭傷을 주고 푸른 비애로 물들여 주고 빼지 못할 애달픈 인상을 박아준 그 몽롱한 과거를 지금 다시 돌아다볼 때 어찌 눈물이 아니 나고 어째 가슴이 못 견디게 쓰리지 않을 수가 있을까요?

그러나 멀리멀리 간 과거는 어쨌든 가버리었습니다. 저의 일생을 꽃다운 역사, 행복스러운 역사로 꾸미기를 간절히 바라는 바가 아닌 게 아니지마는 지나갔는지라 어찌할까요. 다시 뒷걸음질을 칠 수도 없고 다만 우연히 났다 우연히 사라지는 우리 인생의 사람들이 말하는 바 운명이라 덮어버리고 다만 때 없이 생각되는 기억의 안타까움으로 녹는 듯한 감정이나 맛볼까 할 뿐이외다.

2

그날도 그전과 같이 고개를 숙이고 무엇을 생각하였는지 몽롱한 의식 속에 C동 R의 집에를 갔었나이다. R는 여전히 나를 보더니 반가워 맞으면서 그의 파리한 바른손을 내밀어 악수를 하여 주었나이다. 저는 그의 집에 들어가 마루 끝에 앉으며,

"오늘도 또 자네의 집 단골 나그네가 되어볼까?"

하고 구두끈을 끄르고 방 안으로 들어가 모자를 벗어 아무 데나 홱 내던지며 방바닥에 가 펄썩 주저앉았다가 그의 외투 주머니

에 손을 넣어 담배 한 개를 꺼내어 피워 물었나이다.

바닷가에서는 거의거의 그쳐가는 가늘은 눈이 사르락사르락 힘없이 떨어지고 있었나이다.

그때 R는 얼굴은 어째 그전과 같이 즐겁고 사념邪念 없는 빛이 보이지 않고 제가 주는 농담에 다만 입 가장자리로 힘없이 도는 쓸쓸한 미소를 줄 뿐이었나이다. 저는 그것을 보고 아주 마음이 공연히 힘이 없어지며 다만 멍멍히 담배 연기만 뿜고 있었나이다.

R는 무엇을 생각하였는지 멀거니 앉았다가,

"DH."

하고 갑자기 부르지요. 그래 나는,

"왜 그러나?"

하였더니,

"오늘 KC에 갈까?"

하기에 본래 돌아다니기 좋아하는 저는 아주 시원하게,

"가지."

하고 대답을 하였더니 R는 아주 만족한 듯이 웃음을 웃으며,

"그러면 가세."

하고 어디 갈 것인지 편지 한 장을 써가지고 곧 KC를 향하여 떠났나이다.

KC가 여기서부터 육십 리, R의 말을 들으면 험한 산로를 넘어가지 않으면 안 된다 하지요. 그리고 벌써 열한 시나 되었으니 거기를 가자면 어두워서나 들어갈 곳인데 거기다가 오다가 스러지는 함박눈이 태산같이 쌓였나이다.

어떻든 우리는 떠났나이다. 어린아이들같이 기꺼운 마음으로

뛰어갈 듯이 떠났나이다.

우리가 수구문에서 전차를 타고 왕십리 정류장에 가서 내릴 때에는 검은 구름이 흩어지기를 시작하고 눈이 부신 햇발이 구름 사이를 통하여 새로 덮인 흰 눈을 반짝반짝 무지갯빛으로 물들였었나이다. 지는 그 눈을 밟을 때마다 처녀의 붉은 입술 사이에서 때 없이 지저귀는 어린 꾀꼬리의 그 소리같이 연하고도 애처롭게 얼크러지는 듯한 눈 소리를 들으며 무슨 법열 권내에 들어나 간 듯이 다만 R의 손만 붙잡고 멀리 보이는 구부러진 넓은 시골길만 내려다보며 천천히 걸어갔을 뿐이외다.

그러나 R의 기색은 그리 좋지 못하였나이다. 무슨 푸른 비애의 기억이 그를 싸고 돌아가는 것같이 그의 앞을 내다보는 두 눈에는 검은 그림자가 덮여 있는 듯하였나이다. 그리고 때때 내가 주는 말에 대답도 하지 않고 보이지 않게 가벼운 한숨을 쉬며 그의 괴로운 듯한 가슴을 내려앉혔나이다.

때때 거리거리 서울로 향하여 떠들어온 시골 나무장수의 소몰이 소리가 한적한 시골의 가만한 공기를 울리어 부질없이 뜨겁게 돌아가는 저의 핏속으로 쓸쓸하게 기어 들어올 뿐이었나이다.

넓고 넓은 벌판에는 보이는 것이 눈뿐이요, 여기저기 군데군데 서 있는 수척한 나무가 보일 뿐이었나이다. 저는 이것을 볼 때마다 저— 북쪽 나라를 생각하였으며 정처 없는 방랑의 생활을 생각하였나이다.

그리고 지금 우리 두 사람이 방랑의 길을 떠난다고 가정까지 하여보았나이다. R는 다만 나의 유쾌하게 뛰어가는 것을 보고 쓸쓸한 웃음을 웃을 뿐이었나이다.

우리가 SC강을 건널 때에는 참으로 유쾌하였지요. 회오리바람만이 이 귀퉁이에서 저 귀퉁이로 저 귀퉁이에서 이 귀퉁이로 휙휙 불어갈 때에 발이 빠지는 눈 위로 더벅더벅 걸어갈 제 은싸라기 같은 눈가루가 이리로 사르락 저리로 사르락 바람에 불려가는 것은 참으로 끼어안을 듯이 깜찍하게 귀여웠나이다. 우리는 그 눈 덮인 모래톱으로 두 손을 마주 잡고 하나 둘을 부르며 달음질을 하였나이다. 그리고 또다시 SP강에 다다랐을 때에는 보기에도 무서워 보이는 푸른 물결이 음녀의 남치맛자락이 바람에 불리어 그의 구김살이 울멍줄멍하는 것같이 움실움실 출렁출렁하고 있었습니다.

우리는 나룻배를 타고 그 강을 건너 주막거리에서 점심을 먹을 때에 R가 나에게 말하기를,

"술 한잔 먹으려나?"

하기에 나는 하도 이상하여,

"술!"

하고 아무 소리도 못 하였습니다. 여태까지 술을 먹을 줄 모르는 R가 자진하여 술을 먹자는 것은 한 가지 이상한 일이었나이다.

KC를 무엇하러 가는지도 모르고 가는 저는 또한 R가 술 먹자는 것을 또다시 그 이유까지 물어볼 필요가 없었나이다.

그는 처음으로 술을 먹었나이다.

우리는 또다시 걸어 나갔나이다. 마액魔液은 그 쓸쓸스러운 R을 무한히 흥분시켰나이다. 그는 팔을 내저으며 목소리를 크게 하여 말하기를 시작하였나이다. 그는 나의 손을 힘 있게 쥐며,

"DH."

하고 부르더니 무슨 감격한 듯한 어조로,

"날더러 형님이라고 하게."

하고 조금 있다가 다시,

"나는 DH를 얼마간 이해하고 또한 어디까지 인정하는데."

하였나이다.

아, 얼마나 고마운 소리일까요? 저는 손아래 동생은 있어도 손위의 형님을 가질 운명에서 나지를 못하였나이다. 손목 잡고 뒷동산 수풀 사이나, 등에 업고 앞세워 물가로 데리고 다녀줄 사람이 없었나이다. 무릎에 얼굴을 비벼가며 어리광 부려 말할 사람이 없었나이다. 다만 어린 마음 외로운 감정을 그렁저렁한 눈물 가운데 맛볼 뿐이었나이다.

그리고 할아버지나 할머니의 머리를 쓰다듬어 주시는 부드러운 사랑을 맛보지 못하였나이다. 그리고 아버지 어머니는 본래 젊으시니까—

그리고 어려서부터 오늘까지 지낸 과거를 생각하여 보면 웬일인지 한 귀퉁이 가슴속이 메인 듯해요.

그런데 '형님'이라 부르고 '아우'라고 부르라는 소리를 듣는 저는 그 얼마나 기꺼웠을까요? 그 얼마나 반가웠을까요. 그리고 나를 이해하고 나를 얼마간일지라도 인정하여 준다는 말을 들은 나는 그 얼마나 감사하였을까요.

그러나 그 감사하고 반갑고 기꺼운 말소리에 나는 얼핏 '네' 하지를 아니하였나이다.

그 '네' 하지 않은 것이 잘못일는지 잘못 아닐는지 알 수 없으나 어찌하였든 저는 '네' 소리를 하지 못하였습니다. 그러면 그것이 나를 이해하고 나를 인정하여 주는 그 R의 마음을 더 슬프게 하였을는지 더 무슨 만족을 주었을는지 알 수 없으나 나는 거기에 이렇게 대답을 하였나이다.

"좋은 말이오. 우리 두 사람이 어떠한 공통 선상에서 서로 인정하고 서로 이해함을 서로 받고 주면 그만큼 더 행복스러운 일이 없지. 그러하나 형이라 부르거나 아우라 부르지 않고라도 될 수 있는 일이 아닐까? 도리어 형이라 아우라는 형식을 만들 것이 없지 아니하냐?"

고 말을 하였더니 그는 무엇을 깨달은 듯이,

"딴은 그것도 그렇지."

하고 나의 손을 더 힘 있게 쥐었나이다.

3

금빛 나는 종소리가 파랗게 개인 공중을 울리우고 어디로 사라져버리는지? 그렇지 않으면 온 우주에 가득 찬 에테르를 울리며 멀리멀리 자꾸자꾸 끝없이 가는지, 어떻든 그 예배당 종소리가 우두커니 장안을 내려다보는 인왕산 아래 붉은 벽돌집에서 날 때 저와 R는 C 예배당으로 들어갔나이다.

그때에 누님도 거기에 앉아 계시었지요. 그리고 그 MP 양도…….

처음 보지 않는 MP 양이지마는 보면 볼수록 그에게서 볼 수 있는 것이 자꾸자꾸 변하여 갔나이다. 지난번과 이번이 또 다르지요. 지난번 볼 때에는 적지 않은 불안을 가지고 그 여성을 보았습니다. 그리고 얼마간의 낙망을 가지고 보았을는지도 모르지요. 그러나 이번의 그를 볼 때에는 웬일인지 그에게서 보이지 않게 새어 나오는 무슨 매력이 나의 온 감정을 몽롱한 안개 속으로 헤매이는 듯하게 하였나이다.

그리고 그의 육체의 미도 지난번 볼 때에는 어째 흙냄새가 나는 듯이 누런 감정을 나에게 주더니 오늘에는 불그레하게 황금색이 나는 빛을 나에게 던져주더이다. 그리고 그 황금색이 농후한 액체가 평평한 곳으로 퍼지는 듯이 점점점점 보이지 않게 변하여 동색銅色의 붉은빛으로 변하고 나중에는 어여쁜 처녀의 분홍 저고리 빛으로 변하기까지 하였나이다.

그리고 그가 고개를 돌릴 듯 돌릴 듯 할 때마다 나의 전신의 혈액은 타오르는 듯하고 천국의 햇발 같은 행복의 빛이 나의 온몸 위에 내리붓는 듯하였나이다.

그리고 한 시간밖에 안 되는 예배 시간이 나의 마음을 공연히 못살게 굴었나이다.

어찌하였든 예배는 끝이 났지요. 그리고 나와 R는 바깥으로 나왔지요. 그때 누님은 나를 기다리었지요. 그리고 저와 누님은 무슨 이야기든가 그 이야기를 할 때 아아, 왜 MP 양이 누님을 쫓아오다가 저를 보고 부끄러워 고개를 돌리며 저편으로 줄달음질쳐 달아났을까요?—그렇지 않다는 그 MP 양이—누님, 그 MP 양이 고개를 돌리고 줄달음질을 하거나 부끄러워 얼굴빛이 타오르는 저녁 노을빛 같거나 그것이 나에게 무엇이 되겠습니까?

그러나 왜 나를 보고 그리하였을까요? 아마 다른 남성을 보고는 그리 안 했을 터이지요? 그리고 그 줄달음질하여 저쪽으로 돌아가서는 그의 마음이 어떠하였을까요? 더욱 부끄럽지나 아니하였을까요? 그렇지 않으면 후회하는 마음이 나지나 아니하였을까요?

어떻든 그것이 나에게 준 MP의 첫째 인상이었나이다. 그리하고 환희와 번뇌의 분기점에 나를 세워놓은 첫째 동기였나이다.

저는 언제든지 이 시간과 공간을 떠날 날이 있겠지요. 그러나 그 깊이 박힌 인상은 두렵건대 그 시간과 공간에 영원한 흔적을 남겨줄는지요?

4

사랑하는 누님, 왜 나의 원고는 도적질하여 갖다가 그 MP 양을 보게 하였어요? 그 MP 양이 그 글을 보고 얼마나 웃었을까요?

아아, 그러나 그 누님의 나의 원고를 도적하여다가 그 MP 양을 보게 한 것이 나의 마음을 얼마나 즐거웁게 하였을까요?

누님의 도적질한 것은 그것을 죄를 정할까요, 상을 주어야 할까요? 저는 꿇어 엎디어 절을 하겠습니다. 그리고 천국의 문을 열어드릴 터입니다.

그런데 그 원고 ○○○이라 한 끝에 서투른 필적이 새로 생기었어요. 그리고 지울 수도 없는 잉크로 나의 글씨를 흉내를 내인 것인지 그렇지 않으면 그의 필적을 자랑하려 한 것인지? 그렇지만 그런 것은 아니겠지. 그렇지요, 그렇지는 않지요. 그러나 나의 원고를 더럽힌 그에게는 무엇이라 말을 하여야 좋을까요?

그러나 그러나 그 필적은 나의 가슴에 무엇인지를 전하여 주는 듯하였나이다. 사람의 입으로나 붓으로는 조금도 흉내 낼 수 없는 그 무엇을 전하였더이다. 다만 취몽 중에 헤매이는 젊은이의 가슴을 못살게 구는 그 무엇을?

5

고맙습니다. 누님은 그 MP 양과는 또다시 더 어떻게 할 수 없는 형제와 같다 하였지요? 그리고 서로서로 형님 아우 하고 지낸다지요. 저는 다만 감사할 뿐이외다. 그리고 영원한 무엇을 바랄 뿐이외다. 그러나 저에게는 그 누님과 MP 사이를 얽어놓은 형제라 하는 형식의 줄이 나를 공연히 못살게 구나이다. 그리고 모든 불안과 낙망 사이에서 헤매이게 하나이다.

누님의 동생이면 나의 누이지요. 아니 나의 누님이지요.—그 MP 양은 나보다 한 살이 더하니까—그러면 나도 그 MP 양을 누님이라 불러야 할 것이지요.

아아, 그것이 될 일일까요. 누님이라 부르기가 어려운 일이 아니지마는 나의 입으로 그를 누님이라고 부른다 하면 그 부르는 그날로부터는 그의 전신에서 분홍빛 나는 무슨 타는 듯한 빛을 무슨 날카로운 칼로 잘라버리는 듯이 사라져버릴 터이지. 아니 사라져 없어지지는 않더라도 제가 이 눈을 감아야지요. 아아, 두려운 누님이란 말, 나는 이 두려운 소리를 입에 올리기도 두려워요.

6

오늘 저는 PC에 보낼 원고를 쓰고 있었습니다. 머리가 아프고 신흥이 나지가 않아서 펴놓은 종이를 척척 접어 내던져 버리고 기지개를 한번 켜고 대님을 한번 갈아매고 모자를 집어 쓰고 바깥으로 나갔습니다. 시계는 벌써 일곱 시를 십 분이나 지나고 있었나이다.

저의 가는 곳은 말할 것도 없이 R의 집이지요. 그리고 내가 책을 볼 때에나 글씨를 쓸 때에나 길을 걷거나 천장을 바라보고 누워 있을 때나 눈을 감고 명상할 때에나 나의 눈앞을 떠나지 않는 그 MP 양을 오늘 R의 집에를 가면서도 또 보았습니다.

저는 언제든지 MP 양을 생각합니다. 허무한 환영과 노래하며 춤추며 이야기하며 나중에는 두렵건대 손을 잡고 이 세상의 모든 유열愉悅을 극도로 맛보았습니다. 그러나 그것이 한낱 공상인 것을 깨달을 때에는 저도 공연히 싫증이 나고 모든 것이 귀찮고 모든 것이 비관의 종자가 될 뿐이었나이다. 그리고 아아 과연 다만 일찰나 사이라도 그 MP의 머릿속에서 나의 환영을 찾아낸다 하면 그 얼마나 나의 행복일까 하였나이다. 그리고 그 MP는 나를 조금도 생각지 않는 것만 같아서 공연히 마음이 애달팠나이다.

그날 R는 집에 있지 않았습니다. 저의 마음은 눈물이 날 듯이 공연히 센티멘털로 변하여졌나이다. 그래서 정처 없이 방황하기로 정하고 우선 L의 집으로 가보았습니다.

제가 그 처녀와 같이 조금도 거짓 없음을 부러워하는 L은 나를 보더니 그 검은 얼굴에 반가워 죽을 듯한 웃음을 띠우고 손목

을 잡아 자기 방으로 끌어들이더니 어저께도 왔었는데,

"왜 그동안에 그렇게 오지를 않았나?"

하지요. 그래 나는 그 얼마나 고독히 지내는 그 L을 보고 이때껏 계속하여 왔던 감상이 가슴 한복판으로 모여드는 듯하더니 공연히 눈물이 날 듯…… 하지요. 그래 억지로 그것을 참고 멀거니 앉아 있었더니 그 L은 또 날더러 독창을 하라지요. 다른 때 같으면 귀가 아프다고 야단을 쳐도 자꾸자꾸 할 저이지마는 오늘은 목구멍에서 무엇이 잡아당기는지 그 목소리가 조금도 나오지를 아니하였나이다. 그래 공연히 앙탈을 하고 일어나기를 싫어하는 그 L을 옷을 입혀 끌고 바깥으로 나갔습니다. 저녁 안개는 달빛을 가리우고 붉은 전등불만이 어두움 속에 진주를 꿰뚫어 놓은 듯이 종로 큰 거리에 나란히 켜 있을 뿐이었나이다.

두 사람이 나오기는 나왔으나 어디로 갈 곳이 없었나이다. 주머니에 돈이 없으니 하루 저녁을 유쾌히 놀 수도 없고 또 갈 만한 친구의 집도 없고 마음만 점점 더 귀찮고 쓸쓸스러운 생각을 하였나이다.

우리 두 사람은 결국 때 없이 웃는 이의 집으로 가기로 하였나이다. 우리는 한 집에를 갔으나 우리를 기다리지 않는 그는 있지 않았나이다. 그래 하는 수 없이 설영의 집으로 가기를 정하고 천변으로 내려섰나이다. 골목 안의 전깃불은 누구를 기다리는 것같이 빙그레 웃으며 켜 있었지요. 우리는 그 집에를 들어가,

"설영이."

하고 불렀나이다. 안방에서 영리한 목소리로,

"누구요?"

하는 설영의 목소리가 났습니다. 우리 두 사람은,

"있고나."

하였습니다. 그리고 공연히 마음이 반가웠나이다. 그리고 설영이는 마루 끝까지 나와,

"아이그 어서 오세요, 왜 그렇게 한 번도 아니 오셔요."

하지요.

아, 누님 그 소리가 진정이거나 거짓이거나 관성으로 인하여 우연히 나온 말이거나 아무것이거나 나는 그것을 생각하려고 하지는 않습니다. 다만 감상에 쫓기어 정처 없이 방황하려는 이 불쌍한 사람에게 향하여 그의 성대를 수고롭게 하여 발하여 주는 그의 환영의 말이 얼마나 나의 피곤한 심령을 위로하여 주었을까요.

그는 날더러 '오라버니'라 하여주기를 맹세하여 주었습니다. 그리고 영원히 오라버니가 되어달라 하였습니다.

누님, 과연 내가 남에게 오라버니라는 존경을 받을 만한 자격의 소유자가 될 수 있을까요. 물론 그것도 나의 원치 않는 형식입니다. 그러나 나는 그 설영을 친누이동생같이 사랑하렵니다. 그리고 영원히 영원히 나의 누이동생을 만들려 하나이다. 그리고 다만 독신인 설영이도 진정한 오라비 같은 어떠한 남성의 남매 같은 애정을 원하겠지요. 그러나 그러나 무상인 세상에 그것을 과연 허락할 참신神이 어느 곳에 계실는지요? 생각하면 안타까울 뿐이외다.

그날 L은 설영을 공연히 못살게 놀려먹었나이다. 물론 사념 없는 어린애 같은 유희지요. 그때 L은 설영을 잡으려고 달려들었습

니다. 설영은 소리를 지르며 간지러운 웃음을 웃으면서 나의 앞으로 달려들며,

"오라버니! 오라버니!"

하고 그 L을 피하였나이다. 나는 그때 그 설영이 비록 희롱에서 나왔다 하더라도 L에게 쫓기어 나에게 구호함을 청할 때에 아아, 과연 내가 이와 같은 여성의 구호를 청함을 받을 만한 자격의 소유자일까 하였나이다. 그리고 모든 여성은 다 나를 보려고 하지도 않는 생각을 하고 혼자 이 설영이가 나에게 구호함을 청한다는 것은 그 설영을 끼어안을 듯이 귀여운 생각이 났나이다. 그러나 나타났다 사라지는 환영의 그림자일까? 팔팔팔 날리는 봄날의 아지랑이일까? 영원이란 무엇일는지요—

7

날이 매우 따뜻하여졌습니다. 내일쯤 한번 가서 뵈오려 하나이다. 하오에 기다려주십시오. 그리고 W 군은 어저께 동경으로 떠나갔다는 말을 들었습니다. 만나보지 못한 것이 매우 섭섭하외다. 그리고 S 군 Y 군도 그리로 향하여 수일 후에 떠나간다는 말을 들었습니다. 아아, 저는 외로운 몸이 홀로이 서울에 남아 있게 되겠지요. 정다운 친구들은 모두 다 저 갈 곳으로 가버리고…….

8

왜 어저께 저는 누님에게를 갔을까요? 간 것이 나에게 좋은 기회이었을까요? 그렇지 않으면 좋지 못한 기회이었을까요.

어떻든 어저께 나는 처음으로 그 MP와 말을 하게 되었습니다. 그리고 가까이 서로 보고 앉아 간질간질한 시선으로 그를 보게 되었습니다. 그리고 나의 눈에서 방산放散하는 시선의 몇 줄기 위로 나의 쉴 새 없이 뛰는 영의 사자를 태워 보내었나이다.

그는 그때 그 예배당 앞에서 나를 보고 고개를 돌리고 줄달음질하던 때와는 아주 달랐습니다. 그의 마음속으로는 나의 전신의 귀퉁이로부터 귀퉁이까지 호의의 비평을 하였을는지 악의의 비평—그렇지는 않겠지?—을 하였을는지 어떻든 부단의 관찰로 비평을 하였겠지요. 그러나 그의 눈과 안색은 아주 침착하였나이다. 그리고 그에게서 가장 아름다운 목소리는 아주 나의 마음을 취하게 할 듯이 부드럽고 연하며 은빛이 났나이다.

그리고 나의 글을 너무 칭상稱賞하는 것이 조금 나를 부끄럽게 하였으며 또는 선생님이라는 경어가 아주 나를 괴롭게 하였나이다.

누님, 만일 그가 날더러 선생이라 그러지 않고 오라비라고 하였드면? 그 찰나의 나의 모든 것은 다 절망이 되어버렸을 터이지요. 그 선생이라는 말을 듣기 싫어하는 제가 도리어 그 선생이라는 말을 듣는 것이 행복인 것을 깨달을 날이 있을 줄은 이제 처음으로 알게 되었나이다.

어떻든 저는 그 MP와 만날 기회를 얻었습니다. 그리고 서로 말소리를 바꾸게 되었습니다. 아마 이것이 저와 그 MP 사이에 처음 바꾸는 말소리가 되었겠지요? 그리고 우주의 생명 중에 또다시 없는 그 어떠한 마디이었겠지요.

그러나 저는 불안을 깨닫습니다. 마음이 못 견딜 만치 불안합니다. 다만 한 번 있는 그 기회의 순간이 좋은 순간이었을까요? 기쁜 순간이었을까요. 무한한 희망과 영원한 행복을 저에게 열어주는 그 열쇠 소리가 한 번 째각하는 그 순간이었을까요. 그렇지 아니하면 끝없는 의혹과 오뇌 속에서 만일의 요행만 한 줄기 믿음으로 몽롱한 가운데 살아 있다 그대로 사라져 없어졌다면 도리어 행복일걸 하는 회한의 탄식을 나에게 부어줄 그 순간이었을까요?

어찌하였든 저는 한옆으로 요행을 꿈꾸며 한옆으로 부질없는 낙망에 헤매이나이다.

9

오늘은 아침 아홉 시에 겨우 잠을 깨었나이다. 그것도 어제저녁에 공연히 돌아다니느라고 늦게 잔 덕택으로 아침에 일어나지 못하는 행복을 얻었더니 그나마 행복이 되어 그리하였는지 R가 찾아와서 못살게 굴지요. 못살게 구는 데 쪼들리어 겨우 잠을 깨어 세수를 하였나이다.

이상한 일이었나이다. 제가 R의 집을 가기는 하여도 R가 저의 집에 찾아오는 일이 없는 그가 오늘 식전 아침에 저를 찾아온 것은 참으로 뜻밖이고 이상합니다.

그는 매우 갑갑한 모양이었나이다. 그리고 요사이 며칠 동안 그의 얼굴은 그리 좋지 못하였으며 언제든지 무슨 실망의 빛이 있었나이다.

오늘도 그는 침묵 속에 있었나이다. 그리고 먼 산만 바라보고 있었나이다.

그는 어디로 산보를 가자 하였나이다. 저는 아침도 먹지 않고 그와 함께 정처 없이 나섰나이다.

우리는 전차를 타고 H와 P의 집에를 가보았으나 H는 아침 먹고 막 어딘지 가고 없다 하고 P는 집에 일이 있어서 가지를 못하겠다 하지요. 그래 하는 수 없이 우리 단 두 사람이 또다시 KC를 향하여 떠났나이다.

천기는 청명, 가는 바람은 살살, 아주 좋은 봄날이었나이다. 우리는 전차에서 내렸나이다. 오포午砲가 탕 하였나이다. 멀리멀리 흐르는 HC강은 옛적과 같이 고요히 흐르고 있었나이다. 아무 소리도 없고 아무 향기도 없고 아무 웃는 것도 없고 다만 푸른 물 속에 취색翠色의 산 그림자를 비추어 있어 다만 "아아 아름답다" 하는 우리 두 사람의 못 견디어 나오는 탄성뿐이 고요한 침묵을 가늘게 울릴 뿐이었나이다. 우리는 언덕으로 내려가 한가히 매어 있는 주인 없는 배 위에 앉아 아무 소리 없이 물 위만 바라보았나이다. 푸른 물 위에는 때때 은사銀絲의 맴도는 듯한 파연波漣이 가늘게 떨 뿐이었나이다. 그리고 사르렁사르렁 은사의 풀렸다 감겼다 하는 소리가 들리는 듯하였나이다.

우리는 한참이나 앉아 있었나이다.

우리는 문득 저쪽을 바라보았나이다. 그리고 나의 가슴은 공연히 덜렁덜렁하고 전신에 식은땀이 흐르는 듯하였나이다. 저기 저쪽에는 그 비단결 같은 물 위에 한가히 떠 있어 물속으로 녹아들 듯이 가만히 있는 그 요트 위에는 참으로 뜻밖이었어요, 그 MP가 어떠한 나른 동무하고 나란히 앉아 있었나이다.

그러나 그 MP는 나를 보고도 모르는 체하는지 보지 못하고 모르는 체하는지 다만 저의 볼 것 저의 들을 것만 보고 들을 뿐이었나이다.

저는 그 MP에게로 달려가고 싶었습니다. 아, 그러나 만일 그가 나를 보고도 못 본 체한다면? 불과 몇십 간 되지 않는 거기에 있는 그가 어째 나를 보지 못하였을까? 못 보았을 리가 있나? 라고만 생각하는 저는 그에게로 가기가 두렵고 공연히 무엇인지 보이지 않는 무엇이 원망스러웠을 뿐이었나이다.

그런데 웬일일까요? MP를 나 혼자만 아는 줄 아는 저는 R의 기색에 놀라지 아니치 못하였나이다.

R는 나의 손을 잡아당기며,

"MP가 왔네."

하였습니다. 그 소리를 듣는 저는 R가 어떻게 MP를 아는가 하였나이다. 그리고 무엇인지 번개와 같이 저의 머리를 지나가는 것이 있더니 저는 그 R에게서 무슨 공포를 깨달은 것이 있었나이다.

R는 대담하게 MP에게로 갔습니다. 저도 그를 따라갔습니다. R는 모자를 벗고 그에게 예를 하였나이다. 아아 그러나 누님, 정성을 다하지 않고 몽롱한 의심과 적지 않은 불안으로 주는 저의 예에는 그의 입 가장자리로 불그레한 미소가 떠돌았으며 따뜻한

눈동자의 금빛 광채이었나이다. 그리고 "아이고 어떻게 이렇게 오셨어요?" 하는 그의 전신을 녹이는 듯한 독특한 어조가 저를 그 순간에 환희의 정화精華 속으로 스며들게 하였나이다.

우리 두 사람은 그를 작별하고 바로 시내로 들어왔나이다. 웬일인지 저의 마음은 한없이 기뻤나이다. 그리고 전신의 혈액은 더욱더 펄펄 끓기를 시작하였나이다. 그러나 R의 얼굴은 그전보다 더 비애롭고 실망의 빛이 떠돌았나이다. 쓸쓸한 미소와 쓸쓸한 어조가 도는 저의 동정의 마음을 일으킬 만치 처참한 듯하였나이다. 저는 R에게,

"어떻게 MP를 알든가?"

하였습니다. 그는 무슨 옛날의 환상을 보는 듯한 표정으로,

"그전부터 알어."

하였나이다. 이 소리를 듣는 저는 그러면 이성 사이에 만나면 생기는 사랑의 가락이 그 MP와 이 R 사이에 매여지지나 아니하였나 하고 여태껏 기꺼웁던 것이 점점 무슨 실망의 감상으로 변하여 버리었나이다. 그리고 차차 의혹 속에 방황하게 되었나이다.

그리하다가도 그 R의 실망하는 빛과 MP의 냉담한 답례가 저에게 눈물 날 만큼 R를 동정하는 생각을 나게 하면서도 또 한옆으로는 무슨 승자의 자랑을 마음 한 귀퉁이에서 만족히 여기었으며 불행한 R를 옆에 세우고 다행히 환희를 맛보았습니다.

그날 저는 R의 집에서 자기로 정하였나이다. 밤 열한 시가 지나도록 별로 서로 말을 한 일이 없는 R와 두 사람 사이에는 공연히 마음이 괴로운 간격을 깨닫게 되었나이다. 그리고 그의 푸른 비애와 회색 실망의 빛이 그의 얼굴로 가끔가끔 농후하게 지나

갈 때마다 저는 공연히 불안하였나이다.

저는 R에게 그 기색이 좋지 못한 이유를 묻기를 두려워하였나이다. 그리고 만일 그 비애의 빛과 실망의 빛이 그 MP로 인한 것이 아니고 다른 것으로 인한 것이라 하면 저는 그때 그 R의 그 비애와 실망과 똑같은 비애와 실망을 맛보았을 것이지요?

그러나 저는 형제와 같은 그 R의 비애와 실망을 그 MP로 인하여서라고 인정하지를 아니하면 저의 마음이 불안하여 못 견딜 정도였습니다.

그날 저녁 R는 자리에 누워서도 한잠을 자지 못하는 모양이었나이다. 다만 눈만 멀뚱멀뚱하고 천장만 바라보고 있었나이다. 그리고 머리를 짚고 눈을 감고 무엇인지 명상하듯이 가만히 있었을 뿐이었나이다. 그의 엷은 눈썹은 가늘게 떨리고 있었습니다.

저도 웬일인지 잠이 오지 않았습니다. 그래 머리맡 서가에 놓여 있는《On the Eve》를 집어 들고 한참이나 보다가 잠이 깜빡 들었나이다.

10

저는 어리석은 사람이 되어버리었나이다. 꿈을 믿고 길에서 장님을 만나면 두 다리에 풀이 다하도록 실망을 하게 되었나이다.

그리고 꽃의 화판을 '하나 둘' 하며 'MP가 나를 사랑하느냐 사랑하지 않느냐?' 하며 차례차례 따보게 되었습니다. 그리고 만일 '사랑한다' 하는 곳에서 맨 나중 꽃 잎사귀가 떨어지면 성공한 것처럼 춤을 출 듯이 만족하였으며 그렇지 않고 '사랑하지 않는다'는 곳에 와서 그 맨 나중 꽃 잎사귀가 떨어지면 공연히 낙망하는 생각이 나며 비로소 그 헛된 것을 조소합니다. 그러나 어느 틈에 또다시 그 꽃 잎사귀를 따보고 싶어 못 견디게 되나이다. 저는 요행을 바라는 동시에 말할 수 없는 미신자가 되었습니다. 오늘은 제가 누님을 만나 뵈러 가지 않으려 하였으나 W 군이 피스piece를 찾아달라 하여서 누님에게로 갔었습니다.

누님이 나오기를 기다리고 있는 동안에 나는 다만 침착하고 고요한 마음으로 정문 앞 플랫폼을 왔다 갔다 하였나이다. 그러다가 문 열리는 소리가 나더니 나오는 사람은 누님이 아니고 그 MP였습니다. MP는 나를 보더니 생긋 웃으며 고개를 숙여 예를 하여주었나이다. 그리고 그곳에 서 있었나이다. 그 뒤를 따라 나온 이가 누님이었지요.

저의 마음은 이상하게 기뻤나이다. 그리고 아주 무슨 희망을 얻은 듯하였나이다. 길거리로 걸어 다니면서도 혹시나 MP를 만나 인사를 주고받을 만한 순간의 기회를 기대하는 저는 누님에게로 갈 때마다 그 MP를 만날 수가 있을까 하는 기대를 가지고 다니었나이다. 오늘도 그 기대를 조금일지라도 아니 가지고 간 것이 아니었건마는 그 MP가 있지 않을 줄 안 저는 아주 단념을 하고 갔었습니다. 그래 그 MP를 만난 것은 아주 의외이었지요.

누님 그 MP가 무엇하러 누님보다도 먼저 저를 보러 나왔을까요. 어린 아우를 만나려는 누님의 마음이었을까요. 반가운 정인을 만나려는 애인의 마음이었을까요. 무엇이었을까요?

그는 저와 오랫동안 말을 하였나이다. 그리고 동청冬靑이 푸른

잔디 사이를 누님과 저 세 사람이 산보하였지요? 저희가 그 좁은 길로 지나올 때 저는 그 MP에게,

"R를 어떻게 아셨든가요?"

하고 물어보았습니다. 그 MP는 조금 얼굴이 불그레한 중에도 미소를 띠며,

"네, 그전에 한 두어 번 만나본 일이 있었어요."

하고 대답을 하였지요. 그 소리를 듣는 저는 곧,

"R는 참 좋은 사람이야요."

하였지요. 그러니까 그 MP는 곧 다른 말로 옮기어 버렸나이다.

그렇게 한 지 십 분쯤 되어 누님과 우리 두 사람은 무슨 조용히 할 말이나 있는 것처럼 주저주저하였나이다. 그러니까 그 MP는 곧 영리하게 그것을 알아차리고 안으로 들어가 버렸지요.

아아 그때 저의 마음은 아주 섭섭하였습니다. 우리가 우리의 필요한 이야기를 하지 못한다 하더라도 그 MP는 떠나기가 싫었나이다. 그러나 그의 검은 치맛자락의 그림자는 보이지 않게 사라져버리었나이다. 그때 누님은 절더러 이야기를 하여주었지요. 그 MP를 R가 사랑하려다가 그 MP가 배척을 하였다는 것을—그리고 그 MP가 저의 그 누님이 도적하여 간 원고를 보고 도외의 찬성을 하더라는 것과 그러나 그가 한 가지 불만으로 생각하는 것은 신앙이 적더라는 것을. 저는 누님과 작별을 하고 문밖으로 나오며 뛰어갈 듯이 걸음을 속히 하여 걸어가며,

"내가 행복한 자냐 불행한 자냐?"

하고 혼자 소리를 질러보았습니다. 그러다가는 그 신앙이 적다고 하는 데 대하여는 적지 않은 불쾌와 또 한옆으로는 희미한 실망

을 깨달았습니다.

그래 집에 돌아와 아랫목에 누워서 여러 가지로 그 MP와 저 사이를 무지갯빛 나는 아름답고 거룩한 것으로만 얽어놓아 보다가도 그 신앙이란 말을 생각하고는 곧 의혹 속에 헤매었나이다. 그러다가는 그의 집에서 본《On the Eve》를 읽던 것이 생각되며 그 여주인공 에레나의 일기가 생각났습니다.

그의 애인 인사로프와 그의 아버지가 그와 결혼시키려는 크르나도오스키를 비교하여 인사로프에게는 신앙이 있을지라도 크르나도오스키에게는 신앙이 없었다. 자기를 믿는 것만으로는 신앙이 있다고 말할 수 없으니까…….

누님, 저는 이 글을 볼 때 공연히 실망하였습니다. 에레나는 신앙 있는 사람을 사랑하였습니다. 그리고 신앙 없는 사람을 사랑치 않았습니다. 그러면 MP도 언제든지 신앙 있는 사람을 사랑할 터이지요. 그러면 그 MP가 저에게 신앙이 없다고 한 말은 저를 동생이나 친우로 여길는지는 알 수 없으나 애인으로 생각지는 못하겠다는 것이지요.

누님, 그러면 저는 실망할까요, 낙담할까요? 신앙이란 무엇일까요. 물론 누구에게든지 신앙이 없는 사람이 없습니다. 누구는 예수를 믿고 석가를 믿고 우상을 믿고 여러 가지를 믿습니다.

그리고 또 자기를 믿는 사람이 있기도 합니다. 그리고 누님, 저도 무엇인지 신앙하는 것이 있겠지요? 신앙이 없는 사람이 이 세상에서 생명을 가지고 살아 있다는 것은 거짓말이니까. 누구든지 각각 자기가 신앙하는 것이 있기 때문에 이 세상에 살아 있으니까 저도 또한 이 세상에 살아 있는 사람이라 어떠한 신앙이든지 가지고 있겠지요.

저 어떠한 종교를 어리석게 믿는 사람들은 각각 자기의 신앙만이 참신앙으로 생각합니다. 그리고 남의 신앙을 조소합니다. 그러나 한 번 더 크게 눈을 뜨고 고개를 돌리어 사면을 둘러보는 자는 각각 이것과 지것을 대조할 수가 있을 것이지요. 그리고 각각 장처와 결점을 찾아낼 수가 있을 것이지요. 이불을 뒤집어쓰고는 물론 그 이불 속뿐이 세상인 줄 알 터이지요. 그리고 그 속에만 참진리가 있는 줄 알 터이지요. 그러하나 그 이불 속만이 세상이 아니고 그 속에만 진리가 있는 것이 아닌 줄 아나 그 이불을 벗어버린 자는 그 이불 쓴 사람을 불쌍히 여기었을 터이지요. 그러면 이 세상에는 그 이불을 벗은 사람이 여럿이 있었습니다. 그리하여 그 이불을 뒤집어쓴 사람들을 아주 불쌍히 여기었습니다.

그러면 저도 그 이불을 벗은 사람의 하나가 되려 합니다. 다만 어떠한 이름 아래서든지 그 온 우주에 가득 차서 영원부터 영원까지 변치 않는 진리를 믿는 사람이 되려 하나이다. 그리하여 다만 그것을 구할 뿐이요, 그것을 체험하려 할 뿐이외다.

물론 사람은 약한 것이지요. 심신이 다 강하지는 못하지요. 제가 어떠한 때 본의 아닌 일을 할 때가 있다 하더라도 그것은 다만 약한 까닭이겠지요. 그리고 그것을 깨닫는 때는 그것을 고치겠지요. 그리고 누님, 한 가지 끊어 말하여 둘 것은 《쿠오바디스》에 있는 비니큐스와 같이 리지아의 신앙과 같은 신앙으로 인하여서 저도 그 비니큐스는 되지 않겠지요.

아아 그러나 누님, 제가 어찌하여 이와 같은 말을 쓸까요? 사랑보다 더 큰 신앙이 이 세상에 또 어디 있을까요. 자기의 생명까지 희생하는 것은 사랑이 있을 뿐이지요. 사람이 사랑으로 나고 사랑으로 죽고 사랑으로 살기만 하면 그 사람의 생은 참생이 되겠지요. 그러하나 저희는 사랑을 생각할 때마다 마음이 두근거립니다. 처음은 이성異性에게 사랑을 구하는 자가 누가 주저하지 않은 자가 있고 누가 가슴이 떨리지 않는 자가 있을까요? 그러면 사랑이란 죄악일까요? 죄지은 자와 똑같은 떨림과 불안을 깨닫는 것은 어찌함일까요?

그렇습니다. 우리 인생에게는 두 가지 큰 문제가 있습니다. 그것은 열정과 이지입니다. 이 세상의 역사는 이 두 가지의 싸움입니다. 그리고 모든 불행의 근원은 이 열정과 이지가 서로 용납하지 않는 곳에 있는 것입니다.

그리운 이성을 보고 자기 마음을 피력지 못하고 혼자 의심하고 오뇌하는 것도 이 이지로 인함이지요? 저는 어떻게 하면 이 이지를 몰각한 열정만의 인물이 되려 하나, 그 이지를 몰각한 열정만의 인물이 되겠다는 것까지도 이지의 부르짖음이지요. 시간이 없어서 두어 마디로 대강만 쓰고 요다음 언제든지 기회 있으면 열정과 이지에 대하여 좀 써 보내려 하나이다. 조용한 저녁날에 술주정꾼같이 저는 정처 없이 헤매이나이다. 안갯빛 저의 가슴에서는 눈물이 때 없이 솟나이다. 아아 누님, 누님은 다만 참사람이 되어주시오. 저도 또한 그렇게 되려 하나이다.

오늘 저는 또다시 R의 집에를 갔었나이다. 그 R는 있지 않았습니다. 그러나 얼마 있지 않으면 곧 들어오리라는 그 집 사람의 말을 듣고 저는 그의 방에서 기다리게 되었나이다. 그러나 R가 저와 형제같이 친하지가 않으면 그와 같이 주인 없는 방 안에 들어가 앉아 있지를 못하였을 터이지요. 그래 그와 친하다 하는 무엇이 저를 그의 방으로 들어가게 하였습니다.

저는 그의 방에 들어가 그의 책상 앞에 앉았나이다. 그때 문득 저의 눈에 보이는 것은 그가 써서 놓은 편지였나이다. 그리고 그 편지 피봉에는 MP라 씌어 있었습니다. 저의 마음은 공연히 시기하는 마음이 나며 또한 그 편지를 기어이 보고 싶은 생각이 났었습니다. 마침 다행한 것은 그 편지를 봉하지 않은 것이었나이다.

저는 그것을 보았습니다.

그 속에는 이러한 말이 쓰여 있었습니다.

……DH는 미숙한 문사文士요, 그리고 일개 부르주아Bourgeois에 지나지 못하는 사람이오……라고.

아아 누님, 저는 손이 떨리었나이다. 그리고 그 편지를 다시 그 자리에 놓고 그대로 바깥으로 뛰어나왔습니다. 그리고 길거리로 걸어오며 눈물이 날 만치 모든 것이 원망스럽고 또 한옆으로는 분한 생각이 나서 못 견디었나이다.

그리고 사랑하는 R가 그와 같은 말을 써 보낼 줄 참으로 알지 못하였나이다. 누님 그렇지요. 저는 글 쓰는 데 미숙하겠지요. 저는 거기에 조금이라도 이의를 말하려 하지 않나이다. 그러나 그 말을 무엇하러 MP에게 한 것일까요.

아아 누님, 저는 일개 참사람이 되려 할 뿐이외다.

저는 문학가, 문사라는 칭호를 원치 않아요. 다만 참사람이 되기 위하여 글을 봅니다. 그리고 느끼는 바를 견딜 수 없었습니다. 그리고 나와 같은 느낌과 깨달음이 우리 인생을 위하여 조금이라도 보탬이 될까 하였습니다.

그러나 저 일개인의 성공은 얻기가 어려울 터이지요. 제가 느끼고 깨닫는 것은 길고 긴 우주의 생명과 함께 많고 많은 사람들이 깨닫는 것에 다만 몇천만억분의 일이 될락 말락 할 터이지요. 그리고 그 저의 생명이 그치는 날에는 그것보다 조금 더하여질 뿐이지요. 그리고 그것보다 더 큰 무엇을 원할지라도 유한한 저의 육체와 정신은 그것을 용서치 않을 터이지요.

그러면 제가 부르주아나 프롤레타리아나 무엇 어떠한 부름을 듣든지 언제든지 참사람이 되려 할 뿐이외다. 아마 이 세상의 모든 진리를 혼자 깨달은 줄 아는 사람일지라도 이 참사람이 되려는 데서 더 벗어나지는 못하였을 터이지요.

그러나 저는 오늘부터 친애하는 친우 하나를 잃어버리게 되었나이다. 아무리 아무리 제가 너그러운 마음으로써 그전과 같이 R를 대하려 하나 그는 나를 모함한 자이지요. 어찌 그전과 같은 정의情誼를 계속할 수가 있을까요. 그러나 저의 마음은 괴롭습니다. 그리고 그 KC를 가면서 저에게 형제와 같이 지내자던 것을 생각하고 또는 그동안 지내오던 정분을 생각하고 그것이 다만 한순간에 깨어지는 것을 생각할 때 저의 마음은 아주 안타까웠나이다. 그러다가도 그 R의 손을 잡고 기꺼워하고 싶었습니다.

11

집에서 나올 때 동생 L이 울며 좇아 나오면서,

"형님 형님 나하고 가."
하며 부르짖었나이다. 그리고 두 팔을 벌리고 저를 바라보고 있었습니다. 그러나 발이 떨어지지 않지만 하는 수 없이 어머니에게 L은 맡기고 또다시 R를 찾아갔나이다.

어제저녁 늦도록 잠을 자지 못한 저는 오늘 또다시 새벽에 일찍 일어났으므로 몸이 조금 피곤하였나이다.

저는 R의 집으로 가면서 몇 번이나 가지 않으리라 하여보았습니다. 날마다 가는 R의 집에를 일주일이나 가지 않은 저는 오늘도 또 가볼 마음이 그리 많지는 않았습니다. R를 생각하면 할수록 분하고 답답한 저는 언제든지 그 마음을 누르려 하였으나 그리 속마음이 편치는 못하였습니다.

제가 R의 집에 들어갈 때에는 아주 마음이 유쾌치 못하였습니다. R는 저를 보고 힘없이 저의 손을 잡고 인사를 하여주었습니다. 그리고 "어서 오게" 하는 소리가 아주 반갑지 못하였습니다. 저는 그 R를 보기 전에는 반갑게 인사를 하리라 한 것이 지금 그를 만나보니까 공연히 그와 함께 있는 것이 싫은 생각이 나서 그대로 바깥으로 나오고 싶었습니다.

저는 그대로 서서,

"여러 날 만나지 못하여서 조금 보고나 갈까 하고……."
하며 그를 쳐다보았습니다. 그는 다만 고개를 끄덕하며,

"응……."
할 뿐이었나이다. 저는 갑자기 뛰어나오고 싶었습니다. 그래,

"내일 또 봅시다."
하고 그대로 뛰어나왔습니다. 그 R는 아무 말도 없이 자기 방으

로 들어가 버렸습니다.

아아, 누님, 우리 두 사람 사이는 어째 이리 멀어졌을까요? 무슨 간격이 생겼을까요? 그리고 무슨 줄이 끊어졌을까요. 저는 그것을 알 수가 없습니다.

제가 종로를 걸어올 때였습니다. 저쪽에서 뜻밖에 그 MP가 걸어왔습니다. 그때 저는 그 MP와 만나 인사를 하리라 하였습니다. 그러나 그 MP는 어떠한 양복 입은 이와 함께 저를 못 보았는지 저의 곁으로 그대로 지나가 버렸나이다. 저는 다만 지나가는 그만 바라보고 있다가 손을 단단히 쥐고 '에, 고만두어라' 하였습니다.

저는 말할 수 없는 번뇌 가운데 '에, 설영에게나 가리라' 하였나이다. 그리고 천변으로 그의 집을 찾아갔습니다. 그때 저의 마음에도 설영이가 있지 않으리라는 생각은 없이 으레 만나려니 하였나이다. 그러나 설영을 부르는 저의 목소리에 그 영리하고 귀여운 우리 누이동생의 목소리는 나지 않고 그의 어머니가 "없소" 하고 냉대하듯 보통 손님과 같이 대답을 하였습니다. 그 소리를 듣는 저는 공연히 섭섭한 생각이 나며 또는 설영이가 저를 한낱 지나가는 손처럼 생각하는 듯하고 또한 어떠한 정인이나 찾아가지 않았나 할 때 오라비 노릇을 하려는 저도 공연히 질투스러운 마음이 나며 '다 그만두어라' 하는 생각이 나고 공연히 감상感傷의 마음이 났습니다.

저는 그대로 집으로 갔습니다. 집 문간에서 놀던 L은 반기어 맞으면서 두 팔을 벌리고 저에게 턱 안기며 몸을 비비 꼬고 그의 가는 손으로 간지럽고 차디차게 저의 빰을 문질러주었나이다. 그때 저는 모든 감상感傷의 감정은 가슴 한복판으로 모아드는 듯하

더니 눈물이 날 듯하였나이다. 그때 그 L은,

"형님 임마!"

하였나이다. 그래 저는 그에게 입을 맞추려 하니까 그는 무엇이 만족지 못한지,

"아니 아니 귀 붙잡고."

하며 그의 손으로 저의 두 귀를 붙잡고 입을 맞추어주려다가 또 다시,

"형님도 내 귀 붙잡어."

하였나이다. 저는 그 L의 귀를 붙잡고 입을 맞추었나이다. 그러나 그때 L은 저를 쳐다보며,

"형님 우네."

하였나이다. 아아 누님, 저의 눈에는 눈물이 나왔습니다. 그리고 그 L을 껴안고 울고 싶었습니다.

— 〈백조〉 제2호, 1922. 5.

옛날 꿈은 창백하더이다

내가 열두 살 되던 어떠한 가을이었다. 근 오 리나 되는 학교에를 다녀온 나는 책보를 내던지고 두루마기를 벗고 뒷동산 감나무 밑으로 달음질하여 올라갔다.

쓸쓸스러운 붉은 감잎이 죽어가는 생물처럼 여기저기 휘둘러서 휘날릴 때 말없이 오는 가을바람이 따뜻한 나의 가슴을 간지르고 지나가매, 나도 모르는 쓸쓸한 비애가 나의 두 눈을 공연히 울고 싶게 하였다. 이웃집 감나무에서 감 따는 늙은이가 나뭇가지를 흔들 때마다 떼 지어 구경하는 떠꺼머리 아이들과 나이 어린 처녀들의 침 삼키는 고개들이 일제히 위로 향하여지며 붉고 연한 커다란 연감이 힘없이 떨어진다.

음습한 땅 냄새가 저녁연기와 함께 온 마을을 물들이고 구슬픈 갈가마귀 소리 서편 숲 속에서 났다. 울타리 바깥 콩나물 우물에서는 저녁 콩나물에 물 주는 소리가 척척하게 들릴 적에 촌녀의 행주치마 두른 짚세기 걸음이 물동이와 달음박질한다.

나는 날마다 학교에서 돌아오는 길로 하는 것이라고는 이것이 첫째 번 과목이다. 공연히 뒷동산으로 왔다 갔다 한다. 그날도 감나무 동신에서 반숙한 연감 하나를 따 먹고서 배추밭 무밭 틈으로 돌아다녔다. 지렁이 똥이 몽글몽글하게 올라온 습기 있는 밭이랑과 고양이밥이 나 있는 빈 터전을 쓸데없이 돌아다닐 때 건너편 철도 연변에 서 있는 전깃불이 어느 틈에 반짝반짝한다.

그때에 짚신 신은 나의 아우가 뒷문에 나서면서 부엌에서 밥투정을 하다 나왔는지 열 손가락과 입 가장자리에는 밥알투성이를 하여가지고 딴 사람은 건드리지도 못하는 저의 백동 숟가락을 거꾸로 들고 서서,

"언니, 밥 먹으래."

하고 내가 바라보고 서 있는 곳을 덩달아 쳐다본다.

"그래."

하고 대답을 한 나는 아무 소리도 없이 마루 끝에 가 앉으며 차려놓은 밥상을 한 귀퉁이 점령하였다. 밥 먹는 이라고는 우리 어머니와 일해주는 마누라와 나와 나의 다섯 살 먹은 아우뿐이다.

소학교 사학년을 다니는 내가 무엇을 알며 무엇을 감득할 능력을 가졌으며 안다 하면 얼마나 알고 감득하면 몇 푼어치나 감득하리오. 그러나 웬일인지 그때부터 나의 어린 마음은 공연히 쓸쓸하고 우울하여졌다. 나뭇가지 하나가 바람에 흔들리는 것이나, 저녁 참새가 처마 끝에서 옹송그리고 재재거리는 것이나, 한가한 오계午鷄가 길게 목 늘여 우는 것이나, 하늘 위에 솟는 별이

종알거리는 것이나, 저녁달이 눈[雪] 위에 차디차게 비추인 것이나, 차르럭거리며 흐르는 냇물이나, 더구나 나무 잎사귀와 채소 잎사귀에 얽힌 백로白露의 뻔지르하게 흐르는 것이 왜 그리 그 어린 나의 감정을 창백한 감상의 와중으로 처틀어박는지 약한 심정과 연한 감정은 공연한 비애 중에서 때 없는 눈물을 흘리었었다.

그것을 시상의 발아라 할는지 현묘玄妙 유원幽遠한 그 무슨 경역境域을 동경하는 첫째 번 동구洞口일는지는 알지 못하겠으나 어떻든 나는 다른 이의 어린 때와 다른 생애의 일절을 밟아왔다. 그러나 그것은 몽롱한 과거이며 흐릿한 기억이다.

그날 저녁에도 어둠침침한 마루 끝에서 갓 지은 밥을 한 숟가락 두 숟가락 퍼먹을 때에 공연히 쓸쓸하고 적적하다. 어렴풋한 연기 냄새가 더구나 마음을 괴롭게 한다. 침묵이 침묵을 낳고 침묵이 침묵을 이어 침침한 저녁을 더 어둡게 할 때 나는 웬일인지 간지럽게 그 침묵이 싫었다. 더구나 초가집 처마 끝에서 이리 얽고 저리 얽어놓은 왕거미 한 마리가 어느덧 나의 눈에 뜨일 때에 나는 공연히 으쓱하여 무엇을 생각하시는지 입에 든 밥만 씹고 계신 우리 어머니의 얼굴만 쳐다보았다. 그리고 코를 손등으로 씻어가며 손가락으로 반찬을 집어 먹는 나의 아우의 얼굴을 바라보았다.

"할멈, 물 좀 떠 오게."

하는 소리가 우리 어머니 입에서 떨어지며 그 흉한 침묵이 깨지었다. 할멈은 행주치마 자락에 손을 씻으며 대접을 들고 부엌으로 내려가더니 솥뚜껑 소리가 한번 덜컹하고 숭늉 한 그릇을 들고 나온다. 어머니는 아무 소리 없이 그 물을 나에게다 내미시면서,

"물 말어 먹으련?"
하시니까 물어보신 나의 대답은 나오기도 전에 나의 동생이 어리광 부리는 그 소리로,
"물."
하고 물그릇을 가로챈다.
"엎질러진다. 언니 먹거든 먹어라."
하시는 어머니의 권고는 아무 효력이 없이 왈칵 잡아당기는 물그릇은 출렁하더니 내 동생 바지 위에 들어부었다. 그 일찰나간에 우리 네 사람은 일제히 물러앉으며 "에그" 하였다. 어머니는,
"걸레, 걸레."
하며 할멈에게 손을 내미신다.
"글쎄 천천히 먹으면 어때서 그렇게 발광이냐."
하시며 상을 찌푸리시고 할멈이 집어 주는 걸레를 집어 나의 아우의 바지 앞을 털어주신다. 때가 묻은 바지 앞을 엉거주춤하고 내밀고 있는 나의 아우는 다만 두 팔만 벌리고 서서 아무 말이 없다.

나는 미안하여 그리하였든지 동생의 철없이 날뛰는 것이 우스워 그리하였든지 밥은 먹지 못하고 다만 상에서 저만큼 떨어져 앉았다가 석유 등잔에 불만 켜놓고서 다시 밥상으로 가까이 올 때 "에그, 다리 아퍼. 저녁을 인제야 먹니?" 하며 마당으로 들어오는 이는 우리 동생 할머니시다. 손에는 남으로 만든 책보를 들고 발에는 구두를 신고 머리를 쪽 찐 데는 은비녀를 꽂았다. 키가 작달막한 데다 머리가 희끗희끗한데 검정 치마가 땅에 거의거의 끌리게 된 것을 보니까 아마 오늘도 꽤 많이 돌아다니신 모양

이다.

"어서 오십시오" 하며 들던 숟가락을 놓고 일어나시는 이는 우리 어머니시다.

"마님 오십니까" 하고 짚세기를 신는 이는 할멈이다. 마루창이 뚫어져라 겅둥겅둥 뛰며 "할머니 할머니"를 부르는 것은 나의 아우다. 나는 숟가락을 입에 문 채로 다만 빙그레 웃으면서 반가워하였다.

마루 끝에 할머니는 걸터앉으셨다. 할멈은 걸레로 마룻바닥을 훔치는 사이에 어머니는 부엌으로 내려가셨다. 그릇 소리가 덜거덕덜거덕 난다. 피곤한 가슴을 힘없이 내려앉히시며 한숨을 휘— 하고 내쉬신 할머니는 무슨 걱정이나 있는 듯이 부엌을 향하며,

"고만두어라, 내 밥은. 아직 먹고 싶지 않다."

하신다. 어머니는 부엌에서 상을 차리시더니,

"왜 그러세요. 조금 잡숫지요."

"아니다, 저기서 먹었다. 오늘 교인 심방을 하느라고 이리저리 다니다가 명철이 집에를 갔더니 국수장국을 끓여 내서 한 그릇 먹었더니 아직까지도 배가 부르다."

어머니는 차리던 상을 그대로 놓고 부엌문에서 나오며,

"명철이 집이요? 그래 그 어머니가 편찮다더니 괜찮아요?"

"응, 인제는 다— 낫더라. 그것도 하느님 은혜로 나은 것이지."

우리 할머니는 그 동리 교회 전도부인이다. 우리 집안은 본래 우리 할아버지와 우리 아버지 사이가 좋지 못하여 따로따로 떨어져 산다. 그리고 우리 할머니는 열심 있는 교인이요 진실한 신자이지마는, 우리 아버지는 종교(현대 사회에서 명칭하는)에 대

하여 냉혹한 비평을 하는 사람이었다.

우리 할머니는 본래 교육이 있지 못하다. 있다 하면 구식 가정에서 유교의 전통을 받아오는 교육이었을 것이며, 안다 하면 한문이나 국문 몇 자를 짐작할 뿐이요, 새로운 사조와 근대 사상이라는 옮기기도 어려운 문자가 있는지도 알지 못할 것이다. 그러나 나는 그 열두 살 되던 그해에는 다만 우리 할머니를 한개 예수 믿는 여성으로 알았었으며, 하느님이 부리는 따님으로만 알았었다. 종교에 대한 견해라든지 신앙이란 여하한 것인지를 알지 못하였다.

나도 예수교 학교를 다니므로 자기의 선생을 절대로 신임하고 자기의 학교의 교풍을 절대로 존중하였었다. 그리고 예수의 십자가에 흘렸던 붉은 피가 참으로 우리 인생의 더러운 죄를 씻었으며 수염 많은 할아버지 같은 하느님이 참으로 우리를 내려다보시고 계신 줄 알았었다.

날마다 아침 성경 시간과 주일 학교에서 선생에게 들은 바가 참으로 나의 눈앞에 환상으로 나타났었으며 유대 풍속을 그린 성화가 과연 천당, 지옥, 성지, 낙토의 전형으로 보이었었다. 그것이 나에게 어떻든 무슨 인상을 준 것은 사실이니, 천사를 생각할 때에는 반드시 서양 여자를 그린 그 채색 칠한 그림이 나의 눈앞에 나타나 보이며, 예수가 십자가에 못 박혀 돌아간 것을 생각할 때에는 시뻘건 육괴가 시안屍眼을 부릅뜨고 초민焦悶과 고통의 극도를 상징하는 그의 표정과 비린내 나고 차디찬 피가 흐르는 예수의 죽음이 만인의 입과 천년의 세월을 두고 성찬성찬하며 추앙 경모의 그 부르짖음의 소리가 그 어린 나의 귀와 나의 심안에 닿을 때에도 그것은 고통으로 보이지 않았으며 초민으로 보이지 않았으며 비린내 나는 붉은 피 보혈로 보이었으니 무서운 시체를 그린 그 그림이 도리어 나의 어린 핏결 속에 무슨 신앙을 부어주었었다. 그때의 나의 기도는 하느님이 들었으며 그때의 나의 죄는 예수가 씻었었다. 그것이 결코 지금의 나를 만족시키며 지금 나에게 과연 신앙을 부어주지는 않는다 하더라도 내가 열두 살 되는 그때의 나의 영혼은 있는지 없는지도 판단치 못하던 하느님이 지배하였었으며 이천 년 옛날에 송장이 되어 썩어진 예수가 차지하였었다. 그때의 나의 영혼은 나의 영혼이 아니고 공명空冥의 하느님의 것이었으며, 그때의 나의 생은 나의 생이 아니며 촉루髑髏까지 없어진 예수의 생이었다. 그때의 나는 약자이었으며 그때의 나는 피정복자이었다. 무궁한 우주와 조화를 잃은 자이었으며 명명暝暝 무한대한 대세계에 나의 생을 실현할 능력을 빼앗긴 자이었다.

명명한 대공大空을 바라볼 때에 유대식 건물의 천당을 동경하였을지라도 자아 심상心床 위의 낙토는 몰랐으며 사후의 영생은 구하였을지라도 생하여서 영생을 알지 못하였다. 사死는 생의 척도 됨을 알지 못하고 생이 도리어 사후의 희생으로 알았었다.

산상의 교훈과 포도 동산의 교훈을 듣기는 들었으나 열두 살 먹은 나의 호기심을 끌기에 너무 현묘하였으며, 애愛의 복음과 자아의 희생을 역설함을 듣기는 들었으나 나에게 과연 심각한 감화를 주지는 못하였었다. 성경의 해석은 일종 신화로 나의 귀에 들렸으나 그 무슨 신앙을 주었으며 성화를 그린 종잇조각은 한 개 완구가 되었으나 빼기 어려운 우상을 나의 심전心殿에 그리어

주었다.

아아, 나는 물으려 한다. 하느님의 사자로 자처하고 교회의 일꾼으로 자임하는 우리 할머니의 그때의 내면적이나 외면적을 불문하고 열두 살밖에 되지 않은 나의 그것과 얼마나 틀린 점이 있었으며 얼마나 혼점이 있었을는지? 그는 과연 예수의 성훈을 날것대로 삼키는 자가 되지 않고 조리하고 익히며 그의 완전한 미각으로 그것을 저작咀嚼할 줄을 알았을까? 그는 참으로 예수의 정신을, 그의 내적 생활을 체득한 자이었을까?

그는 과연 여하한 신앙으로써 생으로 생까지를 살아갔었으며 그는 참으로 어떠한 영감을 예수교에서 감득하였을까? 나는 다만 커다란 의문표를 안 그릴 수가 없다.

그날도 우리 할머니는 여자의 몸의 피곤함을 깨달으면서도 무슨 만족함이 그의 얼굴을 싸고도는 듯하였다. 그러나 한편으로는 자아 이외에 우리 어머니나 할멈이나 내나 나의 동생을 일개의 죄인시하는 곳에 가련함을 견디지 못하는 듯한 표정이 그의 시들어가는 입 가장자리와 가느다란 눈초리에 희미하게 얽히어 있었다. 할머니는 조금 있다가 눈살을 잠깐 찌푸리시더니,

"큰일 났어! 예배당에 돈을 좀 가져가야 할 텐데 돈이 있어야지. 다른 사람과 달라서 아니 낼 수도 없고, 또 조금 내자니 우리 집을 그래도 남들이 밥술이나 먹는 줄 아는데 그렇게 할 수도 없고, 이런 말씀을 아버지께 여쭈면 공연히 역정만 내시니까!"
하며 우리 어머니에게 향하여 걱정을 꺼낸다.

"요사이 날이 점점 추워져서 시탄비柴炭費를 내야 할 터인데 김부인은 벌써 오 원을 적었단다. 그이는 정말 말이지 살어가기가

우리 집에다 대면 말할 것도 없지 않으냐. 그런데 아버지께 그런 말씀을 하니까 역정을 내시면서 남이 죽으면 따라 죽느냐고 야단을 치시면서 돈 일 원을 주시는구나. 그러니 얘, 글쎄 생각을 해보아라. 어떻게 일 원을 내니! 내 속이 상해 똑 죽겠어."
하며,
"그래서 하는 수가 있더냐, 명철이 집에 가서 돈 오 원을 지금 꾸어가지고 오는 길이란다."
하며 차곡차곡 접어 쥔 일 원 지폐 다섯 장을 펴 보인다. 우리 어머니는 이렇다 저렇다 말이 없이 가만히 듣고만 있다가,
"그러면 그것은 어떻게 갚으십니까?"
하며 빈곤한 생활에 젖은 우리 어머니는 그 갚는 것이 첫째 문제로 그의 가슴을 거북하게 하였다.
"글쎄 그거야 어떻게든지 갚게 되겠지? 하다못해 전당을 잡혀서라도."
하더니,
"에그, 인제는 고만 가보아야지."
하며 벌떡 일어서서 나가려 하다가,
"얘 아범은 여태까지 안 들어왔니?"
한마디를 남겨놓고 바깥으로 나간다. 우리 어머니는 다만,
"네, 언제든지 그렇게 늦는답니다."
하며 걱정스러운 듯이 문밖으로 할머니를 쫓아 나간다.
우리 어머니는 아슬랑아슬랑 어둠 속으로 사라져가는 우리 할머니의 뒷그림자가 사라져 없어져 가는 것을 바라보고 서 있었다. 그리고 그 할머니의 검은 그림자가 다— 사라진 뒤에도 여전

히 그 할머니의 그림자가 사라져 없어진 곳에서 무엇을 찾는 듯이 바라보고 서 있다. 모든 것이 검기만 한 어두운 밤이다. 나도 나의 동생을 등에 업고 어머니를 쫓아 문밖에 서 있었다. 어머니는 소매 걷은 두 팔을 가슴에 팔짱을 지르고 허리를 꾸부정하고 서서 근심스러운 듯이 저쪽 길만 바라보고 서 계시다.

고생살이에 다— 썩은 얼굴은 웬일인지 나도 쳐다보기가 싫게 화기가 적다. 머리카락이 이마를 덮은 그의 두 눈은 공연히 쳐다보는 나를 울고 싶게 하였다. 때 묻은 행주치마와 다— 떨어진 짚세기가 더욱 나를 부끄럽게 하였다.

하얀 두루마기가 바라보는 어둠 속에서 희미하게 휘날릴 때마다 우리 어머니는 옆에 서 있는 나에게 나지막한 목소리로 "아버진가 보다" 하며 나에게 무슨 동의를 청하시는 것처럼 바라보신다. 그러나 그 흰 두루마기가 우리 집으로 향하지 않고 다른 곳으로 지나쳐버릴 때는 우리 어머니와 나는 섭섭한 웃음을 웃었다.

문간에 서서 아무 말 없이 늦게 돌아오시는 우리 아버지를 기다리는 우리는 한 시간이 넘도록 서 있었다. 나의 어린 아우는 등에다 고개를 대고 코를 골며 잔다. 이마를 나의 등에다 대고 허리를 새우등같이 꾸부리고 자다가는 옆으로 떨어질 듯하면 반드시 한 번씩 놀란다. 놀랄 그때 나는 깍지 낀 손을 다시 단단히 쥐고 주춤하고 한 번씩 다시 추키었다. 한 시간을 기다려도 아버지는 돌아오시지 않았다. 어머니는 힘없고 낙망한 소리로,

"문 닫고 들어가자!"

하시면서,

"에그, 어린애가 자는구나. 갖다 뉘어라."

하시며 대문을 벌컥 닫고 들어오신다. 문 닫는 소리가 어쩐지 쓸쓸하고 적적하다. 우리 집 공중을 싸고도는 공기의 파동은 연색沿色의 파문을 그리는 듯이 동적이 아니며 정적이었으며 양기가 없고 음기뿐이었다. 회색 칠한 침묵과 갈색의 암흑이 이 귀퉁이 저 귀퉁이에서 요사한 선무를 추고 있었다.

나는 그때에 무엇을 감각하였으며 무엇을 감득하였을까? 회색 침묵과 아득한 암흑이 조화를 잃고 선율이 없이 때 없는 쓸쓸한 바람과 섞이어 시름없이 우리 집 전체의 으스스한 공기를 휩싸고 돌아 나갈 때 나의 감정을 푸른 감상과 서늘한 감정으로 물들여 주었었다. 마루 끝까지 올라선 나의 눈에 비친 찬장이나 뒤주나 그 외의 모든 기구가 여러 가지 요마妖魔의 화물化物같이 보일 때에 나의 가슴은 더욱 서늘하여졌었다. 다만 나무 잎사귀가 나무 끝에서 바스락하는 것일지라도 나를 방 안으로 뛰어 들어가도록 무서웁게 하였다. 어머니가 등잔불을 떼어 들고 나의 뒤를 쫓아 들어오실 때에 그 불에 비친 나의 어두운 그림자가 저쪽 담 벼락에서 어른어른하는 것까지 나의 머리끝을 으쓱하게 하였다.

그러나 그 정숙과 공포가 얽힌 나의 심정을 풀어주고 녹여주는 것은 나의 뒤에 서 있는 애愛의 신 같은 우리 어머니의 부드러운 사랑의 힘이었다. 그것은 나의 신앙의 전부였으며 나의 앞길을 무한한 저 앞길로 인도하는 구리 기둥이었다. 베드로가 예수를 보고 갈릴리 바다로 걸어감과 같이 이 세상 모든 것을 초월케 하는 최대의 노력이었다. 등잔불의 기름이었으며 쇠북을 두드리는 방망이였다.

방으로 들어온 나는 아랫목에 자리를 펴고 누워서 복습을 하였다. 본래 공부를 하지 않는 나는 내일에 선생에게 꾸지람이나 듣지 않으려고 산술 숙제 두어 문제를 하는 척하여 다른 종이에 옮기어 베끼고 쓰기 싫은 습자는 내일 아침 일찍 일어나 쓰기로 하였다. 나의 동생은 발길로 나의 허리를 지르면서 이리 뒤척 저리 뒤척 이리 뛰굴 저리 뛰굴, 남의 덮은 이불을 함부로 끌어다가 저도 덮지 않고서 발치에다 밀어 던진다. 그러고는 힘 있는 콧김을 길게 내쉬며 곤하게 잔다. 우리 어머니는 등잔 밑에서 바느질을 하시며 눈만 깜박깜박하신다. 할멈은 발치에서 고단한 눈을 잠깐 붙이었다.

나는 방 안이라는 조그마한 세계에서 네 개의 동물이 제각각 다른 상태로 생을 계속하는 가운데 남의 걱정과 남의 근심을 알 줄을 몰랐었다. 우리 어머니의 머릿속에는 과연 어떠한 심리 상태의 활동사진이 그의 뇌막에 비치었으며 늙은 할멈은 어떠한 몽중 세계에서 고생살이 잠꼬대를 할는지 알지 못하였다. 어린 아우의 단순한 머릿속에도 무서운 호랑이와 동리 집 아이의 부러운 장난감을 꿈꾸는 줄은 알지 못하였다. 따뜻한 이불 속에서 두 발을 문지르며 편안히 누웠으니 몇십 분 전 가득하던 감정이 이제는 어디로인지 다― 달아나고 모든 것이 한가하고 모든 것이 평화롭고 모든 것이 노곤한 감몽을 유인하는 것뿐이었다. 인제는 어느 틈에 올는지 알지 못하는 달콤한 잠을 기다릴 뿐이었다. 불그레한 등불 밑에 앉아서 바느질하시는 어머니의 머릿속에 있는 늦게 돌아오시는 아버지를 기다리시는 초민과 지나간 일을 시간의 얽히었다 풀리었다 하는 기억과 연상과 기대와 동경의 엉클어진 심리는 알지 못하고 다만 재미있는지 기쁜지 으레 그래야 할 것인지 알지 못하는 무의식의 연장선이 나의 전신을 거미줄 얽듯 얽기를 시작하더니 나는 아무것도 몰랐다. 잠이 들었다.

어느 때가 되었는지 알지 못하게 든 잠이 마려운 오줌으로 인하여 어렴풋하게 깨었을 때이었다. 이불을 들치고 엉거주춤 일어선 나의 귀에는 지껄지껄하는 사람의 목소리가 들리더니 등잔불에 부신 두 눈 사이로 우리 아버지의 희미한 윤곽이 보였다. 나는 반가운 마음에 "아버지!" 하였다. 그러나 우리 아버지는 젓가락으로 앞에 놓여 있는 반찬을 뒤적뒤적하시면서 나를 냉담한 눈으로 멀거니 쳐다보시기만 하시더니 무슨 불만한 점이 계신지 노여운 어조로,

"아버진지 무엇인지 다 귀찮다. 어서 잠이나 자거라."

하시고는 다시 본 척 만 척 하시고 반찬 한 젓가락을 입에다 넣으신다. 나는 얼굴이 홧홧하여지도록 무참하였다. 나는 죄지은 사람같이 양심에 무슨 부끄러움이 나의 아버지를 쳐다보지 못하게 하였다. 숙몽熟夢에 취하였던 나의 혼몽한 정신은 한꺼번에 깨어지며 뻣뻣하던 두 눈은 기름을 부은 듯이 또렷또렷하여졌다. 그때야 나는 우리 아버지의 붉은 얼굴을 보고 술 취하신 줄을 알았다.

어머니는 무참해하고 무서워하는 나의 꼴을 보시고 아버지를 흘겨 쳐다보시며,

"어린 자식이 반가워하는 것을 그렇게 말을 하니 좀 무참해하겠소. 어린애들이라 할지라도 좋은 말 할 적은 한 번도 없지."

하시다가 다시 나를 향하시어 혼잣말 비슷하고 또는 누구더러 들어보란 듯이,

"너희들만 불쌍하니라. 아버지라고 믿었다가는 좋지 못한 꼴만 볼 터이니까."
하시며 두 눈을 아래로 깔고 방바닥을 걸레로 훔치시는 체하신다.

나는 드러눕지도 못하고 일어나지도 못하였다. 드러눕자니 아버지 진지 잡숫는 데 불경이 될 터이요, 그대로 앉아 있자니 자다가 일어난 몸이 추운 가운데 공연히 무서워서 몸이 떨린다. 이런 때에는 나의 어머니가 변호인이요 비호자임을 다소간의 지낸 경험으로 알고 또는 사람의 본능으로 모성의 자애를 신임하는 나는 우리 어머니의 얼굴만 쳐다보았다. 그때 마침 어머니는,

"어서 누워 자거라. 아버지 진지도 거의 다 잡수셨으니."
하셨다. 나의 마음은 얼었던 것이 녹는 듯이 아주 좋았다. 나는 못 이기는 체하고 곁눈으로 아버지의 눈치만 보며 이불자락을 들었다. 그러고는 눈 딱 감고 이불을 귀까지 푹 덮고 그대로 드러누웠다. 그러나 잠은 어디로 달아나 버렸는지 오지 않는 잠을 억지로 자는 척하지마는 마음은 조마조마하여 못 견딜 지경이었다.

아버지는 숟가락을 탁 집어 상 위에 내던지시며,

"엥, 내가 없어야 해. 없어야 해."
를 두서너 번 중얼거리시더니,

"그래 자기 자식은 굶든지 죽든지 상관하지를 않고 예배당인지 무엇인지 거기에다간 빚을 얻어다가 주어야 해?"
하시며 옆으로 물러앉으시니까 어머니는,

"누가 알우? 왜 그런 화풀이는 내게다 하우."
하시는 소리가 떨어지기도 전에,

"무엇, 흥, 기가 막혀. 그래 예수가 무엇이고 십자가가 무엇이

야. 예배당에 다니네 하고 구두만 신고 다니면 제일인가? 왜 구두를 신어! 그 머리가 허연 이가 구두짝을 신고 돌아다니는 꼴이라니. 활동사진 박을 만하지. 예수가 무슨 말을 하였는지 알기들이나 한다나? 그 사생아를 하느님의 아들이라고? 그러나 예수가 나쁜 사람은 아니지. 좋은 사람이지. 참 성인은 성인이야! 그렇지만 소위 예수 믿는 사람들이 예수라는 그 사람을 믿었지, 예수가 부르짖은 그 하느님은 믿지 못하였어! 하느님은 이 세상 아니 계신 곳이 없지! 누구에게든지 하느님은 계신 것이야! 다 각각 자기 마음속에 하느님이 계신 것이야! 여편네들이 무엇을 알어야지. 내가 이렇게 떠들면 술 먹고 술주정으로만 알렸다! 흥, 우이독경이야! 기막히지! 여보, 무엇을 알우? 그런 늙은이가 무엇을 알어. 그래 신앙이 무엇인지 참종교가 무엇인지를 알어! 예수 예수 하고 아주 기도를 하고! 그것은 다 약자의 짓이야. 사람은 강자가 되어야 해!"

우리 어머니는 듣고만 계시다가,

"듣기 싫소. 웬 잔말이오! 그런 말을 하려거든 어머니나 아버지한테 가서 하구려."

하시며 상을 들고 나가려고 하시니까 아버지는,

"무엇이야, 듣기 싫다구?"

하시더니 어머니의 치마를 확 잡아당기시는 김에 치마가 북 하고 찢어졌다. 어머니는 상을 할멈에게 주고 찢어진 치마를 들여다보시며 얼굴이 빨개지신다. 여자인 어머니는 의복의 파손이 얼마큼 아까운지 모르시는 모양이다. 치마폭이 찢어지는 그 예리한 소리와 함께 우리 어머니의 신경은 뾰족한 바늘 끝으로 쪽 내리

베는 것같이 날카로운 자극을 받으신 모양이다.

"이게 무슨 짓이오. 여편네 옷을 찢지 못하면 말을 못 하오? 그래 무슨 말이오. 어디 말을 좀 해보우. 어쩌자고 이러시우. 날마다 늦게 술이나 취하여 가지고 만만한 여편네만 못살게 구니 참으로 사람 죽겠구려! 무슨 말이오! 할 말 있거든 어서 하시오!"

흥분된 어조를 조금 높이신 까닭에 높은 음성은 또 우리 아버지를 흥분시키는 동시에 노여웁게 하였다.

"말을 하라구? 흥, 남편 된 사람이 옷을 좀 찢었기로 무엇이 어쩌고 어째?"

"글쎄 내가 무엇이라고 했소, 내가 무슨 죄요. 참으로 허구한 날 사람이 살 수가 없구려."

"듣기 싫어. 여편네들이 무엇을 알아야지. 남편의 심리를 몰라주는 여편네가 무슨 일이 있어서. 다 고만두어. 나는 우리 아버지에게 내버림을 당한 사람이고 세상에서 구박을 당한 사람이니까…… 에…… 후……."

우리 아버지는 이렇게 떠드시다가 다시 한참 가만히 앉아 계시더니 벌떡 일어나시며,

"엥! 가만있거라. 참말 그대로 있을 수는 없어! 내가 가서 설교를 좀 해야지 내가 목사 노릇을 좀 해야 해."

하고 모자를 쓰고 벌떡 일어나시며 문밖으로 나가시려 하니까 어머니는 또다시 목소리를 고치시어 부드럽고 애원하는 중에도 조금 노기를 띠우신 어조로,

"여보, 제발 좀 고만두. 글쎄 이게 무슨 짓이오. 이 밤중에 가기는 어디로 가며 가셔서 어떻게 하실 모양이오. 자! 고만 옷 좀

벗고 드러눕구려."

아버지는 듣지도 않고 방문을 홱 열어젖뜨리셨다. 고요한 저녁 공기가 훈훈한 방 안으로 훅 불어 들어오며 드러누워 있는 나의 온몸을 선뜩하게 하더니 석유 등잔의 불이 두서너 번 번득번득한다.

어머니는 아버지의 팔을 붙잡으시었다. 웅크리고 마루에 앉아 있던 할멈은 황망하여하지도 않고 여러 번 경험한 그의 침착한 태도로 두 팔을 벌리고 다만 이리 왔다 저리 왔다 하면서 동정만 살피고 있다.

어머니는 떨리는 목소리로,

"글쎄 남부끄럽지도 않소. 어서 들어갑시다. 가기는 어디로 가우. 남이 알면 글쎄 무슨 꼴이우."

하는 말을 듣지도 않으시고 우리 아버지는 어머니의 팔을 홱 뿌리치셨다. 어머니는 에크 소리를 지르시며 방문 밖에서 방 안으로 넘어지시며 한참이나 아무 말 없이 엎드려 계신다.

"남부끄럽다? 남부끄럼을 당하는 것보다도 자기 양심에 부끄러운 짓을 하는 것이 더욱 부끄러운 것이야."

하시고 술 취하신 얼굴에 분기를 띠시고 또 한옆으로는 엎어져 일어나시지도 못하시는 어머니를 다소간 가엾음과 미안한 마음이 생기시나 위신상 어찌하시지 못하는 어색한 얼굴을 돌이켜 보지도 않으시고 문 바깥으로 나가신다. 나가시는 규칙 없는 발걸음 소리가 대문이 닫혀지는 소리와 함께 사라졌다.

할멈은 어머니를 붙잡아 일으키시며,

"다치지 않으셨어요?"

하며 어머니가 애처로워 보이기도 하고 또는 아버지의 술주정이 귀찮기도 하여서 상을 찌푸려 어머니를 들여다보시며 물어본다.

나도 그때야 이불을 벗고 일어나서 어머니를 보았다. 어머니는 일어나 앉으시기는 일어나 앉았으나 아무 말이 없으시다.

철모르는 나의 아우는 말라붙은 코딱지를 때때 주먹으로 비비면서 힘없는 손가락을 꼼질꼼질하며 자고 있다. 나는 다만 어머니의 동정을 살피고 있었을 뿐이었다. 몇 분간 동안은 아주 고요 정적하여졌다. 폭풍우가 지나간 바다의 물결 같은 공기가 온 방안을 채우고 자는 듯이 고요하다.

그때에 나는 어머니의 머리카락이 덮인 두 눈을 바라보았다. 두 눈에는 불에 비쳐 반짝거리는 눈물방울이 방울방울 떨어지고 있었다. 이것을 본 나의 전신의 뜨거운 피는 바늘 끝으로 찌르는 듯이 파랗게 식는 듯하였다. 나의 마음은 어머니의 눈물에서 그 무슨 비애의 전염을 받은 듯이 극도로 쓰렸었다. 나는 그대로 어머니의 얼굴을 쳐다볼 수가 없어 이불을 뒤집어쓰고 어머니와 함께 눈물 흘려 울었다. 할멈은 화젓가락만 만지고 있는지 달가닥달가닥하는 소리가 들릴 뿐이다. 그리고 어머니의 떨리는 숨소리와 코 마시는 소리가 이불을 뒤집어쓴 나의 귀 위에서 연민과 비애의 정을 속삭거려 주었다.

어머니는 한참이나 우시더니 코를 요강에 푸시고 이불을 다시 붙잡아 나와 나의 동생을 다시 덮어주시었다. 그리고 한 손으로 나의 발치와 나의 가장자리를 어루만지실 때 간지러운 자애의 정이 부드러운 명주옷같이 나의 어린 가슴을 따뜻하게 하시었다.

이튿날 아침, 우리 어머니는 나의 동생의 손을 잡고 나와 함께 우리 외가로 향하여 떠나갔다. 물론 아침도 먹지 않고 늦도록 주무시는 아버지의 아침밥은 할멈에게 부탁이나 하셨는지 으레 알아 할 할멈에게 집안일을 맡기시고 오 리 남짓한 외가로 갔다.

가는 길에 나는 매우 기뻤었다. 무엇하러 가시는지도 모르는 어머니의 심정은 알지도 못하고 귀여워하시는 할머니를 만나러 간다는 것만 좋아서 앞장을 섰다.

그때의 어머니는 하소연할 곳을 찾아가시는 것이었을 것이다. 팔자의 애소를 자기의 친부모에게 하러 가시는 것이었을 것이다. 일생을 의탁한 우리 아버지를 사랑하지 않는 것이 아니며 못 믿는 것이 아니지마는 발아래 엎드려 몸부림할 만치 자기의 울분과 자기의 비애를 호소할 곳을 찾아 지금 우리 어머니는 우리 외가로 가시는 것이다.

그때 그에게는 자기의 부모가 유일한 하느님이며 위안자이었다. 약한 심정을 붙일 만한 신앙을 갖지 못한 우리 어머니는 자애의 나라로 달음박질하면 거기에 자기를 위로하여 주고 자기의 애소의 기도를 들어줄 아버지 어머니가 계실 것을 믿음이었었다. 명명한 대공과 막막한 천애 저편에 위안慰安 나라를 건설치 못하고 작은 가슴속과 보이지 않는 심상 위에 천당과 낙원을 짓지 못한 우리 어머니는 다만 자애의 동산을 찾아가시었다.

걸어가시는 어머니의 얼굴에는 어제저녁의 울분을 참지 못하시는 푸른 표정과 어머니나 아버지에게 팔자 한탄을 푸념하리라는 굳은 결심의 빛이 보였었다.

가게 앞을 지나고 개천을 건너고 사람과 길을 피하고 돌멩이가 발끝에 챌 때에도 우리 어머니의 머릿속에는 그것뿐이었을 것이다.

그러나 우리 어머니의 머리는 그렇게 단순한 것이 아니었다. 나어린 어린아이의 그 마음을 갖지는 않았었다. 우리를 볼 때 우리 아버지를 생각하며 부모의 자애를 생각할 때에도 자기의 충심에서 발동하는 애모의 정을 깨달았다.

그는 자기의 남편을 사랑하는 동시에 자기의 부모를 사랑하였다. 그는 자기 남편의 불명예를 자기 부모에게 하소연하는 것을 아까 집 대문을 나설 때까지는 결심하였을는지는 알지 못하겠으나 반이나 넘어 가까이 자기 부모의 집을 왔을 때에 그것을 부끄리는 정이 나오는 동시에 또한 그 불명예로운 소리를 발하는 아내 된 자기의 불명예로움을 알았다. 그리고 자기 남편의 불명예를 은폐하려는 동시에 자기 부모의 심로를 생각하였다. 자애를 부어주는 자기 부모에게 자기의 울분을 애소하는 것이 자기에게는 좋은 것이나 자기 부모의 마음을 조심되게 함을 깨달았다.

나의 동생은 아슬렁아슬렁 걸어가면서 무어라고 감흥에 띤 이야기를 중얼거리면서 걸어간다.

어머니는 외가에 거의 다 왔었을 때에 나에게 은근한 목소리로,

"너 할머니나 할아버지께 어제저녁에 아버지가 술 먹고 야단했다는 말은 하지 말어라."

하시며 무슨 응답이나 들으시려는 듯이 나를 들여다보신다. 나는,

"예."

하였다. 그 '예' 소리가 나의 입에서 떨어지면서 무슨 해결치 못할 문제가 다 풀린 듯한 감이 생기며 집에서 나올 때부터 무슨

불행스럽고 불안하던 마음이 다시 화평하여졌다.

—〈개벽〉 제30호, 1922. 12.

은화·백동화

인력거꾼 김 첨지가 동구 모퉁이 술집으로 웅숭그리고 들어가기는 아직 새벽 전깃불이 꺼지기 전이었다.

동짓달에 얼어붙은 얼음장이 사람 다니는 한길 면을 번지르르하게 하여놓고 서릿바람은 불어 가슬가슬한 회색 지면을 핥고 지나간다.

옆의 반찬 가게 주인이 채롱을 둘러메고 아침 장을 보러 가는지 기다란 수염에 입김이 어리어 고드름이 달린 입을 두어 번 쓰다듬으며 으스스 떨면서 나온다.

모퉁이 담배 가게에서는 빈지 떼는 소리가 덜그럭덜그럭 나고 학교 갈 도련님의 아침 먹을 팥죽을 사러 가는 행주치마 입은 큰대문집 어멈은 시뻘건 팔뚝을 하나는 겨드랑이에 팔짱 지르고 한 손에는 주발을 들고 동리 죽집으로 간다. 저편 양복점과 자전

거포는 여태까지 곤하게 자는지 회색 칠한 빈지가 쓸쓸히 닫히었다. 선술집에는 노동자 두엇이 막걸리 잔을 들고 서서 무슨 이야기인지 흥치 있게 떠들고 있다. 국자를 든 더부살이 하나는 새까만 바지저고리를 툭툭 털면서 더 자고 싶은 잠을 쫓아 보내느라고 긴 하품을 두서너 번 하였다.

떠오는 햇빛은 켜놓은 전깃불을 희미하게도 무색하게 한다. 희고 푸르던 탄소선은 웬일인지 유난히 붉다.

눈에 눈곱이 붙고 씻지 않은 얼굴에 앙괭이를 그린[1] 술집 아들이 막걸리 잔을 새까만 행주로 씻어놓고 술항아리 뚜껑을 붙잡은 채 멀거니 앉아 있다.

김 첨지는 생선 토막 하나를 갓 피워놓은 숯불 위 석쇠에다 올려놓았다. 같이 간 동간 인력거꾼은 젓가락으로 김치만 뒤적거리고 있다.

김 첨지가 "막걸리 두 잔만 노—" 할 때이었다. 떨어진 남루에 부대 조각을 두른 거지 하나가 힘없이 들어오더니 때 묻은 두 손을 벌리고 화롯불 가에 가 서서 덜덜덜덜 떤다. 아편 중독이 되어 노랗다 못해 푸른 얼굴에는 인생의 비참한 말로의 축도를 여지없이 그려놓았다. 노출된 종아리는 추위에 얼고 상하여 시퍼런 피가 어리고 맺혔다.

손을 다 녹인 그 거지는 정거장에 나가려는지 가죽 가방을 든 젊은 상인에게 가까이 가며 관성에서 나오는 죽어가는 듯한 소리로,

1 앙괭이를 그리다. 음력 섣달 그믐날 밤에 잠자는 사람의 얼굴에 먹이나 검정으로 함부로 그려놓는 일.

"나으리, 한 푼만 적선합쇼. 날은 춥고 배는 고프고 큰일 났습니다."
하며 허리를 굽실굽실하고 신음하는 소리를 한다.

그 사람은 구운 안주를 씰려고 거지의 소리는 들었는지 말았는지 저쪽으로 가버린다. 옆에 서 있는 김 첨지가 이것을 보고는,

"흥 요새도 찌르나? 찌르지를 말지."
하며 아편 침 맞는 그 거지를 조소하는 것이 무슨 취미나 깨닫는 듯이 혼자 떠든다.

거지는 하는 수 없는 듯이 술 파는 그 아이에게로 갔다. 다른 때 같으면 술청 앞에도 가까이 가지 못할 것이지만 나이 어린 아이 주인이 앉아 있으니까 만만한 듯이 쳐다보며,

"여보셔요."
하였다. 술구기를 들고 술을 붓던 어린 주인은,

"무어야."
하고 소리를 질렀다. 거지는 으레 들을 꾸지람으로 아는 듯이 꿈짝도 아니하고서,

"저— 안주 하나만 주시구려."
하며 안주 채판을 돌아다보았다. 어린 주인은,

"무어야 번번이!"
하며 흘겨본다. 거지는 굽실하며,

"언제 제가 번번이 그랬습니까?"

"일전에도 주었지."

"언제요?"

"그저께 말이야."

거지는 그제야 하는 수 없는 듯이,

"그저께요? 네. 그때 한 번밖에 더 달랬습니까."

"몰라 저리 가."

하며 어린 주인이 소리를 지를 때 다른 손님이 술청으로 가까이 서며,

"술 석 잔만 내우."

하였다. 어린 주인은,

"네."

하고 술을 담는 양푼을 끓는 물 위에다 빙그르르 돌리면서,

"주인어른 나오시면 큰일 나."

하며 의미 있는 웃음을 빙그레 웃었다. 옆에 물러섰던 그 거지도 따라서 웃었다. 그 가고 오는 웃음 속에는 무슨 승낙과 긍정이 있었다.

주인은 산적 꼬치에 끼워놓은 떡 한 개를 집어 주었다. 거지는 기뻐서 그것을 받아 들고 화롯불에 갖다 놓고 춤을 추는 듯이 부채질을 하였다. 김 첨지는 어느 틈에 막걸리 석 잔을 먹었다. 주머니 속에 착착 접어 넣은 오십 전짜리 지화 한 장이 있나 없나 만져보았다.

그리고 동간하고 저하고 먹은 것을 계산하여 보고는 이십 전이 남는구나 하였다. 그리고 그것은 이따가 느지막해서 나 혼자 와서 꼭 석 잔만 더― 먹고 남은 것은 오 전짜리 담배를 사 먹으리라 하였다. 그리고 그렇게 하면 자기 주머니 속이 빈탕이 될 것이 어쩐지 아까워 못 견디었다. 그러나 오늘 하루 또 인력거를 끌면 또 돈이 생길 터이니까 걱정 없다 하였다.

그때였다. 자다 일어난 머리를 빗지도 못하고 꾀죄죄 흐른 행주치마에 다— 떨어진 짚세기를 신은 주인 마누라쟁이가 나왔다. 무엇이 그리 열이 나든지 나오던 말에,

"에 화나."

하며 방정스럽게 두 손을 톡톡 턴다. 옆에 섰던 더부살이 한 놈이,

"안주 다 익었습니다."

하고 소리를 크게 지르고는 주인마누라를 향하여 무슨 동정이나 하는 듯이,

"무슨 화가 그렇게 나셔요?"

하며 혼자 빙그레 웃는다. 마누라는,

"그것을 알아 무엇해."

하고 소리를 지르니까 더부살이는 하려는 말이 쑥 들어가며 혓바닥을 내밀었다 다시 잡아당기며 아무 소리 없다.

주인마누라가 나온 뒤에 술집의 공기는 웬일인지 근신하듯이 조용하다. 그리고 우글우글 끓어오르는 국솥의 물김까지 입을 딱 닫은 듯이 아무 소리가 없다.

옆에서 떡을 굽던 거지는 얼른 떡을 집어 먹고 아무 소리 없이 밖으로 나갔다. 이것을 본 주인 노파는,

"저것 봐라. 거지가 안주 도적질해 먹고 달아난다."

하고 소리를 지르며 쫓아 나간다.

술청에 앉은 어린 주인은 이 꼴을 보고서,

"아녜요. 내가 준 것이에요."

하며 따라 나가는 자기 어머니를 불렀다. 이 소리를 들은 주인마누라는 나가던 걸음을 멈추며 기가 막힌 듯이 자기 아들을 바라

보고,

"무어야?"

하며 눈을 흘긴다. 아들은 아무 소리가 없다.

"그것은 왜 주었니?"

"달라는 것을 어떻게 해요."

"무어야, 달란다고 아무 소리도 없이 주어."

"그럼 어떻게 해요?"

"어떻게 해요라니? 달래는 대로 자꾸 주었다가는 장사 거덜 나겠다. 너 요새 돈이 어떻게 귀한지 아니? 떡 한 꼬챙이도 이 전 오 리야."

어린 주인은 얼굴이 불그레하여 아무 소리 없이 앉아 있다. 나어린 마음속에도 어린 주인은 거지에게 떡 한 꼬챙이 준 것이 잘못이 아닌 줄은 알았으나 그것이 자기 자신에게 굳고 굳은 자신을 주지는 못하였다. 불쌍한 거지를 보고 불쌍한 마음이 나서 주었다는 것보다도 거지의 졸라대고 떠드는 것이 귀찮아서 떡 한 꼬챙이를 준 나어린 마음은 지금 자기 어머니에게 꾸지람을 듣기 시작할 때 공연히 가슴이 불안하고 달아난 그 거지가 원망스러웠다.

그러나 그의 어머니가 떠드는 소리는 무슨 도덕의 설교나 듣는 듯이 조금 옳은 말이 아니요 참으로 진리 있는 말같이 들린다. 한번 듣는 설교가 아니지마는 나어리고 마음 약한 어린 주인의 머리로 어머니의 설교가 옳고 옳은 줄 알기는 알면서도 거지가 와 서서 무엇을 구할 때마다 어쩐지 마음이 불안한 가운데에도 아니 줄 수 없는 충동을 깨달았다.

"애 너 같아서는 집안 망하겠다. 그래 어린 녀석이 무엇을 아까운 줄을 알아야지. 그리고 어른이 장만해 놓고 영업하는 것을 네 마음대로 해. 글쎄 그게 무슨 철없는 짓이냐. 무엇을 물어나 보지. 너 거지에게 좋은 일 해서 네게 무엇이 이로우냐. 엥, 참 기가 막혀 사람이 못살겠네. 내 그놈의 깍쟁이 녀석 또다시 오거든 주둥이를 훑어서 내쫓을 터이야."
하며 떠들어대는 자기 어머니의 불쾌한 책망을 여러 사람 앞에서 듣는 것이 아주 부끄럽고 가슴이 불안한 가운데 분한 생각이 났다. 그래서 붉은 피가 얼굴에 오르고 정신이 흐리어 잡은 술구기가 마음대로 되지 않고 이리 갔다 저리 갔다 한다.

이때였다. 김 첨지는 주인마누라의 이 떠드는 꼴을 보고서,

"아따, 고만두십쇼. 그까짓 것을 왁자하실 게 무엇이야요. 고만두셔요."
하며 얼큰한 얼굴이 고개를 내저으며 한 손을 흔들어댄다. 그리고 돈을 꺼내 어린 주인을 주며,

"여보 돈이나 받으시우."
하였다. 어린 주인은 아무 소리 없이 그 돈을 받았다. 그의 얼굴은 이때까지 불그레하다. 그는 돈 둥구미를 집었다. 그리고 되는 대로 하얀 십 전짜리 두 개를 집어 주었다. 인력거꾼은 십 전짜리 두 개를 받으면서 혹 적게 거슬러 주지나 않나 하고 받은 돈을 내려다보았다.

자기 손 위에는 이십 전짜리 은화 한 개와 십 전짜리 백동화 한 개가 놓여 있었다. 김 첨지는 얼른 그 돈 놓여있는 주먹을 쥐었다. 그리고 뒤도 돌아다보지 않고 바깥으로 나오며 혼자 속으로,

'싸움도 할 것이야. 그 덕분에 내가 횡재를 하였네그려.'
하며 십 전 백동화 하나 더 받은 것이 그날 재수를 점치는 것같이 기뻤었다.

그리고 하루 종일 그의 마음은 웬일인지 기뻤었다.

—〈동명〉 제18호, 1923. 1.

십칠 원 오십 전

—젊은 화가 A의 눈물의 한 방울

1

사랑하시는 C 선생님께 어린 심정에서 때 없이 솟아오르는 끝없는 느낌의 한마디를 올리나이다.

시간이란 시내가 흐르는 대로 우리 인생은 그 위에서 뱃놀이를 하고 있습니다. 늙은이나 젊은이나, 마음 아픈 이나 가슴 쓰린 이나, 행복의 송가를 높이 외는 이나 성공의 구가를 길게 부르짖는 사람이나, 이 시간이란 시내에서 뱃놀이하지 않는 사람이 누구입니까?

오늘 이 편지를 선생님께 올리는 이 젊은 A도 시간이란 시내에 일엽편주를 띄워놓고 끝 모르는 포구로 향하여 둥실둥실 떠갑니다.

어떠한 이는 쾌주하는 기선을 탔으며, 어떠한 이는 높다란 돛을 달고 순풍에 밀리어갑니다. 또 어떠한 이는 밑구멍 뚫어진 거룻배를 이리 뒤뚱 저리 뒤뚱 위태하게 젓고 갑니다.

또 어떠한 배에서는 하품하고 기지개 켜는 소리가 들립니다. 또 어떠한 배에서는 장구를 두드리고 푸른 노래를 부르기도 합니다. 어떠한 배에서는 불그레한 정화情話의 소곤대는 소리가 들립니다. 어떠한 배에서는 여자의 애끓는 울음소리가 납니다. 어떠한 배 속에서는 촉루髑髏가 춤을 추고, 어떠한 배 속에서는 노름꾼의 코고는 소리가 납니다.

그러나 이 A의 탄 배에서는 무슨 소리가 들리는 줄 아십니까? 때 없는 우울과 비분과 실망과 고통과 원망이 뭉텅이가 되고 덩어리가 되어 듣는 이의 귓구멍을 틀어막는 듯이 다만 띵하는 머리 아픔이 있을 뿐이외다.

나와 같이 배를 띄워 같은 자리를 지나가는 배가 몇백 몇천 있습니다. 그들은 다만 서로 바라보며 기막혀 웃을 뿐이외다. 그리고 서로 눈물지을 뿐이외다.

선생님! 이 배가 가기는 갑니다. 한 시간에 오 리를 가거나 단 일 리를 가거나 가기는 갑니다. 그러나 그 배가 뒷걸음질 칠 리는 없을 터이지요? 가기만 하는 배는 우리를 실어다 무엇을 하려 할까요? 흐르는 시간은 말이 없고 뜻이 없으매 다만 일정한 규칙대로 가기는 가겠으나 뜻 없고 말 없는 시간이란 시내 위에 이 A는 무슨 파문을 그려놓아야 할까요?

새벽 서리 찬 바람에 차르락 찰싹 뛰어노는 어여쁜 물결입니까? 아침저녁 멀리 밀려왔다 멀리 밀려가는 밀물의 스르렁거리는 물결입니까? 초승달 갸웃드름하게 비친 푸르렀다 희었다 하는 깜찍한 파문입니까? 어떻든 저는 무슨 파문이든지 그 시간이란 시내 위에 그리어놓아야 할 것이외다. 하다못하여 시꺼먼 물결 위에 푸— 하게 일어나는 거품일지라도 남겨놓고야 말 것이외다.

선생님! 그러나 그 파문을 그리려 하나 그릴 수가 없습니다. 하늘의 바람은 너무 강하고 몰려오는 물결은 너무 힘이 있습니다.

인습이란 물결이 이 작은 편주를 몰아낼 때와 육박하는 환경의 모든 시꺼먼 물결이 가려고 하는 이 A라는 조그만 배를 집어삼키려 할 때 닻을 감으랴, 노를 저으랴, 가려고는 합니다마는, 방향을 정하려 하나 팔에 힘이 약하고, 가려고 하오나 나를 이끌어 나아가게 하는 힘 있는 발동기를 갖지 못하였습니다.

그나 그뿐입니까? 어떠한 때는 폭우가 내리붓고, 어떠한 때에는 광풍이 몰려와 간신히 대뚱거리는 이 작은 배를 사정없이 푸른 물결 속에 집어넣으려 합니다.

아아, 선생님! 그나 그뿐이 아니외다. 어떠한 때는 어두운 밤이 됩니다. 울멍줄멍하는 노한 파도가 다만 시꺼먼 암흑 속에서 이리 뛰고 저리 뜁니다. 하늘에서 희망의 별 하나 보이지 않습니다. 저쪽 어귀에 희미하게 비치는 깨알 같은 등대의 깜빡거리는 불도 꺼질 때가 있습니다.

그러나 저는 가렵니다. 약하고 힘없는 두 팔 두 다리로 저 보이지 않는 포구를 향하여 형형색색의 파문을 그리면서 가기는 가렵니다. 오늘에 그리어놓은 파문의 한 폭이 내일에 그릴 파문을 낳고, 내일에 그리어놓은 파문의 한 폭이 모레의 그것을 낳아 저쪽 포구에 이를 때에는 대양으로 나아가는 힘 있는 여울 물결 위에 거룩하고 꽃다운 성공의 파문을 그리려 합니다.

아아, 그때에는 암흑에 날뛰는 미친 파도나, 때 없는 폭풍우나, 밀려오는 인습의 물결이나, 모든 환경의 그 모진 파도가 그 거룩하고 꽃다운 파문 하나는 지워버리지 못할 것이며 삼키어버리지 못할 것이요, 이 작은 일엽편주는 그때가 되어 바위에 부딪쳐 깨어지거나 물결에 씻기어 사라지거나…… 저는 다만 죽어가는 목구멍 속으로라도 넘치는 환희와 북받치는 기쁨으로 영생의 노래를 부를 것이외다.

2

오늘은 웬일인지 일기가 전에 보지 못하게 음침합니다. 답답한 심사와 침울한 감정을 양기 있고 청징하게 하려 애를 썼으나 그것은 실패하였습니다.

아침에 밥을 먹는 저는 열두 시가 되도록 습기 찬 땅바닥에 누워 있었습니다. 오고 가는 공상이 어떠한 때는 저를 웃기더니 어떠한 때는 울리더이다. 저의 젊은 아내는 오색 종이로 바른 반짇고리를 옆에 놓고 별 같은 두 눈을 깜빡거리며 저의 입고 나갈 두루마기 끈을 달고 있었나이다. 저는 저의 아내를 볼 때마다 불쌍한 생각이 납니다. 나이 젊은 아내의 고생살이를 생각할 때마다 저의 심정은 웬일인지 쓰립니다. 제 옆에 앉아 있는 그 젊은 아내가 과연 저의 이상理想을 채우는 아내는 아니외다. 사랑과 사랑이 결합하여 된 부부가 아니외다. 자각 있는 애인의 조화 있는 사랑은 아니외다. 그는 무엇을 믿고서 나의 아내가 되었으며, 무슨 각성을 가지고 나를 사랑하는지 알 수가 없습니다. 애인과 애인이 서로 만나는 것이 가장 큰 대담한 일이라 하면, 애인도 아니요 애인도 아닌 이 두 사람의 서로 결합된 것도 위태하게도 대담한 것이외다.

위태한 짓을 똑같이 한 이 A는 불쌍한 용자勇者이지마는 그것을 지금까지 알지 못하는 저의 젊은 아내도 어리석은 용자이외다. 우리 두 사람이 과연 원만하게 사랑의 가락을 두 몸에 얽어놓았습니다. 강대한 세력을 두 사람의 붉은 피 속에 부어주는 것이 무엇입니까?

그러나 어린 자식은 절더러 "아빠, 아빠" 합니다. 그리고 저의 아내더러는 "엄마, 엄마" 합니다. '엄마, 아빠'라 부르는 그 소리를 들을 때마 다 알지도 못하게 저의 마음은 깨끗하여지며 어느 틈엔지 따가운 귀여움이 저의 가슴을 채웁니다. 어린애가 웃으면 저도 웃습니다. 그러면 저의 아내도 웃습니다. 저의 아내의 웃는 눈은 반드시 나의 얼굴을 바라봅니다.

철없는 아이가 재롱부려 웃을 때는 저의 웃음과 저의 아내의 웃음소리는 보이지 않는 공중에서 서로 얼크러져 입을 맞춥니다. 그때에는 모든 불행, 모든 고통이 그 방 안에서 내쫓기어 버립니다. 오늘도 남향한 창에는 햇볕이 따뜻하게 드는데, 철없는 어린 자식은 방 한 귀퉁이에서 자막대기를 가지고 몽실몽실한 두 다리를 쭉 뻗고서 무엇이 그리 재미있는지 콧소리를 쌔근쌔근하며 장난을 하고 있을 때, 답답한 감정이 공연히 저의 상을 찌푸리게 하였으나 근지러운 살과 부드러운 입김을 가진 저의 아내가 고요한 침묵을 가는 바늘로써 바느질할 제 웬일인지 눈을 감은 저의 전신의 모든 관능은 힘을 잃은 것같이 노곤하여졌나이다.

잠들지 않은 나의 정신은 혼농昏朦한 가운데 젖어 있을 때 나의 아내는 무엇을 생각하였는지,

"여보셔요, 날이 점점 추워오는데 월급 되거든 어린애 모자 하나 사 오셔요."

하였습니다. 이 말을 듣는 저는 듣고도 못 들은 체하였습니다. 그리고 속마음으로는 '화구畫具도 살 것이 있고 책도 좀 사야 할 터인데 어린애 모자는 천천히 사지' 하며 아내의 말에 공연한 심증이 났습니다. 그 심증은 결코 아내의 말이 부당한 말이나 어린아이의 모자를 사다 주는 것이 아까워 그러한 것이 아니라, 경제의 압박을 당하여 오는 저는 돈이란 소리가 나올 때마다 쌓아오고 쌓아온 불평이 공연히 좋던 감정도 얼크러뜨려 버립니다.

저의 아내는 여러 번 그런 일을 말하면서도 저의 대답하지 않는 것이 무안한 듯이 한참이나 아무 소리가 없다가,

"왜 남의 말에 대답이 없소?"

하였습니다. 나는 여전히 말대답이 없이 드러누워 있었습니다. 아내는 또다시,

"어린애 모자 하나 사다 주기가 무엇이 그리 어려워서……."

하더니 아무 소리도 없이 다 꿰맨 두루마기를 툭툭 털어 저의 누워 있는 다리 위에 툭 던졌습니다.

자막대를 가지고 장난하던 어린애는 모자 소리를 듣더니,

"때때 모자? 응! 엄마?"

하고 벙긋벙긋 웃으면서 저의 아내를 쳐다보며 달려듭니다. 이것을 본 저의 아내는 토라졌던 얼굴을 다시 고치었는지,

"글쎄, 이것 좀 보시우! 모자, 모자 하는구려!"

하며 아무 말 없이 두 눈 위에 팔을 얹고 누워 있는 저의 가슴을 가만히 연하고 부드럽게 흔들었습니다. 저의 아내의 매끈매끈한 손가락이 저의 옷 위에서 꼼지락거릴 때에 저의 피부 밑으로 지나가는 신경은 무엇에 취한 듯한 감각을 저의 핏결 속에 전하는 듯하였습니다.

저는 다만,

"왜 이래? 귀찮아."

하고 팔꿈치로 아내의 손을 툭 치며 다시 돌아누웠습니다. 제가 본래 신경질임을 아는 저의 아내는 조금도 노여워하는 기색이 없이 다만 생글 웃으면서 가장 노한 듯이,

"그만두구려! 어서 옷이나 입고 나아가요. 대낮에 드러누워 있는 것이 갑갑해 못 견디겠구려."

하는 목소리는 웬일인지 마음 약한 저의 거짓 노여워함을 오래 가게는 못 하였습니다. 저는 다만 벌떡 일어나며 아내의 얼굴을 한번 쳐다보고,

"에이! 그 등쌀에 누워 있을 수가 있어야지. 두루마기 어쨌소?"

하며 웃음을 참지 못하고 빙그레 웃었습니다. 저의 아내도 웃음이 떠도는 얼굴에 거짓 노여움을 섞으면서,

"그것 아니고 무엇이오?"

하며 방바닥에 놓여 있는 저의 두루마기를 가리켰습니다.

저는 다만 무안한 가운데도 우스운 생각이 나서 아무 말 없이

두루마기를 입고,

"지금 몇 시나 되었을꼬?"

하며 혼잣말을 하고는 모자를 집어 썼습니다.

저는 바깥으로 나왔습니다. 젊은 아내와 정에 겨운 싸움을 하고 나온 저의 마음은 바깥에 나와서 비로소 그 시간에 일어난 역사가 그립고 애착하는 생각이 났습니다. 새로운 공기와 푸른 하늘이 저의 공연히 센티멘털한 심정을 녹이며 부드럽게 하여줄 때 웬일인지 반웃음과 반노여움을 섞은 저의 젊은 아내의 얼굴과 그의 표정이 말할 수 없이 저의 마음을 매취케 하는 듯하였습니다.

저는 저의 친구를 찾아 MW사로 향하여 오면서 생각하는 것은 저의 아내뿐이었으며, 그 아내가 청하던 어린 자식의 새 모자였습니다. 저는 월급을 타거든 모자를 사다 주리라 하였습니다. 그래서 어린아이의 마음을 기꺼웁게 하기도 할 뿐만 아니라 아이의 어머니 된 젊은 아내의 마음을 즐거웁게 하여주리라 하였습니다.

3

MW사에 왔습니다. DH, WC는 서로 바라보며 무슨 걱정인지 하고 있었습니다. 웬일인지 그 넓지 못한 방 안에서는 검푸른 근심의 그늘이 오락가락하였습니다. 저는,

"웬일들이야, 무슨 걱정 들었나?"

하였습니다. 얼굴 검은 DH는,

"그렇지 않아도 자네를 기다렸네. 그런 게 아니라 NC의 아내가 앓는다는 기별이 왔는데 본래 구차한 그 사람이 어떻게 근심을 하겠나? 그래서 오늘 NC의 집까지 가볼까 하고 자네를 기다리던 터인데."

"무어야? NC의 아내가?"

"그래."

"그것 안되었네그려! 그러면 언제 가려나? 차비들은 준비되었나?"

"그것은 내가 준비하였어."

"그러면 가보세그려."

저는 다만 친구의 불쌍한 처지에 동정하는 마음을 견디지 못하였습니다. NC의 집은 시골입니다. 더구나 한적한 촌입니다. 그의 생활은 부유롭지 못하고 빈곤합니다. 그는 지금 자기의 손으로 농사를 짓습니다. 아침에 괭이 메고 논으로 갑니다. 저녁이면 시름없이 자기 집으로 돌아옵니다. 돌아온 그는 깜빡깜빡하는 유경鍮檠 밑에 깨알 같은 책을 봅니다. 그리고 시를 씁니다. 그의 시는 선생님도 보신 바가 있겠지요마는 참으로 완벽을 이룬 것이 적지 않습니다. 저는 NC의 한적한 생활을 부러워합니다. 조금도 불평이 없이, 조금도 변함이 없는, 그의 굳은 신앙 아래 살아가는 것을 저는 부러워합니다.

저는 그의 눈물을 못 보았습니다. 그의 한숨이 저의 귀를 서늘하게 하지 못하였습니다.

4

사랑하시는 선생님, 사람의 눈물이 있다고 하면 이러한 경우에 울지 않는 사람은 없을 것이지요? 만일 참으로 그 눈물이 눈물이라고 하면 이와 같은 눈물이 참눈물이겠지요.

오늘 저녁이외다. 저희 세 사람은 NC가 사는 시골에 왔습니다. 정거장에서 십 리를 걸어 들어올 제 저희 세 사람은 참으로 공통된 의식, 공통된 감정을 머릿속과 가슴속에 품고 있었습니다.

멀리 보이는 작은 별들은 옛날의 동방박사들을 베들레헴으로 인도한 듯이 우리를 보고서 재롱부려 깜박거립니다. 다닥다닥한 좀생이는 간지러운 듯이 옹기종기합니다. 밤은 어둡고 길은 험하오나 저희를 이끌어 가는 그 무슨 세력의 선이 끝나는 저편에는 반정反情이라는 낙원이 있습니다. 동지라는 그리운 '에덴'이 있습니다. 말이 없고 소리가 없이 걸어가는 우리 세 사람은 다만 쓸쓸하고 적막하고 심심하고 무미 담담한 NC의 집을 찾아가면서도 우리의 끓는 피와 타는 정열은 그 찾아가는 한적한 농촌을 싸고도는 가만한 공기를 꽃답고 찬란하게 그려놓으려 하였습니다.

그러나 NC의 집에 다다랐을 때가 되었습니다. 초가집 가장자리를 싸고도는 암흑 속에서 이리 갔다 저리 갔다, 혼자 왔다 갔다 하는 사람이 있었습니다. 그는 그때 눈을 감고 하늘을 쳐다보고 있었습니다. 우리는 그를 NC로 알았습니다. 우리는 다만,

"NC!"

하고 반가운 두 손을 내밀었습니다. 이것을 본 NC는 다만 아무 소리가 없이 파리한 두 손을 내밀며,

"야! 어떻게들 이렇게 내려왔나?"
하며 힘없는 말소리에 처량한 기운이 도는 목소리로 대답을 하였습니다. 우리 세 사람 마음속에는 NC의 말소리를 들은 때에 그 무슨 애매한 의식을 깨달았습니다. 인생의 애가, 마음 아프고 가슴 저린 그 무슨 노래를 듣는 듯이 NC의 목소리에서는 푸른 기운이 돌았습니다.

NC는 아무 말이 없이 다만 번갈아 가며 우리 세 사람의 손을 단단히 쥐었습니다. 그러고는,

"나의 아내는 삼십 분 전에 영원한 해결解決의 나라로 갔네."
하였습니다.

NC의 눈에서는 여태까지 보지 못하던 눈물이 흘렀습니다. NC의 가슴은 에이고 붉은 피는 식고 애탄의 결정結晶인 뜨거운 눈물은 다만 차디찬 옷깃을 적시고 시름없이 식어버리더이다.

그 누가 말한 바와 같이 하늘에는 별이 있습니다. 땅에는 꽃이 있습니다. 바다에는 진주가 있습니다. 우리 사람에게는 뜨겁게 반짝이는 눈물이 있습니다. 누가 이것을 보고 울지 않는 이가 있고, 누가 이 꼴을 보고 눈물을 흘리지 않는 이가 있을까요? 우리 세 사람은 한참이나 선 채로 울었습니다. 친한 친구, 사랑하는 동지자의 사랑하는 아내가 죽어간 것을 보았을 때 새삼스럽게 우리 인생의 모든 비애가 심약한 우리들을 울리었습니다.

5

오래 뵈옵지를 못하였습니다. 일주일 동안이나 NC의 집에 있었습니다. NC의 아내의 장례는 저희가 시골에 간 지 이틀 뒤였습니다.

초가을은 으스스하였습니다. 나뭇잎은 시체를 담은 상여 위에서 시들어가는 듯이 춤을 추었습니다. 상여꾼들의 목 늘여 부르는 구슬픈 구가는 길고 느리게 공동묘지로 향하는 산고개를 넘어가더이다.

아! NC의 아내는 영원히 갔습니다. 동리를 거치고 산모퉁이를 지나서 영원히 갔습니다. 그러나 NC의 머릿속에서 끝없이 울고 있을 그의 환영은 길고 긴 세월을 두고 우리 NC를 얼마나 울릴까요. 회고의 기억 속에서 시들스럽게 춤추는 그의 그림자는 몇 번이나 NC의 두 눈을 감개무량하게 하겠습니까?

새벽 서리 차디찬 밤, 초승달 갸웃드름한 저녁에 애타는 옛 기억 맘 아픈 옛 생각은 어느 곳 어느 자리에서 우리 NC를 울릴까요?

제가 NC의 아내의 장례에 참례하였을 때에는 저도 또한 죽음과 생의 경계선에 서 있는 듯하였습니다. 죽음과 삶이라는 것이 무엇이 다를 것인가요? 살았다 함은 육체에 혈액이 돌고 모든 것을 의식하고 모든 것을 감각한다 함입니까? 죽음이라는 것은 모든 관능이 육체의 썩어짐과 함께 그 활동을 잃어버린다 함입니까? 저는 무한한 비애를 아니 느낄 수가 없었습니다.

6

어저께 시골서 올라왔습니다. 오늘은 웬일인지 일기가 청명하더이다. 가냘프고 달콤한 공기가 저의 콧속을 통하여 쉴 새 없이 벌룩거리는 폐 속으로 지나 들어갈 때 어제까지는 시들은 듯한 저의 혈액은 정淨해진 듯하더이다.

'낙망'이라는 그림을 그리면서 낙망을 염려하는 저는 쉬지 않고 꽃다운 희망으로 저의 가슴을 채웠었습니다. 그윽한 법열 속에서 브러시와 팔레트를 움직일 때 저는 살았으며 생의 진실을 맛보았습니다. 다만 제가 팔레트 판을 들고 캔버스를 격하여 앉았을 때가 저의 참생生이었습니다. '낙망'이라는 모토를 가진 그림을 그리면서도 무한한 장래와 끝없는 유열愉悅이 있었습니다. 애인의 손을 잡고 그의 귀 밑에 눈물을 떨어뜨리며 자기의 흉중을 하소연할 때와 같이 정결하고 달콤한 맛이 저의 전신을 물들였습니다.

오늘은 웬일인지 정신이 청징하였습니다. 일주일 가까이 자극이 적은 향토에서 논 까닭인지는 알 수 없으나 어떻든 한아한 정신으로 노곤한 안일 속에 오늘 하루를 지내었습니다.

그러나 안일에도 권태가 있고 법열도 깨일 때가 없지 않았습니다. 육체의 권태는 정신까지 권태하게 하더이다. 또다시 법열까지 깨뜨려 버리더이다.

저는 기지개 한번 하고 팔레트 판을 내던졌습니다. 그리고 캔버스를 집어 치우고 외투를 입고 모자를 쓰고 시계를 보았습니다. 그 시계는 두 시를 가리키고 있었습니다. 저는 두 시간의 여가가 있음을 알았습니다. 그래서 그 권태를 녹이기 위하여 SO의 집으로 가려 하였습니다.

SO는 불쌍한 여성이외다. 한 다리가 없는 불구자이외다. 나이는 이십 세이외다. 그는 한쪽 없는 다리를 끌면서 추우나 더우나 학교에를 십여 년이나 다녔습니다. 제가 중학교 사년급 다닐 때에 날마다 아침이면 같은 길모퉁이에서 만나는 것이 연이 되어 그와 사귀게 되어 지금까지 삼 년 동안을 지내왔습니다.

그에게는 나이 늙은 어머니 한 분밖에는 없습니다. 아침이나 저녁에 학교에 가고 올 때에는 그는 반드시 자기 딸의 학교에 가고 학교에서 오는 것을 바라보고 기다렸다 합니다. 학교에서 무슨 일이 있어 늦게 돌아오게 되면 그의 늙은 어머니는 반드시 학교 문 앞에까지 와서 자기의 딸을 기다리고 있었다 합니다.

아아! 선생님, 불구자의 모녀의 생활은 참으로 눈으로 볼 수 없는, 생각할 수 없게 불쌍하고 참담합니다. 그의 물질적 생활은 이 세상에서 제일 비참합니다. 그는 남의 집 곁방에서 바느질품으로 그날그날의 생활을 계속하고 있습니다.

오늘도 그 불쌍한 불구자를 찾아왔습니다. 문을 들어서며 기침을 두어 번 하였습니다. 그러나 웬일인지 그전에는 반드시 반가이 맞아주던 그 불구의 여성! 오늘은 그의 그림자를 볼 수가 없었습니다.

문간에 들어선 저의 마음은 저녁날에 산골짜기를 헤매는 듯이 휘휘하였습니다. 가련한 불구의 여성이 나를 맞아주지 않는 것이 저의 마음을 울게 하였습니다.

저는 또다시 기침을 하고 구멍이 뚫어지고 문풍지가 펄럭펄

럭하는 방문을 열려 하였습니다. 그러나 저는 그 문을 열지 못하였습니다. 숭숭 뚫어진 문 틈으로 새어 나오는 불구인 여성의 모녀의 울음소리는 저의 감정을 연민의 정으로 물들였습니다. 저는 다만 망연하게 아무 말 없이 서 있었습니다. 말없이 서 있는 저의 주위는 나른한 공기가 불구자의 어머니와 불구인 여성의 울음소리를 싣고서 시들어지는 듯이 선무旋舞를 추었습니다.

조금 있다가 문이 열리더니 나오는 사람은 그의 늙은 어머니였습니다. 그는 치맛자락으로 눈물을 씻으면서 저를 바라보더니,

"오셨습니까? 어서 방으로 들어가시지요?"

하며 돌아서서 코를 풀었습니다. 저는 무엇이라 물어볼 말도 없거니와 또다시 말할 것도 없어 다만,

"네, SO는 있나요?"

하며 방 안을 들여다보았습니다. SO의 어머니는,

"네. 있어요."

하고 저의 말에 대답을 하더니 다시 방 안을 들여다보며,

"애, 선생님 오셨다."

하였습니다.

방 안에는 SO가 돌아앉아 여태껏 울고 있는지 차마 고개를 돌리지 못하고 다만 치마끈으로 눈물을 씻고 있었습니다. 그러나 제가 온 것을 보고서는 그대로 고개를 숙이고 몸을 틀어 돌아앉으면서,

"어서 오십시오."

하고 말갛게 피가 오른 두 눈으로 저를 쳐다보더니 다시 눈을 방바닥으로 향하였습니다. 저는 들어가기를 주저하였습니다. 그렇

다고 그대로 돌아갈 수는 없었습니다. 저는 구두끈을 끄르고 그 방 안으로 들어갔습니다. 방 안으로 들어가려 할 때, 마루 끝에 놓여 있던 SO의 다리를 대신하는 나무다리가 저의 발길에 채여 덜컥하더이다. 저는 그때 근지럽고 누가 옆에서 '에비' 하고 징그러운 것을 저의 목에다 던져주는 듯이 진저리를 치는 듯이 방 안으로 뛰어 들어갔습니다.

SO는,

"오늘은 시간이 없으셔요?"

하며 다른 때와 다르게 유심히 저를 쳐다보았습니다. 저는,

"이따가 네 시에나 시간이 있으니까요, 잠깐 다녀가려고 왔어요."

하고 자리를 정하고 앉았습니다.

"댁에 무슨 좋지 못한 일이 생겼습니까?"

하고 저는 그의 운 이유를 알아보려 하였으나 그는 다만,

"아녜요."

하고 부끄러움을 띠며 아무 말이 없었습니다.

저도 또다시 무엇이라 물어볼 수가 없어서 다만 사면만 돌아다보며 아무 소리가 없었습니다.

SO는 한참이나 가만히 있었습니다. 그러다가 반쯤 떨리는 목소리로,

"선생님!"

하고 저를 부르더니 또다시 아무 말이 없이 한참이나 꼼지락꼼지락하는 손가락만 바라보다가 저의 "네" 하는 대답을 재촉하는 듯이 또다시,

"선생님!"

하였습니다. 저는,

"네."

하고 그의 구부린 머리의 까만 머리털만 바라보았습니다.

"저는 병신입니다."

하더니 여태까지 참았던 눈물이 또다시 떨어져 방바닥 위로 시름없이 굴렀습니다. 이 소리를 듣는 저도 울고 싶었습니다.

"저는 병신인데요."

하고 힘 있는 어조로 또다시 한 말을 거푸하더니 그대로 방바닥에 엎드러져 울면서 목멘 소리로,

"병신인 저도 피가 있고 감정이 있습니다. 뜨거운 눈물과 새빨간 정열이 있습니다. 그러하나 불쌍한 저는 그 눈물을 가지고 혼자 우나 그 눈물을 알아주는 사람이 없으며, 그 정열을 혼자 태웠으나 그것을 받아주는 이가 없어요. 불쌍한 사람은 세상에서 더욱 불쌍한 구덩이에 틀어박으려 할 뿐이야요."

하며 느껴가며 울었습니다.

"저를 A 씨는 불쌍히 여겨주십니까? 만약 참으로 불쌍히 여겨주신다 하면 이 저의 마음까지 알아주셔요."

하고 애소하듯이 저의 무릎에 엎디어 울었습니다.

선생님! 누가 이 말을 듣고 울지 않는 자가 있으며, 누가 불쌍히 여기지 않는 자가 있을까요? 저는 그만 SO를 껴안고 한참이나 울었습니다.

"SO 씨, 울지 마셔요, 나는 당신을 불쌍히 여깁니다. 참으로 동정합니다."

"그러면 한 다리 없는 불구자인 저를 길이길이 사랑하여 주시겠어요?"

이 말을 들은 저는 다만,

"네?"

하고 아무 말이 없었습니다. 저는 그 말에 대답을 하지 못하였습니다. 저의 눈앞에 나타나 보이는 것은 저의 나이 젊은 아내였습니다. 자막대기 가지고 놀고 있던 어린아이였습니다. SO는,

"네? A 씨 대답을 하여주셔요."

하고 저를 애소하는 두 눈에 방울방울 눈물을 괴고서 쳐다보았습니다.

아! 선생님. 이 SO를 저는 참으로 불쌍히 여깁니다. 참으로 동정합니다. 그가 눈물을 흘릴 때에 나도 눈물을 흘립니다. 그가 속태울 때에는 나도 속을 태우려 합니다. 하늘 아래 지구 한 점 위에서 꼼지락거리는 이 병신인 SO를 저는 힘껏 붙잡고 울더라도 시원치가 못할 것 같습니다. 그러나 선생님, 그 불쌍히 여기는 마음이 생기는 그 찰나 사이에 벌써 사랑이라는 것이 간 것이 아닐까요. 그의 손을 잡고 따라서 같이 우는 것이 벌써 사랑이 아니었을까요?

그러나 이 불구의 여성은 저를 사랑하려 합니다마는 저는 여성의 사랑을 얻고서 도리어 가슴이 아팠습니다. 진정한 사랑을 받으면서 그것을 물리치지 않을 수가 없었습니다.

저는 불구의 여성의 뜨거운 사랑을 받기에는 너무 불행한 사람이외다.

선생님! 육체의 불구자는 그 불구를 동정한 저로 말미암아 사

랑의 불구자가 될 줄이야 꿈에나 알았사오리까? 사랑은 곧은 것이요 굽은 것 아니니 저는 벌써 그 곧은 길 위에 선 사람이외다. 저의 아내를 사랑하지 않은 바가 아니었나이다. 그러면 저는 저의 아내에게로 향하는 꼿꼿한 사랑을 일부러 꺾어 이 불구의 여성을 사랑할 수는 없었습니다. 불구의 여성이 불구의 여성이므로 그를 동정하는 동시에 저의 사랑을 불구가 되게 할 수는 없었습니다. 그러나 이 불구자의 눈물은 그 눈물이 저의 무릎 위에 떨어지는 때부터, 아니올시다, 그의 사랑이 저에게로 향할 때부터 벌써 그의 가슴에 어리어 있는 사랑을 불구자 되게 하였습니다. 그는 한 다리가 없는 것과 같이 그의 사랑은 한쪽 없는 사랑이었습니다.

저는 다만,

"SO 씨! 울지 마셔요. 저의 가슴은 SO 씨의 눈물로 인하여 녹아버리는 듯하외다. SO 씨의 눈물방울이 저의 마음 위에 한 방울씩 두 방울씩 떨어질 때마다 그 무슨 화살을 꿰뚫는 듯이 아프고 쓰립니다."
할 뿐이었습니다.

"A 씨, 저는 다만 A 씨 한 분이 저를 참으로 사랑하여 주실 줄 알았었는데요."
하는 SO는 그 무슨 대답을 기다리는 듯이 아무 말이 없었습니다. 저는 다만,

"그만 우셔요. 자! 일어나셔요."
하고 가리지 못한 눈물을 씻을 뿐이었나이다.

저는 어젯날까지 많은 여성의 사랑을 받는 자를 행복자라 하

였었습니다. 그러나 오늘 이 불구자의 하소연을 들을 때에 비로소 정情의 가슴이 아팠었습니다. 한 개의 사랑을 두 군데로 찢으려 할 때, 그 아픔을 알았습니다. 그 쓰림을 알았습니다. 한 개인 사랑을 가진 한 사람이 여러 사람의 여러 사랑을 받는 것의 그 가슴 저리고 불행한 것을 알았습니다.

아! 그러나 그 불구자는 더욱더욱 불구자가 되어갈 터이지요. 낙망과 원한의 심연에서 하늘을 우러러 그의 불행을 부르짖을 터이지요? 그 부르짖음의 애처로운 소리는 저의 피를 얼마나 식힐까요? 그 소리는 영원까지 저의 피를 얼마나 식힐까요? 그 소리는 영원까지 저의 귀 밑에서 슬피 울 터이지요?

선생님! 저는 이 참으로 사랑하는 여성의 사랑을 매정하게 물리쳐야 할 것입니까? 영원토록 받아주어야 할 것입니까? 불쌍한 자의 울음을 들어주어야 할 것입니까? 불구자의 애소의 눈물을 저의 가슴에 파묻히도록 안아야 할 것입니까? 저는 다만 기로에 방황하며 약한 심정을 정하지 못하고 헤맬 뿐이외다.

"네, 알았습니다. 그러나 저는 SO 씨의 말씀에 그렇게 속히 대답할 수는 없습니다."

"그러면 언제 대답을 하여주시겠습니까?"

"네, 그것은 천천히 해드리지요."

하고 묻고 대답하는 말이 우리 두 사람 가운데서 교환되었습니다.

SO는 의심하는 듯이,

"그러면 저를 절대로 사랑하여 주시지는 않는다는 말씀이지요? A 씨의 가슴에는 저를 위하여서는 절대의 사랑이 없으시다는 말씀이지요?"

하며 원망하듯이 저를 쳐다보았습니다.

저는 무엇이라 대답해야 할는지 몰랐습니다. 참으로 저에게 절대의 사랑이 그때 있었습니까? 참으로 없었습니다. 절대의 동정과 연민은 있었을는지 알 수 없어도 절대의 사랑은 없었습니다. 타산이 있었으며 주저가 많았습니다. 어떠한 때에는 불구자라는 근지러운 대명사가 진저리치게까지 하였습니다.

아무 대답도 없는 저를 보던 SO는,

"저는 알았습니다. 저는 영원토록 불구자이외다. 한 귀퉁이가 이즈러진 사랑의 소유자이외다. 그뿐 아니라 저는……."

하더니 단념과 원망이 엉킨 두 눈에는 어리석은 눈물이 어느 틈에 말라버리고 냉소와 저주가 맺힌 듯할 뿐이었습니다. 이 소리를 듣는 저는 어쩐지 마음이 으스스 차고 몸이 달달 떨리는 듯하여 그의 눈물을 다시 보고 싶었습니다. 그러고는 그의 단념과 원망과 냉소와 저주가 맺힌 듯한 표정을 볼 때 저는 또다시 그의 마음을 풀어뜨리어 힘없고 연하게 울리고 싶었습니다. 저는,

"SO 씨!"

하고 그의 손을 잡으며,

"저는 영원토록 SO 씨를 잊지는 못하겠습니다."

하였습니다. 그는,

"네. 저를 잊지 말아주셔요. 저도 눈을 감을 때까지는 A 씨를 잊지 못하겠지요."

할 뿐이었습니다.

7

SO의 집에서 나온 저는 학교를 향하여 갔었습니다. 아직까지 청징하던 심신은 웬일인지 불구인 여성의 집을 다녀 나온 후부터는 흐릿하고 몽롱할 뿐만 아니라 침울하고 센티멘털로 변하였습니다.

저는 학교에를 갑니다. 한 시간의 도화를 가르치기 위함보다도 그 보수를 바라고 갑니다. 세상에 제일 불행한 범죄가 있다 하면 아마 이와 같은 자이겠지요. 뜻하지 않고 내 마음에 있지 않은 짓을 한 뭉치의 밥 덩어리와 김치 몇 쪽의 충복할 식물을 위하여 알면서 행한다 하면 죄인 줄 알면서 타인의 물건을 도적한 기한飢寒에 쪼들린 자와 얼마나 나을 것이 있겠습니까? 남의 물건을 도적한 자의 양심이 떨린다 하면 그만큼 비례한 저의 양심도 떨리었을 것이며, 박두하는 기한飢寒에 못 이겨 다른 사람의 물건을 도적한 사람의 생을 갈구한 것을 동정할 것이라 하면 생명을 잇기 위하여 자기의 양심을 속이는 이 A라는 화가도 또한 동정을 구할 수가 있을 것일는지요?

저는 학교 정문에 들어섰습니다. 그때 마침 M 교주校主가 학교를 다녀가는 길인지 자동차에 오르려 할 때였습니다. 그때에 그 간사한 이 선생은 M 교주의 팔을 부축하여 자동차 속으로 몰아넣었습니다. 저는 이것을 보고 크게 웃었습니다. 옆에서 웃는 것을 보는 박 선생은,

"왜 웃으시우?"

하며 눈을 흘기더니,

"그게 무슨 무례한 짓이오?"
하더이다. 저는 또다시 한번 껄껄 웃으면서,

"박 선생은 나의 웃는 의미를 모르시는구려."
하고,

"인형이외다. 인형예요. 두 팔 두 다리가 있고도 못 쓰는 인형이외다. 인형은 인형이니까 말할 것도 없지마는 인형을 부축하는 어리석은 사람을 보고서는 나는 아니 웃을 수가 없지요."
하고는 그대로 돌아서서 교실 안으로 들어갔습니다.

오늘은 그믐날이외다. 월급 타는 날이외다. 사무실에 들어선 저는 다만 보이는 것이 회계의 동정뿐이었습니다. 그리고 그 돈을 가지고 쓸 궁리를 하고 있었을 뿐이었습니다. 오늘도 어린애 모자를 하나 사다 주고 사랑하는 아내의 목도리를 하나 사주어야 하겠다 하였습니다.

이십오 원이라는 월급을 기다리는 저의 마음은 웬일인지 씁쓸하고도 저의 몸이 불쌍해 보였습니다. 그리고 공연히 심증이 났습니다.

교실에 들어가 분필을 들고서 칠판 위에 그림을 그릴 때에는 모든 학생들까지 밉살스러울 뿐이었습니다. 그리고 그 학생들이 저의 운명을 이렇게 만들어준 듯하기도 하였습니다. 저는 마음에 없는 한 시간을 아니 지낼 수가 없었습니다.

그날은 학생들에게 숙제를 해 오라 한 날이었습니다. 그 사십 명 학생 중에 숙제를 해 오지 않은 학생이 다섯이 있었습니다. 그 중에 그중 나이 적고 옷을 헐벗은 학생은 제가,

"왜 숙제를 안 해 왔소?"

할 때 그는 다만 아무 말 없이 한참이나 있더니 뜨거운 눈물을 흘리면서 자꾸자꾸 울고 섰을 뿐이었습니다. 다른 애 학생은 여러 가지 핑계로써 선생인 저를 속이려 하였습니다. 저는 그 눈물 흘리는 학생을 바라보고 또다시 다 뚫어진 양말을 볼 때 어쩐지 측은한 생각이 나서,

"왜 대답은 아니 하고 울기만 하시오?"

하며 그의 어깨에 팔을 대니 선생인 저의 손이 그의 어깨를 어루만지는 것이 더욱 그의 감정을 느즈러지게 하였던지 더욱더욱 느끼어 울 뿐이었습니다. 그러다가는 북받치는 울음소리와 함께,

"집에서 돈이 없다고 도화지를 사주지 않아요."

하였습니다.

선생님! 제가 이 학생을 벌줄 자격이 있습니까? 없습니까? 저는 다만 창연한 두 눈으로 그 어린 학생을 바라보며,

"여보시오, 참마음만 가지면 그만이오. 나는 당신의 그림 그려오지 않은 것을 책하려 한 것이 아니라, 당신의 참성의가 없었는가 하는 것을 책하려 함이었소. 당신의 눈물 한 방울은 오늘 그려오지 못한 그 그림보다 몇 배의 가치가 있는 것이오."

하였습니다.

하학 후 사무실로 나왔습니다. 회계는 나를 보더니 아주 은근한 듯이,

"A 선생님, 이리로 좀 오십시오."

하고 자기 곁으로 부르더니 봉투에 집어넣은 월급을 저의 손에 쥐여주면서,

"담뱃값이나 하십시오."

하였습니다. 저는 그것을 받는 것이 어쩐지 부끄러웠습니다. 그래서,

"네, 고맙습니다."

하고 그대로 보지도 않고 주머니에다 넣었습니다.

날은 점점 어두워가느라고 회색의 저녁 빛이 온 시가를 싸고 도는데 저는 학교 문밖에 나와서야 그 봉투를 다시 끄집어내어 그 속에 있는 돈을 꺼내보았습니다. 그 속에는 십칠 원 오십 전, 십칠 원 오십 전이 들어 있었습니다. 저는 멈칫하고 섰습니다. 그리고 '어째 십칠 원 오십 전만 되나?' 하고 한참이나 의아하여 생각을 하고 있을 때에 문득 생각나는 것은 NC의 집에 갔었던 것이외다. 아내 잃은 친우를 찾아갔던 일주일간의 노력의 대가는 학교에서는 제하여졌습니다.

아! 선생님, 저의 손에는 십칠 원 오십 전이 있습니다. 일 개월 노력한 대가는 십칠 원 오십 전이외다. 불쌍한 젊은 화가의 양심을 부끄럽게 한 대가가 십칠 원 오십 전이외다.

저는 하는 수 없었습니다. 회색 봉투에 집어넣은 그 돈을 들고 SO 집까지 무의식중에 왔습니다. 하늘의 구름장 사이로는 가리었다 보였다 하는 작은 별들이 이 우스운 젊은 A를 비웃는 듯이 내다보고 있었습니다. 회색의 감정이 공연히 저의 마음을 울분하고 원망스럽게 하였습니다.

SO의 집에는 무엇하러 왔을까요? 그것은 저도 알지 못하였습니다. 문간에 와서야 내가 무엇하러 여기를 왔나 하고 그대로 집으로 돌아가려 하였습니다. 그러나 저의 가슴에서 때 없이 울고 있는 그 무슨 하모니는 저의 발을 SO의 집 안으로 끌어들였었습

니다. 그러나 저는 그전과 같이 서슴지 않고 그대로 들어갈 수가 없었습니다. 조그마한 문으로 흘러나오는 무거운 공기는 급히 흐르는 시냇물같이 저의 가슴으로 몰려오는 듯하였습니다.

저는 다만 문간에 서서 도둑놈같이 문 안을 엿듣고 망설였습니다.

선생님! 사랑도 아무것도 하지 않겠다고 할 적에는 서슴지 않고 아무 불안도 없이 다니던 제가 오늘은 어찌하여 죄지은 자 모양으로 들어가기를 주저하였으며, 가슴이 거북하였을까요?

죄악이 아닌 사랑을 주려 하는데 저는 가슴이 떨림을 깨달았으며, 잘못이 아닌 사랑을 준다는 사람의 집에 들어가기를 주저하였습니다.

저는 십 분 동안이나 서 있었습니다. 그때에 또다시 그 불구자의 모녀의 울음소리는 그전보다 더 저의 마음을 훑는 듯하고 쪼개는 듯하였습니다. 그리고 모든 비애를 저의 가슴 위에 실어놓는 듯이 무겁게 슬펐습니다. 그러나 저의 눈에는 눈물이 없었습니다. 학교에서 받은 일 개월 노력의 대가인 십칠 원 오십 전이 저를 울분하게 하였음이 공연히 저의 눈물까지 막아버리었습니다. 저는 한참이나 그 울음소리를 들었습니다. 울음에 섞이어 나오는 늙은 어머니의 떨리는 목소리로 분명치 못하게 들리는 것은,

"SO야, 이제는 그만 한길 귀신이 되었구나."

하고 실히 얼어붙은 듯한 불쌍한 소리였습니다.

저는 그제야 그 눈물을 알았습니다. 불구자의 모녀는 몸을 담을 집이 없습니다. 그는 오늘에 몇 푼 안 되는 세전貰錢으로 말미암아 집에서 내어쫓깁니다.

창밖에서 듣고 있는 이 A의 주머니에는 십칠 원 오십 전이 있습니다. 이 A는 그래도 한길에서 방황하지는 않겠지요? 저는 그 주머니의 십칠 원 오십 전을 꺼냈습니다. 그리고 연필로 봉투에 A라 썼습니다. 저는 그 찰나간에 절대의 동정이 제 가슴속에서 약동하였습니다. 저의 피를 뜨겁게 힘 있게 끓게 하였습니다.

저는 그 돈을, 문을 소리 없이 가만히 열고 가만히 마루 위에 놓았습니다. 그리고 절도竊盜와 같이 그 문을 떨리는 다리로 얼른 뛰어나왔습니다. 그리고 뒤도 돌아보지도 않고 저의 집으로 향하여 갔습니다.

집에서 아내가 돌아오기를 고대하겠지요. 어린 자식은 아버지 오면 때때 모자를 사다 준다고 몽실몽실한 손을 고개에 괴고 이 젊은 아버지 돌아오기를 바라고 있을 터이지요. 그러나 월급날인 오늘의 저의 주머니는 벌써 한 닢도 없는 털터리가 되었습니다. 저의 들어가는 대문 소리를 듣고 다른 날보다 더 반가이 맞아주는 젊은 아내에게 그의 마음을 만족시켜 줄 아무것도 없습니다. 어린 자식의 기뻐 뛰는 마음을 도리어 풀이 죽게 할 뿐이겠지요.

그러하오나 어둠 속으로 파고들어 가듯이 암흑한 동리를 걸어가는 이 A의 마음은 웬일인지 만족한 기꺼움이 있었으며 싱싱한 생의 약동이 있었습니다. 저는 또다시 MW사로 왔습니다. 거기에는 DH와 WC가 웅크리고 앉아서 무슨 책을 보고 있더니 저를 보고서,

"어떻게 되었나?"

하였습니다. 그것은 저의 월급 말이었습니다. 저는 모자를 벗고 구두끈을 끄르면서 기가 막힌 듯이 쓸쓸히 웃으면서,

"흥! 나의 일 개월 동안의 대가는 참으로 값있게 써버리었네."
하였습니다.

— 〈개벽〉 제31호, 1923. 1.

당착

밤 두 시가 사십 분이나 넘은 어떠한 몹시 추운 겨울날이었다. 황금정 네거리에서 종로를 향하여 페이브먼트 위를 천천히 걸어오는 사람들이 있었다. 한 사람은 키도 크고 체격도 든든하게 생겼으나 점액질로 생겨 보이고 한 사람은 키도 작고 그렇게 건장해 보이지 않으나 다혈질로 생겨 보인다. 바람이 불어서 빰을 에이는 듯하고 눈이 쏟아지려는지 하늘은 별 하나 없이 캄캄하다.

"에 추워! 매우 춘걸!"

하는 사람은 그 작은 젊은 사람이다.

"글쎄 매우 추우이."

하고 목도리를 바싹 두르는 사람은 그 강대한 청년이다.

"오늘 같은 날 강시僵屍 나겠네."

"그래 구차한 사람은 어렵겠는걸."

"나는 발이 시려 죽겠네. 코가 떨어지는 것 같은걸."

"그래!"

"어디 가서 몸을 좀 녹이고 집으로 들어가세그려."

"늦어서 갈 데가 있어야지."

"우리 종각 뒤에 가서 한잔 먹어볼까?"

"먹세그려."

두 젊은 사람은 술 먹기로 일치하였다.

"술 먹으면 먹을 때는 좋지만 먹고 나면 여러 가지로 해야."

"미친 소리 말게! 그것을 생각하면 먹지 않는 게 낫지!"

"그러나 여보게 자네 작년 겨울 생각하나?"

"허허 생각하지. 그때는 우리도 퍽 했었지만 여보게 글쎄 기차 궤도에 가 드러누우면 어떻게 하란 말인가? 만일 전철수가 아니었다면 경원선 기차에 꼭 치어 죽을 뻔했지? 나는 그것을 생각하면 지금도 몸서리가 쳐지네."

"그래 참 아슬아슬해."

이렇게 이야기하며 종각 앞에까지 와서 막 종각 뒷골로 들어서려 할 때 무엇인지 씩씩하며 길바닥에 자빠진 것이 있다. 그 다혈질의 젊은 사람이,

"게 무어야!"

하고 멈칫 서니까 그 점액질의 젊은 사람은,

"무엇이 무엇이야! 아마 주정꾼인가 보이! 어디서 저렇게 먹었노?"

하고서는 태연히 가려 한다.

다혈질의 젊은이는 허리를 구부리고 그 사람을 들여다보며,

"여보! 정신 차류!"
하고 손으로 꾹꾹 찔렀다. 그러나 그 사람은 술내만 휙휙 끼치며 아무 대답 없이 코만 곤다.

"일어나요! 이 밤중에 이게 무슨 짓이오!"

이번에는 허리를 끼어 일으켰다. 그리고 속마음으로 이 사람을 어떻든지 깨워서 보내야지 그렇지 않으면 꼭 얼어 죽을 터이다. 그리고 그대로 내버리고 지나는 것은 인도가 아니라는 마음이 났다.

"여보 댁이 어디요."

그러나 주정꾼은 다만,

"응 새문안 새문."
하고 알 수 없게 중얼댄다.

"정신을 차려요."

"응 응, 물 가져오너라."

"여기가 어딘 줄 알으시오? 댁이 어디요?"

"우리 집야!"

그 젊은이는 그 사람을 일으켜 안았다. 그리고 인력거를 부르려 했으나 밤이 너무 늦으므로 인력거도 볼 수 없거니와 주머니에 돈도 별로 없었다. 점액질의 그 큰 젊은 사람은 옆에 서서,

"여보! 여보! 집이 어디요?"
하여보다가 대답이 없으니까,

"여보게, 그대로 두고 가세!"
하며 입맛을 다신다. 다혈질의 젊은 사람은 그 친구를 흘겨보며,

"이 사람아, 어떻게 그대로 가나. 우리 저 파출소까지만 갖다

두고 가세. 이 추운 때 까딱하다가는 얼어 죽겠네."

두 사람은 그 주정꾼을 부축하여 가지고 파출소를 향하였다. 술 취한 사람은 두 사람의 팔에 매달려 힘없이 휘들댄다.

가까스로 파출소에 왔다. 순사 하나가 추운 듯이 화롯불에 손을 굽고 앉아 있다가 이 꼴을 보더니 싸움이나 한 줄 알고,

"왜 그러우? 무어요?"

하며 쳐다본다.

"그런 게 아니라요, 길을 가려니까 이 사람이 길바닥에 누웠기에 데리고 온 것입니다."

순사는 눈을 똑바로 뜨고 술 취한 사람을 한참 들여다보더니,

"무엇이야!"

하고 보기 좋게 따귀를 한번 때리면서,

"무얼 취하지도 않았으면서 취한 체하고?"

소리를 질렀다. 다혈질인 그 젊은이의 마음은 홱 풀리면서 아무 소리 없이 서 있었다. 그리고 그 주정꾼을 붙잡고 내가 당신을 구하려다 도리어 모욕을 당하게 한 것을 용서하여 주시오 하고 싶었다. 그리고 웬일인지 무슨 의미를 알 수 없는 비애가 그의 가슴을 슬프게 하며 그 순사를 바라보았다. 그 순사는 밤새도록 자지 못하여 권태의 귀찮은 기분이 그의 얼굴에 역력히 나타나 보였다.

주정꾼은 순사의 때리는 따귀 한 대에 겨우 정신을 차렸는지 모자를 벗고 "에 에" 하면서 허리를 구부리고서 사면을 둘러보았다. 그러고서는 아무 말도 없이 저쪽 서대문 쪽으로 비틀거리고 걸어간다. 그 두 젊은 사람은 암흑 속에 사라지는 그의 그림자를

망연히 바라보고 서 있다가,

"에 세상이란 이렇게 당착이 많아!"

하며,

"술이나 먹으러 가세"

하고 돌이서 갔다.

— 〈배재〉 제2호, 1923. 3.

춘성春星

"은주야! 애 은주야!"

춘성은 자기 집에 들어서며 댓바람에 계집종을 부른다. 부엌에서 행주로 그릇을 씻던 은주는 부엌 창살 틈으로 들어오는 춘성을 바라보더니 다시 본체만체하고,

"네."

대답을 하고 아무 말이 없다.

춘성의 시꺼먼 얼굴에는 취한 술기운이 올라와서 익히다 남은 간덩이같이 검붉은 데다 털 많은 얼굴을 맵시 내느라고 날마다 하는 면도 독이 시푸르뎅뎅하게 들었다.

그는 다시 마루로 올라가서 건넌방 미닫이를 열어젖히더니,

"은주야!"

하고 목청 질러 한번 부르고서 답답한 칼라를 집어 던지고서는,

"이 계집애가 귀가 먹었나? 에그 이게 무엇이냐? 방이 이게 무엇이냐! 이게 돼지 우릿간이지 어디 사람 사는 방이냐? 얘 은주야! 은주야! 애 목 아퍼! 은주야!"

일부러 대답을 안 하던 은주도 너무 떠드는 바람에 송구한 생각이 났던지,

"왜 그러세요!"

하고 발을 동동 구르듯이 부엌에서 뛰어나온다.

"왜 그러세요가 무어야! 너 오늘 종일 한 것이 무엇이냐? 왜 방 좀 치워놓으라니까 안 치웠어? 빗자루는 두었다가 군불이나 때련! 그리고 너 하루 종일 하는 것이 무엇이냐? 흥, 너 요새 큰일 났더라, 큰일 났어!"

은주는 입을 쫑긋쫑긋하면서 눈살을 얄미웁게 찌푸리고,

"오늘 작은댁에 심부름 갔었어요."

하고서는 행주치마 속에다 두 손을 넣었다 꺼내어 입속으로 남에게 들리지 않을 만큼 무엇이라 종알종알한다.

"심부름? 무슨 심부름을 가서 하루 종일 있어?"

은주는 아무 말이 없다. 뒤꼍에 있던 춘성의 어미가 마루 뒷문에 나타나며,

"또 쌈한다. 오늘은 종일 어디 갔었니? 또 술 먹었구나. 그저 그렇게 일러도 듣지를 않아. 얘 어서 너는 상이나 보아라! 응."

하며 다시 은주를 흘겨본다.

춘성은 그래도 무엇이 미진한 듯이,

"꼭 나가면 들어올 줄 몰라! 야단났어! 야단!"

하며 두 볼이 퉁퉁 부어서 방으로 들어가려 할 때 은주는,

"무엇이 야단났어요? 야단날 것이 무엇이에요?"
하면서 포달을 부릴 듯이 독살맞은 눈으로 춘성을 쳐다본다.

어머니는 무슨 생각을 하는지 뒤를 돌아도 보고 멀거니 섰다가 은주의 목소리를 듣고서 쥐어박을 듯이 주먹질을 하면서,

"요 빌어먹을 것, 주둥이를 좀 다물어!"
하더니 다시 자기 아들에게는,

"글쎄, 이 애야! 제발 좀 들어가서 자든지 해라. 왜 그렇게 점잖지가 못하냐! 엥."
하며 입맛을 다시나 춘성은 들었는지 말았는지,

"냉수나 한 그릇 가져오너라! 어서!"
하고서는 방으로 들어가서 방바닥에 흐트러진 종잇조각, 먼지 북데기를 주섬주섬 치워놓더니 그대로 아랫목에 가 쓰러졌다. 그러고서는 눈을 뜬 채 천장을 쳐다보았다.

공중에서는 무지개 한끝을 자기 손가락에 홰홰 감아 빵빵 내두르는 모양으로 정신이 팽팽 내둘려 제 몸뚱어리가 그리로 몰려 들어가는 것 같다. 그러고는 때때로 배 탄 모양으로 몸뚱이가 땅속으로 쑥 들어가는 것 같고 또는 높은 데서 떨어지는 것같이 아찔하기도 한데, 사지와 몸뚱이가 척 구들장 위에 치받쳐 있는 듯하고 피곤한 사람이 축축한 땅 위에 그대로 자빠진 것같이 편안하다.

그는 후우 하고 한숨을 쉬었다. 방 안에 있는 것이 윤곽만 몽롱한 안개 속으로 보이는 듯하고 부질없이, 으슥으슥, 우쭐우쭐 넘치는 기쁨이 어깨춤을 주게 한다. 그는 혼자,

'그렇지 그래!'

하며 껄껄 웃었다.

'술 먹으면 웬일인지 일상 좋더라! 이런 때 영숙이나 있었으면 오죽 좋을라구. 떡 술이 취해서 들어오면 반가워 맞으면서 옷도 벗겨주고 자리도 깔아줄 터이지. 그러고는 '어디서 약주를 이렇게 자셨어요? 저는 약주 잡수시면 싫어요. 에그, 보기 싫어!' 하고서 살짝 돌아앉지만, 허허 그렇지 나는 슬그머니 타이르느라고 '인제는 안 먹을게, 응! 이리 와!' 하고서 잡아다니면 '싫어요!' 하고 톡 쏘는 얼굴에는 참지 못하는 웃음을 가리느라고 더욱 고개를 돌리렷다. 그러면 나는 거짓 항복을 하여가면서 '글쎄, 안 먹는다니까, 안 먹어요, 안 먹어!' 그러면 영숙은 일부러 한참이나 있다가 '무얼 안 먹어? 제 버릇 개도 안 준다고 한번 밴 버릇을 고칠 수 있나!' 하고 가만히 앉았으면 나는 슬그머니 그의 겨드랑이를 간질여보자. 그러면 깜짝 놀라서 돌아앉으며 '왜 이래요' 하면서 참았던 웃음이 툭 터지렷다. 그러면 나는 그의 두 팔을 꽉 붙잡고서 '이리 와, 이제는 술 안 먹을 테니!' 그러면 처음에는 팔을 빼려다가 제비같이 나의 가슴으로 달려들며 '인제는 약주 잡숫지 마세요, 네네?' 하면서 간청을 할 터이지! 에그, 그저 고것을 어떻게 하나! 그만 진저리가 치기도 어렵거든!'
하고서는 혼자 벙싯벙싯한다. 그러다가는 다시 웃옷을 벗고서,

'그렇지 그래.'
하면서 옷걸이에다가 옷을 넣고서 다시 책상 앞을 지나려다가 책상 위에 있는 편지를 보았다.

'편지?'

의아한 듯이 한참이나 들여다보다가 한 손으로 피봉을 보고

서는,

'영숙이가 편지를 했다.'

하고 이리 뒤치고 저리 뒤집어 그 필적을 상고한 후에 고개를 갸웃하고서,

'참 이것은 의원걸, 이제는 버릇 한 가지가 늘었다. 당초에 하지 않던 편지하는 버릇이 늘었어.'

하고서는 전깃불을 켜고서 다시 아랫목 보료 위에 가 누우면서,

'어디 보자!'

하고서 구혼장을 받은 신랑처럼 기꺼운 눈으로 그것을 뜯었다. 그러다가,

'아니지, 아냐. 천천히 볼 일야! 너무 반가운 것을 그렇게 얼핏 지나쳐 버려서는 남용이야 남용!'

하면서 그것을 책상 한 귀퉁이에다가 다시 놓고 한참이나 있다가,

'무엇이라고 썼을꼬?'

하고서 다시 책상 위에 있는 편지를 들더니,

'인제는 그만 보자! 얌전하게도 썼다.'

하고서 흡족히 여기는 듯이 칭찬을 한번 하더니 편지 피봉을 뜯었다. 그러고는,

'그렇지 춘성 씨! 그러렸다.'

하고서는 또 무엇이라 두어 줄 읽더니 두 눈이 위아래로 올라갔다 내려갔다 한다. 그러다가는 두 눈이 놀라 죽은 눈처럼 멀건해져서,

'무어야. 눈물이 없습니다. 눈물이 없으니까 사랑하여 주실 만큼 뜨거운 정이 없겠어요…… 더구나 눈물이 없으세요…….'

춘성은 편지를 한 손에다 움켜쥐며,

'무어야? 눈물이 없으니까 사랑해 줄 만큼 뜨거운 정이 없다고?'

하면서 멀거니 있다가,

'어떻든 계집애들이란 여우야 여우! 싫거든 이냥 싫소 할 것이지 눈물이 없으니까 사랑할 수가 없소란 무어야?'

하고서 화가 어디서 새삼스럽게 났던지,

'엥!'

하고 손에 쥐었던 편지를 심술스럽게 북북 찢으면서,

'그만두어라! 너 아니면 여자가 없다드냐? 되지 않은 것!'

하고서는 영숙이가 옆에 있는 듯이 고개를 돌리며 눈을 딱 감았다.

그러나 그의 가슴속에는 분하고도 그래도 섭섭하고 연연戀戀한 뭉클한 정이 얽히어 있었다. 그의 눈앞에는 다시 영숙이가 보인다. 그러고는 영숙이가 자기 앞으로 가까이 가까이 왔다. 그래서 속마음으로 설마 제가 나를 떼어 보냈을라고? 아마 내가 눈물이 없으니까 나의 눈물을 한번 보고 싶어서 일부러 그런 게지! 그렇지, 하고서 가까이 오는 영숙을 타이르고 타협을 하려는 듯이 빙그레하면서 바라보고 있으려니까, 영숙은 자기에게로 아주 가까이 와서 놀려먹는 듯이 허리를 굽실하고 한 손으로 삿대질을 할 듯이 손을 들더니 지나간다. 그러고는 그대로 지나갔으면 오히려 좋으련마는 저만큼 가다가 어깨 너머로 돌아다보며 비웃는 듯이 생글 웃을 때 그는 주먹으로 방바닥을 치며 눈을 번쩍 뜨니까 암흑을 한 번에 깨뜨린 듯이 전깃불이 환하다.

'에, 무정한 년!'

그는 혼자,

'눈물이 없으니까.'

하다가 멀거니 천장을 다시 쳐다보고 있다.

여덟 시나 되었다. 은주는 저녁상을 가지고 건넌방에를 들어왔다.

"진지 잡수세요."

"……."

춘성은 대답이 없고 방 안은 조용하다.

"상 가져왔어요."

그러나 춘성은 아랫목에 누워서 잠이 들었다.

은주는 춘성을 무시무시 여기는 듯이 가만가만 흔들면서,

"일어나세요."

할 때 몸을 부스스 돌아누우면서,

"응 응."

하고 팔을 눈에다 대고서 엎드려서 자꾸자꾸 훌쩍훌쩍 운다. 은주는 눈이 똥그래지며,

"에그, 왜 우셔? 마님, 서방님이 우셔요."

하면서 안방으로 뛰어간다. 그러고는 불쌍해서 동정이나 하는 듯이 뒤를 돌아다보면서,

"마님, 어서 건너가 보세요."

하고서 가엾은 듯이 주저주저하고 서 있다.

"무어야?"

하고서 어머니는 건넌방으로 건너가서 춘성을 보니까 요 위에

엎드려서 훌쩍훌쩍 운다.

"이 애야! 자다 말고 울기는 왜 우느냐? 무슨 꿈을 꾸었니? 미친 애로구나! 얘, 어서 일어나서 밥이나 먹어라."

춘성은 들은 체 만 체 어린애처럼 자꾸 울 뿐이다. 은주는 어머니 등 뒤로 이 꼴을 이상하게 바라보고 있다.

"일어나! 어서어서!"

춘성은 두 눈에서 눈물이 비 오듯 하면서 고개를 돌리며,

"밥요?"

하면서 어머니를 쳐다보고,

"밥이 무어예요? 이런 때 밥을 먹어요?"

"이런 때라니, 무슨 때 말이냐? 저녁밥 말야!"

"싫어요. 귀찮아요. 어서 건너가세요."

하면서 다시 돌아눕더니 또 울기를 시작한다.

"그런데 울기는 왜 우니? 참 나중에는 별일이 다 많구나!"

춘성은 한참 있다가 벌떡 일어나며,

"아녜요. 내 당장에 가볼 테야요."

하면서 주섬주섬 옷을 꺼내 입더니,

"그래 그렇게 사람이 무정해?"

하고서 문으로 나가려니까 어머니는 일어서는 춘성을 어린애같이 붙잡으며,

"글쎄, 이건 잠이 덜 깼느냐? 귀신이 씌었느냐? 당최 심판을 알 수가 없구나. 가면은 어디를 갈 모양이냐?"

"아녜요. 당장에 가보아요."

춘성이 자기 집에서 나왔다. 그리고 영숙의 집에 왔으나 영숙

은 없었다. 이틀 동안을 가도 보지 못하였다.

그전에는 으레 자기 올 때에는 반가이 나오며 웃어주던 그를 세 번이나 가도 만나지를 못하게 되매, 웬일인지 그 집 대문을 두드려보고도 싶고 그 집 대문간에서 몸부림도 하여보고 싶었다. 본래 마음 약한 춘성이 처음으로 이와 같이 섭섭함을 당하매 어떻게든지 영숙을 만나서 붙잡고서 하소연하며 울고 싶었다. 그러고는,

'그렇지. 언제든지 영숙을 만나거든 내가 꿈속에서 하던 것처럼 그렇게 울어볼 터이다. 그러면 제가 내 눈물을 보고서 다시 나를 사랑치 않는다지는 못하렷다. 내가 왜 눈물이 없는 사람인가? 눈물이 없는 것은 아니지마는 저를 보면은 모든 것이 기껍고 좋아서 웃지 않을 수가 있어야지.'

나흘 되던 날, 춘성은 영숙의 집에 와서 문간에서 영숙이 나오기만 기다렸다. 그 대문에 서서 영숙을 기다리고 왔다 갔다 하는 것이 꿈속에 보던 것과 흡사하다. 그리고 돌멩이 하나가 그 앞에 굴러 있는 것까지 똑같은 듯 생각이 난다. 조금 있다 하인이 나왔다.

"들어오시라구요."

춘성은 속으로 여간 기쁘지 않았다.

'들어오라고? 그러면 편지가 참 희롱으로 한 편지였던 게지?'

혼자 속으로 이렇게 생각하면서 안으로 건너갔다. 건넌방 피아노 앞에 영숙은 맥없이 돌아앉아 있다. 그리고 때때로 알고도 모르는 체하는 빛이 치마 앞에 내어놓은 하얀 손가락이 꼼지락꼼지락하는 것을 보고서 알 수가 있다.

춘성은 겸연쩍고 공연히 떨리는 마음으로 마루 끝에서 구두를

벗고 방으로 들어갔다. 방 안은 너무 정적하다. 임종에 가까운 병자가 누워 있는 듯이 고요한데 흰 모시적삼에 흰 치마를 입은 영숙은 시름없이 앉아 있다.

춘성은 영숙의 뒤에서,

"에헴."

가늘게 기침을 하나 돌아보려고도 하지 않는다. 다시,

"영숙 씨!"

나오지 않는 목소리가 억지로 나오느라고 생각하던 바보다는 목소리가 작으며 또는 가늘게 떨린다. 그때야 자다 깬 사람처럼 영숙은 고개만 살짝 돌려 춘성을 보더니,

"아이고, 언제 오셨어요!"

춘성은 기가 막혔다. 그리고 속마음으로,

'아이고, 언제 오셨습니까가 무엇이야! 그러면 들어오라고 한 사람은 누구람.'

영숙은 춘성이 자기가 앉은 의자 가까이 올 때까지 얼굴빛에 수심이 가득하더니 무엇을 깨달은 사람처럼 고개를 들어 춘성을 보면서,

"춘성 씨!"

하였다. 춘성은,

"네."

하면서 흰 손가락으로 옆에 놓인 피아노를 두어 번 두드려보는 영숙의 희고도 매끈한 팔을 보았다. 영숙은 다시금 고개를 돌려 저쪽 먼 산을 바라보더니 옆에 있던 수건을 든 손이 얼굴로 올라간다. 그러고서 구슬 같은 눈물이 가무잡잡한 속눈썹 사이에 괴

었다.

춘성은 그것을 보고서 속으로 놀랐다. 그리고 웬일인지 영숙의 비애에 감염이 되는 듯이 저도 눈에서 눈물이 날 듯 날 듯 하였다. 영숙은 한참이나 있다가 다시,

"춘성 씨!"

하고 춘성을 쳐다볼 때 두 뺨에는 어린애처럼 눈물이 흘렀다. 그리고 그 목소리에는 애소하는 듯한 정이 뭉치었었다.

"네."

춘성도 입술에 묻은 찝찔한 눈물을 혓바닥으로 빠는 듯한 공연한 비애가 자기를 울릴 듯 울릴 듯 하다.

"저는 참으로 외로운 사람예요."

하더니 영숙은 건반 위에 엎드려서 느껴 운다. 춘성은 동정과 연민의 정이 무조건으로 일어나며 자기를 그 와중으로 미끄러뜨리는 듯하다.

"저는 아무도 믿을 사람이 없거니와 또는 의뢰할 사람도 없어요."

춘성은 영숙의 달싹달싹하는 잔등이를 그대로 끼어안고 같이 울고 싶었다.

"왜 그런 말씀을 하세요!"

영숙은 퉁명이나 부리는 듯이,

"이 세상에는 한 사람도 없어요. 나의 비애에 같이 울어주는 사람도 없고 나의 고통을 조금도 동정해 줄 사람이 없어요."

춘성은 한옆으로 자기를 몰라주는 것이 야속하고, 또 한옆으로 자기는 영숙을 전 생명까지 바쳐서 사랑한다는 것을 변명하

고 호소하고 싶었다. 영숙은 다시,

"한 사람도 없어요. 한 사람도 없어요. 이 세상에는 한 사람도 없어요."

춘성은,

"영숙 씨!"

하며 영숙을 일으킬 듯이 가까이 가며,

"왜 그런 말씀을 하세요. 영숙 씨는 참으로 저를 생각지 않으세요."

할 때 영숙은 고개를 번쩍 쳐들고서 한참이나 괴인 눈으로 자기를 보는 춘성을 보고서는 고개를 돌이키더니 눈물 나는 얼굴에 견디지 못하는 웃음을 웃더니 눈물을 고치고서 냉정한 얼굴로서,

"춘성 씨는 어째 우세요?"

춘성은 나오는 울음에 입술이 떨리는 것을 참으려는지 아랫입술을 흰 두 이 사이에 잠깐 깨물고 있다가,

"영숙 씨는 저더러 눈물이 없다 하셨지요."

"……."

"저도 눈물이 없는 줄 모르지 않은 것이 아니었습니다. 그러나 오늘에 비로소 눈물이 있는 것을 알았습니다. 오늘에야."

영숙은 그 검고 두꺼운 입술과 털 난 얼굴이 비쭉비쭉하는 것을 보고서 싫은 생각이 갑자기 나고 또는 사내 얼굴에 눈물 흘리는 것이 비겁하고 약한 사람과 같이 보인다. 그러고서 춘성의 굵고 검은 배암의 껍질 같은 두 손이 바로 자기의 팔목을 붙잡을 듯이 있는 것이 근지럽고 싫었다. 그래서 그는 얼핏 몸을 비키면서,

"울 일이 생겨도 같이 울어주기를 바랄 만한 사람이 하나도

없는 것을 저는 불행으로 생각할 뿐예요. 그런데 춘성 씨는 왜 우셨어요, 네?"

춘성은 대답하기가 뻥뻥한 듯이 한참이나 주저주저하다가,

"저도 그것을 알 수가 없어요."

영숙은 못난이를 보고서 웃는 듯이 눈물 괸 눈으로 염치없이 웃으면서,

"네? 모르세요? 그게 무슨 소립니까? 어째서 우신 것을 모르시다뇨?"

춘성은 할 말이 없는 듯이 멍멍히 섰다가,

"그러면 영숙 씨는 어째 우셨어요?"

영숙의 눈에 눈물은 벌써 다 말랐다. 그러고서 매무시를 고치면서,

"저 운 것요?"

하면서 저고리 끈을 내려뜨리고는,

"저는 울 이유가 있어 울었어요."

"무슨 이유가 계세요?"

한참이나 있던 영숙은 책상 서랍에서 전보 한 장을 꺼내더니,

"이것예요."

하고서 춘성에게 준다. 춘성은 그것을 받았다. 그러고 보니까 영숙의 아버지가 상해서 돌아갔다는 통부 전보이었다.

춘성은 그 전보를 영숙을 때릴 듯이 그에게 향하여 내던졌다.

그리고 혼자 속으로 제가 여태까지 운 것이 어리석기도 하고 또는 영숙의 짓이 얄밉고 분하였다. 그리고 속은 생각을 하매 당장에 그 눈깔과 주둥아리를 빼어버리고 싶기도 하고 훑어주고

싶기도 하였다.

그러고서 마음 약한 여자인 영숙이가 당해보지 못한 비애를 갑자기 당하고서 가슴 죄고 넘쳐오는 슬픔을 하소할 곳 없어 혼자 속 태우다 아무리 자기가 싫어하는 사람일지라도 그 사람을 만나매 말로는 할 수 없으나 눈물로써라도 그 비애를 하소한 것에 따라 운 것이 얼굴 붉어지도록 부끄럽게 어리석었다.

춘성은 혼자 속으로 기막힌 듯이 웃었으나 그 웃음은 쓸개를 빠는 것같이 썼다.

"그러면 저에게 하신 편지는 진정으로 하신 것입니까?"

영숙은 고개를 끄덕끄덕할 듯이 멀거니 춘성을 쳐다보며,

"저는 남을 조롱할 줄 몰라요."

하고서 옷걸이 서랍을 잡아 빼더니,

"자, 가져가세요. 모두 가져가세요."

하며 춘성의 사진과 편지를 모두 내던진다.

춘성은 내쫓기는 것같이 영숙의 집에서 나왔다. 그리고 혼자 걸어가며 얼굴빛이 붉으락푸르락 또는 누르락하여지며 혼자 주먹을 폈다 쥐었다 하였다.

그리고 창피한 듯이 얼굴도 들지 못하고 땅만 보고 걸어가다가,

"에라 술이나 먹자!"

하고서는 주머니에다가 손을 넣으며,

"그러나 보자, 돈이 얼마나 있나."

손이 주머니에서 나오는 데 따라서 지전 뭉치가 딸려 나온다.

"이만만 하면 오늘 밤새도록이다!"

그는 어떤 요릿집으로 들어갔다. 그리고 친구 하나를 불렀다.

그 친구를 A라고 부른다 하면 키가 작고 얼굴이 동그스름한 사람이었다. 그리고 때때로 웃을 때면 입만 조금 방긋하고 마는 사람이다.

춘성은 보료 위에 비스듬히 앉아서,

"여보게, 이런 분할 데가 있단 말인가!"

하며 A를 건너다본다. A는 담배를 재떨이에 털더니,

"무엇이?"

하고서 저도 드러눕는다.

"글쎄 여자란 모두 그 모양들야."

"어째서?"

"영숙이한테서 편지가 오지 않았겠나."

"그래."

"편지에 무엇이라고 했는고 하니……."

"그건 좋은 이야길세."

"내가 눈물이 없다고."

"그래서 사랑할 수 없다는 말씀야!"

또 A는 입을 뻥긋뻥긋 웃으면서,

"아따, 그러면 그 앞에 가서 엉엉 울게그려."

"글쎄, 내 말 좀 듣게. 말하기가 창피하고 부끄러운걸."

"어떤가, 내 앞에 못 할 말이 어디 있는가."

"그래 사흘 되는 오늘 저한테를 가지 않았겠나."

"가니까 무엇이라던가."

"말하면 기막히네."

"기막힐 거야 무엇 있나."

"가니까 나를 보고서 운단 말야."

A는 호기심이 가득한 눈으로 춘성의 말을 듣더니 베개를 고쳐 베면서,

"울어?"

"그래, 그 우는 것을 보니까 말야, 나도 어째 눈물이 나네그려."

"그래, 울었는가?"

"울었어."

"그러면 영숙이가 사랑하겠네그려."

"말 말게. 창피해서 사람이."

"또 창피할 게 무어야."

할 제 채옥이란 기생과 설향이라는 기생이 들어왔다. 인사가 끝나자 A는 설향이라는 나이 어리고 인물 동그스름하며 때때로 웃을 적마다 두 눈에 쌍꺼풀지는 기생을 차지했다.

그러나 채옥이란 기생은 소리 잘하고 춤 잘 추고 글씨 잘 쓰고 말 잘하고 마음 좋기로 유명하지마는 어쩐지 춘성의 마음에 들지 않았다.

그래서 저만큼 띄어 앉아,

"오래간만일세."

인사는 하였으나 그 기생을 부른 A를 속으로 슬며시 미웁게 생각하며 또는 설향이를 뺏어 간 것이 샘이 난다. 그리고 설향이와 좋아하는 A가 설향이가 좋아하는 채옥이를 불러준 것이 마땅치가 않다. 그러나 하는 수 없이 꿀꺽 참는 수밖에 없었다.

A는 설향과 날마다 만나나 무엇이 그리 미진하였던지 귓속말을 소곤소곤하고 서로 웃기도 하고 서로 꼬집어 뜯기도 한다.

채옥이는 나이 지긋이 먹고 갖은 설움을 다 당해보아서 그랬는지 모르겠으나 얼굴에 늙은 빛이 보이고 가리지 못할 수심이 보인다.

춘성은 그만하면 화류계에 권태도 깨달았을 것이며 또는 얼마나 무미건조함을 알았을 터인 A가 너무 치신없이 설향이를 가지고 뒹구는 것이 보기가 싫어서 일부러 A와 붙어 앉은 설향을 부르면서 그의 손을 잡아당기었다.

“이리 와!”

그럴 때 채옥의 눈에는 깜짝 놀라면서도 시기하는 빛을 나타냈다가 사라뜨리고 말았다.

“왜 이러세요?”

설향도 춘성에게 가기는 싫어하여 앙탈을 하면서 손을 빼려 하니까,

“이리 오라니까.”

하면서 춘성은 무리로 설향을 잡아끌면서 자기 손에서 설향을 놓치고 싶기는 싫으나 하는 수 없이 입맛만 다시고 앉아 있는 A를 곁눈으로 보았다.

“왜 A 씨에게만 가 앉았어, 나는 보기가 싫은가?”

“왜 뵙기가 싫기는요, 날마다 뵙지 못해서 병이 잘 지경인데요. 그래서 이렇게 부스럼까지 났어요.”

하면서 생긋 웃으면서 팔목에 뾰루지 비슷이 난 부스럼을 내보이더니 아주 말할 수 없이 아픈 듯이,

“스—”

하고 상을 찌푸리는 것이 춘성의 눈에는 어떻게 간사하고 얄미

워 보이는지 알 수 없다.

채옥이는 머뭇머뭇하면서 저쪽 귀퉁이에 가서 혼자 앉았다. 그러면서도 춘성과 설향을 조금도 놓치지 않고 감시를 한다.

A는 설향을 빼앗기고 매우 심심한 듯이 애꿎은 담배만 피우다가,

"그래 하던 이야기나 마저 하게그려."

하고서 춘성과 설향을 어떻게 하면은 조금 떨어지게 하나 그것만 생각하고 있었다.

"그래 참 하던 이야기나 마저 하지. 그러나 부끄러운걸. 기생들은 귀 막아라, 듣지 말어!"

설향은 실없이 웃으며,

"무슨 이야긴데 귀를 막아요."

하면서 두 귀를 곱절하여 넷 없는 것이 한탄인 듯 달려들며, 채옥은 그래도 말이 말 같은 것을 알았는지 이면으로라도 두 귀를 가리면서 싱글싱글 웃었다.

"하하, 정말 가리네, 미친 애."

설향은 채옥을 비웃었다. 그러나 채옥은 자기도 모른 바가 아닌 게 아니라는 듯이 귀에서 손을 떼면서,

"가리시라니까 가리지."

하며 다시 치마를 휩싸고 앉았다.

춘성은 다시 아까 하던 이야기를 이어,

"그래 영숙이가 울지를 않겠나! 그 우는 것을 보니까……."

채옥은 가엾은 듯이,

"누가 왜 울어요?"

하며 춘성을 쳐다본다. 그러나 춘성은 채옥의 입술을 보기가 싫어서 고개를 돌이키면서 그 말대답은 하지도 않고서,

"어째 나도 눈물이 나서 못 견디겠데그려"

할 제 말대답 없는 데 무참해 앉아 있는 채옥을 설향은 동정하는 듯이 곁눈으로 흘겨보았다.

A는 다시 설향의 손을 끌면서,

"그래."

말은 뒷전으로 듣고서 정신은 설향을 어떻게 자기 옆으로 끌어오려 하는 연구에 골몰이다.

"그래 한참 울었네그려. 그러려니까 영숙이가 한참 있다가 고개를 쳐들어 나를 보더니 왜 우느냐고 하지 않겠나."

"그래서."

"그러기에 나도 모른다고 하지 않았나. 그리고 내가 다시 영숙에게 그 우는 이유를 물으니까 말야, 하 기가 막혀! 이것 좀 보게! 상해 있는 자기 아버지가 돌아갔다는 통부 전보 한 장을 주지 않겠나……."

A는 전과 다르게 크게 웃었다. 그러할 제 상이 들어왔다.

"애, 상이 너무 이르구나! 어떻든 먹고 볼 일야."

술잔을 잡았다. 채옥이가 춘성의 술을 부으면서 정이나 주는 듯이 쳐다보고서 쌍긋 웃었다. 춘성은 술잔을 내던질 만큼 싫었다. A에게는 설향이가 술을 부었다.

술이 반쯤 취했을 때 기생들은 장구를 갖다 놓고 소리를 할 제 채옥이는 춘성을 떨어지지 않는다. 그러고서는 가끔가끔 만지고 싶어 못 견디는 듯이 손이 춘성의 몸에 자주 대어지고 청하지도

앉았는데 무릎도 베어준다.

그러나 춘성은 술이 들어가고 나니까, 설향이도 간다 봐라, 눈에 보이지 않고 채옥이는 보이지 않기는커녕 너무 반감이 일어날 만큼 추악해 보이고, 아까 영숙에게 당한 모욕이 어떻게 분한지 견딜 수가 없다.

춘성은 다시 술을 마시면서 웃옷을 벗어젖히고,

"어떻든 여자라는 것은 간사한 거야……."

하니까 설향이가 귀여운 목소리를 몹시 긴장시켜서,

"어째서요?"

하며 덤벼들듯이 묻는다. 채옥은 그래도 점잖게,

"그럴 리가 있나요, 다 그렇지는 않지요."

술 취한 춘성은 술김에 채옥의 허리를 껴안으면서,

"정말 그럴까?"

하고 정 있게 들여다본다. 채옥이는 처음에는 몸을 빼려 하다가 가만히 있으면서,

"춘성 씨가 그렇게 생각하실 것은 없지요."

"어째서?"

"춘성 씨를 사랑하는 여자가 있으니까 말예요."

가슴 덜렁덜렁한 호기심이 춘성을 몹시도 그 무슨 요행과 기대를 준다.

"누구야……."

춘성의 머릿속에는 어떤 어여쁘고 얌전한, 다시 말하면 자기의 이상理想하는 미인 하나가 보인다.

"누구든지요."

"누구야, 아르켜주어, 공연히 남을 감질만 시키지 말고."

"그런 사람이 있어요."

"이런 제기, 누구야 글쎄."

채옥은 춘성의 손을 잡고서 일어서더니,

"이리 오세요."

하고서 저쪽 사람 없는 곳으로 나가서 춘성의 가슴을 껴안더니,

"이 채옥이 말씀예요."

하고서 부끄러운 듯이 고개를 수그리며 춘성의 손만 단단히 쥔다.

춘성은 그것을 배척하기는 싫었다. 어떻든 많은 감사도 들었다. 그러고서 술 취한 눈에 어리어 보이는 채옥이가 아까보다는 미워 보이지 않았다.

"정말!"

"그러믄요. 진정예요."

춘성은 기막혀 웃는 듯이 웃으면서,

"내가 채옥이 마음에는 제일 적당하고 만족해?"

채옥은 한참이나 있더니,

"세상에 사람이 어디 만족이 있어요?"

"그럼?"

"저는 여태까지 저의 만족히 여기는 사람을 많이 골라보고 또는 참으로 그런 이의 사랑을 받아보려고 해보기도 하였지마는 그런 이는 저에게 웬일인지 사랑을 주지 않아요."

"그러면 나는 만족한 사람이 못 된단 말인가?"

채옥은,

"네, 네. 만족지는 못하여도 저의 애인으로는 가장 나을 것 같

아요."

"가장 나……."

춘성은 아무 말 없이 말을 채 못 마친 입도 다물지 않고 멍멍히 서 있었다.

— 〈개벽〉 제37호, 1923. 7.

속 모르는 만년필 장사

남대문통 페이브먼트 사람 많이 다니는 복잡한 길이다. 한 푼짜리를 백 냥에 팔았으면 옷가지나 사 입고 술잔이나 먹으련마는, 맨손 들고 천금을 얻으려는 허욕에 뜬 거리 장수 하나가 오는 사람 가는 사람을 성가시게 가로막으면서 쳐다보지도 않는 사람에게 미친놈처럼 헛소리를 한다.

"만년필 하나 사 가시오."
하는 소리와 함께 구릿빛 도는 금테를 두른 만년필 한 개를 내밀었다.

"있소" 하는 이는 그래도 조금은 순한 행인이요, "……" 아무 소리도 없이 지나치는 사람은 무뚝뚝한 데다 일 바쁜 사람이다.

요사이 아라사 굶주린 사람이 조선에 많이 와 퍼졌다. 그중에 한 사람이 이 귀찮은 길거리 장수에게 붙잡혔다. 서양 사람이라

속은 모르고 쫓아가면서,

"이것 사, 이것 사."

하며

"이 원, 이 원."

한다. 아라사 사람은 비소를 하는지 기막히는 웃음인지 싱그레 웃으면서,

"이십 전 이십 전."

하며 달아난다.

이 장사는 쫓아간다. 아라사 사람은 여전히 속히 걸어 휘적거려 걸어간다.

"이십 전, 이십 전."

그러나 남대문까지 쫓아간 장사는,

"예끼, 일 원 오십 전만 내."

하니까 아라사 사람은 여전히,

"이십 전, 이십 전!"

을 욀 뿐이다. 그러나 줄기차게 따라가므로 마침 정거하는 전차를 타버렸다.

장사는 뒤통수를 치고 물러섰다.

차장이 전찻삯을 달래려 할 때 그 아라사 사람은 다 떨어진 가죽 지갑에서 꼬깃꼬깃한 전차표 한 장을 꺼내 주며 "용산" 하는데, 지갑 속에는 저녁 빵떡을 사 먹을 십 전 백동화가 한 개 남아 있을 뿐이다.

—〈배재〉 제3호, 1923. 7.

여이발사

입던 네마끼(자리옷)를 전당국으로 들고 가서 돈 오십 전을 받아 들었다. 깔죽깔죽하고[1] 묵직하며 더구나 만든 지가 얼마 되지 않은 은화 한 개를 손에다 쥐일 때 얼굴에 왕거미줄같이 거북하고 끈끈하게 엉키었던 우울이 갑자기 벗어지는 듯하였다.

오자노미스お茶の水 다리를 건너 고등여학교를 지나 순천당병원 옆길로 본향을 향하여 걸어가면서 길거리에 있는 집들의 유리창이라는 유리창은 남기지 않고 들여다보았다. 그 유리창을 들여다볼 때마다 햇볕에 누렇게 익은 맥고모자 밑으로 유대의 예언자 요한을 연상시키는 더부룩하게 기른 머리털이 가시덤불처럼 엉클어 진데다가 그것이 땀에 젖어서 장마 때 뛰어다니는 개

1 깔끄럽고 거칠게 따끔거리는 느낌이 있고.

구리처럼 된 것이 그 속에 비칠 때,

'깎기는 깎어야 하겠구나.'

혼자 속으로 중얼거리고서는 다시 모자를 벗고서 귀밑으로 거북하게 기어 내리는 머리를 두어 번 쓰다듬은 후에 다시 땀내 나는 모자를 썼다.

그러자 그는 어떠한 고등 이발관이라는 간판 붙은 집 앞에 섰다. 그러나 머리를 깎으리라 하고서도 그 고등 이발관에는 들어갈 용기가 없었다.

그곳 이발 요금은 자기가 가진 재산 전부와 상등하다. 몇 시간을 두고 별러서 네마끼를 전당국에 넣어서야 겨우 얻어 가진 단돈 오십 전이나마 그렇게 쉽게 손에 들어온 지 한 시간이 못 되어서 송두리째 내주기는 싫었다. 그리고 다만 십 전이라도 남겨서 주머니 귀퉁이에서 쟁그렁거리는 소리를 듣게 하는 것이 얼마간 빈 마음 귀퉁이를 채워주는지 모르는 듯하였다.

전기 풍선風扇이 자랑스럽고 위엄 있게 돌아가며 제 빛에 뻔쩍거리는 소독기 놓인 고등 이발관을 지나놓았다. 그러고는 또다시 얼마큼 걸어갔다. 동경만에서 불어오는 태평양 바람이 훈훈하게 이마를 스쳐 가고 땅에서 올라오는 복사열이 마치 짐승 튀해내는 가마 속에 들어앉은 듯하게 한다. 옆으로 살수차가 지나가기는 하나 물방울이 떨어지기도 전에 흙덩이는 지렁이 똥처럼 말라버린다.

어디 삼등 이발소가 없나 하고 찾아보았다. 삼등 상옥床屋[2]에를

2 도코야. 일본어로 '이발소'를 뜻함.

들어가면 이십 전이면 깎는다. 학생 머리 하나 깎는 데 이십 전이면 족하다. 그러면 삼십 전이 남는다.

삼십 전. 지출하고도 잔여가 지출액보다 많다. 그것을 생각할 때 얼마간 든든한 생각이 났다. 그래도 주머니 속에 삼십 전이 들어 있을 것을 생각하매 앞길에 할 일이 또 있는 듯하였다.

교의가 단둘이 놓이고 함석으로 세면대를 만들어놓은 삼등 상옥에 왔다. 속을 들여다보았다.

주인이 신문을 든 채로 졸고 앉아 가끔가끔 물 마른 물방아 모양으로 끄덕끄덕 끄덕거리며 부채로 파리를 쫓는다.

용기가 났다. 의기양양하게 썩 들어섰다. 그리고 주인의 잠이 번쩍 깨이도록,

"곤니치와."[3]

하고 인사를 하였다. 주인은 잠잔 것이 황송한 듯이 벌떡 일어나더니 굽실굽실하면서 방에서 끄는 짚세기를 꺼내놓으면서,

"어서 오십시오."

인사를 하고서 저쪽 교의 뒤에 가 등대나 하고 있는 듯이 서 있다. 모자를 벗어 걸었다. 그리고 양복 웃옷을 벗은 후 교의에 나가 앉으면서 그래도 못 미더워서 정가표에 써 붙인 것을 곁눈으로 보았다. 생각한 바와 마찬가지로 이십 전이다. 적이 안심이 되었다. 그러나 또 없는 사람은 튼튼한 것이 제일이다. 전차를 타려고 전차표 한 장 넣어둔 것을 전차에 올라서기 전에 미리 손에다 꺼내 드는 것이나 마찬가지로 그래도 튼튼히 하리라 하고 번

3 "안녕하세요."

연히 바지 주머니에 아까 전당표하고 얼려 받으면서 그대로 받는 대로 집어넣은 오십 전 은화를 상고해 보고 전당표를 보이면은 창피하니까 돈만 따로 한 귀퉁이에다 단단히 눌러 넣은 후에 머리 깎을 준비로 떡 기대앉았다.

머리 깎는 기계가 머리 표면에서 이리 가고 저리 갈 때 그 머릿속으로 여러 가지 궁리를 한다. 물론 돈 쓸 일은 많다. 그러나 삼십 전이라는 적은 돈을 가지고서 최대한도까지 이익 있게 활용해야 할 것이다. 하숙에서는 밥값을 석 달 치나 못 내었으니까 오늘낼로 내쫓는다고 재촉이다. 그러나 집에서는 돈 부쳐줄 만하지는 못하다. 그렇다고 그대로 있을 수는 없다. 어디 가서 거짓말을 해서 단돈 십 원이라도 만들어야 할 것이다. 시부야[澁谷]에 있는 제일 절친한 친구 하나가 살그럭댈그럭 돌아가는 머리 깎는 기계 소리와 함께 눈앞에 보인다. 그러나 그놈에게 가서 우선 저녁을 뺏어 먹고 돈 몇십 원 얻어 와야겠다. 그놈의 할아버지는 그믐날이면 꼭꼭 전보로 돈을 부쳐주니까 오늘은 꼭 돈이 왔을 터이지! 나는 며칠 있다가 우리 외가에서 돈을 부쳐주마 하였다 하고 우선 거짓말이라도 해서 갖다 쓰고 볼 일이지. 그렇다. 그러면 여기서 거기까지 걸어갈 수는 없으니까 전차 왕복에 십 전이다. 십 전이면 될 것이다. 그리고 또 이십 전이 남지? 그것은 이렇게 더운데 얼음 십 전어치만 먹고 십 전은 내일 아침이나 이따 저녁에 목욕을 갈 터이다. 그래 동전 몇 푼이 남는다 할 때 기계가 머리끝을 따끔하게 집는다. 화가 났다. 재미있게 예산을 치는데 갑자기 따끔함을 당하니까 그 꿈같이 놓은 예산은 다 달아나고 저는 여전히 교의 위에 앉아 있다.

분풀이가 하고 싶어서 못 견딜 지경이다. 그러나 어떻게 분풀이를 하랴? 일어나서 때려줄 수도 없고 그렇다고 책망할 수도 없다. 다만,

"이크! 아퍼."

하고 상을 찌푸렸다. 놈은 퍽 미안한 모양이다. 허리를 깝죽깝죽하며,

"안되었습니다. 안되었습니다."

할 뿐이다. 석경 속으로 들여다보니까 미안한 표정이라고는 허리 깝죽깝죽하는 것뿐이다. 허리는 그만 깝죽거리고 입 끝으로 잘못했습니다 소리는 하지 않더라도 다만 눈 가장자리에 참 미안해하는 표정을 보고 싶었다. 그래서 나도 웬일인지 그놈의 허리만 깝죽깝죽하는 꼴이 아주 마음에 차지 않아서 당장에 무슨 짓을 해서든지 나의 머리끝을 집어뜯은 보복이 하고 싶어 못 견디었다.

그럴 때 마침 놈이 나의 머리를 조금 바른편으로 틀라는 듯이 두 손으로 지그시 건드렸다. 나도 옳다 하고 일부러 왼편으로 틀었다. 고개를 들라 하면 수그리고 수그리라 하면 들었다. 그리고 일부러 몸짓을 하고 고갯짓을 하였다.

그러면서 석경 속으로 그놈의 얼굴을 보니까 이마에 내 천 자를 그리고 눈썹과 눈썹 사이는 말라붙은 듯이 쭈글쭈글하다. 화가 나는 것을 약 먹듯 참는 모양이다.

기계를 갖다 놓고 몸을 탁탁 털 적에 긴 한숨 쉬는 소리가 들린다. 그러고는 솔로다 머리를 털면서 내 얼굴을 다시 한 번 들여다본다. 어떤 놈인가 자세히 보고 싶은 모양이다. 그럴 때,

"진지 잡수셔요."
하는 은령銀鈴 같은 소리가 들린다. 그 목소리 하나만 가져도 미인 노릇을 할 듯한 여성의 소리이다. 깜깜한 난취한 세상에서 가인의 노래를 듣는 듯이 피가 돌고 가슴이 뛰고 마음이 공중에 뜬다.

"밥?"

놈은 기계를 솔로 쓸면서 오만스럽게 대답을 한다. 그것으로써 내외인 것을 짐작하였다.

"이리 와서 이 손님 면도를 좀 해드려."
하는 소리가 분명치 못하게 들리었다. 나는 그 소리를 분명히 이해할 때까지 적어도 이 분은 걸렸다. 왜 그런고 하니 여편네더러 그렇게 손님의 면도를 하라고 할 리가 없는 까닭이다. 그러할 리가 있기는 있다. 동경서 여자가 머리를 깎는 이발관이 한두 군데가 아니지마는 자기의 머리를 여자가 깎아준다는 것까지는 아주 예상 밖인 까닭이다.

놈이 들어가더니 년이 나온다. 석경 속으로 우선 그 여자의 얼굴부터 상고하자! 그 상고하려는 머릿속이야말로 좋은 기대와 또는 불안이 엉키었다 풀렸다 한다. 남의 여편네 어여쁘거나 곰보딱지거나 무슨 관계가 있으랴마는 그래도 잘 못생겼으면 낙담이 되고 잘생겼으면 마음이 기쁘고…… 부질없는 기대가 있다.

석경 속으로 비추었다. 에그머니 나이는 스물셋 아니면 넷인데 무엇보다도 그 눈이 좋고 입이 좋고 그 코가 좋고 그 뺨이 좋다. 머리는 흉헙다 좋다 할 수가 없고 허리는 호리호리한 데다 잠깐 굽은 듯한데 전신의 윤곽이 기름칠한 것같이 흐른다. 어떻든 놈에게는 분에 과한 미인이요, 만일 날더러 데리고 살겠느냐 하면 한 번은 생각해 보아야 할 만한 여자이다.

손이 면도칼을 집는다. 손도 그렇게 어여쁜 줄은 몰랐다. 갓 잡아놓은 백어가 입에다 칼을 물고 꼼지락거리는 듯이 위태하고도 진기하다. 이제는 저 손이 나의 얼굴에 닿으렷다 할 때 나는 눈을 감았다. 사람이 경이를 좋아하는 것은 아마 통성일 것이다. 나는 그 칼을 든 어여쁜 손이 이 뺨 위에 오는 것을 보는 것보다 눈 딱 감고 있다가 갑자기 와 닿는 것이 얼마나 나에게 경이스러운 쾌감을 줄까 하고서 눈을 감았다. 비누칠을 할 적에는 어쩐지 불쾌하였다. 그러더니 잔등에 젖내 같은 여성의 냄새와 따뜻한 기운이 돌더니 내가 그 여자의 손이 와서 닿으리라 한 곳에 참으로 그 여자의 따뜻한 손가락이 살며시 지그시 눌리인다. 그러고는 나의 얼굴 위에는 감은 눈을 통하여 그 여자의 얼굴이 왔다 갔다 하는 것이 보인다. 뺨을 쓰다듬는다. 비단결 같은 손이 나의 얼굴을 시들도록 문지르고 잘라진 꽁지가 발딱발딱 뛰는 도마뱀 같은 손가락이 나의 얼굴 전면에서 제멋대로 댄스를 한다. 그러고는 몰약을 사르는 듯한 입김이 나의 콧속으로 스쳐 들어오고 가끔가끔 가다가 그의 몽실몽실한 무릎이 나의 무릎을 스치기도 하고 어떤 때 나의 눈썹을 지을 때에는 거의 나의 무릎 위에 올라앉을 듯이 가까이 왔다. 눈이 뜨고 싶어 못 견디었다. 그의 정성을 다하여 나의 털구멍과 귓구멍을 들여다보는 눈이 얼마나 영롱하여 나의 영혼을 맑은 샘물로 씻는 듯하였다. 그리고 나의 입에서 몇 치가 못 되는 거리에 있는 그의 붉은 입술이 얼마나 나의 시든 피를 끓게 하고 타게 하는 듯하랴. 그러나 나는 눈을 뜨지 못하였다. 칼 든 여성 앞에서 이렇게 쾌감을 느끼고 넘치는 희열을 맛보기는 처음이다. 면도질이 거의 끝나간다. 그것이 말할 수 없이 싫었다. 그리고 놈이 밥을 먹고 나오면 어찌하나 공연히 불안하였다.

면도가 끝나고 세수를 하고 다시 얼굴에 분을 바른다. 검은 얼굴에 하얀 분을 바르는 것이 우습던지 그 여자는 쌍긋 웃다가 그 웃음을 참으려고 입술을 이로 깨무는 것은 가슴을 깨무는 듯이 부끄럽기도 하고 아프게 좋다. 한번 따라서 빙긋 웃어주었다.

그러니까 그 여자는 아주 툭 터져버리었다. 그러고도,

"왜 웃으셔요?"

하고서 은근히 조롱 비슷하게 나의 어깨에서 수건을 벗기면서 묻는다. 나도 일어서면서,

"다 되었소?"

하고서 그 여자를 보니까 또 보고 웃는다.

"왜 웃어요?"

하는 마음은 공연히 허둥지둥해지고 싱숭생숭해진다. 그래도 대답이 없이 웃기만 한다. 나는 속으로 '미친년' 하고서 돈을 내리라 하였다. 그러나 그대로 나가는 것은 무미하다. 웃는 것이 이상하다. 아무리 해도 수상하다. 그래서 어디 말할 시간이나 늘여보려고 술이 있으면 술이라도 청해보고 싶지마는 물을 한 그릇 청했다. 들어가더니 물을 떠가지고 나왔다. 나는 그것을 마시면서,

"무엇이 그리 우스워요."

하고 그 여자를 지근거리는 듯이 웃어보았다.

"아냐요, 아무것도 아니야요."

그 여자는 웃음을 참고 얼굴을 새침하면서 그래도 터질 듯 터

질 듯한 웃음이 그의 두 눈으로 들락날락한다. 그 꼴을 보고서 그의 손을 잡고서 손등을 쓰다듬으며 '손이 매우 어여쁘구려' 하고 싶을 만치 시룽시룽하는 생각이 그 여자에게서 감염되는 듯하였으나 그래도 참고서 요다음으로 좋은 기회를 물릴 작정 하고,

"얼마요?"

뻔히 아는 요금을 물어보았다. 그 여자는,

"이십 전."

하고 고개를 구부린다. 나는 오십 전 은화를 쑥 내밀었다. 그 고운 손 위에 그것이 떨어지며 나는 모자를 쓰고 나오려 하면서,

"또 봅시다."

하였다. 그 여자는 쫓아 나오며,

"거스른 것을 가지고 가십시오."

하고서 나를 부른다. 어떻게 그것을 받을 수가 있으랴. 그때에는 시부야 친구도 없고 빙수도 없고 목욕도 없고 하숙에서 졸리는 것도 없다. 나는 호기 있게,

"좋소."

하고 그대로 오다가 다시 돌아다보니까 그 여자가 그대로 서서 나를 보고 웃는다. 나는 기막히게 좋다. 나는 활개를 치고 걸어온다. 그러고는 그 여자가 자기와 그 여자 사이에 무슨 낙인이나 쳐놓은 것처럼 다시는 변통할 수 없이 그 무엇이 연결되어진 듯하였다. 그러고는 말할 수 없는 만족이 어깻짓 나게 하며 활갯짓이 나게 한다. 얼른얼른 가서 같은 하숙에 있는 K 군에게 자랑을 하리라 하고서 겅정겅정 걸어온다.

오다가 더워서 모자를 벗었다. 벗고서 뒤통수에서부터 앞이마

까지 두어 번 쓰다듬다가,

"응?"

하고서 얼굴을 갑자기 쓴 것을 깨문 것처럼 하고 문득 섰다가,

"이런 제기."

하고서 주먹을 쥐고 들었던 모자를 내던질 듯이 휙 뿌렸다.

"그러면 그렇지, 삼십 전만 내버렸구나."

하고서 다시 한 번 어렸을 적에 간기[4]를 앓으므로 쑥으로 뜬 자죽만 둘째 손가락 끝으로 만져보았다.

—〈백조〉 제3호, 1923. 9.

4 경련을 일으키고 의식 장애를 일으키는 발작 증상이 되풀이해 나타나는 병. '뇌전증'의 전 용어.

행랑 자식

1

어떤 날 춥고 바람 많이 불던 겨울밤이었다. 박 교장의 집 행랑에서 글 읽는 소리가 나더니 꺼져가는 촛불처럼 차츰차츰 소리가 가늘어간다. 그러다가는 다시 옆에서 어린애 입에 젖꼭지를 물리고서 졸음 섞어 꽥 지르는 소리로,

"어서 읽어!"

하는 어머니 소리에 다시 글소리는 굵어진다.

나이는 열두 살. 보통학교 사년급에 다니는 진태라는 아이이니, 그 박 교장의 집 행랑아범의 아들이다. 왱왱 외던 글소리는 단 이 분이 못 되어 다시 사라졌다. 그러고는 동리 집 시계가 열한 시를 치는 소리가 들리더니 사면은 고요하였다.

2

이튿날 날이 밝은 뒤에 보니까 온 마당, 지붕, 나뭇가지에 눈이 함박같이 쏟아졌다. 그런데 아직까지도 눈이 다 끝나지 않고 보슬보슬 싸라기눈이 내려온다.

진태는 문 뒤에 세워놓았던 모지랑비를 들고 나섰다. 처음에는 새로 빨아 펼쳐놓은 하얀 요 위에 뒹구는 것처럼 몸 가볍고 마음 상쾌한 기분으로 빗자루를 들었으며, 모지랑비와 약한 자기 팔로써 능히 그 많은 눈을 쳐버릴 줄 알았으나 두어 삼태기를 가까스로 퍼 버리고 나니까 팔이 떨어지는 것 같고 허리가 부러지는 듯하였다. 그러나 아니 칠 수는 없었다. 날마다 아침에 일어나서 마당을 쓰는 것이 자기의 직분이다.

어머니는 안으로 밥을 지으러 들어가고 아버지는 병문으로 인력거를 끌러 나갔다.

한두 삼태기를 개천에 부은 후에 다시 세 삼태기를 들고서 낑낑하면서 개천으로 간다. 두 손끝은 눈에 녹아서 닭 튀해 뜯을 때 발 허물 벗겨내듯 빠지는 듯하고 발끝은 저려서 토막을 내는 듯하다. 그는 발을 억지로 옮겨놓았다. 눈 든 삼태기가 자기를 끌고 가는 듯하다. 그렇게 그가 길 중턱까지 갔을 때 그의 팔의 힘은 차차 없어지고 다리에 맥이 확 풀리었다. 그래서 그는 손에 들었던 눈 삼태기를 탁 놓치었다. 그러자 누구인지,

"이걸 좀 봐라."

하는 어른의 호령 소리가 바로 자기 머리 위에서 들리자 고개를 쳐들고 보니까 교장 어른이 아침 일찍이 어디를 다녀오시다

가 발등에다가 눈을 하나 잔뜩 덮어쓰시고 역정 나신 얼굴로 자기를 내려다보고 계시다. 진태는 그만 얼굴이 확확하여졌다. 그리고 아무 말도 못 하고 그대로 멀거니 서 있었다. 그는 무엇으로 그 미안한 것을 풀어야 좋을지 알지 못하였다. 그러다가 하얀 새 버선에 검은 흙이 섞인 눈이 묻어 있는 것을 보고서 자기의 손으로 그것을 털어드리면 얼마간 자기의 죄가 용서되리라 하고서 허리를 구부려 두 손으로 그 버선등을 털어드리려 하였다. 그러나 교장은 한 발을 탁 구르시더니,

"고만두어라, 더 더럽는다."

하시고서,

"엥!"

하시며 안으로 들어가시었다. 진태는 무참하였다. 손에는 어제저녁에 습자 쓰다가 묻은 먹이 꺼멓게 묻어 있다. 털어드리면은 잘못을 용서하실 줄 알았더니 더 더러워진다 핀잔을 주시고 역정을 더 내시는 것 같다. 그래서 그는 어떻게 해야 좋을지 알지 못하여 그대로 멀거니 서 있었다. 무참을 당하여 얼굴도 확확하고 두 손에서는 불이 난다.

그래서 그는 안으로 들어가지 못하고 행랑 자기 방으로 들어가다가 안마루 끝에서 주인마님이,

"아, 그 애 녀석도, 눈이 없는가? 왜 앞을 보지 못해?"

하는 소리를 듣고서는 쥐구멍으로라도 들어가 버리고 싶도록 온몸이 옴츠러졌다. 그리고 또 자기 뒤로 따라 나오며 주먹을 들고서 때리려 덤비는 자기 어머니가,

"이 망할 녀석, 눈깔을 읜다 팔아먹고 다니느냐?"

하고 덤비는 듯하여 질겁을 하여 방 안으로 들어갔다.

아니나 다를까, 조금 있더니 보기 싫은 젖퉁이를 털럭털럭하면서 어머니가 쫓아 나왔다.

"이 망할 녀석, 눈깔이 없니? 나리 마님 새 버선에다가 그것이 무엇이냐? 왜 그렇게 질뚱바리냐, 사람의 자식이."

어머니는 그래도 말이 적었다. 그러고는 곧 다시 안으로…… 들어갔다.

진태는 간이 콩알만 하게 무서운 것은 둘째 쳐놓고, 웬일인지 분한 생각이 난다. 아무리 생각을 해도 자기 잘못 같지는 않다. 자기가 눈 삼태기를 들고 가는데 교장 어른이 딴생각을 하면서 오시다가 닥달린[1] 것이지 자기가 한눈을 팔다가 그리한 것은 아니다.

그래서 웬일인지 호소할 곳이 없어 그는 그대로 방바닥에 엎드러졌다. 그러고는 고개를 두 팔로 얼싸안고 자꾸자꾸 울었다. 그는 눈물이 방바닥에 떨어지는 것을 알았다. 삿자리 깐 밑으로 흙내가 올라오는 것을 맡았다. 그러고는 어머니도 걱정을 하고 아버지도 걱정을 할 터요, 더구나 아버지가 이것을 알면은 돌짝 같은 손에 얻어맞을 것을 생각하매 몸서리가 난다. 그는 신세 한탄할 문자를 모르고 말도 모른다. 어떻든 억울하고 분하였다. 그렇다고 어디 가서 호소할 데도 없었고 분풀이할 곳도 없었다.

그는 방바닥에 한참 엎드려서 느껴가면서 울고 있을 때 방문이 펄쩍 열리었다. 그는 깜짝 놀랐으나 돌아다보지도 않았다. 그의 생각에는 그 문 여는 사람이 어머니려니 하였다. 그래서 약한

1 부딪치게 된.

마음에 이렇게 우는 것을 보면은 어머니는 나를 위로하여 주려니 하였다. 그래서 어머니가 일어나라고 하기만 기다렸다.

그러나 한참 아무 소리가 없더니,

"얘!"

하고 험상스러웁게 부르는 사람은 자기 아버지다. 그는 위로를 받기는커녕 벼락이 내릴 것을 그 찰나에 예감하였다. 그는 눈물이 쏙 들어가고 온몸이 선뜩하였다.

이번에는 꽥 지르는,

"애, 일어나거라, 이것아."

하는 아버지의 성난 얼굴이 엎드린 속으로 보인다. 그는 그러나 벌떡 일어나지는 못하였다. 자기 눈 가장자리에는 눈물이 묻었다. 그 눈물을 보면은 반드시 그 우는 곡절을 물을 터이다. 그 대답을 하면은 결국은 벼락이 내릴 터이다. 그래서 일어나지도 못하고 그대로 있지도 못하고 그의 가슴은 초조하였다.

두 발이 성큼 방 안으로 들어오는 듯하더니 무쇠 갈구리 같은 손이 자기 저고리 동정을 꿰들어 번쩍 쳐들었다. 그는 쇠관에 매달린 쇠고기 모양으로 반짝 들리었다.

"울기는 왜 우니?"

하는 그의 아버지도 자식 우는 것을 볼 때 어떻든 그 눈물을 동정하는 자정慈情이 일어나는지 목소리가 조금 낮아지며 또는 웃음이 섞이었으니 그것은 그 눈물 나는 마음을 위로하려는 본능이다.

"왜 울어?"

대답이 없다.

"글쎄, 왜 우니?"

가슴이 타나 대답할 수는 없었다.

"엄마가 때려주든?"

진태는 고개를 내흔들며 느껴 울었다.

"그러면 왜 우니? 꾸지람을 들었니?"

"아……뇨."

진태는 다시 고개도 흔들지 않았다.

"그럼 왜 울어, 말을 해!"

아버지는 화가 나는 것을 참았다. 그러고는,

"이 자식아! 말을 해라. 왜 벙어리가 되었니? 말이 없게!"

하고서는 무슨 생각을 하였는지 여러 번 타일러 보다가,

"웬일야!"

하고 혼잣말을 하더니 바깥으로 나간다. 그것은 근자에 볼 수 없는 늘어진 성미였다. 아마 어멈에게 물어볼 작정이었던 것이다.

아범은 문밖으로 나갔다. 그러더니 다시 들어오며,

"삼태기 어쨌니? 응, 삼태기?"

하며 안팎으로 들락날락하는 서슬에 안 부엌에서 어멈이 설거지를 하면서,

"왜 아까 진태가 마당을 쓴다고 가지고 나갔는데……."

하고,

"걔더러 물어보구려."

한다. 아범은 화가 나는 듯이,

"그런데 쭉쭉 울고 있으니 무엇이라고 그랬나?"

하며 어멈을 본다.

그러자 안마루에서 마님이 무엇을 보다가 운다는 소리를 듣더니 미안한 생각이 났던지,

"아까 눈인가 무엇인가 친다고 나리 마님 발등에다가 눈을 쏟아뜨렸다네. 그래서 어멈이 말마디나 한 게지."

아범의 눈은 실룩해졌다. 그러고는 잡아먹을 짐승에게 덤비려는 호랑이 모양으로 고개가 쓱 내밀리더니 어깨가 으쓱 올라간다. 그러고는 아무 말 없이 바깥 행랑으로 나간다.

바깥으로 나온 아범은 다짜고짜로 방문을 열어젖뜨렸다. 그의 생각에는 주인의 발등에 눈 엎은 것은 외려 둘째이다. 삼태기 하나 잃어버린 것이 자기 자식을 쳐 죽이고 싶도록 아깝고 분하고 망할 자식이다.

"이 녀석!"

자기 아들을 움켜잡았다.

"이리 나오너라."

진태는 두 손 두 다리를 가슴에다 모으고서 발발 떨면서 자기 아버지만 쳐다본다.

"이 망할 자식, 울기는. 애비를 잡아먹었니, 에미를 잡아먹었니? 식전 아침부터 훌짝훌짝 울게."

하더니 돌덩이 같은 주먹이 그의 등줄기를 보기 좋게 울리었다.

"에그 아버지! 에그 아버지!"

하며 볶아치는 소리가 줄을 대어 나왔으나 그 뒷말은 없다. 매를 맞는 진태도 잘못했습니다를 조건 없이 할 수는 없었다.

"무어야, 아버지! 이 녀석, 이 망할 자식."

하고서는 사정없이 들이찬다.

울고 호령하는 소리가 야단스럽게 나니까 어멈이 안에서 뛰어 나오며,

"인제 고만두. 고만둬요. 요란스럽소."

하고 만류를 하나,

"이게 왜 이래. 가만있어. 저리 가요."

하고 팔꿈치로 뿌리치고는,

"이놈아! 그래 눈깔이 없어서 나리 마님 버선에다가 눈을 들이부어 놓고, 또 무엇에 마음이 팔려서 삼태기를 밖에다가 놓아두어 잃어버리게 했니? 응, 이 집안 망할 자식!"

아범의 손이 자기 아들의 볼기짝, 등어리, 넓적다리 할 것 없이 사정없이 때릴 때마다 어린 살에는 푸르게 멍이 들고 피가 맺힌다.

그러할 때마다 아범의 목소리는 더한층 높아지고 떨리고 슬픔과 호소가 엉키었다. 그는 자기 아들을 때릴 때마다 눈앞에서 자기 손에 매달려 애걸하는 자기 아들이 보이지 않고 안방 아랫목에 앉아 있는 주인 나리가 보인다. 그러고는 자기 아들을 때리는 것 같지 않고 자기 주인 나리를 욕하고 원망하고 주먹질하고 싶었다.

"인제 고만 좀 두."

하는 어멈은 자식을 가로챘다. 그래가지고는 다시 자기 아들을 껴안았다.

3

그날 해가 세 시나 넘어 네 시가 되었다. 진태는 학교에 다녀왔다. 앞대문을 들어오려다가 보니까 새로이 삼태기 하나를 사다 놓았다. 싸리나무로 얽은 누렇고 붉은 삼태기를 볼 때 그의 매 맞은 자리가 다시 아프고 얼얼하다.

툇마루에 걸터앉으니까 어머니는 상에다 밥을 차려가지고 방으로 들어오라고 부른다. 방 안에는 모닥불이 재만 남았는데 인두 하나가 꽂히어 있고, 또 다 삭은 화젓가락과 부삽 하나가 꽂혀 있다.

어머니는 누더기 천에다가 작년에 낳은 어린애를 안고서 젖을 먹인다. 어린애는 젖꼭지를 물고서 입을 오물오물하면서 한 손으로 다른 쪽 젖꼭지를 만진다.

진태는 그 동생을 볼 때 말없이 귀여웠다. 그래서 손가락으로 볼따구니도 건드려보고, 어꾸어꾸 혓바닥 소리를 내어서 얼러보기도 하였다.

어린애는 방싯 웃었다. 그러고는 젖꼭지를 쑥 빼고서 진태를 돌아다보았다.

어머니는 침착한 얼굴로 어린애의 손가락만 만지고 있더니,

"옜다."

하고 어린애를 내밀면서,

"좀 업어주어라."

하고서 어린애를 곤두세운다. 그러자 진태는,

"밥도 안 먹고?"

하고 밥을 얼른 먹고서 어린애를 업었다. 그러나 진태의 집에는 아직 밥을 짓지 않았다. 어머니는 안에 들어가 밥을 지으려 하기는 해도 우리 먹을 밥은 지으려 하지 않는다.

진태는 어머니가 안으로 들어간 후 어린애를 업고서 방 안으로 왔다 갔다 하면서 밥을 짓지 않으니 아마 쌀이 없나 보다 하였다. 그러고는 아버지가 얼른 돌아와야 할 것이라 하였다.

진태는 뚫어진 창틈으로 바깥을 내다보면서 아버지가 혼자 인력거를 끌어서 쌀 팔 돈을 가지고 오지나 않나 하고서 고대하였다.

그래도 미심하여서 그는 쌀 넣어두는 항아리를 들여다보았다. 들여다보니까 겨 묻은 쌀바가지가 쾅 빈 시꺼먼 항아리 속에 들어 있을 뿐이다. 진태는 힘없이 뚜껑을 덮고서 섭섭한 마음으로 방 안을 왔다 갔다 하였다. 어린애는 등에서 꼼지락꼼지락하고서 두 발을 비빈다.

'오늘도 또 밥을 하지 못하는구나.'

하고서 펄떡펄떡하는 문을 열고 쪽마루로 내려왔다. 내려와서는 냄비가 걸려 있는 아궁이 밑을 보았다. 거기에는 타다 남은 푼거리 장작이 두어 개 재 속에 남아 있다.

그는 다시 장작 갖다 놓아두는 부엌 구석을 보았다. 거기에는 부스러기 나무도 없다.

바람은 쓸쓸스러운 행랑의 씻은 듯한 살림살이를 핥고 지나가고, 으슴츠름하게 어두워 가는 저녁날은 저녁 못 지을 것을 생각하고 섭섭한 감정을 머금은 진태의 어린 마음을 눈물 나게 한다.

조금 있다가 어머니는 허둥지둥 나왔다. 아마 부엌에 불을 지피고 나온 모양이다. 진태의 눈에는 아궁이에서 타 나오는 장작

불을 한 발로 툭툭 차 넣던 어머니의 짚세기 발이 보인다.

어머니는 나오면서 등에 업힌 어린애를 보더니,

"에그 추워! 저런, 무엇을 좀 씌워주려무나?"

하고서,

"남바위 어쨌니? 손이 다 나왔구나."

하더니 방으로 들어가 진태가 돌에 쓰던 것이니까 십 년이나 되는 남바위를 들고 나온다. 털은 다 떨어지고 비단은 다 삭았다.

어머니는 그것을 어린애를 씌워주고 다시 문밖을 내다보고 오 분이나 서 있었다. 진태는 그 서 있는 의미를 짐작하였다. 아버지 돌아오기를 기다리는 것이다.

그러다가 어머니는 갑자기 덜미에서 누가 딱 하고 놀래는 것처럼 깜짝 놀라며 다시 안으로 들어가려고 돌아섰다. 그때 진태는,

"저녁 하지 않우?"

하고서 어머니 뒤를 따라 들어갔다. 어머니는 화가 나고 초조하던 판에,

"밥도 쌀이 있고 나무가 있어야지!"

하고 소리를 꽥 지른다. 진태 잔등에 업혀 있던 어린애가 깜짝 놀라며 와아 운다.

진태는 어린애를 주춤주춤 추슬러 달래면서 아무 말 못 하고 섰었다.

어머니는 다시 안으로 들어갔다. 진태도 따라 들어갔다. 그러고는 부엌 앞에 앉아서 불을 넣고 앉았었다.

4

날이 어두웁고 전깃불이 켜지었으나 밥을 하지 못하였다.

그리고 아버지도 아직 돌아오지를 않는다. 진태 어머니는 상을 차려드리고 바깥으로 나오려고 하니까 마님이,

"어멈."

하고 부르신다.

"네."

하고서 어멈은 문을 열려다가 다시 돌아다보았다.

"오늘 저녁을 하였나?"

어멈은 조금 주저주저하다가,

"먹을 것 있어요."

하고서 부끄러운 웃음을 웃었다.

"아범 들어왔나?"

"아즉 안 들어왔에요."

"그럼 저녁도 짓지 못하였겠네그려."

어멈은 아무 말도 없었다. 마님은 벌써 알아채고서,

"그래서 되겠나? 어린것들이 견디겠나."

하고서,

"자, 이것이나……."

하고서 상 끝에 먹다 남은 밥을 이 그릇에서 저 그릇으로 모아놓으면서,

"그놈도 들어오라구 그래. 불도 안 땐 모양이지? 추어서들 견디겠나. 어른은 괜찮겠지마는 어린애들이……."

하고서,

"어서 그놈도 들어오라고 해!"

하며 어멈을 쳐다본다. 어멈은 다행히 여겨 바깥으로 나오며,

"애, 진태야!"

하며 진태를 부른다.

"왜 그러세요?"

진태는 문밖에 섰다가 문 안으로 들어오며 묻는다.

"들어가자."

"어디로?"

"안으로 말야. 마님이 밥 먹으러 들어오라신다."

진태의 얼굴은 당장에 새빨개지더니,

"왜 아버지 들어오시거든 밥을 지어 먹지."

"어디 들어오시니."

"언제든지 들어오시겠지."

"들어가— 부르시니."

진태는,

"싫어요."

하고서 돌아섰다. 진태의 마음에는 아까 아침에 나리의 버선등을 더럽힌 것을 생각하매 다시 마님의 낯을 뵈옵기도 부끄러웁거니와, 아무것도 잘못한 것이 없는데 아버지에게 매를 맞게 한 것이 분하기도 하였다. 그런 데다가 안방에는 자기와 동갑 되는 교장의 딸이 자기와 같은 학교 여자부에 다니는데 그 계집애 보기에 매 맞은 것이 부끄럽다.

"애! 나종에는 별소리를 다 듣겠네, 어서 들어가자."

어머니는 재촉을 한다.

"어서 들어가."

진태는 심술궂게,

"싫어요. 나는 밥 얻어먹으러 들어가기는 싫어요!"

하고 소리를 질렀다.

"빌어먹을 녀석, 기다리셔! 안에서……."

"기다리시거나 말거나 나는 안 들어가요."

어멈 마음에도 자기 아들의 말하는 것이 잘못이 아니었다. 그리고 꾸짖기는 고사하고 동정할 만한 일이었으나, 그래도 당장에 배고파할 것과 또는 자기도 밥을 먹어야만 어린애 젖을 먹일 것이다. 그래서 자기 아들의 굳은 의지를 어머니 된 위력으로 꺾지 않을 수 없었다.

"안 들어갈 터이냐?"

그 말을 하고 부지깽이를 찾는 척할 때 그는 웬일인지 하지 못할 짓을 하는 비애를 깨달았다.

"싫어요."

진태는 우는소리로 거절하였다.

"싫으면 밥 굶을 터이냐?"

"굶어도 좋아요."

"어디 보자. 어린애나 이리 내라."

어린애를 안고서 어머니는 안으로 밥을 얻어먹으러 들어갔다. 그러나 진태는 방에 들어가 깜깜한 속에 드러누워 있었다.

그날 어째 그렇게도 섧고 분하고 쓸쓸한지 모르겠다. 어째 이런가 하는 생각이 난다. 그리고 아버지나 얼핏 들어왔으면 좋겠다 하였다.

십 분이 못 되어 어머니는 다시 나왔다.

"얘."

하고 문을 열고 고개를 들이밀며,

"마님이 들어오라신다. 어서어서."

진태는 그대로 누운 채 다시 돌아누우며,

"싫어요. 안 들어가요."

"나리가 걱정하셔."

"싫어요, 글쎄."

어멈은 다시 들어갔다. 그리고 오 분이 못 되어 또 나오는 소리가 들렸다. 그러더니 이번에는 문을 열고서,

"그럼, 옜다!"

하고 무엇을 내민다.

진태는 방바닥이 차디차고 찬 바람이 문틈으로 스쳐 들어오는 것을 막기 위하여 이불을 내리덮고 새우잠을 자다가 어머니 소리를 듣고서,

"무엇예요?"

하다가 얼른 속소리를 잡아당겼다.

"자! 밥이다. 먹고 드러누워라. 이 추운데 저것이 무슨 청승이냐."

진태는 온 전신을 사를 듯이 부끄러운 감정이 홱 흐르며,

"글쎄 싫다니까. 안 먹어요, 먹기 싫어요."

어머니는 들어왔다. 진태를 밀국수 방망이 밀듯이 흔들흔들 흔들면서 타이르고 간청하듯이,

"일어나거라, 응! 일어나."

진태는 더욱 담벼락으로 가까이 가며,

"싫어요. 나는 배고프지 않어요."

하고서 고개를 이불로 뒤어쓰고 아무 말이 없다.

"고만두어라. 너 배고프지 나 배고프겠니?"

하고서 그대로 안으로 들어가려 할 때,

"엣 추워."

하고서 들어오는 사람은 자기 아버지다. 어멈과 아범은 맞닥뜨렸다.

"이건 눈깔이 빠졌나, 엑구 시—"

하며 아범이 소리를 질렀다.

"어두워서 보이지를 않는구려."

하고서 여성답게 미안한 어조로 어멈은 말을 한다. 이 한번 닥뜨린 것이 빈손으로 들어오는 자기 남편을 몰아세울 만한 용기를 꺾어버리었고, 주머니 속이 비어 있는 아범은 또한 큰소리를 할 만한 용기를 줄게 하였다.

"어떻게 되었소?"

"무엇이 어떻게 돼! 큰일 났어, 큰일! 벌이가 있어야지. 저녁은 어떻게 했나?"

"여보! 그 정신 나간 소리는 좀 두었다 하우. 무엇으로 저녁을 해요?"

아범은 아무 소리 못 하고 방 안으로 들어갔다. 진태는 일어나 앉았다. 그러고는 속으로 반갑기는 그만두고 한 가닥의 희망까지 끊어져 버리었다.

"그럼 어떻게 하나?"

아범은 불 켤 것도 생각지 않고서 한탄을 한다.

"그래 한 푼도 없소?"

"아따, 이 사람, 돈 있으면 막걸리 먹었게."

막걸리라는 소리가 어멈의 성미를 거웠다.

"막걸리가 무어요? 어린 자식들은 추운 방에서 배들이 고파서 덜덜 떠는데 그래도 막걸리요? 그렇게 막걸리가 좋거든 막걸리 장수 마누라나 하나 데불고 살거나 막걸리 독에 가서 거꾸로 박히구려. 그저 막걸리 막걸리 하니 언제든지 막걸리 신세를 갚고야 말 터이야, 저러다가는……."

"글쎄 그만둬요. 또 여호 모양으로 톡톡거려. 엥, 집에 들어오면 여펜네 꼴 보기 싫어서."

하고 입맛을 쩍쩍 다신다.

진태는 옆에서 그 꼴만 보다가 불을 켜고 있었다.

"그럼 저녁을 먹어야지."

하고서 아범은 꽤 시장한 모양으로 없는 궁리를 하려 하나 아무 궁리도 없다.

"이것이나 먹구려."

하고 어멈은 진태를 주려고 국에다 만 밥을 내놓으니까,

"그게 무어야?"

하고 숟가락으로 두어 번 떠먹어 보더니,

"너 저녁 먹었니?"

하고서 진태를 돌아다본다. 진태는 말을 하려야 할 수도 없거니와 말하기도 전에 어멈이,

"안 먹었다우."

하고 진태를 책망도 하고 원망도 하는 듯이 흘겨보았다.

"왜?"

하고 아범은 숟가락을 든 채로 그대로 있다.

"누가 알우, 먹기 싫다는 것을."

"그럼 배고프겠구나."

하고서 밥그릇을 내놓으면서,

"좀 먹으련?"

하니까 진태는,

"싫어요."

하고서 멀리 피해 앉는다.

"왜 그러니?"

"먹을 마음이 없에요."

삼십 분쯤 지났다. 문밖에서 어멈이,

"진태야! 진태야!"

하고 부른다. 진태는 그 부르는 어조가 너무 은밀한 듯하므로,

"네."

대답 한 번에 바깥으로 나갔다. 어머니는 대문간에 손에다가 무엇인지 가느다란 것을 쥐고 서 있다.

"저……."

하고 어머니는 헝겊에 싼 그것을 풀더니,

"이것 가지고 전당국에 가서 칠십 전이나 팔십 전만 달래가지고 싸전에 가 쌀 닷곱만 팔고 나무 열 냥어치만 사가지고 오너라."

한다.

진태는 얼른 알아채었다. 옳지! 은비녀로구나. 자기 집안에 값

진 것이라고는 어머니 시집올 때 가지고 온 그 비녀 하나하고 굵다란 은가락지뿐이다.

진태는 그것을 받아 들었다. 그러고는 전당국을 향하여 간다. 전당국이 잡화상 옆에 있는 것이 제일 가까웁고 조금 내려가면 이발소 윗집이 전당국이다. 그러나 첫째 집은 가지를 못한다. 그것은 그 전당국 주인의 아들이 자기하고 같은 학교를 다니니까 만일 들키면 창피할 것이요, 부끄러울 것이다. 그래서 그 집을 남겨놓고 먼 저 아래 전당국으로 가리라 하였다. 그는 팔짱을 끼고 웅숭그리고서 전당국으로 들어가려 하니까 어째 누가 손가락질을 하는 것 같고 구차함을 비웃는 듯하다. 그리고 그 전당국 주인까지도 자기의 구차한 것을 호령이나 할 듯이 싫을 것 같다. 그러나 눈 딱 감고 들어가려 하는데, 문간에다가 기중忌中이라 써 붙이고 문을 닫아버렸다.

'기중.'

사람이 죽었구나 하고서 생각하니 그 몇 분 동안에 자기 마음이 긴장되었던 것은 풀려진다. 그러면 이번에는 하는 수 없이 그 동무 아버지의 전당국으로 가야 하겠다.

한 발자국이라도 더디게 떼어놓아 그 전당국으로 들어설 때 가슴은 거북하고 머리에는 열이 올라와서 흐리멍덩하다.

기웃이 들여다보니까 아무도 없다. 혹시 동무 학동이나 만나지 않을까 하였더니 사무 보는 어른이 한 분 앉아 있고 아무도 없어 아주 다행이다.

그는 정거장 표 파는 데처럼 철망으로 얽고 또 비둘기 창구멍처럼 뚫어놓은 곳으로 은비녀를 디밀었다. 신문을 보던 사무 보

는 어른이 한번 흘겨보더니,

"무엇이냐?"

하고서 소리를 꽥 지른다.

"이것 잡으세요?"

하는 소리는 떨리고 가늘었다. 사무 보는 이는 아무 말 없이 그것을 받아 들더니 저울에다가 달아본다.

진태는 속마음으로 만일 저것을 잡지 않으면 어떻게 하나? 나쁜 것이라고 퇴짜를 하면은 어떻게 하나 하고 있을 때,

"얼마나 쓰련?"

하고 돈을 묻는다. 그는 겨우 안심을 하고서 돈을 말하려다가 자기가 부르는 돈보다 적게 주면 어떻게 하나 하고서 도리어 그이더러,

"얼마나 나가요?"

하고 물었다. 그는 한참 있더니,

"일 원이다."

한다. 그러면 자기 어머니가 얻어 오라는 것보다는 삼사십 전이 더하다. 그는 겨우 안심을 하고서,

"칠십 전 주세요."

하였다.

"네 이름이 무엇이냐?"

전당표에 이름이 쓰이는 것은 좋지 못하나 하는 수 없이 이름을 대었다.

사무 보는 이가 전당표를 쓰는 동안에 진태는 왔다 갔다 하였다. 그러고서 남에게는 전당 잡으러 온 체하지 않으려고 사면을

둘러보며 군소리를 하였다.

진태가 바깥을 내다볼 때 누구인지 덜미에서,

"진태냐?"

하는 어린애 소리가 들렸다. 그가 얼른 돌아다보니 거기에는 그 집 주인의 아들이 반가워 맞으며,

"어째 왔니?"

하며 나온다. 진태는 달아나고 싶었다. 그러고는 될 수만 있으면 돈도 그만두고 피해 가고 싶었다.

"내일 산술 숙제 했니?"

어쩌면 그렇게 다정하게 물으랴? 그러나 진태는,

"아니."

하고서 고개를 내저었다. 그의 얼굴은 진홍빛같이 붉어졌다.

"얘, 큰일 났다. 나는 조금두 할 수가 없어!"

그의 말소리는 진태의 귀에 조금도 안 들린다. 내일 숙제는 고만두고 내일 학교에 가면 반드시 여러 동무들이 흉들을 볼 터이요, 또는 놀려대임을 당할 것이다. 그리고 그의 앞에는 커다란 수남이가 보이며, 장난에 괴수요 핀잔 잘 주고 못살게 굴기 잘하는 그 불량한 학생이 보인다.

전당표와 돈을 받아 들었다. 이제는 싸전으로 갈 차례다. 석 되나 닷 되나 한 말 쌀을 파는 것은 오히려 자랑거리지마는 닷곱은 팔기가 참으로 부끄럽다. 구차한 것이 죄악은 아니지마는 진태에게는 죄지은 것처럼 부끄럽다. 그는 싸전에 가서 종이 봉지에 쌀 닷곱을 싸 들었다. 첫째 싸전쟁이가,

"왜 전대를 가지고 오지 않았어?"

꽥 소리를 한번 지르더니 딴 사람의 쌀을 다 퍼 주고야 종이 봉지 하나가 아까운 듯이 가까스로 닷곱 한 되를 퍼 주었다.

돈을 주고 나왔다. 쌀 든 손은 얼어서 떨어지는 듯하다. 한 손으로 귀를 녹이고 또 한 손으로는 번갈아 가며 쌀 봉지를 들었다.

이번에는 나무 가게로 갈 차례다. 나무 가게로 갔다. 이십 전어치를 묶었다. 그것을 새끼에다 질빵을 지어서 둘러메고 쌀은 여전히 옆에다 끼었다. 행길로 고개를 숙이고 가다가는 어깨가 아프고 손 발 귀가 시려서 잠깐 쉬다가 저쪽을 보니까 자기 집 들어가는 골목을 조금 못 미쳐서 학교 선생님 한 분이 오신다.

진태는 얼핏 일어났다. 그리고 선생님이 골목까지 오시기 전에 먼저 그 골목으로 들어가야 하겠다 하였다. 그러고는 줄달음질하였다. 선생님은 아무것도 둘러메시었을 리가 없으므로 걸음이 속하시다. 자기는 힘에 겨운 것을 둘러메었으니 또한 걸음이 더디다. 거의 선생님과 맞닥뜨리게 되었다. 그래서 앞도 보지 않고 골목으로 뛰어 들어가다가 거기서 나오는 사람과 마주쳤다.

"에쿠!"

하면서 손에 들었던 쌀이 모두 흩어지고 나무는 어깨에 멘 채 나가자빠졌다.

"이 망할 집 자식! 눈깔이 없니?"

하고 들여다보는 그이는 자기 아버지다. 진태는 그래도 뒤돌아보았다. 벌써 선생님은 본체만체 지나가 버리시었다.

"이 망할 자식아, 쌀을 이렇게 흩트려서 어떻게 해?"

하며 아버지는 두 손으로 껌껌한 데서 그것을 쓸어서 바지 앞에다 담는다.

진태는 멍멍히 서 있다가 아버지에게 끄을려 집으로 들어갔다.

집에 들어가니까 어머니가 얼마나 받았으며 얼마나 썼으며 얼마나 남았느냐고 묻는다. 진태는 그 소리를 듣고서 전당표를 주었다.

그러고는 자세한 이야기를 하였다.

그러나 어머니는 진태의 잘잘못을 따지지 않았다. 유일한 보물을 전당을 잡혀서 팔아 온 쌀까지 땅에다 모두 엎질러 버린 것을 생각하매 그대로 있을 수 없을 만치 아깝고 분하다. 그래,

"이 망할 녀석, 먹으라는 밥은 먹지 않아서 밥이나 먹고 자라고 하잿더니……."

하고서 주먹을 들고 덤벼들며,

"어디 좀 맞아보아라!"

하고서 또다시 덤벼든다. 진태는 아무것도 변명하지 않았다. 그러나 하루에 두 번씩 매를 맞게 되니까 무엇이 원망스럽고 또 무엇을 저주하고 싶었으나 그것이 무엇인지 알지 못하였다. 그래서 그는 한참 얻어맞고 혼자 울었다. 그는 위로해 주는 사람 하나 없고 쓰다듬어 주는 사람 하나 없었다.

그는 방구석에 틀어박혀서 한참 울다가 그대로 잠이 들었다. 억울한 꿈을 꾸면서…….

— 〈개벽〉 제40호, 1923. 10.

자기를 찾기 전

1

어떤 장질부사 많이 돌아다니던 겨울이었다. 방앗간에 가서 쌀을 고르고 일급을 받아서 겨우 그날그날을 지내가는 수님이는 오늘도 전과 같이 하루 종일 일을 하고 자기 집에 돌아왔다.

자기 집이란 다 쓰러져가는 집에 안방은 주인인 철도 직공의 식구가 들어 있고, 건넌방에는 재깜장사[1] 식구가 들어 있고, 수님의 어머니와 수님이가 난 지 며칠 안 되는 사내 갓난아이와 세 식구는 그 아랫방에 쟁개비[2]를 걸고서 밥을 해 먹으면서 살아간다.

수님이는 몇 달 전까지는 삼대 같은 머리를 층층 땋고서 후리

1 야채를 가지고 여러 곳으로 돌아다니며 파는 장사.
2 무쇠나 양은 등으로 만든 작은 냄비.

후리한 키에 환하게 생긴 얼굴로 아침저녁 돈벌이를 하러 방앗간에를 다니는, 바닷가에 나와서 뛰어다니는 해녀 같은 처녀였다.

그런데 몇 달 전에 그는 소문도 없이 머리를 쪽 찌었다. 그리고 머리 쪽 찐 지 두서너 달이 되자 또 옥동 같은 아들을 순산하였다. 아들을 낳고 몇 달 동안은 그 정미소에 직공 감독으로 있는 나이 스물칠팔 세쯤 되고 머리에 기름을 많이 발라 착 달라붙여 빤빤하게 윤기가 흐르게 갈라붙이고 금니 해 박은 얼굴빛이 오래된 동전빛같이 붉고도 검은 젊은 사람 하나가 아침저녁으로 출입을 하며 식량도 대어주고 용돈 냥도 갖다 주며 어떤 날은 수님이와 같이 가기도 하였다.

그러더니 그 동리에 새 소문 하나가 퍼지었다.

"수님이는 처녀 때 서방질을 해서 자식을 낳았다지!"

"어쩌면 소문 없이 시집을 가?"

"그러나저러나 그나마 남편 되는 사람이 뒤를 보아주지 않는다네."

"벌써 도망간 지가 언제라고. 방앗간 돈을 이백 원이나 쓰고서 뒤가 물리니까 도망갔었다던데"

하는 소문이 나기는 그 애 아버지 되는 직공 감독이 수님이 집에 발을 끊은 지 일주일쯤 되어서였다.

수님이는 집에 들어와 머릿수건을 벗어놓고 방문을 열며,

"어머니! 어린애가 또 울지 않았어요?"

하고 아랫목에 누더기 포대기를 덮어서 뉘어놓은 어린애 앞으로 바짝 가서 앉아 눈 감고 자는 애의 새큰한 젖내 나는 입에다 제 입을 대어보더니,

"애개, 어쩌면 이렇게두 몸이 더울까? 아주 청동화루 같으이."
하고는 다시 아래위를 매만져 준다. 옆에 앉아 있는 그의 어머니란 나이 오십이 넘어 육십을 바라보는 노파라, 가뜩이나 주름살이 많은 이맛살을 잔뜩 찌푸리고 실룩하게 된 눈을 더욱 실룩하게 해가지고 무엇이 그리 시답지 않은지 삐죽한 입을 내밀고서 귀먹쟁이처럼 아무 말이 없이 한참 앉았다가 잠깐 체머리를 흔드는 듯하더니 말이 나온다.

"애, 말 마라. 아까 나는 그 애가 죽는 줄 알았다. 점심때가 좀 넘어서 헛소리를 하더니 두 눈을 허옇게 뒤집어쓰고서 제 얼굴을 제 손으로 쥐어뜯는데…… 에 무서! 나는 꼭 죽으려는 줄 알았어."

수님이는 걱정이 더럭 나고 또 죽는다는 말에 무서운 생각이 나서,

"그래 어떻게 하셨소?"

"무얼 어떻게 해! 어저께 네가 지어다 둔 그 가루약을 물에다 타 먹였더니 지금은 조금 덜한지 잠이 들어 자나 보다."

"그래, 그 약을 다 먹이셨소?"

"다 먹였지. 어디 얼마 남았더냐. 눈곱재기만큼 남았던걸!"

"그래 아주 없어요?"

"다 먹였다니까 그러네."

수님이는 조금 여윈 얼굴에 봄철에 늘어진 버들가지같이 이리저리 겨 묻은 머리털이 두서너 줄 섬세하게 내리덮인 두 눈에 근심스러운 빛을 띠고서 다시 쌔근쌔근 코가 메이어 숨소리가 높은 어린애를 보더니,

"그럼 어떻게 하나. 돈이 있어야 또 약을 지어 오지, 오늘 번 돈이라고는 어제보다 쌀이 나빠서 어떻게 뉘와 돌이 많은지 사십 전밖에 못 벌었는데 이것으로 약을 또 지어 오면 내일 아침 쌀 못 팔 텐데."
하며 다시 고개를 돌려 자기 어머니를 쳐다보다가 어머니 얼굴이 불쾌해 보이니까 다시 고개를 어린애 편으로 돌리자 어린애는 무엇에 놀랐는지 갑자기 눈을 번쩍 뜨고 두 손을 공중으로 대고 산약山藥 같은 손가락을 벌리고서 바늘에 찔린 듯이 와아 하고 운다.

수님이는 우는 소리를 듣더니 질겁을 해서 어린애를 끼어안고 허리춤에서 젖을 꺼내어 물려주며,

"오, 오, 우지 마, 우지 마."
하며 어린애를 달래면서 추스른다. 젖꼭지가 입에 들어가니까 조금 애는 울음을 그치었다. 수님이는 한 손으로 어린애가 문 젖을 가위 집듯 집어서 지그시 누르면서,

"어멈이 종일 없어서 많이 울었지? 배가 고파서, 에그 가엾어라. 자, 인제는 실컷 먹어라. 그리고 얼른 병이 나아서 잘 자라라."
하며 혼잣소리로 말도 못 알아듣는 어린애와 수작을 한다. 어린애가 젖꼭지를 물기는 물었으나 젖도 잘 먹지 못하면서 보채기만 한다.

"어머니, 오늘 예배당 목사님은 오지 않으셨어요?"
하며 방 한구석에 앉아서 어린애 기저귀를 개키는 자기 어머니를 보면서 다시 수님이는 물었다.

"안 왔더라"

하는 어머니의 마음은 매우 마땅치가 않은 모양이다. 하루 종일 앓는 애를 달래고 약 먹이고 할 적에 귀찮은 생각이 날 적마다,

"원수엣자식, 원수엣자식."

하며 혼자 중얼대다가 자기 딸을 보면은 더욱 화가 치밀어,

'무슨 업원으로 자식은 나가지고 구차한 살림에 저 혼자 고생을 하는 것도 아니요, 늙은 에미까지 이 고생을 시키는고?'

하는 생각이 나서 차마 인정에, 산 자식 죽으라고는 못 하지마는 어떻든 원수 같은 생각이 나서 못 견딜 지경이다.

수님이는 오늘도 목사 오기를 기다린다.

"어째 여태까지 오시지를 않을까요?"

"내가 아니? 못 오게 되니까 못 오는 게지."

수님이는 어머니의 성미를 알므로 거스를 필요는 없어 아무 말도 없이 앉아 있다가,

"어서 저녁이나 해 먹읍시다. 기저귀는 내 개킬게 어서 나가셔서 쌀이나 씻으시우."

어머니는 화풀이를 하다 못해 잔말이라도 하고 싶어서 말마다 불복이다.

"무슨 밥을 벌써 해. 두부 장수도 가지 않았는데. 그리고 오늘만 먹으면 제일이냐? 생각은 하지 않고……."

"그럼 어떻게 하우. 어떻든지 저녁을 해 먹고 내일을 걱정이라도 해야지 않소. 내일은 내일이고 오늘 저녁은 오늘 저녁이지요."

"듣기 싫다! 내일은 무슨 뾰족한 수가 나니? 굶으면 굶었지 무슨 도리가 있어야지."

"글쎄 산 사람 입에 거미줄 치리까. 왜 글쎄 그러시우?"

"뭘 그러느냐고? 내가 나쁜 말 한 게 무엇이냐. 조금이라도 경우에 틀린 말 했니?"

"누가 경우에 틀린 말 했댔소. 이왕 일이 그렇게 된 걸 자꾸 그러시면 어떻게 하란 말씀요?"

이러자 다시 어린애는 어디가 아픈지 불로 지지는 것같이 파랗게 질리면서 숨이 넘어갈 듯이 운다. 수님이는 어린애 입에 이쪽 젓꼭지를 갈아 물리면서,

"우 왜, 우 왜."

하며 달래는데 그 어머니는 그 옆에서 이 꼴을 보며,

"망할 자식! 죽으려거든 얼른 죽어버리지, 애비 없는 자식이 살아서 무슨 수가 있겠다고 남 고생만 시키니. 에미나 고생하지 않게 진작 죽으려거든 죽어라."

하며 옆에 담뱃대를 질화로 전에다 탁탁 턴다. 수님이는 누가 자기 아들을 잡으러 오는 듯이 어린애를 옆으로 안고 돌면서,

"어머니는 그게 무슨 말이오? 남들은 자식이 없어서 불공을 한다, 경을 읽는다, 돈들을 푹푹 써가면서 자식을 비는 사람들도 있는데 난 자식을 죽으라고 그래요? 이 애가 죽어서 어머니에게 큰 복이 내릴 듯싶소?"

"복이 내리지 않고? 내가 하루 잠을 자도 다리를 펴고 자겠다."

"잘도 다리를 펴고 주무시겠소? 마음을 그렇게 먹으면은 내릴 복도 하느님이 도로 가져가신다우."

"듣기 싫다. 하느님이 무슨 응뎅이가 부러질 하느님이냐? 누가 하느님을 보았다더냐? 너 암만 하느님을 믿어보아라. 하느님 믿는다고 죽을 녀석이 산다더냐? 모두 팔자야, 팔자! 이 고생 하

는 것도 모두 내 팔자지마는 늙게 딸 하나 두었다가 덕은 못 보아도 요 모양 될 줄이야 누가 알았어!"

수님이도 계집 마음에 참을 수가 없는지 까만 눈에서 불같은 광채가 나고 입술이 뾰족해지며 목소리가 높아간다.

"그래, 어머니는 딸 길러서 덕 보려 했습디까?"

"덕 보지 않고? 핏덩이서부터 열팔구 세, 거의 이십 살이나 되도록 기를 적에야 무슨 그래도 여망이 있기를 바라고 그 갖은 고생을 해가면서 길렀지. 그래! 어떻게 어디서 빌어먹는 놈인지도 모르는 방앗간 놈에게 몸을 더럽히게 하려고 하였더냐? 내 그놈 생각을 할 적마다 이가 갈리고 치가 떨린다."

"왜 그이만 잘못했소? 그렇게 치가 떨리고 이가 갈리거든 나를 잡아잡숫구려! 그것도 나를 방앗간에 다니게 한 덕분이죠. 나를 방앗간에만 다니지 않게 했더라면 그런 짓을 하래도 하지 않았었다우."

어머니는 잡아먹으려는 짐승을 어르는 암사자 모양으로 응얼대며,

"응, 그래도 서방 녀석 역성을 드는구나? 어디 얼마나 드나 보자. 네가 그 녀석 믿고 살다가 덩[3]이나 탈 듯싶으냐? 그렇게도 찰떡같이 든 정을 왜 다 풀지 못하고 요 모양으로 요 고생이냐? 어서 그렇게 보고 싶고 못 잊겠거든 당장에라도 따라가서 호강하고 살아보아라. 서방 녀석밖에 네 눈에는 보이는 게 없고 어미 년은 사람 같지도 않니?"

3 공주나 옹주가 타던 가마.

수님이는 성미를 못 이기는 중에 어머니 말이 야속하기도 하고 또 자기 신세가 어쩐지 비참한 듯하여 갑자기 눈물이 북받치며 울음이 터진다.

“왜 날마다 나를 잡아먹지를 못해서 이렇게 못살게 굴우! 그렇게 보기 싫거든 다른 데로 가시구려.”
하고 까만 눈을 감았다 뜰 때 이슬 같은 눈물이 두 뺨 위로 대르륵 굴러 젖꼭지를 문 어린애 뺨 위에 떨어진다.

수님이는 우는 중에도 어린애 위에 떨어진 눈물을 씻어주는 것을 잊어버리지 않았다. 보드라운 살 위에 떨어진 눈물을 씻으면 또 떨어지고 씻으면 또 떨어져 어머니의 따뜻한 눈물은 애기의 얼굴을 곱게 씻어놓았다. 그리고 가슴에서 뭉클한 감정이 울음에 씻겨 녹아 눈물이 되어 어린애 얼굴에 떨어질수록 귀여운 애기는 수님이를 울린다. 부드러운 손, 귀여운 얼굴, 조그마한 몸뚱이가 눈물 어린 그것을 통하여 희미하게 보이다가 눈물이 그 애기 뺨 위에 떨어지고 다시 똑똑하게 까만 머리 까만 눈썹이 보이고 입과 코와 두 눈이 보일 때, 수님이는 다시 어린애를 자기 가슴에 꼭 끼어안아 가슴 한복판에 어리고 서린 만단정회를 다만 어린애로 눌러서 짜내고 녹여내는 것 외에는 그에게 아무 위로가 없었다. 모습이 아버지와 같은 그 어린애를 자기 가슴에 안을 때 눈물의 하소연이 그 아이에게 하는 것이 아니라 지금 여기 없는 그의 아버지에게 하는 것 같고, 눈물 괸 흐릿한 눈으로 윤곽이 비슷한 그 애를 볼 때 그는 그 애 아버지가 그 사내다운 얼굴에 애정이 넘치는 웃음을 띠고 자기를 어루만져 위로하는 듯하였다. 그는 그 이름을 부르려 할 적마다 그 애 아버지를 부르고 싶었고, 그 아이를 자기 가슴에 안을 때 자기가 안기어 울 곳 없는 것이 얼마나 외로움을 주는지 알지 못하였다.

'너의 아버지가 있었더면?'이라고 말이 입 밖으로는 나오지 않지마는 그 말 밑에는 모든 해결과 끝없는 행복이 달린 것 같았다.

수님이는 떨리는 긴 한숨을 쉬고 땅이 꺼져 쓰러질 듯이 가슴을 내려앉히었다.

우는 꼴을 보는 어머니는 속으로는 가엾은 생각이 없는 것은 아니지마는 짓궂은 고집을 풀지 못하고서 다시 응얼대는 소리로,

"울기는 다 저녁때 왜 여우같이 쭉쭉 우니, 계집년이. 그러고서 집안이 흥할 줄 아느냐? 얘, 될 것도 안 되겠다. 울지나 마라. 방자스럽다."

그러나 수님이는 들은 체도 하지 않고 흐르다 남은 눈물방울이 기름한 눈썹 위에 떨어지려다가 걸친 두 눈으로 먼 산만 바라보고 앉아서 콧물만 마시고 앉아 있다.

그때 누구인지 바깥에서 인기척이 나더니,

"수님이 있니?"

하는 사람은 그의 오라버니였다. 수님이는 얼른 눈물을 씻고 방문을 열면서,

"오라버니 오세요."

하는 소리는 아직까지 목멘 소리다. 오라버니라는 사람은 나이가 삼십이 남짓해 보이는 노동자로, 깎은 머리를 수건으로 동이고 무명저고리 위에는 까만 조끼를 입고 짚신 신은 발에 종아리에는 누런 각반을 쳤다. 얼굴이 둥글넓적한 데다가 눈이 큼직하나 결코 불량하여 보이지는 않았고 두 뺨에 는 술기운이 돌아 검

붉게 익었다.

방 안으로 들어앉으며, 어머니(서모)를 보고 인사를 하고 윗목에 가 쭈그리고 앉으며,

"애가 좀 어떠냐?"

하고 수님이가 안은 어린애를 허리를 구부정히 하고 들여다본다.

수님이는 벌건 눈을 비벼 눈물을 씻고 코를 풀면서,

"마찬가지여요. 점점 더해가는 모양예요."

하고 또 한 번 떠는 한숨을 쉰다. 오라버니는 속마음으로 어린 계집애가 자식이 앓으니까 걱정이 되어서 우는 줄 알고,

"울기는 왜 울었니? 울기는 왜 울어. 운다고 어린애 병이 낫는다더냐! 어떻게 주선을 해서라도 고칠 도리를 해야지. 남의 자식을 낳아서 기르지도 못하고 죽이면 그런 면목도 없으려니와 넌들……."

말이 채 그치지도 않아서 그의 어머니가 그래도 양심이 간지럽던지,

"아니라네, 내가 하도 화가 나서 잔말을 좀 했더니 그렇게 쪽쪽 울고 앉았다네."

하며 자기 허물을 자백이나 하는 듯이 말을 한다. 오라버니는 주머니에서 마코 한 갑을 꺼내서 대물부리에 담배를 끼워 붙여 물더니,

"어머니 걱정을 듣고서 울기는 무얼 울어? 나는 무슨 일인가 했지."

하고 시비곡직을 그대로 쓸어버리는 듯이 말머리를 돌려서,

"어린애 약은 멕였니?"

"먹였에요."

"무슨 약을…… 그 약국에서 지어 오는 조선약?"

"네."

"안 된다, 그것을 먹여서는…… 요새는 양약을 먹여야 한다. 요새 시대는 서양 의술이 제일야. 나는 하도 신기한 일을 보았기에 말이지. 참, 내, 그렇게도 신기한 일은 처음 보았어."

옆에 앉았던 어머니가 얼른 말 틈을 타서 빗대놓고 수님이를 책망 비슷하게 수님의 오라버니더러 들어보라는 듯이,

"약을 먹여 무얼 해. 예배당인지 빌어먹을 데인지 있는 목사나 불러다가 날마다 엎드려서 기도만 하면 거기서 밥도 나오고 떡도 나오고 모든 일이 다 만사형통할걸!"

하고서 입을 삐죽하고서 고개를 숙인다.

"너 예수 믿니?"

하고 오라버니는 수님이를 보더니,

"허허, 그것도 하는 것이 좋기는 좋지마는 나는 그 속을 모르겠더라. 무엇이든지 믿으면 안 믿는 것보담은 낫겠지마는. 예수, 예수, 남들은 하느님 앞에 기도를 하면 병도 낫는다고 그러더라만 나는 서양 의술만큼 신기하게 알지는 못하니까. 글쎄 나 다니는 일본 사람의 집 와다나베 상이라고 하는 이의 여편네가 첫애를 낳는데 어린애가 손부터 나오고 그대로 들어가지도 않고 나오지도 않더라는구나. 지금 나이가 스물셋 된 여편넨데. 그래서 나는 그 소리를 듣고서 꼭 죽었나 보다 하고 속으로 죽을 줄로만 알고 있지를 않았겠니?"

늙은 노파가 이 이야기를 듣더니,

"저런, 그래 어떻게 했어!"

하면서 눈을 크게 뜨고 담뱃대를 놓으면서 말하는 수님이 오라버니 얼굴을 쳐다본다.

"그러자 주인 되는 사람이 전화를 해요. 전화한 지 삼십 분쯤 되어서 ○○병원의 의사 하나하고 간호부라는 일본 여편네가 인력거를 타고 오더니 조금 있다가 어린애 우는 소리가 나지 않겠습니까? 그저 의원이 들어가자 잠깐 사이예요. 그래서 하도 신기하기에 그 집 하인더러 물으니까 기계로 끄집어내서 아주 산모도 괜찮고 어린애도 괜찮다고. 나는 이 소리를 듣고 거짓말같이 생각이 되지 않겠니?"

하고 다시 수님 쪽으로 말머리를 돌린다. 노파는 고개를 끄덕끄덕하며,

"엉! 저런, 참 요새는 사람을 기계로 끄낸다! 그런데 그 난 것이 말야, 아들이야?"

"아들예요."

"저런 그 자식이야말로 두 번 산 놈이로군!"

"참, 세상이란 알 수 없는 세상예요. 서양서는 기계로 사람을 다 만든답니다그려……."

"옛기! 그럴 수가 있나? 거짓말이지. 아무리 타국 사람들은 재주가 좋아 못하는 것이 없이 허다못해 공중을 날아다니지마는 어떻게 기계로 사람을 만드나? 거짓말인 게지."

"아녜요, 정말이요, 신문에도 났에요."

"신문에! 신문인들 어디 똑바른 말만 내나. 거기도 거짓말이 섞였지."

하는 노파의 성미가 조금 풀어진 모양인지 말소리에 부드러운 맛과 웃음 냄새가 약간 섞이어서,

"그러나저러나 저것 때문에 나는 큰 걱정일세. 애비도 없는 자식을 나가지고는 그나마 성하게 자랐으면 좋겠지마는 저렇게 앓기만 하니 참. 형세나 넉넉했으면 또 모르지. 구차하기란 더 말할 수 없는 집에서 이 모양을 하고 사네그려. 자식이나 없으면 얼핏 마땅한 이가 있거든 다시 시집을 가서래도 그저 저 고생 하지나 말고 살면은 늙은 내 마음이라도 놀 테야. 저 모양으로 오늘 죽을지 내일 죽을지 모르는 것을 끼고만 앉았으니 참 딱해서 볼 수가 없네그려. 저도 전정이 구만리 같은 새파랗게 젊은 년이 어디 가면 서방 없겠나. 그저 허구한 날 어디로 들고 사렸는지도 모르는 그놈만 생각을 하고 앉았으니 어림없는 수작이지. 벌써 싫증 나서 잊어버린 지가 오랜 놈을 생각만 하면 무얼 하나? 자식은 저의 할미가 서울 살아 있다니까 아범 집으로 보내버리고 나는 저 애를 다른 데로 보내는 수밖에 없다고 생각하네."

오라버니는 무슨 엄숙한 사실을 당한 것처럼 한참 눈 하나 깜짝거리지 않고 그 말을 듣고 있더니 무슨 사리를 분명히 해석할 줄 안다는 어조로,

"글쎄 그렇지 않아도 나도 생각을 날마다 하고 언제든지 걱정을 하는 바이지마는 일이 너무나 어렵게 되어서…… 어떻든 어린애는 고쳐야 할 것이니까, 병이 낫거든 자기 애비의 집이 있으니까 그리로 보내고 다른 데로 보낼 도리를 해야죠."

하니까 노파는 걱정스럽고 시원치 못한 상으로,

"그렇지만 여기서야 어린애 병을 고칠 수 있어야지. 날마다 밥

도 못 끓여 먹는 형편에 어린애 약인들 먹일 수 있나. 이건 참 죽기보다도 어려우이그려. 암만 생각을 하니 옴치고 뛸 수가 있어야지."

오라버니는 모든 일을 내가 해결할 만큼 세상에 대한 경험이 있으니까 내 말을 들으라는 듯이 수님이를 향하여,

"수님아! 네 생각은 어떠냐? 너도 나이가 열아홉이나 된 것이 그만하면 시집살이할 나이가 넘었다고 할 수 있어. 그런데 이렇게 그야말로 닭 쫓던 개 지붕 쳐다보기지 이러고 앉았기만 하면 어떻게 하니…… 그런데 대관절 네 생각은 어떠냐! 그래도 그 사람을 기다리고 앉았을 참이냐, 다른 데를 갈 마음이 있니?"

수님이는 한참이나 맥없이 앉았다가 휫하고 모든 말이 시답지 않다는 듯이 코웃음을 한번 치더니,

"아무 데도 가기는 싫어요. 모세 아버지가 아니면 다른 곳으로 가기는 싫어요."

하는 목소리는 이상하게도 힘 있는 목소리다. 모든 신앙과 자기의 희생을 결심한 뜨겁고도 매운 감정에서 나온 목소리였다.

"아따, 그래도 모세 아버지야?"

노파는 자기 딸을 흘겨보며 비웃는 듯이 말을 한다.

"네 오라버니 말이 조금도 그르지 않느니라. 설마 너를 잘되라고는 못할지언정 못되라고 할 듯싶으냐?"

"그래도 나는 다른 데로 가기 싫어요. 나 혼자 평생을 지내더라도 또 다른 사람에게 가기는 싫어요."

오라버니는 타이르는 어조로,

"그야 낸들 다시 다른 곳으로 가라기가 좋아서 그러는 것은

아냐. 그렇지만 너도 늙은 어머니 생각도 해야 하지 않니. 서양에는 부모를 위하여 몸을 파는 계집애들도 있는데. 또 너의 전정 생각을 해야지. 그것도 모세 아버지가 지금이라도 너를 생각하고 또 다음에라도 만나 살 여망이 있으면 오래비 된 나래도 왜 이런 말을 하겠니? 그렇지만 모세 애비는 벌써 너를 잊어버린 사람야. 사내 맘이란 그런 것이다. 모두들 욕심만 가진 개 같은 놈들야!"

수님이는 그래도 부인한다는 듯이,

"그래도 제가 한 말이 있으니까 설마 나를 내버리기야 할까요?"

"저런 딱한 애가 있나. 그것 참 말할 수가 없네. 글쎄 그런 놈의 말을 어떻게 믿니?"

"믿어야죠. 제가 비 오던 날 방앗간 모퉁이에서 날더러 하는 말이 일평생 나를 잊지 못하겠다 하였는데요. 저도 그이를 잊을 수는 없에요."

하며 얼굴빛이 조금 불그레해지며 부끄러운 생각이 나서 고개를 숙이고 어린애 머리만 쓰다듬는다.

"아따, 빌어먹을 년! 믿기는 신주 믿듯 잘도 믿는다. 쪽박을 차고 빌어먹으러 나가도 그 녀석만 믿으면 제일이냐?"

어미는 열화가 벌컥 나서 덤벼들듯이 소리를 질렀다. 이 소리에 어머니 품에 안겨 편안히 잠들었던 어린애가 눈을 갑자기 뜨면서 넘어갈 듯이 까르르 쟁개비의 찌개 끓듯이 운다. 수님이는 어린애를 뭉뚱그려 안고 일어서며,

"우지 마, 우지 마"

하며 달래면서 서성거린다. 어린애는 다시 보채면서 눈동자 가를 허옇게 뒤집어쓰며 죽어가는 듯이 운다.

"에구! 오라버니, 이 애 눈 좀 보시우. 왜 이렇게 허옇소? 아마 죽으려나 보."

하며 오라버니 편으로 어린애를 내밀면서,

"죽으면 어떻게 해요?"

하면서 또다시 눈물이 비 오듯 한다. 오라버니는 어린애를 들여다보더니,

"에구, 애가 대단하구나! 약도 없니? 의원이 무슨 병이라 하든? 요새 염병(장질부사)이 매우 돌아다닌다는데 그 병이나 아닌지 모르겠다……."

하고 다시 몸을 만져보더니,

"에구, 이놈 좀 보게. 열이 대단하이!"

하며 우는 애를 한참 들여다본다. 노파는,

"약이 다 무언가. 의원을 보였어야 무슨 병인지 알지. 그저 약국에 가서 말만 하고 약을 지어다 먹이니까 병명인들 알 수가 있나!"

"그러면 안 되겠습니다그려. 어떻게 해서든지 의원을 보여야죠."

"의원도 거저 봐주나. 돈 들여야 할 일이지. 밥도 못 해 먹는 집에서 의원이 다 무어야."

"그래서 되나요. 우선 산 사람은 살리고 볼 일이니까. 가만히 계십쇼. 내가 어떻게 해서든지 서양 의술 하는 의원을 불러오지요."

"그러면 돈이 많이 들걸! 넉넉지 않은 형세에 돈을 써서야……."

"무얼요, 어떻게 살리고 보아야죠."

하며 오라버니는 황망히 밖으로 나갔다. 수님이는 속으로 다행하기도 하고 미안하지마는 어떻든 자기의 모든 해결과 행복의 실오라기인 이 모세의 생명을 구하는 것이 첫째 의무인 동시에 또한 급무이다. 그리고 자기 오라버니가 그렇게까지 신기함을 이야기하는 소리를 들었으므로 의원만 오면은 모세는 곧 나을 줄로 믿었다. 그래서 아무 말 없이 오라버니 나가는 것을 보고만 있었다.

방 안은 조금 고요하였다. 수님이는 조금 울음을 그치고서 깽깽 앓는 소리를 하고 누워 있는 어린애를 앞에다 놓고 꿇어앉았다. 그러고는 괴로워하는 어린애를 내려다보며 두 주먹을 쥐고서 입 밖으로는 나오지 않지마는 입속으로 '모세야, 죽지 말고 살아라' 하고 온몸의 모든 정성과 모든 힘을 합하여 속으로 부르짖었다. 그러고는 그 말이 떨어지는 찰나 기적과 같이 그 아기가 낫기를 바랐다. 그는 주먹을 쥐고 몸을 떨면서 다시 하늘을 쳐다보고 또다시 모든 정성과 힘을 합하여 '하느님! 모세를 데려가지 마시고 이 죄인의 품에 안겨두옵소서' 하고 비는 말이 떨어지자 그 아이의 병이 기적같이 물러가기를 빌었다. 그러나 그에게 기적을 하느님은 내리지 않았다. 그는 자기를 못 믿었다. 그가 기적처럼 어린아이 병이 낫기를 바랐으나 그것이 기적처럼 낫지 않은 때 수님이는 다시 목사를 기다리었다.

'목사가 오셔서 하느님께 기도를 하여주시면 이 아이의 병이 얼른 날걸! 예수가 앉은뱅이와 문둥병자를 고친 것처럼 이 아이의 병이 목사의 기도와 함께 나을 수가 있을걸!'

하고 그는 목사 오기만 기다렸다. 혈루병자가 예수의 옷 한번 만져보기를 애씀과 같은 그만한 믿음으로써 목사를 기다리었다.

"어째 오실 시간이 늦었는데 오시지를 않나?"

막달라 마리아가 자기 오라비의 죽음을 다시 살게 할 수 있을 줄을 믿음과 같이 수님이는 목사 오기를 기다리었다.

그런데 어린애는 또 울기 시작하였다. 어린애 울음소리는 우중충한 방 안에 흐리터분한 공기를 날카롭게 울리면서 자기의 참담한 현상을 정해놓은 곳 없이 부르짖어 호소하는 듯하였다. 털부털부하는 문구멍, 거미줄 걸친 천장, 신문지로 바른 담벼락, 못이 다 빠지고 장식이 물러난 다 깨어진 석유 궤짝으로 만든 농장[4]까지 어린애의 울음소리가 스칠 적마다 더러운 개천 물에 일어나고 사라지는 물결처럼 모든 가난과 불행과 질병과 탄식이 한꺼번에 춤을 추고 일제히 그 작은 방 가운데서 움직거리는 것 같았다. 평화와 행복의 여신은 눈물을 흘리고 그 자리를 떠난 지가 오래고, 줄기차게 오랜 생명을 가진 마신魔神이 이 집 문과 장과 구석과 모퉁이에 서고 앉고 드러눕고 기댄 것 같았다.

가난과 질고疾苦는 노파의 얼굴에 주름살과 증오로 탈을 씌워놓은 것같이 보기 싫은 얼굴로 한참이나 앉았다가 부스스 일어서며,

"에구, 난 모르겠다. 죽든지 살든지 마음대로들 해라."
하고는 밥을 하려는지 바깥으로 나간다.

삼십 분쯤 지났다. 서산으로 넘은 해는 가뜩이나 우중충한 방을 어둠침침하게 만들어놓았다. 수님이는 어린애를 안고서 오라버니 오기만 기다린다.

4 장롱.

그때 누구인지 문밖에 와 서며 불을 때는 노파에게,

"모세 어머니 있어요?"

하는 나이 스물대여섯 살 되어 보이는 목소리로 묻는 소리가 난다.

"있소."

하는 어머니의 소리와 함께,

"쇠[釗] 어머니요?"

하고 수님이는,

"들어오시우. 웬일요? 저녁은 해 먹었소?"

하며 반가이 맞아들였다. 그 쇠 어머니는,

"애가 좀 어떻소?"

하며 어린애를 들여다보자 수님이는 새삼스럽게 걱정스러운 얼굴로,

"점점 더한 모양예요. 그래서 제 외삼촌이 의원을 부르러 가셨어요."

하며 내놓았던 젖을 다시 집어넣었다. 그 쇠 어머니는 코를 손으로 이리 쓱 씻고 한번 들이마시고, 저리 한번 씻고 들이마시면서,

"오늘 목사님이 오지 않으셨지?"

하며 목사님 오시지 않았느냐 말을 물으면서 무슨 말을 하려고 할 때 바깥에서 부산한 소리가 나더니 수님의 오라버니가 문을 열며,

"이 방이올시다."

하고 가방을 옆에 든 양복 입은 의사에게 말을 한 후 제가 먼저 들어와 방에 놓여 있는 것을 이 구석 저 구석에다 쓸어박으면서 의원에게 들어오기를 청했다.

수님이와 쇠 어머니는 부산하게 일어섰다. 그리고 의원이 들어와 앉은 뒤에 수님이 혼자 저만큼 비켜 앉아 의원의 거동만 본다.

의원은 들어와 앉더니 누워 있는 어린애를 한참 들여다보다가 두말없이,

"이 애가 언제부터 이렇소?"

하고 수님의 오라버니를 돌아본다. 수님의 오라버니는 다시 수님에게 물어보는 듯이 수님을 보았다. 수님이는 얼른,

"한 대엿새 되었어요."

의사는 어린애 몸을 풀으라 하더니 가방을 열고 기계를 꺼내더니 진찰을 다 마친 뒤에,

"다 보았소."

하고 방 안을 둘러보며,

"요새 이 병이 퍽 많은데 병원으로 데려다 치료를 해야지 그대로 이런 데 두면 어린애에게도 이롭지 못하거니와 다른 사람에게까지 전염이 되니까 병원으로 데려가게 해야겠소."

하고 일어서니까 수님 오라버니는 그저 멀거니,

"네."

하고 서 있고 수님이는,

"데려가요?"

하고 의사와 싸움이라도 할 듯한 살기 있는 눈으로 의원을 둘러보았다. 그러고는 다시 어린애 편으로 달려들어 어린애를 휩싸 안고서 아무 말 없이 돌아앉더니 눈물 괸 목소리로 혼잣말처럼,

"죽여도 내 품에서 죽일 터예요."

하고는 어린애 위에 엎드러져 운다.

2

모세를 병원으로 데려간 지 열흘 되던 날이다. 아침부터 퍼부은 눈이 저녁때나 되어서 겨우 끝났다. 수님이는 날마다 병원에를 갔다. 그러나 병원에서는 수님이에게 모세를 보이지 않았다. 병실 문간에 서서 하루 종일 지내다가 아무 소식도 듣지 못하고 그대로 온 날도 있었다.

오늘도 아침밥도 먹지 못하고 병원으로 향하여 간다. 전차도 타지 못하고 십 리나 되는 병원으로 가는 길은 자기 오라버니가 일을 하는 일본 사람 집 앞을 지나게 되므로 갈 적 올 적 들른다.

오라버니를 찾아가니 마침 곳간에서 숯을 쌓고 있었다. 수님이는 머리에 쓴 수건을 벗어서 둘둘 말아 옆에다 끼고서,

"오라버니."

하고 곳간 옆에 가서 부르니까 오라버니는 얼굴과 콧구멍과 두 손이 숯가루가 묻어서 새까매 가지고서 자기의 누이를 보더니,

"가만있거라, 요것 마저 쌓고……."

하고 쌓던 것을 마저 쌓고 나오면서,

"병원에 가니?"

하고서 몸을 탁탁 턴다.

"네 병원에 가요. 그런데 오라버니! 당최 병원에서 어린애를 보이지 않으니 어떻게 된 일예요?"

"어저께는 무엇이라고 그러든?"

"어저께요? 어저께는 아무도 만나보지 못했어요. 그저 아무 염려 말고 가라구만 하는데 그래도 그대로 올 수가 있어야지요.

하루 종일 병원 문가에서 서성대다 늦어서야 왔어요. 날이 어둬서 집에 들어오면 어린애 우는 소리가 나는 듯 나는 듯 하고, 밤에 잠을 자도 꿈마다 모세가 와서 어머니를 부르는데 잠을 잘 수가 있어야죠. 아마 죽으려나 봐."

"에라, 미친 애. 죽기는 왜 죽어. 어떻든 염려 말아라. 의원이 오죽 잘 생각하고 잘 고치겠니? 너를 보지 못하게 하는 것도 그것이 전염병이니까 옮을까 봐서 그러는 것이야. 염려 말고 있어. 그러면 내 뒷담당은 해줄게……."

"그래도 내 생각 같아서는 아무리 해도 못 믿겠어요. 나는 걔가 죽으면 나도 따라 죽을 테야. 모세를 죽이고는 모세 아버지에게도 이 뒤에 만나서 얼굴을 들 수 없거니와 나도 살아갈 재미가 없어요. 세상에서는 나를 망할 년, 더러운 년, 서방질한 년이라고 욕들만 하고, 어머니는 날마다 다른 데로 시집가지 않는다고 구박만 하고…… 다만 그것 하나만 믿고 지내는데 만일 그것이 죽으면 나는 살아서 무엇하우."

하고서 치맛자락으로 눈물을 씻는다. 오라버니는 선웃음을 껄껄 웃으며,

"허허, 왜 마음을 그렇게 먹고서 자꾸 속을 졸여. 그까짓 남이 무엇이라고 그러든지 말든지 상관할 게 무어며, 어머니신들 오죽 화가 나셔야 그러시겠나? 너를 미워서 그러실 리가 없으니까 아무 염려 마라. 그리고 어린애는 아무 걱정이 없어. 병원에서 그까짓 병쯤 고치기를 그러니? 그 이상 가는 병이라도 제꺽제꺽 고치는데. 몇 해 묵은 병, 아주 못 고친다고 단념한 병을 고치고 완인이 된 사람이 얼만지 모른다. 아무 염려 말어……."

수님이는 또다시 오라버니를 믿었다. 그리고 오라버니는 모든 것을 저보다 많이 아는 사람이고 세상 경난을 많이 겪은 사람이니까 믿음직한 사람인 동시에 근자에 모세가 병원으로 간 뒤에 집안 식량과 살림 일체를 대어주는 데 얼마나 많은 감사와 믿음이 생기는지 알 수 없었다.

수님이는 조금 생각을 하는 듯이 땅만 내려다보고 섰다가,

"그러면 나는 오라버니 말씀을 믿어요."

하고 조금 근심이 풀린 것처럼 두 눈에 따뜻한 광채를 머금고 오라버니를 쳐다보았다.

"글쎄, 염려 말어……."

하고 오라버니는 다시 곳간 옆으로 비켜서더니,

"그런데 수님아! 내 잘 봤는지는 모르겠으나 어저께 저녁에 친구들과 술을 먹고 너의 집으로 가려니까 웬 사람 하나가 너의 집 앞에서 서성서성하더니 나를 보고는 그대로 줄달음질을 해 가지 않겠니……."

수님이 눈이 똥그래지며,

"그래서요? 도둑놈이던 게지. 어떻게 됐어요."

"도둑놈은? 너의 집이 무엇이 그리 집어 갈 것이 많아서 도둑놈이 엿을 봐. 글쎄 내 말을 들어. 그래 하도 수상하기에 홍넉게 쫓아가지를 않았겠니……."

"네."

"쫓아가다가 거의 다 쫓아가서 골목쟁이 하나를 휙 돌아서는데 눈결에 힐끗 보니까 암만해도 모세 애비 같지 않겠니? 그래서 더 속히 따라가 보니까 어디로 갔는지 골목으로 들어갔는데 아

무리 헤맨들 찾을 수가 있어야지…….”

수님이는 무슨 경이나 당한 듯이 눈을 크게 뜨고,

“그래서 어떡했어요?”

하고 온몸을 웅숭그리고 오라버니의 입에서 떨어지는 수수께끼 같은 말의 순서를 기다린다.

“그래 온통 큰길로 골목으로 헤매이면서 돌아다니나 어디 있어야지. 그래 할 수 없이 집으로 바로 가서 자버렸어.”

수님이는 거짓말과 참말, 믿음과 의심, 그 경계선을 밟고서 이리 기울어져 보기도 하고 저리 기울어져 보기도 하는 듯한 감정으로,

“그럼 그게 모세 아버질까요? 모세 아버지 같으면 들어오기라도 하였을 텐데 오라버니가 잘못 보신 게지.”

하고서 나타났다 사라졌다 하는 좋은 희망을 머릿속에 그리면서 오라버니에게 그것이 모세 아버지니 믿으라는 단정이 나오기를 기다리고 섰다.

“그래 나도 알 수는 없어. 어떻든 알 수 없는 일이야. 일전에도 누구한테 들으니까 모세 애비가 전라도 목포 항구에서 일본 사람의 방앗간에서 일을 하면서 너의 소식을 듣고, 모세도 잘 자라느냐고 묻고, 며칠 안 되면 서울로 다시 오겠다 하더란 말을 들었는데 서울로 왔는지도 모르지…….”

“왔으면 집에 올 텐데. 오지 않았길래 집에 오지 않았죠?”

“글쎄.”

수님이는 아무 말이 없다가 또다시 말머리를 돌려서,

“그런데 오라버니! 나는 예수 믿는 것이 아무리 생각을 해도 헛

질을 한 것 같애. 우리 집에 와서 기도해 주던 목사 있지 않아요?"

"그래."

"그 목사도 모세 병처럼 앓는데 죽게 되었대요."

"그런 것야. 그 병은 전염병인 까닭에 옮겨 가기가 쉬운 것야. 그러기에 병원에서는 너도 들어오지 못하게 하지 않니?"

"그런가 봐. 그 목사는 약도 쓰지 않고 날마다 모여서 기도들만 하는데 점점 더하면 더했지 조금도 낫지를 않는대요. 어떤 사람들은 우리 집 칭원들을 하면서 죄인 아들이 되어서 하느님이 벌을 주시려고 그런다고……."

"다 쓸데없는 것야. 병은 의술로 고쳐야 하는 것이지 기도가 무슨 기도냐 글쎄."

"그렇지만 기도를 하고 나면 마음이 조금 시원한 듯해서 나도 날마다 기도는 하지요."

오라버니는 픽 웃더니,

"시원하기는 무엇이 시원해. 대관절 또 병원으로 가는 길이냐?"

"네."

"가서는 무엇하니? 가서 보지도 못하는걸."

"그래도 문간에 섰다 오더라도 가지 않으면 궁금해서 견딜 수가 있어야죠."

"아무 염려 마라 글쎄. 병원에 가기만 하면 낫는다니까. 그러니 집에 가 있거라. 내 이따가 전화로 물어봐다 주께……."

"그래도 난 가볼 테야. 찻삯이나 좀 주시우."

오라버니는 백통 쇠사슬 달린 가죽 지갑에서 돈을 꺼내면서,

"갈 것이 없다니까 그러네. 정 가고 싶은 것 억지로 막을 수는

없지마는…….”
하고 수님에게 찻삯을 주었다.

3

또 닷새가 지났다. 어저께 목사의 죽은 장례가 나갔다. 수님이는 한번 아니 놀랄 수가 없었다. 그 놀라운 가슴이 가라앉기 전에 수님에게는 세상에 가장 엄숙하고 자기에게 가장 절망되는 소식을 들었다. 그것은 모세가 병원에서 죽었다는 것이다. 오라버니가 다 저녁때 힘없이 수님의 집으로 들어오더니,

“수님아!”

하고 차마 나오지 않는 목소리는 벌써 번갯불같이 수님의 머리에 무슨 불상사를 이르는 듯하였다.

“네.”

하는 수님이는 다른 날보다도 더 무서운 사실을 당하는 것처럼 달려 나갔다. 그리고 오라버니의 기운 없고 낙망하는 얼굴을 쳐다보며,

“왜 그러세요? 병원에서 무슨 소식이 왔어요?”

하며 달려들듯이 오라버니 앞에 섰다. 오라버니는 한참이나 말이 없이 방에 들어와 쓰러지는 듯이 앉더니,

“놀라지 말아라.”

하고,

“모세가 죽었단다.”

하였다. 수님이의 가슴은 그 소리가 날카로운 칼로 찌르는 듯하였다. 그러나 그 찌르는 듯한 것이 변하여 다시 그 사실을 부인하는 듯이 자기 오라버니를 치어다보며 깔깔 웃지 않을 수가 없었다.

"거짓말, 오라버니는 왜 그런 말씀을 하시우 남 놀라게……."
할 만큼 그에게는 그 사실이 너무나 거짓말 같았었다. 그리고 만일 그 사실이 참말이라 할지라도 수님이는 그 사실을 참으로 인정할 수 없었다.

이 말을 들은 그 옆에 앉아 있는 노파는 도리어 그 사실을 그 사실대로 들었다.

"저런!"

노파의 눈에서는 가엾은 일은 일이지마는 숙명적으로 그 사실이 있을 것이요, 또는 그 사실이 있어야 할 것을 미리 알고 있었던 것처럼 다만 입맛만 다시면서,

"가엾기는 하지마는 팔자 좋게 잘 죽었느니라."
하였다. 수님이는 다시 물었다.

"정말예요 오라버니?"
하는 말에 오라버니의 얼굴은 엄숙한 사실을 거짓말로는 꾸밀 수 없다는 듯이,

"정말야, 지금 병원에서 전화가 왔어."

수님은 이제 몸부림쳐서 울지 않을 수가 없다. 그는 자기 오라버니에게 달려들었다.

"나를 죽여주, 나를 죽여요. 죽여도 내 품에 안고 죽일 걸 왜 오라버니는 병원으로 데려다가 죽는 것도 보지 못하게 하였소! 그렇게 잘 고친다는 병원에서 왜 죽였소. 내 아들 찾아노. 그 자

식이 어떤 자식인 줄 알고 그러우. 내 목숨보다도 중한 자식요."
하고는 방바닥에 엎어져 울면서,

"모세야 모세야, 네 어미까지 마저 데리고 가거라. 죽을 적에 어미의 젖 한 방울 먹어보지 못하고 어미의 품에 한번 안겨보지 못하고, 모세야 모세야……."
하며 우는 꼴을 옆에서 보는 노파도 인생의 죽음이란 그것은 가장 슬픈 것인 것을 느꼈던지 주름살 잡힌 눈에서 눈물이 떨어진다. 오라버니도 좋지는 않은 얼굴로 멀거니 앉았다.

"아! 모세야, 나는 이제 죽는다. 나는 죽어야 한다."

한참 울 때 오라버니는 수님을 달래려고,

"우지 마라. 이왕 죽은 자식을 울면은 어떻게 하니. 고만 그쳐, 시끄럽다."

그렇지만 오라버니 입에는 수님이를 위로할 말이 없었다. 한 말 또 하고 한 말 또 하고 다만 우지 마라 우지 마라 하는 말이 있을 뿐이다.

노파는 울음을 그치고 머릿속으로는 하얀 관에 뭉친 어린애 주검을 장사할 걱정이 있고 또는 그 장사를 하려면 돈이 들 걱정이 있었으나, 수님의 머리와 피와 마음속에는 모세를 다시 살릴 수가 이 세상에는 있으리라는 알 수 없는 의심과 또는 본능적으로 모세는 다시 살지 못하리라는 의식이 그를 몸부림과 가장 큰 비통 속에 그의 모든 것을 집어 던지었다.

날이 저물고 눈 위에 달이 차게 비치었다. 수님이와 오라버니는 모세의 송장을 찾으러 가려고 문밖으로 나섰다. 오라버니가 먼저 돈을 변통하러 가고 수님이는 눈물 가린 눈으로 흰 눈을 밟으면서 걸어간다. 수님이가 골목 모퉁이를 돌아서려 할 때 마침 저쪽에서 돌아 들어오는 사람 하나와 딱 마주치자 수님이는 얼굴을 쳐들어 그 사람을 보고는 그대로 멈칫하고 서서 그 사람을 붙잡으려는 채 못미처 동작으로 달려들듯하더니,

"아! 모세 아버지."

하고서 두 손으로 얼굴을 가리고 서서 울었다. 모세 아버지란 그 사람도 끼어안을 듯이,

"수님아!"

하고 덤벼들려 하다가 그대로 한참 서 있다. 수님이는 목멘 소리로 무슨 죄악을 고백하는 듯이,

"모세는 죽었에요."

하고 울음소리는 더 높아졌다. 수님의 가슴은 죄지은 사람 모양으로 떨리고, 할 말 없기도 하고, 또는 오래간만에 모세 아버지를 만나매 반갑기도 하여 속에 있는 모든 감정이 실 엉키듯 엉키어 순서를 차려 먹었던 마음을 다 말할 수도 없고 다만 울음으로써 그 모든 것을 애소도 하고 진정도 하는 수밖에는 없었다.

모세 아버지란 사람은 조금 창피함을 깨달은 듯이 골목 으슥한 곳으로 들어서며 검은 얼굴에 조금 더러운 웃음을 나타내며,

"모두 다 너 때문이다."

하며 멸시하듯 수님이를 보더니,

"내가 오늘 이렇게 밤중에 골목으로만 다니게 된 것도 너 때문이요 남의 눈을 속이고 다니게 된 것도 다 너 때문이었다. 그러나 그래도 자식 생각을 하고 서울 온 뒤 날마다 너의 집 앞에 와

서 소식이나 들으려 하였더니, 모세가 죽었다니 이제는 너와 나와는 영이별인 줄 알아라…….”
하는 말을 듣자 수님이는 옆의 담에 가서 그대로 고꾸라지며,
“모세 아버지! 나는 그래도 여태까지 당신을 믿었지요!”
하고 느껴 울면서,
“왜 모두 내 탓을 하시우. 나는 그래도 당신만 믿고 바라고 여태까지 어린것을 기르고 있었지요. 모세 아버지, 정말 나를 버리실 터요?”
모세 아버지는 차디찬 목소리로,
“나는 너 때문에 몸을 버린 사람이다. 나는 나의 일생을 너 때문에 그르친 사람이다. 나는 지금 어디로 떠날는지 모르니까 마지막으로 잘 만났다. 자! 나는 간다.”
하고 모세 아버지가 가려 하니까 수님이는 모세 아버지를 붙잡으며,
“어디로 가시우. 왜 전에 그 방앗간 옆에서 비 오는 날 나를 일평생 잊지 않는다 하셨지요? 지금은 왜 그때 말씀을 잊어버리셨소. 가시려거든 나를 데리고 가시우.”
하며 매달렸다. 모세 아버지는 껄껄 웃으며,
“나는 그때 사람이 아니다. 그때의 내가 아니란 말이야. 자 놔라. 공연히 남에게 들키면 나는 내일부터 홍바지저고리를 입을 사람야.”
수님이는 끌려가면서,
“정말 가시우?”
하며 애원하듯이,

"정말이오?"
한다.

그때 저쪽에서 누구인지 이쪽으로 오는 기척이 나니까 모세 아버지는 수님이를 뿌리치고 저쪽으로 가버리고 수님이는 눈 위에 엎드러져 운다.

수님이는 한참 울다 일어났다. 그의 눈에는 다시 목사의 상여가 보이고 어린애의 주검이 보이었다. 그리고 혼자 머리를 쥐어뜯으며,

"아! 나에게는 예수도 없고 병원도 없고 모세, 모세도 없고 아무것도 없다."
하고는 다시 공중을 우러러보며,

"모세 아버지도 갔다. 나에게는 아무것도 없다."

소리를 지르고 사면을 돌아다볼 때 하얀 눈 위에 밝은 달이 차디차게 비치었는데, 고요한 침묵으로 둘린 가운데 다만 자기 혼자 외로이 서 있는 것을 깨달았다. 그가 그렇게 분명히 그렇게 외로운 가운데서 자기를 찾아내기는 지금이 자기 일생에 처음이었다.

— 〈개벽〉 제45호, 1924. 3.

전차 차장의 일기 몇 절

11월 15일 흐림[曇]

동대문에서 신용산을 향해 아침 첫차를 가지고 떠난 것이 오늘 일의 시작이었다.

전차가 동구 앞에서 정거를 하려니까 처음으로 승객 두 명이 탔다. 그들은 모두 양복을 입은 신사들인데 몇 달 동안 차장의 익은 눈으로 봐서, 그들이 어제저녁 밤새도록 명월관에서 질탕히 놀다가 술이 취해 그대로 그 자리에서 쓰러져 자다 나오는 것을 짐작케 하였다. 새벽이라 날이 몹시 신선할 뿐 아니라 서리 기운 섞인 찬 바람이 불어서 트롤리[1] 끈을 붙잡을 적마다 고드름을 만지는 것처럼 저리게 찬 기운이 장갑 낀 손에 스며드는 듯하다. 그

1 전차의 폴 꼭대기에 달린 작은 쇠바퀴.

들은 얼굴에 앙괭이를 그리고 무슨 부끄러운 곳을 지나가는 사람 모양으로 모자도 눈까지 눌러쓰고 외투도 코까지 싼 후에 두 어깨는 삐죽 올라섰다. 아직 다 밝지는 않고 먼동이 터오므로 서쪽 하늘과 동쪽 하늘 두 사이 한복판을 두고서 광명과 암흑이 은연히 양색이 졌다. 그러나 눈 오려는 날처럼 북쪽 하늘에는 회색 구름이 북악산 위를 답답하게 막아놓았다. 운전수는 사람이 하나도 없는 너른 길을 규정 외의 마력을 내서 전차를 달려 갔다. 전차는 탑동 공원 앞 정류장에 와서 섰다. 먼 곳에서는 홰를 치며 우는 닭의 소리가 새벽 서릿바람을 타고서 들려온다. 그러자 어떠한 여자 하나가 내가 서 있는 바로 차장대 층계 위에 어여쁜 발을 올려놓는 것이 보였다. 아직 탈 사람이 별로 없으리라고 지레짐작에 신호를 하였다가 그것을 보고서 다시 정지하라는 신호를 하였다. 한 다리가 승강단 위에 병아리 모양으로 깡충 올라오더니 계란같이 웅크린 여자가 툭 튀어 올라와서 내 앞을 지나는데, 머리는 어디서 어떻게 부시대기를 쳤는지 아무렇게나 흩어진 것을 아무렇게나 쪽 찌고, 본래부터 난잡하게 놀려고 차리고 나섰는지는 알 수 없으나 옥양목 저고리에 무슨 치마인지 수수하게 차렸는데 손에는 비단으로 만든 지갑을 들었다. 그리고 그가 내 옆을 지날 때 일본 여자들이 차에 탈 적이나 기생들이 차에 오를 적에 나의 코에 맡히는 분 냄새와 향수 냄새 같은 향긋한 냄새가 찬 바람에 섞이더니 나의 코에 스쳤다.

그 여자는 차 안으로 들어가더니 그 안에 앉아 있는 양복 입은 청년들의 눈을 피하려 함인지 또는 내외를 하려는 것처럼 맨 앞에 가서 앞만 보고 앉아 있었다. 두 젊은 사람은 어제저녁에 기생

데리고 놀던 흥이 아직까지도 풀리지 않았는지 그 여자를 보더니 한 사람이 팔꿈치로 옆의 사람을 툭 치면서 눈을 끔적하였다. 그러니까 그 사람도 알았다는 듯이 고개를 끄덕끄덕하며 그 여자만 보고 있었다.

나도 호기심이 일어나서 그 여자 가까이 가서 얼굴이나 똑똑히 보리라 하고 뒤로 돌려 메었던 가방을 앞으로 돌려서 전차표와 가위를 양손에 갈라 쥐고 차 안으로 들어갔다. 우선 두 젊은이에게 표를 찍어 주고서 그 여자 앞에 가서 손을 내밀려 하다가 나는 깜짝 놀랐다. 나는 달려들어 이것이 웬일이오? 할 만큼 놀랐다. 그리고 그의 머리에 꽂힌 금비녀로부터 발에 신은 비단신까지 모조리 다시 한 번 훑어보았다.

어떻든 표를 찍으려 하니까 자기 지갑에서 돈을 꺼내는데 일 원짜리인지 오 원짜리인지 두서너 장 들어 있는 중에서 한 장을 선선히 내놓더니,

"의주통義州通이요."

하고 저는 나를 잊어버렸는지 태연하게 앉아 있다. 의주통 바꾸어 타는 표 한 장을 주고 나서 나는 다시 차장대로 나와 섰을 때, 벌써 전차는 화관 앞을 지나 종로 정류장까지 왔다. 그 여자는 거기서 내리더니 저쪽으로 가버리었다. 나는 또다시 남대문을 향하여 돌아가는 전차의 트롤리를 바로잡으려고 창으로 고개를 내밀었을 때 하늘은 중탁하게 덮이었던 암흑이 점점 뽀얗게 거두어지며 동쪽에는 제법 붉은빛이 들고, 깜빡깜빡하는 별들이 체로 치는 것처럼 굵은 놈만 남고 잔 놈들은 없어진다.

나는 공연히 신기한 생각이 들어서 못 견디었다. 그래서 혼자

해결할 수 없는 무슨 수수께끼를 풀려는 사람처럼 고개만 기웃하고 있었다. 나는 지나간 생각을 다시 끄집어내었으니, 그것은 다음과 같다.

한 달 전, 바로 한 달 전에 역시 전차를 몰고서 배우개 정류장에 정거를 하였다. 오후 한 시가량이나 되었는데 차 안에 승객이라고는 동대문 경찰 형사 비슷한 사람 하나와 일본 여자 둘과 또 조선 시골 사람 같은 이가 있을 뿐인데 맨 나중으로 들어온 여자가 있었다.

손에다가는 약병과 약봉지를 들었고, 입은 것은 때가 지지리 끼고 자락이 갈가리 찢어진 데다가 얼굴은 며칠이나 세수를 하지 않았는지 새까맣게 절었는데, 발은 벗은 채 짚세기 하나만 신었다. 나이는 열아홉이라면 조금 노성한 편이요, 스물이라면 어디인지 어린 티가 보일 정도다. 속눈썹이 기름한데 정채 있게 도는 눈이라든지, 보리통한 뺨과 둥그스름한 턱, 날카롭지도 않고 넓적하지도 않은 웬만한 코라든지, 어디로 보든지 밉지 않은 여자이기는 하지만 주제꼴이 볼썽사나워서 좋은 인상이 없었다. 우리는 항상 하는 예투로,

"표 찍으시오."

하고 손을 내미니까 어리둥절하며 사방을 홰홰 내젓는데, 다시 전차가 달아나자 그는 어쩔 줄을 모르고 옆엣사람 얼굴 한번 쳐다보고 밖을 한번 내다보고 앉지도 못하고 서지도 못하고 쩔쩔매는 것을 보아하니, 시골서 갓 올라왔거나 당초에 전차 한번 타보지도 못한 위인인 것을 알았다. 우리는 항상 그러한 사람이 전차에 오르면 성가시럽다. 왜 그런고 하니 으레 바꾸어 타야 할 곳

에서 바꾸어 타지를 않고는 내릴 때를 지나놓고 내려서는 귀찮게 굴기는 우리네 차장에게만이 아니라, 세상에 저밖에 약은 사람이 없는 것처럼 가끔 전차표 오 전을 떼먹으려고 엉터리없는 바꿔 타는 표를 어디서 얻어가지고 와서는 속여먹으려고 하기가 일쑤다. 그래서 그런 사람만 만나면 화증이 나서 목소리가 부락부락해진다.

"어디까지 가시우? 표 내시우! 표요."

하니까 그는 나를 쳐다보더니,

"네?"

하고 물끄러미 있다.

"네가 무엇이오, 표 내라니까!"

하니까 그는 손에 들었던 종잇조각을 내밀었다. 종잇조각을 받아 들고 보니까 '명치정 인사소개소'라고 연필로 써 있다.

"이게 무엇이오?"

하고 소리를 꽥 질러 말하니까 그는,

"이리로 가요. 여기가 어디에요? 여기 가서 내려주세요."

하고 도리어 물어보며 간청을 한다.

"몰라요, 돈 내요!"

돈이라는 소리에 무슨 짐작을 하였던지,

"없어요."

하고 자기 손을 들여다본 후 부끄러운 듯이 고개를 숙이다가 그래도 할 말이 있다는 듯이,

"그런 게 아니라요, 제가 시골서 올라온 지가 한 달이나 되는데 먹을 것도 없고 입을 것도 없어서 동막東幕[2] 어느 집에서 고용

살이를 하다가 몸에 병이 나서 병원에 다녀오는데 이것을 써주며 그리로 가면 된다고 해서 그리로 가요."

모든 일은 다 알았다. 총독부 의원 무료 치료실에 갔다가 의사나 병원에 있는 사람이 정상을 가련히 생각하고 인사 상담소를 가르쳐준 것일 게다. 갓 서울로 올라와서 돈도 없이 차를 탄 것도 사실인데, 어떻든 그때에 나의 마음에서는 알 수 없는 동정심이 나는 동시 마음이 약한 나는 그를 다시 전차에서 내려 쫓을 수는 없었다. 그래서 어찌하면 좋을까? 그대로 태우자니 규칙 위반이요, 그렇다고 내려 쫓을 수는 없는데, 하는 생각을 하며 차장대에 내려섰다가 전차가 황금정[3]에 왔을 때, 나는 다시 그 앞에 가서 바꾸어 타는 표 한 장을 찍어 주며,

"왜 돈두 없이 전차를 탔소?"

하고 한번 딱 얼러서 법을 가르친 후,

"자— 이것을 가지고 요다음 정거하거든 내리우. 이것도 특별히 당신을 생각하여 주는 것이오. 나는 이것 한 장 당신 준 것이 탄로되면 벌어먹지도 못하고 벌금 물고 그러는 법이오. 그런 줄이나 알아두시우."

하니까 그는 고맙다는 듯이 고개를 끄덕끄덕하였다.

오늘 아침에 만난 여자가 바로 그 여자다. 한 달 전에 오 전이 없어서 나에게 은혜를 입던 그 여자가 오늘은 말쑥한 모양꾼이

2 마포구 대흥동·용강동에 걸쳐 있던 마을로, 옹기를 제조하던 곳이 많았기 때문에 옹리·독막이라 하던 것을 잘못된 한자명으로 동막이라 표기한 데서 마을 이름이 유래함.

3 현재의 '을지로'를 가리킴.

다. 내가 언제든지 여자로 타고나는 것, 그것이 무한한 보배라고 생각을 하였더니 딴은 그 생각이 들어맞았다. 여자는 마음 한번 쓰는 데 당장에 백만장자의 아내가 될 수 있고, 추파를 한번 보내는 데 여러 남자의 끔찍한 사랑을 받을 수가 있는 것이다.

한 달이라는 세월이 그리 길다고 하지 못할 터인데, 한 달 전에 총독부 무료 병실에 가서 구차한 말을 하며 병을 봐달라 하고, 또 나와 같은 차장에게까지 은혜를 입던 여자가 오늘엔 어디로 보든지 똑딴 여염집 부인과 같다. 우리 같은 사람은 갖은 박대와 모든 수고를 맛볼 대로 맛보며 근근이 번다 해야 한 달에 단돈 몇십 원을 벌지 못하며, 우리가 참으로 성공을 해보려면 아까운 젊은 시대를 무참히 간난신고 중에 보내고도 될지 말지 한 일이다.

하루 종일 차장대에 섰기도 하며 또는 승객의 표를 찍어주기도 하는 동안에 나로서는 말할 수 없고 내가 나이 스물한 살이 되도록 느껴보지 못한 감정이 내 몸 전체에 스며드는 듯하였다. 아직까지 나의 젊은 피는 비린내가 난다. 그 피가 작열을 하지 못하였으며 순화하고 정화하지 못하였다. 나의 피를 그 무엇에다 사르거나 체질하거나 하여 엑기스가 되게 하지 못한, 말하자면 아직 진국으로 있는 그것이다. 나는 웬일인지 오늘 그 여자를 본 후로는 나의 가슴속에 있는 피가 한 귀퉁이에서부터 타오르기를 시작하여 석쇠 위에 염통을 저며놓고 그것을 들여다보는 듯이 지지— 타는 속에서도 무슨 새 생명이 불 위에 떨어져 그 불을 더 일으키는 듯한 느낌이 있었다. 그러나 그 여자는 의주통으로 향하여 가버리었다. 그 여자가 의주통으로 갔다고 언제든지 의주통 방면에 풀로 붙인 듯이 있을 것은 아니겠지마는, 내가 전차를 몰아 그곳을 갈 때나 올 때나 또는 옆으로 지날 때, 그를 생각하고 언제든지 그쪽을 향하여 보았다.

11월 17일 맑음[晴]

나는 어제 하루를 논 후에 오늘은 야근을 하게 되었다. 오늘은 동대문서 청량리를 향하여 떠나게 되었다. 오후 여덟 시나 되어 날이 몹시 추워졌다. 바람도 몹시 불기를 시작하여 먼지가 안개처럼 저쪽 먼 곳으로부터 몰아온다. 여름이나 봄가을에는 장안의 풍류남아 쳐놓고 내 손에 전차표를 찍어보지 않은 사람이 별로 없을 것이요, 내 손 빌리지 않고 차 타지 않은 사람이 별로 없을 것이다. 그러나 오늘은 일요일은 일요일이지마는 나뭇잎은 어느덧 환란이 들어서 시름없이 떨어지고 수척한 나무들이 하늘을 뚫을 듯이 우뚝우뚝 솟았는데, 갈가마귀 떼들이 보금자리로 돌아간 지도 얼마 되지 않고 다만 시골의 나무장수와 소몰이꾼들의 "어디어! 이놈의 소" 하는 소리가 들릴 뿐이다. 탑골 승방, 영도사 또는 청량사 들어가는 어귀는 웬일인지 전보다 더욱 쓸쓸해 보인다.

우리 차는 다시 동대문에 갖다 놓았다. 내가 트롤리를 돌려대고 다시 차 안에 올라서서 차 떠날 준비를 하려 할 때, 차 안을 들여다보니까 그저께 새벽에 만났던 여자가 그 안에 앉아 있다. 나는 반갑기도 하고 또 한편으로는 놀랍기도 하여 한참이나 물끄러미 건너다보고 있었다. 가슴속에서 타기를 그쳤던 그 피가 다시 한꺼번에 활짝 타오르기를 시작하였다. 그리고 속으로는,

'얘! 이거 자주 만난다!'
하는 생각이 나면서 웬일인지 차디차게 식은땀이 뒤 잔등이에 솟아오르는 것을 깨달았다.

전차가 떠나기를 시작한 후 전차표를 받으러 속으로 들어갈 때에 나는 또다시 그에게 그의 손으로 주는 차표를 받을 생각을 하니까 웬일인지 공연히 마음이 두근두근하여지는 것이 온몸이 확확 달은 듯하였다. 두어 사람의 표를 찍어준 뒤에 나는 그 여자 앞에 가서 손을 내밀었다. 그때 나의 생각은 관습적으로 나의 손을 내밀면은 으레 전과 같이 지갑을 열어서 그 속으로부터 돈을 끄집어내려니 하였었다. 그러면 내 손으로 찍어서 내 손으로 주는 전차표를 그 여자는 가지고 앉아 있다가 그것을 다시 운전수에게 주고 내리려니 하였다. 그러나 그 여자는 나의 손 내미는 것은 본체만체하였다. 도리어 성난 사람처럼 암상스러운 얼굴로 딴 곳만 보고 앉았다.

"표 찍으시오."
하고 나는 그에게 주의하기를 재촉하였으나, 그는 역시 아무 말 없이 앉아 있다가 나를 한번 흘끔 쳐다보는 게 어쩐지 거만한 듯하였다. 그러더니 다시 저쪽 두어 사람이나 격하여 앉아 있는 사람 하나를 고개를 기웃하고 건너다보았다. 그러니까 그 앉아 있는 사람이 잊어버렸던 것을 깨달은 것처럼 잠깐 놀라는 듯한 표정을 하더니 주머니에서 돈지갑을 꺼내며,

"여기 있소!"
하고 금테 안경 너머로 꺼먼 눈동자를 흘기며 나를 불렀다.

'이게 웬 것이냐?'

하는 놀라운 생각이 나며 하는 수 없이 그 남자 편으로 가려 하나 그 여자를 다른 사람처럼 그대로 본체만체 홱 돌아설 수는 없었다. 나는 다시 한 번 그 여자를 훑어본 후 그 남자—금테 안경 쓰고 윗수염을 까뭇까뭇하게 기르고 두 눈 가장자리가 푸르둥하고 콧날이 오뚝한 삼십이 넘을락 말락 한 사람으로, 얼핏 보면은 미두 시장이 아니면 천냥만냥 패 같은 사람—에게로 가니까 그는 자랑스러운 듯이 지갑 속에서 일 원짜리 한 장을 꺼내어 할인 승차권 하나를 사더니 석 장만 찍으라 하였다. 나는 석 장 찍으라는 소리에 그 옆에 앉아 있는 양복 얌전하게 입고 얼굴이 대리석으로 깎은 듯한 기리시아(그리스) 타입의 청년이 같이 가는 남자인 것을 알게 되었다.

차표를 다 찍어주고 차장대에 나와 섰을 때에 웬일인지 그 차표 내주던 남자가 밉고 또는 더럽고 질투성스러워 못 견디었다.

전차가 영도사 들어가는 어귀에 정거를 하자 그들은 거기서 내렸다. 이것을 보고서 나는 의심이 일어나기 시작하였다. 그 차표를 사던 남자가 나의 눈으로 보기에 어째 부랑성浮浪性을 띤 듯하였고, 또는 그 눈이나 입 가장자리가 몹시 음탕하여 보였으며, 그가 그 여자를 데리고 음부탕자가 비교적 많이 오는 한적한 절로 들어가는 것이 장차 무슨 음탕한 사실이 그 속에서 생길 듯하여 공연히 그 남자가 미운 동시에 끌려가는 그 여자에게 동정이 갔다. 전차 차장의 직업이 그리 귀하지도 못한 것을 나는 안다. 비교적 얕은 지위에 있어서 어떠한 계급을 물론하고 날마다 그들을 만나게 되는 동시에 이와 같이 수상스러운 사람들을 많이 보지마는 이러한 수상스러운 남녀를 볼 적이면 공연히 욕도 하고 싶고 그들을 잠깐이라도 몹시 괴롭게 하고 싶은 생각이 나는데, 이번에 본 이 여자로 말하면 처음에 그와 같이 남루한 의복에다가 또 한 푼 없이 나에게 전차표를 얻어 가던 자로서 오늘 와서 나를 대하는 태도가 몹시 거만하고, 또한 작은 은혜나마 은혜를 모르는 것이 가증한 생각이 들기는 들면서도 웬일인지 나의 가슴 가운데 있는 정서를 살살 풀리게 하는 듯하였다. 그래서 그들을 떼어 보낼 때 나의 마음은 또다시 섭섭하였다.

12월 15일 맑음[晴]

오늘 일기는 따뜻한 일기다. 그런데 어저께 나는 우리 동관들에게서 이상한 소문을 하나 들었다. 내가 맨 처음 어느 날 새벽에 파고다 공원 정류장에서 만나던 때와 같이 그 여자가 역시 새벽마다 전차를 타고서 의주통으로 향하여 간다는 말을 들었다. 그 모습과 또는 행동이 여러 사람의 입에서 나오는 말과 나의 기억으로 내 머릿속에 그려놓은 것이 꼭꼭 들어맞는 까닭에 그 여자로 인정할 수가 있었다. 나는 이 말을 듣고서 일종의 호기심이 생기어서 나의 당번도 아닌데 남이 가지고 가는 새벽 첫차를 같이 탔다. 그러고서는 전차가 파고다 공원 앞에 정거를 할 때에 나는 얼핏 바깥을 내다보았다. 즉시 내가 탄 전차와 상치나 되지 않을까 하는 염려가 있어서 많은 요행을 기대하는 생각으로 그 여자를 만나보려 할 때 과연 그 여자가 전차를 기다리고 있었다. 그 여자뿐만 아니라 그 옆에는 어떠한 남자 하나가 그 여자의 어깨에 자기 어깨가 닿을 만큼 붙어 서서 무슨 이야기인지 정답게 하는 것을 보았다.

전차에 오르는 여자는 그전에 몸을 차리던 것과 판이하여졌다. 전에는 머리를 쪽 찌고 신을 신었더니 지금 와서는 양머리에 구두를 신었다. 그리고 전에 볼 적에는 몰랐더니 지금에 이 여자를 보고 전에 그 여자를 생각하니까 전에 있던 시골티와 어색한 것이 모두 없어지고 도리어 무엇엔지 시달려서 손때가 쪼르르 흐르는 듯하였다. 날이 추우니까 몸에다가는 망토를 입었는데, 쥐었다 펴기도 하고 꼼지락꼼지락하는 손가락에는 한 달 전에 없던 금반지가 전등불에 비치어 붉은빛을 반짝반짝 반사한다. 그는 나를 한번 쳐다보더니 여러 번 만나는 것이 신기하다는 듯이 익숙한 눈으로 쳐다보았다.

그러자 그 남자도 전차를 탔다. 그 남자라고 하는 사람은 한 달 전에 영도사를 나갈 적에 같이 가던 그 양복 입은 젊은 사람이었다. 영도사를 나갈 적에는 이 젊은 사람이 뒤떨어져서 홀로 비싯비싯 좇아가는 것을 보았는데 오늘은 자기가 이 여자를 독차지하고서 승자의 자랑스러운 모양을 나타내는 것을 볼 수 있었다.

"귀찮아서 죽을 뻔하였어?"

그 여자는 아양이라면 아양, 응석이라면 응석이라고 할 만한 말소리로 그 남자에게 대하여 이런 말을 하고서는 한숨을 내쉬었다.

"왜 진작 오실 일이지 시간이 지나도록 오시지를 않으셨소? 어떻게 기다렸는지 모르는데……."

남자는 차 안에서 그런 말을 하면은 딴 사람이 들으니 아무 말도 않는 것이 좋다는 듯이 그 말대답은 하지 않고 가만히 있다. 눈치를 챈 여자는 입을 다물더니 무안한 듯이 고개를 돌이키고 전차가 정거할 정류장의 붉은 등만 기다리는 듯이 내다보고 있다.

차가 종로에 와 서자 그 두 사람은 일어서 내렸다. 나는 오늘 생각한 바가 있으므로 그들을 따라서 내렸다. 나는 그들이 재판소 앞 정류장을 향하여 가는 것을 보았다. 그리고 혹시 그들에게 의심을 사지나 않을까 하여 멀찍이 서서 뒤를 따랐다. 그들이 사면에 사람이 없다는 것을 기회로 생각하고서 서로 손목을 잡는 것을 나는 보고서 나의 온몸이 불덩어리 같아지고 내가 창피한 생각이 났다.

재판소 앞에 가더니 그들은 멈칫하고 섰다. 그리고 무엇이라 무엇이라 하더니 다시 그들은 재판소 옆 좁은 골목으로 들어섰다. 이번에는 가까이 쫓아가 보리라 하고서 뒤를 바짝 쫓으매 그들은 내가 따라가는 줄도 모르고서 이야기를 정답게 하면서 갔다.

"오늘 제가요! 그이더러 다시 만나지 않겠다고 해버렸지요. 그러니까 껄껄 웃으면서 알았다 알았다 하며 얼핏 승낙을 하던데요."

"무엇을 알았다고?"

"당신하고 이렇게 된 것을 말이오."

"눈치야 챘겠지!"

"그렇지만 그이는 남의 생각은 조금도 해주지를 않아요. 같이 살려면은 같이 살 도리를 차려준다든지, 그렇지 않으면 할 수 없으니 너와 나와 깨끗하게 갈라서자고 한다든지, 무슨 말은 없고 그저 질질 끌면서 오늘낼 오늘낼 하기만 하니 어떻게 그런 사람을 바라고 살아요? 날마다 밤중이면 사람을 끌어다가 새벽이면은 보내어서 한번 바래다주기를 하나요."

남자는 아무 말이 없다가,

"우리 집에 가서 몸이나 좀 녹여가지고 가지……."

"너무 늦으면 어떻게 해요?"

"무얼! 집에 가면 또 무엇을 해? 할 것도 없으면서……."

"할 거야 별로이 없지마는, 너무 자주 가면 딴 방 손님들이라도 이상히 알지 않겠어요?"

"괜찮아! 누군지 아나?"

"왜 몰라요, 눈치를 채지요."

이렇게 말을 하는 동안에 어느덧 어떠한 여관 앞에 두 사람이 서 있었다. 그 여관 문 개구멍으로 손을 넣어 고리를 벗기더니 두 사람은 종적을 감추어버렸다. 나는 다시 어찌할 수가 없었다. 앞길을 탁 막아놓은 것같이 멀거니 서 있기만 하였다. 그 여관 속에는 반드시 무슨 수상한 일이 있을 것을 알았으나 그것을 알 길이 없었다. 하는 수 없이 멍멍히 돌아올 때 그 집 담 모퉁이를 돌아서려니까, 불이 환하게 비치는 들창 속에서 남자와 여자의 지껄이는 소리가 들리며 미닫이를 닫는 소리가 들리었다. 나는 옳지! 이 방이로구나 하는 생각이 들며 귀를 기울여 듣고 있었다. 조금은 아무 말이 없어서 공연히 나의 가슴이 아슬아슬하여졌다. 그러더니 옷이 몸뚱이에서 미끄러져 벗어지는 소리가 연하게 들리더니 기침 소리 두어 번이 나며 전깃불이 확 꺼지었다. 나는 모든 것이 더러웠다. 내 가슴속에서 부드럽고 따뜻하게 타던 모든 것이 그대로 꺼져버렸다. 옆에 있는 개천에 침을 두어 번 뱉고서 큰 길로 돌아섰다.

— 〈개벽〉 제54호, 1924. 12.

계집 하인

1

박영식은 관청 사무를 끝내고서 집에 돌아왔다. 얼굴빛이 조금 가무스름한데 노란빛이 돌며, 멀리 세워놓고 보면 두 눈이 쑥 들어간 것처럼 보이도록 눈 가장자리가 가무스름한데 푸른빛이 섞이었다. 어디로 보든지 호색하는 사람이 아니라고 할 수가 없는 삼십 내외의 청년이다.

문에 들어선 주인을 본 아내는 웃었는지 말았는지 눈으로 인사를 하고 모자와 웃옷을 받아서 의걸이에 걸며,

"오늘 어째 이렇게 일찍 나오셨소?"

하며 조금 꼬집어 뜯는 듯한 수작을 농담 비슷이 꺼낸다. 영식은 칼라를 떼면서 채경 앞에 서서,

"이르긴 무엇이 일러, 시간대로 나왔는데."
하고 피곤한 듯이 약간 상을 찌푸렸다.
"누가 퇴사 시간을 몰라서 하는 말요?"
"그럼."
"오늘은 밤을 새고 들어오지를 않았으니까 말예요."
영식이 아내는 구가정부인으로 나이가 한두 살 위다. 거기다가 애를 여럿 낳고 또 시집살이를 어려서부터 한 탓으로 얼굴이 몹시 여윈 데다가 몸에 병이 잦아서 영식이에게 대면 아주머니뻘이나 되어 보인다. 그런 데다가 히스테리 기운이 있어 몹시 질투를 하는 성질이 생기었다.
"내가 언제든지 밤을 새우고 다녔소? 어쩌다 한번 그런 때가 있지."
"어쩌다가 무엇이오? 나는 뻔뻔스러워서도 그런 말은 할 수가 없겠소."
"무엇이 뻔뻔하단 말이요? 어제저녁 하루밖에 더 새고 들어왔소?"
"무어요? 아이 기가 막혀. 그끄저께에는 새벽 다섯 시에 들어왔죠. 또 지난번 공일 날은 일곱 시에나 들어오지 않으셨소?"
영식은 씽긋 웃어 굴복한다는 뜻을 표하고도 그래도 버티어보느라고,
"그때야 연회에서 늦어서 자연히 그렇게 되었지 내가 일부러 그랬나?"
"저런, 걸핏하면 연회니 하고 아무것도 모르는 구식 여자라고 속이것다. 그렇지만 나는 못 속여요. 그 이튿날 당신 양복 주머

니를 보니까 하이칼라 향수 냄새가 나는 여자 수건이 들었는데 그래?"

"허허 수건이 있기로 그렇게 이상할 건 없지. 요릿집에서 기생의 수건을 술김에 넣고 온 게지."

이 말을 듣더니 주인 아내는 서랍을 와락 열더니 꽃봉투에 넣은 편지 한 장을 쑥 내놓으며,

"이것도 요릿집에서 술김에 넣어준 손수건요? 자! 어서 오늘 저녁에는 이 편지한 여자에게 가서 밤이나 새고 오시우! 나같이 늙어빠진 년을 어떻게 당신같이 젊은이가 생각할 수 있겠소. 밥이나 짓고 빨래나 하지."

영식은 봉투를 물끄러미 보다가 상을 잠깐 찌푸리며,

"이게 어디서 왔소?"

하며 피봉을 이리저리 뒤적거려 보았다. 주인 아내는 소리를 포달스럽게 툭 쏘아서,

"누가 알우! 그것을 날더러 물어본단 말요. 저런 사내들은 능청맞단 말야. 편지하라고 번지수 아르켜줄 적은 언제고 지금 와서 시치미를 딱 떼고 어름어름한다."

영식은 아무 말도 하기 싫다는 것 모양으로 입을 다물고 있다가,

"편지 보낸 사람의 주소와 이름이 없으니 누군 줄 알 수 있나……."

속으로 벌써 알아챈 것이 있으나 부인이 옆에서 감시를 하므로 어물어물하는 수작을 한다.

"보내는 사람의 주소와 이름을 쓰지 않은 것을 보면 주소나

이름을 말할 것도 없이 안다는 뜻이 아니오. 어서 반갑거든 그대로 반갑다고 그래요. 다른 사연 있겠소? 오늘 밤에 오라는 것이겠지."

"아따 퍽도 그러네. 편지를 한두 장 받는 터가 아니요, 어떻게 안단 말이오. 하지만 누군지는 몰라도 남에게 편지를 하려면 자기의 이름과 주소를 쓰는 법이지…… 아냐 도루 우체통에 넣어 버려."

하고 짐짓 화나는 체하고 편지를 뜯지도 않고 장머리에다 올려놓았다. 그것은 아내의 마음이 풀리면 슬그머니 갖다 보자는 수작이다.

"왜 보시지를 않소? 어서 보고 가보시구려. 내 혼자 집 보고 있을게."

서로 이렇게 찧고 까불다가 아내가,

"대관절 나는 혼자 살림살이는 참 못 하겠소."

하고 주인의 약점을 쥐인지라 거침없이 요구가 나온다.

"할멈이 간 후에 혼자 숱한 살림살이를 하자니까 사람이 죽겠구려."

"왜 사람 하나를 얻으라니까 얻지 않고 그래."

"사람이 어디 그렇게 입에 맞은 떡처럼 있소."

"그래도 수소문하면 있겠지."

"그런데 나리."

이번에는 아내 쪽이 수그러지며 말소리가 공손해진다.

"왜 그러우?"

하는 영식의 얼굴에는 위엄을 꾸몄다.

"저 오늘 박 주사댁이 와서 사람 하나를 지시하마 하였는데 당장에라도 불러올 수 있다고, 자식도 없고 서방도 없는데 일을 썩 잘한대."

하며 주인을 타이르기에 전력을 다하다시피 한다.

"나이는 얼마나 되었는데?"

영식이 나이 묻는 것도 싫어서,

"나이는 아무렇거나 알아 무엇하시료?"

"아따 나이 좀 물은 것이 잘못이란 말이오?"

"나이는 퍽 젊답디다. 자세히 물어보지는 않았으나 그렇지만 일도 잘하고 사람도 괜찮대."

나이 젊다는 것을 들은 영식은 비록 이상한 야심이 생긴 건 아니지만 쓸데없는 호기심이 생기어서,

"그러면 데려오구려. 월급은 전에 있던 노파와 똑같이 주겠지?"

"그렇지."

아내는 잠깐 주저주저하더니 말할 듯 말 듯 급기야 입을 열어서,

"그런데요, 인물이 어떻게 생겼는지는 알 수 없으나 박 주사댁 말을 들으면 인물 하나가 안되었다고."

주인이 말을 듣더니,

"인물이 어떻기에?"

하며 놀라는 듯이 아내를 본다.

"그게 아니라 어려서 불에 디어 얼굴을 찍어맸다구요."

"그럼 보기 싫을걸."

"그래서 박 주사댁도 보고서 쓰려거든 쓰고 말려거든 말라는데 얼굴이야 무슨 상관 있소, 일만 잘하면 고만이지."

"그렇지만 너무 보기 싫으면 어떻게 하우?"

"보기 싫어도 눈 있고 코 있겠지. 반쪽은 아닐 테니까."

"하지만 안됐어, 사람이란 인상이 나쁘면 못써. 더구나 친구가 많이 다니는 우리 집에서 불쾌하게 보여서는 안 될걸. 외국에서는 호텔이나 큰 상점의 여사무원도 무엇보다도 인물 시험부터 본다우."

"글쎄 인물만 해반주그레하면 무엇하우. 일이 첫째 목적인데 일만 잘하면 고만이지 인물만 이쁘면 첩을 삼을 테요? 회똑회똑하고 석경 앞에서 떨어질 줄이나 모르면 그런 고질을 어떻게 한단 말요?"

"그래도 사람은 외양에 있지, 그렇게 보기 싫거든 조금 더 기다려보아서 다른 데 마땅한 것을 데려오지."

아내는 화를 버럭 내며,

"글쎄 딱하기도 하시우. 어느 천년에 다른 것을 데려온단 말요, 좀 보."

하고 툇마루 끝으로 나가서 빨래 광주리를 헤치면서,

"이렇게 빨래가 쌓였구려. 요새처럼 날 좋을 때 하지 않고 언제 한단 말요. 그나 그뿐요, 큰댁 생신이 며칠 안 남았는데 그동안에 준비는 누가 다 하우? 옷도 한 벌씩은 지어 입어야지. 어린 것들은 벌거벗겨 데리고 가우? 나는 시방이라도 데려올 터이야."

"그런 것이 아냐. 왜 김 주사 집에 있던 사람 얌전하드군. 일주일만 지내면 오마고 했으니 그 사람을 데려오지."

아내는 하품을 하며,

"아이 일주일을 언제 기다린단 말요. 나는 모르겠소. 남의 생각은 조금도 할 줄 모르니까, 내가 부릴 사람 내가 데려온다는데 웬 걱정들요."

"그럼 나는 모르겠소. 하고 싶은 대로 하구려. 내 그렇게 악지를 쓰는 것은."

하고 돌아앉으니까 아내는 그 말이 떨어지기가 무섭게,

"염려 말아요. 내 데려올게."

2

그날로 양천집이 왔다. 오고 본즉 주인 아내도 유쾌치 못할 만치 흉한 얼굴을 가졌다. 한쪽 얼굴이 눈 하나를 어울러서 빰까지 대패로 깎은 듯하고 따라서 눈알이 껍질이 벗겨져서 툭 불그러졌다. 그래 한 눈이 유달리 크므로 다른 한쪽은 또한 몹시 작아 보인다. 거기다가 곰보요 머리는 쥐가 뜯은 것처럼 군데군데 났다. 단 손이 크고 발이 크다.

그러나 아내는 말을 하지 못하고 다만 남편이 들으라는 듯이,

"참 꼴불견이라드니 게 두고 맞췄지. 일은 참 잘해요. 설거지하는 것이라든지 쓰레질하는 것이 또 황소와 같이 세차게 해."

하고 남편 옆에서 넌지시 말을 하였다. 주인은 그 말을 들은 체만 체 하고 신문만을 보고 앉아 있다.

며칠이 지났다. 양천집의 흠이 나타나기 시작하였다. 시골서 아무렇게나 자라난 데다가 이리저리 떠돌아다녀서 배운 것 없고 본 것이 없어서 어른 아이 알아볼 줄을 모르고 말버릇이 없다. 거

기다가 성미가 뾰롱뾰롱하고 소갈머리가 없어서 어떤 때는 주인 아내의 눈짓하는 것도 모르고 제멋대로 하는 때가 있다. 그럴 때마다 주인은 상을 찌푸리고 코웃음을 친다.

어떤 때는 통내외하고 다니는 친구가 와서 보고 주인 귀에다 몰래,

"내보내게 못쓰겠네. 첫째 남볼썽이 사놔"

하며 권고를 한다. 그럴 때마다 주인은,

"나도 아네. 하지만 온 지가 열흘도 못 된 것을 어떻게 내보내나. 차차……."

하고 대답만 하여두었다. 이 눈치를 챈 주인 아내는 그 친구를 몹시 미워하기 시작하였다.

"별걱정을 다 하네. 오지랖도 꽤 넓지 남의 집 살림 걱정까지 하게.

하며 옆에다 세워놓고 욕을 할 적이 있었다. 그럴 적마다 주인은 치밀어 올라오는 분을 참는다. 학교 다니는 열두 살 먹은 큰아들도 걸핏하면,

"찍어뱅이 애꾸눈이!"

하고 놀려먹는다. 그러면 그런 때마다 몽둥이찜이 내린다. 그것이 도화선이 되어 내외 쌈이 된다.

"집안의 위엄이 너무 없어."

하고 남편이 호령을 하면 아내는,

"자식들이 너무 버릇없어."

하고 대든다. 공연히 사람 하나 데려온 것이 집안을 불화하게 만들어놓았다.

그러자 양천집에게 하루는 기별이 오기를, 동서가 죽었는데 초상 볼 사람이 없으니 급히 와달라 하였다.

양천집은 황망히 그리로 갔다. 일을 하다 말고 갔으므로 주인 아내는 어쩔 줄을 몰랐다. 어떻든 속히 오라고 하기는 하였으나 한시가 액액한지라 혼자 걱정만 하고 있었다.

그때에 주인은 생각하기를 이런 좋은 기회를 잃지 말고 다른 것을 불러오겠다 하였다.

그래서 하루는 아내를 동정하듯이,

"일하던 것을 그대로 두고 가서 어떻게 한단 말이오!"

하고 은근히 의논을 하였다.

"글쎄 말요. 빨래는 하다 말고 그대로 내버리고 가서 그것도 걱정이오. 내가 손이 나야 바느질이라도 할 터인데."

주인은 이 말을 듣더니,

"그것이 오고 가는 데 적어야 이틀은 걸릴 것이요 초상을 치르자면 사흘은 걸릴 터이니, 적어도 닷새는 될 터이란 말야."

"그래요. 허지만 어디 그렇게 꼭꼭 날짜대로 일이 되오, 조금 늦기가 쉽지."

"그러면 여보, 그것이 다녀올 때까지 김 주사 집에 있던 것을 데려다 둡시다."

이 말에 솔깃한 아내는,

"하지만 어떻게 왔다가 도루 가라고 그런단 말요?"

"무얼, 돈냥이나 더 주면 고만이지."

"글쎄."

피차 타협이 되어 김 주사 집에 있던 점순 어멈을 데려왔다.

사람이 체나서 영리하고 인물도 반반하며 일도 하질 못하지 않고 말솜씨라든가 어린애 보는 것이 주인 맘에는 물론이요 아내의 맘에도 솔깃하였다.

그러나 주인 아내는 쓸데없이 의심을 내어서 주인이 점순 어멈에게 하는 행동을 눈여겨보지 않는 것이 없다.

'점잖은 사람이 그럴 리가 있나.'

하고 혼자 위로도 하였다가,

'그렇지만 알 수 있어야지, 그런 짓이란 옛날부터 없는 일이 아니고.'

하며 공연한 걱정을 한다. 그런 기색을 볼 때마다 주인은 혼자 웃으면서 속으로는 일상 같이 노는 기생 점고만 하고 앉아 있다.

일주일이 지났는데도 양천집이 오지를 않다가 열흘이 넘어서야 왔다. 문간에 들어서기 전까지도 혹시 내가 늦게 와서 다른 사람을 그동안 두지나 아니하였을까 하는 걱정이 생기며 공연히 가슴이 두근거렸다. 시골서 서울까지 걸어오는 길에서도 손가락을 꼽아가며,

'벌써 열흘이지.'

하다가,

'만일 다른 사람이 있으면 나는 내쫓길 터인데.'

하고 걱정이 되어 애꾸눈을 두리번두리번하였다.

'실상은 늦게 오랴 늦게 온 것이 아니라 짚신이 떨어져서 그 값을 버느라고 옆엣집 방아를 이틀 동안 찧어준 죄밖에는 없는데.'

이렇게 걱정이 되어서 궁리가 대단하여,

'만일 나가라면 그 집에서 찾을 돈이 얼마나 되누. 열흘 동안

있었으니 한 달에 삼 원을 몇으로 쪼개야 되나.'
하고 길거리에 앉아서 모래알을 서른 개 주워가지고 닷 냥 열 냥 하고 삼십 분이 넘도록 셈을 보아서 일 원이라는 것을 발견은 하였으나 그래도 자기의 구구를 믿을 수가 없어서 어떤 주막에 들어가,

"여보, 영감님!"

하고 사정 이야기를 하고 자기 구구가 맞았느냐고 물어보았다. 그 늙은이 역시 한참 있다가 꾸물꾸물하더니,

"그런가 보외다."

하고 몽롱하게 대답을 한다. 기연가미연가하여 반신반의로 어떻든 일 원은 주겠지 하고 서울까지 왔다.

문을 열고 들어서니까 낯선 사람 하나가 밥솥을 씻는다. 두 사람의 눈이 마주칠 때에는 마치 고양이가 쥐 노리듯 무서웁고 암상스러운 질투의 광채가 두 눈에서 번개처럼 번득이었다. 서로 자기의 지위와 자리를 빼앗기지 아니하려고 경계를 하였다.

"어서 오게."

주인 아내가 나오며,

"왜 이렇게 늦었어?"

하는 소리는 풀이 없고 쌀쌀한 듯하게 양천집 귀에 들렸다.

"급히 볼일이 있어 늦게 왔어요."

"무슨 볼일이 그리 급했담?"

양천집은 마루 끝에 와 서서 주인 아내를 보며,

"저 사람은 누구예요?"

하며 부엌을 가리켰다.

"응 새로 온 사람야."

양천집은 얼굴이 빨개졌다. 그러고는 얼마간 아무 말이 없다가 속으로 헤아려보았다. 저 사람은 자기보다 우선 인물이 곱다는 것이 여간 샘이 나지 않았다. 또는 자기처럼 투박한 시골 사람이 아니라는 것이 샘이 났다.

"어떻든 다리나 좀 쉬게. 그리고 되는대로 결말을 내줄 터이니."

처음에 온 양천집과 나중 온 점순 어멈 사이에는 암투가 시작되었다. 그 암투는 결코 상대자를 해하는 것이 아니라 자기의 힘과 정성을 다하여 주인에게 잘 보이려는 것이었다.

점순 어멈이 밥상을 보면 양천집은 설거지를 하고, 양천집이 마당을 쓸면 점순 어멈은 마루를 훔쳤다. 방이 끝나면 세간을 닦고 먼지를 털면 물을 뿌렸다. 네가 하면 내가 한다, 서고 겨끔내기로 하는 바람에 좋아지기는 주인밖에 없다. 나중에는 주인의 구두 닦기며 뒷간까지 말끔히 쓸어놓았다.

그날 저녁 주인 내외는 서로 앉아서 의논을 하였다.

"어떻게 해야 좋겠소?"

"글쎄."

"하나는 있던 것이니까 박절히 가라 할 수 없고 또 나중 온 것은 며칠 되지 않았는데 어떻게 가라고 해요?"

"허지만 제가 가서 늦게 오기 때문에 사람을 둔 것이지 제가 속히 왔어도 두어?"

하고 전 것을 내미는 말을 하였다.

"그렇지만 나중 온 것은 나리 말씀과 마찬가지로 임시로 두기로 하지 않았소?"

하며 아내는 전 것을 그대로 둘 의향이다.

"아따 그때는 그랬지만 사람 둘을 놓고 보아요, 어느 것이 나은가?"

"사람이야 둘이 다 괜찮지."

"무엇이야? 둘이 다 괜찮다니. 그래 얼거뱅이 찌그렁이에다 암상군이요, 또 보고 배운 것이 없는 것과 인물 얌전하고 말솜씨 있고 사람 영리한 것하고 똑같단 말요? 온 말을 해도 조금이나 동에 닿는 말을 해야지."

"그렇지만 경우가 그렇지 않소."

"경우가 무슨 경우야, 내 돈 주고 나 사람 쓰는데 내 맘에 들면 두고 그렇지 않으면 내보내는 것이지 경우가 다 무엇이야."

이렇게 싸우다가 결국은 돈 소리에 아내가 고개가 숙여지기 시작한다. 남편은 증을 와락 내이면서,

"아따 맘대로 하구려, 나는 그런 돈을 낼 수가 없으니 나중 것을 두든지 먼첨 것을 두든지 멋대로 하우."

하고 돌아 드러눕는다. 아내는 남편을 타이르려고,

"그렇게 화까지 내실 것이 있어요? 좋을 대로 하지."

그 이튿날 점순 어멈과 양천집은 아침을 해 치르기 전에 주인 앞에 서서 간택하기를 기다렸다. 영리한 점순 어멈은 벌써 자기가 승리자인 것을 알아채고서,

"나리 처분대로 하시오."

하고 금치 못하여 나타나는 기꺼운 빛이 얼굴에 보이고 양천집은 자기 자리를 빼앗긴 것이 분하여,

"제가 있어야 옳지요. 제가 다니러 간 새에 저 사람은 임시로

와 있으니까요."
하고 잡았던 것을 빼앗기는 사람이 그것을 빼앗기지 않으려는 듯이 억지 겸 변명을 한다.

"그렇지만."

주인은 엄연히 서서,

"자네는 가서 오지 않았으므로 저 사람을 둔 것이지 자네를 내보내려고 그러한 것은 아냐. 그러니까 오늘부터는 둘 수가 없으니 요량해 하게."

점순 어멈은 북받치는 즐거움을 이길 수가 없어서 돌아서 씽긋 웃었다. 양천집은 눈물이 그렁그렁하다.

"그렇지 않습니다. 저 사람은 제가 올 때까지 잠깐 와 있던 사람이요, 저는 처음부터 있었으니까요."

"그러니 어쨌단 말야. 나는 더 말할 수 없어."
하고 사랑으로 나갔다.

주인 아내도 하는 수 없다는 듯이,

"나리께서 그렇게 말씀을 하시니 나도 헐 말이 없네."

짝짝이 눈에서 눈물이 흐르며 그는 마지막으로 힘 있게 하는 소리가,

"그러면 제가 받을 돈이나 주세요."
하고 손을 내밀었다.

"그것야 그러지."
하고 아내는 돈 일 원과 약간의 은전 몇 푼을 갖다 쥐여주며,

"자, 미안하니 신이나 한 켤레 사 신게."
하고 양천집의 손에 돈이 놓일 제, 그는 눈물이 젖은 얼굴이 반갑

고 좋은 마음에 실룩실룩하고 떨리더니 마음이 적이 풀리어 인사를 하고 문밖으로 나갔다.

— 〈조선문단〉 제8호, 1925. 5.

벙어리 삼룡이

1

내가 열 살이 될락 말락 한 때이니까 지금으로부터 십사오 년 전 일이다.

지금은 그곳을 청엽정이라 부르지만 그때는 연화봉이라고 이름하였다. 즉 남대문에서 바로 내려다보면은 오정포가 놓여 있는 산등성이가 있으니 그 산등성이 이쪽이 연화봉이요, 그 새에 있는 동리가 역시 연화봉이다.

지금은 그곳에 빈민굴이라고 할 수밖에 없이 지저분한 촌락이 생기고 노동자들밖에 살지 않는 곳이 되어버리었으나 그때에는 자기네 딴은 행세한다는 사람들이 있었다. 집이라고는 십여 호밖에 있지 않았고 그곳에 사는 사람들은 대개 과목밭을 하고, 또는 채소를 심거나 그렇지 아니하면 콩나물을 길러서 생활을 하여갔었다.

여기에 그중 큰 과목밭을 갖고 그중 여유 있는 생활을 하여가는 사람이 하나 있었는데, 그의 이름은 잊어버렸으나 동리 사람들이 부르기를 오 생원이라고 불렀다.

얼굴이 동탕하고 목소리가 마치 여름에 버드나무에 앉아서 길게 목 늘여 우는 매미 소리같이 저르렁저르렁하였다.

그는 몹시 부지런한 중년 늙은이로 아침이면 새벽 일찍이 일어나서 앞뒤로 뒷짐을 지고 돌아다니며 집안일을 보살피는데 그 동리에는 그가 마치 시계와 같아서 그가 일어나는 때가 동리 사람이 일어나는 때였다. 만일 그가 아침에 돌아다니며 잔소리를 하지 않으면 동리 사람들이 이상하여 그의 집으로 가보면 그는 반드시 몸이 불편하여 누웠었다. 그러나 그와 같은 때는 일 년 삼백육십 일에 한 번 있기가 어려운 일이요, 이태나 삼 년에 한 번 있거나 말거나 하였다.

그가 이곳으로 이사를 온 지는 얼마 되지는 아니하나 언제든지 감투를 쓰고 다니므로 동리 사람들은 양반이라고 불렀고, 또 그 사람도 동리 사람들에게 그리 인심을 잃지 않으려고 설달이면 북어쾌 김 톳씩 동리 사람에게 나눠 주며 농사에 쓰는 연장도 넉넉히 장만한 후 아무 때나 동리 사람들이 쓰게 하므로 그 동리에서는 가장 인심 후하고 존경을 받는 집인 동시에 세력 있는 집이다.

그 집에는 삼룡이라는 벙어리 하인 하나가 있으니 키가 본시 크지 못하여 땅딸보로 되었고 고개가 빼지 못하여 몸뚱이에 대강이를 갖다가 붙인 것 같다. 거기다가 얼굴이 몹시 얽고 입이 크다. 머리는 전에 새 꼬랑지 같은 것을 주인의 명령으로 깎기는 깎았으나 불밤송이 모양으로 언제든지 푸 하고 일어섰다. 그래 걸어다니는 것을 보면 마치 옴두꺼비가 서서 다니는 것같이 숨차 보이고 더디어 보인다. 동리 사람들이 부르기를 삼룡이라고 부르는 법이 없고 언제든지 '벙어리' '벙어리'라고 하든지 그렇지 않으면 '앵모'[1] '앵모' 한다. 그렇지만 삼룡이는 그 소리를 알지 못한다.

그도 이 집 주인이 이리로 이사를 올 때에 데리고 왔으니 진실하고 충성스러우며 부지런하고 세차다. 눈치로만 지내가는 벙어리지마는 말하고 듣는 사람보다 슬기로운 적이 있고 평생 조심성이 있어서 결코 실수한 적이 없다.

아침에 일어나면 마당을 쓸고 소와 돼지의 여물을 먹이며, 여름이면 밭에 풀을 뽑고 나무를 실어 들이고 장작을 패며, 겨울이면 눈을 쓸고 잔심부름과 진일 마른일 할 것 없이 못하는 일이 없다.

그럴수록 이 집 주인은 벙어리를 위해주며 사랑한다. 혹시 몸이 불편한 기색이 있으면 쉬게 해주고, 먹고 싶어 하는 듯한 것은 먹이고, 입을 때 입히고 잘 때 재운다.

그런데 이 집에는 삼대독자로 내려오는 그 집 아들이 있다. 나이는 열일곱 살이나 아직 열네 살도 되어 보이지 않고 너무 귀엽게 기르기 때문에 누구에게든지 버릇이 없고 어리광을 부리며 사람에게나 짐승에게 잔인 포악한 짓을 많이 한다.

1 '벙어리'를 놀리는 속된 말.

동리 사람들은 그를,

"후레자식!"

"아비 속상하게 할 자식!"

"저런 자식은 없는 것만 못해."

하고 욕들을 한다. 그래서 그의 어머니는 아들이 잘못할 때마다 그의 영감을 보고,

"그 자식을 좀 때려주구려. 왜 그런 것을 보고 가만두?"

하고 자기가 대신 때려주려고 나서면,

"아뇨, 아직 철이 없어 그렇지. 저도 지각이 나면 그렇지 않을 것이 아뇨."

하고 너그럽게 타이른다. 그러면 마누라는 왜가리처럼 소리를 지르며,

"철이 없긴 지금 나이가 몇이오. 낼모레면 스무 살이 되는데. 또 며칠 아니면 장가를 들어서 자식까지 날 것이 그래가지고 무엇을 한단 말이오."

하고 들이대며,

"자식은 꼭 아버지가 버려놓았습니다. 자식 귀여운 것만 알았지 버릇 가르칠 줄은 모르니까……."

이렇게 싸움만 시작하려 하면 영감은 아무 말도 하지 않고 바깥으로 나가버린다.

그 아들은 더구나 벙어리를 사람으로 알지도 않는다. 말 못하는 벙어리라고 오고 가며 주먹으로 허구리를 지르기도 하고 발길로 엉덩이도 찬다.

그러면 그 벙어리는 어린것이 철없이 그러는 것이 도리어 귀

엽기도 하고 또는 그 힘없는 팔과 힘없는 다리로 자기의 무쇠 같은 몸을 건드리는 것이 우습기도 하고 앙증하기도 하여 돌아서서 빙그레 웃으면서 툭툭 털고 다른 곳으로 몸을 피해버린다.

어떤 때는 낮잠 자는 벙어리 입에다가 똥을 먹인 때도 있었다. 또 어떤 때는 자는 벙어리 두 팔 두 다리를 살며시 동여매고 손가락과 발가락 사이에 화승불을 붙여놓아 질겁을 하고 일어나다가 발버둥질을 하고 죽으려는 사람처럼 괴로워하는 것을 보고 기뻐하였다.

이러할 때마다 벙어리의 가슴에는 비분한 마음이 꽉 들어찼다. 그러나 그는 주인의 아들을 원망하는 것보다도 자기가 병신인 것을 원망하였으며 주인의 아들을 저주한다는 것보다 이 세상을 저주하였다. 그러나 그는 결코 눈물을 흘리지 않았다. 그의 눈물은 나오려 할 때 아주 말라붙어 버린 샘물과 같이 나오려 하나 나오지를 아니하였다. 그는 주인의 집을 버릴 줄 모르는 개 모양으로 자기가 있어야 할 곳은 여기밖에 없고 자기가 믿을 것도 여기 있는 사람들밖에 없을 줄 알았다. 여기서 살다가 여기서 죽는 것이 자기의 운명인 줄밖에 알지 못하였다. 자기의 주인 아들이 때리고 지르고 꼬집어 뜯고 모든 방법으로 학대할지라도 그것이 자기에게 으레 있을 줄밖에 알지 못하였다. 아픈 것도 그 아픈 것이 으레 자기에게 돌아올 것이요, 쓰린 것도 자기가 받지 않아서는 안 될 것으로 알았다. 그는 이 마땅히 자기가 받아야 할 것을 어떻게 해야 면할까 하는 생각을 한 번도 하여본 일이 없었다.

그가 이 집에서 떠나가려 하거나 또는 그의 생활환경에서 벗어나려는 생각은 한 번도 해보지 못하였다 할지라도 그는 언제든지 그 주인 아들이 자기를 학대하고 또는 자기를 못살게 굴 때 그는 자기의 주먹과 또는 자기의 힘을 생각하여 보았다.

주인 아들이 자기를 때릴 때 그는 주인 아들 하나쯤은 넉넉히 제지할 힘이 있는 것을 알았다.

어떠한 때는 아픔과 쓰림이 자기의 몸으로 스미어들 때면 그의 주먹은 떨리면서 어린 주인의 몸을 치려 하다가는 그것을 무서운 고통과 함께 꽉 참았다.

그는 속으로,

'아니다, 그는 나의 주인의 아들이다, 그는 나의 어린 주인이다.' 하고 꾹 참았다.

그러고는 그것을 얼핏 잊어버렸다. 그러다가도 동릿집 아이들과 혹시 장난을 하다가 주인 아들이 울고 들어올 때에는 그는 황소같이 날뛰면서 주인을 위하여 싸웠다. 그래서 동리에서도 어린 애들이나 장난꾼들이 벙어리를 무서워하여 감히 덤비지를 못하였다. 그리고 주인 아들도 위급한 경우에는 언제든지 벙어리를 찾았다. 벙어리는 얻어맞으면서도 기어드는 충견 모양으로 주인의 아들을 위하여 싫어하지 않고 힘을 다하였다.

2

벙어리가 스물세 살이 될 때까지 그는 물론 이성과 접촉할 기회가 없었다. 동리의 처녀들이 저를 '벙어리' '벙어리' 하며 괴상한 손짓과 몸짓으로 놀려먹음을 받을 적에 분하고 골나는 중에도 느긋한 즐거움을 느끼어본 일은 있었으나 그가 결코 사랑으로써 어떠한 여자를 대해본 일은 없었다.

그러나 정욕을 가진 사람인 벙어리도 그의 피가 차디찰 리는 없었다. 혹 그의 피는 더욱 뜨거웠을는지도 알 수 없었다. 뜨겁다 뜨겁다 못하여 엉기어버린 엿과 같을지도 알 수 없었다. 만일 그에게 볕을 주거나 다시 뜨거운 열을 준다면 그의 피는 다시 녹을는지도 알 수 없었다.

그가 깜박깜박하는 기름등잔 아래에서 밤이 깊도록 짚세기를 삼을 때면 남모르는 한숨을 아니 쉬는 것도 아니지마는 그는 그것을 곧 억지할 수 있을 만큼 정욕에 대하여 벌써부터 단념을 하고 있었다.

마치 언제 폭발이 될는지 알지 못하는 휴화산 모양으로 그의 가슴속에는 충분한 정열을 깊이 감추어놓았으나 그것이 아직 폭발될 시기가 이르지 못한 것 같았다. 비록 폭발이 되려고 무섭게 격동함을 벙어리 자신도 느끼지 않는 바는 아니지마는 그는 그것을 폭발시킬 조건을 얻기 어려웠으며 또는 자기가 여태까지 능동적으로 그것을 나타낼 수가 없을 만치 외계의 압축을 받았으며, 그것으로 인한 이지가 너무 그에게 자제력을 강대하게 하여주는 동시 또한 너무 그것을 단념만 하게 하여주었다.

속으로 '나는 벙어리다' 자기가 생각할 때 그는 몹시 원통함을 느끼는 동시에 나는 말하는 사람들과 똑같은 자유와 똑같은 권리가 없는 줄 알았다. 그는 이와 같은 생각에서 언제든지 단념 않으려야 단념하지 않을 수 없는 그 단념이 쌓이고 쌓이어 지금에는 다만 한 개의 기계와 같이 이 집에 노예가 되어 있으면서도 그것이 자기의 천직으로 알고 있을 뿐이요, 다시는 자기가 살아 갈 세상이 없는 것같이밖에 알지 못하게 된 것이다.

3

그해 가을이다. 주인의 아들이 장가를 들었다. 색시는 신랑보다 두 살 위인 열아홉 살이다. 주인이 본시 자기가 언제든지 문벌이 얕은 것을 한탄하여 신부를 고를 때에 첫째 조건이 문벌이 높아야 할 것이었다. 그러나 문벌 있는 집에서는 그리 쉽게 색시를 내놀 리가 없었다. 그러므로 하는 수 없이 그 어떠한 영락한 양반의 딸을 돈을 주고 사 오다시피 하였으니, 무남독녀의 딸을 둔 남촌 어떤 과부를 꿀을 발라서 약혼을 하고 혹시나 무슨 딴소리가 있을까 하여 부랴부랴 성례를 시켜버렸다.

혼인할 때에 비용도 그때 돈으로 삼만 냥을 썼다. 그리고 아들의 처갓집에 며느리 뒤보아주는 바느질삯 빨랫삯이라는 명목으로 한 달에 이천오백 냥씩을 대어주었다.

신부는 자기 아버지가 돌아가기 전까지 상당히 견디기도 하고 또는 금지옥엽같이 기른 터이라 구식 가정에서 배울 것 읽힐 것 못할 것이 없고 게다가 또는 인물이라든지 행동거지에 조금도 구김이 있지 아니하다.

신부가 오자 신랑의 흠절이 생기기 시작하였다.

"신부에게다 대면 두루미와 까마귀지."

"아직도 철딱서니가 없어."

"색시에게 쥐여지내겠어."

"신랑에겐 과하지."

동릿집 말 좋아하는 여편네들이 모여 앉으면 이렇게 비평들을 한다. 어떠한 남의 걱정 잘하는 마누라님은 간혹 신랑을 보고는 그대로 세워놓고,

"글쎄 인제는 어른이 되었으니 셈이 좀 나요. 저러구 어떻게 색시를 거느려가누. 색시 방에 들어가기가 부끄럽지 않담."
하고 들이대다시피 하는 일이 있다.

이럴 적마다 신랑의 마음은 그 말하는 이들이 미웠다. 일부러 자기를 부끄럽게 하려고 하는 것 같아서 그 후에 그를 만나면 말도 안 하고 인사도 하지 아니한다.

또 그의 고모 되는 이가 와서 자기 조카를 보고,

"인제는 어른야. 너도 그만하면 지각이 날 때가 되지 않었니. 네 처가 부끄럽지 아니하냐."
하고 타이를 적마다 그의 마음은 그 말하는 사람이 부끄럽다는 것보다도 자기를 이렇게 하게 한 자기 아내가 더욱 밉살머리스러웠다.

"여편네가 다 무엇이냐? 저 빌어먹을 년이 들어오더니 나를 이렇게 못살게들 굴지."

혼인한 지 며칠이 못 되어 그는 색시 방에 들어가지를 않았다. 집안에서는 야단이 났다. 마치 돼지나 말 새끼를 흘레시키려는 것같이 신랑을 색시 방으로 집어넣으려 하나 막무가내였다.

그럴 때마다 신랑은 손에 닥치는 대로 집어 때려서 자기의 외사촌 누이의 이마를 뚫어서 피까지 나게 한 일이 있었다. 집안 식

구들이 하는 수가 없어 맨 나중에는 아버지에게 밀었다. 그러나 그것도 소용이 없을뿐더러 풍파를 더 일으키게 하였다. 아버지께 꾸중을 듣고 들어와서는 다짜고짜로 신부의 머리채를 쥐어 잡아 마루 한복판에 태질을 쳤다. 그러고는,

"이년 네 집으로 가거라. 보기 싫다. 내 눈앞에는 보이지도 마라." 하였다. 밥상을 가져오면 그 밥상이 마당 한복판에서 재주를 넘고, 옷을 가져오면 그 옷이 쓰레기통으로 나간다.

이리하여 색시는 시집오던 날부터 팔자 한탄을 하고서 날마다 밤마다 우는 사람이 되었었다.

울면 요사스럽다고 때린다. 또 말이 없으면 빙충맞다고 친다. 이리하여 그 집에는 평화스러운 날이 하루도 없었다.

이것을 날마다 보는 사람 가운데 알 수 없는 의혹을 품게 된 사람이 하나 있으니 그는 곧 벙어리 삼룡이였다.

그렇게 예쁘고 유순하고 그렇게 얌전한, 벙어리의 눈으로 보아서는 감히 손도 대지 못할 만큼 선녀 같은 색시를 때리는 것은 자기의 생각으로는 도저히 풀 수 없는 의심이었다.

보기에도 황홀하고 건드리기도 황홀할 만큼 숭고한 여자를 그렇게 학대한다는 것은 너무나 세상에 있지 못할 일이다. 자기는 주인 새서방님에게 개나 돼지같이 얻어맞는 것이 마땅한 이상으로 마땅하지마는 선녀와 짐승의 차가 있는 색시와 자기가 똑같이 얻어맞는 것은 너무 무서운 일이다. 어린 주인이 천벌이나 받지 않을까 두렵기까지 하였다.

어떠한 달밤, 사면은 교교 적막하고 별들은 드문드문 눈들만 깜박이며 반달이 공중에 뚜렷이 달려 있어 수은으로 세상을 깨

끗하게 닦아낸 듯이 청명한데, 삼룡이는 검둥개 등을 쓰다듬으며 바깥마당 멍석 위에 비슷이 드러누워 있어 하늘을 쳐다보며 생각하여 보았다.

주인 색시를 생각하매 공중에 있는 달보다도 더 곱고 별들보다도 더 깨끗하였다. 주인 색시를 생각하면 달이 보이고 별이 보이었다. 삼라만상을 씻어내는 은빛보다도 더 흰 달이나 별의 광채보다도 그의 마음이 아름답고 부드러운 듯하였다. 마치 달이나 별이 땅에 떨어져 주인 새아씨가 된 것도 같고 주인 새아씨가 하늘에 올라가면 달이 되고 별이 될 것 같았다.

더구나 자기를 어린 주인이 때리고 꼬집을 때 감히 입 벌려 말을 하지 못하나 측은하고 불쌍히 여기는 정이 그의 두 눈에 나타나는 것을 다시 생각할 때 그는 부들부들한 개 등을 어루만지면서 감격을 느끼었다. 개는 꼬리를 치며 자기를 귀여워하는 줄 알고 벙어리의 손을 핥았다.

삼룡이의 마음은 주인아씨를 동정하는 마음으로 가득 찼다. 또는 그를 위하여서는 자기의 목숨이라도 아끼지 않겠다는 의분에 넘쳤었다. 그것은 마치 살구를 보면 입속에 침이 도는 것같이 본능적으로 느끼어지는 감정이었다.

4

새댁이 온 뒤에 다른 사람들은 자유로운 안 출입을 금하였으나 벙어리는 마치 개가 맘대로 안에 출입할 수 있는 것같이 아무 의심 없이 출입할 수가 있었다.

하루는 어린 주인이 먹지 않던 술이 잔뜩 취하여 무지한 놈에게 맞아서 길에 자빠진 것을 업어다가 안으로 들여다 누인 일이 있었다. 그때에 아무도 안에 있지 않고 다만 새색시 혼자 방에서 바느질을 하고 있다가 이 꼴을 보고 벙어리의 충성된 마음이 고마워서, 그 후에 쓰던 비단 헝겊 조각으로 부시쌈지 하나를 하여 준 일이 있었다.

이것이 새서방님의 눈에 띄었다. 그래서 색시는 어떤 날 밤 자던 몸으로 마당 복판에 머리를 푼 채 내동댕이가 쳐졌다. 그리고 온몸에 피가 맺히도록 얻어맞았다.

이것을 본 벙어리는 또다시 의분의 마음이 뻗쳐 올라왔다. 그래서 미친 사자와 같이 뛰어 들어가 새서방님을 밀어 던지고 새색시를 둘러메었다. 그러고는 나는 수리와 같이 바깥사랑 주인 영감 있는 곳으로 뛰어가 그 앞에 내려놓고 손짓과 몸짓을 열 번 스무 번 거푸하며 하소연하였다.

그 이튿날 아침에 그는 주인 새서방님에게 물푸레로 얼굴을 몹시 얻어맞아서 한쪽 뺨이 눈을 얼러서 피가 나고 주먹같이 부었다. 그 때릴 적에 새서방의 입에서 나오는 말은,

"이 흉측한 벙어리 같으니, 내 여편네를 건드려!"

하고 부시쌈지를 빼앗아 갈가리 찢어서 뒷간에 던졌다.

"그러고 이놈아! 인제는 주인도 몰라보고 막 친다! 이런 것은 죽여야 해!"

하고 채찍으로 그의 뒷덜미를 갈겨서 그 자리에 쓰러지게 하였다.

벙어리는 다만 두 손으로 빌 뿐이었다. 말도 못하고 고개를 몇

백 번 코가 땅에 닿도록 그저 용서해 달라고 빌기만 하였다. 그러나 그의 가슴에는 비로소 숨겨 있던 정의감이 머리를 들기 시작하였다. 그는 아픈 것을 참아가면서도 북받치는 분노(심술)를 억지하였다.

그때부터 벙어리는 안방에 들어가지 못하였다. 이 들어가지 못하는 것이 더욱 벙어리로 하여금 궁금증이 나게 하였다. 그 궁금증이라는 것이 묘하게 빛이 변하여 주인아씨를 뵈옵고 싶은 심정으로 변하였다. 뵈옵지 못하므로 가슴이 타올랐다. 몹시 애상의 정서가 그의 가슴을 저리게 하였다. 한 번이라도 아씨를 뵈올 수가 있으면 하는 마음이 나더니 그의 마음의 넋은 느끼기를 시작하였다. 센티멘털한 가운데에서 느끼는 그 무슨 정서는 그에게 생명 같은 희열을 주었다. 그것과 자기의 목숨이라도 바꿀 수 있을 것 같았다. 어떤 때는 그대로 대강이로 담을 뚫고 들어가고 싶도록 주인아씨를 뵈옵고 싶은 것을 꾹 참을 때도 있었다.

그 후부터는 밥을 잘 먹을 수가 없었다. 일도 손에 잡히지 않았다. 틈만 있으면 안으로만 들어가고 싶었다.

주인이 전보다 많이 밥과 음식을 주고 더 편하게 하여주었으나 그것이 싫었다. 그는 밤에 잠을 자지 않고 집 가장자리를 돌아다녔다.

5

하루는 주인 새서방님이 술이 취하여 들어오더니 집안이 수선

수선하여지며 계집 하인이 약을 사러 갔다 들어오는 것을 보고 그 계집 하인을 붙잡았다. 그리고 무엇이냐고 물었다.

계집 하인은 한 주먹을 뒤통수에 대고 얼굴을 쓰다듬으며 둘째 손가락을 내밀었다. 그것은 그 집 주인은 엄지손가락이요, 둘째손가락은 새서방이라는 뜻이요, 주먹을 뒤통수에 대는 것은 여편네라는 뜻이요, 얼굴을 문지르는 것은 예쁘다는 뜻으로 벙어리에게 쓰는 암호다.

그런 뒤에 다시 혀를 내밀고 눈을 뒤집어쓰는 형상을 하고 두 팔을 짝 벌리고 뒤로 자빠지는 꼴을 보이니, 그것은 사람이 죽게 되었거나 앓을 적에 하는 말 대신의 손짓이다.

벙어리는 눈을 크게 뜨고 계집 하인에게 한 발자국 가까이 들어서며 놀라는 듯이 멀거니 한참이나 있었다.

그의 가슴은 무섭게 격동하였다. 자기의 그리운 주인아씨가 죽었다는 말이나 아닌가 그는 두 주먹을 마주 치며 한숨을 쉬었다. 그러고는 자기 방에서 무엇을 생각하는 것처럼 두어 시간이나 두 눈만 껌벅껌벅하고 앉았었다.

그는 밤이 깊어갈수록 궁금증 나는 사람처럼 일어섰다 앉았다 하더니 두 시나 되어서 바깥으로 나가서 뒤로 돌아갔다.

그는 도적놈처럼 조심스럽게 바로 건넌방 뒤 미단이 앞 담에서서 주저주저하더니 담을 넘었다. 가까이 창 앞에 서서 문틈으로 안을 살피다가 그는 진저리를 치며 물러섰다.

어두운 밤에 그의 손과 발이 마치 그 뒤에 서 있는 감나무 잎같이 떨리더니 그대로 문을 박차고 뛰어 들어갔을 때 그의 팔에는 주인아씨가 한 손에는 기다란 면주 수건을 들고서 한 팔로 벙어리의 가슴을 밀치며 뻗디디었다. 벙어리는 다만 눈이 뚱그레서 '에헤' 소리만 지르고 그 수건을 빼으려 애쓸 뿐이다.

집안이 야단났다.

"집안이 망했군!"

"어디 사내가 없어서 벙어리를!"

"어떻든 알 수 없는 일이야!"

하는 소리가 이 구석 저 구석에서 수군댄다.

6

그 이튿날 아침에 벙어리는 온몸이 짓이긴 것이 되어 마당에 거꾸러져 입에서 피를 토하며 신음하고 있었다. 그 곁에서는 새서방이 쇠좆 몽둥이를 들고서 문초를 한다.

"이놈!"

하고는 음란한 흉내는 모조리 하여가며 건넌방을 가리킨다. 그러나 벙어리는 손을 내저을 뿐이다. 또 몽둥이에는 살점이 묻어 나왔다. 그리고 피가 흘렀다.

벙어리는 타들어 가는 목으로 소리도 못 내며 고개만 내젓는다. 그는 피를 토하고 고꾸라지며 이마를 땅에 비비며 고개를 내흔든다. 땅에는 피가 스며든다. 새서방은 채찍 끝에 납 뭉치를 달아서 가슴을 훔쳐 갈겼다가 힘껏 잡아 뽑았다. 벙어리는 그대로 고꾸라지며 말이 없었다.

새서방은 그래도 시원치 못하였다. 그는 어제 벙어리가 새로 갈아놓은 낫을 들고 달려왔다. 그는 그 시퍼렇게 날 선 낫을 번쩍 들었다. 그래서 벙어리를 찌르려 할 때 벙어리는 한 팔로 그것을 받았고 집안사람들은 달려들었다. 벙어리는 낫을 뿌리쳐 저리로 내던졌다.

주인은 집안이 망하였다고 사랑에 누워서 모든 일을 들은 체만 체 문을 닫고 나오지를 아니하며 집안에서는 색시를 쫓는다고 야단이다.

그날 저녁에 벙어리는 다시 끌려 나왔다. 그때에는 주인 새서방이 그의 입던 옷과 신짝을 주며 눈을 부릅뜨고 손을 멀리 가리키며,

"가! 인제는 우리 집에 있지 못한다!"

하였다. 이 소리를 듣는 벙어리는 기가 막혔다. 그에게는 이 집 외에 다른 집이 없다. 이 집 외에는 살 곳이 없었다. 자기는 언제든지 이 집에서 살고 이 집에서 죽을 줄밖에 몰랐다. 그는 새서방님의 다리를 껴안고 애걸하였다. 말도 못하는 것을 몸짓과 표정으로 간곡한 뜻을 표하였다. 그러나 새서방님은 발길로 지르고 사람을 불렀다.

"이놈을 내쫓아라."

벙어리가 죽은 개 모양으로 끌려 나갔다. 그리고 대강팽이[2]를 개천 구석에 들이박히면서 나가곤드라졌다가 일어서서 다시 들어오려 할 때에는 벌써 문이 닫혀 있었다. 그는 문을 두드렸다. 그의 마음으로는 주인 영감을 찾았으나 부를 수가 없었다.

2 '머리'를 속되게 이르는 말.

그가 날마다 열고 날마다 닫던 문이 자기가 지금은 열려 하나 자기를 내어쫓고 열리지를 않는다. 자기가 건사하고 자기가 거두던 모든 것이 오늘에는 자기의 말을 듣지 않는다. 어려서부터 지금까지 모든 정성과 힘과 뜻을 다하여 충성스럽게 일한 값이 오늘에 이것이다.

그는 비로소 믿고 바라던 모든 것이 자기의 원수가 된 것을 알았다. 그는 모든 것을 없애버리고 자기도 또한 없어지는 것이 나은 것을 알았다.

7

그날 저녁 밤은 깊었는데 멀리서 닭이 우는 소리와 함께 개 짖는 소리뿐이 들린다.

난데없는 화염이 벙어리 있던 오 생원 집을 에워쌌다. 그 불을 미리 놓으려고 준비하여 놓았는지 집 가장자리로 쭉 돌아가며 흩어놓은 풀에 모조리 돌라붙어 공중에서 내려다보면은 집의 윤곽이 선명하게 보일 듯이 타오른다.

불은 마치 피 묻은 살을 맛있게 잘라 먹는 요마의 혓바닥처럼 날름날름 집 한 채를 삽시간에 먹어버리었다.

이와 같은 화염 중으로 뛰어 들어가는 사람이 하나 있으니 그는 다른 사람이 아니라 낮에 이 집을 쫓겨난 삼룡이다.

그는 먼첨 사랑에 가서 문을 깨뜨리고 주인을 업어다가 밭 가운데 놓고 다시 들어가려 할 제 그의 얼굴과 등과 다리가 불에 데어 쭈그러져 드는 것을 알지 못하였다.

그는 건넌방으로 뛰어들었다. 그러나 색시는 없었다. 다시 안방으로 뛰어들었다. 그러나 또 없고 새서방이 그의 팔에 매달리며 구원하기를 애원하였다. 그러나 그는 그것을 뿌리쳤다. 다시 서까래가 불이 시뻘겋게 타면서 그의 머리에 떨어졌다. 그의 머리는 홀랑 벗어졌다. 그러나 그는 그것을 몰랐다. 그는 부엌으로 가보았다. 거기서 나오다가 문설주가 떨어지며 왼팔이 부러졌다. 그러나 그것도 몰랐다. 그는 다시 광으로 가보았다. 거기도 없었다. 그는 다시 건넌방으로 들어갔다. 그때야 그는 새아씨가 타 죽으려고 이불을 쓰고 누워 있는 것을 보았다. 그는 색시를 안았다. 그러고는 불길을 찾았다. 그러나 나갈 곳이 없었다. 그는 하는 수 없이 지붕으로 올라갔다. 그는 비로소 자기의 몸이 자유롭지 못한 것을 알았다. 그러나 그는 자기가 여태까지 맛보지 못한 즐거운 쾌감을 자기의 가슴에 느끼는 것을 알았다. 새아씨를 자기 가슴에 안았을 때 그는 이제 처음으로 살아난 듯하였다. 그는 자기의 목숨이 다한 줄 알았을 때 그 새아씨를 자기 가슴에 힘껏 껴안았다가 다시 그를 데리고 불 가운데를 헤치고 바깥으로 나온 뒤에 새아씨를 내려놀 때에 그는 벌써 목숨이 끊어진 뒤였다. 집은 모조리 타고 벙어리는 새아씨 무릎에 누워 있었다. 그의 울분은 그 불과 함께 사라졌을는지! 평화롭고 행복스러운 웃음이 그의 입 가장자리에 엷게 나타났을 뿐이다.

— 〈여명〉 창간호, 1925. 7.

물레방아

1

덜컹덜컹 홈통에 들었다가 다시 쏟아져 흐르는 물이 육중한 물레방아를 번쩍 쳐들었다가 쿵 하고 확 속으로 내던질 제 머슴들의 콧소리는 허연 겻가루가 케케 앉은 방앗간 속에서 청승스럽게 들려 나온다.

솰솰솰 구슬이 되었다가 은가루가 되고 댓줄기같이 뻗치었다가 다시 쾅쾅 쏟아져 청룡이 되고 백룡이 되어 용솟음쳐 흐르는 물이 저쪽 산모퉁이를 십 리나 두고 돌고 다시 이쪽 들 복판을 오 리쯤 꿰뚫은 뒤에 이방원이가 사는 동네 앞 기슭을 스쳐 지나가는데 그 위에 물레방아 하나가 놓여 있다.

물레방아에서 들여다보면 동북간으로 큼직한 마을이 있으니

이 마을의 가장 부자요 가장 세력이 있는 사람으로 이름을 신치규라고 부른다. 이방원이라는 사람은 그 집의 막실살이[1]를 하여 가며 그의 땅을 경작하여 자기 아내와 두 사람이 그날그날을 지내간다.

어떠한 가을밤 유난히 밝은 달이 고요한 이 촌을 한적하게 비출 때 그 물레방앗간 옆에 어떠한 여자 하나와 어떤 남자 하나가 서서 이야기를 하는 소리가 들리었다.

그 여자는 방원의 아내로 지금 나이가 스물두 살 한참 정열에 타는 가슴으로 가장 행복스러울 나이의 젊은 여자요, 그 남자는 오십이 반이 넘어 인생으로서 살아올 길을 다 살고서 거의거의 쇠멸의 구렁이를 향하여 가는 늙은이다.

그의 말소리는 마치 그 여자를 달래는 것같이,

"얘, 내 말이 조금도 그를 것이 없지? 쉿네 할멈에게도 자세한 말을 들었을 터이지마는 너 생각해 보아라. 네가 허락만 하면 무엇이든지 네가 하고 싶다는 것은 내가 전부 해줄 터이란 말야. 그까짓 방원이 녀석하고 네가 몇백 년 살아야 언제든지 막실 구석을 면하지 못할 터이니. 허허, 사람이란 젊어서 호강해 보지 못하면 평생 호강 한번 하여보지 못하고 죽을 것이 아니냐. 내가 말하는 것이 조금도 잘못하는 것이 없느니라! 대강 너의 말을 쉿네 할멈에게 듣기는 들었으나 그래도 너에게 한번 바로 대고 듣는 것만 못해서 이리로 만나자고 한 것이다. 너의 마음은 어떠냐? 어디 허허, 내 앞이라고 조금도 어떻게 알지 말고 이야기해 봐, 응?"

1 방 한 칸을 얻어들어 부부가 함께 주인을 위해 일하는 것.

이 늙은이는 두말할 것 없이 신치규다. 그는 탐욕스러운 눈으로 방원의 계집을 들여다보며 한 손으로 등을 두드린다.

새침한 얼굴이 파르족족하고 기다란 눈썹과 검푸른 두 눈 가장자리에 예쁜 입, 뾰로통한 빰이며 콧날이 오뚝한 데다가 후리후리한 키에 떡 벌어진 엉덩이가 아무리 보더라도 무섭게 이지적인 동시에 또는 창부형으로 생긴 여자이다.

계집은 아무 말이 없이 서서 짐짓 부끄러운 태를 지으며 매혹적인 웃음을 생긋 웃고는 고개를 돌렸다. 그 웃음이 얼마나 짐승 같은 신치규의 만족을 사게 되었으며 또는 마음을 충동시켰는지 희끗희끗한 수염이 거의 계집의 빰에 닿도록 더 가까이 와서,

"응? 왜 대답이 없니? 부끄러워서 그러니? 그렇게 부끄러워할 일은 아닌데."

하고 계집의 손을 잡으며,

"손도 이렇게 예쁜 줄은 여태까지 몰랐구나. 참 분결 같다. 이렇게 얌전히 생긴 애가 방원 같은 천한 놈의 계집이 되어 일평생을 그대로 썩는다는 것은 너무 가엾고 아깝지 않으냐? 얘."

계집은 몸을 돌리려고 하지도 않고 영감이 하는 대로 내버려두며 눈으로 땅만 내려다보고 섰다가 가까스로 입을 떼는 듯하더니,

"제 말야 모두 쉿네 할멈이 여쭈었지요. 저에게는 너무 분수에 과한 말씀이니까요."

"온 천만의 소리를 다 하는구나. 그게 무슨 소리냐. 너도 아다시피 내가 너를 장난삼아 그러는 것도 아니겠고 후사가 없어 그러는 것이니까 네가 내 아들이나 하나 나주렴. 그러면 내 것이 모

두 네 것이 되지 않겠니? 자아, 그러지 말고 오늘 허락을 하렴. 그러면 내일이라도 방원이란 놈을 내쫓고 너를 불러들일 터이니."

"어떻게 내쫓을 수가 있에요."

"허어, 그것이 그리 어려울 것이 무엇 있니? 내가 나가라는데 제가 나가지 않고 배길 줄 아니?"

"그렇지만 너무 과하지 않을까요?"

"무엇? 저런 생각을 하니까 네가 이 모양으로 이때까지 있었지. 어떻단 말이냐? 그런 것은 조금도 염려하지 말구, 자 또 네 서방에게 들킬라 어서 들어가자."

"먼저 들어가세요."

"왜?"

"남이 보면 수상히 알게요."

"무얼 나하고 가는데 수상히 알 게 무어야. 어서 가자."

계집은 천천히 두어 걸음 따라가다가,

"영감!"

하고 무춤하고 서 있다.

"왜 그러니."

계집은 다시 말이 없이 서 있다가,

"아녜요."

하고,

"먼저 들어가세요."

하며 돌아선다. 영감이 간이 달아서 계집의 손을 잡으며,

"가자, 집으로 들어가자."

그의 가슴은 두근거리는지 숨소리가 잦아진다. 계집은 손을

빼려 하며,

"점잖으신 어른이 이게 무슨 짓이세요."

하면서도 그의 몸짓에는 모든 것을 허락한다는 뜻이 보였다. 영감은 계집의 몸을 끌어안더니 방앗간 뒤로 돌아 들어섰다. 계집은 영감 가슴에 안겨서 정욕이 가득한 눈으로 그를 보면서,

"영감."

말 한마디 하고 침 한번 삼키었다.

"영감이 거짓말은 안 하시지요."

"아니."

그의 말은 떨리었다. 계집은 영감의 팔을 한 손으로 잡고 또 한 손으로는 방앗간 속을 가리켰다.

"저리로 들어가세요."

영감과 계집은 방앗간에서 이삼십 분 후에 다시 나왔다.

2

사흘이 지난 뒤에 신치규는 방원이를 자기 집 사랑 마당 앞으로 불렀다.

"얘."

방원은 상전이라 고개를 숙이고,

"네."

공손하게 대답을 하였다.

"네가 그간 내 집에서 정성스럽게 일을 한 것은 고마운 일이

지마는…….”

점잔과 주짜를 빼면서[2] 신치규는 말을 꺼내었다. 방원의 가슴은 이 '마는'이라는 말 뒤에 이어질 말을 미리 깨달은 듯이 온 전신의 피가 가슴으로 모여드는 듯하더니 다시 터럭이라는 터럭은 전부 거꾸로 일어서는 듯하였다.

"오늘부터는 우리 집에 사정이 있어 그러니 내 집에 있지 말고 다른 곳에 좋은 곳을 찾아가 보아라."

아무 조건도 없다. 또한 이곳에서도 할 말이 없다. 죽으라고 하면 죽는 시늉이라도 해야 하는 것이다. 주인은 돈 가지고 사람을 사고팔 수도 있는 것이다.

방원은 가슴이 답답하였다. 자기 혼자몸 같으면 어디 가서 어떻게 빌어먹더라도 살 수가 있지마는 사랑하는 아내를 구해갈 길이 막연하다. 그는 고개를 굽히고, 허리를 굽히고, 나중에는 마음을 굽히어 사정도 하여보고 애걸도 하여보았다. 그러나 그것은 헛된 일이다. 주인의 마음은 쇠나 돌보다도 더 굳었다.

그는 하는 수 없이 자기 아내에게 그 이야기를 하였다. 그리고 아내더러 안주인 마님께 사정을 좀 하여 얼마간이라도 더 있게 하여달라고 하여보라 하였다. 그러나 아내는 방원의 말을 들을 리가 없었다. 도리어,

"그러면 어떻게 한단 말이오. 이제부터는 나를 어떻게 먹여 살릴 테요?"

"너는 그렇게도 먹고살 수 없을까 봐 겁이 나니?"

2 주짜를 빼다. 즉 난잡하게 굴지 않고 짐짓 조촐한 체하다.

"겁이 나지 않고. 생각을 해보구려. 인제는 꼼짝할 수 없이 죽지 않았소?"

"죽어?"

"그럼 임자가 나를 데리고 이곳까지 올 때에 무어라고 하였소. 어떻게 해서든지 너 하나야 먹여 살리지 못하겠느냐고 하였지요."

"그래."

"그래, 얼마나 나를 잘 먹여 살리고 나를 호강시켰소. 여태까지 이태나 되도록 끌구 돌아다닌다는 것이 남의 집 행랑이었지요?"

"얘, 그것을 내가 모르고 하는 말이냐? 내가 하려고 하지 않아서 그렇게 된 것이냐? 차차 살아가는 동안에 무슨 일이든지 생기겠지. 설마 요대로 늙어 죽기야 하겠니?"

"듣기 싫소! 뿔 떨어지면 구워 먹지 어느 천년에."

방원이는 가뜩이나 내어쫓기고 화가 나는데 계집까지 그리하니까 속에서 열화가 치밀어 올라왔다.

"이 육시를 하고도 남을 년! 왜 남의 마음을 글컹거리니."

"왜 사람에게 욕을 해."

"이년아, 욕 좀 하면 어떠냐."

"왜 욕을 해."

계집이 얼굴이 노래지며 대든다.

"이년이 발악인가?"

"누가 발악야. 계집년 하나 건사 못 하는 위인이 계집보고 욕만 하고, 한 게 무어야? 그래 은가락지 은비녀나 한 벌 사주어 보았어? 내가 임자 하자고 하는 대로 하지 않은 것은 없지!"

"이년아 은가락지 은비녀가 그렇게 갖고 싶으냐. 이 더러운 년아.”

“무엇이 더러워. 너는 얼마나 정한 놈이냐.”

계집의 입속에서는 ‘놈’ 소리가 나오기 시작한다.

“이년 보게 누구더러 놈이래.”

하고 손길이 계집의 낭자를 휘어잡더니 그대로 집어 들고 두어 번 주먹으로 등줄기를 후리었다.

“이 주릿대를 안길 년!”

발길이 엉덩이를 두어 번 지르니까 계집은 그대로 거꾸러졌다가 다시 일어났다. 풀어 헤뜨린 머리가 치렁치렁 끌리고 씰룩한 눈에는 독기가 섞이었다.

“왜 사람을 치니? 이놈! 죽여라 죽여, 어디 죽여보아라. 이놈 나 죽고 너 죽자!”

하고 달려드는 계집을 후려서 거꾸러뜨리고서,

“이년이 죽으려고 기를 쓰나!”

방원이가 계집을 치는 것은 그것이 주먹을 가지고 하는 일종의 농담이다. 그는 주먹이나 발길이 계집의 몸에 닿을 때 거기에 얻어맞는 계집의 살이 아픈 것보다 더 찌르르하게 가슴 한복판을 찌르는 아픔을 방원은 깨닫는 것이다. 홧김에 계집을 치는 것이 실상은 자기의 마음을 자기의 이빨로 물어뜯는 것이나 다름이 없는 것이다. 때리는 그에게는 몹시 애처로움이 있고 불쌍함이 있는 것이다. 그러나 자기의 화풀이를 받아주는 사람은 아직까지도 계집밖에는 없었다. 제일 만만하다는 것보다도 가장 마음 놓고 화풀이할 수 있음이다. 싸움한 뒤 하루가 못 되어 두 사람이 베개를 나란히 하고 서로 꼭 끼고 잘 때에는 그렇게 고맙고 그렇게 감격이 일어나는 위안이 또다시 없음이다. 계집을 치고 화풀이를 하고 난 뒤에 다시 가슴을 에는 듯한 후회와 더 뜨거운 포옹으로 위로를 받을 그때에는 두 사람 아니라 방원에게는 그만큼 힘 있고 뜨거운 믿음이 또다시 없는 까닭이다.

계집은 일부러 소리를 높여서 꺼이꺼이 운다.

온 마을 사람이 거의 귀를 기울였으나,

"응 또 사랑싸움을 하는군!"

하고 도리어 그 싸움을 부러워하였다. 옆집 젊은것이 와서 싱글싱글 웃으면서 들여다보며,

"인제 고만두라구."

하며 말리는 시늉을 한다. 동네 아이들만 마당 앞에 죽 늘어서서 눈들이 뚱그레서 구경을 한다.

3

그날 저녁에 방원은 술이 얼근하여 돌아왔다. 아까 계집을 차던 마음은 어느덧 풀어지고 술로 흥분된 마음에 그는 계집의 품이 몹시 그리워져서 자기 아내에게 사과를 할 마음까지 생기었다. 본시 사람이 좋고 마음이 약하고 다정한 그는 무식하게 자라난 까닭에 무지한 짓을 하기는 하나 그것은 결코 그의 성격을 말하는 무지함이 아니다.

그는 비척거리면서 집으로 향하는 길에 거슴츠레하게 풀린 눈을 스르르 내리감고 혼잣소리로,

"빌어먹을 놈! 나가라면 나가지. 무서운가? 제 집 아니면 살 곳이 없는 줄 아는 게로군! 흥, 되지 않게 다 무엇이냐? 돈만 있으면 제일이냐? 이놈 네가 그러다가는 이 주먹맛을 언제든지 볼라. 그대로 곱게 뒈질 줄 아니?"

하고 개천 하나를 건너뛴 후에,

"돈! 돈이 무엇이냐."

한참 생각하다가,

"에후."

한숨을 쉬고 나서,

"돈이 사람 죽이는구나! 돈! 돈! 흥, 사람 나고 돈 났지 돈 나고 사람 났니?"

또 징검다리를 비척비척하고 건넌 뒤에,

"고 배라먹을 년이 왜 고렇게 포달을 부려서 장부의 마음을 긁어놓아!"

그의 목소리에는 말할 수 없이 다정한 맛이 있었다. 그는 자기 계집을 생각하면 모든 불평이 스러지는 듯이 숙였던 고개를 쳐들어 하늘을 보면서,

"허어 저도 고생은 고생이지."

하고 다시 고개를 숙인 후,

"내가 너무해, 너무 그럴 게 아닌데."

그는 자기 집에 와서 문고리를 붙잡고 잡아 흔들면서,

"얘! 자니! 자!"

그러나 대답이 없고 캄캄하다.

"이년이 어디를 갔어!"

그는 문짝을 깨어지라 하고 닫힌 후에 다시 길거리로 나와 그 옆집으로 가서,

"여보 아주머니! 우리 집 색시 어디 갔는지 보았소!"

밥들을 먹던 옆엣집 내외는,

"어디서 또 취했소그려! 애 어머니가 아까 머리단장을 하더니 저 방아께로 갑디다."

"방아께로?"

"네."

"빌어먹을 년! 방아께로는 무얼 먹으러 갔누!"

다시 혼자 방아를 향하여 가면서 혼자 중얼거린다.

그는 방앗간을 막 뒤로 돌아서자 신치규와 자기 아내가 방앗간에서 나오는 것을 보았다.

"아!"

그는 너무 뜻밖의 일이므로 아무 말도 하지 못하고 그대로 한참이나 멀거니 서서 보기만 하였다.

그의 눈에서는 쌍심지가 거꾸로 섰다. 열이 올라와서 마치 주홍을 칠한 듯이 그의 눈은 붉어지고 번개 같은 광채가 번뜩거리었다.

그는 한참이나 사지를 떨었다. 두 이가 서로 맞춰서 달그락달그락하여졌다. 그의 주먹은 부서질 것같이 단단히 쥐어졌었다.

계집과 신치규는 방원이 와 선 것을 보고서 처음에는 조금 간담이 서늘하여졌으나 다시 태연하게 내려앉혔다. 일이 이렇게 되었으매 할 대로 하라는 뜻이다.

방원은 달려들어서 계집의 팔목을 잡았다. 그리고 이를 악물

고 부르르 떨었다.

"나는 네가 이럴 줄은 몰랐다."

계집은,

"무얼 이럴 줄을 몰라?"

하며 파란 눈을 흘겨보더니,

"나중에는 별꼴을 다 보겠네. 으레 그럴 줄을 인제 알았나? 놔요! 왜 남의 팔을 잡고 요 모양야. 오늘부터는 나를 당신이 그리 함부로 하지는 못해요! 더러운 녀석 같으니! 계집이 싫다고 그러면 국으로 물러갈 일이지 이게 무슨 사내답지 못한 일야! 놔요!"

팔을 뿌리쳤으나 분노가 전신에 가득 찬 그는 그렇게 쉽게 손을 놓지 않았다.

"얘! 네가 이것이 정말이냐?"

"정말 아니구 비싼 밥 먹고 거짓말할까?"

"네가 참으로 환장을 하였구나!"

"아니 누구더러 환장을 했대? 온 기가 막혀 죽겠지! 놔요! 놔! 왜 추근추근하게 이 모양야? 놔."

하고서 힘껏 뿌리치는 바람에 계집의 손이 쑥 빠지었다. 계집은 손목을 주무르면서 암상맞게 돌아섰다.

이때까지 이 꼴을 멀찌가니 서서 보고 있던 신치규는 두어 발자국 나서더니 기침 한번을 서투르게 하고서,

"얘! 네가 술이 취하였으면 일찍 들어가 자든지 할 것이지 웬 짓이냐? 네 눈깔에는 아무것도 보이는 것이 없단 말이냐? 너희 연놈이 싸우는 것은 너희 연놈이 어디든지 가서 할 일이지 여기 누가 있는지 없는지 눈깔에 보이는 것이 없어?"

짐짓 소리를 높여 호령을 하였다.

"엣 괘씸한 놈!"

눈깔을 부라리었다. 방원은 한참이나 쳐다보고서 말이 없었다. 생각대로 하면 한주먹에 때려눕힐 것이지마는 그래도 그의 머릿속에는 아까까지의 상전이라는 관념이 남아 있었다. 번갯불같이 그 관념이 그의 입과 팔을 얽어놓았다. 어려서부터 오늘날까지 남을 섬겨보기만 한 그의 마음은 상전이라면 모두 두려워하는 성질을 깊이깊이 뿌리를 박아놓았다. 그러나 오늘부터는 신치규가 자기의 상전도 아니요, 자기가 신치규의 종도 아니다. 다만 똑같은 사람으로 마주 섰을 뿐이다. 아니다, 지금부터는 신치규는 방원의 원수였다. 그의 간을 씹어 먹어도 오히려 나머지 한이 있는 원수다.

신치규는 똑바로 쳐다보는 방원을 마주 쳐다보며,

"똑바루 보면 어쩔 터이냐? 온 세상이 망하려니까 별 해괴한 일이 다 많거든. 어째 이놈아?"

"이놈아?"

방원은 한 걸음 들어섰다. 나무같이 힘센 다리가 성큼 하고 나설 때 신치규는 머리끝이 으쓱하였다. 쇠몽둥이 같은 두 주먹이 쑥 앞으로 닥칠 때 그의 가슴은 덜컥 내려앉았다.

"네 입에서 이놈아라는 소리가 나오니? 이 사지를 찢어발겨도 오히려 시원치 못할 놈아! 네가 내 계집을 뺏으려고 오늘 날더러 나가라고 그랬지?"

"어허 이거 그놈이 눈깔이 뻐었군. 애, 나는 먼저 들어가겠다. 너는 네 서방하고 나중 들어오너라!"

신치규는 형세가 위험하니까 슬금슬금 꽁무니를 빼려고 돌아서서 들어가려 하니까 방원은 돌아서는 신치규의 멱살을 잔뜩 쥐어 한 팔로 바싹 치켜들고,

"이놈 어디를 가? 네가 이때까지 맛을 몰랐구나?"

하며 한번 집어 쳐 땅바닥에다가 태질을 한 뒤에 그대로 타고 앉아서 목줄띠를 누르니까 마치 뱀이 개구리 잡아먹을 적 보양으로 깩깩 소리가 나며 말 한마디도 하지 못한다.

"이놈, 너 죽고 나 죽으면 고만 아니냐?"

하고 방원은 주먹으로 사정없이 닥치는 대로 들이팬다. 나중에는 주먹이 부족하여 옆에 있는 모루 돌멩이를 집어서 죽어라 하고 내리친다. 그의 팔, 그의 온몸에는 끓어오르는 분노가 극도에 달하자 사람의 가슴속에 본능적으로 숨어 있는 잔인성이 조금도 남지 않고 그대로 나타났다. 그의 눈은 마치 펄떡펄떡 뛰는 미끼를 가로차고 앉은 승냥이나 이리와 같이 뜨거운 피를 보고야 만족하다는 듯이 무섭게 번쩍거렸다. 그에게는 초자연의 무서운 힘이 그의 팔과 다리에 올라왔다.

이 꼴을 보는 계집은 무서웠다. 끔찍끔찍한 일이 목전에 생길 것이다. 그의 맥이 풀린 다리는 마음대로 놓여지지 아니하였다.

"아! 사람 살류! 사람 살류!"

적적한 밤중의 쓸쓸한 마을에는 처참한 여자 목소리가 으스스하게 울리었다. 이 소리를 들은 방원은 더욱 힘을 주어서 눈을 딱 감고 죽어라 내리 짓찧었다. 뼈가 돌에 맞는 소리가 살이 을크러지는 소리와 함께 퍽퍽 하였다. 피 묻은 돌이 여기저기 흩어지고 갈가리 찢긴 옷에는 살점이 묻었다.

동네 편 쪽에서 수군수군하더니 구두 소리가 나며 칼 소리가 덜거덕거리었다. 방원의 머리에는 번갯불같이 무엇이 보이었다. 그는 손에 주먹을 쥔 채 잠깐 정신을 차려 그쪽으로 귀를 기울였다.

"순검."

그는 신치규의 배를 타고 앉아서 순검의 구두 소리를 듣자 비로소 자기가 무슨 짓을 하였는지 깨달았다.

그는 미친 사람처럼 일어났다. 그러고는 옆에 서서 벌벌 떠는 계집에게로 갔다.

"얘! 가자! 도망가자! 너하고 나하고 같이 가자! 자! 어서어서!"

계집은 자기에게 또 무슨 일이 있을까 하여 겁을 내어 도망을 하려 한다. 방원은 계집을 따라가며,

"얘! 얘! 네가 이렇게도 나를 몰라주니? 내가 너를 어떻게 생각하는지 알지를 못하니? 자! 어서 도망가자, 어서어서, 뒤에서 순검이 쫓아온다."

계집은 그대로 서서 종종걸음을 치며,

"싫소! 임자나 가구려! 나는 싫어요 싫어."

"가자! 응! 가!"

그는 미친 사람처럼 계집의 팔을 붙잡고 끌었다. 그때 누구인지 그의 두 팔을 마치 형틀에 매다는 것같이 꽉 뒤로 껴안는 사람이 있었다.

"이놈아! 어디를 가?"

그는 뒤를 돌아보지 않고도 그가 누구인지 알았다. 그는 온 전신에 맥이 풀리어 그대로 뒤로 자빠지려 할 때 어느덧 널판 같은

주먹이 그의 뺨을 사정없이 갈겼다.

"정신 차려."

"네."

그는 무의식하게 고개가 숙여지고 말소리가 공손하여졌다.

땅바닥에서는 신치규가 꿈지럭거리며 이리저리 뒹군다. 청승스러운 비명이 들린다.

방원은 포승 지인 채 계집은 그대로 주재소로 끌려가고, 신치규는 머슴들이 업어 들였다.

4

석 달이 지났다. 상해죄로 감옥에서 복역을 하던 방원은 만기가 되어 출옥을 하였다. 그러나 신치규는 아무 일 없이 자기 집에서 치료하고 방원의 계집을 데려다 산다. 신치규는 온몸이 나은 뒤에 홀로 생각하였다.

'죽는 줄 알았더니 그래도 이렇게 살아 있으니!'

하고 얼굴에 흠이 진 곳을 만져보며,

'오히려 그놈이 그렇게 한 것이 나에게는 다행이지, 얼굴이 아프기는 좀 하였으나! 허어.'

'어떻게 그놈을 떼어버릴까 하고 그렇지 않아도 걱정을 하던 차에 잘되었지. 그놈 한 십 년 감옥에서 콩밥을 먹었으면 좋겠다.'

방원은 감옥 속에서 생각하기를 나가기만 하면 연놈을 죽여버리고 제가 죽든지 요정을 내리라 하였다.

집에서 내어쫓기고 계집까지 빼앗기고, 그것을 생각하면 이가 갈리고 치가 떨리었다. 그것이 모두 자기가 돈 없는 탓인 것을 생각하매 더욱 분한 생각이 났다.

'에 더러운 년!'

그는 홍바지에 쇠사슬을 차고서 일을 할 때에도 가끔 침을 땅에다 뱉으면서 혼자 중얼거리었다.

"사람이 이러고서야 살아서 무엇하나. 멀쩡한 놈이 계집 빼앗기고 생으로 콩밥까지 먹으니……."

그가 감옥에서 나올 때에는 감옥소를 다시 한 번 둘러보고, 내가 여기서 마지막으로 목숨을 잃어버리든지 그렇지 않으면 내가 내 손으로 내 목을 찔러 죽든지 무슨 요정이 날 것을 생각하고 다시 온몸에 힘을 주고 쓸쓸한 웃음을 웃었다.

그는 이백 리나 되는 길을 걸어서 계집이 사는 촌에를 왔다.

그러나 아무도 그를 아는 척하는 사람이 없었다. 전에 친하게 지내던 사람들도 그를 보고 피해 갔다.

마치 문둥병자나 마찬가지 대우를 하였다. 감옥에서 나온 뒤로부터는 더욱 이 세상이 차디차졌다. 자기가 상상하던 것보다도 더 무정하여졌다. 그는 하는 수 없이 밤이 될 때까지 그 근처 산속으로 돌아다녔다. 그래서 깊은 밤에 촌으로 내려왔다. 그는 그 방앗간을 다시 지나갔다. 석 달 전 생각이 났다. 자기가 여기서 잡혀갔다는 것을 생각할 때 더욱 억울하고 분한 생각이 치밀어 올라왔다. 그는 한참이나 거기 서서 그때 일을 생각하고 몸서리를 친 후에 다시 그전 집을 찾아갔다.

날이 몹시 추워지고 눈이 쌓였다. 옷은 입은 것이 가을에 입고 감옥에 들어갔던 그것이므로 살을 에는 듯한 것이로되 그는 분한 생각과 흥분된 마음에 그것도 몰랐다.

'연놈을 모두 처치를 해버려?'

혼자 속으로 궁리를 하다가,

'그렇지, 그까짓 것들은 살려두어 쓸데없는 인생들야.'

하면서 옆구리에 지른 기름한 단도를 다시 만져보았다. 그는 감격스러운 마음으로 그것을 쓰다듬었다.

그는 신치규의 집 울을 넘어 들어갔다. 그의 발은 전에 다닐 적같이 익숙하였다. 그는 사랑을 엿보고 다시 뒤로 돌아서 건넌방 창 밑에 와 섰었다. 귀를 기울였으나 아무 말도 들리지 않았다. 그는 손에 칼을 빼 들었다. 그러고는 일부러 뒤 창문을 달각달각 흔들었다.

"그 뉘?"

하고 계집의 머리가 쑥 나오며 문이 열리었다. 그는 얼른 비켜섰다. 문은 다시 닫혀지고 계집은 들어갔다.

방원의 마음은 이상하게 동요가 되었다. 어여쁜 계집의 목소리가 오래간만에 귀에 들릴 때 마치 자기가 감옥에서 꿈을 꿀 적 모양으로 요염하고도 황홀하게 그의 마음을 꾀는 것 같았다. 그는 꿈속에 다시 만난 것 같고 오래간만에 그를 만나보매 모든 결심은 얼음같이 녹는 듯하였다. 그래도 계집이 설마 나를 영영 잊어버리랴 하고 옛날의 정리를 생각할 때 그것이 거짓말이 아니고 무엇이랴는 생각이 났다.

아무리 자기를 감옥에까지 가게 하였다 하더라도 그는 감히 칼을 들어 죽이려는 용기가 단번에 나지 않아서 주저하기 시작하였다.

'아니다, 다시 한 번만 물어보자!'

그는 들었던 칼을 다시 집고 생각하였다.

'거짓말이다. 거짓말이다! 그럴 리가 없다.'

그는 반신반의하였다.

'그렇다. 한 번만 다시 물어보고 죽이든 살리든 하자!'

그는 다시 문을 달각달각하였다. 계집은 이번에 다시 문을 열고 사면을 둘러보더니 헌 짚신짝을 신고 나왔다.

"뉘요?"

그는 방원이 서 있는 집 모퉁이를 돌아서려 할 제,

"내다!"

하고 입을 틀어막고 칼을 가슴에 대었다.

"떠들면 죽어!"

방원은 계집의 입을 수건으로 틀어막고 결박을 한 후 들쳐 업고서 번개같이 달음질하였다. 그는 어느 결에 계집을 업어다가 물레방아 앞에 내려놓은 후 결박을 풀었다. 그리고 한숨을 쉬었다.

"나를 모르겠니?"

캄캄한 그믐밤에 얼굴을 바짝 계집의 코앞에 들이대었다. 계집은 얼굴을 자세히 보더니,

"아!"

소리를 지르더니 뒤로 물러섰다.

"조금도 놀랄 것이 없다. 오늘 네가 내 말을 들으면 살려줄 것이요, 그렇지 않으면 이것이야?"

하고 시퍼런 칼을 들이대었다. 계집은 다시 태연하게,

"말요? 임자의 말을 들으렬 것 같으면 벌써 들었지요, 이때까지 있겠소? 임자도 남의 마음을 알지요. 임자와 나와 이 년 전에 이곳으로 도망해 올 적에도 전남편이 나를 죽이겠다고 칼로 허리를 찔러 그 흠이 있는 것을 날마다 밤에 당신이 어루만지었지요? 내가 그까짓 칼쯤을 무서워서 나 하고 싶은 짓을 놋 한단 밀이오? 힝, 이게 무슨 비겁한 짓이오, 사내자식이. 자! 찌르려거든 찔러보아요. 자, 자."

계집은 두 가슴을 벌리고 대들었다. 방원은 너무 계집의 태도가 대담하므로 들었던 칼이 도리어 뒤로 움찔할 만큼 기가 막혔다. 그는 무의식하게,

"정말이냐?"

하고 한 걸음 더 가까이 나섰다.

"정말이 아니고? 내가 비록 여자이지마는 당신같이 겁쟁이는 아니라오! 이것이 도무지 무엇이오?"

계집은 그래도 두려웠던지 방원의 손에 든 칼을 뿌리쳐 땅에 떨어뜨리었다.

이 칼이 땅에 떨어지자 방원은 여태까지 용사와 같이 보이던 계집이 몹시 비겁스럽고 더러워 보이어 다시 칼을 집어 들고 덤비었다.

"예! 간사한 년! 어쩔 터이냐? 나하고 당장에 멀리멀리 가지 않을 터이냐? 자아, 가자!"

그는 눈물이 어린 눈으로 타일러 보기도 하고 간청도 하여보았다.

"자아, 어서 옛날과 같이 나하고 멀리멀리 도망을 가자! 나는 참으로 나의 칼로 너를 죽일 수는 없다!"

계집의 눈에는 독이 올라왔다. 광채가 어두운 밤의 번개같이 번쩍거리며,

"싫어요. 나는 죽으면 죽었지 가기는 싫어요. 이제 나는 고만 그렇게 구차하고 천한 생활을 다시 하기는 싫어요. 고만 물렸어요."

"너의 입으로 정말 그런 말이 나오느냐? 너는 나를 우리 고향에 다시 돌아가지도 못하게 만들어놓고 나의 모든 것을 다 잃어버리게 한 후에 또 나중에는 세상에서 지옥이라고 하는 감옥소에까지 가게 하였지! 그러고도 나의 맨 마지막 원을 들어주지 않을 터이냐?"

"나는 언제든지 당신 손에 죽을 것까지도 알고 있소! 자! 오늘 죽으나 내일 죽으나 언제든지 죽기는 일반, 이렇게 된 이상 나를 죽이시오."

"정말이냐? 정말야?"

"정말요!"

계집은 결심한 뜻을 나타내었다. 방원의 손은 떨리었다. 그리고 그는 눈을 꽉 감고,

"에 여우 같은 년!"

하고 칼끝을 계집의 옆구리를 향하고 힘껏 내밀었다. 계집은 이를 악물고,

"사람 죽인다!"

소리 한 번에 그 자리에 거꾸러졌다. 칼자루를 든 손이 피가

몰리는 바람에 우루루 떨리더니 피가 새어 나왔다. 방원은 그 칼을 빼어 들더니 계집 위에 거꾸러져서 가슴을 찌르고 절명하여 버렸다.

— 〈조선문단〉 제11호, 1925. 9.

꿈

1

자기 스스로도 믿지 못하는 일을 때때 당하는 일이 있다. 더구나 오늘과 같이 중독이 되리만치 과학이 발달되어 그것이 인류의 모든 관념을 이룬 이때에 이러한 이야기를 한다 하면 혹 웃음을 받을는지는 알 수 없으나 총명한 체하면서도 어리석음이 있는 사람이 아직 의심을 품고 있는 이러한 사실을 우리와 같은 사람이 쓴다 하면 헤브라이즘과 헬레니즘 서로 반대되는 끝과 끝이 어떠한 때는 조화가 되고 어떠한 경우에는 모순이 되는 이 현실 세상에서 아직 우리가 의심을 품고 있는 문제를 여러 독자에게 제공하여 그것을 해석하고 설명해 내는 데 도움이 되거나 그렇지 않으면 아주 사실을 부인하여 버리게 되고, 또는 그렇지 않음을 결정해 낼 수 있다 하면 쓰는 사람이나 읽는 이의 해혹이 될까 하는 것이다.

이러한 사실을 믿거나 믿지 않거나 그것은 해석하는 이의 마음대로 할 것이요 쓰는 이의 관계할 바가 아니니, 쓰는 이는 문제를 제공하는 것이 그것을 해석하는 것보다 더 큰 천직인 까닭이다.

더구나 이야기는 실지로 당한 이가 있었고, 또는 쓰는 나도 믿을 수도 없고 아니 믿을 수도 없는 까닭이다.

2

내가 열아홉 살이 되던 해다. 세상에는 숫자를 무서워하는 습관이 있어 우리 조선서는 석 삼三 자와 아홉 구九 자를 몹시 무서워한다. 석 삼 자는 귀신이 붙은 자라 해서 몹시 꺼려하며 아홉 구 자, 즉 셋을 세 번 곱한 자는 그 석 삼 자보다도 더 무서워한다. 더구나 연령에 들어서 그러하니 아홉 살 열아홉 살 스물아홉 살 서른아홉 살…… 이렇게 아홉이라는 단수가 붙은 해를 몹시 경계한다. 그래서 다만, 홀어머니의 외아들인 나는 열아홉 살이 되는 날부터 마치 죽을 날이나 당한 듯이 무서움과 조심스러움으로 그날그날을 지내지 않으면 안 되었다.

이곳에서 저곳을 떠날 일이 있어서도 방위를 보고 벽에 못 하나를 박아도 손을 보며 생일 음식을 먹으려 하여도 부정을 염려하며 더구나 혼인 참례나 조상弔喪 집에는 가까이하지도 못하였으며 일동일정을 재래의 미신을 따라서 하지 않은 것이 없었다.

하다못해 감기가 들어서 누웠더라도 무당과 판수가 푸닥거리와 경을 읽었다.

나는 어릴 때이라 그렇게 구속적이요 부자유한 법칙을 지키기도 싫었을 뿐 아니라 그때 동리에 있는 보통학교에 다닐 때이므로 어머니의 말씀과 또는 하시는 일은 어리석다 해서 여간해 반대를 하지 않은 것이 아니었다. 그러나 그것이 어리석은 일인 줄은 알고 자기도 그것이 옳지 않은 일인 줄은 알면서도 그것을 단단히 믿지 않을 수는 없었다. 제사 음식이 눈에 보이면 거기 귀신이 붙은 것 같기도 하여 어째 구미가 당겨지지를 아니하고 길에서 상여를 만나면 하루 종일 자기 생명이 위태한 것 같아서 아니 본 것만 못하였다. 장님을 보면 돌아가고 예방해 내버린 것을 볼 때는 자연히 침을 뱉었다.

쉽게 말하면 이 무서운 인습적 미신을 완전히 깨뜨려 버릴 수가 없다는 말이다.

3

나는 지금 그때를 돌아보면 여러 가지 행복을 아니 느낄 수가 없다. 아버지가 끼쳐주고 돌아가신 넉넉한 재산과 따뜻한 어머니의 자애로 무엇 하나 불만족한 것이 없이 소년 시대를 지내오며 따라서 백여 호밖에 되지 않는 촌락에서 가장 재산이 있고 문벌 있는 얌전한 도령님으로 지내던 생각을 하면 고전적 즐거움을 아니 느낄 수가 없다.

더구나 지금도 거울을 앞에 놓고 내 얼굴을 들여다보면 그때에 보르통하고 혈색 좋던 얼굴의 흔적은 숨어버리었으나 잘 정제된 모습이라든지 정기가 넘치는 눈이라든지 살쩍이 뚜렷한 이마라든지 웃음이 숨은 듯 나타나는 듯한 입 가장자리에 날씬날씬한 팔다리와 가늘은 허리를 아울러 생각하면 어디를 내놓든지 귀공자의 태도가 있었었다.

그래서 동리에서는 나를 사위로 삼으려는 사람이 퍽 많았었다. 하루에도 중매를 들려고 오는 사람이 두셋씩 있을 때가 많아서 그 사람들은 서로 눈치들만 보고 서로 말하기를 꺼려 그대로 돌아간 일이 한두 번이 아니었다.

그래서 어머니는 어느 것을 택해야 좋을는지 몰라서 적잖이 헤매신 모양이요, 또는 그 까닭으로 열네 살부터 말이 있던 혼인이 열아홉 살이 되도록 늦어진 것이다.

4

동리 처녀들 중에 내 말을 듣거나 또는 담 틈으로나 울 너머로 나를 본 처녀는 모두 나를 사모하게 되었던 모양이다. 우리 집에서 셋째 집 건너편에 있는 열여덟 살 먹은 처녀 하나는 내가 학교를 갈 적이나 집으로 돌아올 적에는 반드시 문틈으로 내가 지나가기를 기다리는 것을 나는 본 일이 있었다. 어떠한 날은 대담하게도 내가 지나가기를 기다려 자기의 노랑 수건을 내 앞에 던진 일까지 있었다. 또 어떤 처녀 하나는 자기 부모에게 자기가 나를 사모한단 말을 하여 직접 통혼까지 한 일이 있었으나 그 집안 문벌이 얕다는 이유로 어머니에게 거절을 당한 후에 그 여자는 병이 들었더니 그 후에 다른 데로 시집을 갔다고 할 적에는 나는 공연히 섭섭한 일도 있었다.

그중에 가장 내가 귀찮게 생각한 것은 우리 동리에서 조금 떨어진 곳에 주막이 하나 있었는데 그 주막에 술 파는 여자가 나에게 반하였던 일이다. 그것도 내가 학교에 가는 길가에 있는 곳인데 하루는 학교에서 운동을 하고 집에 돌아오는 길에 어떻게 목이 말랐는지 일상 어머니가 하신 '물 한 그릇이라도 남의 집에서 먹지 말라'는 경계를 어기고 그 주막에 들러서 그 술 파는 여자에게 물 한 그릇을 얻어먹은 일이 있었다. 그 여자란 것은 나이가 스물두서넛이 되어 보이는 남편이 있는 여자인데, 눈이 크고 검으며 살이 검누르고 통통한 여자로 사람을 보면 싱글싱글 웃는 버릇이 있어 얼핏 보면 사람이 좋아 보이지마는 어디인지 음침한 빛이 있다.

그 이튿날 나는 무심히 그 주막 앞을 지나려니까 그 여자는 나를 보고 싱글 웃었다. 그날 저녁에도 싱글 웃었다. 그 웃음이 어떻게 야비한지 나는 그 웃음을 잊으려 하였으나 잊으려 하면 더 생각이 나서 못 견디었다.

그렇지만 그 앞을 아니 지날 수가 없어서 그 웃음을 보지 않으려고 고개를 돌리고 지나간 지 이틀 만에 그 여자는 내가 학교에서 돌아오기를 기다렸는지 문간에 나섰다가 나를 불렀다.

나는 질겁을 하여 머리끝이 으쓱하였다.

"여보시소 서방님네."

"왜 그러는고."

나는 돌아보며 물었다.

"사내가 와 그렇게 무정한게요?"

나는 사면을 둘러보았다. 그 말하는 그 사람은 그만두고 그 말을 듣는 내가 몹시 더럽고 부끄러운 것 같은 까닭이었다. 나는 아무 말도 못 하고 그대로 돌아서 가려 하니까, 그 여자는 나의 손목을 잡아끌고 자기 집으로 끌고 들어가려 하였다. 그는,

"술이나 한잔 자시고 가시소."

하며 잡아다녔다. 술? 나는 말만 들어도 해괴하였다. 학교 규칙, 어머니, 학생, 계집, 주정, 음란, 이 모든 것이 번득번득 연상이 되어서 온몸이 떨렸다.

"이 손 못 놓겠는게요?"

나는 손을 뿌리쳤다. 그리고,

"나는 학생이래서 술 못 먹는지러."

하고 뒤로 물러서며,

"나중에는 얄궂은 일을 다 당하는게로."

하고 앞만 보고 달려왔다.

집에 와서는 얼른 손을 씻어 그 여자의 손때를 떨어버리고 옷까지 바꾸어 입었다. 그 음탕한 눈이며 살냄새가 눈에 보이고 코에 맡이는 것 같아서 못 견디었다.

5

그 후부터는 그 길로 학교를 갈 수가 없어서 길을 돌아가는 수밖에 없었다. 그전 길로 가면 오 리밖에 되지 않는 길을 십 리나 되는 산길로 돌아 다녔다.

그런데 다행히 그 길 중턱에는 우리 집 논이 있고 그 논 옆에는 우리 마름이 살므로 적이 안심이 되었다.

첫날 그 집 앞을 지날 때 나는 주인 된 자격으로라고 하는 것보다도 반가운 마음으로 그 집에를 들어가지 않을 수가 없었다. 처음에 그 집 사립짝문을 들어서니 집안이 너무 적적하였다. 이십 년 동안이나 우리 집 땅을 부쳐먹는 사람 좋은 늙은 마름도 볼 수가 없고 후덕스러 보이는 그의 마누라도 볼 수가 없다. 하다못해 늙은 개까지도 볼 수가 없었다.

나는 의아하여 고개를 기웃기웃하려니까 그 집 봉당 문이 열리며 기웃이 고개를 내미는 사람은 그 집 딸인 임실이었다. 임실이는 어렸을 때 앞치마 하나만 두르고 발바닥으로 어머니를 따라서 우리 집에 드나든 일이 있으므로 나는 그 얼굴을 잘 알뿐더러 어려서는 같이 장난까지 한 일이 있었다. 그러나 근 삼 년이나 보지를 못하였다. 대가리가 커지니까 그렇게 함부로 다니지를 못하게 한 모양이다.

어렸을 적에 볼 때에는 머리가 쥐꼬리 같고 때가 덕지덕지하며 코를 흘리던 것이 지금 보니까 제법 머리를 치렁치렁 발뒤꿈치까지 따 늘이고 얼굴에 분칠을 하였는데 때가 쏙 빠졌다.

그는 반가웁다는 뜻인지 생긋 웃고 나를 보며 어서 오라는 듯이 나를 쳐다보았다. 그러고는 아무도 없는데 온 것이 미안한 듯이 황망해하며 어떻게 이 갑작스러웁게 방문한 주인댁 도련님을 맞아야 좋을지 모르는 모양이다.

"죄다 어데 간는?"

나는 상전의 아들이 하인의 딸에게 향하는 태도로 물었다. 그는,

"들에 나갔는게로"

하며 다시 한 번 나를 곁눈으로 살펴보았다.

길게 있을 시간도 없거니와 이따가 하학할 때에는 또다시 들를 터이니까 오래 있을 필요가 없어서 그대로 학교를 다녀 돌아올 적에 다시 들렀다.

그때에는 마름 내외가 나를 기다리고 있다가 점심 먹으라고 밀국수를 해주었다. 아마 그 계집애가 저희 부모에게 말을 했던 모양이다.

그 후에는 올 적 갈 적 들렀다. 그 계집애도 상전과 부리는 사람의 관계로 숙친하여졌다.

어떤 때 나의 옷고름이 떨어지면 그것을 달아주고 혹 별다른 음식을 갖다가 내 앞에 놀 때에는 이상한 미소를 띠고 나를 곁눈으로 쳐다보았다. 그 웃음이란 나의 눈에 보이기에도 몹시 유혹적이었으나 나는 실없는 계집년이란 생각밖에 나지 않았다.

6

그 후에 하루는 내가 학질 기운이 갑자기 생겨서 하학 시간도 채 마치지 못하고 어떻게든지 집으로 가려고 무한한 노력으로 줄달음질 쳐 오다가 그 집 앞을 당도해 보니까 여태까지 참았던 마음이 홱 풀어지며 그대로 그 집 마루에 가 털썩 주저앉아 버린 일이 있었다.

그것을 본 마름들은 나를 방으로 데려다 누이고 일변 집으로 통지를 하며 또는 물을 끓인다 미음을 쑨다 하여 야단을 하는데 그중에 가장 난처하게 여기는 것은 나를 깔고 덮어줄 이불요가 없어서 걱정인 것이다.

자기네들이 깔고 덮는 누더기를 주인 상전의 귀여운 아들, 더구나 유달리 위하는 아들의 몸에는 덮어주기를 꺼리는 모양이다. 염려하는 것을 본 그 처녀는 얼핏 자기 방—아랫방—으로 가서 새로이 꾸며둔 이불요 한 채를 가지고 왔다. 그것은 자기가 시집 갈 때 가지고 가서 신랑과 덮고 잘 이불을 준비해 둔 것이다.

그는 그것을 깔고 덮어준 후 발아래를 잘 여미고 두덕두덕 매만져 주었다. 촌 여자의 손이지만 어디인지 연하고 부드러운 맛이 있어서 몹시 육감적 자극을 전하는 듯하였다. 그러고는 그 처녀는 내 앞을 잘 떠나지 않고 자기의 가장 아끼는 이불요를 꺼내 덮어준 것이 퍽 만족하다는 듯이 항상 이불과 요를 매만졌다. 어떠한 때에는 나의 이마도 눌러주고 시키지도 아니하였는데 나의 베개를 바로 베주기도 하고 흐트러진 옷고름을 매주기까지 하였다.

그때 그 당시로 말하면 내가 그 임실이쯤은 다른 의미로 생각할 여지가 없었고 더구나 임실이를 이성으로 생각한다는 것으로는 마음이 끌리지 아니하였으니 그와 나의 지위의 간격이 너무 멀었음이 첫째 원인이며, 허구많은 여자들 다 제쳐놓고 임실이에게 마음을 끄을린다는 것은 그때 나의 관념으로도 우스운 일일 뿐 아니라 그런 일이 있다 하면 그것은 자기의 명예라든지 여러 가지의 사정을 생각하여 으레 있지 못할 일이었으므로 더구나 임실이가 나에게 마음을 둔다 하면 그것은 마치 파수 병정이 나라의 공주에게 반하는 것이나 마찬가지인 까닭이었다. 그러나 파수 병정이 공주를 사모한 일이 만일 있었다 하면 그것이 대개는 불행으로써 끝을 마치는 것과 같이 임실이가 나를 사모한 것도 그러하였으니 그때는 그것을 깨닫지 못하였으나 그 후에 그것을 깨달았을 때 나는 가슴이 몹시 아픔을 깨닫지 아니치 못하였다.

7

병이 나아서 다시 학교를 다닌 지 한 달 남짓한 때 나는 그 집을 들렀다가 그 집에서 마누라쟁이가 소리를 질러 떠드는 소리를 들었다.

"이 정출 가스내야 죽어도 대답을 못 하겠는가?"

하며 임실이를 두들겨주는 꼴을 보았다. 계집애는 죽어도 못 하겠소 하는 듯이 입을 다물고 돌아앉아서 눈물만 흘리고 느껴가면서 울 뿐이다.

"말해라, 그래도 못 하겠는게로?"

하고 그의 손에 든 방치[1]가 임실의 등줄대를 내려 갈겼다. 임실이는 그대로 엎드러져서 등만 비비며 말이 없다. 어미는 죽어라 하고 두어 번 짓이기더니 나를 보고 물러섰다.

그 까닭은 이러한 것이었다. 임실이를 어떠한 촌에 사는 늙수그레한 농부가 후실로 달라고 하는데 그 농부인즉 돈도 있고 땅도 많고 소도 많아 살기가 넉넉하나 상처를 하여 다시 장가를 들 터인데 만일 딸을 주면 닷 마지기 땅에 소 두 마리를 주겠다는 말이 있음이다. 그러나 임실이는 죽어도 가기 싫다 하니까 그렇게 수가 나는 것을 박차버리는 것이 분하고 절통한 일이 되어서 지금 경찰이 고문이나 하는 듯이 딸에게 대답을 받으려 함이었다.

나도 그 말을 듣고는 임실이를 철없는 계집애라 하였다. 그렇게 하면은 부모에게도 좋은 일이요 자기 신상에도 괜찮을 것이라 하였다. 나도 어미 편을 들었다. 그랬더니 어미는 더욱 펄펄 뛰면서, 자 도련님 말씀을 들어보라고 야단이다. 그러나 지금 생각하니 그 무심히 한 말이 그 계집애에게 치명상을 줄 줄을 누가 알았으랴. 지금도 생각만 하면 모골이 송연하다.

8

그 후에는 임실이가 몸이 아파서 누웠단 말을 들었다. 나는 여러 가지로 생각을 하여, 즉 말하자면 주인 된 도리로나 날마다 지

1 다듬잇방망이.

나다니며 폐를 끼치는 것으로나 또는 내가 앓을 적에 제가 해주던 공으로나 약 한 첩 아니 지어다 줄 수 없어서 그 병을 물어보았으나 다만 몸살이라고 할 뿐이므로 무슨 병인지 몰라서 그것도 하지 못하였다.

그 후 한 보름은 무심히 지나갔다. 임실이 병이 어찌 되었느냐고 물어보지도 않았다.

그렇게 무심히 지내던 어떠한 날 저녁에 나는 어머니와 단둘이 방에서 잠을 자고 있었다. 날이 몹시 침울하고 날이 흐려서 안개가 자욱이 낀 밤이었다. 척척한 기운이 삼투를 하여 방 안으로 스며들었다.

나는 잠이 들어다가 깨었다. 깨기는 깨었으나 분명히 깨지도 못하였다. 눈에는 방 안에 있는 것이 분명히 보이나 정신은 잠 속에 잠겨 있었다. 시계 소리가 들리었으나 그것이 생시에 듣는 것 같기도 하고 꿈속에 듣는 것 같기도 하였다. 누구든지 가위를 눌릴 때 당하는 것같이 몸은 깨려 하고 정신은 깨지 않는 것과 같았다. 멍한 기운이 머릿속에 가득 차고 온몸이 녹는 듯이 혼몽하였다.

그러자 누구인지 문을 열었다. 석유 불을 켜놓은 등잔불이 더욱 밝아지더니 눈이 부신 햇빛같이 환하여졌다. 나는 이상하지도 않고 무섭지도 않았다. 생시나 같이 예사로웠다.

문이 열리더니 들어오는 사람이 있었다. 그것은 분명히 임실이었다. 그는 하얗게 소복을 입었었다. 그의 손에는 이상한 꽃가지를 들었었다. 문을 닫더니 내 앞에 와서 섰다. 그는 울음을 참는 사람처럼 처참하게 입을 다물었다. 그는 누구와 이별하는 것

같이 몹시 슬픈 낯으로 나를 보았다. 그의 옷 빛은 똑똑하고 선명하게 내 눈에 비치었다.

그는 한참이나 나를 보고 있더니 눈에서 구슬 같은 물을 흘리더니 나의 가슴에 엎드려 울었다. 생시나 꼭 마찬가지 목소리로 나를 향하여,

"저는 지금 당신을 이별하고 영원히 갑니다. 생시에는 감히 말씀을 못 하였으나 지금 마지막 당신을 떠나갈 때 제가 얼마나 당신을 사모하였는지 알 수가 없던 그 간곤한 정이나 알려드릴까 하여 가는 길에 들렀사오니 영영 가는 혼이나마 마지막으로 저를 한번 안아주세요."

하고 가슴에 안겼다. 나는 벌떡 일어서며 임실이를 물리치며,

"버릇없는 가시내 년 누구에게 네가 감히 이따위 버르장을 하니."

하고 꾸짖었다. 그랬더니 임실이는 돌아서서 원망스럽게 나를 흘겨보면서 그러면 이것이 마지막이니 안녕히나 계시라고 어디로인지 사라졌다. 나는 그 사라지는 것이 연기와 같이 허무한 것을 보고 공연히 섭섭한 생각이 나고 가슴속이 메어지는 듯하여 그렇게 준절히 꾸짖은 나로서 다시,

"임실아! 임실아!"

하고 부르면서 따라 나가려 하였다. 그러나 정녕코 생시요 모든 것이 분명하고 똑똑한데 다리를 떼어놓으려면 다리가 떼어지지 않고 무엇이 꽉 붙잡는 것 같으며 입을 벌리려면 혀가 굳어서 말이 나오지를 아니하여 무한히 고생을 하고 애를 쓰려 하였으나 마음대로 되지를 않았다. 그러자 누구인지 내 몸을 흔드는 듯해

서 눈을 떠보니까 나는 자리 속에 누웠고 옆에 어머니가 일어나 앉으셔서,

"왜 그러는?"

하고 물어보신다. 여러 가지를 종합해 보아서 내가 꿈을 꾸었던 것이다.

꿈은 꿈이나 그것이 너무 역력한 까닭에 어머니께 그런 말씀도 하지 못하고 이상하다 하는 생각으로 그날 밤을 지내었다.

9

그 이튿날 아침에 학교를 갈 적에는 만사를 제쳐놓고 그 집부터 들렀다. 들르기도 전에 멀리서 나는 가슴이 서운하여지지 않을 수가 없었다.

"먹을 것도 못 먹고 입을 것도 못 입고…… 임실이가 죽단 말이 웬 말이냐. 어미 애비 내버리고 네 혼자 어데메로 간단 말고, 애고 애고 임실아……."

하며 어미의 우는 소리가 적적한 마을 고요한 공기를 울리고 내 귀에 들려왔다. 공중에서 날아왔다 날아가는 제비 새끼라든지 다 익은 낟알이 바람에 불리어 이리 물결치고 저리 물결치는 것이든지 그 울음소리에 섞이어 몹시 애처로운 정서를 멀리멀리 퍼뜨리는 것 같다.

나는 그 집에 들어가기 전에 벌써 직감적으로 무슨 일이 생긴 것을 알게 되었다. 더구나 시집도 가지 않은 처녀가 원한 품고 죽

었구나! 하는 생각을 하매 무서운 생각도 나고 으스스한 느낌이 생겼다.

어미는 머리를 쥐어뜯어 가며,

"임실아! 가려거든 같이 가지 너 혼자 간단 말고."

하며 통곡을 한다. 마름은 옆에 앉아 눈물을 씻고 있다. 농후한 애수가 그 집을 싸고돈다.

마누라는 나를 보더니,

"도련님, 임실이가 죽었소."

하며 푸념 겸 하소연을 한다. 아랫방 임실의 누운 방 문은 꼭 닫혀 있고 그 앞에는 임실이가 신던 신짝이 나란히 놓여 있다.

나는 이것이 정말이라 하면 너무 내 꿈이 지나치게 참말이요 거짓말이라 하면 이렇게 애통한 광경을 믿지 않아야 할 것이다. 꿈이 이렇게 사실과 결합되는 일이 세상에 어디 있으랴?

"몇 시쯤 하여 그랬는고?"

나는 생각이 있어서 시간을 물어보았다. 마름은 눈을 끔벅끔벅하고 먼 산을 바라보고 꺼질 듯한 한숨을 내쉬더니,

"오경은 되었을게로"

하며 대답을 하였다. 나는 눈을 더 한번 크게 뜨지 않을 수가 없었다. 그러면 분명히 임실의 혼이 임실의 몸에서 떠날 때 나에게 즉시 다녀간 것이 틀림없었다.

10

나는 그날 학교를 고만두었다. 집에 돌아와서 몸이 아프다는 핑계를 하고 종일 드러누워 생각하매 실없이 임실이 생각이 나서 못 견뎠다. 나에게 그렇게 구소舊巢에 사무친 원한을 품고 세상을 떠난 것을 생각하매 내 사지 마디가 저린 것 같았다. 불쌍함과 측은한 생각이 나고 또는 적지 않은 미신적 관념이 공연히 나를 두려웁게 하였다.

그리고 일상 나에게 하던 것이라든지 내가 아플 때 나에게 하여준 것이라든지 또는 시집가기 싫어하던 것이든지 병들었던 것을 생각하고 임실의 마음을 추측하매 임실이는 속으로 몹시 나를 사모하였던 것이 틀림없었다. 그러나 나는 상전이요 자기는 부리는 사람의 딸이었다. 고귀한 집 도련님을 사모한다고 말로는 차마 하지 못하였으나 그는 속으로 혼자 가슴을 태웠던 것이다. 골수에 사무치도록 나를 생각하였던 것이다. 입이 있고 말을 하나 차마 가슴속에 든 것을 내놓지 못하였던 것이다.

그 모든 것을 생각할 때 나는 죽어간 임실을 몹시 동정하게 되었었다. 다시 한 번 만날 수가 있어 그의 진정을 들었으면 좋을걸 하는 생각까지 나고, 나중에는 제가 생시에 그런 말을 하였다면 들어주기라도 하였을걸 하는 마음까지 났다. 말하자면 나는 임실이가 죽어간 뒤에 분한 마음이 변하여 사랑하는 마음이 되었다는 것이다.

그날 저녁에 나는 잠을 자려 하나 잘 수가 없었다. 어머니는 무슨 영문도 모르시고 가지각색 약을 갖다가 나를 권하셨다. 그러시면서 내가 어제저녁에 꿈에 가위를 눌리더니 몸에 병이 생기었다 하시면서 매우 걱정을 하시었다. 그런데 나는 오늘 아침 임실이가 죽었다는 말을 하지 못하였다. 만일 그 집에 들렀다는 말을 하면 처녀 죽은 귀신이 씌었다고 당장에 집안이 뒤집힐 터인 까닭이다.

나는 온종일 임실이 생각만 하다가 자리 속에 누웠었다. 때는 자정이 될락 말락 하였었다. 어머니는 내가 잠들기를 기다리시느라고 옆에서 바느질을 하시고 계셨다. 사면은 고요하였다. 멀리서 닭 우는 소리가 들리었다. 나는 눈이 또렷또렷 잠 한잠 자지 못하고 누워 있었다. 그런데 누구인지 문간에서 문을 두드렸다. 어머님도 바느질하시던 것을 그치시고 귀를 기울이셨다. 나도 고개를 돌렸다.

"도련님!"

분명히 임실의 소리다. 어머니와 나는 서로 쳐다보았다. 서로 의아한 것을 깨치기 위함이다. 어머니 한 사람이나 나 한 사람만 듣는 것이 아니라 서로 다 듣는다는 것을 알 때 나는 온몸이 으쓱하였다.

"도련님!"

목소리가 더 똑똑하고 날카로웠다. 나는 무의식하게 벌떡 일어나며 대답을 하려 하였다. 그러나 어머니는 얼핏 나에게로 달려드시며 쉬— 입을 막으라고 손짓을 하셨다.

"도련님!"

세 번째 소리가 날 때 나는 아무 말이 없었다. 그때 나는 등에서 땀이 나도록 무서운 생각이 나서 얼른 자리 속으로 들어왔다.

어머니는 그게 누구 소리냐고 날더러 물어보셨다. 나는 어제 저녁 꿈 이야기로부터 오늘 이야기를 아니 할 수가 없었다. 내일이면 온 동리가 다 알 것을 속인들 소용이 없음이었다. 나는 그 이야기를 모조리 하였다. 그랬더니 어머니는 나를 책망을 하셨다. 그렇게 생명에까지 관계되는 것을 이야기하지 않으니 어찌 자식이며 어미냐고 우시기까지 하셨다. 나는 참으로 말 안 한 것을 후회하였다. 그것은 귀신이 다녀간 것이라 하셨다. 세 번 부르기 전에 만일 대답을 하였다면 내가 죽을 것을 요행히 괜찮았다고 하셨다.

그날 저녁은 무사히 넘어갔다. 그 이튿날 어머니는 무당을 불러오셨다. 무당이 내 말을 듣더니 처녀 죽은 귀신이 되어서 그렇다고 그 귀신을 모셔다가 아무 이러이러한 나무 위에 모셔놓고 일 년에 한 번씩 제사를 지내주라 하였다. 어머니는 그렇게 하기로 결정을 하셨다. 그 이튿날 임실이를 공동묘지에 갖다가 묻었다. 나는 서운한 생각으로 그날을 지냈다. 더구나 이 사람으로서는 믿을 수 없는 일을 자기가 직접 당하고 보니 이상하게 마음이 편치 못하였다. 더구나 처녀 귀신이 자기를 찾아다니는 것을 생각하고 여러 가지 미신을 종합해 생각할 때 적잖이 불안하였다.

그날 밤에도 임실이가 꿈에 보였다. 이번에는 아주 다른 세상으로 가서 모든 세상의 더러운 것을 깨끗이 씻어버리고 선녀처럼 어여쁜 얼굴과 고운 단장을 하고 찾아왔다. 나는 그의 손을 잡고 퍽 반가움을 금치 못하여 이번에는 내가 임실이를 생각하는 것이 분수에 과한 것같이 임실이는 숭고하여졌었다. 나는 꿈속에서 임실이를 사모한다 하였다.

그러나 임실이는 조금 비웃는 듯이 나를 보더니 만일 당신이 나를 사모하거든 지금이라도 같이 가자고 하였다. 그러면서 손을 잡아끌었다. 어제저녁 찾아갔을 때 왜 대답도 아니 하였느냐 하며, 자 어서 가자고 손을 끌었다.

그때 잠깐 나는 꿈속에서나마 생시의 먹었던 정신이 들었던 모양이다. 임실이가 참 정말 임실이가 아니요 귀신 임실이라는 생각이 들더니 만일 임실이를 따라가면 자기도 죽는다는 생각이 나서 손을 뿌리치는 바람에 잠이 깨었다.

잠은 깨었으나 눈앞에 보던 기억이 역력하다. 가기 싫다고 손을 뿌리쳤으나 임실이 모양이 얼마나 숭고하고 어여뻤는지 옆집 계집애가 노랑 수건을 던져주던 따위로는 비길 수 없이 나의 정열을 일으켰다. 일이 허황된 일이라면서도 꿈에 보던 임실이를 잊을 수 없다. 어떠한 경우에 사람이 추상적 환상에 반하는 일이 있는 것이나 마찬가지로 나는 꿈속에 임실이 혼에게 반하였던 모양이다.

나는 잊으려 하나 잊을 수가 없었다. 속으로 자기를 비웃으면서 가슴속은 무엇에 취한 것 같았다.

어머니는 이 말을 들으시더니 더욱 근심을 하시면서 얼핏 장가를 들여야겠다 하셨다. 그리고 유명한 무당과 판수에게는 날마다 다니시다시피 하셨다.

그 이튿날 또 그 이튿날 꿈에는 임실이가 보이지 않았다. 꿈속에서 다시 한 번이라도 만나보았으면 할 때는 정작 오지를 않았다. 꿈을 꾸어서 만나보고 싶은 생각이 처음 날 그 이튿날까지는 그리 대단치 않더니 날이 지날수록 심해져서 어떻게 꿈속에서 한번 만나보나 하는 생각이 간절하여졌다. 그래서 하루 종일 임실이 생각만 하면 혹시 꿈속에서 만나볼 수가 있을까 하여 일부러 그 생각만 하였었으나 허사였다.

그 후부터 날마다 학교는 가지마는 그 집에는 자주 들르지를 않았다. 첫째 나 때문에 자기 딸이 죽었다는 칭원을 할까 겁나는 까닭이요, 둘째로는 그 죽은 방이 보기 싫은 까닭이었다.

그러나 아무리 하여도 잊혀지지를 않으므로 이번에는 잊어보려고 애를 썼다. 어떤 때는 혼자 눈을 딱 감아보기도 하고 어떤 때는 혼자 고개를 흔들어 눈앞에 보이는 것을 깨뜨려 보려 하였으나 더욱 분명히 보일 뿐이다. 그래서 이것도 귀신이 나의 마음을 이렇게 만들어놓은 것이라고 해서 몹시 괴로웠다.

11

하루는 토요일이다. 임실을 잊어버리려 하나 잊어버릴 수 없는 생각이 나를 공동묘지까지 끌어갔다. 풀이 우거져서 상긋한 냄새가 온 우주의 생명의 냄새를 나의 콧구멍으로 전하여 주는 듯하였다. 익어가는 나락들은 무거운 생명의 알갱이를 안은 채 고개를 숙이고 있다. 널따란 벌판에는 생명의 기운이 넘쳐흐른다. 땅에서 솟아오르는 흙의 냄새가 새로이 나의 전신을 씻어주는 듯하였다.

먼 산에서 바람에 흔들리는 소나무들은 꿈틀꿈틀한 줄기와 뻣뻣한 가지로 힘 있게 흩날린다. 맑게 개인 하늘에는 긴장한 푸른

빛이 이쪽에서 저쪽까지 한 귀퉁이 남겨놓은 것 없이 가득히 찼다. 길 가는 행인들까지 걷어 올린 두 다리에 시뻘건 근육이 힘있게 꿈틀거린다. 들로 나가는 황소 목에 달린 종소리까지 쨍쨍한 음향으로 공기를 울린다.

공동묘지는 우리 동리에서 북쪽으로 십오 리나 되는 산등성이에 있었다. 내가 묘지에 가는 것은 임실의 실체를 만나보려 하는 것도 아니요 꿈속같이 임실의 혼을 만나려는 것도 아니다. 임실이가 나를 그렇게까지 사모하다가 말 한마디 하지 못하고 그대로 원혼이 되어 갔으며, 또는 그 원혼이 그래도 나를 못 잊고 꿈속에까지 나를 못 잊어 내 눈에 보이며 또 그 원혼이 밤중에 나를 찾아왔다 하면 그 간곡한 마음을 다만 얼마라도 위로하는 것이 나의 의리 있는 짓이라고 하는 생각까지 난 까닭이었다.

그러면 사람이라는 것은 이상한 것이 되어 어떠한 물건에 의지하지 아니하면 그 마음이라든지 그 정성을 다하지 못하는 것이므로 부처를 생각하매 흙으로 빚어 만든 불상이거나 예수를 경배하매 쇠로 만든 십자가가 아니면 그 마음을 한곳에 붙이지 못하는 것과 같이 내가 임실이를 생각하매 그의 몸을 묻어놓은 흙덩이 무덤이 아니면 나의 마음을 부쳐 보낼 수 없음이었다.

나는 이 무덤 저 무덤을 찾아서 임실의 무덤 앞에 섰다. 무덤이 무슨 말이 있으랴마는 나의 심정은 무엇으로 채우는 듯이 어색하여졌다. 죽은 사람의 무덤 위에는 새로 생명으로 솟아오르는 풀들이 파릇파릇 났다. 나는 세상에서 가장 애처로운 정서로 얽어놓은 이 무덤 속에 잠들어 있는 임실이를 위하여 무엇이라고 하여야 좋을지 알지 못하였다.

처녀로서 순결한 마음으로 일평생 한 번밖에 그의 정을 주어 보지 못한 임실의 깨끗한 몸이 여기에 놓여 있고 그 순질한 심정에서 곱게 피어오른 사랑의 꽃이 저 심산 속에 피었다 사라진 이름 모를 꽃 같은 것을 생각할 때 나의 마음은 숭고하고 결백함으로 찼었다. 그러나 한 번밖에 피지 못하는 꽃이 나로 말미암아 피었고 그것이 나로 인하여 꺼져버린 것을 생각할 때 말할 수 없이 아까웠다. 더구나 그 꽃은 꺼졌으나 그 나머지 향기가 그렇게 쉽게 사라지지 않고 피었던 자리 언저리에 남아 있어 없어지기를 아끼어하는 것을 생각할 때 얼마나 나의 마음이 에이는 듯하였는지 몰랐다.

나는 무덤 가장자리를 돌아다녀 보았다. 그의 무덤은 보잘 것이 없었다. 그의 무덤에는 찾아오는 이도 없었다. 그의 죽어간 뒤에는 그를 위하여 가슴을 태우는 이라고는 그의 어머니와 아버지가 있을 뿐이다. 그러나 죽어간 임실이가 그렇게까지 사모하던 내가 이 자리에 왔는 것을 아는지 모르는지, 만일 참으로 넋이 있어 안다 하면 그가 그것을 만족히 여길는지 아닐는지? 나의 마음속에는 말할 수 없는 안타까움이 있을 뿐이었다.

나는 옆에 피어 있는 석죽 꽃을 따서 그것으로 화환을 만들어 무덤 앞에 놓아주고 집으로 돌아왔다. 그 후에는 전과 다름없는 생활을 하여왔다. 그리고 임실이도 꿈에 오지 아니하고 나도 임실의 생각을 잊어버리었다.

그러자 일 년이 지나간 어떤 날 또다시 임실이가 왔었다. 그것은 바로 임실이가 죽은 지 일 년이 되던 날이다. 그 후에는 연년이 그날이면 임실이가 보이더니 내가 서울 와서 공부하던 해부터는 그날이 되어도 오지 않았다. 지금은 아주 남의 이야기가 되어버린 것같이 잊어버리었으나 문득문득 그때 생각이 나면 그때 문간에서 나를 부르던 소리가 귀에 역력하여 온몸이 으쓱하여진다.

―〈조선문단〉 제13호, 1925. 11.

뽕

1

안협집이 부엌으로 물을 길어 가지고 들어오매 쇠죽을 쑤던 삼돌이란 머슴이 부지깽이로 불을 헤치면서,

"어젯밤에는 어디 갔었습던교?"

하며 불밤송이 같은 머리에 왜수건을 질끈 동여 뒤통수에 슬쩍 질러 맨 머리를 번쩍 들어 안협집을 훑어본다.

"남 어디 가고 안 가고 님자가 알아 무엇할 게요?"

안협집은 별 꼴사나운 소리를 듣는다는 듯이 암상스러운 눈을 흘겨보며 톡 쏴버린다.

조금이라도 염량이 있는 사람 같으면 얼굴빛이라도 변하였을 것 같으나 본시 계집의 궁둥이라면 염치없이 추근추근 쫓아다니

며 음흉한 술책을 부리는 삼십이나 가까이 된 노총각 삼돌이는 도리어 비웃는 듯한 웃음을 웃으면서,

“그리 성낼 게야 무엇 있습나? 어젯밤 안쥔 심바람으로 님자 집을 갔었으니깐두루 말이지.”

하고 털 벗은 송충이 모양으로 군데군데 꺼칫꺼칫하게 난 수염을 숯검정 묻은 손가락으로 두어 번 쓰다듬었다.

“어젯밤에도 김 참봉 아들네 사랑방에서 자고 왔습네그려.”

삼돌이는 싱긋 웃는 가운데에도 남의 약점을 쥔 비겁한 즐거움이 나타났다.

“무엇이 어쩌고 어째, 이 망나니 같은 놈…….”

하는 말이 입 바깥까지 나왔던 안협집은 꿀꺽 다시 집어삼키면서,

“남 어디 가 자든 말든 상관할 것이 무엇인고!”

하며 물동이를 이고서 다시 나가려 하니까,

“흥! 두고 보소. 가만있을 줄 알았다가는…….”

“듣기 싫어! 별 꼬락서니를 다 보겠네.”

2

강원도 철원 용담이라는 곳에 김삼보라는 자가 있으니 나이는 삼십오륙 세나 되었고, 키는 작달막하여 목은 다가붙고 얼굴빛은 노르께하며 언제든지 가죽 창 박은 미투리에 대갈 편자를 박아 신고 걸음을 걸을 적마다 엉덩이를 내저으므로 동리에서는 그를 ‘땅딸보 김삼보’ ‘아편쟁이 김삼보’ ‘오리궁둥이 김삼보’라고

부르는데 한 달에 자기 집에 붙어 있는 날이 이틀이라면 꽤 오래 있는 셈이요, 하루라면 예사다. 그러고는 언제든지 나돌아 다니므로 몇 해 전까지도 잘 알지 못하였으나 차차 동리서 소문이 돌기를 '노름꾼 김삼보'라는 말이 퍼지자 점점 알아본즉 딴은 강원도, 황해도, 평안도 접경을 넘어 다니며 골패 투전으로 먹고 지내는 것이 알려지게 되었다.

그 노름꾼 김삼보의 여편네가 아까 말하던 안협집이니 안협은 즉 강원, 평안, 황해, 삼도 품에 있는 고읍 이름이다.

그 안협집을 김삼보가 얻어 오기는 지금으로부터 오 년 전, 안협집이 스물한 살 되던 해인데 어떻게 해서 얻었는지 자세히는 알지 못하나 사람들의 말을 들으면 술 파는 것을 눈을 맞추어서 얻었다고 하기도 하고, 계집이 김삼보에게 반해서 따라왔다기도 하고, 또는 그런 것 저런 것도 아니라 계집의 전남편과 노름을 해서 빼앗았다고 하는데 위인 된 품으로 보아서 맨 나중 말이 가장 유력할 것 같다고 동리 사람들이 말을 한다.

처음에 안협집이 동리에 오자 그 동리 그 또래 계집들은 모두 석경을 들여다보게 되었다. 안협집이 비록 몸은 그리 귀하게 태어나지 못하였으나 인물이 남달리 고운 점이 있어 동리 젊은것들이 암연히 부러워도 하고 질투도 하게 되고 또는 석경 속에 비친 자기네들의 예쁘지 못한 얼굴을 쥐어뜯고 싶기도 하였으니, 지금까지 '나만한 얼굴이면' 하는 자만심이 있던 젊은 계집들에게 가엾게도 자가 결함이 폭로되는 환멸을 느끼게 하기까지도 하였다.

그러나 촌구석에서 아무렇게 자란 데다가 먼저 안 것이 돈이었다.

'돈만 있으면 서방도 있고 먹을 것 입을 것이 다 있지.'
하는 굳은 신조는 자기 목숨을 내어놓고는 무엇이든지 제공하여 부끄러운 것이 없었다.

십오륙 세 적, 참외 한 개에 원두막 속에서 총각 녀석들에게 정조를 빌린 것이나 벼 몇 섬, 돈 몇 원, 저고릿감 한 벌에 그것을 빌리는 것이 분량과 방법이 조금 높아졌을 뿐이요 그 관념은 동일하였다.

그리하여 이곳으로 온 뒤에도 동리에서 돈푼이나 있고 얌전한 젊은 사람은 거의 다 한 번씩은 후려내었으니 그것은 남자 편에서 실없는 짓 좋아하는 이에게 먼저 죄가 있다 하는 것보다도 이쪽 안협집에게 그 책임이 더 있다고 할 수 있고, 또 그것보다 더 큰 죄는 그 남편 되는 노름꾼 김삼보에게 있다고 할 수가 있으니 그것은 남편 노름꾼이 한 달에 한 번을 올까 말까 하면서도 올 적에는 빈손을 들고 오는 때가 많으니 젊은 계집 혼자 지낼 수가 없으매 자연히 이 집 저 집 동리로 다니며 품방아도 찧어주고 김도 매주고 진일도 하여주며 얻어먹다가 한번은 어떤 집 서방님에게 실없는 짓을 당하고 나서 쌀말과 피륙 두 필을 받아보니 그것처럼 좋은 벌이가 없어 차츰차츰 이번에는 자기가 스스로 벌이를 시작하여 마치 장사하는 사람이 거래 단골을 트듯이 이 사람 저 사람을 집어먹기 시작하더니 그것도 차차 눈이 높아지니까 웬만한 목도꾼 패장이나 장돌림, 조금 올라서서 순사 나리쯤은 눈으로 거들떠보지도 않게 되고, 적어도 그곳에서는 돈푼도 상당하고 여간해서 손아귀에 들지 않는다는 자들을 얼러보기 시작하게 되었던 것이다.

그 후부터는 일하지 않고 지내며 모양내고 거드름 부리고 다니는데 자기 남편이 오면은,

"이번에는 얼마나 땄습노?"

하고 파르께한 눈을 사르르 내리뜬다.

"딴 게 뭔가, 밑천까지 올렸네."

삼보는 목 뒤를 쓰다듬으며 입맛을 다신다. 그러면 안협집은 전에 없던 바가지를 긁으며,

"불알 두 쪽을 달구서 그래 계집만두 못하다는 말요?"

하고서 할 말 못 할 말을 불어서 풀을 잔뜩 죽여놓은 뒤에는 혹시 서방이 알면 경이 내릴까 하여 노자랑 밑천 푼을 주어서 배송을 낸다. 그러면 울며 겨자 먹기로 삼보는 혼자 한숨을 쉬면서,

"허허, 실상 지금 세상에는 선부른 불알보다는 계집 편이 훨씬 나니라."

하고 봇짐을 짊어지고 가버린다.

3

이렇게 이삼 년을 지내고 난 어떤 가을에 삼돌이란 놈이 그 뒷집 머슴으로 왔는데 놈이 어느 곳에서 어떻게 빌어먹던 놈인지는 모르나 논맬 때 콧소리나마 아르렁타령 마디나 똑똑히 하고 술잔이나 먹을 줄 알며 동료들 가운데 나서면 제법 구변이나 있는 듯이 떠들어젖히는 것이 그럴듯하고, 게다가 힘이 세어서 송

아지 한 마리 옆에 끼고 개천 뛰기는 밥 먹듯 하는 까닭에 동리에서는 호랑이 삼돌이로 이름이 높다.

놈이 음침하여 오던 때부터 동리 계집으로 반반한 것은 남모르게 모두 건드려보았으나 안협집 하나가 내내 말을 듣지 않으므로 추근추근 귀찮게 구는데 마침 여름이 되어 자기 집 주인마누라가 누에를 놓고 혼자는 힘이 드니까 안협집을 불러서 같이 누에를 길러 실을 낳거든 반분하자는 약속을 한 후 여름내 같이 누에를 치게 된 것을 알고 어떤 틈 기회만 기다리며,

'흥, 계집년이 배때가 벗어서 말쑥한 서방님만 얼르더라. 어디 두고 보자. 너도 깩소리 못 하고 한번 당해야 할걸! 건방진 년!'

하고는 술잔이나 취하면 주먹을 들었다 놓았다 한다.

그러자 주인마누라가 치는 누에가 거의 오르게 되자 뽕이 떨어졌다. 자기 집 울타리에 심은 뽕은 어림도 없이 다 따다 먹이었고 그 후에는 삼돌이란 놈을 시켜서 날마다 십 리나 되는 건너말 일갓집 뽕을 얻어다 먹이었으나 그것도 이제는 발가숭이가 되게 되었다.

인제는 뽕을 사다 먹이는 수밖에 없게 되었다. 그러나 사다가 먹이자면 돈이 든다.

주인 노파는 담뱃대를 물고서 생각하여 보았다.

'개량 뽕이 좋기는 좋지마는 돈을 여간 받아야지. 그리고 일일이 사서 먹이려다가는 뽕값으로 다 집어먹고 남는 것이 어디 있나.'

노파 생각에는 돈 한 푼 안 들이고 공짜로 누에를 땄으면 좋을 것이다. 돈 한 푼을 들인다 하면 그 한 푼이 전 수확에서 나오는

이익의 전부같이 생각되어 못 견뎠다. 그뿐 아니다. 자기 혼자 이익을 먹는 것 같으면 모르거니와 안협집하고 동사로 하는 것이므로 안협집이 비록 뼈가 부서지도록 일을 한다 하더라도 그 힘이 자기 주머니에서 나가는 돈 한 푼만 못해 보인다. 그래서 뽕을 어떻게 공짜로 돈 안 들이고 얻어 올 궁리를 하고 있다가 안협집이 마침 마당으로 들어서매,

"뽕 때문에 일 났구려."

하며 안협집에게는 무슨 도리가 없느냐고 물어보았다.

"글쎄."

안협집 생각은 주인의 마음과 또 달라서 남의 주머닛돈 백 냥이 내 주머닛돈 한 냥만 못하다. 그래서 '돈 주면 살걸' 하는 듯이 심상하게 있다.

"어떻게 해서든지 구해봐야지."

서로 얼굴만 쳐다볼 때 들에 나갔던 삼돌이란 놈이 툭 튀어 들어오다가 이 소리를 듣더니 제 딴은 동정하는 표정으로,

"그것 일 났쇠다. 어떻게 하나……."

한참 허리를 짚고 생각을 해보더니,

"헝! 참 그 뽕은 좋더라마는…… 똑 되기를 미선[1] 조각같이 된 놈이 기름이 지르르 흐르는데 그놈을 먹이기만 하면 고치가 차돌같이 여물 거야!"

들으라는 말인지 혼잣말인지는 모르나 한마디를 탁 던지고 말이 없다. 귀가 반짝 띈 주인은,

1 대오리의 한끝을 가늘게 쪼개어 둥글게 펴고 실로 엮은 뒤에 종이로 앞뒤를 바른 둥그스름한 모양의 부채.

"어디 그런 것이 있단 말이냐?"
하며 궁금증 난 사람처럼 묻는다.

"네, 저 새 술막에 있는 뽕밭에 있는 것 말씀이오."

혹시 좋은 수가 있을까 하려다가 남의 뽕밭, 더구나 그것으로 살아가는 양잠소 뽕이라 말씨름만 하는 것이 될 것 같으므로,

"응! 나도 보았지, 그게 그렇게 잘되었나? 잘되었겠지. 그렇지만 그런 것이야 짐으로 있으면 무엇하니."

"언제 보셨어요?"

"보기야 여러 번 보았지. 올봄에 두릅 따러 갔다가도 보고……."

삼돌이란 놈이 한참 있다가 싱긋 웃더니 은근하게,

"쥔마님! 제가 뽕을 한 짐 져다 드릴 것이니 탁주 많이 먹이시랍니까?"

듣던 중에도 그렇게 반가운 소리가 또 어디 있으랴.

"작히 좋으랴. 따 오기만 하면 탁주에다 젓이라도 담그마."

귀찮스러운 삼돌이도 이런 때는 쓸 만하다는 듯이 안협집도 환심 얻으려는 듯한 웃음을 웃으며 삼돌이를 보았다. 삼돌이는 사내자식의 솜씨를 네 앞에 보여주리라 하는 듯이 기운이 나며 만족하였다.

그날 밤 저녁을 먹고 자정 때나 되더니 삼돌이는 눈을 비비며 일어나서 문밖으로 나갔다. 나갔다가 한 두어 시간 만에 무엇인지 지고 오더니 그것을 뒤꼍 건넌방 뒤 창 밑에 뭉뚱그려 놓았다. 이튿날 보니까 딴은 미선 쪽 같은 기름이 흐르는 뽕잎이었다.

"어디서 났을꼬?"

주인하고 안협집은 수군수군하였다.

"그 녀석이 밤에 도둑질을 해 온 게지? 뽕은 참 좋소, 그렇지?"

"참 좋쇠다. 날마다 이만큼씩만 가져오면 넉넉히 먹이겠쇠다."

두 사람은 뽕을 또 따 오지 않을까 보아서 아무 말도 아니 하고,

"참 뽕 좋더라. 오늘도 좀 또 따 오렴."

하고 충동인다. 놈은 두 손을 내저으며,

"쉬, 떠드시지 맙쇼. 큰일 나죠. 그것이 그렇게 쉬워서야 그 노릇만 하게요. 까딱하다가는 다리 마디가 두 동강이 날걸요."

도적해 온 삼돌이나 받아들인 두 사람이나 도적질 왜 했소 하는 말은 없으나 서로 알고 있다.

그러자 하루는 주인이 안협집더러,

"여보, 이번에는 님자가 하루 저녁 가보구려. 그놈이 혹시 못 가게 되더래도 님자가 대신 갈 수 있지 않수. 또 고뻬가 길면은 바래인다구 무슨 일이 있을는지 모르니 님자가 둘이 가서 한몫 많이 따 오는 것이 좋지 않수."

안협집이 삼돌이를 꺼리는 줄 알지마는 제 욕심에 입맛이 달아서 자꾸자꾸 충동인다.

"따다가 잡히면 어찌하구유."

"무얼! 밤중에 누가 알우? 그리고 혼자 가라오, 삼돌이란 놈하고 가랬지."

"글쎄, 운이 글러서 잡히거나 하면 욕이지요."

잡히는 것보다도 안협집의 걱정은 보기도 싫은 삼돌이란 녀석하고 밤중에 무인지경에를 같이 가라니 그것이 딱한 일이다.

안협집의 정조가 헤프기로 유명한 만치 또 매몰스럽기도 유명하여 한번 맘에 들지 않는 것은 죽어도 막무가내다. 그것은 만냥

금을 주어도 거들떠보지도 아니한다. 그런데 삼돌이가 그중에 하나를 참례하여 간장을 태우는 모양이다.

안협집은 생각하고 생각하여 결심해 버렸다.

"빌어먹을 녀석이 그따위 맘을 먹거든 저 죽이고 나 죽지. 내 기운은 없어도……."

하고 쌀쌀하게 눈을 가로 뜨고 맘을 다잡아 먹었다. 그러고는 뽕을 따러 가기로 하였다.

삼돌이는 어깨에서 춤이 저절로 추어진다.

'에, 이것이 정말인가 거짓말인가? 이제는 때가 왔구나. 인제는 제가 꼭 당했지.'

놈이 신이 나서 저녁 먹고 마당 쓸고 소여물 주고 도야지 병아리 새끼 다 몰아넣고, 앞뒤로 돌아다니며 씻은 듯 부신 듯 다 해 놓고 목물하고 발 씻고 등거리 잠뱅이까지 갈아입은 후 곰방대에 담배를 꾹꾹 눌러 듬뿍 한 모금 빨아 휘— 내뿜으며 시간 오기만 기다린다.

4

안협집은 보자기를 가지고 삼돌이를 따라서 뽕밭을 향하여 간다.

날이 유달리 깜깜하여 앞의 개천까지 자세히 보이지 않는다. 돌부리가 발부리를 건드리면 안협집은 에구 소리를 내며 천방지축으로 다리도 건너고 논이랑도 지나고 하여 길반쯤 왔다.

삼돌이란 놈은 속으로 궁리를 하였다.

'뽕을 따기 전에 논이랑으로 끌고 가? 아니지, 그러다가는 뽕두 못 따가지고 오면 어떻게 하게! 저도 열녀가 아닌 다음에 당하고 나면 할 말 없지. 아주 그런 버릇이 없는 년 같으면 모르거니와. 옳지, 수가 있어. 뽕을 잔뜩 따서 이어주면 제가 항우의 딸년이라도 한 번은 중간에서 쉬렷다. 그러거든…….'

이렇게 궁리를 하다가 너무 말이 없으니까 심심파적도 될 겸 또는 실없는 농담도 좀 해서 마음을 좀 떠보아 나중 성사의 전제도 만들어놀 겸 공연히 쓸데없는 말을 지껄인다.

"삼보는 언제나 온답디까?"

"몰라, 언제는 온다 간다 말이 있이 다니나."

"그래 영감은 밤낮 나돌아 다니니 혼자 지내기 쓸쓸치도 않소?"

놈이 모르는 것같이 새삼스럽게 시치미를 뗀다.

"별걱정 다 하네. 어서 앞서 가, 난 길이 서툴러 못 가겠으니……."

"매우 쌀쌀하구려. 나는 님자를 위해서 하는 말인데. 그렇지만 김 참봉 아들이란 쇠귀신 같은 놈이라 아무리 다녀도 잇속 없습네. 내 말이 그르지 않지."

안협집은 삼돌이가 아주 터놓고 말을 하는 것을 들으니까 분해서 뺨이라도 치고 싶었으나 그대로 참으며,

"무엇이 어째? 말이라면 다 하는 줄 아는군."

하고 뒤로 조금 떨어져 걸어갈 제 전에도 그 녀석이 미웠지마는 남의 약점을 들어가지고 제 욕심을 채우려는 것이 더 더러웠다.

뽕밭에 왔다. 삼돌이란 놈이 철망으로 울타리 한 것을 들어주어 안협집이 먼저 들어가고 나중으로 삼돌이란 놈은 그 무거운

다리를 성큼 하여 그 안으로 들어갔다. 들어가다가 발끝에 삭정이 가지를 밟아서 딱 우지끈 소리가 나고 조용하였다.

삼돌이는 손에 익어서 서슴지 않고 따지마는 안협집은 익지도 못한 데다가 마음이 떨리고 손이 떨려서 마음대로 안 된다.

삼돌이는 뽕을 따면서도 이따가 안협집을 꾀일 궁리를 하지마는 안협집은 이것저것을 잊어버리고 손에 닥치는 대로 뽕을 땄다.

얼마쯤 땄다. 갑자기 안협집의 뒤에서,

"누구야!"

하고 범 같은 소리를 지르는 남자 소리가 안협집의 간담을 서늘하게 하였다.

삼돌이란 놈은 길이나 되는 철망을 어느 결에 뛰어넘었는지 십여 간통이나 달아나서 안협집을 불렀다.

"어서 와요! 어서, 어서."

그러나 안협집은 다리가 떨려서 빨리 나와지지를 않는다. 그러나 죽을힘을 다하여 달아나려고, 한 아름 잔뜩 따 넣었던 뽕을 내던지고 철망으로 기어 왔다. 철망을 기어 나오기는 나왔으나 치맛자락이 걸려서 잡아당긴다. 거기에 더 질겁을 해서 그대로 쭉 찢고 나오려 할 때, 때는 이미 늦었다. 뽕 지키던 남자는 안협집을 잡았다.

"이 도적년! 남의 뽕을 네 것같이 따 가? 온 참, 이년! 며칠째냐, 벌써. 이렇게 남의 것이라고 건깡깡이로 먹으면 체하지 않을 줄 알았더냐? 저리 가자."

안협집은,

"살려주소. 제발 잘못했으니 살려만 주소. 나는 오늘이 처음이오. 저 삼돌이란 놈이 날마다 따 갔지 나는 죄가 없쇠다."
하고 손이 발이 되도록 빈다.
"듣기 싫어, 이년아! 무슨 변명이냐. 육시를 하고도 남을 년 같으니. 왜 감옥소의 콩밥 맛이 고소하더냐?"
"그저 잘못했습니다."
삼돌이는 보이지 않고 뽕지기는 안협집 손목을 끌고 뽕밭으로 들어갔다.
"이리 와! 외양도 반반히 생긴 년이 무엇이 할 게 없어 뽕 서리를 다녀."
하더니 성냥불을 그어 대고 안협집을 들여다보더니,
"흥."
의미 있는 웃음을 웃어버렸다.
안협집은 이 웃음에 한 가닥 희망을 얻었다. 그 웃음은 안협집의 손아귀에 자기를 갖다 쥐여준다는 웃음이다. 안협집은 따라서 방싯 웃었다. 그 웃음 한 번이 넉넉히 뽕지기의 마음을 반 이상이나 흰죽 풀어지게 하였다.
안협집은 끌려갔다.
'제가 철석같은 간장을 가진 놈이 아닌 바에…… 한 번이면 놓아줄걸.'
그는 자기의 정조를 팔아서 자기의 죄를 면할 수 있음을 알았다. 그는 마지못한 체하고 끌려갔다.
삼돌이란 놈은 멀리서 정경만 살피다가 안협집을 뽕지기가 데리고 가는 것을 보더니 두 눈에서 쌍심지가 돋았다.

'얘 이놈이 호랑이 삼돌이를 모르는 모양이다. 그러나 대관절 어떻게 할 셈이냐? 이놈 안협집만 건드려보아라. 정강마루를 두 토막에다 내놀 테니. 오늘 밤에는 꼭 내 것이던 걸 그랬지. 어디 좀 가까이 좀 가볼까?'

이제는 단판씨름이라 주먹이 시비 판단을 하는 때이다. 다시 철망을 넘어서 들어갔다. 들어가서는 이곳저곳 귀를 기울이더니 이 구석 저 구석으로 돌아다녀 보았다.

저쪽에서 인기척이 웅얼웅얼하더니 아무 말이 없다. 한 두서너 시간 그 넓은 뽕밭을 헤매고 또 거기 닿은 과목밭, 채마전, 나중에는 그 옆 원두막까지 가보았다. 놈이 뽕나무밭 가운데 부풀 덤불을 보지 못한 까닭이다.

그는 입맛만 다시면서 집으로 와서 주인에게 그 이야기를 했다.

노파의 눈은 등잔만 해지더니 두 손 두 다리가 사시나무 떨듯 한다.

"이거 일 났구나. 어쩌면 좋단 말이냐."

좌불안석을 할 제 삼돌이란 녀석은 분한 생각에 곰방대만 똑똑 떨고 앉았다.

5

그날 새벽에 안협집이 무사히 왔다. 머리에 지푸라기가 묻고 몸 매무시가 말 아니다.

"에그, 어떻게 왔어! 응?"

주인은 눈에 눈물이 괴어서 어루만진다.

"무얼 어떻게 와요? 밤새도록 놈하고 승강이를 하다가 그대로 왔지."

"그대로 놓아주던가?"

"놓아주지 않고, 붙잡아 두면 어찌할 테야?"

일이 너무 싱겁다. 삼돌이 놈만 혼잣말처럼,

"내가 잡혔더면 콩밥을 먹었을걸. 여편네니까 무사했지."

주인은 그래도 미진해서,

"그래, 잘 놓아주었으니 다행이지. 그러나저러나 뽕은 어떻게 되었노."

"아 뺏겼죠!"

"인제는 아무 일 없겠소?"

"일이 무슨 일예요."

그날 밤에 삼돌이란 놈은 혼자 앉아서 생각하기를,

'복 없는 놈은 하는 수가 없거든. 그러나 내가 다 눈치를 채었으니까, 노름꾼 놈이 오거든 이르겠다고 위협을 하면 넌도 발이 저려서 그대로는 못 있지. 내 입을 안 씻기고 될 줄 아는 게로구먼.'

그 후부터는 삼돌이란 놈이 안협집을 보고는,

"뽕지기 놈 보고 싶지 않습나?"

하고 오며 가며 맞대놓고 빈정대기도 하고 빗대놓고도 비웃는다.

"뽕이나 또 따러 가소."

이러는 바람에 온 동리에서 다 알았다. 안협집은 분해서 죽겠는데 하루는 삼돌이란 놈이 막 안협집이 이불을 펴고 누우려는

데 찾아와서 추근추근 가지도 않고,

"삼보 김 서방이 올 때도 되었습네그려."

하며 눈치를 본다. 안협집은 졸음이 와서 눈꺼풀이 뻣뻣하여 오는데 삼돌이란 놈이 가지도 않는 것이 귀찮아서,

"누가 아우. 오고 싶으면 오고 가고 싶으면 가겠지."

하고 담벼락에 비스듬히 기대앉는다.

삼돌이의 눈에는 그 고단해하면서 비스듬히 누워서 눈을 감을랑 말랑 한 안협집의 목덜미 살쩍 밑이며 볼그레한 두 볼이 몹시 정욕을 일으켰다.

그래서 차츰차츰 말소리가 음흉해 간다.

"님자는 사람을 너무 가려봅디다! 그러지 마슈. 나도 지금은 남의 집 머슴 놈이지마는 집안 지체라든지 젊었을 적에는 그래도 행세하는 집에서 났더라우. 지금은 그놈의 원수스런 돈 때문에 이렇게 되었지마는."

하고 말을 건네려 하는데 안협집은 별 시러베자식 다 보겠다는 듯이 대답이 없다.

"자, 그럴 것 있소. 오늘은 내 청을 한번 들어주소그려."

하고 바싹 달려드는 바람에 반쯤 감았던 안협집의 눈은 똥그래지며 어느 결에 삼돌의 뺨에 손뼉이 올라가 정월의 떡 치듯 철썩한다.

"이놈! 아무리 쌍 녀석이기로 이게 무슨 버르장머리냐. 냉큼 나가거라!"

하고 호령이 추상같다. 삼돌이란 놈은 따귀를 비비면서 성이 꼭두까지 일어나서,

"무엇이 어쩌고 어째. 흥! 어디 또 한번 때려봐라."

일이 이렇게 되었으니 자기가 하려던 것은 이루고 마는 것이 상책이다. 이래도 소문은 날 것이요 저래도 소문은 날 것이니 이왕이면 만족이나 채우고 소문이 나더라도 나는 것이 자기에게는 이로울 것 같았다.

더구나 안협집으로 말을 하면 온 동리에서 판 박아놓은 화냥년이니, 한 번 화냥이나 두 번 화냥이나 남이나 내가 무엇이 다를 것이 있으랴 하는 생각이 났다.

도리어 자기의 만족을 한번 얻는 것이 사내자식으로서의 일종의 자랑인 것같이 생각되었다.

그는 두 팔로 안협집을 힘껏 껴안고,

"내가 호랑이 삼돌이다! 네가 만일 내 말을 들으면 무사하지만 그렇지 않으면 그대로 두지는 않을 터이야! 너, 네 남편이 오기만 하면 모조리 꼬아바칠 터이야! 뽕 따러 갔던 날 일까지 모조리!"

무식한 놈이라 야비한 곳이 있다. 안협집은 그 소리가 얼마나 사내답지 못하였는지 알 수 없었다. 쇠 같은 팔이 자기 허리를 누를 때 눈을 감고 한 번만 허락할까 하려다가 그 말을 듣고서 고만 침을 얼굴에 뱉었다.

"이 더러운 녀석! 네가 그까짓 것으로 나를 위협한다고 말을 들을 줄 아니."

하고 소리를 질렀다. 삼돌이는 손으로 안협집의 입을 막았으나 때는 늦었다. 마침 마을 다녀오던 이장의 동생이 이 소리를 듣고 문을 열었다.

삼돌이란 놈은 무안해서 얼굴이 붉어지며 안협집을 놓았다. 안협집은 분해서 색색하며,

"저놈 보시소. 아닌 밤중에 혼자 자는데 와서 귀찮게 굽니다. 저 죽일 놈이오. 좀 끌어내다 중치를 좀 해주시오."

이장의 동생은 안협집의 행실을 아는 고로 삼돌이만 보내려고,

"이놈이 할 일이 없거든 자빠져 자기나 하지 왜 아닌 밤중에 남의 계집의 방에서 지랄야? 냉큼 네 집으로 가거라!"

두 눈이 등잔만 하여진다.

"네, 그런 게 아니라 실없이 기롱을 좀 했삽더니……."

"듣기 싫여! 공연히 어름어름하면서, 이놈아 너는 사람을 죽여도 기롱으로 아느냐?"

삼돌이는 쫓겨났다. 이장의 동생은 포달을 부리며 푸념을 하는 안협집을 향하여,

"젊은것이 늦도록 사내 녀석들을 방에다 붙이니까 그런 꼴을 당하지."

"누가요?"

"고만둬! 어서 잠이나 자."

하며 문을 닫쳐주고 가버렸다.

6

삼돌이는 앙심을 먹었다. 안협집을 어떻게 해서든지 한번 골리리라는 생각이 가슴속에 탱중하였다. 안협집은 독이 났다. 삼

돌이란 놈 분풀이를 하려는 생각이 머리끝까지 올라왔다.

이튿날 동리에 소문이 났다.

"삼돌이란 놈이 빰을 맞았다지! 녀석이 음침하니까."

"그렇지만 계집년이 단정하면 감히 그런 맘을 먹을라구!"

"그렇구말구! 제 행실야 판에 박은 행실이니까."

"지가 먼저 꼬리를 쳤던 게지."

이 소리가 바람에 떠돌아 오자 안협집은 분하였다. 요조숙녀보다도 빙설 같은 여자인데 이런 누추한 소문을 듣는 것 같았다. 맘에 드는 서방질은 부정한 일이 아니요, 죄가 아니요, 모욕이 아니나 마음에 없는 놈에게 그런 소리를 듣고 당하는 것은 무서운 모욕 같았다.

그는 그길로 삼돌의 주인마누라에게로 갔다.

"삼돌이란 녀석을 내쫓이소."

주인은 벌써 알아채었으나 안협집 편은 안 들었다. 다만 어루만지는 수작으로,

"무얼 내쫓을 것까지 있소. 그만 일에…… 그저 눈감아 두지."

"왜 눈을 감는단 말이오?"

주인은 속으로 웃었다.

'소 한 필을 달라면 줄지언정 삼돌이를 내놔?'

하였다.

"내쫓아선 무얼 하우, 또."

'어림없는 년! 네가 떠들면 떠들수록 네 밑구녕 들춰서 남 보이는 것이라'는 듯이 쳐다보며 맨 나중으로 아주 잘라 말을 해버렸다.

"나는 못 내보내겠소."

안협집은 분해서 집에 와서 머리를 쥐어뜯으며 울었다.

그리고 또 결심했다.

'두구 봐라. 너희들까지 삼돌이를 싸고도니! 영감만 와봐라.'

하루는 딴은 영감이 왔다. 안협집은 곤두박질을 하면서 맞았다.

"에그, 어서 오슈."

노름꾼 김삼보는 눈이 똥그래졌다. 무슨 큰 좋은 일이나 생긴 것 같았다. 딴 때와 유달리 반가워하는 것이 의심스럽고 이상하였다.

방에 들어앉자마자 얼마나 땄느냐는 말도 물어보지 않고 삼돌이란 놈에게 욕 당할 뻔하였다는 말을 넋두리하듯 이야기하였다.

"사람이 분해서 죽겠구려. 이것도 모두 영감 잘못 둔 탓이야. 오죽 영감이 위엄이 없어 보이면 그따위 녀석이 그런 짓을 할라고…… 영감이라고 있으나 없으나 마찬가지지. 일 년 열두 달 계집이 죽거나 살거나 내버려 두고 돌아만 다니니까."

영감은 픽 웃었다.

"왜 내 잘못인가. 오죽 행실을 잘 가지면 그따위 녀석에게 그 꼴을 당한담."

김삼보는 분이 나지 않는 것도 아니었다. 그러나 계집의 소행을 짐작도 하려니와 그놈의 주먹도 아니 생각할 수가 없었다. 계집이 먹여 살리라는 말이 없고 이혼하자는 말만 없는 것이 다행해서 서방질을 해도 눈을 감아주고 무슨 짓을 하든지 그저 코대답만 하여주는 터이라 그런 소리가 귓전으로 들릴 뿐이다.

"내가 행실 잘못 가진 게 무어요?"

안협집은 분풀이라도 하여줄 줄 알았더니 도리어 타박을 주므로 분한 데 악이 났다.

"글쎄 무어야! 무엇? 어디 대봐요! 님자가 내 행실 그른 것을 보았소. 어디 보았거든 본 대로 말을 하시우."

딴은 김삼보는 집어서 말할 것이 없었다. 그는 그저 그런 눈치만 채었지 반박할 증거는 잡은 것이 없다.

"본 거나 다름없지."

"무엇이 본 거나 다름없어? 일 년 열두 달 계집이 죽거나 살거나 내버려 두었다가 이제 와서 한다는 소리가 그것밖에 없어? 살기가 싫거든 그대로 살기 싫다고 그래! 사내답게. 왜 그만 냄새가 나지? 또 어디다가 계집을 얻어논 게지."

"이년이 뒈지지를 못해서 기를 쓰나?"

"그렇다, 이놈아! 네까짓 녀석 아니면 서방 없을까 봐 그러니, 더러운 녀석!"

김삼보의 주먹은 안협집의 등줄기를 후렸다.

"이년 그래도 잔소리야. 주둥이 좀 닫치지 못하겠니."

이렇게 서로 투닥거리며 싸우는 판에 뒷집에서 삼돌이란 놈이 이 소리를 듣고서 가장 긴한 척하고 따라왔다.

"삼보 김 서방, 언제 오셨소?"

하고 마당에 들어섰다. 김삼보는 그놈의 상판을 보니까 참았던 분이 꼭두까지 올라온다. 삼돌이는 제법 웃음을 띠고,

"허허, 오래간만에 만나세서 내외분 싸움이 웬일이시우?"

어디서 한잔을 하였는지 얼굴이 불콰하다.

김삼보는 눈을 흘겨 뚫어지도록 삼돌이를 쳐다보았다.

"이놈아! 남이 내외 싸움을 하든 말든 참견이 무어야?"

삼돌이란 놈은 주춤하였다. 그는 비지 같은 눈곱이 낀 눈을 끔벅끔벅하더니,

"그렇게 역정 내실 것 무엇 있수. 말 좀 했기로……."

"이놈아 네가 아랑곳할 게 무어야?"

"아랑곳은 할 것 없어도 흥정은 붙이고 싸움은 말리랬으니까 말이오. 나는 싸움 좀 못 말린단 말이오?"

하고 술 냄새를 풍기며 다가앉는다.

"이놈아 술을 먹었거든 곱게 삭여!"

이번에는 삼돌이란 놈이 빌붙는다.

"나 술 먹고 어찌하든 김 서방이 관계할 게 무어요."

"이놈아 남의 내외 싸움에 참견을 하니까 그렇지."

주고받다가 삼돌이의 멱살을 김삼보가 쥐었다.

"이 녀석, 네가 무슨 뻔뻔으로 이따위 수작이냐? 내 계집 이놈 왜 건드렸니?"

삼돌이는 조금 발이 저렸으나 속으로 흥 하고 웃었다.

"요까짓 게 누구 멱살을 쥐어? 앙징하게."

하더니 김삼보의 팔을 잡아 마당에다가 내려 갈기니 개구리 떨어지듯 캑 한다.

"요놈의 자식아! 내 말을 좀 들어보고 말을 해! 네 계집 험절을 모르고 댐비기만 하면 강산이냐? 이 동리 반반한 사내 양반 쳐놓고 네 계집 건드리지 않은 놈이 없다. 이놈! 꼭 집어 말을 하라면 위에서 아래로 내리 섬기마. 이놈, 너도 계집 덕분에 노자 냥 노름밑천 푼 좋이 얻어 썼지. 그래 집이라고 오면서 볼받은[2] 것이나마

옥양목 버선 벌이나 얻어가지고 가는 것은 모두 어디서 나온 것으로 아니? 요 땅딸보 오리 궁둥아! 아무리 속이 밴댕이 같기로. 그리고 또 들어봐라. 나중에는 주워 먹다 못해서 뽕지기까지 주워 먹었다."

안협집이 파래서 달려든다.

"이놈! 네가 보았니!"

"보나 안 보나 일반이지."

"이 녀석, 네 말을 듣지 않으니까 된 말 안된 말 주둥이질을 하는구나."

동리 사람들이 모여들었다. 안협집은 삼돌이에게 발악을 하고 김삼보는 듣고만 있다.

한참 있더니 듣다 듣다 못 하는 듯이 삼돌이란 놈이 안협집에게로 달려들며,

"이년이 뒈지려고 기를 쓰나?"

하고 주먹을 들었다. 동리 사람들이 호령을 하고 말렸다.

"이놈! 저리 얼른 가거라!"

이놈은 변명을 하며 뻗딩겼다. 그러나 여러 사람에게 끌려 저리로 가버렸다.

사람이 헤어지자 노름꾼은 계집의 머리채를 잡았다.

그는 삼돌이에게 태질을 당한 것이 분하였다. 그뿐 아니라 그렇게까지 계집년의 행실을 온 동리에서 아는 것이 분명하였다.

"이년! 더러운 년! 뽕밭에는 몇 번이나 갔니?"

2 볼받다. 해진 버선의 앞뒤 바닥에 헝겊을 덧대어 깁다.

발길로 지르고 주먹으로 패고 머리채를 잡아당기고 땅에다 질질 끌었다. 그는 이를 갈고 어쩔 줄을 몰랐다. 계집은 울고 발버둥질을 쳤다.

"죽여라— 죽여라 죽여!"

"그럼 살려줄 줄 아니? 이년! 들어앉아서 하는 게 그런 짓밖에는 없어."

김삼보는 자기의 무딘 팔다리가 계집의 따뜻하고 연한 몸에 닿을 때에 적지 않은 쾌감을 느끼었다. 그는 그럴수록 더욱 힘을 주어 때리도록 속에 숨겨 있던 잔인성이 북받쳐 올라왔다.

맞은 안협집은 당장에 죽을 것 같았다. 그는 생각하기를 이왕 이리된 바에야 모두 말해버리고 저하고 갈라서면 고만이지 언제는 귀밑머리 풀고 사주단자 보내고 사당에 예배드린 내외냐. 저는 저고 나는 난데 왜 이렇게 때리노? 하는 맘이 나며,

"이것 놔라! 내 말하마!"
하고 머리를 붙잡았다.

"뽕밭에는 한 번밖에 안 갔다. 어쩔 테냐?"

삼보는 더욱 머리채를 잡아챘다.

"이년! 한 번?"

이번에는 더 때렸다. 안협집은 말한 것이 후회가 났다. 삼보는 그래도 거짓말을 한다고 그대로 엎어놓고 짓밟았다. 안협집은 기절을 하였다. 삼보는 귀로 안협집의 숨소리를 들어보았다. 그러나 숨소리가 없다. 그는 기겁을 하여 약국으로 갔다. 그의 팔다리는 떨렸다. 그가 의사에게서 약을 지어가지고 왔을 때 안협집은 일어나 앉아 있었다. 삼보는 반가웁기도 하고 분하기도 하여 약

을 마당에 팽개쳤다. 그리고 밤새도록 서로 말이 없었다. 이튿날은 벙어리들 모양으로 말이 없이 서로 앉아 밥을 먹고, 서로 앉아 쳐다보고, 서로 말만 없이 옷도 주고받아 갈아입고 하루를 더 묵어 삼보는 또 가버렸다. 안협집은 여전히 동리 집 공청 사랑에서 잠을 잤다. 누에는 따서 삼십 원씩 나눠 먹었다.

— 〈개벽〉 제64호, 1925. 12.

피 묻은 편지 몇 쪽

마산에 온 지도 벌써 두 주일이 넘었습니다. 서울서 마산을 동경할 적에는 얼마나 아름다운 마산이었는지요!

그러나 이 마산에 딱 와서 보니까 동경할 적에 그 아름다운 마산은 아니요, 환멸과 섭섭함을 주는 쓸쓸한 마산이었나이다. 나는 남들이 두고두고 몇 번씩 되짚어 말하여 온 조선 사람의 쇠퇴라든지 우리의 몰락을 일일이 들어서 말하고 싶지 않습니다.

조선 안에서 다소간이라도 여행해 본 사람이 보고 느낀 바를 나도 보고 느끼었다 하면 더 할 말이 없을 듯합니다.

병의 차도는 아직 같아서는 알 수가 없습니다. 열도가 오르내리는 것이나 피를 뱉는 것은 전과 별로 다르지 않습니다. 날마다 아침이나 저녁으로 산보를 하는 것이 나의 일과입니다. 친구도 없고 아는 사람도 별로 없는 이곳은 나의 감정을 조금이라도 유쾌히 하여주는 이가 없습니다. 도리어 고적함과 답답함은 차디찬 얼음으로 나의 생명을 절여놓는 듯할 뿐입니다. 형님이 소개하여 주신 이 군은 날마다 한 번씩 찾아와 줍니다. 어떤 날은 함께 바닷가로 산보도 나가는 일이 있고, 어떤 때는 저녁 늦게 같이 놀다가 자고 가는 날도 있습니다. 그는 나에게 퍽 친절히 하여줍니다. 무엇이든지 자기가 할 수 있는 것은 하여줍니다. 어떠한 때는 거짓말이나 아닌가 하고 의심을 하게까지 그는 열정적이요, 진실하고 충실하게 나의 일을 보아줍니다. 만일 그가 없었다 하면 나는 당장에 서울로 뛰어갔을는지도 알 수가 없습니다.

병은 일조일석에 낫지 않을 것을 저는 압니다. 이 병이 멀지 않은 장래에 나의 생명을 빼앗지나 않을까 하는 의구의 생각까지 나는 때가 있습니다.

베개를 베고 눈을 감고 누웠을 때 온 세상이 죽은 듯이 고요하면 나는 무서운 생각이 납니다. 세상이 아니요 사람이 하나도 없는 어디로 오지나 아니하였나 하는 무서운 생각이 나서 나는 미친 사람 모양으로 눈을 뜨고 문을 열고 바깥을 내다봅니다.

어떠한 때는 무덤 속에 편안히 누웠으면 나의 해골을 덮어놓은 흙과 돌 틈에서 흐르는 나의 살 썩은 물 흐르는 소리를 듣는 듯하기도 하고, 나의 살을 먹고 피를 먹고 또 골수를 씹어 먹은 벌레들의 두리번두리번하는 인광 같은 눈알도 보이는 듯한 때도 있습니다.

꿈은 많습니다. 꿈이 만일 어떠한 숙명을 예시한다 하면 나의 운명은 장차 그렇게 복잡다단할 수가 없을 터이지요.

그러나 이상한 것은 흉한 꿈을 꿀 때에는 그렇게 마음이 편할 수가 없는데 상서로운 꿈을 꿀 때에는 마음이 섭섭합니다.

어떻든 신경이 뾰족할 대로 뾰족하여져서 과민하게 활동을 할 때에는 나 자신도 나 자신을 걱정하게 되는 때도 많습니다.

마산의 바다는 좋습니다. 바다의 공기를 마시고 그것을 내뿜을 때는 마치 바다를 삼켰다가 배앝는 듯한 때가 있습니다. 구舊마산 지저분한 부두에 섰을 때라도 바다를 내다볼 때 멀리서 흰 돛을 단 배가 유리 같은 바다 위로 미끄러져 갈 때에는 돛대 끝에 내 맘 한끝을 매고 한없이 먼 나라로 나의 마음을 끌어가는 듯합니다.

오늘은 일기가 좋은 데다가 마침 일요일이라고 이 군과 함께 신新마산 구경을 가기로 하였습니다. 나에게 일요일이 별달리 있겠습니까마는 사람의 관념이라는 것은 이상한 것이 되어서 어쩐지 일요일이 되면 마음이 풀어집니다.

신마산은 일본 사람의 시가입니다. 깨끗하고 한적한 시가입니다. 우리는 정거장 뒤의 방축 위에 앉아서 발밑에 와서 부딪쳤다가 깨어지는 물결도 보고 공중에 산같이 모였다가 사라져 없어지는 구름도 쳐다보았습니다.

마산만 중앙에 배같이 떠 있는 돛섬을 돌아드는 고깃배도 좋거니와 꼬리를 내젓는 듯 연기를 토하고 멀리 가는 기선도 마음을 끕니다.

바람도 없고 물결도 없습니다. 바다가 아니요 호수 같은 마산만의 푸른 물은 마치 어떠한 그릇에 왜청을 풀어서 하나 가득 담은 듯이 묵직하고 진합니다. 그 위로 사람이 굴러도 빠지지도 않고 거칠 것도 없을 듯이 잔잔하고 평탄합니다.

남쪽에서 불어오는 바람은 정열과 단꿈을 향기에 섞어 가져오는 것 같습니다. 피로하던 몸과 새침하여진 정신은 다시 산 듯이 뜨거움이 가슴에서 돌고 광채가 눈에서 돌아 손 내밀어 잡을 듯한 곳에 행복이 온 것 같기도 하였습니다.

우리는 모래 위에 눕기도 하였습니다. 휘파람도 불었습니다. 노래도 하여보았습니다. 그리고 과자도 맛있게 먹었습니다.

내가 머리를 두 손깍지 위에 얹어놓고 공중을 바라보고 있을 때 누구인지 나의 머리 바로 곁으로 지나가는 사람이 있었습니다. 본시 길이 좁은데 아무리 사람이 적은 바닷가라도 길을 가로질러 누운 것이 잘못이지마는 지나가던 사람의 구두는 나의 머리를 건드렸습니다.

가뜩이나 흥분하기 쉬운 나의 감정은 마치 전기같이 타올랐습니다. 마치 머리를 그 사람에게 짓밟힌 것같이 모욕을 깨닫는 동시 그자의 삼갈성[1] 없는 것을 분개하였습니다.

나는 살같이 일어났습니다. 그리고 나의 머리를 모욕한 자를 흘겨보았습니다. 옆에 누웠던 이 군은 고개만 들고 그자를 바라보았습니다.

그자라는 사람은 남자가 아니요 여자였습니다. 여자라 하여도 나의 생각으로는 그런 여자가 이런 곳에 있을 수 없으리라고 생각할 만한 아름다운 여자이었습니다.

새로이 유행하는 머리를 틀었으나 조금도 난해 보이는 곳이 없고, 옷은 아래위로 다른 투피스로 나누어 입었는데 조금도 어

1 조심성.

색하거나 서투른 곳이 없어 온몸의 윤곽을 잘 나타내었는데, 걸음을 걸을 적마다 두 발자국이 땅을 단단히 밟았다가 뗄 때에 그의 온몸에는 침착한 기운이 무거운 구리 동상이 걸어가는 것 같았습니다.

그 여자가 나의 머리를 찼다는 것이 얼마나 경솔한 일이겠습니까? 그렇게 침착한 여자로서 남의 머리를 찬다는 것은 나로서는 생각지 못할 만한 일이었습니다. 그러나 그것도 그럴 것이, 우리의 누워 있는 곳은 사람 하나가 다닐락 말락 한 길인 것을 가로질러 누운 데다가, 또 나의 단장이 풀 위에 놓여 있었으므로 그 여자는 나를 피하여 나의 머리맡 철망 한 울타리를 피해 간다는 것이 내 옆에 가로놓여 있는 단장에 걸키며 그 바람에 건잡을 새 없이 한 발로 나의 머리를 찼던 것입니다.

그때 나의 얼굴을 지금 내가 추상하더라도 얼마나 신경질적이었으며 무서웠으며 두 눈에는 불같이 타는 듯한 예리한 광채로 그 여자를 흘겨보았을는지 알 수가 있을 것입니다.

그때에 그 여자는 미안한 중에도 어쩔 줄을 모르는 표정으로 고개를 숙여 예를 하며,

"아, 실례하였습니다."

하고 그는 가지도 않고 그대로 서 있었습니다. 마치 나의 입에서 당신의 잘못을 용서합니다, 하는 말을 기다리는 것같이.

그 순간에는 나도 말이 없고 그도 말이 없고 또 이 군도 말이 없었습니다.

만일 상대자가 여자가 아니고 남자이었더라면 혹시 우리의 입에서 무슨 군소리라도 한마디 나왔을는지 알 수 없었겠지마는

그가 여자인 까닭에 우리는 아무 말도 없었다는 것을 여기서 정직하게 말씀하여 둡니다. 그것이 여자를 한층 아래로 보아서 쉽사리 용서하는 마음으로 그리하였든지, 양키들 모양으로 여자를 존경하는 마음으로 그리하였든지, 그것이 여자의 자랑거리든지 남자의 약점이든지 그것을 여기서 해석하고 싶지는 않습니다.

그의 눈! 미안과 사죄로 찬 눈. 그 눈이 나의 얼굴을 볼 때 나는 제 육감으로써 그 여자의 순진한 마음속을 본 것 같았습니다.

더구나 자기 혼자가 아니요, 자기 뒤를 따라오던 동무를 보면서,

'어떻게 하면 좋냐?'

하는 듯이 멈칫멈칫할 때 나는 더 말할 말을 갖지 않았습니다.

"천만의 말씀을 다 하십니다!"

하고 도리어 허리를 굽혀 인사를 하였습니다.

그러나 같이 있던 이 군은 그 여자를 보더니, 마치 안면은 있으나 인사가 없는 사람을 어떠한 특수한 곳에서 만난 것 모양으로 일어나 앉아서 목례하는 것을 나는 보았습니다.

여자들은 지나갔습니다. 그 여자의 뒷그림자를 볼 때 그의 길지도 않고 짧지도 않은 찰랑찰랑 구두 위에서 울렁대는 치맛자락이 나의 마음을 공연히 흔들어놓고 다시 어디로인지 저 가는 데로 끌고 가는 듯하였습니다.

그가 저쪽 창고 뒤로 돌아서 그림자까지 사라졌을 때 나는 이 군을 보고,

"그게 누구야?"

하고 물었습니다.

"누구? 마산서는 일류 가는 미인일세."

"저 여자가!"

"그래."

미인이란 말이 나에게 무슨 새삼스러운 울림을 주는 것은 없었습니다마는 어떻든 흔히 볼 수 없는 침착한 여자, 영리한 여자, 또는 차디찬 여자라는 것을 느낄 때 나의 마음은 잔잔한 파도에 진주 한 알을 떨어뜨린 것같이 가늘게 떠는 파문이 일어났습니다.

"집이 어딘데?"

나는 그를 어떤 집 부인이 아니면 서울서 동무의 집에 다니러 온 신가정의 주부로 본 것이 맨 처음 인상이었습니다. 그러므로 이 군의 말을 나는 듣기는 하면서 믿을 수는 없었습니다.

이 군은 몹시 재미있고 다변이요 잔 친구이어서 어떤 편으로 경망한 폐단까지 없지 않으므로 나로서는 어찌 말을 건져 듣지 않겠습니까? 그의 말을 들어 나의 판단을 내리는 것이 매사의 첩경이므로 나는 그의 하고자 하는 말을 듣는 것보다도 나의 듣고 싶은 말만 들었습니다.

"집은 구마산야."

"누구 아낸가?"

"아내? 아내가 뭐야? 여태 처년데."

"나이는 몇인데? 무엇을 해?"

"나이는 아마 스물 셋인지 둘인지. ○○학교 교원야."

"고향은 어디고?"

"서울서 와 있어."

"서울? 이름은?"

"장영옥."

서울이라는 말이 나에게 다소간에 그리운 마음을 낳게 하였습니다.

이 군과 앉아서 쓸데없는 농담과 잡담을 하고 집으로 향하여 들어올 때 이 군은 나에게,

"나 같은 사람으로서는 감히 말도 해보지 못할 여자지."

하는 말에는 무서운 단념 가운데에도 떨어지지 않는 애착이 있는 것 같았습니다.

나도 속으로 너의 마음을 알았다 하면서 일부러,

"어째서?"

하고 물었습니다. 그런즉 이 군은 자기의 마음이 나에게 알아채어지지나 아니하였나 하고 슬쩍 아까 말을 흐리마리하여 버리는 수작으로,

"나 같은 자에게 그런 행복이 닥쳐올 리가 있을 리가 만무하니까 말이지."

"하지만 이 군이 너무 얼핏 단념을 하는 것은 그만큼 이 군이 그 여자를 생각하는 도수가 얕은 증거가 아닐까?"

"글쎄. 혹 그렇게 해석될는지는 모르지마는 단념을 하면 단념하는 도수만큼 그 사랑이 반동적으로 고조되는 일이 없지도 않으니까."

얼마나 불쌍한 말입니까? 그의 말소리까지 불쌍하였습니다. 그의 가슴속에는 그만큼 고조되어 가는 남모를 고민이 있었다는 것입니다.

침울한 날입니다. 비가 올 듯합니다. 여름이 되어서 그러한지

침중한 공기가 약한 가슴을 누릅니다. 가슴이 답답하여 숨이 막힐 것 같습니다.

하늘에는 누더기에서 꿰져 나온 솜같이 보기도 싫은 검은 구름장이 이리저리 돌아다니면서 무슨 물형이 되었다가 그것이 때때로 변할 때에 나의 눈에는 무서운 환상이 어른어른하는 듯하여 하늘을 쳐다보기도 싫습니다.

이 군도 아직 오지 아니하고 나 홀로 앉아 있을 때 공연히 마음이 처량하여지며 세상이 좁아지는 듯합니다. 오늘도 아침에 서너 번이나 피 묻은 담을 뱉었습니다. 몸에서 한 방울 두 방울씩 새빨간 피가 샐 적마다 저의 눈앞에는 무서운 죽음이 보이며 다만 낙망이 되어서 가뜩이나 약한 몸에 마음까지 점점 약하여 가니 이제는 더 살 수가 없을 것 같을 뿐입니다.

사람은 입으로는 만 번이나 죽어 죽어를 말하지마는 참으로 죽음이 딱 당할 때에는 무서움과 지나간 과거의 그리운 회상과 생의 집착이 점점 강하여지는 것이지요. 나도 이와 같은 날 외로이 있어서 손을 가슴 위에 얹고서 힘없이 팔딱대는 심장의 고동을 들을 때에는 앞을 가리는 것이 절망의 그림자뿐이어서 부질없이 애상의 깊은 곳으로 빠질 따름입니다.

몸이 약하매 정신이 또한 건전치 못하여 매사에 취미를 잃어버리고 흥을 느끼지 못하니만치 나의 생명에는 아무 빛[色]도 없고 하모니도 없이 다만 시들어지는 꽃과도 같고 줄 끊어진 악기와도 같을 따름입니다.

아무리 생각을 하여보아도 향내와 빛을 잃어버린 꽃은 그것을 뿌리와 줄기와 잎사귀를 살려야 다시 향기와 빛을 회복할 수 있으며, 하모니를 잃어버린 악기는 복판을 고르게 하고 그 줄을 가지런히 하여야 다시 소리를 얻을 수가 있는 것같이, 나의 침체한 정신이며 광채와 신흥[2]이며 법열을 잃어버린 정신은 나의 육체의 피를 고르게 하고 신경을 든든히 해야만 다시 찾을 수 있다고 생각합니다.

시든 꽃에 나비가 온다 하면 그 나빈들 불쌍히 여길지언정 어찌 머무를 마음이 나며, 다 깨어진 악기를 훌륭한 음악가의 손에 준다 하더라도 그 음악가는 자기의 재주를 붙일 곳이 없음을 개탄할 따름일까 합니다.

형님! 나는 지금 몹시 비관하는 중에 있습니다. 누구에게도 무엇에게도 이 말할 수 없는 슬픈 마음을 호소해야 좋을지 모릅니다. 말을 한다 한들 들어줄 사람이 없을 것이며, 호소한들 그 호소가 무슨 힘을 나에게 주겠습니까?

다만 사형 일자를 기다리는 죄수와 같이 나의 눈앞은 죽음이라는 검은 그림자로 덮는 때만 기다릴 수밖에 없지요? 아아! 그러나 그렇게 참혹한 일이 어찌 사람으로 아니 어찌 나로서 될 수 있는 일이겠습니까.

나는 어떤 때는 얼핏 죽자! 하루라도 일찍 죽자! 한때라도 이 괴로운 세상에서 떠나가자! 하고 의사에게서 얻어가지고 온 약을 내던져 버리고 일부러 먹지 않는 때도 있었으며 공연히 몸을 함부로 군 때도 있었습니다. 그러나 무서운 삶의 집착은 다시 무서운 회한과 함께 다시 마음을 가라앉히고 약을 입에 넣게 하였

2 새로운 홍취.

습니다.

어머니, 아버지, 동생들을 생각하고 옛날에 놀던 즐거운 벗들을 생각하면 어디 숨어 있었던지 뜨거운 정열이 가슴을 싸고돌아 나 혼자 감격에 흐르는 눈물이 옷깃을 적십니다.

옛날의 어머니 무릎이 새삼스럽게 그리우며, 아버지의 은근하신 사랑이 더욱 힘 있게 그윽하며, 동생들의 철없고 순결한 얼굴이 옹기종기 내 눈앞에 보입니다.

아, 이것을 잊어버리고 그것을 내버리고 어찌 날더러 하느님이 세상에서 다른 곳으로 가라고 하실 리가 있습니까? 그것이 거짓말이라 하면 이보다 더 큰 거짓말이 어디 있겠습니까?

나라가 침체된 때 그 나라의 모든 문명이 쇠퇴하였을 때 어찌 예술 하나만 찬란한 광채를 내겠습니까? 마찬가지로 심신이 아울러 쇠퇴하여 가는 나로서 무슨 사랑을 향락할 수가 있겠습니까?

전에 말씀하였지마는 신마산 방축 위에서 그의 발끝으로 나의 머리를 건드린 여성을 나는 지금껏 잊지 않습니다.

목이 마를 적에 더욱 물이 그리우며 나라가 망할 적에 더욱 지사나 영웅이 있기를 바라는 것이나 마찬가지로, 지금 이렇게 외롭게 있으매 더욱 마음 맞는 친구와 위로해 줄 애인이 그립습니다.

그러면 어찌 여성이 그 여자뿐이겠습니까마는 한번 나의 마음 거울에 비쳤던 그림자는 웬일인지 사라지지 않습니다.

어떤 때 몹시 외로운 때 그의 생각을 끌어내어 혼자 공상에 취하였을 때야말로 살아 있는 듯한 느낌이 듭니다.

또 어떤 때 혼자 나의 무모한 헛된 공상을 나 스스로 비웃을 때에는 나 자신은 더욱더욱 비애와 환멸로 자기의 도수가 더하여 갈 뿐입니다.

나는 그를 생각하면서 울었습니다. 그를 언제 내가 보았으며 내가 언제 그를 알았겠습니까? 그러나 나의 마음은 그때 방축 위에서 나의 마음에 일으켜 준 파동과 함께 그의 치맛자락이 울렁대는 대로 끌고 간 채 지금까지 돌려보내 주지 않았습니다.

그러나 나의 마음은 언제든지 빈 듯하여 마치 봄철에 노곤한 양지쪽 밑에서 멀리멀리 산 넘어가는 계집애의 피리 소리를 듣는 것같이 마음이 말할 수 없이 처량하고 슬플 따름입니다.

만일 이것이 사랑이라 하면 나는 영원한 불행을 스스로 자각하지 않으면 안 되게 되었습니다. 지금 나의 모든 것이 과연 꽃답고 향기 나고 하모니가 있는 아름다운 사랑을 나에게 허락하겠느냐 하면 그것은 전에도 말씀하였지마는 되지 않을 말입니다.

만일 나의 생명이 기적적으로 오래 계속되어 그것이 건전한 생명이 되는 때가 있다고 하면 그때에는 혹시 사랑을, 행복스러운 사랑을 향락할 수가 있을는지 모르지마는 지금 같은 형편으로는 결코 사랑을 할 수가 없을 것입니다. 즉 몰락한 사회에 예술의 꽃이 피지 않는 것이나 마찬가지겠지요.

사랑을 단념하자! 생명에서 윤택과 끈적끈적한 맛과 향기를 불살라 버리자!

어찌 무서운 말이 아닙니까? 그러나 나는 날마다 군밤 장수의 소리같이 이 말을 혼자 외고 있습니다. 이제부터는 그렇게 외지를 말고 죽자! 어서 죽자! 하는 것이 도리어 나을는지 나는 알 수가 없습니다.

평범한 날이었습니다. 지금까지 나는 평범한 날을 살아왔습니다. 이 세상 어떠한 사람이든지 똑같이 살아온 평범한 날이었습니다.

아무리 천재라도 이 평범한 날을 아니 살아올 수는 없었을 것입니다.

그러나 위대한 사람은 평범한 것에서 평범치 않은 것이 숨어 있는 것을 찾아내며, 또는 평범하던 것을 평범치 않게 만드는 예지와 투철한 힘을 가졌습니다.

불행히 천재가 못 되는 나에게 이러한 평범한 날을 주었다는 것은 너무 심심하고 답답하여 자기 자신을 씹어 먹고 싶을 따름입니다.

그러나 그것이 오전까지는 더할 수 없이 평범한 날이었습니다마는 오후에 내가 해안 산보에서 돌아왔을 때에는 그것이 그리 평범하지 않던 날이었던 것을 지금 이 편지를 쓰면서 알게 되었습니다. 이러한 시간이 지나간 지 여러 날 여러 달 혹은 여러 해 만에 비로소 다시 의미가 있게 되는 일이 있는 것이나 마찬가지로 오늘 오후는 이상한 찬스를 우연한 가운데 나에게 만들어주어 그것이 한 가지 기적 같은 사실을 만들어놓았습니다.

그것은 다른 것이 아니었습니다. 집에 돌아와 마침 자리를 펴고(대낮이지마는 몸이 불편하면 언제든지 자리 펴는 습관이 있습니다) 막 누워서 신문을 뒤적일 때 누구인지 밖에서 나를 찾는 사람이 있었습니다.

나는 이상스러운 마음으로 바깥을 내다보았습니다. 그는 주인의 인도로 내 앞에 와서 모자를 벗었습니다.

나는 혹시 다른 사람을 찾는 것이 아닌가 하고 그에게 목례를

하여 그의 예에 답례를 하고,

"누구를 찾으십니까?"

하고 물었습니다. 그런즉 그 젊은이는 똑똑한 어조로,

"○○ 씨십니까?"

하고 나의 얼굴을 쳐다보았습니다. 처음에는 생면부지의 젊은 사람이 나를 찾으므로 혹시 잘못 알고 그러는 것이나 아닌가 하고 의아한 생각이 났었으나 나의 이름을 똑똑히 부르는 것을 보고 다시 호기심이 나면서,

"네, 그렇습니다."

한즉 그 젊은 사람은 반가운 듯이 다시 말소리에 힘을 주어서,

"네, 그러세요?"

하며 주머니에서 편지 한 장을 꺼내 주었습니다.

나는 편지를 받아 들고 그를 방 안으로 들어오기를 권한 후에 피봉을 뜯어보니까 그 편지 내용은 다른 것이 아니라 서울 있는 박 군의 소개장인데, 자기의 친구인 장 군을 나에게 소개한다는 말이며, 장 군이 이번에 마산포까지 내려가는데 특별히 나와 사귀고 싶어 하는 의향인즉 두터운 교제를 하여주기를 바란다고 하였습니다.

적적히 지내는데 친구 하나라도 얻은 것이 반가운 나는 그를 반가이 생각하고,

"이렇게까지 일부러 찾아주시는 것은 너무 황송합니다."

는 뜻으로 사례를 한 후,

"그럼 유숙하실 데는 따로 정하셨습니까?"

하고 나와 같이 있자고 하고 싶지 않은 것도 아니었으나, 나로 말

하면 본시 남들이 가까이하기를 꺼리는 터이므로 억지로 말할 수는 없어 그의 의향을 들으려 하였습니다.

"네, 여기 저의 누이가 있으니까 누이 집에 있기로 정하였어요."

"누님이 계셔요? 무엇을 하시는데요?"

나는 그때에는 그 신마산 방축 위에서 나의 머리를 차던 여자는 잊어버리고 있었습니다.

"○○학교 교원으로 와 있어요."

"네?"

나는 평범하게 대답하여 버리려 한즉, 그는 다시 자기 누이가 여기 있는 것을 더욱 힘 있게 하려고 그리하였는지 그렇지 않으면 날더러 알 듯한데 모른다고 하느냐는 듯이,

"장영옥이라구요."

하고 자기 누님의 이름을 불렀습니다. 나는 그 이름을 듣고서야,

"네에."

하고 한참이나 네 소리를 길게 잡아끌면서 장 군을 쳐다보았습니다.

"네, 그러세요."

그러나 뒷말은 할 말이 없었습니다. 장 군은 자기 누님을 알아주어서 만족하다는 웃음을 웃고 있을 뿐이었습니다.

만일 장 군이 날더러 어떻게 자기 누님을 알았더냐고 묻거나 친분이 있느냐고 할 것 같으면 나는 무엇이라 대답해야 옳았을는지 알 수 없었을 터이나 그것을 물어주지 않아서 다행하였습니다.

장 군은 몹시 숙성한 사람이었습니다. 지금 나이는 스물이 될

락 말락 한 사람이 키는 나보다도 더 크고 몸은 비대하고 골격이 완강하게 생겼고, 또는 그리 묵중하지도 않으나 이 군처럼 입이 가볍지도 않은 듯하여 아직 그의 성격이나 재질이나 감정을 쉽게 알아차릴 수가 없었습니다.

장 군은 잠깐 앉았다가 가버렸습니다. 간 뒤에 홀로 앉았으매 세상일이 재미있고 신기한 듯하기도 하고, 또는 장 군이라는 의외의 인물이 뛰어들어서 나의 생활에 이상한 기운을 만들어주는 것 같기도 하였습니다.

오늘 장 군이 다녀간 뒤에는 공연히 마음이 어수선하여지며 가라앉지를 않아서 잠도 잘 자지 못하였습니다. 장 군을 생각하고 그의 누님을 생각할 때 마음은 공연히 흥분되었습니다.

마산만의 파도는 마치 한꺼번에 몰려들어 마산 시가를 씻어낼 듯이 울렁거리며 출렁대며 노했다가 성냈다가 합니다.

하늘빛이나 바닷빛이나 똑같이 시꺼멓게 흐려 그것이 저쪽 멀리 수평선 위에서 서로 합하여 하늘이 바다를 누르는지 바다가 하늘을 치받는지 위대한 세력이 그 속에서 움직거릴 뿐입니다.

가슴이 작다 해도 그 파도가 모두 나의 가슴에 몰려들어 그것이 한복판에서 출렁거리는 것 같아서 무슨 큰 힘이 누르는 것 같기도 하고 또는 뒤흔들어 내는 것 같기도 합니다.

마치 무슨 큰일을 기다리는 사람처럼 방에 혼자 앉아 있을 때 찾아온 사람은 이 군이었습니다.

우리 두 사람의 이야기는 어제 찾아온 장 군에게로 옮기며 다시 장영옥에게로 옮기었습니다.

남자들이나 여자들이나 이성에 대하여는 어째 그런지 몹시 말썽 부리기 좋아하는 충동이 있지요. 남자는 여자의 흠점이나 약점을 아무 이해 없이 들추어 놓으려 하고 여자 역시 남자의 단처나 흠점을 말하기 좋아하며, 칭찬들을 하게 되면 끝없이 칭찬을 하였다가 다시 흉보고 욕하려 들면 여지가 없이 해버립니다.

쉽게 말하면 여자와 남자는 다시 말할 수 없는 원수요, 또 다시 말할 수 없는 친구입니다.

즉 원수인 친구요 친구인 원수가 되어서 서로 미워하며 따르며 따르면서 미워합니다. 그러나 그중에는 무서운 마력이 있어서 욕을 하여도 밉지 않고 얼마든지 붙어 있어도 싫증이 나지 않습니다.

오늘도 이 군과 둘이 다섯 시간 동안이나 여자를 욕도 하여보았다가 칭찬도 하여보았다가 찧고 까불고 하느라고 시간 가는 줄을 알지 못하고 있다가 둘이 저녁을 같이 먹기로 하였을 때, 마침 장 군이 찾아왔습니다.

장 군과 이 군에게 인사를 시키고 세 사람이 같이 상을 받았을 때 장 군은 몹시 미안해하는 표정으로,

"저녁까지 이렇게 대접을 하시니 고맙습니다마는 퍽 미안합니다. 집에 가면 누님하고 같이 먹을 것을."

하는 데는 어느 귀퉁이인지 아직 어린 곳이 있었습니다.

나는 그 말에 대답을 하고 밥을 다 먹은 뒤에 과일을 서로 벗겨 먹기로 하였습니다.

그때 장 군은 사과 하나를 들면서,

"사과와 배를 삼랑진 오다가 두 채롱이나 사가지고 왔는데요.

누님과 둘이 먹다가 남은 것이 집에 있는데…….”
하며 말을 채 못 마쳤습니다. 나는 얼핏 그의 말을 받아서,

“그런 것을 사 오시면 서로 나눠 자실 것이지 남매분이서만 자시오? 남은 것을 먹으러 갈까요?”
하고 농담 비슷 장 군에게 가도 괜찮겠느냐는 의향을 물어보매 장 군은 허락한다는 어조로,

“가시지요. 그렇지만 먹던 찌꺼기를 대접할 수야 있나요.”
하고 민망해하는 빛이 보이므로 나는,

“무어 관계찮습니다. 하필 사과만이 맛입니까? 다른 것이라도 한턱만 내시면 그만이지요.”

실상 한턱을 받는다는 것보다도 장 군의 누님을 만나보려 하는 욕망이 더하였던 것은 그 자리에 앉았던 세 사람이 똑같이 감각하였을 것입니다.

장 군은 그 이튿날 오후에 저녁 먹지 말고 자기 집까지 와주기를 나와 이 군에게 청하였습니다. 그는 집으로 돌아갈 제 나의 손을 꼭 쥐며,

“꼭 기다립니다. 꼭 오세요.”
하고 자기 집으로 갔습니다. 나 혼자 마루 끝에 섰을 때에는 서쪽 하늘에 닷새쯤 되어 보이는 달이 새파랗게 떠 있었습니다.

네 눈이 한꺼번에 번쩍하였습니다. 이쪽 봉우리에서 저쪽 봉우리로 홱 지나가는 번개가 중간에서 딱 부딪친 것 같았습니다. 장영옥의 눈과 나의 눈이 서로 마주쳤을 때 나는 미리 알아차린 것이 있었지마는 저쪽에서는 뜻밖의 일임에 놀랐던 것인 듯합니다.

"나는 누구시라구?"

그의 눈은 웃었습니다. 신기한 가운데 더욱 친절함을 느끼는 듯하였습니다.

"일전의 잘못은 용서하여 주십시오."

"천만의 말씀을 다 하십니다"

할 제 영옥의 말소리는 마치 명주실에 구슬을 꿴 듯이 마디마디가 또렷또렷하게 나왔습니다.

오라비 장 군은 어찌 된 일인지를 몰라서 우리 기색만 살피고 있었습니다.

영옥의 얼굴은 조금 창백한 빛을 띤 난형이었습니다. 그 위에는 영롱한 두 눈이 별같이 박혀서 그의 재기를 여실히 말하고, 그의 오뚝한 코는 그의 가슴속에 단단히 뭉친 의지를 나타내며, 조금 크다고 하면 클는지 모르는 입은 얼핏 보아 조금 천한 기운이 있으나 그의 붉은 입술을 다물 때는 얼굴의 조화는 어디로인지 가리어버립니다.

그는 얼핏 보기에는 몹시 침착하고 냉정한 듯이 보이나 실은 의지로써 정열에 탈을 씌워놓았을 뿐이요, 그의 가슴속 깊이깊이 깊은 구석에서는 뜨거운 정열이 폭발될 때만 기다리고 있는 것이었습니다.

그것은 무엇보다도 침착하였다가 갑자기 웃을 때에 강렬한 향기를 발사하는 듯한 그 웃음을 보아서도 알 수 있으며, 시꺼먼 눈동자 깊이깊이 그윽한 속에서 반짝이는 가늘고도 광채 나는 안광을 보아서도 알 것입니다.

그날 저는 오래 앉아서 몸이 몹시 거북한 것도 참으면서 그와 이야기도 하고 트럼프도 하며 놀았습니다.

트럼프를 할 때 여자들의 미세한 감정을 잘 찾아낼 수 있는 것을 나는 알았습니다. 여자는 자기 앞에 무조건으로 굴복하는 자가 있을 때 즐거워합니다. 그렇지 않으면 아무러한 노력도 없이 요행의 승리를 얻기를 바랍니다.

그러나 자기가 남에게 지는 일이 있거나 혹은 굴종하지 않아서는 아니 되게 될 때 그들은 아무러한 반성도 없이 저주하며 원망합니다. 그것은 우스운 장난에서도 잘 알 수가 있는 것입니다.

그는 웬일인지 나 한 사람만 지는 것을 좋아하였습니다. 내가 질 적에는 그는 손뼉을 치며 좋아하였습니다. 그러나 자기가 지고 내가 이기었을 때는 그는 나를 꼬집어 뜯었으면 좋을 듯이 원망하였습니다.

밥들을 먹다가 나는 영옥을 쳐다보았습니다. 흘끔 다시 한 번 쳐다보니까 영옥도 자기를 내가 유심히 보는 데 무슨 의미나 없는가 해서 나를 흘끔 쳐다보며,

"왜 보십니까?"

하고 물었습니다. 나는 우연히 입 밖으로 나온다는 말이 옛사람의 말을 그대로 인용하여,

"얼굴은 여자의 양심이지요. 그 얼굴을 보면은 그 여자가 무슨 생각을 하는지 알 수가 있지요."

하였더니 세 사람은 일제히 웃었습니다. 영옥은 웃는 웃음을 입으로 참으면서,

"그럼 제가 지금 무슨 생각을 하였는지 말씀해 보세요."

하고 말하기가 부끄러운지 그야말로 얼굴을 보이는 것이 부끄러

운지 고개를 척 숙이고 말을 잘 못 하였습니다.

나는 그때 영옥에게 '당신께서는 지금 성적 번민을 가지고 계십니다'라고 말하여 버리려 하였으나 입 밖으로 그 말이 나오지 않았습니다. 그 여자가 성적 번민을 가졌다는 것은 즉 나의 가슴 속에 성적 번민이 있으므로 상대방의 여자까지 그렇게 보였는지는 알 수 없으나, 그러나 나이 스물이 넘어 삼 년이 지난 독신 여자가 성적 번민이 없다는 것도 또한 거짓말이라고 하겠지요.

나는 하는 수 없이,

"글쎄요, 지금 말씀할 수는 없는데요."

하고 웃음을 지은즉 그 여자는 갑자기 무엇을 깨달은 사람처럼 눈을 아래로 깔고 말이 없었습니다.

어떻든 오늘은 즐거운 하루였습니다. 오전에는 저녁에 장 군 남매를 만나볼 기대로 가슴을 뛰게 하다가 저녁에는 여성에게, 더구나 나의 마음을 빼앗아 간 여성의 향기와 색채 속에 잠기어 꿈같은 시간을 보낸 것이 즐거운 일이 아니겠습니까?

일주일이 넘었습니다. 사흘 동안이나 장 군이 놀러 오지를 아니하였습니다. 나는 장 군을 볼 적이면 영옥을 본 것같이 반가웠습니다. 그에게 지지 않는 애정이 끓어올랐습니다. 궁금하여 견딜 수가 없었습니다.

나는 하는 수 없이 저녁을 먹고 이 군과 함께 장 군을 찾아가기로 하였습니다.

장 군을 찾아가는 것이지마는 그것은 거죽뿐이요, 실상은 장 영옥을 보고 싶은 마음에서 저절로 마음이 끌려가는 것이므로 우리는 가면서도 주저하였습니다.

더구나 나의 마음속에서는 이상한 기름불이 차차 타기를 시작하는 까닭에 얼마든지 나는 반성을 아니 할 수가 없었습니다. 젊은 사람은 누구나 갖는 것이나 마찬가지로 나는 남만 한 자긍을 갖기는 가졌습니다마는 자포자기하는 마음이 있어서 대담할 때에 대담하지 못하고 용기를 낼 때 용기를 갖지 못하였습니다.

장 군은 집에 있었습니다. 영옥이도 있었습니다. 영옥은 나를 보더니 들어오기를 청하였습니다.

그때의 나의 마음은 왜 그리 수줍은지 마치 처녀가 정혼한 남자 앞에 나와 앉은 것 같았습니다.

우리는 창을 열어놓은 바로 그 앞에 앉아 있었습니다.

창이 동쪽으로 향하여 있었으므로 거기 앉아서 내다보면 동남쪽으로 가리어 있는 산 위에서 떠오른 달이 바다 위에 비친 것처럼 보이었습니다. 달은 동에서 그 집 창을 비추고, 그 창 앞에 가지가지로 늘어져 흩날리는 버들가지를 통하여 방 안까지 흘러들었습니다. 방에서 바깥을 내다보면 공중에 달린 달이 바로 창 앞 버들가지에 매달려서 버들이 흔들거릴 적마다 그 달도 이리 흔들 저리 흔들 하는 것 같았습니다.

영옥과 우리는 잠깐 앉아 이야기를 하다가 달구경 나가기로 의견이 일치하였습니다.

우리는 다시 신마산 방축 위에서 소요하였습니다.

바다면에 비친 달빛은 마치 하늘에 달린 달덩이가 바다 밑에 잠겼다가 그것이 다시 방울이 되고 조각이 되어 금진주 은진주 같이 반짝거리기도 하고, 다시 하늘을 쳐다보면 그 은진주 금진주가 허공 중천에 다시 승화한 듯하기도 하였습니다.

바람도 잔잔하고 물결도 고요하고 사면도 적적하였습니다.

영옥과 나는 나란히 서서 바다를 내다보고 서 있었습니다.

멀리멀리 바다 한복판 금진주가 날뛰는 듯한 물결 위로는 돛대 하나 삿대 하나를 실은 배가 금물결 은물결을 헤치며 지나갔습니다.

영옥은 내 옆에 서서 정신없이 바다만 내다보더니 또다시 나를 쳐다보았습니다.

"세상에 만일 큰 비극이 있다고 하면 자기의 마음속을 툭 털어 말 못 하는 것처럼 큰 비극은 또다시 없을 것이지요?"

그는 갑자기 이 말을 묻고서 나의 대답을 기다렸습니다. 그의 몸에서는 여자의 향내가 나의 취각을 흥분시켜 주었습니다.

나는 그 묻는 말의 의미를 알 수 없다는 것보다 섬뜩 가슴이 내려앉았다가 다시 평상시로 회복할 때 그 말 속에 숨긴 영옥의 뜻을 찾아낼 열쇠를 갖지 못한 것이 한이 되었습니다. 다만 헤매는 생각으로 가슴을 뒤숭숭하게 할 뿐이었습니다.

"그렇겠지요."

그 말에 힘 있는 공명을 갖는다는 듯이 대답을 하였습니다.

"마찬가지로 나의 마음을 알아주는 이가 없는 것도 비극일 거예요."

그는 또다시 말 한마디를 하였습니다. 그것이 나의 귀에 몹시 의미 있게 들리어 다시 그 말대답을 하려 할 제,

"저리로 가시죠."

하고 그는 앞장을 서서 언제 무슨 말을 하였더냐는 듯이 말이 없었습니다.

우리 두 사람은 맨 처음의 그 자리, 즉 그가 나를 발끝으로 차고 나의 마음을 끌어가던 그 자리에 다다랐습니다.

"여기였죠?"

영옥은 가던 다리를 멈추며 웃는 눈으로 나를 보았습니다. 그의 얼굴에 은빛 같은 달이 비치며 마치 백합꽃 위에 떨어진 이슬이 반짝거리듯 그의 눈이 반짝거렸습니다.

그때 나는 '네, 당신이 나의 머리를 차지 않고 나의 마음을 차서 영원히 흔적이 남게 한 곳이 바로 거기였지요' 하고 대답을 하고 싶었습니다. 만일 그때 그 자리에 이 군도 없고 장 군도 없었다면 그리하였을는지도 알 수 없었습니다.

우리 두 사람은 사랑하는 사이는 물론 아닙니다. 다만 혼자 가슴속에 애타는 정을 숨겼다 하면 그것은 정말일는지 모르지마는 장영옥의 가슴은 내가 사람이요 귀신이 아니매 알 수가 없을 것입니다.

그러나 멀리 마산만 한 귀퉁이에서 임자가 모르는 사랑으로 속을 태우면서 하룻밤을 그 무정한 사람과 재미있게 지내었다는 것만 알아주십시오. 나의 생명은 짧습니다. 마치 뱃전 위에 켜놓은 촛불 같을는지도 모르지마는, 그러나 그와 같이 불쌍한 사람 가슴 가운데 다만 한때라도 사랑을 깨닫고 그것을 느끼고 또는 그것을 스스로 혼자 향락하였다 하면 얼마나 아름다운 일이겠습니까.

오늘은 나 혼자 스스로 장영옥의 집에 놀러 갔습니다. 나의 가슴속에서 고조되어 가는 사랑은 그만큼 나를 대담하고 용기 있게 만들어놓았습니다.

영옥은 혼자 있었습니다. 장 군은 그 근처 다른 친구를 보러 갔었습니다.

그날 영옥은 나의 얼굴을 보더니,

"무슨 번민이 계십니까? 신색이 아주 못되었으니……."
하고 물었습니다.

나는 갑자기 옆에 있는 거울을 보았습니다. 나의 얼굴은 마치 기름 먹은 유지에 주황으로 코나 눈이나 입을 그려놓은 것같이 핼쑥하고 보기가 싫었습니다.

나는 스스로 책망하였습니다.

'이 꼴을 하고 무엇하러 왔느냐?'
고.

사람의 마음은 공통한 것이 있습니다. 누구든 자기의 눈에 미감美感을 주는 것은 사랑하고 그렇지 않은 것은 물리치는 것은 사실입니다. 더구나 사랑에 들어서 그러하니 사람의 감정은 이론으로 좌우되는 것이 아닙니다.

자기의 애인을 가질수록 몸을 든든히 하고 아름답게 하려는 것이 결코 이치 없는 일이 아니겠습니다. 나는 풍모가 나 자신까지 낙망시키도록 무섭게 된 것을 보고 몸 편치 않은 것을 핑계로 집에 돌아왔습니다.

집에 돌아오매 세상이 너무너무 허무한 것 같을 뿐이었습니다.

세상이란 무엇입니까? 사랑이란 무엇입니까? 세상의 모든 것이 자기만족에 불과하고 자기가 잘 살자는 데 불과한 것이지요. 나도 남보다 더 힘 있고 뜨거운 생활을 하여보고 싶습니다. 자기의 욕망을 채워가며 살고 싶습니다. 그러나 그것이 생각한 대로 뜻한 대로 되지 않습니다.

형님! 왜 나는 어제저녁에 영옥의 집에서 '무슨 번민이 계시냐'고 물을 적에 나의 마음을 다 이야기하지 못하였을까요? 왜 그렇게 얻기 어려운 기회를 잃어버리었을까요? 그렇습니다. 내가 사랑을 하는 것이 결코 죄악이 아닌 이상 정직하고 떳떳하게 나의 마음을 상대자에게 피력하는 것이 옳은 것 아닙니까? 상대자가 나를 생각하여 주든 아니 하여주든 그것은 그편의 자유이지마는, 나의 사랑을 상대자에게 말하는 것이 조금도 어리석은 일도 아니요 비열한 일도 아니건만 나로서는 그 말을 하지 못하였습니다.

마음에 혼자 넣고 속 태우느니보다 속맘을 말로 하고 끝을 내는 것이 혹은 현대인의 사랑을 구하는 법일는지도 모르지요. 그러나 어느 편으로 생각하면 말하지 않는 것이 말한 것보다 오히려 아름다운 것이 있었을는지도 알 수 없습니다.

세월은 너무 쓸쓸하고 단조합니다. 마치 감옥에 들어앉은 것 같이 나의 생활은 단순합니다. 그러니 요사이 며칠은 기침이 심하고 객혈이 더하여 몹시 신음하는 중입니다. 피가 가슴속 고통과 함께 떨어질 때 나는 세상의 모든 것을 부인하고 싶습니다. 이것이 결코 참다운 '생'이 아니라고.

세상을 부인하고 사랑을 부인하고 나중에는 죽음까지 부인하여 버리려 하다가도 나는 그것 하나는 부인할 수가 없습니다. 무서운 죽음이 나의 눈앞에 있어 나를 누르고 위협하고 끌어 잡아당기는 것 같았습니다. 나는 병상에 누워서 생각한 것이 있었습니다. 나도 지금까지의 모든 생을 단념하는 동시에 장영옥에게 가는 사랑까지 단념하자고.

사랑을 합니다. 그 사랑은 반드시 완전한 결심을 요구합니다. 행복을 추구합니다.

옛날 사람이 쓴 소설에는 여러 가지 이상적 사랑을 비극에서 끝을 맺게 한 것이 많습니다. 그러나 나라는 사람이 옛적 사람보다 다르다는 것은 얼핏 모든 것을 단념할 수 있다는 것입니다. 즉 '이상에서 현실에' 가깝다는 것입니다. 그러나 그 단념처럼 큰 비극은 없을 것입니다. 단념하자! 모든 것을 단념하자! 여기에 인생의 비극이 있는 것입니다.

단념하겠다, 사랑을 단념하고 영옥을 단념하겠다고 몇 번이나 자신의 인격을 두고 맹세하였는지 알 수가 없습니다.

안 된다, 나의 사랑은 결코 좋은 결과를 맺지 않으리라고 나는 단정하였습니다.

아! 구름장 하나, 무서운 구름장 하나가 나의 '생' 위로 배회합니다. 그 구름장은 머지않아서 나의 눈을 덮고 영靈을 덮어 다시 이 눈은 영옥을 보지 못하고 이 영은 영옥을 생각지 못하겠지요? 아아! 삶! 사랑! 영옥! 나는 이 모든 것을 단념하지 않아서는 안 된답니다.

오늘은 눈앞에 환각을 일으키도록 몸이 피곤하였습니다. 그 환각에 대하여서는 여기서 말씀할 필요까지 없을까 합니다.

어찌하였든지 오늘이나 어제와 같이 몸이 피곤하고 더욱 쇠퇴하여 간다고 하면 나는 다시 서울로 올라가는 수밖에 없게 되겠습니다. 몸이 약하매 마음이 무척 약하였습니다. 더구나 없던 번민, '아름다운 번민'이 하나 더 생기니 마음이 더욱 약할 대로 약하여질 뿐입니다.

나는 때때로 웁니다. 무엇이라고 말을 할 수는 없는데 눈물이 자꾸 납니다.

더구나 요사이 며칠 마산을 떠나야 하겠다는 생각을 할 제 가슴은 아리는 듯이 섭섭하였습니다.

오늘 장 군이 사흘 만에 왔습니다. 자기 누이가 오늘 저녁에 저녁을 같이 먹자고 나를 청하더란 말을 하였습니다.

고마웠습니다. 반가웠습니다. 그러나 저는 그 호의를 받을 수가 없었습니다. 몸이 약한 것도 약한 것이지마는 나는 영옥이와 만나는 것을 단념하렵니다.

'무서운 행복'은 영옥과 만나는 것입니다. 만나면 만날수록 나의 가슴속에는 오뇌와 번민이 고조될 뿐입니다.

아아! 안 만나겠습니다. 다시는 안 만나겠습니다. 죽음이 가까운 사람이 어찌 영옥의 생활까지 침범하려는 대담한 마음을 갖겠습니까? 내가 참으로 영옥을 사랑하니까 그와 만나지 않으려는 것입니다.

가지고 가지요. 나의 관 뚜껑을 덮을 때 나의 가슴에는 그의 사랑을 가지고 영원히 가렵니다.

오늘은 지팡이를 짚고서 마산 온 뒤에 갔던 곳은 모조리 한 번씩 돌아다니었습니다.

더구나 장영옥의 집 앞에 홀로 서서 다만 창 옆에서 흩날리는 버들가지를 볼 때 나는 나의 마음을 그 버들가지에 매어놓고 왔습니다. 바람에 버들가지가 창을 두드릴 때면 거기 내 맘이 달려 있는지를 영옥은 알는지요?

모든 것을 꿈으로 돌려보내기는 너무 애닯고, 그렇다고 분명한 세상일로 보기는 너무 가슴이 쓰립니다.

모래는 마산을 떠납니다. 무엇이 덜미를 쳐서 몰아내는 것 같습니다.

천 가지나 되고 만 가지나 되는 감회가 가슴을 누릅니다. 어제 저녁 자리에서 밤새도록 솟아오르는 눈물이 오늘은 한 방울 나오지 않습니다.

짐을 싸는 것을 보니까 초상집에서 죽은 이의 입던 옷, 쓰던 물건을 뭉치는 것 같아서 싫었습니다.

나는 맨 나중, 나의 생전의 맨 나중 인사를 하러 영옥에게 갔습니다.

영옥은 놀랐습니다.

"왜 그렇게 갑자기 가세요?"

하고 그 눈이 똥그랗게 떠질 때 나는 그의 가슴에 엎디어 울고 싶었습니다.

갑니다! 영원히 갑니다! 인제 다시 영옥을 나는 보지를 못하겠지요? 보지 못해도 좋습니다. 아무래도 좋습니다. 그러나 그의 사랑! 그에게서 남몰래 나 혼자 나의 가슴에 맺힌 사랑은 어느 때까지든지 가지고 가렵니다.

정거장에서 나는 세 사람을 작별하였습니다. 이 군과 장 군과 또 영옥을.

영옥은 눈물 괸 눈으로 나를 보고 수건을 흔들었습니다.

아아! 눈물! 영옥은 나에게 두 가지를 주었습니다. 한 번은 잊지 못할 발길과 또 한 번은 가슴에 사무치는 진주 같은 눈물을.

기차는 어김없이 떠났는데 멀리 공중에서 저녁 별 하나가 깜박거릴 뿐입니다.

— 〈신민〉 제11호, 1926. 3.

지형근

1

지형근은 자기 집 앞에서 괴나리봇짐 질빵을 다시 졸라매고 어머니와 자기 아내를 보았다.

어머니는 마치 풀 접시에 말라붙은 풀 껍질같이 쭈글쭈글한 얼굴 위에 뜨거운 눈물방울을 떨어뜨리며 아들 형근을 보고 목메는 소리로,

"몸이 성했으면 좋겠다마는 섬섬약질이 객지에 나서면 오죽 고생을 하겠니. 잘 적에 더웁게 자고 음식도 가려 먹고 병날까 조심하여라! 그리고 편지해라!"

하며 느껴 운다.

형근의 젊은 아내는 돌아서서 부대로 만든 행주치마로 눈물을

씻으며 코를 마셔가며 울면서도 자기 남편을 마지막 다시 한 번 보겠다는 듯이 홀쩍 고개를 돌리어 볼 적에 그의 눈알은 익을 둥 말 둥 한 꽈리같이 붉게 피가 올라갔다.

"네, 네."

형근은 대답만 하면서 얼굴빛에 섭섭한 정이 가득하고 가슴에서 북받치는 눈물을 참느라고 코와 입과 눈썹이 벌룩벌룩한다.

동리 사람들이 그 집 문간에 모두 모여 섰다. 어렸을 적 친구들은 평생 인사를 못 해본 사람들처럼 어색한 어조로 인사들을 한다.

어떤 사람은 체면치레로 말 한마디 던져버리고 그대로 돌아서 저쪽에 가 서는 사람들도 있지마는, 어떤 늙은이는 머리서부터 쓰다듬어 내려 마치 어린애같이 볼기짝을 두드리면서,

"응, 잘 다녀오게. 돈 많이 벌어가지고 오게. 허어, 기막힌 일일세. 자네 같은 귀골이 노동을 하려고 집을 떠나간다니 자네 어른이 이 꼴을 보시면 가슴이 막히실 일이지."

하는 두 눈에서는 진주 같은 눈물이 괴어오르다가 흰 눈썹이 섬세하고 쌍꺼풀이 진 눈을 감았다 뜰 때 희끗희끗한 눈썹 위에는 눈물이 구을러 맺힌다. 노인이 우는 바람에 어머니와 아내의 울음소리는 더 잦아지며 동리 집 노파들도 눈물을 씻고 젊은 장정들은 초상집에 가서 상제 우는 바람에 부질없이 나오는 울음을 참으려는 것같이 코들만 들이마시기도 하고 눈만 슴벅슴벅하고 있다.

형근도 눈물을 씻으며 어머니께 인사를 하고 다시 동리 사람을 향하여 작별을 하였다.

자기 아내는 도리어 보는 것이 마음을 약하게 하여주는 것이며 장부의 할 만한 짓이 아니라는 듯이 보지도 않고 돌아서서 동구로 향하였다. 동리 늙은이와 자별한 친구들은 뒤를 따라와 주며, 어린아이들은 마치 출전하는 장군 앞에 선 군대들같이 앞에도 서고 뒤에도 서서 따라온다.

형근은 가다가 돌아다보고 또 가다가 돌아다보았다. 얼마큼 오니까 아이들도 다 가고 따라오던 사람들도 다 흩어지고 자기 혼자몸이 고개 마루턱에 올라섰다.

뒤를 돌아다보니 자기가 살던 이십여 호밖에 보이지 않는 촌락이 밤나무 느티나무 사이에 섞여 있다. 자기 집 앞에는 사람들이 흩어지고 어머니와 자기 아내만 여전히 자기 뒤를 바라보고 섰다.

그는 여태까지 나지 않던 눈물이 어디서 나오는지 폭포같이 쏟아진다. 아침 해가 기쁜 듯이 잔디 위 이슬에서 오색 빛을 반사하고 송장메뚜기가 서 있는 감발 위에 반갑게 튀어 오르나 그것도 보이지 않는다.

분홍 저고리에 남 조각으로 소매에 볼을 받아 입고 왜반물 치마에 부대 쪽 행주치마를 입고 백랍 비녀에 가짜 산호 반지를 낀 자기 아내 생각을 할 제 스물두 살 먹은 이 젊은 사람의 가슴은 터질 것 같았다.

그는 한 발자국에 돌아서고 두 발자국에 돌아섰다.

멀리 보이는 자기 집은 아침 해의 그늘이 비추인 산모퉁이에 가리어 보이지 않는다.

2

그는 오 리쯤 가서 단념하였다.

"내가 계집에게 마음이 끄을려서 이렇게 약한 마음을 먹다니!"

그는 마치 번개같이 주먹을 내흔들었다. 그리고 벌건 진흙이 묻은 발을 땅이 꺼져라 하고 더벅더벅 내놓았다.

그는 고개를 쳐들었다. 가슴을 내놓았다. 하늘은 한없이 높이 개었는데 넓은 벌판 한가운데 신작로로 나서니까 그 가슴속에는 끝없는 희망이 차는 듯하였다.

가면 된다. 이대로 가기만 하면 내 주먹에 지전 뭉텅이를 들고 온다. 그는 열흘 갈 길을 하루에 가고 싶었다.

그때 강원도 철원군에는 팔도 사람이 다 모여들었었다. 그 모여드는 종류의 사람인즉 어떠냐 하면 대개는 시골서 소작농들을 하다가 동양척식회사에서 소작권을 잃어버린 사람이 아니면 일확천금의 꿈을 꾸고 허욕에 덤빈 사람들이었다.

그것은 철원에 수리조합이 생기며 그 개간 공사로 노동자를 사용하는 까닭도 있지만 금강산 전기철도가 놓이며 철원은 무서운 속력으로 발전을 하는 데 따라서 다소간의 금융이 윤택하여지며 멀리서 듣는 불쌍한 사람들의 마음들을 충동이어 '나도 철원, 나도 평강' 하고 덤비게 된 것이다.

노동자가 모이어 주막이 늘고 창기가 늘었다.

자본 있는 자들은 노동자가 많이 모여들수록 임금을 낮춰서 얼마든지 그들의 기름을 짜내었다. 그러나 그렇게 기름을 짜낸 돈은 또 주막과 창기가 짜내었다. 남은 것은 언제든지 빈주먹이었다.

평화스러운 철원읍에는 전기철도라는 괴물이 생기더니 풍기와 질서는 문란할 대로 문란하여졌다.

그래도 경상도, 경기도 여기저기 할 것 없이 모든 것을 잃어버린 불쌍한 농민들은 요행을 바라고 철원, 평강으로 모여들었다.

지형근도 지금 그러한 괴물의 도가니, 피와 피를 빨고 짓밟고 물어뜯고 볶는 도가니를 향하여 가며 가슴에는 이상의 꽃을 피게 하고 있는 것이나 마치 절벽 위에서 신기루에 홀려서 한 걸음 두 걸음 끝을 향하여 나가는 것이다.

그는 오십 리를 못 가서 발이 부르텄다. 그는 한 시간에 십 리를 걸었다 하면 지금은 그것의 절반 오 리도 못 걸었다.

그는 발 부르튼 것을 길가에 서서 지끗지끗 눌러보며 혼자 속으로,

'흥, 올 적에는 기차 타고 온다. 정거장에서 집까지가 오 리밖에 안 되니 그때는 잠깐 걷지…….'

그러나 그는 주머니 속을 생각하여 보았다. 발병이 나지 않고 그대로 줄창 잘 걸어간다 해도 닷새나 돼야 들어갈 것이다. 그러면 주머니에 있는 행자는 얼마냐? 빠듯하게 쓰고도 남을지 말지 하다.

해는 져간다. 가슴에서는 공연히 무서운 생각이 났다. 만일 발병이 더하여 길을 못 가게 되면 어찌하나.

그는 용기가 줄어들고 희망에 구름이 끼는 것 같았다.

그는 비척비척 맥이 없이 걸어가며 궁리해 보았다. 그는 자기가 가는 길가에 아는 사람의 집을 모조리 생각해 보았다.

말할 만한 집이 하나도 없었으나 거기서 한 십 리쯤 샛길로 휘어 들어가면 거기 큰 촌이 하나 있었다. 그 촌 이름을 여기에 쓸 필요가 없으매 그만두지마는 그 촌에는 자기 아버지가 한참 호기 있게 돈을 쓰고 그 근처 읍에 이름 있는 부자로 있을 때 소작인으로 있던 사람이 생각난다.

그는 그를 자기 집 사랑에서 자기 아버지 앞에 황송한 태도로 앉아 있는 것을 보기는 보았을지라도 그의 집을 찾아간 일은 물론 없었다.

'옳지…….'

형근은 무릎을 쳤다.

'김 서방을 찾아가면 얼마간이라도 돌릴 수가 있을 터이지, 거저 달래는 것인가? 돌아올 때 갚을걸!'

그는 김 서방의 상전이란 관념이 있다. 옛날에 자기 아버지의 은덕으로 살아간 사람이니까 은덕을 베푼 자의 아들의 편의를 보아주는 것도 떳떳한 일이라 하였다.

즉 자기 마음이 그러니까 남의 마음도 그러하리라 하였다.

그는 허위단심 김 서방 집을 찾았다. 그 집 앞에는 훤한 논과 밭이 있고 집은 대문이 컸다.

주인을 찾으매 정말 김 서방이 나왔다. 김 서방은 반가워하면서도 놀랐다.

"이게 웬일야?"

김 서방은 존대도 아니요 하대도 아니요 어리벙벙하게 말을 해버린다. 형근은 이것이 의외였다. 아무리 세상이 망해서 내가 제 집을 찾아왔기로 어디를 보든지 말버릇이 그렇게 나오지는 못할 것이었다.

"어서 들어가세."

이번에는 하게가 나왔다. 형근의 얼굴은 노래졌다가 다시 붉어졌다.

그는 대답이 없었다. 마당에 서서 해만 바라보았다. 해는 벌써 저쪽 서산 위에 반쯤 걸리었다.

그러나 그는 단념하였다. 자기가 노동을 하러 괴나리봇짐을 지고 나가는 이 시대에서는 무엇보다도 돈이 있어야 한다. 돈만 있으면 무엇이든지 된다. 양반도 되고 남을 부릴 수도 있으니까 자기도 돈을 벌어서 다시 옛날의 문벌을 회복하고 남도 부려보리라 하였다. 그러니까 지금은 참아야 한다. 숙명적으로 그는 자기가 이렇게 된 것이니까 단념하지 않을 수가 없었다.

옛날에는 문벌만 있으면 무슨 짓—사람을 죽이고도 무사하였던 것이나 마찬가지로 지금은 돈만 있으면 무슨 짓이든지 괜찮다는 관념이 한층 깊어지며 그는 얼핏 목적지에 가서 돈을 벌어 가지고 오고 싶었다.

그는 분을 참고 그 집에서 잤다. 김 서방은 옛날의 어린 주인을 잘 대접하였다. 그는 밥상을 내놓으면서도 웃고, 정한 자리를 펴주면서도 웃었다. 또는 떠날 때도 종종 들르라고 하면서 웃었다.

김 서방은 지금처럼 만족하고 좋은 때가 없었다. 그것은 다른 것이 아니라 여태까지 자기가 깨닫지 못하였던 자랑을 깨달은 까닭이다. 즉 옛날에 자기가 고개를 숙이던 사람의 자식이 자기 집에 와서 숙식을 빌리게 될 만큼 자기가 잘된 것에 만족한 것이었다.

형근은 또 주저주저하였다. 어젯밤부터 궁리도 하여보고 분한 생각에 단념도 하여보고 다시 용기도 내어보던 돈 취할 일, 가장 중대한 일이 그대로 남은 까닭이었다.

그는 눈 딱 감고,

"여봅쇼!"

하였다. 그는 목소리가 떨리며 자기가 얼마나 비열하여졌는지 스스로 더러운 생각이 났다.

말을 하였다. 김 서방은 벌써 알아챘다는 듯이 또 웃으며 생색내고 소청한 돈의 삼분지 이를 주었다.

형근은 그 돈을 들고 나오며 분개도 하고 욕도 하고 또는 홀연한 생각이 나서 정신없이 앞만 보고 갈수록 그는 돈이 얼마나 필요한가를 새삼스러이 느끼는 것 같았다.

3

형근은 다리로 자기가 걸어온 것이 아니라 팔과 머리로 다리를 끌어온 것 같았다.

그는 예정보다 사흘이 늦어서 철원에 도착하였다. 그는 한 다리를 건너면서 두 팔을 벌릴 듯이 반가워하였다. 그는 자기더러 오라고 편지를 한 동향 친구를 찾아가서 지금까지 지고 온 봇짐을 벗어놓을 때 그는 모든 괴로움과 압박에서 벗어나는 듯하였다.

그러나 그의 짐을 벗어놓은 것은 어깨를 가볍게 함이 아니라 그 위에 더 무거운 짐을 지우기 위함이었다.

그는 자기 친구를 찾았을 때 여간한 환멸을 느끼지 않았다.

우선 그가 있는 집이라는 것은 마치 짐승의 우릿간과 같은데 거기서 여러 십 명 사람들이 도야지들 모양으로 옹기종기 모여 있었다.

땅을 파고 서까래를 버틴 후 그 위에 흙을 덮고 약간의 지푸라기로 덮어놓은 것이 그들의 집이다. 방 안에는 감발이며 다 떨어진 진흙 묻은 양말 조각이 흐트러 있고 그 속은 마치 목욕탕에 들어간 것같이 숨이 막힐 듯한 냄새가 하나 가득 찼었다.

물론 광선이 잘 통할 리가 없었다. 캄캄하여 눈앞을 잘 분별할 수 없는 그 속에는 사람의 눈들만 이리 굴고 저리 굴고 하였다. 그는 손으로 더듬어서 그 속을 들어갔다.

발길에는 사람의 엉덩이도 채어지고 허구리도 건드려졌다. 그럴 적마다 그들은 굶주린 맹수 모양으로 악에 바친 듯이 소리를 질렀다.

그는 친구의 권하는 대로 자리에 앉았다. 그리고 여러 사람들에게 인사를 시켰다.

새로이 온 사람이라고 여러 사람들은 절을 하다시피 반가워하였다. 저 구석에서 다섯 직째나 학질을 앓던 사람까지 일어나 인사를 하고 눕는다. 그들에게는 이 새로이 온 친구가 반가운 동무라고 함보다도 다시없는 미끼[餌]였다.

그들은 새로 온 사람의 노자 냥 남은 것을 노리어서 그것으로 다만 한때라도 탁주 몇 잔, 육회 몇 접시를 토색하기 위하여 자기네의 갖은 아첨과 갖은 친절을 다하는 것이다.

어떠한 사람은 동향 사람이라고 가까이하려 하였다. 또 어떤 사람은 동성동본이라고 친절히 하였다. 또 어떠한 사람은 어려서 자기 아버지와 형근의 아버지와 친하였다고 세교라고 늦게 만난 것을 탄식하였다.

이래서 형근은 처음 이 움 속에 들어올 적에 느끼던 환멸이 어느덧 신뢰하는 마음과 이상과 기쁨으로 가득 차버렸다. 그날 저녁에 노자푼 남은 것으로 그 근처 선술집에서 두서너 사람과 탁주를 먹으려 편지하던 친구에게 물었다.

"자네는 그동안에 돈 좀 모았나?"

"아직 모으지는 못하였네. 그러나 인제 수 생길 일이 있지."

친구는 당장에 수만금 재산을 한 손에 움켜쥘 듯이 말을 하였다. 그것도 그럴 것이 그는 아직까지도 황금 덩어리가 멀지 않은 장래에 자기 손 속에 아니 들어올 리가 없으리라고 생각하는 까닭이다.

"설마 천 리 타향까지 나왔다가 맨손 들고 들어가겠나? 지금은 좀 고생이 되지마는 그래도 잘 부비대기를 치면 돈 몇백 원쯤이야 조반 전에 해장하기지."

형근은 또 가슴속이 든든하여지며 이번에는 걸쭉한 막걸리는 그만두고 입 가볍고 상긋한 약주를 청하였다.

"그러나저러나 여러 형님네가 저를 위해서 어떻게 힘을 좀 써 주셔야겠습니다. 형님들은 저보다야 경험도 많으시고 또 그런 데 길도 좋으실 테니까요."

형근은 눈이 거슴츠레해서 안주를 들며 말을 하였다.

"아따 염려 마시우. 내나 그 형이나 이런 데 와서 고생하기는 마찬가진데 서로 형제나 친척같이 생각할 것이 아니오."

그중에 머리 깎고 지까다비[1] 신고 행전 친 노동자가 대답을 하였다.

"그럼 저는 형장만 꼭 믿습니다."

"글쎄 염려 말아요."

그날 저녁 그는 여러 가지 진기한 것을 보았다. 번화한 시가도 보고 또 술 파는 어여쁜 계집도 보았다. 그리고 여기서 쓰는 말이며 습속을 배웠다.

그는 어리둥절한 가운데에도 속이 느긋하고 만족하여 그대로 하루저녁을 그 움 속에서 자고 났다. 그는 고린내 나는 발이 자기 코 위에 올려놓이고 허구리를 장작개비 같은 발이 들이질러도 그것이 화가 나지 않고 그 여러 사람을 오히려 동정하고 불쌍타 하는 생각을 가졌었다. 이들도 지금에는 이렇게 고생을 하지마는 나중에는 모두 돈들을 벌어가지고 고향으로 돌아가면 호강할 친구들이라고 생각하였다.

그 이튿날 새벽 다섯 시가 되더니 그 같이 자던 사람 중에서 서너 사람은 눈을 비비고 어디로인지 가는 것을 보았다. 그는 어제 자기가 올 적에도 보지 못한 사람이요, 또는 어느 틈에 들어왔는지도 알지 못하는 사람들이었다. 그가 나갈 적에 누구 한 사람 인사하는 일도 없고 눈 한번 거들떠보는 사람도 없었다.

그들이 나갈 적에 부산한 바람에 옆엣사람들이 잠을 깨었다가 그들이 다 나가는 것을 보고,

"간나웨 자식들, 나가면 곱상스리 나갈 것이지."

1 고무창을 댄 일본 버선 모양의 노동자용 작업화.

하고 투덜대는데 그의 눈은 무서웠다. 마치 뒀다 만나자는 원수를 벼르는 것 같았다. 형근은 그것을 보고 그와 눈이 마주칠까 보아서 눈을 얼핏 감고서 아무리 생각하여 보아도 그러할 리가 없었다. 자기에게는 그렇게 친절히 하던 사람들로는 결단코 하지 않을 일이었다. 그는 그 노동자의 질투를 몰랐으므로 이런 의심을 품었었으나 누구든지 이러한 사회에 있으면 그렇게 험상스럽게 될 수 있을 것을 몰랐던 것이다.

그가 다시 실눈을 뜨고 방 안을 슬그머니 둘러볼 적에는 젖뜨려 놓은 싸리 거적문으로 아침 햇발이 붉은빛을 띠고 들이비치는데, 그 해가 비치는 싸리거적 위에서는 아까 그 불량한 노동자가 코를 땅에다 대고 코를 고는 바람에 땅바닥의 먼지가 펄썩펄썩 일어났다.

아침에 일어나자 어저께 그 지까다비 신고 각반을 쳤던 노동자가 형근을 깨웠다.

"세수하시우."

그는 세수 옹배기에 물을 떠서 움 밖에 놓았었다. 형근은 황송하고 고맙다는 말을 하고 세수를 하였다. 그리고 아침 먹는 곳을 물었다.

"나만 따라오시우."

형근은 자기 친구(편지한 친구)를 찾으려 하였으나 그자의 수선 바람에 그대로 끌려갔다.

술집에 가서 해장술에 술국밥을 먹었다. 시골서는 먹어보지도 못하던 것인데 값도 꽤 싸다 하였다. 물론 돈은 형근이가 치렀다. 인제는 주머니밑천이라고 은화 이십 전 하나하고 동전 몇 푼이 남았을 뿐이다. 그러나 그는 내일은 일구녕이 생기겠지 하였다.

돌아오는 길에 그자는 형근의 행장에 무엇이 있는가 물었다. 그는 조선 무명 홑옷 두 벌과 모시 두루마기 두 벌과 삼승 버선이 한 벌 있다 하였다.

그것은 자기 집안이 풍족할 때 자기 아버지가 장만하여 두고 입지 않고 넣어두었던 것을 이번에 자기 아내가 행장에 넣어주었던 것이라 그것이 그에게는 다시없는 치장이요 또는 문벌 자랑거리였다. 그자는 그 말을 듣더니 코웃음을 웃으면서 형근을 비웃었다.

"그까짓 것은 무엇에 쓴단 말이오, 여보."

형근이 자기 속으로는 무척 자랑삼아 말한 것이 당장에 핀잔을 받으니까 무안하기도 한 중에 또 이상스러웁고 놀라웠다. 이런 곳에서는 그런 것쯤은 반 푼어치의 값이 없나 보다 하는 생각을 하니까 자기의 말한 것이 창피하기도 하고, 딴에는 자기가 무슨 사치하고 영화스러운 생활을 할 수 있게 되었나 보다 할 때 즐거웠다.

그날 저녁에 형근은 지까다비 신은 사람에게 끌려 나왔다.

그가 저녁을 같이 먹으러 가자 하면서 끝엣말에다가,

"내가 한턱 씀세."

하였다.

형근은 막걸리 서너 잔에 얼근하였다. 두 사람이 술집에서 나와서 서너 집 지나오다가 그자는 형근을 툭 치며,

"여보, 일구녕 뚫어놨쇠다."

하였다. 형근은 눈이 번쩍 띄었다.

"어디요?"

"허허, 그렇게 쉽게 아르켜주겠소? 한턱 쓰소."

형근은 좋기는 좋지마는 한턱 쓰라는 데는 아무 말도 하지 못하고 다만,

"허허."

하고 반벙어리처럼 한탄 비슷한 대답을 하였을 뿐이다. 그런즉 이런 어리배기쯤야 하는 듯이 두서너 번 까불러보다가 그자가 미리 묘책 하나를 알려주었다.

그들은 공연히 빙빙 장거리로 돌면서,

"그렇게 합시다. 그까짓 것 무슨 소용 있소. 땀 한번 배면 고만일걸. 돈푼이나 수중에 들어오거든 양복 한 벌을 허름한 것 사 입어요. 그러면 더럼 안 타고 오래 입고 어디 나서든지 대우받고 좀 좋소? 여기서 조선 옷 입는 사람들야 헐수할수없는 사람들이나 입지 노형 같은 젊은이가 뭘 못 해본단 말요. 그렇게 합시다."

형근은 그자의 말대로 곧 귀를 기울일 수는 없었다. 일이 너무 크고 자기의 이성으로는 판단하여 결단하기가 대단히 어려운 까닭이다.

그는 이럴까 저럴까 난처한 생각으로 다만,

"글쎄요, 글쎄요."

하기만 하며 둥싯둥싯 그자의 뒤만 따라다녔다. 그러니까 그자는 화를 덜컥 내며,

"여보, 이런 데 와서는 매사에 그렇게 머뭇거리다가는 안 돼요. 여기가 어떤 덴데 그러소, 엥. 난 모르오. 엑 맘대로 하소."

하고 홱 가버리려 하니까 형근은 약한 마음이라 하는 수 없이 그

자를 다시 불러,

"그렇게 역정야 낼 것 무엇 있소. 좋을 대로 하십시다그려."

"글쎄 좋을 대로 누가 하지 않는댔소. 노형이 자꾸 느리배기를 부리니까 그렇지."

옷을 팔았다.

4

형근은 친구에게 끌려서 어떤 앉은술집으로 들어갔다. 그 친구가 두루마기 판 것을 자기 손에 쥐여줄 줄 알았더니 그것도 그렇게 하지 않고 첫걸음에 가는 곳은 이화라는 여자가 술을 파는 내외술집이었다.

"나만 따라오시우. 내 어여쁜 색시 구경을 시켜줄 터이니!"

어깨가 으쓱하여지며 두 눈을 찡긋찡긋하는 그자의 뒤를 따라가며 어여쁜 색시라는 말을 들으니까 속으로는 당길심도 없지 않았으나 첫째 노는계집 옆에를 가보지 못한 것은 말할 것 없고 그런 종류의 여자라면 겁부터 집어먹을 줄밖에 모르는 그는 가슴이 두근두근하여질 뿐이다.

"이런 데를 오면은 계집 다루는 것도 배워야 합니다."

형근이 쭈뼛쭈뼛하는 것을 보고 그자는 속으로 '네가 아직 철이 안 났구나' 하는 듯이 코웃음 섞어 말을 하였다.

형근은 그래도 속에는 빳빳한 맛이 있어서 그자에게 멸시를 당하는 것이 창피도 하고 분하기도 하나 사실 뻗딩길 자신도 없었다. 그는 그저 우물쭈물하며 그 뒤를 따라갈 뿐이다. 그렇지만 따라가기는 하면서도 몹시 조심이 되고 조마조마한 생각이 나며 자기 몸에 창피한 곳이나 없나 하는 생각이 나서 걱정이었다.

마루 앞까지 서슴지 않고 들어선 그자는,

"여보, 술 파우!"

하고 소리를 높여 제법 의젓하게 주인을 부르더니 서투른 기침을 하였다.

안방에서는 여러 사람들이 술이 취하여 장거리의 장꾼들처럼 제각기 떠들다가 그 소리에 떠들던 것까지 뚝 그쳤다. 그 왁자지껄하던 무된[2] 남자들의 거친 목소리를 좌우로 물결 헤치듯이 쫙 헤치고 복판을 타고 나오는 연한 목소리는 주인의 목소리였다.

"네, 나갑니다."

이 소리를 듣더니 그자의 눈은 끔뻑하여졌다. 그러더니 형근을 한번 본 후에,

"이건 손님이 왔는데도…… 아무두 없소?"

하고 짐짓 못 들은 체하고 이번에는 더 높은 소리를 질렀다.

"나갑니다."

하고 그 여자는 소리를 질렀다. 그러더니 문이 열리며 그 여자의 치맛자락이 문에 스치며 나오는 것이 보였다.

"어서 오십시오. 저 건넌방으로 들어가시지요."

형근의 눈에는 머리를 치거슬러 빗어 왜밀 칠을 하여 지르르 흐르게 하고 횟박 쓰듯 분을 바르고 값 낮은 연지를 입에다 칠하

2 무되다. 행동을 분별없이 마구 하는 경향이 있다.

고 금니 한 이 사이에서 껌을 딱딱 씹으며 나온 그 이화라는 여자가 몹시 아름다웁게 보일 뿐 아니라 지르신은 버선까지 유탕한 마음을 일으키게까지 하였다.

그자는 이화라는 여자를 보더니,

"오래간만일세그려!"

하며 그 손을 잡았다. 그것은 나는 이렇게 이런 이화 같은 미인과 능히 수작을 하며 손목을 잡을 만한 자격과 수단이 있다는 것을 지형근에게 자랑하고 싶었던 것이었다.

"글쎄요."

이화라는 여자는 아무렇지도 않은 머리를 다시 만지면서 '마뜩지 않게 네가 웬 허게냐' 하는 듯이 시답지 않은 어조로 대답을 하여버렸다.

"그런 게 아니라 이 친구허구 술이나 한잔 나눌까 하고 해서 왔지."

연해 생색을 내려고 하면서 이화에게 아첨을 하려는 듯이 쳐다본다.

"어서 건넌방으로."

두 사람은 건넌방으로 들어갔다. 그자는 슬그머니 형근을 보더니,

"어떻소? 괜찮지. 소리 한번 시킬 터이니 들어보시우."

상을 들고 이화가 들어왔다. 형근의 눈에는 내외술집에서 한 순배에 사오십 전 하는 술상이 얼마나 풍부하고 진미인지 몰랐다. 그는 어려서 자기 집이 상당한 재산을 가지고 지낼 적에도 이러한 음식을 자기 앞에 차려주는 것을 먹어본 일이 없었다.

그는 구미가 동하기보다는 덜컥 가슴이 내려앉았다. 이 비싼 술값을 어떻게 치를까? 그는 속이 초조해지면서 겁이 났으나 나중으로 그자를 믿었다. 믿었다는 것보다는 내가 아니, 너 알아 하겠지 하는 마음이 나기는 났으나 그래도 속이 편치는 못했다.

우선 술잔이 자기에게 돌았다. 형근은 마치 남의 집 부인을 보는 것 모양으로 그 여자를 바라보지 못하다가 술잔을 들면서 바로 보았다.

형근은 그 술 붓는 여자를 이제야 비로소 똑바로 보았다 하여도 거짓말이 아니었다.

형근은 그 여자를 보고 마치 뜻하지 아니한 곳에서 뜻한 사람을 만난 것같이 놀라지 아니치 못하였다. 반가웁다 하면 반가운 일이요, 괴변이라 하면 이런 괴변이 또 어디 있으랴.

그 여자는 형근의 고향에서 한 동리에 자라난 여자다. 그래도 행세깨나 한다고 하여 어려서부터 규중에 들어앉아 배울 것이란 남겨놓지 않고 배우고 읽힐 것이란 모조리 읽히더니 불행히 그가 열세 살 되던 해 아버지가 돌아가고 홀어미 혼자 그 딸을 길러오는데 본시 청빈한 집안이라 일가친척이 있기는 있지마는 인심이 점점 강박하여짐을 따라 돌아보는 이 없으므로 그 여자가 열네 살 되던 해 그 어머니는 딸을 데리고 자기 친정 오라버니를 따라갔다.

어려서 이웃집에 살았으므로 서로 보고 알아서 말은 서로 하지 않았으나 낯은 서로 익었었던 것이라 지금 보니 노성은 하였으나 어렸을 때 모습이 조금도 변하지 않고 남았었다.

형근은 뚫어지게 자세히 보고 싶으나 피차 면구한 일이라 슬금슬금 틈을 타서 이리저리 뜯어보면 뜯어볼수록 옛날의 모습이 더욱더욱 분명히 나타난다.

그러나 만일 참으로 이 서방 댁 규수라 하면 나를 몰라볼 리가 없는데 나를 보고 그래도 기척이라도 있었을 것이 아닌가.

그는 썩 감개가 무량하여지면서 또는 기가 막힌다는 듯이 술상 귀퉁이에 고개만 숙이고 무슨 생각인지 정신없이 앉아 있었다.

같이 간 그자는,

"여보, 노형은 무슨 생각을 그리 하슈?"

하며 형근을 본즉 형근은 고개를 들다가 다시 이화를 한번 보더니 그자를 보고,

"뭐 별로이 생각이라고는 하지 않소이다."

"허허, 그럼 왜 고개를 숙이고 계시단 말이오? 대관절 주인하고 인사나 하시우."

형근은 이런 인사를 해본 일이 없으므로 속으로 몹시 조심을 하고 창피한 꼴을 당하지 아니하리라 하였다. 그래서 우선 속을 가다듬느라고 서투른 기침 한 번을 하였다.

솜씨 있는 이화의 통성명하는 것을 받아 어색한 형근의 인사가 있은 후 형근은 이화에게 고향을 물었다.

"고향이 어디슈?"

"○○예요."

"그럼 ○○ 동리 살지 않으셨소?"

"네."

"그럼 지○○ 댁을 아시겠소?"

"아다 뿐예요. 바로 이웃해 살았는데요. 떠나온 지가 하도 오

래니까. 지금도 여태 거기 사시는지요?"

"살지요. 그런데 당신 아버지가 당신 어려서 작고하셨지요?"

"네. 그런 것까지 어떻게 아세요?"

"알죠. 그럼 나를 혹시 못 알아보시겠소?"

이화는 한참이나 다시 자세히 들여다보더니 그래도 알아보지 못한 듯이 고개만 갸웃하고 있다.

"글쎄요, 퍽 많이 뵌 듯하지마는 생각이 잘 나지 않는데요. ○○ 동리 사셨에요?"

"허허, 너무 오래되어서 그렇게 잊은 것도 용혹무괴한 일이지마는 이웃해 살던 사람을 몰라본단 말이오? 내가 지○○의 아들이오."

이화의 눈은 동그래질 대로 동그래지며,

"네!?"

하고 말이 안 나오는 모양이다.

형근도 자기 신세가 이렇게 된 것을 알리기가 부끄럽다는 듯이 말이 없이 앉았고, 그자는 둘이 안다는 것이 신기하다는 듯이 손뼉을 치며,

"아, 그래 서로 알았던가? 그것 참 신소설 같군."

하는 두 눈에는 질투가 숨은 웃음이 어리었다.

"그런데 여기는 어째 오셨어요? 그렇지 않아도 처음부터 낯은 익어 보이었으나 지 주사실 줄야 꿈엔들 알았을 리가 있어요."

"나 역시 그럴싸하기는 하지마는 어디 분명치가 못하니까 속으로는 반가우나 말을 못 한 거 아니오."

형근은 세상을 몰랐다. 그가 고향에서 옛날에 알던 규수(지금

의 창녀)를 만나 반가웁기가 한량이 없었지마는 다시 생각하니 아니꼽고 고개를 내두를 만큼 더러웠다.

그는 옛날 일로부터 오늘 이 자리까지 이 이화라는 창녀의 신변을 두르고 싼 환경의 물결이 어떻게 어떠한 자극과 영향을 주고 또는 질질 끌어다가 여기까지 왔는지를 해부하고 관찰하고 판단할 능력이 없었다. 그는 다만 단순한 직관과 박약한 추측으로 경솔한 독단을 내리어 인간을 평정評定하여 버릴 뿐이었다.

이화가 오늘 이 자리에 앉았는 것도 그것이 다른 사회적으로 더 큰 원인이 있는 것은 생각할 여지도 없이 이화 자신이 말할 수 없는 잘못 죄악을 범행한 까닭으로 오늘 이렇게 된 것이라고밖에 생각지 못하였던 것이다.

그러한 관념으로 이화를 볼 때 형근의 눈에는 이화라는 창기가 옛날이야기에 나오는 음부 독부로밖에 보이지 않았던 것이다.

그것을 생각하면 반가웁던 생각도 어디로 가고 다만 추악한 생각뿐이 나서 그 자리에서 피해 가고 싶을 뿐만 아니라 여태까지 주저하던 맘, 차리려는 생각, 쭈뼛쭈뼛하던 생각은 어디로 가고 마치 죄인을 꿇어앉힌 것같이 우월감과 호기가 두 어깨와 가슴속에 가득할 뿐이었다. 그리고 창기인 이화를 꾸짖어 마음을 고쳐주고 싶은 부질없는 친절한 마음까지 났다.

자기의 영락, 얼핏 말하면 타락은 어느 정도까지 당연한 일일는지 알지 못하나 첫째 돈 많고 땅 많고 입을 것 먹을 것이 많던 지○○의 외아들이 철원 바닥에까지 굴러 와서 노동자 중에도 그중 엉터리하고 얼리어 한 순배에 사오십 전짜리 술을 사 먹으러 왔다는 것은 이화라는 여자가 얼핏 생각하기에는 그렇게 의

외의 일이 없을 것이다.

자기가 이렇게 된 것을 그 사람에게 보이는 것도 부끄러운 일이 아닌 게 아니지마는 그 부끄러움까지 지나쳐서 지○○의 아들의 일이 알고 싶지 않은 것도 아니었다.

술잔을 들고 의기 있게 자기가 계집을 기롱하는 솜씨를 보이어 상대자를 위압하려던 그자는 두 사람이 서로 동향 친구라는 이유로 자기 같은 것과는 서로 말할 여지가 없이 이상한 감격과 비극적 분위기에 싸여 있는 것을 보고 자기도 그 분위기 속에 참가를 하든지 그렇지 않으면 그 분위기를 헤쳐버리고 다른 기분을 만들어야 할 것을 깨닫고 말을 꺼내었다.

"아니 고향 친구를 만났으면 고향 친구끼리나 반가웠지 딴 사람은 술도 못 먹는담?"

재담 섞어 솜씨 있게 말을 한다는 것이다.

이화는 손님의 마음을 거스르지 않으려고 억지로 웃음을 웃어 마음을 가라앉혀 놓은 후,

"천리 타향에 봉고인[3]이라는 말이 있지 않아요. 조 주사 나리는 공연히 그러셔. 그만한 것은 아실 만하시면서. 약주를 처음 잡숫는 것도 아니요 세상 물정도 짐작하실 듯한데 이런 때는 왜 그리 벽창호야."

이화는 생긋 웃었다. 그 웃음 하나가 조화 부른 웃음이던지 소위 조 주사의 마음도 훤죽 풀어지듯 하였다.

"히히, 내가 벽창혼가 이화하고 말이 하고 싶어 그랬지."

3 천리 타향에서 고향 사람을 만나다.

"말은 넌지시 하는 말이 비싼 말이라나. 손님도 계시고 한데 무슨 말을 한단 말이오."

"그럼 언제?"

"글쎄 물어봐서는 무엇을 하우, 뻔히 알면서……."

하고 웃음 섞인 눈으로 쨍그리고 본다.

"옳지 옳지."

"글쎄 좀 가만히 있에요. 옳지는 무슨 옳지야. 부증 난 데 먹는 가물치는 아니고. 이 손님하고 이야기 좀 하게 가만있어."

하고 고개를 형근에게 돌리려다가 잔이 빈 것을 보더니 조 주사란 자에게 술을 권하였다.

"자, 약주나 드시우."

하고 잔이 나니까 다시 형근을 주면서,

"그런데 여기는 어째 오셨에요. 참 반갑습니다. 벌써 우리가 거기서 떠나서 외가로 간 지가 칠팔 년 됩니다."

"그렇게 되나 보."

형근은 자기도 모를 한숨을 쉬더니,

"나 여기 온 거야 말할 것까지 있겠소. 그런데 당신은 어째 이렇게 되었소?"

하며 동정한다는 듯이 눈을 아래로 깔았다. 이 소리를 듣던 조 주사라는 자가,

"왜 어때서 그러쇼. 인제 얼마만 있으면 내 마마가 된다우."

하더니 혼자 신에 겨워서 허리를 안고 웃어댄다.

두 사람은 그 소리는 들었는지 말았는지,

"그동안에 제가 지내온 이야기는 다 해 무엇하겠습니까? 안

들으시는 것이 상책이지요."

그의 얼굴에는 수심이 가득하여지면서 목소리가 비통하여진다.

"차차 두고 들으시면 아시지요."

하고 다시 고개를 숙일 뿐이다.

"그래도 어디 이런 기회가 자주 있겠소. 만난 김이니 이야기 겸 말해보구려. 대관절 언제 이곳으로 왔소?"

하니까 조 주사라는 자가 가로맡아 나오면서,

"온 지 벌써 반년이 되나? 그렇지 아마?"

하고 말고기 설익은 것 같은 얼굴을 이화에게 가까이 갖다 대며 들여다본다.

"네, 한 반년 돼요."

이화는 고개를 그자 얼굴에서 비키면서 말을 하였다. 대여섯 잔이 넘어 들어간 술이 얼근하게 돈 조 주사라는 자는 자기 얼굴을 피하는 이화를 뚫어지게 보더니 다시 제 손으로 자기 뺨을 한 번 탁 치며,

"왜 그래, 어때 그래? 사내 같지 않아? 얼굴에 뭐 묻었어? 왜 피해."

하고 왜가리같이 소리를 지르더니 다시 슬쩍 농을 쳐서,

"하하, 그럴 것 뭐 있나? 이런 놈도 있고 저런 놈도 있지. 잘못 했네, 응, 그만두세."

"무얼 잘못하세요 글쎄. 아까 말한 것 있지, 우리는 너무 말을 하면 안 된다니까 그래요. 가만히 있어요."

"어떻게?"

"색시처럼."

형근은 우습기도 하고 또 심심치도 않아서 싱긋 웃다가 다시 이화를 보고,

"그 후에 외삼촌 댁에서 언제까지 지냈단 말이오?"

"한 이태 지냈죠."

"그 후에는?"

할 때 조 주사라는 자가 잔을 들더니 소리를 지른다.

"술 좀 따라! 술 먹으러 왔지 이야기하러 왔나, 퉤퉤."

하고 침을 타구에 뱉더니 지형근을 보고,

"노형, 실례가 많소. 그렇지만 대관절 말씀요, 술이나 자셔가면서 이야기를 해야 할 것이 아니오. 이야기 안 하는 나는 어떻게 하란 말씀요. 경계가 그렇지 않소."

"그럴듯한 말씀요. 그럼 우리 약주를 자십시다. 오히려 내가 실례가 많습니다."

"아따 천만에 그럴 리가 있나요? 두 분 이야기에 내가 방해가 된다면 먼첨 가죠."

이번에는 이화가 두 눈이 상큼하여지며,

"온 조 주사도 미치셨소? 그게 무슨 말씀이오, 사내답지 못하게. 두 분이 오셨다가 혼자 가신다니 어디 가보시우, 가봐요. 가지 못해도 바보."

하고 입을 삐죽하였다. 조 주사라는 자는 바로 일어서더니 모자도 들지 않고 문밖으로 나가려 하니까 이화가 본체만체하더니 슬쩍 뒷손으로 그자의 옷자락을 잡으며,

"정말요? 이거 너무 과하구려. 내가 미안하구려. 어서 들어오시우."

하며 일어서서 잡으니까 형근은 숫배기 마음에 가슴이 덜렁하여,

"이거 정말 노하셨소? 가시려거든 같이 갑시다."

하고 따라 나서려고까지 할 때,

"아니 놔요 놔, 갈 터야. 그런 법이 어디 있담?"

"잠깐만 참으시우. 자, 들어와요."

조 주사라는 자는 못 이기는 체하고 들어오더니 자리에 앉아 깔깔 웃으며,

"가기는 어디를 가, 모자도 안 쓰고……."

하며 술잔을 든다. 형근은 속은 것이 분하고 속인 것이 밉살스러우나 어떻든 홀연해졌다. 이화는,

"정말 붙잡은 줄 아남? 한번 해본 것이지."

이러는 서슬에 술이 얼마간 더 돌아갔다. 조 주사는 이화에게 술을 서너 잔 권하였다. 이화는 별로 사양도 하지 아니하고 그 술을 받아먹었다.

형근의 머릿속에서는 이화라는 창녀가 마치 하늘에서 죄짓고 땅에서 먹구렁이 노릇을 하는, 옛날의 삼신선 중의 하나이나 마찬가지로 자기의 지은 허물로 말미암아 이렇게 하게 되었다고 해석할 수밖에 없었다.

옛날에 귀한 것, 깨끗한 것, 아름다운 것은 이화 자신의 잘못으로 다 썩어지고 오늘에 남은 것은 간악한 것, 음탕한 것밖에는 없으리라는 생각밖에 없었다. 즉 이화는 옛날의 이○○의 딸의 죄악의 탈을 쓴 화신이다.

착한 자는 언제든지 착하고, 악한 자는 언제든지 악하다. 그것은 날 적에 타고난 숙명 즉 팔자다. 이것이 그의 인생관이다.

그러므로 이화는 팔자를 창기로 타고났으므로 그는 언제든지 창기밖에 못 된다. 그의 가슴속에나 핏속에는 다른 것은 조금이라도 섞이었을 리가 없었던 것이다.

형근도 술기운이 돌면서 얼기설기하게 척척 쌓였던 감정이 흥분됨을 따라서 마치 초가집 장마 버섯 모양으로 떠올라 오기를 시작하였다. 그는 자기가 아버지에게 듣던 것이나 마찬가지 교훈을 이화에게 하여주고 어른이 아이에게, 친구가 친구에게, 형이 아우에게 하여주는 것 같은 책망과 충고를 하여주고 싶었다. 말하자면 이웃집 부정한 처녀를 종아리 치는 듯한 심리로 이화를 보고 앉았다.

"왜 당신이 이런 짓을 한단 말이오?"

형근은 젓가락 짝으로 상머리를 두들기며 엄연하고 간절한 말로 말을 하였다.

"당신도 당신 아버지와 당신 집안을 생각해야죠."

형근의 말은 틀은 잡히지 않았으나 꾸밈이 없고 진실하고 힘이 있었다.

"나는 이런 데서 당신을 보는 것이 우리 누이를 보는 것보다 부끄러워요."

이화의 가슴속에는 대답할 말이 많았을 것이다. 그러나 그는 말이 없었다. 그는 다만 그 말을 듣고 있었다. 방 안은 갑자기 엄숙하여졌다. 조 주사라는 자는 처음에는 눈이 둥그레지더니 나중에는 "힝" 하고 코웃음을 웃었다.

"언제든지 이 모양으로 있을 터이오? 그래도 어째서 마음을 고칠 수 없겠소?"

이화는 그 '마음을 고칠 수 없겠소?' 하는 소리를 듣고 형근을 기가 막히는 듯이 쳐다보았다. 그러더니 안타까움에서 나오는 눈물이 그의 두 눈에 진주같이 괴었다.

조 주사는 이화가 우는 것을 보더니 제법 점잖은 듯이,

"손님이 무슨 말씀을 하시면 잘 명심해 들을 것이지 울기는 무엇을 울어."

하고 덩달아 책망이다.

"돌아가신 아버님의 이름을 더럽히는 것도 더럽히는 것이거니와."

하다가 형근은 이화의 눈에서 눈물이 흐르는 것을 보고는 말을 그쳤다. 그는 너무 큰 감격으로 인하여 자기의 감정이 찬지 더운지 알 수 없게 된 것 같았다. 그러나 그는 하던 말을 다시 이어,

"살아 계신 어머니 생각은 하지 않소?"

할 때 이화는,

"어머니는 돌아가셨에요."

하고 그대로 땅에 거꾸러져 운다.

형근은 이화가 우는 것을 볼 때 그는 놀랐다는 것보다도 기적을 보는 것 같았다. 그에게 눈물이 있었을 리가 있으랴. 자기도 자기 아버지가 돌아갔을 때 자기가 억제할 수 없는 눈물이 난 일을 당하여 본 일밖에 참으로 가슴에서 펑펑 넘쳐흐르는 눈물을 흘려본 일이 없었다. 자기 아버지가 돌아간 것이 자기로 보아서 이 세상에서는 가장 엄숙하고 비통하고 또는 위대한 사실인 동시에, 자기가 그렇게 울어보기도 아마 전에 없던 일이요 또다시 없을 일일 것이다. 그것은 지금이나 언제든지 그의 가슴에 속 깊

이 깊은 인상으로 남아 있는 것이다. 그 인상은 때때로 자기에게 힘 있는 정열과 감격을 주어서 이상한 감정의 세례를 받는 때가 있다.

이화가 운다. 샘물을 손으로 막는 것처럼 막을수록 북받쳐 올라오는 울음은 형근의 가슴속으로 푹푹 사무쳐 드는 것 같았다.

울음은 모든 비극을 알리는 음악이니 형근은 이 비극적 장면을 볼 때 말할 수 없이 위대한 사실을 목전에 당한 것 같았다.

꼭 자기 아버지가 돌아갔을 적에 자기가 받은 인상이나 별다름 없이 비통하고 엄숙하였다.

그는 까딱하면 따라 울 뻔하였다. 코도 벌룽거리는 것을 참고 눈에 눈물이 핑그르르 도는 것을 슴벅슴벅하여 참았다.

그러나 형근은 이화가 어째 우는지를 알지 못하였다. 옆에 있는 조 주사라는 자는 이화의 어깨를 흔들면서 혀 꼬부라진 소리로,

"글쎄, 울지 말어. 내가 다 알어, 이화의 맘을 나는 다 안단 말야. 자, 고만두고 일어나요. 공연히 그러면 무얼 해."

형근은 속으로 알기는 무엇을 안다누. 무슨 깊은 의미가 있나 하는 궁금한 생각이 나나 속으로 참고 여태까지 아무 말도 못 하고 앉아 있다가 이화의 어깨를 조 주사란 자 모양으로 흔들어보며,

"글쎄 울지 마쇼. 그만 그치쇼. 울지 말아요."

하였으나 들은 체 만 체하고 엎드려 느껴 울 뿐이다.

형근은 나중에는 민망한 생각이 나서 말없이 앉았으려니까 조 주사라는 자는 일껏 흥취 있게 놀 것이 깨어져서 분한 생각이 나서 혼잣말처럼,

"울기는 왜 쭉쭉 울어, 재수 없게, 응! 쩍쩍."

혼잣말같이 중얼거리며 화증을 내고 앉아 있다.

얼마 있다가 이화는 일어서서 아무 말도 없이 얼굴을 외면하고 바깥으로 나갔다.

조 주사란 자는 형근을 보더니 눈짓을 하며,

"고만 갑시다."

하고 입맛을 다셨다. 생각하니 더 앉았어야 재미도 없을 것이요, 또 재미있게 하자면 주머니 속 관계도 있음이다.

형근은 이마를 기둥에 받은 듯이 웬일인지 알 수가 없어서 멀거니 앉았다가 그대로 고개만 끄덕끄덕하고,

"네."

하였을 뿐이다. 그렇지만 형근은 알 수가 없다. 어째서 창기인 이화의 눈에서 눈물이 났으랴?

얼마 있다가 이화는 손을 씻고 들어오며 머리단장을 다시 하였다. 조 주사라는 자는 일어서며 셈을 하였다.

"왜 그렇게 가세요? 제가 너무 실례를 해서 그러세요?"

하며 미안해한다. 조 주사라는 자는 입에 달린 치사로,

"아니 그럴 리가 있나. 다음에 또 오지."

하며 마루에서 내려섰다. 형근은 여전히 큰 수수께끼를 품고 조 주사의 뒤를 따라 내려갔다.

조 주사는 문밖에 나섰다. 형근이 마당에서 중문으로 나갈 때 이화는 넌지시,

"쉬 한번 조용히 놀러 오세요."

하였다. 형근은 대답을 한 둥 만 둥 바깥으로 나왔다. 조 주사는 형근을 보더니,

"아주 재미없었소."
하며 입을 찡그린다. 형근은 재미가 있고 없는 것은 그만두고라도 이화의 눈물이 해석할 수가 없어서,
"대관절 이화가 왜 그렇게 울우?"
하고 물으니까 조 주사라는 자는 손가락질을 하며 혀끝을 채고,
"허는 수 없어. 으레 그런 계집들이란 그런 것이 아뇨? 아마 노형이 전에 잘살았다니까 지금도 전 같은 줄 알고 그러는 게지."
"돈 먹으랴고?"
"암, 어떻게 그런 데서 구해나 줄까 하구 그러는 게 아뇨."
"구허다니요?"
"지금은 팔려 와 있지 않소."

5

형근은 조 주사라는 자가,
"어디 잠깐 다녀가리다."
하고 샛길로 슬쩍 빠져버리는 것을,
"꼭 다녀오시우. 기다릴 터이니."
하고 어슬렁어슬렁 술에 풀린 다리를 좌우로 내놓으며 큰길 거리를 지나갔다.
길가에는 전기등으로 휘황히 차린 드팀전, 잡화상, 더구나 자기의 평생 한번 가져보고 싶은 자전거가 수십 대 느런히 놓인 것이 눈에 어른어른하여 불같은 호기심이 일어나서 그 앞에 서서

그것을 구경도 하다가 다시 돌아서며,

"내 돈만 모으면 꼭 한 개 사서 두고 탈 터이야."

하며 그는 주먹을 쥐며 결심을 하고 머릿속으로는 자기 시골에서 때때 자전거 타고 다니는 면서기를 보고 부러워하던 생각을 하였다.

그는 혼자 자전거 공상을 하다가 그것이 어느덧 변하였는지 양복 입은 면서기가 되었다가, 다시 돈을 많이 가진 촌부자가 되었다가, 그러다가 발부리가 돌을 차는 바람에 다시 지금 철원 와서 노동하려는 지형근이가 되었다.

그는 훗훗한 남풍이 빙그르 자기를 싸고도는 큰길을 지내놓고 골목길로 들어서다가 어떤 촌색시가 지나가는 것을 보고 깜박 잊어버렸던 이화가 다시 눈앞에 보였다.

그는 술기운이 젊은 피를 태우는 번뇌스러운 감정 속에 그 이화를 다시 생각하였다.

'조 주사 말이 참말이라 하면 이화에게도 어딘지 사람다운 곳이 남아 있었던 것이지. 그러나 만리타향에서 옛 사람을 만났지만 시운이 글렀으니 낸들 어찌하나.'

하며 개탄하는 맘으로 얼마를 걸어가다가,

'그러나 누가 창기 여자의 울음을 곧이 생각을 한담. 모두 못 믿을 것이지.'

바로 세상 경험이 풍부한 사람처럼 점잖게 결정을 하고 앞에 누가 있는 사람처럼 고개와 손을 내흔들었다.

그는 움에 왔다. 옆에 무성한 풀 냄새가 움을 덮은 진흙 냄새와 함께 답답하게 가슴을 누른다.

노동자들은 웃통 아랫도리를 벗은 채 거적때기들을 깔고 즐비하게 드러누워서들 혹은 코를 골기도 하고 혹은 돈타령도 하고 혹은 일어나 두 다리를 모으고 앉아 단소도 분다. 한 모퉁이에는 고춧가루를 태우는 것같이 눈을 뜰 수 없는 풀로 모깃불을 놓았다.

그는 여러 사람 있는 틈을 지나갔으나 자기를 보고 아는 체하는 사람이 드물었다.

그중에 키 크고 수염 많이 나고 얼굴 검고 눈이 부리부리한 사람이,

"허허, 대단히 좋으시구려. 연일 약주만 잡수시니. 조 주사만 친구고 우리 같은 사람은 친구가 못 된단 말요? 그런 데는 따돌리고 다니니. 허, 젊은 친구가 그런 데 맛을 붙여서는……."

빈정대는 어조로 말을 하니 형근은 갑자기 할 말이 없어서 주저주저 어색하다가,

"잘못됐소이다."

하였으나 맨 나중에 '젊은 친구가' 하고 누구를 타이르는 것 같은 것이 주제넘은 것 같아서 혼자 속으로 알아두었다.

그는 바깥에 좀 앉아서 여러 사람들과 이야기나 할까 하는 생각이 났었으나 그자의 말이 비위를 거스르므로 그대로 움 속으로 들어가기로 하였다.

움 속은 흙내에 사람의 땀내, 감발에서 나는 악취가 더운 기운에 섞여서 일종의 말할 수 없는 냄새를 낸다. 즉 여우의 굴에서 노린내가 나는 것같이 사람 중에서도 노동자 굴에서 노동자 내가 나는 것이다.

그는 불과 몇 마장 떨어져 있지 않은 이화 집과 지금 자기가

들어온 이 움 속과의 차이가 너무 현격한 데 아니 놀랄 수가 없었다.

이화는 일개 창부다. 자기는 그래도 그렇지 않은 집 자손으로 힘들여 돈을 벌려는 사람이다. 그 차이가 너무 과한 데 그는 의혹이 없지 않았다.

그가 더듬거려 움 안으로 들어갈 때,

"어디 갔다 오나, 여태 찾았지."

하고 나서는 사람은 자기 동향 친구였다.

"난 길이나 잊어버리지 않았나 하고 한참 걱정을 하였네그려. 그래서 각처로 찾아다녔지. 대관절 저녁이나 먹었나?"

형근은 웬일인지 이화의 집에 갔었단 말 하기가 부끄러웠다. 그는 그 말을 하면 그 동향 친구가 반드시 자기를 꾸짖을 것 같고 또 이화의 집 갔던 것이 더구나 옷을 팔아서까지 갔었다는 것은 말할 수 없이 분수에 넘치는 경솔한 짓 같았다.

그래서 그는,

"나는 또 자네를 찾았다네."

처음으로 속에 없는 거짓말을 하였다.

"조 주사가 한잔 낸다고 해서……."

잠깐 말을 입속에다 넣고 우물우물하다가,

"그래서 또 한잔 먹지 않았나. 자네하고 같이 가지 못한 것이 대단히 미안하데마는 어디 있어야지……."

동향 친구는 형근의 말에 거짓이야 있을 리 없으리라 믿는 듯이,

"인제는 고만 다니게. 여기가 어떤 덴 줄 아나. 조 주산지 그자

하고 다니지 말게. 사람 사귀기도 몹시 어려우니."

형근은 실쭉하여지며 대답이 없었다. 속으로 생각에 대체로는 그 친구의 말이 옳은 말이지마는 조 주사 같은 친구와 사귀지 말라는 데는 도리어 동향 친구에게 질투가 있는가 하여 적잖이 불목이 있었으나 말로는 나타내지 않았다.

그는 말이 없이 한 귀퉁이를 비비고 드러누웠다.

일부러 눈을 감아 오지 않는 잠을 청하나 찌는 듯이 무더운 기운이 콧속에 꽉 차서 잠은 오지 아니하고 답답한 생각에 마음이 바깥으로 나간다.

그는 지금 돈 아는 동물들이 늘비하게 드러누워 있는 곳에서 생각은 이화에게서 멀리하여지지 아니한다. 그는 어두움 속에서 끊이는 듯 이으는 듯 애소하는 듯 우는 듯 한 단소 소리가 움 밖에서부터 청아하게 이 움 속으로 흘러 들어와 자기의 몸과 혼을 스치고 지나갈 때 그의 피는 공연히 타는 것 같아서 마음을 어찌할 수 없었다. 그는 고요한 꿈에서 소요하는 것같이 흐르는 듯하고 녹은 듯한 정조에 잠길 때도 있다가, 또는 미쳐 날뛰는 파도 위에 한 조각 배를 띄운 듯이 무서웁게 흔들리는 정열에 마음을 어떻게 진정해야 좋을지 알지 못하기도 하였다.

그는 하는 수 없이 일어섰다. 몸을 털고 나왔다. 그는 움을 뒤두고 들로 나왔다가 뒷산으로 올라갔다가 다시 내려왔다가 앉았다가 섰다가 하였다. 하늘에는 별이 총총하고 풀에는 이슬이 다락다락하였다.

6

이튿날 아침에 해가 동산에 솟았다. 생명 있는 태양이다. 언제든지 절대의 뜨거움과 광명으로 싼 생명을 가진 태양이다. 태양이 없는 곳에 생명이 없다.

구릿빛 햇발이 온돌방을 비추고 그것이 또한 거짓이 없고 편협함이 없이 이 말하는 구더기 같은 노동자들이 모인 곳에 그의 생명의 빛을 비추어주었다.

형근이 일어나던 말에 세수를 하였다. 그는 세수를 하고 아침 안개가 낀 넓은 벌판을 내다보고 호호탕탕한 기운을 모조리 들이마실 듯이 가슴을 벌리고 숨을 들이마셨다. 그는 또 한 번 넓은 들에서 이삭이 패어가는 벼 위에 가득히 내리쪼인 햇볕이 눈부시게 반사하는 것을 보고 알 수 없는 기운이 자기 몸에 가득 차는 것 같아서 두 팔을 들었다 놓았다 하였다.

형근은 여러 사람들과 모여 앉아서 밥 되기만 기다리고 있었다. 노란 조밥을 사기 사발에 눌러 담고 그 위에 외지 한 쪽씩 놓거나 그렇지 않으면 무쪽 두 개씩 놓는 것이 그들의 양식이니 그나마 잘못하면 차례가 못 가거나 양에 차지 않아서 투덜대게 되는 것이니, 형근의 신조는 어떻든 이런 곳이나 이런 밥을 달게 여기고 부지런히 일만 하고 얼마만 신고辛苦하면 그만이라고 스스로 위로하였다.

형근도 남과 같이 밥을 기다렸다. 어저께와 그저께 같이 술을 먹고 지내던 두서너 사람도 옆에 있었다.

그러나 그들은 수상스러웁게 자기를 두서너 번 쳐다보더니,

"여보슈!"
하고 말이 공손하여졌다. 형근은 따라서,

"왜 그러시우."
하였다. 세상 사람도 모두 자기같이 은근하고 친절하였다.

"미안한 말씀이지마는 돈 가지신 것 있거든 이십 전만 취하실 수 없겠소?"

형근은 그 말하는 사람보다 자기가 더욱 미안하고 얼굴이 붉어지는 것 같았다. 자기가 남더러 돈 취해달랄 적 모양으로 그도 무안하리라 하였다.

그래서 그는 주머니를 뒤졌다. 형근은 어저께 술집에서 남은 돈 이십 전이 있는 것을 생각하고 서슴지 않고 내주었다.

"에, 여기 마침 이십 전이 남았구려. 자, 옜소이다."
하고 신기하고 즐거운 마음으로 꾸어주었다. 속으로는 이따가 주겠지 하였다.

그 사람은 그것을 받더니,

"고맙소이다. 이따 저녁에 갚으리다."
하고는 옆엣사람과 수군거리며 저리로 가버린다.

형근은 한참이나 앉아서 밥을 기다리려니까 배가 고파왔다. 그리고 여러 사람들을 보니까 그들도 일하러 가는 사람 같지는 않게 배포 유하게 앉아서 이야기들을 한다. 한옆에서는 어떤 자가 다른 어떤 사람더러 오 전짜리 단풍표 담배 한 개를 달라거니 안 주겠거니 하고 싸움이 일어나서 부산하다.

조금 있더니 동향 친구가 왔다.

"여보게, 밥이 다 되었네. 밥 먹으러 가세."

하며,

"밥값이나 있나?"

하였다.

"밥값이라니."

형근은 눈이 둥그레졌다.

"밥값이라니가 무어야? 누가 거저 밥 준다던가? 십오 전씩야."

형근은 기가 막혔다. 오던 날부터 술 먹느라고 그저 모든 것을 다른 사람들에게 밀어 맡기면 될 줄 알았고, 또 그자들도 염려 마라 염려 마라 하는 바람에 정신없이 지내다가 이십 전까지 아침에 뺏긴 것을 생각하니 허무하다.

"밥은 일일이 사서 먹나?"

"그럼 누가 밥값까지 낸다던가? 어림없네."

동향 친구는 그래도 주머니에 돈이 얼마 남았을 줄 알고서,

"이거 왜 이러나, 어서 내게."

형근은 덜렁 가슴이 내려앉아서 동향 친구를 붙잡고 돈이 한 푼도 없는 이야기를 하였다.

동향 친구라는 사람은 친구라고 하느니보다 형근 집에 은혜를 입은 사람이니, 같은 양반으로 형근네는 돈푼이나 있고 할 때 그 친구의 아버지가 빚진 것이 있었으나 그것을 갚지 못하여 심뇌하는 것을 형근의 아버지가 알고 호협한 생각에 그대로 탕감을 해준 일이 있다.

지금은 그 아들들이 서로 만났지만 선대의 일들을 서로 가슴속에는 넣어둔 터이라 그 친구는 형근을 그리 괄시를 하지 않는다.

"그럼 가세."

그 친구와 밥을 먹었다. 그나마 형근은 신셋밥 같아서 먹고 나서도 몹시 미안하였다.

아침을 먹더니 그 친구가 형근을 보고 이르는 말이,

"누가 어디를 가자거나 일구녕이 있다거나 도무지 듣지 말게." 하고 점심값을 주고 가버렸다.

그는 공연히 왔다 갔다 하며 혼자 심심히 지낼 뿐이다. 조 주사가 오늘은 꼭 올 터인데 어제 어디서 자고 아니 오노 하며 오정이 넘어 해가 두 시나 되도록 기다렸으나 오지 않았다.

그는 한옆으로 밥 먹을 구멍이 얼핏 생겼으면 좋을 텐데 하는 걱정과 또 조 주사나 왔으면 모든 것을 의논하여 보겠다 하고 기다리는 마음도 마음이려니와, 또 한 가지는 이화의 울던 꼴이 생각나고 또는 은근히 한번 오라고 하던 말이 어떻게 박혀 들렸는지 잊을 수가 없다. 그나마 하룻밤 하루낮이 지나고 나니까 부썩 마음이 그리로 키여서 못 견디겠다.

그는 앞산에 올라가서 이화의 집이라도 가리켜 보려는 듯이 부리나케 올라갔다. 그러나 서투른 눈에 복잡해 보이는 시가가 방위도 잘 알 수 없고 어디쯤인지도 몰라서 동에서 떴다가 서에서 지는 해만 공연히 쳐다보며 '동서남북'만 외울 뿐, 나중에는 고향이나 바라본다고 남쪽만 내다보다가 그대로 풀밭에서 멀거니 있다가 잠이 들어버렸다.

잠을 깨고 나니 벌써 해가 서쪽에 기울려 하였다. 그는 무엇에 놀란 사람처럼 벌떡 일어나서 허둥지둥 움을 향하여 왔다. 그는 밥 먹을 시간이 늦은 것도 늦은 것이려니와 조 주사가 일할 자리를 얻어가지고 와서 자기를 찾다가 그대로 가지 아니하였나 하는 걱정이 있음이었다. 그는 때늦은 찬밥을 사 먹고 옆엣사람들에게 물어보았으나 조 주사는 다녀가지 않았다 하였다.

그렇게 지내기를 닷새를 넘고 열흘이 넘었다.

조 주사라는 자를 장거리에서 한두 번 만났으나 코웃음을 치고 우물쭈물 얼렁얼렁하고 홱 피해버릴 뿐이요 전과는 딴판이요, 동향 친구는 사람이 입이 무거워서 말은 아니 하지마는 그래도 기색이 좋은 기색은 아니었다. 그뿐 아니라 그 더운 염천에 그 지저분한 곳에서 여벌 옷 한 벌을 입고 지내려니까 온몸에서 땀내가 터지게 나고 옷이 척척 달라붙어서 거북하고 끈적끈적하기 짝이 없다.

그는 비로소 사람 많이 사는 데 인심 강박한 것을 알았다. 아무도 자기를 위하여 힘써주는 이 없고 더구나 서로 으르렁대고 뺏어먹으려고 하는 것뿐인 것을 알았다.

그뿐 아니라 그는 지금까지 시골서는 양반이었고 행세하는 사람이요 먹을 것은 없으나 그래도 일군에서 누구라면 알아주기는 하였으나 지금 여기 와서는 지형근의 존재가 없다. 그뿐이면 오히려 예사이지마는 입을 것도 없고 먹을 것도 없어 남의 것을 빌어먹다시피 하는 사람이 된 것을 생각할 때 그는 자기가 불쌍하니보다도 웬일인지 가슴에서 무서운 생각이 날 뿐이다.

자기가 이화를 보고 그 계집이 창기가 된 것을 비웃었으나 그는 오늘에 거의 비렁뱅이가 된 것을 생각하고 눈이 아플 만큼 부끄럽지 않을 수가 없었다.

그러나 이곳에 온 지 열흘이 넘도록 그는 일이라고는 붙들어 보지를 못하였다. 자기뿐만 아니라 자기와 같이 잠을 자는 축에도 십여 명이나 그런 사람들이 있다. 그는 이상해서 하루는 물었다.

"당신들도 일자리가 없어서 노시우."

그들은 서로 얼굴들을 보더니 그중 한 사람이,

"그렇소. 요새는 여름이 되어서 전황한[4] 까닭에 일본 사람들이 일을 하지 않는다우. 그래 일자리가 퍽 드물죠. 그렇지만 가을만 되면 좀 괜찮죠."

"가을에는 일본 사람들이 돈을 풀어놓나요?"

"풀다 뿐요. 작년 가을에도 여기 수만금 떨어졌소. 오죽해야 돈 소내기가 온다 했소."

형근은 다만,

"네에, 그래요?"

하고 말을 못 했다.

"가을까지만 기다리시우. 그때는 괜찮으시리다. 저것 좀."

하고 전찻길 깔아놓은 걸 가리키며,

"저것 놓는 데도 돈이 산더미같이 들었소. 지긋지긋합디다."

형근은 말에 배가 불러서 공연히 좋았다. 속으로 가을만 되면 태산만큼은 그만두고라도 그 한 모퉁이쯤은 생기려니 하고 혼자 좋았다.

돈 생기는 생각만 하면 이화 생각이 난다. 이화 생각이 나면 이화 집에 가고 싶다. 젊은 가슴은 그림자를 붙잡으려는 듯한 부질없는 정열로 해서 애를 쓴다.

그는 밤중만 되면 이화 집 앞을 돌아온다. 갈 적에는 혹시 이

4 돈이 잘 융통되지 아니하여 귀한.

화의 그림자라도 보았으면 하고 가기는 가지마는 어찌 그런 일에 그러한 공교로움이 있을 리가 있으랴.

갔다가는 헛되이 돌아오고 돌아올 때에는 스스로 다시 안 가기를 맹세한다. 맹세만 할 뿐이 아니라 이화를 멸시하고 욕하고 침 뱉었다.

그러나 그 이튿날이 되면은 아니 가려 하다가도 자연히 발길이 그쪽으로 향하여져서 으레 허행일 것을 알면서도 다녀오지 않을 수가 없었다.

하루는 전처럼 그 집 앞을 지나다가 그 집을 기웃이 들여다보았다. 여간한 대담한 짓이 아니었다. 그는 발길을 돌이켜 누가 쫓아서 나오는 것처럼 머리끝이 으쓱하여 나와서 집 모퉁이를 돌아서며 다시 한 번 홀쩍 돌아볼 제 마침 그 집에서 나오는 사람이 있는 것을 보았다.

그 사람은 다시 말할 것 없는 조 주사였다. 형근의 얼굴에는 갑자기 질투의 뜨거운 피가 올라오더니 두 눈에서 번개 같은 불이 솟는 것 같았다.

만일 자기 손에 날카로운 칼이 있다 하면 당장에 조 주사를 죽여버리거나 그렇지 않으면 자기가 죽어버릴 것 같았다.

그는 그날 종일 잠을 자지 못하였다. 그는 부질없이 몸에 힘이 오르고 엉터리없는 결심과 용기가 생기기 시작하였다.

그는 내일은 내 모가지가 달아나더라도 이화를 만나보리라 하였다.

그러나 만나볼 도리는 없었다. 자기의 주제를 둘러보면 부끄러운 생각이 날 뿐이요, 주머니에는 가을에나 들어올 돈이 아직

한 푼도 없다.

그는 눈을 감고 생각하였다.

'내 맘이 떴다.'

그러나 비행기를 탄 사람이 바깥을 보지 않고는 떴는지 안 떴는지를 모르는 것처럼 형근은 뜬 것 같기는 하나 또 그렇지 않은 것 같기도 하다.

혹간 냉정히 자기가 자기를 보려다가도 조 주사가 생각날 적에는 그는 조 주사와 이화는 볼지라도 자기는 볼 수가 없었다.

그는 돈을 얻을 도리를 생각하였다. 그러나 바위 위에서 물을 구하는 것이나 마찬가지였다.

빈궁은 죄악을 만든다는 말이 진리가 아니라고 할 사람은 없을 것이다. 형근은 무슨 분수 이외의 도리가 있다 하면 해보지 않고는 못 배길 만큼 되었다.

그는 동향 친구를 또 생각하였다. 동향 친구는 그동안 근근이 저축한 돈이 얼마인지는 모르나 쇠사슬로 얽어놓은 가죽 지갑 속에 있는 것을 일전에 무엇을 찾느라고 꺼내는 것을 보았다.

그는 처음에는,

'그렇지만 염치가 어떻게 돈까지 꾸어달라노?'

하다가는,

'돈은 또 무엇에 쓰느냐고 하면 대답할 말도 없지.'

하고 눈을 끔벅끔벅하다가,

'그렇지만 내 말이면 제가 돈 몇 환쯤 안 취해주지는 못하렷다.'

이렇게 혼자 궁리는 하나 맘뿐이요 몸으로는 할 것 같지는 않다.

그는 또 당장에 단념을 하여버리는 것이 옳은 듯이,

'에 고만두어라. 내 마음이 비뚤어가기 시작을 하는 것이야.'
하고 툭툭 털고 일어나서 빙빙 돌아다녔다.

그날 저녁 동향 친구는 형근을 찾았다.

"여보게, 일자리 생겼네."
하고 형근에게 달려들듯 하였다. 형근은 너무 의외의 일이라 가슴이 공연히 설렁 내려앉더니 두근두근하며 손끝이 떨린다.

"어디?"

"글쎄 이리 오게. 떠들면 여러 사람 와 덤비네."

"모레는 김화로 가세. 내가 오늘 거기 십장에게 자네 일까지 부탁을 하여놓았으니까 염려 없네. 금전도 퍽 후하고 일도 그리 되지 않은 것이야."

형근은 좋은 소식은 좋은 소식이나 또는 마음 한 귀퉁이가 서운하다.

"김화?"
하고 형근은 눈을 크게 뜨며,

"여기서 꽤 멀지?"
하고 초연한 생각이 나타난다.

"무얼, 얼마 된다고. 한나절이면 갈걸."

두 사람은 모레 같이 떠나기로 약조를 하였다. 형근은 감사스러운 중에도 무정스러운 감정으로 공연히 마음이 가라앉지 않아서 허둥지둥 엉덩이를 땅에 대지 아니하고 저녁을 먹었다.

저녁을 먹은 뒤에 그는 움 앞에 다시 앉았었다. 이화는 다시 한 번 보지도 못하는구나 하며 한숨을 쉬었다. 그러나 꼭 한번 오라고 하였으니 의리상으로라도 한 번은 가보아야 할 터인데—하다가 그대로 생각나는 것은 동향 친구 주머니 속에 있는 지전 조각이었다.

'내가 입으로 말을 할 수야 있나? 죽어도 그것은 할 수가 없지.'

말을 하는 입내만 내어보아도 쭈뼛쭈뼛하여지는 것 같다.

'인제야 일할 구녕이 생겼으니까 나중에 갚는 것도 걱정이 없어졌으니까.'

으쓱한 생각에 마음이 느긋하여졌다. 이화를 찾아가는 것도 그다지 부끄러울 것 없을 것 같았다.

'세상에 사람이 살아가려면 권도라는 것도 있는 법이지마는 나 같아서야 어디 살아갈 수가 있어야지…….'

해가 넘어가고 날이 어둑어둑하여지니까 공연히 마음이 처량하여지면서 쓸쓸하다. 오늘 저녁이 아니면 내일 저녁밖에 없는데 하며 담배를 붙여 물고 한 바퀴 휘돌아 왔다.

와서 보니까 본시 술을 많이 먹지 못하는 동향 친구가 어디선지 술이 잔뜩 취하여 저쪽에다가 거적을 깔고 외따로이 누워 있다.

'이것이 웬일인가?'

하고 곁으로 가보니까 그는 세상을 모르고 잔다.

그의 가슴은 웬일인지 무슨 예감을 받은 사람처럼 떨리더니 그의 머릿속에 번개같이 일어나는 충동이 있다. 마치 어여쁜 여자가 외로이 누운 그 곁에 선 젊은 남자가 받는 충동이나 마찬가지로 주머니에 돈을 지닌 사람이 아무도 보지 않는 곳에 의식을 잃어버리고 누운 것을 본 형근은, 더구나 돈에 대하여 목전에 절실한 필요를 느끼는 그는 무서운 죄악의 충동을 느끼었다.

그러나 그는 그 찰나에 자기가 의식지 못하던 죄악의 충동을 일으킨 것을 깨달았을 때 그는 이를 깨물며 주먹을 쥐고 울듯이 고개를 내젓고 마음속 깊이깊이 뜨거운 후회로 자기를 깨달았다.

그는 그러한 마음을 한때라도 다정한 친구에게 일으킨 것이 그에게 대하여 무엇이라고 말할 수 없이 미안하였다.

그는 그를 잡아 흔들었다.

"여보게, 이슬 맞으면 해로우이, 들어가세."

목소리는 다정함으로 떨렸다.

"응, 응, 가만있어."

하며 다시 얼굴을 하늘로 두고 뒤쳐 드러누우며 그는 풀무같이 숨을 쉬면서 드르렁드르렁 코청이 떨어지듯이 숨을 쉬었다.

"이거 큰일 났군."

형근은 그래도 다시 가까이 가서 몸을 추스르려 할 때 그 동향 친구의 지갑이 어디 들어 있는지 그것부터 먼저 보지 아니치 못하였다.

그는 동향 친구를 일으켜 겨드랑이를 부축하였다. 동향 친구는 세상을 몰랐었다. 그러나 눈을 한번 떠서 형근을 보더니 안심하는 듯이 다시 까부라졌다.

형근의 손은 그 동향 친구의 지갑에 닿았다. 그는 맥이 풀려서 지갑을 꺼내기는 고사하고 친구까지 땅에 떨어뜨릴 뻔하였다.

그는 다시 팔에 힘을 주어 움 속까지 그를 끌고 들어갔다. 바깥에서는 여러 사람들이 이 꼴을 보며 저희들끼리 떠들었으나 거들어주는 자는 없었다. 그러나 움 속에 들어오더니 아무도 없으므로 별로 보는 이가 없었다.

형근은 그 컴컴한 움 속에서 그 친구를 든 채 얼마간 섰었다. 내려놓지도 않고 눕히지도 않고 그는 무서운 시련의 기로에서 방황하였다.

그는 눈을 한번 감았다 뜨며 친구를 눕히는 서슬에 지갑을 뺐다. 그의 손은 이상한 쾌감과 함께 손아귀가 뿌듯한 것을 깨달았다.

그는 친구를 뉘고 달음박질해 나왔다. 그는 사람 적은 곳에 가서 그것을 열지도 못하고 한숨을 길게 내쉬었다. 그는 다시 시원한 가운데에서도 무서움을 품고 그것을 펴지도 못하고 열지도 못하다가 다시 저쪽으로 갔다.

그는 그대로 그것을 손에 움켜쥔 채 공연히 망설이다가 이화 집을 향하여 갔다.

그는 가는 길 으슥한 곳에서 그것을 펴보았다. 그는 그것을 펴보다가 마치 무슨 기운에 눌리는 사람같이 가슴이 설렁하여지며 눈이 둥잔만 하여지더니 뒤로 물러서,

"에구."

하였다. 그의 손에는 시퍼런 십 원짜리 석 장이 묻어 나왔다.

"이건 잘못했구나."

그는 그대로 서서 오도 가도 못 하였다.

자기가 요구하던 것은 그것의 몇 분의 일에 지나지 않는다. 이것은 보기만 해도 무서울 만큼 많은 돈이다. 그러나 이것을 지금에 도로 갖다 줄 수도 없고 또 그대로 있을 수도 없다. 그는 한참이나 떨리는 손을 진정치 못하다가 그대로 눌러 생각해 버렸다. 술 깨기 전에 갖다가 주지, 그리고 쓴 것은 말을 하면 되겠지.

그는 마음을 억지로 가라앉히고 이화 집 문간에 왔다.

그는 전번에 왔을 적이나 별로 틀림없는 수줍음과 두근거리는 마음으로 발을 들여놓았다.

그는 술을 청했다. 술을 청하는 것보다도 이화를 부르는 것이었다. 그러나 아래채 조용한 방에서 분명히 이화의 목소리로 소리를 하는 모양인데 나오지를 않고 다른 여자가 나와 맞았다.

방은 전에 그 방이다. 발을 늘여서 안에 있는 것이 바깥에서 보인다.

그는 기대가 틀어진 것에 낙심을 하고 어떻든 술을 청하였다.

그새 여자가 들고 들어오며 형근을 아래위로 훑어보더니,

"혼자 오셨에요?"

하였다.

"그럼 여러 사람이 다닙디까."

그 계집은 손으로 입을 막고 웃었다.

"자, 드시죠."

"술도 급하지만 나는 이화를 좀 보러 왔소."

그 계집은,

"네?"

하더니 또 웃는다.

"저는 인물이 못생겼죠? 언제 적부터 이화와 가까우시던가요?"

형근은 자기는 좀 점잖이 말을 하는데 그 계집이 실없이 하니까 속으로 화는 나지만 위엄을 보일 수가 없다.

"이화가 어디 갔소? 잠깐 보자는 이가 있다고 하구려."

그 계집은 문을 열고 나가더니 온 집안이 다 들리게,

"이화 언니! 이화 언니! 당신 나지미[5] 왔소. 어서 나오."

하며 땍때굴거리며 웃는다.

이화는 무슨 영문을 모르는 듯이 어떤 손님과 자별하게 이야기를 하다가 문을 열고 고개를 내밀면서,

"무어야? 얘가 왜 이래, 실성을 했나?"

하고 형근의 앉아 있는 방을 올려다보고는,

"응, 저이가 왔군."

싱겁게 혼잣말을 하고 다시 돌아앉으니까 함께 한방에 있던 젊은 사람(면서기 같은)이 마주 기웃하고 내다보더니,

"저것이 나지미야?"

하고 비웃는다.

"온 이 주사도, 아무렇기로 내가……."

할 때,

"글쎄, 꼭 봐야 하겠다니 좀 가봐요."

하며 그 계집이 지근거린다.

"나를 그렇게 봐서 무엇을 한다더냐?"

하고 이 주사라는 자의 눈치를 보는 것이 그의 눈앞을 졸이는 모양이다.

"가봐주지. 그것도 적선인데. 내 앞이 되어서 몹시 어려워하는 모양이로군. 그럴 것 무엇 있나?"

"온 말씀을 해두 왜 그렇게 하시우. 누구는 끈에 매놓았습디까? 나 하고 싶은 대로 하고 지내지, 몇십 년 사는 인생이라구."

"그러나 대관절 어떤 자야."

5 일본어로 '같은 창녀한테 세 번 이상 다녀서 단골이 됨. 혹은 그 손님이나 창녀'를 가리킴.

"고향서 이웃집 사는 사람야."

이러는 동안에 형근은 아무도 없는 빈방에 혼자 앉아 술상만 대하고 있으려니까 싱거웁고 갑갑하고 역심이 나서 올 수도 없고 갈 수도 없다. 그뿐이면 고만이게 이화라는 년은 다른 놈하고 앉아서 자기 방을 넘성 쳐다보는 것이 마치 창살 속에 넣어놓은 청국 사람의 원숭이같이 대접을 하는 것 같아서 속으로 분하고 아니꼬운 증이 나며,

'천생 타고난 기질을 어떻게 하니? 창기는 판에 박은 창기 년이다.'

속으로 이렇게 중얼거리는데 자기 방 계집이 쭈르르 다녀오더니,

"심심하셨죠? 이화는 인제 옵니다."

하고 술을 따라놓더니,

"과일 잡숫고 싶지 않으세요. 과일 좀 들여오죠. 이화도 오거든 같이 먹게요."

하더니 제멋대로 이것저것 들여다 놓고 먹어댄다.

아무리 기다려도 이화는 오지 아니한다. 여전히 아랫방에서 그자와 이야기를 하는 모양이다. 형근은 혼자서 술을 먹을 수가 없어서 그 계집과 서로 대작을 하였다. 그 계집은 어수룩하고 아직 경험 없는 것을 알아채고 어떻게 해서든지 형근의 주머니를 알겨낼 생각이다. 주제를 보아서 아직 극단의 수단을 내어놓지 않는다.

한 시간이 지나갔다. 형근은 다시 그 계집에게 이화를 불러달라고 청을 하였다. 그 계집은 술잔이나 들어가더니 형근의 말을

안 듣고 요리 핑계 조리 핑계 한다. 형근도 술잔이나 들어가니까 객기가 나지 않는 것도 아니다.

"가 불러와."

그는 소리를 질렀다.

"싫소."

"왜 싫어."

윗방에서 왁자하는 것이 자기 때문인 것을 알아챈 이화는 문을 열고 나왔다.

"어딜 가?"

면서기는 어느덧 술이 곤죽이 되어 드러누웠다가 이화의 치마를 잡았다.

"잠깐만 다녀올 테니 노세요."

"안 돼."

이화는 팩한 성미에 흉허물 없는 것만 믿고 치마를 뿌리쳤다.

"안 되기는 왜 안 돼요, 잠깐 다녀온다는데. 누가 삼십육계를 하나?"

면서기는 노했다. 그대로 일어섰다. 이화는 형근의 방으로 안 들어가고 안으로 들어가 버렸다.

술 취한 면서기는 다짜고짜로 형근의 방 발을 집어 던졌다.

"이놈아! 이런 건방진 자식이. 술잔이나 먹으려거든 국으로 먹으러 다녀. 너 이화는 봐서 무엇할 모양이냐? 상판 생긴 것하고, 그래도 무엇을 달았다고 계집 맛은 알아서. 놈 계집 궁둥이 따라다닐 만하다."

형근은 기가 막혀 쳐다볼 뿐이다.

"이놈아, 왜 눈깔을 오랑캐 뜨고 보니? 내 얼굴에 무엇이 묻었니, 에 퉈퉈."

면서기는 침을 방에다 막 뱉는다.

"대관절 이화 어디 갔니? 응, 이화 어디 갔어?"
하고 호통이다. 온 집안 사람이며 술 먹으러 온 사람이 모여들었다.

이화는 이 소리를 듣더니 뛰어나오며 면서기를 달래고 형근에게 연해 눈짓을 하였다.

"글쎄, 이 주사 나리, 이게 무슨 짓요. 약주 취했소. 어서 저 방으로 가시우."
하고 이 주사에게 매달리다가,

"대단 미안합니다. 점잖으신 이가 약주가 취해서 그러신 것을 서로 참으시지. 그렇죠? 어서 약주나 자시지요."

면서기는 그래도 여전히 형근을 보고 놀려댄다.

"이놈아, 네가 이놈 노동자가 감히 누구 앞에서 그따위 짓을 해? 흥."

형근의 인습 관념에 젖어 있는 젊은 피는 끓었다. 그는 결코 자기가 노동자는 아니다. 양반의 자식이요 행세하는 사람이다. 몸은 비록 흙 속에 파묻혔으나 마음과 기운은 살았다.

"무엇, 노동자!"

형근에게는 그 외에 더 큰 모욕이 없었다. 그는 면서기를 향하여 기운에 타는 두 눈을 부릅떴다.

"그래 이놈아, 네가 노동자가 아니고 무엇야?"

"글쎄, 그만들 두세요. 제발 저 방으로 가시우."

하며 이화는 가운데 들어섰다. 형근은 이화를 뿌리쳤다.

그는 이화를 뿌리칠 때 '더러운 년! 갈보 년!' 하는 소리가 입으로 나오지는 아니하였으나 그의 온 전신을 귀퉁이 귀퉁이 속속들이 울리는 것 같았다.

형근은 이화를 뿌리치던 손으로 이 주사라는 자의 따귀를 보기 좋게 붙이니까 그대로 땅에 나가 뒹굴었다.

"이놈 봐라, 사람 친다."

하더니 면서기는 웃옷을 벗고 덤비었다.

"어디 또 한 번 때려봐라."

하고 주먹을 들고 덤비려고 사릴 제 옆엣방에서도 툭 튀어나오고 대문에서도 쑥 들어서는 사람들의 눈은 횃불같이 타면서 형근을 훑어보더니 다시 이 주사를 보고,

"다치지나 않았소? 대관절 어찌 된 일요? 말을 좀 하시구려."

옆에 섰던 이화도 말을 아니 하고 그 계집도 말이 없다.

"대관절 손을 먼저 댄 게 누구야?"

하며 형근을 보더니 그중에 구척같이 키가 크고 수염이 더부룩한 자가 들어서더니,

"여보 이 친구, 젊은 친구가 술잔이나 먹었으면 곱게 삭일 일이지 누구에게다 손찌검하고…… 흥, 맛 좀 보련."

하더니 넉가래 같은 손이 보기 좋게 따귀를 붙이는데 눈에서 불이 나며 입에서는 에구구 소리가 저절로 난다. 그는 아무 말 없이 볼따구니만 쥐고 있다.

그러려니까 연신 번갈아 가며 주먹과 발길이 들어오는데 정신이 아뜩아뜩하고 앞이 보이지를 않는다. 그는 에구구 소리만 지

르면서,

“글쎄, 나는 잘못한 게 없습니다.”

하고 빌어대면,

“이놈아, 잔말 말어. 너도 세상맛을 좀 알아야 하겠다.”

하고 한 개 더 붙인다. 옷은 갈가리 찢어지고 얼굴에서는 피가 흐른다.

이화는 후닥닥거리는 서슬에 마루 끝에 서서,

“여보, 박 서방, 가서 순사를 불러오. 야단났소. 그저 그만두시라니까 그러는구려.”

할 때 형근은 순사라는 소리가 귀에 들릴 제 그는 꿈에서 깬 것같이 정신이 났다.

‘이화가 나를 순사에게!’

하고 얻어맞는 중에서도 온 기운을 다 내었다. 초자연의 기운은 그를 거기서 뛰어 여러 사람을 헤치고 문밖으로 뛰어나갈 수 있게 하였다.

그는 눈 딱 감고 뛰었다. 그러나 때는 늦었다. 문간에 나가자 그 집으로 들어오는 사람이 있었다. 그러나 형근은 그것도 못 보았다. 들어오던 사람은 형근을 보더니 재빠르게 뒤를 따랐다.

형근의 다리는 마치 언덕 비탈을 몰려 내려가다 다리의 풀이 빠진 사람처럼 곤두박질을 할 듯하였다.

그의 눈에는 아무것도 보이지 않고 집이나 사람이나 전깃불이 별똥 떨어지듯이 획획 지나갈 뿐이다.

뒤에서는 여전히 따라왔다.

“도적야?”

달아나며 이 소리를 귓결에 들은 그는,

'응, 도적? 그러면 나를 쫓아오는 것이 아닌 게지.'

그의 머릿속에서는 자기가 지금 어째 도망을 하는지 그 본능은 있었을지언정 의식은 없었던 모양이다.

그러나 그는 다만,

'나는 도적이 아니다.'

하면서도 달음질은 여전히 하였다.

그는 어느덧 움 앞에 왔다. 그는 친구의 이름을 부르고 그 자리에 기진해 자빠져서 기운을 잃었다.

경관과 형사는 그놈을 뒤져 동향 친구에게 지갑을 보이고,

"당신이 찾던 것이 이것이오? 꼭 틀림없소?"

동향 친구는 눈이 뚱그레서,

"형근이가 그랬을 리가 없는데요."

하니까,

"듣기 싫어. 물건을 찾으면 그만이지. 맞느냐 말야."

하며 경관은 흘뿌린다.

"네."

친구는 가까스로 대답을 하더니,

"그런 줄 알았더면 경찰서에도 알리지 않는걸."

하며,

"여보게 형근이, 정신 차려. 일어나서 말이나 좀 하게. 속 시원하게. 도무지 이게 웬일이란 말인가."

하며 비쭉비쭉 운다.

형근은 아직까지도 깨지 못하고 그대로 누워 있다.

7

형근은 그날로 경찰서 구류간에서 잤다. 어려운 취조가 끝난 뒤에 형근은 검사국으로 넘어갔다.

그 이튿날 신문에는 아래와 같은 신문 기사가 났다.

○○○ 출생으로 철원군 ○○○리에서 노동을 하는 지형근(○○) 지난 ○월 ○일 자기 동향 친구의 주머니에 있는 삼십 원을 그 친구가 술이 취하여 자는 틈을 타서 절취하여다가 ○○리 이화라는 술집에서 호유하다가 철원 경찰서 형사에게 체포되어 취조를 마치고 검사국으로 압송하였다더라.

— 〈조선문단〉 제14~16호, 1926. 3~5.

화염에 싸인 원한

1

오월의 안동—경상도—하늘은 왜청빛으로 끝없이 개이어 깨끗한 창공을 맥없이 배회하는 구름장 하나 찾아낼 수 없다.

북으로 영남산이 우두커니 솟아 그 허리 중턱에는 만개한 복사꽃이 드문드문 늘어서서 누구를 부르는지 연지 입술을 바른 듯한데 남으로 서로 휘어드는 낙동강에 남강이 합수되어 영호루[1] 옛 집을 쳐다본 듯 만 듯 다시 남으로 흐르려고 서악사 저편에서 허리를 두른다.

김상인은 어제야 비로소 여장을 풀어놓고 처음으로 동료인 이

1 경상북도 안동에 있는 누각의 이름.

종수와 은행 집무를 끝마치고 영호루와 서악 부근의 이름난 고적도 찾을 겸 오월 하늘에 가득한 향내 도는 바람도 마시고 시원히 흐르는 강물에서 자동차 바람에 마신 티끌도 떨려니와 눈으로 보기만 하여도 살 속으로 스며드는 청렬한 기운을 쏘여보기로 하였다

영호루에 올랐다. 다 떨어지는 판때기라도 오히려 옛날의 영화를 자랑하는 듯 가장자리 이러지고 쪽이 떴으며 글자가 시치인 현액들을 쳐다볼 때 그는 끝없이 그윽한 옛날 일을 추억하며 지금 거기 선 사람의 감개무량함을 속 깊이 느끼었다.

종다리 하늘을 송곳질할 듯이 높이 떠서 바람개비 모양으로 날개 치며 종알대다가 저쪽 보리밭을 향하여 떨어지면 땅속으로 들어갈 듯이 내려앉는다.

두 사람은 영호루를 내버리고 둑 위로 걸어갔다. 발길에 스치는 부드러운 풀 냄새며 가장자리에 늘어선 작고 큰 나무들의 기름 향내가 신선한 기운을 콧속으로 전하여 준다.

바람이 분다. 여름 폭풍도 아니요 겨울 찬 바람이 아니라 연하고 부드러운 봄바람이니 바람이라 함보다도 향기다.

상인은 모자를 벗어 옆에다 끼고서 단장을 끌며 걸어가며 다만 유한한 맛에 취하여 말이 없을 때,

"여보세요 상인 씨."

하고 조선 옷에 뒷짐을 진 종수가 말을 꺼낸다.

"말씀을 들으면 상인 씨 삼촌 어른께서 상인 씨를 퍽 종애하신다는데요."

하며 의성서는 굴지하는 부자요 양반이요 또는 문필도 남에게

뒤떨어지지 않는다는 상인의 삼촌을 끄집어내어 상인의 다복한 것을 부러워하는 동시 더 높은 교육을 받고 더 넓은 사회에서 명예 싸움도 하여보고 지위 다툼도 하여보지 않은 것이 제 딴은 애석하다는 뜻으로 말을 꺼낸 것이다.

상인은 언제든지 자기 앞에서 자기 심촌의 말을 하는 사람이 있으면 그것을 피하는 터라 더구나 사랑하고 사랑치 않는 말을 무엇이라 대답할는지 주저 아니 할 수 없어,

"언제 뵌 일이 계십니까?"

하고 종수의 눈치를 보았다.

"네, 한번 보인 일이 있지요. 언젠가 은행에서 무슨 일로 갔다 오라고 해서 갔던 일이 있었는데 참 대접을 썩 잘 받았습니다. 그러고 어떻게 고맙게 구시는지 몰라요."

상인은 말이 없었다. 종수는 다시 무심히 나오는 말처럼,

"그리고 신수도 잘나셨더군요. 근력도 좋으시구. 지금 춘추가 근 육십 되셨죠. 아닌 게 아니라 정정하세요."

하고 종수는 싱긋 웃었다. 첩을 일 년 이태에 하나씩 갈아세우는 잡스러운 노인 말을 하고 나니 웃음이 터지나 옆에 선 상인을 생각하니 웃음을 아니 참을 수가 없어서 눈 속 콧속 입속으로 저 혼자 웃었으나 눈치 빠른 상인은 벌써 알아채고,

"정정하신 게 걱정이죠."

의미 있는 말을 한 후 입맛을 다셨다.

종수는 벌써 자기의 수작을 상인이가 알아챘다는 말인 줄 알고,

"허허 글쎄요. 연로하면 그런 생각도 나는지 모르지만 너무하시는 모양인가 보더군요."

이제는 점점 내놓고 말하기를 시작하였다.

상인은 그런 말을 들을 적마다 부끄럽고 분하고 추잡스러웁고 또는 불같이 타는 의협심이 일어나는 까닭에,

"그래서 집안에는 언제든지 풍파가 끝나지 않죠. 저도 장차는 그 집안 후사가 될 사람입니다마는 그것 때문에 삼촌 어른과 충돌이 언제든지 생기지요. 삼촌 어른의 음행이나 명예나 그까짓 것은 그만두고 그 까닭에 희생되는 사람들을 생각하면 그만 어쩔 줄을 모르게 분하고 불쌍합니다그려."

하고는 얼굴에 피가 오르고 주먹이 떤다.

까만 머리를 윤기 있게 갈라붙인 데다가 혈색 좋은 얼굴에 정돈된 이목구비며 광채 나는 두 눈동자, 사람의 마음을 간질이는 속눈썹, 웃지 않아도 웃는 듯한 입 가장자리와 크지도 않고 작지 않은 키며 수족이 스무 살로는 조금 숙성하고 스물한 살로는 조금 어린 티가 있으나 그의 말에는 열이 있고 힘이 있고 감격이 있다.

"네."

종수는 대답할 말이 없는지 땅만 보며 걸어간다.

"그동안에 벌써 몇인지 모릅니다……."

할 때 그 앞에는 함지박을 앞에다 들고 양복 입은 상인을 쳐다보며,

"떡 좀 사쇼"

하는 노파가 있다. 허연 보자기를 몇 번이나 빨았는지 새까맣게 된 보자기를 들치는 노파의 손가락은 대장간에서 쓰다 던져둔 집게같이 녹이 슬고 무디어 보인다. 떡장수는 이 양반은 사기만

한다 하면 한 십 전어치 팔아줄 줄 믿었던 것이다.

상인은 떡장수보다도 종수를 보았다. 의견을 묻는 것이다. 종수의 눈치는 사서 먹으면 풍치가 없지도 않다는 뜻인지 소위 말 좀 해보자는 수작인지,

"십 전에 몇 개요?"

"열 개요."

"에 여보, 열두 개 주어야 하우, 그렇지 않으면 안 사우. 가우."

"원 나리도."

두 사람은 떡을 샀다. 팔다 나머지라 해서 십오 전어치나 샀다.

그들은 풀 위에 앉아서 떡 먹느라고 다시 삼촌의 이야기는 꺼내지 않았다.

2

그들은 법흥으로 해서 다시 그 둑을 내려왔다.

날이 거의 저물어가는데 멀리 읍에는 공중에 자줏빛 저녁연기가 층을 지어 둘러 있다.

"오늘 서악에는 못 가겠습니다."

"글쎄 날이 늦었으니까 거기는 이다음 일요일에 가죠."

"그것도 좋죠."

"그럼 집으로 가십시다."

상인과 종수는 각각 읍으로 향하여 들어오는데 큰길은 먼지가 많고 분주하다 하여 샛길로 밭을 가로질러 가기로 하였다.

상인은 인후 가장자리를 쥐면서,

"목이 대단히 마릅니다. 이 근처 물 얻어먹을 곳이 없을까요?" 하고 몹시 목이 말라한다.

"조금 더 가면 우물이 있으니까 거기 가서 자시는 수밖에 없을걸요."

상인은 다시,

"아까 떡을 먹어서 그런가 봅니다. 종수 씨는 괜찮으십니까?" 하며 웃옷을 벗었다. 잔등이에는 기름을 약간 부은 듯 고단한 땀이 축축이 났다.

"웬걸요. 나도 몹시 마른걸요. 여기만 돌아가면 되니까 조금 참는 수밖에 없죠."

허우적허우적 걸어서 한 귀퉁이를 돌아서니까 딴은 둔덩 아래 버들이 늘어진 곳에 우물이 있어 가장자리에서 방울이 떨어지는 것이 햇빛에 번득인다.

중년 아낙네가 물을 이고 갔다. 옆에서 기다리던 편발 한 처녀가 두레박을 우물에 잠갔다. 고개를 숙이고 우물만 보면서 한 두레박 두 두레박 방구리에 부었다. 두레박에서 방구리에 들어가는 물은 멀리서 보기에 마치 흰 엿을 늘여 붓는 것 같았다.

멀리서 인기척이 나니까 그 처자는 힐끗 고개를 쳐들어 보았다. 그러자 상인과 종수도 그 처자를 보았다.

"저것이 주막집 처녀 아니오?"

상인은 마치 날짐승을 손으로 잡으려는 사람처럼 발길을 멈추고 종수 귀에다 가만히 말하였다.

"그렇구려."

종수는 서 있는 상인을 돌아다보더니 이상히 여기는 눈으로 웃으며,

"가서 물 좀 달래시죠."

"글쎄요."

상인도 마주 보며 웃었다. 그는 펌프의 물이 오르듯 가슴 복판에 힘 있게 뜨거운 피가 모여드는 것을 느꼈다. 그것으로 말미암아 종려 가지에 달린 은종령銀鐘鈴 같은 심장은 소리를 높이고 미칠 듯이 흔들렸다. 새로 만든 물건에 서설이 앉는 것같이 순진한 그의 마음은 부끄러움으로 나타났다. 그는 여자같이 부끄러워하였다. 그의 얼굴은 담 밑에 새로 핀 작약꽃 같았다.

물 긷는 처녀의 두레박질은 웬일인지 속하였다. 두 사람은 우물 앞에 와 섰다. 상인은,

"물 좀."

하고 두레박에 손을 내밀었다. 그의 목소리는 가야금 줄을 탁 한 번 튀긴 듯이 떨리어 그 나머지 울림이 손끝까지 전하였다.

처녀는 두레박을 우물 가장자리에 내던지듯 놓았다. 그러고는 또아리를 머리에 놓고 물동이를 이었다. 복사꽃같이 붉어진 얼굴에는 물방울이 흘러서 이슬같이 떨어졌다. 그는 새침하다기보다도 암상스러운 데 가까운 얼굴로 입을 꼭 다물고 돌아섰다.

그러고는 물동이가 달아나는지 몸뚱이가 닫는지도 모를 만치 속하게 가버렸다.

두 사람은 기가 막혀 서로 보기만 하다가 다시 가는 처녀의 뒤를 바라보았다. 처녀는 골목을 돌아설 때 고개를 돌려 이쪽을 보더니 보이는 듯 마는 듯 웃음 한 번을 생긋하더니 발허리에 걸은

신짝이 벗어질 만치 달음질하여 담 모퉁이에서 사라졌다.

없는 사람의 뒷그림자를 보고 있던 상인은 무안하기도 하고 또는 분하기도 하여 아무 말도 하지 못하고 제 손으로 물을 떠먹으면서,

"계집애가 되어서 내외를 하나? 그렇게 달아날 것이 무어야?"
하며 그야말로 머쓱하여 자기의 사처로 돌아왔다.

3

사처라는 곳은 그곳 어떤 사람의 집 사랑채를 장지를 드려 아래윗간에 나누어 상인은 넓은 아랫간에 있고 주인은 윗간에 있다. 그리고 식사는 그 건너 주막에서 해서 나르니 즉 아까 물 뜨러 왔던 처녀가 그 집 딸인 것이다.

상인은 세수를 한 후에 발을 씻고 문을 열어젖뜨리고 누워서 옆에 간에서 주인이 시조 읊는 소리를 듣고 있으려니까 마루 위에다가 밥상 갖다 놓는 소리는 들렸으나 이렇다 저렇다 말이 없다.

상인은 속으로,

'이건 벙어리가 밥상을 가져왔단 말이냐, 밥을 가져왔으면 말을 할 것이지.'
하고 일어나서 바깥을 내다보니까 밥상을 가져온 처녀는 밥상만 갖다 놓고 벌써 줄달음질 치며 문밖까지 갔다. 처녀는 여전히 한 번 돌아다보고 부끄러움 섞인 웃음을 웃고는 뒤도 안 돌아다보고 가버렸다.

"이상한 계집애로군!"

상인은 혼자 중얼거리며 상을 들고 들어갔다.

그는 아까 우물에서 물 달라고 하다가 그 꼴을 당한 것을 생각하면 분하고도 무안한 데다가 또 밥상을 놓고 말도 없이 달아나는 것은 괘씸도 하거니 어쩐지 미안스러운 일이다. 아까도 한번 돌아다보고서 웃었으며 이번에도 또 한 번 가다가 돌아보고 웃는데 상인의 마음은 그대로 평온할 수가 없었다.

비록 주막집 딸이라 하나 천착스러운 때가 묻어 보이지 않고 난잡한 태가 없어 늘씬한 허리에 치렁치렁한 머리며 반듯한 얼굴에 또렷또렷한 눈이나 마늘쪽 같은 코라든지 혈색 좋은 두 뺨이 젊은 상인의 마음을 그대로 두었다 하면 그것은 거짓말일 것이다.

상인은 밥을 먹으며 생각하였다. 밥상을 가지러 오거든 내 말을 좀 붙여볼 터이라고.

밥상을 밀어놓고 신문을 보면서도 계집애 오기만 기다린다.

조금 있다가 삐걱 사립짝문 여는 소리가 났다.

"왔다!"

일어나서 내다보기도 전에,

"상 주쇼."

하는 무되디 무된 소리가 기대하던 상인을 여지없이 낙망시켰다. 그러나 어찌하랴, 너는 가고 처녀가 와서 가져가랄 수도 없는 일이라 상인은 한 손으로 주나 어쩐지 서운한 듯하여,

"얘."

하고 머슴 녀석을 쳐다보았다.

중국 사람 요술쟁이가 접시로 재주를 부리듯이 한 팔로 상을 번쩍 들어 그대로 어깨 위에 둘러맨 머슴 녀석이,

"네."

하고 이상히 쳐다본다.

"너 지금 몇 살이냐?"

"열아홉 살입니다."

"그러면 장가가야겠구나."

녀석은 픽 웃으며 고개를 외로 튼다.

"웃기는 왜 웃어. 얘 네 집 처녀 나이가 지금 몇이냐?"

녀석이 또 웃는다. 의뭉이 그 얼굴에 가득하다.

"저도 잘 몰라요."

"이 녀석 거짓말한다. 뭘 몰라? 열칠팔 세 되었지?"

"헝."

머리를 비비면서,

"열여덟이라나요."

"이름은 무엇이고?"

"종아요."

"아직 정혼한 곳은 없니?"

"그런 것을 더구나 제가 알 수 있습니까?"

"뭘 몰라. 의뭉스러워서 말을 안 하지. 너하고 혼인해 보지."

녀석은 달아날 듯이 물러서며,

"원 어림도 없는 소리를 다 하십니다. 저 같은 놈이야 어디 눈이나 떠 보는 줄 아십니까. 그 아버지 어머니가 누구든지 돈 많은 곳으로 보내서 덕을 보려고만 하는데요. 여기 밥상 들고 오는 것

도 다른 데 같으면 어림없습니다. 김 주사 나리니까 그렇지요."

하는 품이 속정이 있는 말이다.

"그럼 지금 상 가지러 오지는 않고 네가 왔니?"

"네, 그것은 밤물 길러 가느라고 못 왔죠."

"밤물이라니."

"물이 헤프니까 밤이면 물을 길어다 독을 채우지요."

"언제까지 긷는단 말이냐?"

"대중없어요. 어떻든 주막에 저녁 손이 다 비어야 그만두니까요."

주막에 저녁 손이 빌 때면 적어도 아홉 시는 넘어야 할 것이다. 상인의 마음속에는 무슨 계획이 스며 은근히 기뻤다.

"어서 가봐라. 너무 오래 이야기를 시켜서 안됐다."

"별말씀을 다 하십니다."

머슴은 갔다. 머슴을 보내니 더욱 쓸쓸하다. 그는 방 안에 앉아서 멀거니 먼 산을 바라보다가 머리를 긁고 벌떡 일어섰다.

눈 익지 않은 곳에 온 지가 얼마 안 되니 울적한 심사도 없지 않는 데다가 오던 맡에 이상한 사람을 만나니 또한 마음이 뜨지 않고 가라앉을 리가 없다.

상인은 종수를 찾아갔다. 그곳에서 얼마간 앉아 이야기하다가 다시 자기 집으로 가기를 청하였다.

밤이 늦지는 않았으나 길거리가 부신 듯 고요하고 띄엄띄엄 가겟집 등잔과 주막집 아궁이에서 일어난 불이 보일 뿐인데 아직 대엿새밖에 안 되어 보이는 반달이 고개를 쳐들어 하늘을 보아야 보이고 허리 굽혀 땅을 살펴야 알게 떠 있다.

종수와 상인은 자기 집을 거진 다 와서 주막 앞을 지나게 되었다.

머슴 녀석이 반갑게 쑥 나오며,

"어디 다녀오십니까?"

하고 앞에 선다.

"응, 너냐."

하고 대답을 채 마치기 전에 집 앞에서 부녀의 목소리로,

"그 뉘시냐."

하는 소리가 들렸다.

"나요."

상인은 돌아다보았다.

"아 김 주사 나리십디까. 들어오시오. 담배라도 한 대 태우시고 가시죠."

주인이라 손님을 사귀어두는 것도 좋지마는 이름난 부자의 자식이요 외양이 똑똑하고 재주 있어 보이고 시골 서울로 다녀서 때도 쏙 빠졌으므로 자기 집에 청해서 청주 한잔 대접하는 것도 공연한 일은 아닐 것이다.

상인은,

"들어오시오."

하는 소리를 듣고 좋기는 하나 또 한옆으로는 또 부끄럽기도 하고 서먹서먹하였다. 그래서 주저주저하다가 종수를 곁눈으로 보니까 그는 대답도 없이 먼저 주막으로 들어갔다.

상인은 따라 들어갔다. 주인이란 계집은 나이가 사십이 되어 근 오십이 되어 보이는데 눈이 삿갓눈이요 몸이 뚱뚱하고 입이

변덕스러웁게 생겨서 누가 보든지 저런 데서 그런 딸이 어떻게 나왔나 하도록 모녀의 생김생김이 다르다.

술을 붓는다 안주를 굽는다 야단이나 상인에게는 소용이 없다. 먹을 줄 모르는 것을 억지로 먹을 수도 없어서,

"본시 못 먹으니까 그만둡시다."

하며 애걸을 하면 종수는 덩달아 권하며,

"조금만 드시구려, 주인이 그렇게 열성으로 권하는 술이니……."

"글쎄 미안하지만 못 먹는걸."

"그럼 이다음 일요일에는 상인 씨 환영회를 한다는데 그때는 어떻게 하시려오?"

"그때라고 별수 있을라구요."

주인은,

"글쎄 젊으신 양반이 고만 술을 못 자신단 말씀이오. 자 드시오."

척 농쳐가며 권한다. 상인은 술잔에는 본시부터 마음이 없는 터라 눈도 가지 않건마는 처녀의 그림자가 보이지 않는 것이 심화 날 일이다. 그는 이곳에서 부스럭 저곳에서 덜컥 하기만 하여도 귀를 기울이고 눈알을 굴리나 거죽으로는 나타내지 않느라고 애를 썼다.

종수는 술을 서너 잔 거푸 들더니,

"여보 주인."

하고 주인을 찾았다.

"왜 그러십니까?"

"그래 주인 딸이 그럴 수가 있단 말이오?"

주인의 얼굴도 변하였거니와 상인의 심장은 은 방망이로 튀긴

듯이 내려앉았다.

"왜 무엇을 어쨌나요?"

"그런 게 아니라 아까 말이요, 영호루를 다녀오다가……."

"두 분이요?"

상인은 종수를 말리며,

"그만두쇼, 그런 이야기는."

하며 달아나고 싶은 듯이 두 다리를 모으고 앉았다.

"괜찮아요. 우리가 목이 말라서 요 뒤 우물에 오지 않았소. 그랬더니 마침 주인 딸이 물을 긷더란 말이오. 그래 이 양반이 물 좀 달라 하니까 두레박을 내던지고 뺑소니구려. 그래 내가 더 무안합니다그려."

주인은 껄껄거리며 한참 웃더니,

"저런 계집애 좀 봐. 그것 참 황송하게 되었습니다그려, 그것이 무얼 알아야죠."

할 때 뒷문으로 들어오는 사람은 종아다. 들어오는 것을 본 상인의 가슴은 더 말할 것도 없거니와 종아의 얼굴은 의외의 일에 어찌나 놀랐던지 얼굴이 거의 질리도록 해쓱하여졌다.

"호랑이도 제 얘기 하면 온다나. 알기도 잘 알지."

어머니의 말이다. 계집애는 말도 못 하고 돌아섰다. 그 등은 상인을 바로 등졌다.

"그렇지 않아도 네가 너무 버릇없다고 이 주사 나리가 꾸중이시란다."

웃음 반 귀염 반 섞어가며 이야기다. 상인은 만났으면 보았으면 서로 말했으면 하다가도 딱 앞에 세워놓으니 또 계면쩍고 면

구해서,

“자 가겠소. 또 틈 있는 대로 놀러 오지.”

두 사람은 가버렸다. 문 나서는 상인을 곁눈으로 보는 가을 물 같이 맑은 눈에는 잠시나마 가버리는 사람을 원망하는 정열이 어렸다.

종아는 상인이 다 가도록 그대로 돌아섰다가 말없이 방으로 들어가려니까,

“너 아까 김 주사에게 어떻게 하였니?”

종아는 어린 마음에 속맘 먹은 것을 어머니가 아는가 하여 겁이 덜컥 나서,

“무얼?”

하며 보았다.

“우물에서 말야?”

종아는 부끄러워 웃으며,

“물을 달래기에.”

“그래.”

종아는 말이 없다가,

“그것은 왜 그리 묻소.”

“물으면 어떠냐?”

“부끄러워 견딜 수가 있어야지.”

종아의 눈에서는 심판이나 받는 듯한 떨림과 목구멍으로 말이 넘어올 적에 싸고 넘어오는 감격 때문에 두 눈에서 눈물방울이 그렁그렁하다.

“그래서…….”

"그래서 그냥 두레박을 내던지고 도망해 왔지."

돌아서며 눈물이 뚝뚝 떨어진다.

"미친년. 나이가 내일모레면 스물이야."

쩍쩍 혀를 차고 말이 없다가,

"국솥에 불이나 때라, 내일 새벽 장꾼들 늦지 않게."

머슴 녀석이 툭 뛰어들었다. 종아가 우는 것을 보더니 시치미를 뚝 떼고 아궁이에 불을 집어넣는다.

종아도 내려왔다. 머슴 녀석하고 불을 땐다. 어미는 방에서 잠깐 잠이 들었다.

"너 왜 울었니?"

머슴 녀석이 부지깽이로 불을 헤치며 물었다.

"울기는 누가 울어?"

입 끝이 샐쭉해서 톡 쏜다.

"안 운 게 뭐야, 내가 봤는데."

뱃심이 유하게 추근추근 묻는다.

"보긴 뭘 봐. 어서 불이나 때."

"흥."

한참 궁리를 하는 체하였다.

"너 김 주사가 네 이름하고 나이하고 다 묻더라."

종아는 말이 없다.

"아마 너에게 반했나 보더라. 아까 그 대답 하느라고 학질 뗐다."

종아는 아까 톡 쏠 때보다는 훨씬 풀렸다.

"빌어먹을 녀석, 듣기 싫어."

하고 생긋 웃음을 웃었다.

"그러고 얘, 네가 약혼했는지 안 했는지까지 물으면서 날마다 널더러 상을 가져오라드라."

뒷말은 능청이다.

"이런 능청스럽게 뭘 그이가 그랬을까, 죄다 네 말이지."

"아따따, 물어보렴."

"누구더러."

"김 주사더라 말이야."

"듣기 싫다. 누가 물어봐"

하며 일어서서 국솥 뚜껑을 바로 닫았다. 솥뚜껑의 열도나 자기 가슴의 열도가 어느 것이 더 더운지 잘 알 수가 없었다.

4

며칠인지 지나갔다. 더디더디 넘는 해가 가까스로 서산에 지고 저녁연기가 길 위에 기어갈 때 상인은 동창을 몇 번인지 헤일 수 없이 열었다가 닫았다가 하였다.

희미한 달빛이 앞마당 복숭아나무 그림자를 창 위에 갖다 비쳤다.

상인은 밤빛이 깊어갈수록 기쁨도 깊어갔다.

옆에 방에서는 주인이 문을 열어젖뜨리더니 달을 보고 시조를 읊조린다. 느릿느릿 길쭉길쭉 올라갔다 뚝 떨어지고 굵었다가 가늘어지는 시조를 들으니까 어째 조급히 기다리는 시간이 느즈러지는 것 같았다.

"김 공."

시조가 중단되더니 주인이 장지 한 겹 격해놓고 상인을 부른다.

"네."

"오늘은 산보 안 가시우?"

"글쎄요."

"대관절 밤마다 어디로 산보를 그렇게 다니시우?"

"이곳저곳 일정한 데 있나요."

"여보, 말 들으니까 밤중마다 누구하고 만나러 다니신답디다그려. 그런데 나 같은 사람도 한몫 낍시다."

"원 천만의 말씀을 다 하십니다그려. 그런 소문이 날 리가 있나요."

"나는 못 속이죠."

하고 또 무슨 시조가 생각되는지 혼자 시조를 외며 무르팍을 친다.

상인은 에크 눈치들을 채는구나 하고서 빙그레 혼자 웃다가 다시 조심스러운 생각이 나서 궁리를 한다.

여덟 시가 넘었다. 달이 너무 밝다. 그는 단장 하나만 짚고서 문밖으로 나섰다. 그는 일부러 장거리를 돌아서 밭고랑을 들어서 둔덩을 올라섰다가 다시 내려서는 곳은 말할 것 없는 우물이다.

돌로 가장자리를 쌓은 우물에는 푸른 물이 출렁출렁 고였는데 그 옆의 버들가지는 늘어질 대로 늘어져 우물 위에서 누구를 기다리는 듯한 텅 빈 두레박을 얽어맨 듯하다.

사람이 없고 사면이 고요하니 달이 허공에서 외로운 듯하고 기다리는 사람이 올 직한데 오지 아니하니 빈 가슴만 조이는 듯하다.

상인은 왔다 갔다 하였다. 하늘에서는 운성 하나가 하늘 복판을 지나갔다. 먼 데서는 개가 짖었다.

"온다."

종아가 와서 말도 없이 동이를 우물가에 놓았다. 동이에 묻은 물이 달빛에 비쳐서 수은 칠을 한 듯이 번득거렸다.

"오래 기다리셨죠."

"아니."

"오늘은 달이 퍽도 밝죠."

"그래."

종아는 물을 길려 두레박을 잡으려 한다. 상인은 종아 옆에 가서 두레박 끝 잡은 손을 붙들며,

"왜 우리 약조가 있지?"

하니 두레박은 놓였는데 두 손만 그대로 잡혀 있다.

"무슨 약조요?"

"물은 내가 푸고 나르기만 종아가 하기로."

"그래두요. 점잖으신 어른이."

"무어야? 종아와 나 사이에 귀천이 있고 점잖은 여부가 있나. 자 내 뜰게."

손을 놓고 우물을 보니까 하늘의 둥근 달이 우물에 잠겨서 가느스름한 물결이 있을 적마다 빙글빙글 웃는 듯하다.

상인은 종아를 보았다. 두 사람의 고개는 우물 속을 들여다보았다.

"두레박을 놓으면 저 달이 깨어질 텐데 어떻게 하누."

상인은 주저하듯이 종아에게 물었다. 종아는,

"깨졌다가라도 잔잔만 하여지면 제대로 될걸요. 퍼내고 또 퍼내도 언제든지 변치 않고 있는 것은 우물 속의 달이에요."

상인은 그 말에 감격하였다. 그는 종아를 바싹 잡아다니며,

"그렇지만 달은 지면 우물만 남지. 언제든지 없어지지도 않고 지지도 않는 건 무어?"

종아는 고개를 돌렸으나 몸은 주고 반쯤 웃으며 말이 없다.

"내 맘이지?"

상인은 더한층 가까이 정열이 가득한 눈으로 종아를 보았다.

"아뇨, 제 맘이죠."

종아는 상인의 얼굴을 농담하는 사람처럼 쳐다보았다.

"무얼, 종아의 맘이 그럴까."

"그럼 그렇지 않아요."

종아는 깜짝 놀라며,

"너무 늦으면 사살 들어요. 어서 가야죠."

하고 그는 물을 길려 하였다. 상인은 대신 두레박을 들었다.

"갖다 두고 또 오지."

"기다리실 테에요?"

"그럼 기다리고말고."

종아는 한번 집에 다녀오더니 어린애같이 손뼉을 치며,

"여보세요, 우리 천천히 이야기해요. 아버지는 어제 촌에 나갔으니까 말할 것도 없지만요. 어머니가 돈 받으러 저 웃마을에 갔대요. 조금 늦어도 좋아요."

하며 상인의 소매를 이끌듯이 가까이 선다. 물동이는 내려놓고 두레박도 집어 치우고 두 사람은 우물가에 앉았다.

자세히 보면 반짝하고 그렇지 않으면 안 보이는 자그마한 별들이 공중에 났다. 은하수 좀생이 북두칠성이 공중에 박힐 대로 박혀 있다.

"저는 달나라에 한번 가봤으면 좋겠어요."

종아는 말을 꺼냈다.

"달나라에는 살아서는 못 가죠. 죽어서는 갈 수가 있어도요."

"달나라에를 가려면 이 세상에서 가장 정한 사람이 아니면 가지를 못해."

상인이 옛날이야기같이 이야기를 하였다.

"그러게 옛날에도 콩쥐는 갔어도 팥쥐는 못 갔죠."

"달나라 가는 것도 좋지마는 그것은 죽어서도 갈지 말지 하니 이 세상에서 좋은 데는 가기 싫어?"

"세상에서 좋은 데가 어디에요?"

한참이나 궁리하더니,

"대구, 대구 한번 가보았으면 평생 원이 없겠어요. 나서 십팔 년이 되도록 지금껏 가본 곳이라고는 한 곳도 없어요. 언제든지 저를 그런 곳에 데려다 주실 테에요?"

감히 어깨에 매달리지는 못하지마는 마음은 상인에게 탁 실리었다.

"종아는 어디든지 나 가는 곳이면 따라가지?"

"그러믄요, 어디든지요."

"의성이나 대구나 서울이나 어디든지."

"서울요? 참 서울 한번 가보았으면 좋겠어요. 가고말고요. 어디든지 따라가요. 서울은 그만두고 죽는 것일지라도요."

5

어떤 토요일 날 저녁이다. 상인은 숙정에게서 편지를 받았다.

숙정은 자기 고향 여자로 열세 살 된 상인에게 열일곱에 시집온 여자이다. 그러나 숙정은 상인을 언제든지 불만히 여겼다. 첫째 자기는 벌써 성숙기를 지났으나 상인은 아직 어린애요 철없는 것이 언제든지 불만하였던 것이다.

그래서 두 사람의 사이는 남보다도 더하였다. 한편에서는 열렬히 요구하는 것을 수응치 못하는 데 적지 않은 파란이 생길 것은 말할 것도 없을 것이다.

그래서 그는 시집에보다 친정에 많이 있었다. 왔다 갔다 하는 도수가 늘어가더니 일 년이나 시집에 오지 않았다.

그러자 이상한 소문이 돌았다. 숙정이가 애 뱄단 소문이 있었다. 시집서는 눈이 둥그렜다. 여러 가지로 수소문도 해보고 사실도 하여보았으나 애 뱄다는 것은 헛소문이고 일갓집 어떤 서방님하고 달구경 나갔던 것은 사실이었다.

숙정의 삼촌은 대구로 숙정을 불러냈다. 신학문 한 삼촌은 상당히 들고일어서도 듣지 않고 학교에 보냈다. 학교를 고등여고 삼년급까지 다니더니 밤마다 달성공원 산보가 잦았다. 그러더니 한번은 야단이 나는데, 어떤 놈에게 실연을 당했다고 죽는다 산다는 문제가 일어나서 온 대구 복판의 말거리가 되었었다 한다.

상인은 편지를 들고 앞뒤를 보더니 그대로 뜯을 생각도 없이 방구석에 내던졌다.

"더러운 년."

사실 그의 얼굴은 예쁘지 못했다. 아직까지도 여드름이 있고 눈 가장자리가 검푸르고 살빛이 흑동색이다. 독부형으로 되어서 눈에 비수를 품은 듯이 날카로운 맛이 있거나 얼음장같이 저린 맛이나 있으면 오히려 근접치 못할 위엄이나 있겠지만 이것은 송충이 눈썹에 분가루가 끼고 검은 입술이 송기떡으로 오려 붙인 듯하며 보기에 무더워 보이고 속 답답해 보인다. 거기다가 다만 단장을 다하여 가꾸는 머리와 아침저녁 고치는 비단옷이 무서운 생색을 낸다.

편지를 다시 집은 상인은 불유쾌하기 짝이 없음은 물론이어니와 가느다랗게 떠는 양심의 무서움이 있었다.

숙정은 아내다. 인습의 관념이 경고하였다. 아니다, 종아가 새로운 아내다. 참 아내다. 새로운 사상이 정열과 함께 소리쳤다.

그러나 어떻든 편지를 뜯고 보니까,

지금 저는 의성 와서 있습니다. 대구서도 그만 집으로 돌아가라 하옵시고 또 이제는 저도 그만하면 상인 씨를 모시고 지내는 것이 옳은 줄로 생각하였습니다. 지난 모든 것은 용서하여 주실 줄 믿습니다.

상인은 철모른다 하던 어렸을 적에 내심으로 분하던 것이 지금 다시 끓어올라 오는지 편지를 찢을 듯이 꾸깃꾸깃 단단히 한 손에 쥐었을 때 그의 얼굴은 선지피 같았다.

"용서! 안 될 말이지. 안 될 말. 일평생 내 눈앞에 보이지도 못하게 할 터이니!"

하고 편지를 찢으려고 볼 때 눈에 띄는 글자는,

모레는 의성을 떠나 안동으로 가려 합니다. 모두 친히 뵙고 사죄도 할 겸.

이라는 것이다. 상인은 벌떡 일어났다. 그는 멀거니 말이 없었다.

6

동리에 소문이 났다. 주막집 처녀하고 김상인하고 정분났다는 것이다.

"어린년이 눈이 높아서 양복쟁이 서방이 아니면 눈에 차지를 않고, 흥. 속 못 차렸다. 뱁새가 황여 걸음을 따라가려면 가랑이가 찢어지지."

동리 총각이 비꼬는 수작이요,

"될 일인가. 그의 삼촌이 알아보게, 당장 벼락이 나리지. 그래 양반이요 부자에다 어디 색시가 없어서 주막집 계집애를. 나이 어려 철없는 짓이지. 당장에 일이 날걸."

이것은 봉당마루에 모여 앉은 늙은이들 수작이다.

계집의 애비도 그 말을 들었고 또 어미도 그 소리를 들었다.

그러나 눈치만 보고 말을 아니 하니 말려서 이로울 것도 없고 안 말려서 해로울 것도 없음이었다. 도리어 잘만 되면 한번 올라앉는 셈이라 일이 잘되기만 기다려볼까 하는 중이다.

"여보 마누라, 아직 그 애에게 그런 내색도 보이지 마시우."

영감은 불을 끄고 마누라를 어루만지면서 말을 했다.

"영감이나 말 마슈. 술이 취하면 할 말 안 할 말 다 하면서."

마누라가 정에 겨워 톡 쏜다.

"아따, 가만히 말은 못 하나…… 대관절 한판 씨름이지. 잘만 되어보구려. 이 아니꼬운 주막쟁이로 늙겠소. 적어도 어디를 가려면 자동차 바람에 어깨가 으쓱할 텐데."

마누라는 정말 어깨가 으쓱하며,

"그렇게 되면 작히 좋겠소."

이것은 종아 애비 내외의 공상이다.

이러는 동안 일요일이 되었다. 마침 장날이라 구름같이 모인 사람을 헤치고 자동차가 닿았다. 거기서는 남의 눈에 띌 만치 모양을 낸 여자 즉 숙정이가 내렸다. 그는 내리면서 사면을 둘러보았다. 구경꾼은 옷고름에 묻은 것처럼 줄줄 따라다녔다.

그는 상인을 찾았다. 상인은 그래도 이면치레로 저만치 서서 숙정이에게 고개로 아는 체를 하였다. 숙정이 상인 앞으로 가자 구경꾼들은 두 사람을 에워싸고 꼴들만 본다. 어떤 애 녀석은 때 묻은 손으로 담대하게도 윤나는 숙정의 옷자락을 만져보는 놈도 있다.

그 속에 섞인 주막집 머슴 녀석은 연해 두 사람 얼굴을 쳐다보면서 신기한 듯이 빙그레 웃고 있다.

두 사람이 집까지 갈 때까지 꽁무니들을 따랐다. 그것도 또 소문이 되고 말았다.

상인은 마땅치 않은 얼굴로 숙정을 보고,

"어디서 머물 테요?"
하였다. 숙정은 상인을 따라 들어가기도 무엇하여,
"여기 학교에 동무가 와 있어요."
하고 분부만 기다리듯이 상인만 보았다.
"그럼 거기 가서 쉬구려. 내 이따라도 갈게."
"네."
야속한 대답이다. 숙정은 다시,
"그러면 제가 이따 저녁에 오죠."
하고 파라솔을 폈다.
"맘대로 하구려."
숙정은 애 녀석 하나를 따라서 동무에게로 갔다.

7

"여기까지 무엇하러 쫓아왔소?"
상인은 그날 밤 찾아온 숙정을 보고 서리 같은 눈으로 말을 하였다.
"상인 씨 뵈러 왔지요."
숙정의 얼굴에는 조그마한 주저나 서투른 빛이 없었다.
"나는 봐서 무엇하오. 숙정이 입으로 일평생 다시 안 본다고 하지 않았소. 어린애니 철딱서니가 없느니 못났느니 바보니 나중에는 병신이라고까지 안 했소? 그런 사람을 무슨 필요가 있어서 찾아왔느냔 말이오."

"지나간 것을 모두 용서해 달라구요."

"용서?"

말꽁무니를 꾹 눌렀다 뗀 상인은 흥 하고 한번 웃으며,

"내가 당신을 용서할 권리도 없거니와 당신이 날더러 용서해 달랄 것도 없소. 엎질러진 기름을 제대로 담으려면 되겠소. 때는 벌써 늦었소. 당신은 시간이란 것이 어떤 것을 알 것이 아니오. 어제 그제도 아니오. 벌써 칠팔 년 전에 틀어진 것을 당신 맘대로 그것이 바로 잡혀질 줄 알우."

숙정은 상인의 말이 딴은 옳다 하였다. 하지만 자기가 지금 상인을 정복하고 정복하지 못하는 데 자기 생활의 중대 의미가 있는 것을 발견한 이상 어떠한 수단을 다해서라도 상인의 마음을 자기 손에 아니 잡을 수가 없었다. 숙정의 꿈같은 공상은 어느덧 환멸로 사라지고 무서운 현실에서 자기 몸을 보게 된 지금 그는 말할 수 없는 공포까지 느끼게 되었다. 그는 여자다. 그의 생활을 보장함에는 무엇보다도 상인의 마음을 붙들어 거기에 단념과 은둔의 생활일지언정 아니 구할 수가 없다.

과거를 생각하면 부끄럽고 후회되고 또는 스스로 웃음을 아니 웃을 수가 없다. 그는 그 과거에서 얻은 것은 남자를 무단히 우습게 보고 밉게 보는 것 외에 순진한 상인의 마음쯤이야 하고 얕잡아 보는 것이다.

"그것이 쉬운 일이라고 말씀하는 것은 아녜요. 그렇지만 상인 씨 마음에 달리신 것이 아녜요."

"내 마음에 무엇이 달렸단 말이오. 나는 그런 말의 뜻을 아지 못해요."

"그렇지만 어떻든지 저는 상인 씨 댁 사람이며 상인 씨의 아내가 아닙니까?"

"아내?"

상인은 숙정을 흘겨보며 소리를 높였다. 숙정은 그대로 말을 이어,

"댁에서도 모두 용서하여 주셨어요. 저는 그것을 생각하면 눈물이 날 만치 감격해요."

눈물은 안 나고 눈썹만 깜박깜박한다.

"집에서 용서하였거나 말거나 그것이 나에게 무슨 관계가 있단 말이오. 그렇거든 집에 가서 살든지 말든지 하구려."

"상인 씨는 그렇게 영원히 저를 버리신단 말예요?"

"내가 버리기는 무엇을 내버려요? 손에 들어오지도 않았던 것을 내버리기부터 하는 법은 없으니까요."

두 사람의 말은 얼마 동안 중단되었었다. 문틈으로 새어든 벌레가 램프 불 옆에서 팔락댄다.

숙정은 의외로 상인의 마음이 굳은 데서 아니 놀랄 수가 없었다.

숙정은,

"상인 씨."

하고 부르고서 한참 말이 없었다.

"왜 그러우."

상인은 귀찮은 듯이 대답하였다. 조금 있다 유지 장판한 방바닥에는 구슬 같은 눈물이 떨어졌다.

상인은 연해연방 떨어지는 눈물을 보매 마음이 좋지는 못하였다.

"울기는 왜 우, 누가 무엇이라 하였소. 여기까지 따라와서 사람을 귀찮게 굴 것이 무엇이오."

"저를 불쌍히 여겨주세요. 저는 아무것도 상인 씨에 바랄 수가 없어요. 다만 지나가는 거지를 거두어두는 셈만 치시고 저를 상인 씨 댁에 두어주세요. 저는 감히 상인 씨에게 사랑하여 주십시사 아내로 알아주십시사 말씀할 수는 없어요. 그러나 무엇보다도 상인 씨에게 원할 것은 이렇게 객지로만 돌아다니지 마시고 댁에 가서 삼촌 어른을 잘 모시고 계시게 하도록 하세요."

말을 모두 귓전으로만 듣고 있던 상인은 그 말에 와서 갑자기,

"걱정 말아요. 내가 가고 안 가고 밥을 빌어먹어 다니고 안 다니는 것은 내 맘대로 할 것이니까……."

하고 돌아앉았다. 숙정은 그대로,

"그것도 그러하시겠지만 제 생각 같아서는 젊으신 혈기에 잘못하시는 일 같아요. 상인 씨의 신상이라든지 또는 장래도 생각하셔야 할 것이 아녜요. 아버지(양부)께서 물론 잘하신다고 할 수 없지마는 늙으신 어른의 망령으로 돌려보내면 그만이 아닙니까? 상인 씨도 언제든지 은행이나 회사로만 다니시면서 창창한 앞길을 그르치실 테에요? 모든 것을 다시 생각하여 보세요."

하니까 상인은 증을 버럭 내고,

"듣기 싫어요. 어서 가서 자기나 하우. 잉."

하고 닫았던 앞창을 와락 열어젖뜨렸다. 상인은 마당을 보고 간담이 서늘하여졌다. 종아는 마당에서 방 안을 엿듣다가 갑자기 문을 여는 바람에 오도 가도 않고 섰다.

상인의 목소리는 떨렸다. 종아는 원망 시기가 가득 찬 눈으로

나를 모르느냐는 듯이 빤히 쳐다보고 섰다.

종아는 아까 낮에 머슴 녀석에게 분하고도 절통한 조롱을 받았다.

"너 헛물켰드라. 아까 자동차에서 여학생이 내리는데 그것이 김 주사 색시라드라. 김 주사하고 같이 김 주가 사관으로 갔어. 내 어쩐지 언제든지 위태해 보이더니 그저 그렇지."

처음에는 이 소리를 듣고 가슴속에서 만근이나 되는 무엇이 떨어지는 것 같았다. 그러나 다시 마음을 가다듬고는 설마 그러랴 하는 마음에 머슴 녀석을 붙잡고 캐물었다.

"정말이냐. 녀석 거짓말을 잘하니까 믿을 수가 있어야지."

"정말이고말고. 나 혼자 봤다드냐, 장거리에 모였던 사람들이 모두 보았다. 누구더러든지 물어보렴."

정말이라 하면 어찌 이런 일이 또 있으랴. 가슴이 막히나 울 수도 없는 일이요 머리를 쥐어뜯고 제 살을 깨물어도 오히려 시원치가 못하다.

그는 일이 손에 잡히지 않고 발이 놓일 데 놓이지 않았다. 하루 종일을 조수같이 밀려 오르는 분한 맘과 불같이 타는 질투로써 지내다가 밤중이 되어서는 견딜 수가 없어 상인의 사랑을 찾아온 것이다.

그 온 것은 상인에게 푸념을 하러 온 것도 아니요 물론 발악을 하러 온 것이 아니라 정말이지 정말이면 정말이라 하여주고 거짓말이면 거짓말이라 하여달라고 매달려 간청을 하러 왔던 것이다. 그것이 마침 와서 보니 딴은 들은 바와 같은 여자가 상인 씨와 대하여 있는 것을 보고 불같은 마음에는 무슨 일이든지 났을 것이지마는 꿀쩍 참고 이야기를 엿듣던 것이다.

숙정의 눈에도 이 꼴이 보였다. 그는,

"웬 계집애가 남의 이야기를 엿들어. 네가 누구냐?"

하고 마루 끝으로 나섰다. 숙정은 상인의 얼굴을, 당신의 인격을 나는 의심하고 싶지 않다는 듯이 보였다.

종아는 여전히 말이 없이 서 있다. 가슴이 두근거리어 상인은 억지로 흥분되는 것을 누르고 될 수 있는 대로 냉정히 하려 무한히 신고하나 마음대로 되지 않아,

"이 밤중에 웬일이야?"

하는 목소리는 떨렸다.

"잠깐 보이려 왔어요."

"나를?"

"네."

"밤중에 무슨 볼일이야, 계집애가?"

"밤중에 보이려 다니는 사람이 따로 있어요?"

상인은 조마조마하고 답답하였다. 종아가 자기 맘은 모르고 숙정에게 무슨 기색을 보이면 어찌하나 하고 어떻게 해서든지 두 사람을 다 돌려보내고 조용한 기회에 자세한 말을 하리라 하였더니 종아의 입에서 불쑥 이런 말이 나오매 참괴한 생각과 너무 당돌한 듯한 생각에 말이 콱 막혔을 때 숙정은 상인을 훑어보며,

"네, 인제 알겠습니다. 다 이런 조건이 있으니까 그러셨습니다 그려. 자, 어서 들어와서 앉으시지요. 대단히 실례를 했습니다."

한참 비꼬더니 상인을 보고,

"나는 갑니다. 재미있게 이야기하십시오. 그런 줄 알았다면 일

찍 갈걸 공연히 방해를 했습니다."
하고 내려선다. 상인은 할 말이 없다. 그는 하는 대로 가만히 내버려 두고 문지방에 한 발을 얹고 있었다.

숙정은 종아 앞을 지나면서 '어디 좀 보자'는 듯이 얼굴을 들여다보더니,

"건방지게. 될 줄 아니."

하고 나가버린다.

숙정이 간 뒤에 상인은 그제야 종아를 보고,

"왜 왔어. 무슨 할 말이야."

하였다. 그 말소리는 조금 따뜻한 맛이 있고 풀어졌다.

"대관절 이리로 들어오지."

종아는 들어가려고도 않는 것을 상인은 끌어들였다.

"지금 그이가 누구예요?"

종아는 앉자마자 그 말부터 물었다.

"그가 부인이시라죠."

종아의 입에서는 거푸 말이 나왔다. 그는 두 손을 얼굴을 가리면서,

"그렇게 사람을 속이세요."

하고 고꾸라져 울었다.

"저같이 아무것도 모르는 계집년이라고 공연한 사람을 버려놓으셨으니 인제부터 저는 어떻게 하란 말씀예요?"

상인은 두 계집의 호소를 듣기에 얼떨떨하였다. 그는 어떻게 이 순결한 계집애의 가슴에 받은 의심의 상처를 고쳐줄 수 있으랴 하였다.

"이게 무슨 짓이야, 남부끄럽지도 않아? 무슨 일인지 자세히 알지도 못하고 그러거든. 자 울지 마라, 응 울지 말아요."

상인은 정성껏 종아의 어깨를 흔들면서 타이른다.

"그만두세요. 그만두세요."

종아의 목이 메어서 말이 잘 안 들린다.

"제가 모두 들었어요."

하더니 울음소리가 더 높아간다.

"듣기는 무엇을 들어 글쎄."

상인은 기가 막혀서 웃음을 웃었다.

"아까 그이가 부인이시죠? 그렇죠?"

종아는 다짐이나 받듯이 말에 힘을 준다.

"그런 부인이 계시니까 저 같은 것은 생각이나 하시겠어요. 한때 풍정으로 이럭저럭하시다가 휙 떠나버리시면 저는, 구만리 같은 전정이 있는 젊은 년은 어떻게 하라는 말씀예요. 제 눈이 뒤집혀서 분수에 당하지도 않는 생각을 먹었다가 그런 꼴 당하는 것을 누구를 원망해요. 하지만 분해요. 저는 속은 것이 분해요."

한참 울음 반 한숨 반 섞어가며 늘어놓더니 다시 상인의 무릎에 고꾸라졌다.

"글쎄 속지 않았어. 속기는 무엇을 속았다고 그래."

"속지 않고 무엇이에요. 그럼 지금부터라도 저를 어떻게 하실 터입니까?"

"어떻게 하긴, 지금 새삼스럽게 또 물어볼 게 무어야."

"그럼 저를 전에 말씀한 것같이……."

흑흑 느꼈다.

"그럼, 어디든지 같이 가자 하지 않았어."

"하지만 그것도 말씀뿐이었죠. 정말 부인은 어떻게 하시고요. 저 같은 계집을 데리고 가세요? 그만두세요. 저는 오늘 낮에 부인이 오셨다는 말씀을 듣고 속으로 맹세하였어요. 다시는 만나 뵈올 것도 없고 저를 보러 오실 것도 없어요. 저는 혼자 산속에 들어가 중이 되든지 그렇지 않으면 혼자 평생을 지내든지 할 터예요. 이제부터는 저를 생각지 마시고 잊어주세요."

눈물은 더벅더벅 방바닥을 두들기듯이 떨어졌다.

상인은 종아가 자기의 마음을 몰라주고 어찌 된 사정도 알지 못하고 울어가며 푸념을 하는 것을 들을 적에는 속에서 열화가 오르고 증이 나더니 다시 만나지 않겠으니 단념하여 달라는 데는 적이 마음이 좋지 않아지며 따라서 눈물까지 핑그르르 돈다.

"글쎄 왜 그런 불길한 소리를 해. 여태까지도 나를 그렇게 의심해서 어떻게 해. 우리가 약조까지 한 일이 있지. 죽기까지 맹세한 일이 있지 않아. 자 자세한 이야기를 할게 눈물 씻고 바로 앉아. 그렇게 무슨 일을 쉽게 결정을 하니까 오해가 생기지. 자 자."

상인은 종아를 끌어 일어앉혔다. 그리고 자초지종으로부터 이야기를 다 하였다.

나중에는 종아의 눈에 눈물이 마르고 상인의 눈에서 눈물이 떨어졌다.

"이제도 나를 의심할 테야. 이렇게 불쌍한 사람에게도 그런 무정한 소리를 할 테야."

상인은 어린애같이 울었다. 종아는 우는 상인을 보더니 어떻게 가엾고 불쌍한지 목을 안고 역시 울어가며 빌었다.

"제가 잘못했습니다, 용서해 주세요."
하며 서로 어우러져서 밤 가는 줄을 모르고 울었다가 웃었다가 하였다.

8

상인은 은행에서 집무를 하고 있었다. 오늘은 웬일인지 다른 날보다 유달리 마음이 가라앉고 정신이 시원하였다. 전 같으면 숙정이 종아의 생각이 물레방아처럼 돌아가서 얼마만 생각을 하고 나면 정신이 멍하고 머리가 아팠을 터인데 오늘은 그런 무엇을 모두 잊어버리고 높은 곳에 시원히 누운 것 같다.

일기가 몹시 좋아서 양지가 들고 바람이 부드럽게 불어 드는 관계도 있지마는 그에게는 이상할 만치 유쾌하고 안정된 심기다.

거의 퇴사할 때쯤 되어서다. 주막집 머슴 녀석이 은행에 와서 자기를 찾는다. 그놈은 비쭉비쭉 몸을 옆으로 기대서며 마치 군청이나 경찰서에나 들어온 듯이 으리으리하고 무시무시한 듯이 떠듬거리는 말소리로,

"지금 좀 나오시라구요."
하며 못나게 머리를 비비적댄다.

상인은 머슴 녀석이 은행까지 쫓아온 것도 전에 없는 일이거니와 올 필요도 없는 데다가 지금 나오라는 것은 이상한 일이다. 시간 있는 사람을 지금 나오랄 적에는 무슨 큰일이 나지 않고는 없을 일이다.

머슴 녀석은 땀을 씻으며 눈을 끔벅끔벅하며 사면을 둘러보고 있다.

"대관절 누가 나오라든?"

상인은 머슴 녀석에게 물었다.

"의성서 누가 오셨다고 얼른 나오시래요."

"의성서?"

"네."

"의성서 누가 오셨단 말이냐?"

상인은 철필대로 머리를 긁으며 생각하였다. 암만해도 알 수가 없으므로 다시,

"너 그이를 보았니?"

"네."

"노인이든 젊은이든?"

"노인이신데요. 당나귀 타고 시커먼 안경을 쓰시고 오셨어요."

"응!"

상인은 자기 삼촌인 것을 알았다.

"그래 지금 어디 계시냐?"

"김 주사 어른 계신 사랑에 계셔요."

상인은 그 말을 하고 허락을 받은 후 조퇴를 하였다. 상인의 삼촌은 별로 볼 일은 없으나 은행의 빚 얻어 쓴 것을 얼마간 연기하여 달랄 일과 또는 상인이와 숙정이가 와 있으니 만나도 보고 오래 집에만 들어앉아 있으니까 갑갑도 하여 소풍차로 온 것이다.

조금 있더니 누구누구 지명하는 친구가 찾아왔다. 은행에서는

지배인이 왔다. 한참 분주한 심부름을 하고 나서 저녁상을 들이게 되었다. 방 한가운데 긴 장죽을 물고 도사리고 앉아 연경을 딱 버티고 위엄 있게 앉아 있을 때 주막에서는 특별히 차린 저녁상에 반주를 곁들여 종아가 그것을 들고 들어왔다.

가만히 놓고 슬그머니 나갈 적에 늙은이는 연경을 슬쩍 아래 코로 떨어뜨리더니 안경 너머로 종아를 한번 다시 보았다.

점잖은 손님 앞에 나간다고 머리를 새로 빗어 제비부리 자주 댕기를 느지막하게 드리고 새 옷 입고 새 버선 신고 분세수까지 하여 그렇지 않아도 눈에 띄는 인물이 색마 늙은이의 눈을 그대로 거칠 리가 없다. 더구나 성숙한 엉덩이며 후리후리 늘씬히 흐르는 키, 퉁퉁한 젖가슴을 볼 때 늙은이의 침이 흐른 것도 무리가 아니다.

종아가 문지방을 넘으려 할 때,

"얘."

하고 종아를 불렀다. 옆에서 이것을 보던 상인은 선뜻 자기 삼촌의 꼴을 보았다.

종아는,

"네."

나가도 못 하고 들어가도 못 하고 서 있다.

"네 이름이 무어?"

"종아올시다."

"몇 살인구?"

"열여덟 살요."

"허어 숙성하구나. 대관절 술이나 한잔 쳐주고 가야지, 상만

놓고 달아나면 어찌하나."

종아는 할 수 없이 술을 쳤다. 노인은 한 잔을 마신 후에,

"네 애비는 무엇을 하니?"

노인은 말을 하려는데 상인은 종아에게 눈짓을 하여 피해 가도록만 하였다. 그렇지만 종아는 어째야 좋을 줄 몰라 난처하였다.

"하는 것이 없어요."

"그럼 놀고먹어. 그게 될 말인가? 그러고 밥장사는 누구 하나? 네 어미가 하니?"

"네."

"으응."

고개를 끄덕끄덕하더니,

"또 한 잔 부어라"

하고 주전자를 주었다.

주전자를 들고 부끄러움을 띠는 종아를 노인은 다시 아래위를 훑어보더니,

"그렇게 부끄러울 것 없어. 늙은이 앞에서 부끄러울 것이 무엇이야."

하고 한참 다시 자세히 보다가,

"열여덟 살이라지."

하고 다시 물어본다.

"네."

종아는 대답하였다. 노인은 속으로 무슨 생각을 하였는지 한참 멀거니 앉아 고개를 끄덕끄덕하였다.

"그럼 시집갈 나이가 넘었군. 어째 여태까지 있었을까? 정말

야, 너 시집가고 싶은 생각은 없니?"

종아는 얼굴이 붉어지며 고개를 돌려 외면을 하였다.

"가고 싶은 게로군. 속으로는 육조 배관을 하고도 거죽으로는 저렇겠다. 어디 내가 중매 하나 들어줄까. 이런 데서 그냥 지내기는 참 아까워."

노인이 사흘을 묵더니 의성으로 가버렸다. 의성으로 간 지 이틀 만에 그 집 상노가 안동에 왔다. 첫째 자기 댁 서방님께 문안을 드렸다.

"무슨 일로 왔니?

"영감 심부름을 왔습니다."

"무슨 심부름?"

"다른 것이 아니오라 서방님 식사 해 나르는 주막집 바깥주인이 누구인지 노자까지 주시면서 오늘은 늦을 터이니 안동서 묵고 내일 데려오라는 분부가 계시어서요."

상인은 이 말을 듣고 상을 찌푸렸다.

"그것은 왜?"

"소인은 알 수 있습니까. 그래 나는 분부만 들어 대령할 뿐입죠."

상노 녀석이 나간 뒤에 상인은 생각하였다. 이제야 참으로 무서운 싸움은 시작되려 한다. 그는 울렁거리는 가슴과 끓는 피를 억지할 수가 없었다.

9

주막 주인은 갓을 뒤통수에 비스듬히 딱 붙여 쓰고 담뱃대에다 여느 담배를 담아 피웠다 껐다 하면서 술이 얼근하여 집에 돌아왔다.

밤중이지마는 마누라를 부르더니,

"여보 술 한잔 부시오."

호기 있게 술을 청하더니,

"무어 안주 없니? 쇠고기 좀 더 썰어라."

하는 통에 마누라가,

"어디서 술이 잔뜩 취했구려. 또 무슨 술을 내란 말요?"

"아따 잔소리 말고 내어. 술이 취하긴 무슨 술이 취했다고 그래."

"대관절 의성 그 영감이 갑자기 왜 불렀습디까? 돈이나 좀 듬뿍 주겠답디까?"

"가만있어, 급하기는. 이렇게 돈도 주고 땅도 주고 집도 준답디다."

어떻든지 화기가 만면이다. 마누라는 궁금증이 나서 그 속을 알려고 탁주도 따라놓고 삶은 고깃점도 썰어놓고 하며,

"자 약주나 자시며 천천히 이야기하시우, 갑갑하구려."

"종아는 어디 갔소?"

"저 건넌방에 있는 게지."

바깥주인은 한참 말이 없더니 제법 나직나직한 목소리로,

"여보 이런 게 장땡이라는 거야."

하며 젓가락으로 쟁반을 친다.

"무엇이?"

마누라는 눈이 둥그레서 가까이 앉는다.

"내 의성을 가지 않았소?"

"그래."

"갔더니 이 영감이 하는 말이 종아를 주지 못하겠느냐고 하지 않겠소."

마누라는 벌떡 뒤로 물러앉았다.

"에그 망칙해라, 그 노인이."

"내 말을 들어요. 그러면서 주막살이를 언제든지 해서 되겠느냐고 일변 지내는 것을 물어보며 또 군색한 것이 있거든 당장에 말을 하라는구려. 그렇지만 아닌 밤중에 홍두깨 같아서 무엇이라 대답을 할 수가 있어야지."

"그래서."

"그래 나 혼자 난 자식이 아니니까 가서 서로 상의해 본 후에 기별을 하마 하였더니 올 적에 영감이 문밖까지 나오며 부탁이로구려."

마누라는 말을 듣고 한참이나 말이 없이 있다가,

"그럼 영감 생각에는 어떻게 해야 좋을 것 같소?"

"내 생각이야 별다른 생각 있소. 달라니 주지."

"글쎄 주는 것이 어려운 일이 아니지마는 그 늙은이를 주면 계집애 신세는 망치는 것 아뇨. 또 김 주사에게 잔뜩 맘이 있어하는데 일이 난처하게 되지 않았소."

"아따 별 빌어먹을 소리를 다 듣겠네. 그 늙은이가 내일 죽을지 모레 죽을지 누가 안단 말이오. 가 있다가 영감 죽은 후에 개가하면 그만이지. 지금 세상에 정절 지켜보게. 저 호강하고 어미 애비 잘 살리면 열녀지."

"그래도 아무리 내 자식이라도 한번 물어보기나 합시다그려."

"아따 물어봐서 무엇해. 어미 애비가 가라면 가는 것이지. 그런 소리는 두 번도 말어."

이때 옆방에서 이 소리를 모조리 듣고 있던 종아가 문을 박차며 뛰어나왔다.

그는 얼굴에 독이 가득 차고 무서운 용기로 뛰어왔다.

"무엇이 어째요. 지금 무엇이라 했소?"

애비 앞에 바짝 들어앉았다.

애비는 술잔을 들었다가 얼떨결에 다시 놓고 하도 의외의 일이므로 물끄러미 종아를 개개풀린 눈으로 바라보다가,

"무얼 무어래, 네 혼인 이야기했지. 시집가기 싫으냐? 호강하기 싫어?"

말 뒤를 번쩍 들더니 입맛을 다신다.

"나는 호강은 못 해도 그런 늙은 영감한테로 가기는 싫소."

"무엇이 어쩌고 어째. 세상이 망하려니까 송아지가 엉덩이에서부터 뿔이 난다고, 계집애 년이 어쩌고 어째. 애비 에미가 보내는 대로 다소곳하고 가는 것이지 건방지게 싫소 좋소란 말이 무슨 말이야. 허허 기막힌 일이로군. 어디서 계집년이 부끄러워서도 그런 말이 안 나올 터야. 늙은 영감이 어떻단 말야. 돈이 생겨도 싫어?"

"돈도 싫고 아무것도 싫어요. 나는 죽어도 그 영감에게는 갈 수가 없소."

애비는 한잔 먹은 김이라 팔뚝에 분이 올라서 옆에 있던 사발로 종아를 한번 후려치더니 어느덧 바른손에다가 머리를 칭칭 감고,

"응."

하더니 발길로 등줄기를 내려 밟았다.

"이년 죽어라. 애비 말 거역하고 어쩌고 어째."

"에구구 어머니, 사람 살리우."

아우성 소리가 나더니 어미는 영감의 팔에 가 매달려,

"이게 무슨 짓이오. 글쎄 자식을 말로 이르지 이렇게 때리는 법이 어디 있소."

하며 울어가며 권한다.

"저리 가."

영감이 휘뿌리는 바람에 마누라는 저쪽 독 앞에 가 나가동그라졌다.

"이년, 그래도 잔소리를 할 테냐?"

무서운 발길은 또 엉덩이를 찼다.

"죽여보구려, 그리로 가나. 죽어도 그리로는 가지를 않을 테니까."

마누라가 다시 일어나서 영감에게 매달리며,

"글쎄 사람 죽이겠소. 이것 좀 노, 놔요"

하고 감아쥔 종아의 머리를 풀으려고 손아귀를 빼개니 쇠 같은 손이 요지부동이다.

"이년아, 너는 딸에 역성드니."

이번에는 계집에게로 달려들어 계집을 친다.

"이것 봐라, 사람 친다."

마누라 역시 다소곳하지 않는다. 영감은 좌충우돌로 여기 한번 치고 저기 한번 치면,

"에구구 사람 살류."

"이놈아 누구를 치니."

하고 야단이다.

동리 사람이며 지나가던 사람들이 모여서 가까스로 싸움을 말려놓았는데 이럭저럭 영감과 마누라는 잠이 들어버리고 밤도 늦어서 세상이 죽은 듯한데 홀로 깨어 있는 것은 종아였다.

생각하면 분하고 억울하고 절통하여 못 살겠다.

더구나 돈밖에 모르는 제 애비가 그 늙은이에게 자기를 보내고 말 것은 사실이니 그 늙은이에게 죽어도 가기 싫은 것도 싫은 것이어니와 늙은이의 조카요 또는 아들인 상인을 생각하면 그것은 짐승이 되기 전에는 진정으로 갈 수 없는 일이다.

한옆에서는 돈을 가지고 꼬이면 그 돈을 본 자기 어미 아비는 위력으로 누를 터이니 섬섬약질의 계집애가 어찌 그것을 면하랴.

죽고 싶은 생각이 불현듯 일어나기 시작하여 그대로 낙동강을 향하여 줄달음질 치려다가 그래도 한번 서로 의논이나 하여보고 죽기라도 같이 죽고 그렇지 못하면 그 앞에서라도 죽으리라는 생각에 매무시를 고쳐 하고 살그머니 집을 빠져 상인에게로 향하여 갔다.

밤은 깊어 여름이라 해도 바람이 신선하고 풀 끝의 이슬은 바람이 지날 적마다 우두둑 떨어진다. 동리 집에서 닭이 울고 개가 짖는다. 온 세상은 죽은 듯이 고요한데 사면을 두른 산 그림자가

멀리 희미하게 보인다.

"주무세요?"

문을 두드렸으나 대답이 없다.

"주무십니까?"

그래도 잠이 깊이 들었는지 대답이 없다.

"문 좀 여세요."

여전히 고요하다. 종아는 야속한 생각이 나서 눈에서 눈물이 돈다. 사랑문을 본시 밖에서 열 수가 있었으나 종아는 그것을 잘 몰랐다. 그러다가 어떻게 힘을 주니까 덜컥 열렸다. 어떻게 시원한지 자기 가슴이 열리는 것 같았다.

그는 창문으로 방 안을 들여다보았다. 불은 껐는데 상인이가 잠들어 자는 숨소리만 들렸다.

"여보세요."

상인은 잠꼬대처럼,

"그 누구냐?"

하며 기지개를 튼다.

"저예요."

목소리가 벌써 종아인 것을 알았다.

"이 밤중에 웬일이야?"

문을 열고 맞아들이고 불을 켰다.

상인은 종아의 얼굴을 보았다. 눈이 퉁퉁히 붓고 두 눈이 아직도 마르지 않았다.

"여보세요, 저는 지금 죽으러 가려고 하든 차에요."

종아는 그대로 쓰러져서 운다.

"저 같은 년은 죽어야 마땅해요. 살아서는 아무 짝에도 쓸데없는 계집예요."

상인은 그야말로 아닌 밤중에 홍두깨도 분수가 있지 무슨 영문인지를 알 수가 없어서,

"죽기는 왜 죽어. 말을 해야지 울기만 하면 알 수가 있나. 이렇게 일어나 앉아서 이야기를 해요, 자."

상인은 종아를 일으켜 앉혔다.

"자 울지를 말고 자초지종을 이야기해."

그래도 종아는 울음을 그치지 않으면서,

"제가 만일 죽는다 하면 김 주사께서는 어떻게 하시겠어요. 저를 위해서 눈물이라도 한 방울 흘려주시겠어요?"

"그래도 또 그런 소리를 해. 죽기는 무슨 까닭으로 죽어."

"죽지 않고 무엇해요. 오늘 아버지가 의성 다녀오더니……."

"그래그래 그렇게 이야기를 해."

"어머니하고 앉아서 이야기를 하는데."

"응 그래."

"지난번 오셨던 영감이."

"어째 영감이."

"돈을 많이 줄 것이니."

"옳지."

"저를 영감이 달라시더라고요."

"영감이 달라고?"

상인은 주먹을 쥐고 이를 악물었다. 그는 몸이 떨렸다.

"안 될 말. 내가 있는데 종아를 내놓을 줄 아나 보군. 어림없

지. 돈이 다 무엇이야. 어디까지 나는 해볼 터이니까."

혼자 방바닥을 쳤다.

그는 다시,

"그래 어머니와 아버지가 무어래?"

"아버지가 더 미워요. 어쩌면 자기 자식을 그렇게 합니까? 돈 생기고 집 생기고 땅 생기어 어미 애비 잘 살리고 저 호강하면 열녀라고 하기에 분하고 절통해 견딜 수 없기에 말마디나 들이댔더니 사정없이 때려서 지금도 각처가 아파요."

상인은 더럽고 괘씸하고 분한 마음 같으면 그대로 뛰어가서 대신 분풀이를 하고 싶지마는 그대로 참으면서,

"그래서 죽으려고 하였단 말야? 무얼 그까짓 일에 죽으려고까지 해. 아무 염려 말아. 내 담당할게. 내 내일 아버지 어머니 보고 사정 이야기를 잘 말하고 그렇게 못 하게 하고 또 의성 가서도 내 잘 말씀해서 그러시지 않게 하고 할 터이니 아무 걱정 말아요. 그러고 우리 둘이서 안동서 살게 되면 안동서 살고 의성서 살게 되면 의성서 살지."

"그렇지만 모두들 말을 듣지 않으면 어떻게 해요?"

"말을 안 들을 리가 있나?"

"왜요. 집의 아버지는 고집이 여간 아닌데요. 그러고 돈이라면 목숨 내놓고 덤비는 이예요."

"우리도 목숨 내놓고 덤비지. 우리도 다 해봐서 안 되면 죽기라도 하지."

상인의 말에는 감격과 뜨거움이 있다.

"그러면 저하고 같이 죽기라도 하실 테에요?"

종아는 든든한 듯이 상인을 바라보며 물었다.

"죽게 되면 같이 죽지. 어디든지 같이 가고 언제든지 같이 죽고."

서로 한참 부여잡고 말이 없었다.

"하지만 왜 이런 방자스런 말을 해. 이런 말은 할 것이 무엇야. 우리는 얼마든지 살아야지. 잘 살아야지. 모든 것을 이기고 잘 살아야 해."

"그렇지만 아무리 해도 잘 살 것 같지는 않아요. 얼마 아니해서 우리에게는 무서운 팔자가 닥쳐올 것 같아요. 그때는 저는 아무리 해도……."

무슨 생각을 하는지 말이 없이 촛불만 본다.

[미완][2]

— 〈신민〉 제15~16호, 1926. 7~8.

2 1926년 〈신민〉에 연재하던 중 작가가 사망함.

청춘

1

안동이다. 태백의 영산이 고개를 흔들고 꼬리를 쳐 굼실굼실 기어 내리다가 머리를 쳐들은 영남산이 푸른 하늘 바깥에 떨어진 듯하고, 동으로는 일월산이 이리 기고 저리 뒤쳐 무협산에 공중을 바라보는 곳에 허공 중천이 끊긴 듯한데, 남에는 동대의 줄기 갈라산이 펴다 남은 병풍을 드리운 듯하다.

유유히 흐르는 물이 동에서 남으로 남에서 동으로 구부렸다 펼쳤다 영남과 무협을 반 가름하여 흐르니 낙동강 윗물이요, 주왕산 검은 바위를 귀찮다는 듯이 뒤흔들며 갈라 앞을 스쳐 낙동강과 합수치니 남강이다.

옛말을 할 듯한 입 없는 영호루는 기름을 흘리는 듯한 정적 고요한 공기를 꿰뚫어 구름 바깥에 솟아 있어 낙강이 돌고 남강이 뻗치는 곳에 푸른 비단 같은 물줄기를 허리에 감았으니, 늙은 창녀의 기름때 묻은 창백한 얼굴같이 옛날의 그윽한 핑크색 정사情史를 눈물 흐르는 추회의 웃음으로 듣는 듯할 뿐이다.

서쪽으로 고개를 돌리자. 태화산 중록에 말없이 앉아 있는 서악 옛 절 처마 끝에는 채색 아지랑이 바람에 나풀대고 옥동玉洞 한절[大寺] 쓸쓸히 빈집에는 휘—한 바람이 한문閑門을 스치는데 녹슬은 종소리가 목쉬었다.

노래에 부르기를 성주城主의 본향이 어디메냐고 읍에서 서북으로 시오 리를 가면은 바람에 불리고 비에 씻긴 미륵 하나가 연자원燕子院 옛 터전을 지킬 뿐이다.

낙양촌의 꿈같은 오계의 울음소리 강물을 건너 귓속에 사라지고, 새파란 밭둔덕에 나어린 새악시의 끓는 가슴 타는 마음을 짜내고 빨아내는 피리 소리는 어느 밭두덩에서 들리는지 마는지.

벽공碧空을 바라보니 노고지리 종달종달 머리를 돌이키니 행화 도화 다 피었다. 할미꽃 금잔디 위에 고달피 잠들고, 청메뚜기 콧소리 맞춰 춤춘다.

일요일이다. 오늘도 여전히 꽃 피고 나비 춤추는 파랗게 개인 날이다.

석죽색 공중이 자는 듯이 개이고 향내 옮기는 봄바람이 사람의 품속으로 숨바꼭질한다. 버들가지에는 단물이 오르고 수놈을 찾고 암놈을 찾아 날개를 쳐 푸르륵 날고 목을 늘여 길게 우는 새들은 잦아지는 봄꿈에 취하여 나뭇가지에서 몸부림한다.

반구伴鷗 귀래歸來의 두 정자를 멀리 바라보는 곳에 낙동강 푸른 물이 햇볕에 춤을 추며 귀에 들리는 듯이 고요한 저쪽 모래톱에는 사공이 조은다.

신세동에서 빙그르 서남으로 돌아가는 제방 위에는 머리를 모자에 가리고 웃옷을 한팔에 걸은 방년 이십의 소년은 얼굴이 향내가 나는 듯이 불그레하게 타오르고, 두 눈은 수정알 박은 듯이 영롱한데, 머리는 흑단같이 검고 눈썹은 붓으로 그린 듯하고 두 입 가장자리는 일수 조각장이가 망칠까 마음을 졸여 새긴 듯이 못 견디게 어여쁘다.

그는 영호루 편을 향하여 걸어갔다. 걸음걸음이 젊은이의 생기가 뛰고 허리를 휘청 고개를 까댁, 흐르다 넘치는 끓는 핏결이 그의 핏속에서 춤춘다.

그는 버들가지를 꺾어 입 모퉁이를 한옆으로 찡그리며 한 손에 힘주어 그것을 틀었다. 그리고 주머니에서 칼을 꺼내어 피리를 내었다. 그러나 그는 그것이 만족지 못한 듯이 길옆에 내던지고 또다시 댓 걸음 앞으로 가다가 다시 버들가지를 찢어 내버렸다. 그러고는 그것을 아래위 툭 잘라 꺾어 던지고 다시 비틀어 입으로 잡아 빼었다. 그러나 공교히 옹이의 마디가 쭉 훑는 바람에 애써 비튼 버들을 반 가름하여 놓았다.

그 소년은 잠깐 눈을 밉상스럽게 찡그리고 한참 그것을 바라보더니 획 집어 풀 위에 던져버리고 얄상궂게[1] 싱긋 웃으면서,

'빌어먹을 것 괜히 애만 썼네.'

하고 또다시 버드나무를 쳐다보았다.

1 행동이나 말에 얄미운 꼴이 있게.

이번에는 기름하고 휘청휘청하는 놈을 길게 찢었다. 그러고는 풀 위에 주저앉았다. 마음 유쾌한 잔디가 앉아 있는 몸을 시원하게 하고 마음 어루만지는 듯이 편안하게 한다.

그는 피리를 내었다. 칼을 대고 가지를 돌려 아래위 쓸데없는 것을 베어버리고 정성을 다하고 마음을 졸여 살며시 빼낸 것이 버들피리다. 그는 그 끝을 둘째 손가락 위에 대고 칼날을 세워 혀를 내려고 살짝 겉꺼풀만 벗겼다. 그리고 또다시 저쪽 편 혀를 내려 하다가 그는 갑자기 "에쿠" 하고 칼 들은 손으로 그 둘째 손가락을 꽉 쥐었다. 그리고 한참 있더니 그 손가락을 입에다 넣고 호호 불었다. 내려는 피리는 그의 겨드랑이에 끼어 있었다.

손가락에서는 진홍빛 붉은 피가 솟아올랐다. 그러나 그 소년의 주머니에는 종이도 없고 수건도 없었다. 양복 입은 그에게 피 나는 손가락을 동여맬 만한 옷고름이나마 없었다. 쓰리고 아픔을 견디다 못하여 상을 찌푸리고 사람의 집을 찾아간다는 곳이 영호루 높은 집 옆으로 돌아 초가라 삼간을 해정히[2] 짓고서 오는 이 가는 이에게 한잔 술 한 그릇 밥을 팔아가면서 그날그날을 지내가는 주막집이었다.

"물 주소."

꽉 닥치는 감발한 장돌뱅이.

"그런둥 그런둥, 허허허."

큰 웃음 웃는 촌 양반이 밥을 먹고서 막 일어서 들메인 미투리를 두어 번 구르고,

2 바르게.

"야, 주인 아즈먼네이 또 만납시다이."

"응" 하는 군소리에 뭉치인 인사를 던지고 언제 보아도 그저 그대로 말 한마디 없는 영호루만 쳐다보고서 무슨 감구지회가 그의 마음을 쓰다듬는지 반 얼빠진 사람처럼 한참 있다가 어디론지 가버린다.

주막집은 잠깐 조용하였다. 부엌 구석에 조을던 누른 개 한 마리가 앞발을 버티고 기지개를 켜고 긴 혀를 내밀어 콧등을 두어 번 핥더니 그대로 푸르륵 털고 나아온다.

그 소년은 그 주막집을 마루 끝까지 들어서며,

"여보, 주인."

하고 주인을 찾았다. 뒤곁에서 손을 씻었는지 치맛자락에 물 묻은 것을 훔치며 나오는 사오십 가까운 중년의 노파가 양복쟁이가 이상한 듯이 슬며시 내다보며,

"왜 그러십니까?"

하며 그 소년을 바라보았다.

그 소년은 온순한 어조로,

"그런 게 아니라요, 내가 손을 다쳤는데 처맬 것을 좀 얻으려 하는데요."

하며 손가락을 내보였다. 손가락 끝에는 누른빛 도는 혈장이 엉키어 붙었다. 그 노파는 끔찍하게 여기는 듯이 얼핏 달려들며,

"에그, 그거 안되었십니다그려."

하고 한참이나 들여다보더니,

"가만히 계시소."

하고서 마루 위로 올라가려 하였다.

그때 어떠한 처녀가 물동이를 머리에 이고 그 마당 한가운데로 들어섰다. 발은 벗었으나 살빛은 검노른데 바짓가랑이 밑으로 보일 둥 말 둥 하는 종아리는 계란빛같이 매끈하고, 행주치마를 반허리에 감았으니 내다보느냐 숨어드느냐 몽실 매끈한 겉 가슴이 사람의 마음을 무질러 녹이는 듯하다. 고개는 잘 마른 인삼 같으며 가늘지도 않고 굵지도 않고 매끈 동실한데 귀밑의 섬사한 솜 머리털이 보는 이의 눈을 실눈 감듯이 가무 삼삼하게 한다. 두 뺨에는 연홍빛 혈조가 밀려 올랐고 쌍꺼풀 졌는지 말았는지 반쯤 부끄러움을 머금은 두 눈에는 길다 하면 길고 알맞다 하면 알맞을 검은 속눈썹이 쏟아져 나오는 신비스러운 안채를 체질하듯이 깜박한다. 코는 가증하게도 오뚝 갸름하고 청춘의 끓는 피 찍어 묻혔느냐 그의 입술은 조금만 힘주어 다물지라도 을크러져 터질 듯이 얇게도 붉다. 흑단 같은 검은 머리에 다홍 댕기 드리지나 말지 이리 휘휘 저리 설기 들다 남은 머리가 반쯤 겉 귀 위에 떨어졌는데, 머리에 인 물동이에서 진주나 보석을 흘리는 듯이 대굴 따르륵 구르는 물방울은 소매 걷은 분홍 저고리에 남이 알면 남편 생각 간절하여 혼자 울은 눈물 흔적이라 반웃음 섞어 놀려먹을 만치 어룽지게 할 뿐이다.

그 처녀는 허리를 구부리고 물동이를 내려 정지간 물독 속에 물을 부었다. 그리고 머리에 얹었던 또아리를 다시 오른손 네 손가락에 휘휘 감았다.

이것을 본 그 소년의 손가락 상처는 깨끗하게 나은 듯이 쓰림도 모르고 아픔도 몰랐다. 다만 몽환의 낙원에서 소요하듯이 아무 때도 없고 흠도 없는 정결의 나라에 들었을 뿐이었다. 환락에 차고 찬 그의 두 눈에서는 다만 칠야의 명성明星을 끼어안으려는 유원한 애회와 이 꽃잎의 이슬을 집으려는 청정한 애욕의 꽃잎에 명주실 같은 가는 줄이 그 처녀의 머리서부터 발끝까지 고치 엮듯 하였다. 그리고 그의 심장은 나어린 그 처녀를 지근거려 보는 듯이 부끄러움과 타오르는 뜨거운 정염情炎이 얼기설기한 두려움으로 소리가 들리도록 뛰었다.

노파는 방에서 나왔다. 마루를 내려와 그 처녀를 보더니,

"양순아, 반짇그릇은 어쨌는?"

하고서 화가 나서 몰아세우는 듯이 묻는다.

"왜 방 안에 없어요, 왜 그러세요?"

하면서 방 안으로 들어가는 양순의 은실 같은 목소리가 구슬이 튀는 듯한 발걸음과 함께 그 소년의 신경의 끝과 끝을 차디찬 얼음으로 비비는 듯도 하고 따가운 젓가락으로 집어내는 듯도 하였다.

방에 들어간 양순은,

"이것 아니고 무어세요?"

하며 승리자의 만족한 웃음을 웃는 듯이 자기 어머니를 바라보았다. 그러다가는 비로소 처음으로 마당에 그 소년이 서 있는 것을 보았다. 그는 누가 치맛자락을 잡아당기는 듯이 멈칫하고 섰다. 그러다가는 앵둣빛 같은 웃음을 웃으며 누가 간질이는 듯이 정지로 뛰어 들어갈 때에는 그 처녀 육체의 바깥에 나타나지 않는 모든 부분 샅샅이 익지 못한 청춘의 푸른 부끄러움이 숨어들었다.

노파는 헝겊을 가지러 마루에 던져놓은 반짇고리로 가까이 갔

다. 그러나 거기에는 쓸 만한 오라기가 하나도 없었다.

"이것 어떻게 하는?"

하고 주저주저할 때,

"무엇을 어떻게 해요? 왜 그러세요?"

하고 부끄러움을 삼켰는지 점잖고 얌전하게 얼굴빛을 가라앉힌 양순이는 다시 나왔다. 뒤적뒤적 가위 소리를 덜컥거리며 반짇고리를 뒤지는 노파는,

"저기 서신 저 양반이 손을 다치셨는데 싸매드릴 것이 없구나."

하니까 양순은 다시 고개를 돌이켜 그 소년을 쳐다보더니 다시,

"응, 잠깐만 기다리세요?"

하고 다시 방 안으로 들어가 똘똘 뭉친 조각보 보퉁이를 들고 나오더니 이리 끄르고 저리 헤쳐 한 카락 자주 헝겊을 꺼내어 오니, 그것은 작년 섣달 설빔으로 새 댕기를 접을 때에 끊고 남은 조각이다.

"여기 있어요."

하고서 자기의 헝겊을 그 젊은 소년이 그의 손에 감는 것이 그다지 기뻤던지 서슴기는 그만두고 간원하듯 내주었다.

소년은 그것을 받았다. 그 헝겊이 그리 곱지는 못하였으나 자기의 손을 감을 때 봄바람같이 부드러우며 노곤한 햇볕같이 따뜻하였다. 피가 몰려 흥분된 손가락은 마음 시원하도록 차지근하였다.

이리 감고 저리 동이기는 하였으나 한 손으로 맬 수는 없었다. 그래서 그 끝은 입에 물고 한끝은 오른손에 쥐고서 거북하게 매려 할 때 양순은 이것을 바라보더니 가엾이 여기는 듯이,

"제가 매드릴까요?"
하고 두 손을 들어 그 소년의 윤기 있는 손가락을 매어주었다. 그리고 그 소년이 고맙다고 인사를 하려 할 때 녹는 듯한 반웃음을 살짝 웃고서 아무 소리 없이 싹 돌아섰다.

2

그 소년은 의성군 출생으로 대구상업학교를 작년에 마친 유일복이라는 사람이다. 학교를 마치자 대구은행 안동 지점 계산과에 근무하게 되어 오늘까지 계속해 온 것이다.

그는 그 주막집에서 집으로 향하여 돌아오려다가 또다시 영호루에 올라갔다. 고개를 돌리면 이름만 가진 영가永嘉 구읍의 쇠잔한 자취가 한가히 족재簇在하고 내다보면 자기의 그리운 고향으로 통한 주름살 같은 넓은 길이 낙동강의 허리를 잘라 남으로 통하였다.

그윽한 감구의 회포가 그의 마음을 수연하게 물들이는 동시에 아까 본 그 처녀의 달콤한 웃음이 애연한 인상을 박아준 듯하다. 아무것도 없는 자기 주위가 무엇이 있어 못살게 구는 듯하고 가득 찼던 자기 마음이 이지러진 반달같이 한 귀퉁이가 비었다가 또다시 동그란 보름달처럼 가득 찼다 하는 것 같았다. 그의 마음 한 귀퉁이가 비는 듯할 때에는 뜻 모르는 눈물이 흐르려 하고 그의 가슴이 찰 때에는 넘쳐흐르는 기쁨이 그를 몹시도 즐거웁게 하였다.

그가 머리를 쳐들어 하늘을 바라볼 때에는 끝없이 퍼진 하늘이 자기의 모든 장래를 말하는 것같이 길어 보였으며, 그가 고개를 숙여 땅을 내려다볼 때에는 발밑에 살살 기어 다니는 개미보다 저 자신이 별로 커 보이지는 않았다.

그는 오늘에 비로소 그전에 맛보지 못하던 비애를 맛보았으며 예전에 당해보지 못하던 기쁨을 당하였다.

그는 웬일인지 자기의 몸뚱이를 돌고 또 도는 뜨거운 피가 약동하는 그대로 자기의 육체의 모든 관능을 모래사장에 비비고 싶도록 발휘하여 보고도 싶고, 촉루의 곰팡내 흐르는 암굴에서 이 세상 모든 것을 눈 딱 감아버리고 요절한 정精의 육향肉香에 취하여 그대로 사라지고도 싶었다.

'나는 이제 집으로 돌아가야지?'

혼자 군소리를 하기는 십여 차나 하였으나 발에다 송진을 이겨 붙이지도 않았을 것이요 몸에다 동아줄을 얽어놓지도 않았으나 초가삼간 작은 집, 보이지 않는 그 방 안에 혼자 앉아 바늘을 옮기는 그 처녀의 흔적 없이 잡아낚는 이성의 매력이 그를 잡아 놓았다.

그는 하는 수 없이 또다시 영호루에서 내려왔다. 그러고도 다시 한 번 그 집 뒤를 일부러 돌았다. 행여나 그 처녀가 다시 한 번 눈에 띄었으면! 다시 한 번 나를 바라나 보았으면!

그러나 그 처녀의 숨소리나마 들리지 않았다. 다만 괴괴 정적한 마을 집에 저녁연기가 자욱할 뿐이었다.

그는 가기 싫은 다리를 힘없이 끌어 서문 밖 법상동 자기 여관을 찾아 들어온다.

한 걸음 떼어놓으니 한 걸음이 멀어지고 두 걸음 떼어놓으니 두 발자국 떠나온다. 뒤를 돌아다보니 살금살금 기어오는 저녁 그늘이 벌써 그 집을 싸돌아 보이지 않으며 실모래 깔린 길이 그리로 연했으나 자기 맘 전해줄 것은 하나도 없다.

그가 자기 은행 옆에 왔을 때였다. 누구인지,

"어데 가쇼?"

하는 이가 있었다. 일복은 다만 망연히 그를 바라보다가,

"네, 집에 갑니다."

하였다.

"어데 갔다 오십니까?"

"영호루에 바람 좀 쏘이러 갔다 옵니다."

"혼자요?"

"네, 혼자요."

"그런데 우리 집에 한번 놀러 오시지요."

"참 간다 간다 하고 못 가 뵈어서 죄송합니다."

"별말씀을 다 하십니다. 한번 놀러 오십쇼."

"네, 이따 저녁 후에 가겠습니다."

"그러세요. 그러면 기다리지요."

그는 삼십이 가까운 그 고을 보통학교 교원인 이동진이었다.

일복은 자기 사관에 돌아와 남폿불을 켜놓고 저녁 예배를 보러 가리라 하고 성경과 찬송가를 찾아놓고 저녁상 들어오기를 기다렸다.

남폿불이 때 없이 팔락팔락할 때에 그 속에서 꼼지락거리는 것도 그 처녀이었으며 저쪽 귀퉁이 어두컴컴한 곳에서 춤추는

듯하는 것도 그 처녀의 환영이었다. 그가 그 옆의 책을 집어 글을 볼 때 그 글자와 글자를 좇아 내려가는 것도 그 처녀의 어여쁜 자태이었으며, 그가 편지를 쓰려고 붓을 들어 한 줄 두 줄 써 내려가는 것도 그 처녀의 그림자뿐이었다.

그가 저녁을 먹을 때였다. 편지 한 장을 주인 노파가 갖다 준다. 그것은 자기의 친구에게서 온 것이었다.

사랑하는 유 군!

오래도록 군의 음신을 얻어듣지 못하여 나의 외로운 생애가 더욱 적막하다. 나는 웬일인지 아직 나어린 군에게 이 편지가 쓰고 싶어 못 견딜 만치 쓰고 싶었다. 그래서 종작이 없고 두찬의 흠이 있을는지 모르지만 쓰고 싶어 쓰는 것이니까 거기에 진실이 있을 줄은 믿는 바이다.

군은 이 세속에 무엇이라 부르짖는 수많은 대명사의 껍질을 씀보다도 먼저 사람이 되기를 나는 바란다. 예술가가 됨보다도 학자가 됨보다도 무엇보다도 먼저 사람이 되어야 할 것이다.

우리 인생이 최고 이상을 향하여 부단의 노력을 하고 있다 하면 그 최고 이상이라 하는 것은 참사람일 것이다.

그러면 그 참사람이 되려면! 되지는 못하더라도 되려고 노력이라도 하려면 거기에는 그 무슨 힘이 있어야 할 것이다. 그 힘을 창조하는 그 무슨 신앙이 있어야 할 것이다.

유 군이여! 나는 달구다 내버린 무쇳덩이다. 나는 참쇠가 못 된다. 참으로 쇠의 사명을 완전히 하는 참쇠다운 쇠가 되려면 그것을 불에 달구어 메로 때려야 할 것이다. 장도리 쇠메가 제아무리 많을지라도 그 쇠를 완전히 연단할 수 없는 것과 같이 우리 사람을 아무리 이성적으로 교육하고 훈어訓御하고 지도할지라도 가슴 속에서 활활 붙는 사랑의 불길로 녹을 만치 달궈내지 않으면 참사람이 못 될 것이다.

사랑의 불길! 아아 유 군! 나의 가장 친애하는 유 군! 나의 동생 같은 유 군! 나를 신임하여 주는 유 군!

쇠가 불 속에 들어간다 함은 무엇을 이름인가? 철광에서 깨어낸 차디찬 광철이 도가니에 들어간다 함은 무엇을 이름인가? 거기에 참으로 쇠 된 본분을 완전히 하려는 근본정신의 발휘할 기회를 얻는 것이 아닌가? 그러나 그 광철은 쪼들림을 당할 터이다. 귀찮음을 맛볼 것이다.

인간 사회에 무근한 연쇄를 이룬 우리 인생도 정情의 불길에 들어가 이성理性의 망치로 두드려 맞아 참으로 사람이 되려는 그 고통은 어떠하며 그 가슴 아픔은 어떠할까? 자기의 영육을 정의 불길에 녹이고 달굴 때, 또는 이성의 망치로 두드릴 때 사붓사붓 박히는 망치의 흔적이 그의 가슴을 쓰리게 할 때, 아아 눈물지으며 한숨 쉴 터이다. 어떠한 때에는 해 돋는 월겟빛 하늘 같은 장래를 바라보고 너무 기쁜 눈물의 웃음을 웃을 것이며 그 어떠한 때에는 해 지는 석조夕照에 빠져가는 저녁 해 같은 낙망의 심연에서도 헤맬 터이다.

유 군이여! 만일 그대가 처음으로 이성을 동경하게 되거든 그가 웃을 때 군도 군 모르게 웃을 것이며 그가 눈물질 때 군도 군 모르게 울 것이다. 그때의 그대는 지순할 것이며 지정至淨할 것이다. 조화가 무르녹는 진주 같은 문자를 주루룩 꿰어놓은 일 편의 시였을 것이다. 아니라, 아무 시인도 그것을 시로 표현하기 곤란할 만치 청정무구 지순지성至純至聖이었을 것이다.

만일 그대가 그 찰나를 얻었거든, 그 순간을 얻었거든 그것을 연장하여라. 그것을 무한히 연장하기에 노력하라.

나는 옛날에 그것을 얻었었으나 그것을 연장하지 못한 까닭에 무쇳덩이가 되어버렸다. 군에게는 희망이 있다. 그대가 만일 그 찰나를 연장시키려 노력하다가 반 발의 반 발을 연장시켰을 때 그것이 끊기려 하거든 그것을 놓지 말고 붙잡고 사라져라. 감정과 이성의 조화 일치가 참사람 되는 데 유일한 궤도라 하면 감정의 모든 것인 사랑의 연장이 끊어지려 할 때 그 이성 혼자만 남는다 하면 그것은 궤도를 벗어난 유량流量일 것이니 그대는 참사람이 못 될 것이라. 최고 이상에 이르지 못하는 자여, 인생의 사명을 이루지 못할 사람일 것이다. 그러므로 그대는 반 발의 반 발만큼 참사람 되는 것이 마땅하다. 그래서 그대는 참사람으로 사라지는 것이 도리어 인생의 근본적 정신에 부끄러움이 없을 것이다.

사랑하는 유 군! 나는 나중으로 군이 사랑에 눈뜨거든 먼저 사랑을 얻으라! 하는 것이다. 사랑을 위하여 너의 이성을 수고롭게 하라! 그리하여 그 사랑을 얻은 그 후에 군에게 생生의 광명을 얻을 수 있는 것이며 절대의 세력을 부여하는 신앙이 생길 것이다.

김우일

유일복의 것

편지를 다 본 그의 마음은 바늘 끝으로 찌르는 듯하기도 하고 또는 치륜과 치수齒輪가 절조 있게 맞아나가는 것과 같이 그의 편지에 써 있는 글의 의미와 정신이 자기 가슴속에서 혼자 휴지休止 하였던 무슨 치륜과 서로 나가 맞아 돌아가기를 시작하는 듯하였다.

그리고 어떠한 사물을 만나든지 반드시 자기 가슴에서 새로이 약동하는 그 처녀의 춤추는 듯하는 모양을 끌어내어 그것과 조화를 시키려고만 하는 그에게 자기의 가장 경모하는 김우일의 편지를 볼 때 끓는 물로 밀가루를 반죽하는 것과 같이 차지고 끈기 있게 그 처녀와 또는 자기와 그 편지의 정신을 혼일할 수가 있었다.

그는 그 편지를 보고 가장 큰 힘을 얻었다. 그리고 그전보다 더 그 편지를 요 경우 그 시기에 보내준 그 김우일을 신뢰할 생각이 생겼으며 절대의 애착하는 마음이 그를 잡아당기었다.

그러고는 다시 그 편지를 펼쳐 들고,

'만일 그대가 처음으로 이성을 동경하게 되거든 그가 웃을 때 군도 군 모르게 웃을 것이며 그가 눈물질 때 군도 군 모르게 울 것이다…….'

하고 다시 한 번 읽어보았다. 그러고는,

'그대가 만일 그 찰나를 얻었거든, 그 순간을 얻었거든 그것을 연장하여라. 그것을 무한히 연장하기에 노력하여라.'

하고 다시 읽었다.

"그렇다. 나는 웃었다. 그 처녀가 웃을 때 나도 모르게 나는 웃었지! 그렇다. 나는 얻었다. 그 찰나를 얻었다. 나는 그것을 연장할 터이다. 연장하려고 노력할 것이다."

그렇게 부르짖고는 주먹으로 상을 한번 치고 벌떡 일어서 무엇을 얻은 듯이 한번 웃었다.

"그렇다. 나는 그 찰나를 연장할 터이다."

구두를 신으면서도 중얼거리었다. 대문을 나서 큰길로 걸어가면서,

"나는 웃었다. 그가 웃을 때 나도 나 모르게 웃었다…… 나는 얻었다. 그 찰나를 얻었다. 그것을 무한히 연장할 터이다. 노력할 터이다."

3

그가 법상동 예배당에 들어갈 때에는 그전에 한 번도 당해보지 못하던 갑갑함을 당하였으며 지루함을 당하였다.

휘황찬란하여 보이는 커다란 남폿불이나 웅얼거리는 신남신녀信男信女의 소리가 어쩐 일인지 눈에 먼지가 들어간 것같이 뻣뻣하고 거북하였으며 목구멍이 알싸한 것같이 가슴이 답답하였다.

그는 그 자리에 앉아 찬송가를 시작하였을 때 아무 선율도 맞지 않고 조화도 되지 않는 그 얼룩진 노래 소리일지라도 영호루 옆 그 주막집에 조그마한 처녀와 자기의 얼크러지는 행복을 찬양하는 것 같았으며 또한 저쪽 중공中空에 계신 듯한 하느님이 엄연한 얼굴에 인자한 웃음으로 그것을 재롱 삼아 들어주시는 듯할 때 그는 기뻤다. 그리고 찬송가를 그치는 것이 섭섭하였다.

성경을 보고 연금을 하는 것도 그 조그마한 처녀와 자기 사이를 몽환적으로 얽어놓는 사이에서 습관적으로 하였다.

목사는 사십 전후의 장년이었으나 몸은 그리 크지도 않고 작지도 않은데 머리에는 벌써 흰 머리털이 군데군데 나 있었다.

그가 연단에 올라서 목사들의 약속 있는 듯한 구조口調로 자기의 정력을 다하고 지략을 다하여 여러 교도에게 최상의 위치에서서 하느님의 말씀을 전할 때 그의 말 중에 한 구절이라도 일복의 귀를 끄는 것은 없었다.

목사는,

"여러분, 여러분이 사랑이 없으면 하느님의 나라에 들어가지 못할 것이올시다. 여러분은 하느님을 사랑할 것이올시다. 여러분이 여러분의 목숨을 아끼고 사랑하는 것과 같이 하느님 아버지를 사랑하여야 할 것이올시다."

하고 소리를 지르더니 또다시,

"여러분은 또다시 여러 형제를 사랑하고 동포를 사랑하여야 할 것이올시다. 요한 1서 제3장 14절을 보면, 우리가 형제를 사랑함으로써 이미 죽음을 벗어나 삶으로 들어감을 벌써 알았도다. 형제를 사랑치 않는 자는 죽음 가운데 있는 자로다, 라고 써 있습니다. 그렇습니다. 사랑을 모르는 자와 사랑하지 않는 자는 죽은 사람이올시다."

할 때 일복은 목사를 향하여 눈을 크게 떴다.

'사랑을 모르는 자와 사랑하지 않는 자는 죽은 사람이올시다.'

이것을 속으로 한번 짚어 외어볼 때 자기 속 혼잣말로,

'그러면 나는 지금 살려 한다. 죽음에서 삶으로 나아가려 한다. 그렇다. 무한한 생의 광휘가 나의 눈앞에서 번쩍인다. 나는 죽음에서 일어나 삶에서 눈뜨려 한다.'

그러고는 또 목사가,

"하느님은 사랑이요."

할 때 일복은 또다시,

'그렇다. 나는 사랑을 사랑하여야 할 것이다. 사랑을 사랑하는 자가 즉 하느님을 사랑하는 것이니까.'

하고 또다시,

'나는 사랑을 사랑하련다. 나는 사랑을 사랑하련다.'

하고서는,

'그렇다. 나는 그 찰나를 얻었다. 그 순간을 얻었다. 그 순간에 죽음에서 삶으로 사랑을 사랑하려 잠 깨인 자이다.'

하였다.

그가 기도를 할 때에는 사랑은 하느님께 하였다 함보다도 그 처녀의 환상 앞에 고개 숙였었다. 별들이 찬란한 꽃잎을 뿌린 듯하게 반짝이는 푸른 하늘을 눈 감은 속에서 바라보며 절대의 제일위第一位에 올려놓은 것도 그 처녀이었으며, 구름 가고 달 밝은 그 청공靑空에 여신과 같이 우러러보기도 그 처녀뿐이었을 것이다. 도리어 자기 마음속에 그려놓은 로맨틱한 환상을 목사의 기도 올리는 소리가 흠 없는 옥돌에 군데군데 흠지게 하는 종의 소리같이 울렸을는지도 알 수 없었을 것이다.

그가 기도를 그치고 예배당 문밖을 나섰을 때에는 또다시,

'나는 찰나를! 나는 얻었다. 그것을 연장할 터이다. 나는 사랑한다. 나는 죽음에서 삶으로 나온 자이다.'

하며 예배당 뜰을 지나 아까 저녁때 약속한 이동진의 집으로 가려 할 때 누구인지,

"일복 씨! 어디 가세요."
하는 고운 여자의 목소리가 들렸다. 일복은 고개를 돌렸다. 그 여자는 미소를 띠고 일복을 향하여 고개를 숙이고 섰다. 일복은 그 여자를 볼 때, 그 여자가 웃을 때,

"네, 어디 좀 가요."
하고서는 도리어 속으로 귀찮은 생각이 났으며 노하는 생각이 났다.

"저 좀 보세요."

"급한 일이 있어서 가야 하겠는데요."

"저의 말을 좀 듣고 가세요."

"아뇨, 바빠요."

"일복 씨는 저를 생각하여 주지 않으세요?"

"무엇을 생각하지 않어요?"

일복은 생각하였다. 그는 참으로 생각지 않았다. 또한 생각해지지 않는다. 생각할 수가 없었다.

"네, 저는 그 말씀을 모르겠습니다."
하고 아무 말 없이 큰길로 나서면서 혼잣말로 우리 부모가 그를 보고 웃었으며 그의 부모가 나를 보고 좋아하였으나 나는 그 여자가 웃을 때 나 모르게 나는 웃지 못했다. 나는 그 찰나를 그 여자에게서 얻지 못하였다. 나는 도리어 그 여자가 나를 보고 웃을 때 나는 성내었었다. 나는 불안하였으며 살에 붙는 거머리같이 근지럽게 싫었었다. 그렇다. 나는 하느님을 사랑한다. 즉 사랑을 사랑한다. 내가 그 여자의 말을 듣지 않은 것도 죄악은 아니지. 나는 하느님을 사랑하는 자이니까!

이동진의 사랑 들창을 두드리기는 아홉 시나 되었을 때였다.

"어서 들어오쇼" 하는 주인의 말을 따라 방에 들어앉은 일복의 입에서는 첫인사가 끝났다.

이동진은 담배를 권하니,

"어디 먹을 줄 압니까?"

하고 그것을 사퇴한 후 옆에 있는 책을 집어 보려 할 때,

"그 손은 왜 처매셨나요?"

하며 가엾은 듯이 들여다본다. 일복은 어린애처럼 웃으며,

"그런 게 아니라 장난을 하다가 베었어요."

"무슨 장난을요?"

"아까 영호루에 갔다가 피린가 무엇인가 좀 내느라고 하다가 다쳤어요."

"하하, 그것 참 취미 있는 상처입니다그려."

"그나 그뿐인가요. 어여쁜 여성이 그 상처를 매어주었으니 더욱 시적이지요."

"네에, 그래요."

"그나 또 그뿐인가요. 그 여성의 부드러운 웃음이 저의 마음까지 동여맸는걸요."

"하하, 그것 참 그럴듯합니다. 그런데 그 여자란 누군가요?"

"왜 영호루 밑에 주막집 있지 않습니까?"

"네, 있지요. 가만있거라 (한참 생각하다가) 옳지, 엄영록의 집 말씀입니다그려."

"그 집이 엄영록의 집인가요?"

"네, 그렇지요. 그의 누이동생 말입니다그려, 아주 유명합니

다. 경북의 제일가는 미인이라는 소문이 있는 여자지요. 그런데 그 여자가 그 손을 매어드렸어요?"

"네."

이야기는 한참 중절되었다가,

"그런데 엄영록이를 아십니까?"

"알지요."

"친하세요?"

"그전부터 집에를 다니니까 장날이면 꼭 들러 가지요."

"그러세요!"

4

집에 돌아와 하룻밤을 새고 은행 일을 마친 그 이튿날 저녁때, 일복은 또다시 영호루를 향하여 갔다. 멀리 보는 공민왕의 어필 현액이 그를 맞이하는 듯이 바라보며 있을 때 그전에 그리 반갑지 않던 영호루가 오늘에는 웬일인지 없지 못할 것같이 반가웁고 그리웁다. 그러나 처녀를 생각할 때에는 반드시 영호루가 연상되고, 영호루를 생각할 때에는 반드시 그 처녀가 생각이 된다.

양복 주머니에서 그 처녀가 준 자주 헝겊을 꺼내어 보며,

'이것을 갖다 주어? 가서 다시 한 번 만나봐? 그렇다! 가보는 핑곗거리는 단단히 된다.'

해는 바야흐로 서산을 넘으려 하고 저녁연기는 온 읍내를 덮기 시작한다. 일복이 그 주막집 앞을 다다랐을 때 그는 또다시 주

저하였다. 만일 내가 이것을 돌려보낼 때 그 처녀가 있어서 나를 또 보고 웃으면 모르거니와 있지 않으면 어떻게 하노? 그렇기는 고사하고 보고도 웃지 않으면 어찌하나? 웃지도 않으려면 있지 않는 게 좋고 없으려면 내가 가지 않는 것이 좋지!

그는 바로 들어가지를 않고 일부러 영호루를 돌았다. 그리고 영호루 주춧돌 틈으로 그 집을 엿보았다.

그때였다. 또다시 어저께와 같이 그 처녀는 물동이를 이고 물 길으러 갔다. 넘어질까 겁하여 두 눈을 아래로 깔고 물 길으러 갔다. 걸음걸음이 향 자취를 땅위에 인박고, 발끝 발끝마다 꽃 그림자를 그리는 양순은 텅 빈 물동이에 사랑의 샘물을 가득 채우려는 듯이 물 길으러 갔다. 쓰지 않은 새 그릇 같은 양순의 가슴속에 새로운 사랑의 씨를 담아주려는 일복이 뒤에 있음을 알았는지 몰랐는지! 그는 아무 소리 없이 물만 길으러 갔다.

일복은 그 뒤를 따라갔다. 좁은 비탈길을 지나고 언덕 아래 길을 거쳐 밭이랑을 꿰뚫고 언덕 모퉁이 하나를 돌아 포플러 그늘이 슬며시 걸친 우물에 왔다.

우물에 허리를 굽혀 물을 뜨는 양순은 뒤에 누가 있는지도 알지 못하고 다만 두레박을 물속에 텀벙 잠가 이리 한 번 저리 한 번 잦혀 누일 뿐이었다.

저녁 그늘진 곳에 수분 섞인 공기가 죄는 일복의 마음을 더욱 으스스하게 한다. 그리고 점점 어두워가는 저녁날에 아무도 없이 다만 나뭇가지 속에서 쌕쌕하는 고요한 곳에 단둘이 서 있는 것이 어째 그의 마음을 정욕으로 가늘게 떨리게 한다.

양순이 물동이를 들고 일어서려 할 때이다. 일복은 "에헴" 하고 기침을 하였다. 양순은 소스라치게 놀라며 뒤를 돌아다보았다. 그리고 그 서 있는 사람이 일복임을 알고서 겨우 안심하는 중에도 '나는 누구라구, 왜 사람을 놀라게 하느냐' 하며 반가워하는 가운데 얄미웁게 토라지는 듯이 반쯤 웃었다. 일복은 다만,

"이것 가지고 왔는데."

하고 그 헝겊을 꺼내놓았다. 그 처녀는 그것 한번 들여다보고 또 일복의 얼굴을 다시 한 번 쳐다보았다. 그러고서는 그것을 받으려 하지도 않고 물끄러미 서 있었다.

"자, 받어요."

하고 그 헝겊을 그 처녀의 손에 쥐여주는 일복의 얼굴은 빨개졌다.

그리고 몸이 떨리었다. 아무 소리 없이 그것을 받아 든 양순은 웬일인지 섭섭한 기색을 띠고 서 있다가 아무 소리 없이 물동이를 이었다. 그리고 구름이 발에 걸치는 듯이 느럭느럭 힘없이 걸어갔다.

일복은 다만,

"내일도 또 저녁때 물 긷지?"

하였다. 그러니까 그 처녀는,

"네."

할 뿐이었다.

두 사람이 다시 언덕 모퉁이를 돌아섰을 때에는 일복은 언덕 위에 올라서서 멀리 그 처녀가 자기 집으로 물동이 이고서 돌아가는 것을 바라볼 뿐이었다.

양순은 물을 독에 부어놓고 누가 쫓아오는 듯이 방으로 뛰어들어갔다. 그러고는 방구석에 돌아앉아 훌쩍훌쩍 울면서 손에 든

헝겊을 손에다 단단히 쥐었다.

"그이가 왜 이 헝겊을 도루 주었노?"

할 때 눈물방울은 삿자리 위에 떨어졌다.

"그이가 이 헝겊을 싫어하는 것인 게지?"

할 때 그는 고개를 숙이고 다시 느껴 울었다. 그리고 또다시 고개를 들고 먼 산을 볼 때,

"내가 준 헝겊을 도루 줄 때에는 나를 보기 싫어 그리한 것인 게지?"

하고서는 또다시 눈물방울이 따르륵 두 뺨에 굴렀다.

"그런 줄 알았더면 애당초 주지를 말걸!"

양순은 웬일인지 울음이 복받쳐 올라오고 어두운 방구석이 마음 죄게 답답하다. 그러다가는,

"나는 내일은 물 길러 가지 않을 터이야."

하고 그 헝겊을 갈가리 찢어 창밖에 내버렸다.

5

그 이튿날 저녁에는 또다시 일복이 그 우물가에 갔다. 나무와 풀과 그 우물에 놓여 있는 돌멩이까지 어제 같으나 그 아리따운 처녀는 보이지 않았다.

해가 지고 날이 어둑어둑하여도 양순은 오지 않았다. 눈썹달이 서편 하늘에 기울어져 한적한 옛 읍을 반웃음 져 흘겨보며 서산으로 들려 할 때 사랑을 도적하려는 어여쁜 도적놈은 지금 사

랑하는 사람을 기다리고 있다. 바람 이 쏴— 해도 그가 오는가? 나무 끝이 사르륵하여도 그가 오는가? 오는지 안 오는지! 오려거든 온다 하고 오지 않으려거든 오지 않는다 하지, 오는지 안 오는지 알지 못해 속 태우는 마음 미친 소년이 있는 줄은 누가 있어서 알아줄는지!

달이 어둬으매 정조貞操 도적맞을까 보아 오지를 않을 터이요, 오지 않으면 외로이 기다리는 나이 젊은 사람의 붉은 피를 바지작바지작 태우는구나.

그러나 제가 아니 오지는 못하느니라. 물동이 머리에 얹고 누가 있을까 마음 졸여 황망히 오는 사람은 분명히 그 처녀데 날이 어두워 그 얼굴은 모르겠으나 그 윤곽은 분명히 양순이요 그 걸음걸음이 분명히 그 처녀다.

양순은 우물까지 와서 사면을 한번 둘러보았다. 그러고는 물 한 두레박 뜨고 뒤를 돌아보고서는 가느다란 목소리를 입속에 굴려,

"오지 않었나?"

하는 소리를 할 때 나무 뒤에 숨어 있는 일복의 가슴은 부질없이 뛰었다. 그리고 양순이가 물을 떠놓고 한참이나 서 있다가 긴 한숨을 쉴 때 일복은 슬며시 그의 등 뒤에 나서서,

"이것 좀 봐!"

하고 나지막하게 부를 때 그 처녀는 두 어깨가 달싹하도록 깜짝 놀라며 뒤를 돌아다보았다. 일복은 다시,

"양순!"

하고 서서 정 뭉친 두 눈으로 흘겨보며 다시,

"양순!"

하였다. 양순은 다만 돌아선 채로 아무 소리가 없이 손가락에 옷고름만 배배 감고 있었다.

"오늘은 어째 물을 늦게 길러 왔어? 여태까지 기다리고 있었는데……."

양순은 한번 허리를 틀더니 말을 할 듯 할 늦 하고 그대로 서 있다.

"나는 네가 보고 싶어서 여기 와 기다렸는데 너는 아마 그렇지 않지? 나는 너를 날마다 여기서 만나보았으면 좋겠어!"

"저두요."

하는 양순은 부끄러워 그랬던지 얼굴이 빨개지며 두 손으로 낯을 가리었다.

"정말?"

하고 묻는 말에 양순은 아무 대답이 없다.

"정말야? 응, 정말야? 대답을 해야지."

양순은 물동이를 이려고 허리를 구부리며 부끄러워 웃음 지으며,

"네."

하고서는 그대로 동이를 이고 가버리려 하니까, 들려는 물동이를 일복은 붙잡으며,

"내일 또 오지?"

"네."

"내 또 와서 기다릴게."

양순은 집에 돌아왔다. 어머니는,

"무엇 하느라고 여태까지 있었는?"
하며 들어오는 양순을 흘겨본다.

"두레박이 우물에 빠져 건지느라고 그랬어요."

한마디 말로 의심을 풀었다. 물을 부어놓고 방으로 뛰어 들어가 양순은 얼른 뒤 창문을 열고 어저께 저녁에 갈가리 찢어 버린 그 헝겊을 다시 차곡차곡 모아다가 다시 손에 쥐어 들고,

"내가 잘못 알고 그랬지! 내가 모르고 그랬지! 이것이 그이의 손가락을 처매었든 것인데!"
하고서는 그대로 그것을 똘똘 뭉쳐 반짇고리에 넣어놓았다.

6

대구은행 안동 지점 지배인의 집 대문 소리가 열두 시나 거의 지나 닭이 홰를 치며 울 때 고요한 밤의 한적을 깨뜨리고 나더니 지배인의 딸 정희가 혼자몸으로 어디인지 지향하여 간다.

밤이 점점 고요하고 달은 밝아 흐르는 빛이 허리 감겨 땅에 끌리는 듯한데 무슨 생각을 하는지 달빛같이 창백한 빛이 얼굴에 돌며 걸음을 천천히 걷는 중에도 주저하는 꼴이다. 그는 혼잣말로,

"나는 왜 이다지도 불행한고?"
하더니 수건으로 눈물을 짓는지 콧물 마시는 소리가 난다.

정희가 일복의 집 문간에 와서 문을 열어달랄까 말까? 그러나 내가 이렇게 하는 것이 잘못이나 아닐까? 아무리 정혼한 남자일지라도 밤중에 남몰래 찾아오는 것이 여자의 일은 아니지, 하며

주저주저하고 서 있다가 문틈으로 집안 동정을 살펴보니 일복의 방에는 여태까지 불이 켜 있다.

'여태까지 주무시지를 않는 모양일세!'

'어떻게 할까? 문을 열어달랠까 말까! 이왕 왔으니 할 말이나 다 하고 가지.'

정희는 대문을 밀어보았다. 단단히 닫혀 있을 줄 알았던 대문이 힘없이 삐꺽하고 날 때 정희의 온몸엔 맥이 풀리는 듯하였다. 주저하던 생각은 어디로 가고 인제는 아니 들어갈 수 없구나 하여지며 공연히 가슴이 두근두근하다.

정희는 마당으로 들어서며,

"일복 씨."

하고 가늘은 가운데에도 애연한 어조로 일복을 불렀다. 한 번 부르나 말소리가 없고 두 번 부르나 대답이 없다.

정희는 이렇게 정성껏 부르는데 대답이나마 하여주지 하고 야속한 생각이 나며 공연히 눈물이 핑 돈다. 그러고서 저 방 안에는 그이가 누워 있으렷다. 누워서 잠이 고단히 들었으렷다. 내가 여기 와서 있는지도 알지 못하고 자렷다. 아니다. 온 줄을 알려고도 하지 않으렷다.

아니다! 그렇지 않지! 그이는 지금 자지를 않는다. 눈을 뜨고서 영호루를 생각한다. 내가 온 줄 알면서도 일부러 못 들은 척하는 것인 게지? 아— 무정한 이여.

정희는 다시 허리를 구부리고 일복의 방 문틈으로 들여다보면서 이번에 한 번만 다시 불러보아서 대답이 없거든 그대로 가버리리라 하였다.

"일복 씨!"
하면서 문틈을 들여다보니까 방 안에는 아무도 없었다. 그러면서 언뜻 마루 끝을 보니까 미처 생각지도 못하였던 구두가 없다.

정희의 마음은 냉수로 씻은 듯이 말짱하여지고 또는 깨끗하여졌다. 그리고 웬일인지 또다시 조그마한 나머지 믿음이 있는 듯하였다.

'어디를 가셨을까?'

'주인에게 물어나 볼까?'

그러나 고단히 자는 주인에게 물어보기는 싫었거니와 또한 젊은 여자가 밤중에 남자를 찾아온 것도 남에게 알리기 싫어서 '내일 또 오지' 하고서 문밖으로 그대로 내려갔다.

그가 큰길에 나섰을 때였다. 저쪽에서 일복이가 이쪽을 향하여 온다. 그는 몸을 감출까 하고 주춤하였다. 그러다가는 이왕 보려던 이를 보고 가는 것이 옳다고 생각하고 그가 자기 곁으로 가까이 오기만 기다리고 서 있었다. 무슨 생각을 하는지 고개를 숙이고 오는 일복이 정희 앞에 탁 당도하였을 때에 정희는 한 걸음 나서면서,

"일복 씨!"
하였다. 의외의 여자의 목소리가 자기를 부르므로 일복은 깜짝 놀라 발을 멈칫하고 서서,

"누구요?"
하였다. 정희는 원망스러운 중에도 부끄러운 생각이 나서 고개를 숙이고 아무 말 없이 서 있다가 가까스로,

"저예요."

하였다.

"이게 웬일이십니까?"

"댁에까지 갔다 오는 길예요."

"집에요?"

"네."

"무엇하러요, 낮도 아니고 밤에."

"……."

기막힌 듯이 한참 서 있던 일복은,

"어떻든 댁에까지 바래다 드리지요."

이 말을 들은 정희는,

"아녜요. 오늘 일복 씨에게 꼭 한마디 말씀을 할 것이 있어요."

"저에게요."

"네. 꼭 한마디요."

"오늘은 늦었으니 내일 만나 말씀하시지요."

"아녜요. 오늘 못 만나 뵈이면 또다시 만나 뵈일 날이 없어요."

"그것은 어째서요."

정희는 무엇을 결심한 듯이,

"어떻든 댁까지 같이 가세요."

두 사람은 아무 말도 없이 일복의 집까지 걸어갔다.

서산으로 넘는 달이 원한을 머금은 계집의 혼령같이 눈 흘겨 서창을 들여다보며, 흐드러지게 비웃음 웃는 앞뜰의 나뭇가지가 선들선들한 바람을 풍지 틈으로 들여보낼 때, 정희는 두 다리를 쪼그리고 일복 앞에 고개를 숙이고 앉아 있더니 나오지 않는 목소리로,

"일복 씨!"
하고 불렀다. 안개같이 뽑아 나오는 목소리를 애원의 구슬로 마디마디 장식한 듯이 끊어질 듯 끊어질 듯 한 목소리가 방 안에 이상하게 긴장한 정조를 바느질하는 듯하다.

등불만 바라보고 있던 일복은,

"네."
하고 고개를 돌려 정희를 보매 정희는 두 눈을 아래로 깔고 앉아,

"일복 씨는 저를 어떻게 생각하세요?"

"무엇을 어떻게 생각해요?"

"저는 일복 씨의 아내인 것을 알어주세요?"

일복은 한참 있다가,

"아내요? 저는 아직 아내가 없는 사람입니다."

정희는 당신의 대답이 의례히 그러시리라는 듯이,

"일복 씨는 저를 아내로 생각지 않으신다 하드래도 부모가 장차 아내가 되게 정하셨으니까 저는 일복 씨의 아내지요."

일복은 이 소리를 듣고서 코웃음 웃는 듯이 반쯤 입을 삐죽하더니,

"사랑 없는 아내는 아내가 아니지요."

"그러시면 저를 사랑치 않는다는 말씀이지요?"

"모르겠습니다. 아마 그렇지요."

치마폭을 다시 휩싸고 앉는 정희는 고개를 숙이더니 다시 눈물 섞인 목소리로,

"일복 씨!"
를 부르며,

"알었습니다. 저는 아무도 원망하지 않습니다. 일복 씨의 사랑을 얻지 못하게 태어난 저만 불행하지요. 그러나 저는 부모의 작정대로 그것을 억지로 이행하려고 아내로 생각해 달라는 것도 아닙니다. 그렇지요. 사랑이 없는 아내는 없으니까요. 법률상의 아내나 인습에 젖은 그 형식의 아내를 저는 원하는 것이 아녜요. 저에게는 온 우주가 없을지라도 일복 씨 하나는 잃을 수 없어요. 만유萬有가 있음도 자아가 있은 연후의 일입니다. 저는 일복 씨가 없으면 자아까지 잃을 것입니다."

"일복 씨!"

다시 부르나 대답이 없다.

"여보세요."

또 아무 말도 없다.

"일복 씨, 저는 일복 씨를 사랑합니다. 저의 진정을 일복 씨는 알어주지 못하시겠어요?"

"저는 마음 약한 사람이 되기를 원치 않어요. 저는 제가 마음 약한 자인 것 압니다. 그러므로 언제든지 마음이 굳은 자가 되기를 노력합니다. 저의 마음 여자의 애원을 들을 때마다 불쌍함을 깨달었을지라도 사랑을 깨달은 일은 없었어요. 연민은 사랑이 아니겠지요. 정희 씨가 참으로 나를 사랑하여 주신다 하드래도 나에게는 아무 행복과 불행이 간섭되지 않습니다. 도리어 어떤 경우에는 나의 마음을 귀찮게 할 때가 있습니다."

정희는 그 자리에 엎드러지며,

"일복 씨!"

하고 느끼어 울면서,

"그러시면 한 가지 원이나 들어주세요."

새벽닭의 우는 소리가 먼 동리 닭의 홰에서 꿈속같이 들려온다. 달은 떨어져 방 안은 어둠침침한데 두 사람의 숨소리에 섞인 정희의 느껴 우는 소리가 온 방 안을 채울 뿐이다.

"저에게 원하실 것이 무엇일까요?"

일복은 보기 싫고 귀찮은 듯이 말을 던지었다.

"네, 꼭 한 가지 원할 것이 있어요."

"말씀하세요."

"저를 다만 한마디 말씀으로라도 아내라고 인정만 해주세요. 그러면 저는 다른 원은 아무것도 없어요."

일복은 허리를 펴고 팔짱을 끼고 고쳐 앉더니,

"에—"

하고 무엇을 생각하는 듯이 한참 있다가,

"네, 알겠습니다. 그러나 어떠한 이성이 어떠한 이성을 혼자 사랑하는 것은, 그것은 누구에게든지 자유겠지요마는 남편 없는 아내나 아내 없는 남편은 없겠지요. 비록 있다 하면 그것은 진리에서 벗어났거나 결함 있는 것이겠지요. 또는 형식이나 허위겠지요. 나는 거기에 대답할 수 없습니다."

정희의 다만 터럭만 한 것이나마 희망은 칼날 같은 일복의 혀끝으로 떨어지는 말 한마디에 다 끊어졌다.

때가 이미 늦었는지라 정희라는 여성은 자기가 결심한 맨 마지막 길을 아니 밟을 수가 없었다. 그는 벌떡 일어서며,

"안녕히 계세요. 저는 갑니다. 저는 또다시 일복 씨를 뵈올 때가 아마 없겠지요."

하고서 마루 끝을 내려서 신을 신고서 문밖으로 나왔다.

나어린 정희의 갈 곳이 어디메냐? 달 같은 정희의 마음은 월식하는 그 밤처럼 무엇이 삼킨 듯이 있는지 없는지 어둠 침울하고 작열하는 백금선과 같이 뜨거운 혈조血潮는 다만 그의 가슴을 중심하여 전신을 태울 뿐이다. 정희의 전신을 꿀꺽 집어삼키는 듯이 아찔 아슬한 비분이 때 없이 온몸으로 쌀쌀 흐를 때 그는 몸서리를 치며 그대로 땅에 거꾸러지고 싶었다.

그것이 실연이란다, 조소하는 듯이 땅 틈에서 우는 벌레 소리가 똑똑하게 정희의 귀에 들려올 때 정희에게는 구두 신은 발로써 그놈의 벌레를 짓밟아 죽이고 싶도록 깍쟁이였다. 그리고 어두컴컴한 서투른 길을 급한 보조로 걸어 나오다가 발끝에 돌멩이가 채고 높은 줄 알았던 땅이 정신없이 쑥 들어갈 때 에쿠 하고 넘어질 듯하다가도 그 돌멩이 그 허방에 분풀이를 하고 싶어서 못 견딜 지경이었다.

정희에게는 만개한 꽃이 다 여윈 듯하고 둥근 달이 이지러진 듯하다. 밤빛에 흔들리는 웃는 꽃들도 때 아닌 서리를 맞아 애처롭게 여위어 땅에 떨어져 짓밟힌 듯하고 구만리나 멀고 먼 하늘에 진주를 뿌린 듯한 작고 큰 별들도 죽어가는 요귀의 독살스러운 눈동자같이 보일 뿐이다.

그는 발이 이끄는 대로 정처 없이 걸어간다. 화분花粉 실은 봄바람이 그의 두 뺨을 선들선들하게 스치고 적적한 밤기운은 쓰리고 아픈 가슴을 채울 뿐이다.

원산遠山의 검은 윤곽은 세상의 광막을 심수心髓에 전하여 주는 듯하고 어두움 속에 멀리 통한 백사지 길은 일종 낭만적 경지로 자기를 인도하는 듯하였다.—그 낭만적 경지라 함은 물론 모든 행복의 이상경理想境이 아니라 그와 반대되는 곳이었을 것이다.

정희는 가슴에서 쓰린 감정이 한번 치밀어 올라오며 주먹을 쥐고 전신을 바르르 떨고,

'죽을까?'

할 때 굵다란 눈물방울이 두 뺨을 스치었다.

'죽지, 살어 무엇하나!'

그 옆에 누가 서 있어 그에게 의견을 묻는 듯하다.

'죽어도 좋지요.'

그는 하늘을 우러러보며 혼자 부르짖었다. 그리고 두 손을 모으고 두 입술이 떨리며 눈물이 식어 그의 옷깃에 떨어지는 소리가 들릴 때,

'하느님, 모든 것을 만드신 하느님! 저도 하느님이 만드셨지요. 인간의 모든 행복이 하느님의 뜻으로 되는 것이라 하면 또한 불행도 그러하겠지요. 사람이 만물을 자유로 할 수 있을 만치 총명한 것같이 하느님은 또한 우리를 자유로 하실 수 있을 만치 전능하시지요. 아아 하느님, 저는 아무것도 모릅니다. 마음 약한 사람의 하나로서 인생의 가장 큰 행복을 잃어버린 사람입니다. 하느님, 저는 다만 하느님이 시키시는 대로 그대로 모든 것을 행할 뿐입니다.'

그는 걸음을 낙동강 연안으로 향하여 갔다. 두 팔을 가만히 치마 앞에 모으고 걸음을 반걸음 반걸음 내놓을 때마다 그의 고통과 초민은 그 도를 더하여 갈 뿐이다.

틀어 얹은 머리털이 풀어지고 흩어져 섬사한 살쩍이 촉촉이

솟은 땀에 젖었다. 그에게는 있다 하면 가나안 복지요 이스라엘 백성을 인도하면 모세의 영감靈感 있는 지팡 막대기가 아니라 죽음의 깊은 물로 그를 집어 던지려 하는 낙망에서 일어나는 일종 반동적 세력이었다.

어두컴컴한 저쪽에 출렁거리는 물소리를 정희는 들었다. 그리고 푸른 물이 암흑 속에서 울멍줄멍 자기의 몸을 얼싸안으려는 것이 보일 때 그는,

'아!'

하고 그대로 땅에 엎드려져,

'너무 속하구나!'

하고서,

'나는 원망도 없고 질투도 없고 다만 순결한 일생을 만들기 위하여 스스로 죽음을 구하여 여기까지 왔습니다. 세계는 순결한 곳에 비로소 영靈의 나라를 세울 수 있겠지요.'

사박사박하는 가루 모래가 바람에 불려 사박사박아할 때 동으로 왕태산 저쪽의 새벽빛이 서편 암흑과 어우러져서 밝아온다.

정희는 구두를 벗었다. 이것이 그의 죽음으로 가는 첫째 번 해탈이다. 그리고 이번에는 더욱 천천히 걸음걸이를 하여 물 흐르는 곳으로 가까이 갔다. 비단 양말 밑에 처음으로 가루 모래가 닿을 때 그는 차디찬 송장의 배 위를 딛는 것같이 몸서리치게 근지러움을 깨달았다. 그리고 두 발걸음 세 발걸음 점점 물 가까이 가서는 멈칫하고 서며 가슴이 무쇠로 때리는 듯이 선뜩하여졌다. 그리고 컴컴한 가운데서 시커먼 물이 넘실넘실할 때 그는 무서워 떨었다. 그러고는 물속의 졸던 고기 하나가 사람 그림자에 놀

라 푸르락 하고 떨 때 그는 간이 좁쌀만 하여지도록 놀랐다. 그러고는 '에그머니' 소리를 칠 만치 몸을 소스라쳤으나 달아날 만치 약하지 않았다.

그는 그 자리에 선 채로 뒤도 돌아다보지 않고 오 분 이상을 꼼짝 아니 하고 있었다.

그러다가 먼 동리에서 '죽어라' 하고 신호를 하는 듯한 닭의 소리가 들릴 때 그는 비로소 동쪽이 밝은 것을 알았다. 그래 치마를 머리 위에 뒤집어쓰고 모든 용기를 다하여 물속으로 달음질하였다.

그가 이제는 물속에 들어왔지? 하였을 때, 인제는 죽었지 하였을 때, 모든 세상을 단념하고서 두 팔을 두 다리를 쭉 펴고 힘없이 누웠을 때, 그가 송장이 된 줄 알고 모든 세상의 괴로움 슬픔이 없어진 줄 알았을 때, 자기 몸은 둥실둥실 강물을 따라 흐르는 줄 알았을 때, 그 찰나에 다시 정신을 차려보니 아직까지도 모래 위 자기가 섰던 그 자리에 나무에 붙잡아 매어놓은 듯이 꼿꼿이 서 있었다. 그는 다시 주먹을 쥐었다. 푸른 물은 서색曙色을 받아 조금 엷게 푸르다. 그는 또다시 달음질하였다. 그가 죽을힘을 다하여 죽음으로 뛰어 들어가려 하는 노력은 죽는 것보다도 더 어려웠을 것일는지!

이를 악물었다. 그리고 물이 이 몸에 닿으리라고 예기하던 찰나에 그는 도리어 그 반대 방향 되는 그의 등 뒤쪽으로 자빠지고 등이 모래 위에 닿을 터인 그 찰나가 되기 전에 그의 등은 어떠한 사람의 가슴에 안겼다. 그리고 비로소 처음으로 "이게 무슨 짓요?" 하는 소리가 사람의 입에서 나오는 것인 것을 분명히 알게 되었다. 그는 아무 말 없이 그저 물 있는 곳으로 뛰어들려 할 뿐이었다. 그는 그때에는 자기가 죽으리라고 결심한 낙망을 동기로 물로 들어가려 하는 것을 무슨 부끄러움, 또는 세상에 대한 자아의 불명예를 생각할 때 그는 거의 비스름하게 물로 뛰어들려 하였다. 그러나 그를 제지하는 그 사람은 그리 완강하지는 못하였으나 정희 하나를 붙잡기에는 넉넉한 힘이 있었다.

정희의 전신은 땀에 젖었다. 그리고 이제는 하는 수 없구나 하였을 때 그는 그 사람 팔에 그대로 안기며 힘없이 쓰러졌다. 그리고 얼굴 가린 치마는 벗으려 하지도 않고 소리가 들릴 만치 느껴 울었다. 그가 정신을 차릴 때에는 그의 머리가 어떠한 사람의 무릎에 놓여 있고, 그는 모래사장에 두루마기를 깔고 누워 있었다.

7

"나무아미타불!"

정희는 눈을 떴다. 온몸이 땀에 젖은 데다가 새벽바람이 불어 처끈처끈하게 한다.

"누구십니까?"

하고 자기를 문지르고 있는 사람을 바로 쳐다보았으나 그의 얼굴 윤곽이라든지 음성이라든지 또는 몸짓이라든지 한 번도 만나 본 기억이 없는 사람인데 머리에는 송낙을 썼다.

"나무아미타불!"

을 또 한 번 외더니 가슴을 내려앉히고 한숨을 한번 쉬고,

"누구신지는 알 수 없으나 젊으신 양반이 어째 그런 마음을 잡수셨을까요?"

정희는 일어나 앉으려 하지는 않고 고개를 힘없이 그 여승의 무릎 위에서 저쪽으로 돌리며,

"그거야 말씀해 무엇하겠습니까마는 어떻든 고맙습니다."

하고 다시 하늘을 쳐다보니 아까 있던 별은 여전히 깜박거리고, 아까 보이던 산도 여전히 멀리 둘리어 있고, 아까 자기를 삼키려던 물은 여전히 흘러가느라고 차르럭거린다.

"고맙기야, 이것도 다 부처님이 지시하심이지요. 그러나 이렇게 젊으신 이가 물에 빠지려 하심은 반드시 곡절이 있을 듯한데요. 저에게 말씀을 하시고 어서 바삐 날이 밝기 전에 댁으로 가시지요. 소문이 나면 좋지 못할 터이니까요."

정희는 또다시 한참 있다가 겨우 일어나려 하니까 그 여승은,

"염려 마시고 누워 계세요. 신열이 이렇게 나시고 가슴이 이렇게 뛰시는데."

하며 아직 주름살이 잡히지 않은 사십 가까운 여자의 손으로 정희의 머리를 짚어준다. 정희는,

"저에게는 이제부터 집도 없고 부모도 없고 아무것도 없는 사람예요. 지금 당신이 나를 구하신 것이 세상 사람이 혹 그것을 잘한 일이라고 칭송할는지는 알 수 없으나 죽는 사람은 벌써 이 세상에서 한 가지 반 가지의 행복을 얻지 못할 줄 알 뿐만 아니라 도리어 세상에 살어 있는 것이 고통이며 불행한 것을 안 까닭에 죽으려 한 것이니까 죽는 것이 사는 것보다 어떻게 생각해서 더욱 행복은 된다 할 수 없드래도 사는 것보다 나으니까 죽으려 한

것이겠지요. 지금 당신이 나를 구한 것이 당신의 자비일는지는 알 수 없으나 나에게는 도리어 고통의 연쇄가 될는지도 알 수 없어요."

여승은,

"그렇지요. 그것도 그렇지요. 그러나 이 세상의 괴로움은 극락에 들어가는 여비입니다……."

말도 마치기 전에 정희는,

"알았습니다. 신심 깊으신 당신으로는 그런 말씀 하시는 것이 잘못이라 할 수는 없겠지요. 당신은 당신 마음 가운데 언제든지 극락이나 열반이란 당신 자신이 믿는 바 이상경을 동경하는 까닭에 이 세상에서 살어갈 수가 있는 것이지요. 그러나 저의 마음에는 당신과 같이 굳세인 힘을 주는 것인 천당도 아니요 극락도 아니요 그 무엇인 것이 없어졌습니다."

여승은,

"그 무엇이라시는 것은 무엇입니까?"

"네, 그것은 말씀하지 않으렵니다. 그 말을 하여서 도리어 자비하신 당신의 마음을 걱정되게 할 것은 없으니까요. 그것은 청정하신 당신의 마음을 도리어 불쾌한 감정으로 물들이게 할 터이니까요. 도리어 당신네들에게는 죄악시되는 것입니다. 그러나 우리 인생의 모든 종교 모든 속박 모든 세력을 깨뜨려 부술지라도 그것 한 가지는 우리 인류가 존재한 그날까지는 길이길이 우리 인생에게 최대의 신앙을 줄 것입니다."

여승은 알아챈 듯이 한참이나 묵묵히 있다가,

"알었습니다. 알었에요. 그러면 저는 또다시 말씀을 여쭈어보려 하지도 않겠습니다."

"네, 그 말 하나는 물어주지 마세요. 그것은 언제든지 기회가 오면 알어질 날이 있을 터이니까요. 그런데 여보세요. 저는 다만 청정한 몸으로 이 세상에서 살다가 죽으렵니다. 저의 영靈에게도 아무 흠이 없고 저의 육肉에게도 아무 흠이 없이 죽고 싶어요. 종교에 헌신한 사람이 어떠한 종교의 한 가지 신앙만으로써 그의 일생을 마칠 때 그가 영생의 환희를 깨닫는 것과 같이 나는 아무 매듭과 아무 자국이 없는 영과 육으로 영원한 대령大靈과 영원한 만유萬有 속에 안기고 싶어요."

여승에게는 그 무슨 의미인 줄 알아듣지 못한 듯이 다만 묵묵히 앉아 있을 때 저쪽 갈라산 앞에서 삐걱삐걱 새로이 밝아오는 새벽 기운을 흔들며 낙동강 하류로 흘러가는 뗏목 젓는 소리가 들려온다.

두 사람은 일시에 깜짝 놀랐다. 그리고 정희는 일어나 앉아 사면을 둘러보았다. 새벽빛은 벌써 온 하늘에 가득 차고 작은 별들은 자취를 감추고 동쪽 하늘에 여왕의 이마를 치장하는 금강석 알 같은 샛별이 번쩍번쩍할 뿐이다.

"어서 가십시다."

사람도 없는데 누가 듣는 듯이 여승은 조그마한 목소리로 황망히 정희를 재촉한다. 정희도 여승의 손을 잡고 일어섰다. 그러나 어데로 갈꼬?

"댁이 어디세요?"

"나는 갈 집이 없어요."

"그러실 리가 있나요? 봐하니 그러실 것 같지는 않은데요."

"우리 집이라고 있었기는 있었지만은 이제부터는 우리 집이 아녜요. 있다 하드래도 가기를 원치 않으면 가지 못해요."

"그러면 어떻게 하십니까?"

"무엇을 어떻게 해요. 나는 벌써 죽은 사람예요. 그러기에 아까도 말씀했거니와 죽으려는 사람을 구하시는 것이 당신에게는 자비가 될는지 알 수 없으나 나에게는 행복이 못 된다 하였지요."

"그러면 소승하고 같이 가세요."

"고맙습니다. 네, 네, 나를 어디로든지 데려다주세요. 그러고 나의 살어 있는 것 누구에게든지 알리지 말어주세요."

"그것은 어째서요?"

"네, 그것은 그렇지요—한참 있다가—요다음에 말씀하지요."

여승은 정희의 발바닥 발을 보더니,

"신을 신으시지요"

하였다.

이 말을 들은 정희는 그 소리를 듣고 구두를 신으려 하다가 무엇을 생각한 듯 얼른 말머리를 돌리어,

"싫어요. 죽으려다 다시 산 사람이, 죽으려 할 제 벗어버린 신을 다시 신으려 하니까 어째 몸서리가 쳐지는구려. 그대로 발바닥으로 가지요."

두 사람은 걸어간다. 먼 곳에서 바라보매 송낙 쓴 중의 등에 정희가 업히어 강물을 건너는 것이 희미히 보인다. 그리고 저쪽 의성으로 통한 고개 비스듬한 길 위에 두 사람의 그림자가 사라지고 말았다.

8

그날 새벽이 새어 아침이 되었다. 온 안동 전읍에 이상한 소문이 퍼지었다.

"어젯밤에 사람이 물에 빠져 죽었다네그려."

"어디서?"

"강물에서."

"누구인지 모르나?"

"모르기는 왜 몰라. 은행소 사장의 딸이라네."

"이 사람아, 사장의 딸이 아니라 지배인의 딸이란다."

"아냐 사장의 딸야. 자네는 알지도 못하고 공중 그러네그려."

"아따, 이 사람, 대구은행 안동 지점에 사장이 있든가? 지배인이 사장 대리를 보지."

"그런데 나이는 얼만데?"

"열여덟 살야. 왜 자네 보지 못하였나? 작년에 대구여자학원을 제2호로 졸업한 그 여자 말일세."

"그것 참 안되었는걸. 그런데 시체나 찾었나?"

"송장까지 못 찾었다네. 물은 그리 깊지도 않은데 어디든지 떠가다가 모래에 묻혔거나 어디 걸렸겠지."

"그런데 어떻게 물에 빠진 것을 알었어?"

"응, 그것은 강가 모래톱에 구두를 나란히 벗어놓았는데 바로 물가로 사람 걸어간 자국이 나란히 났네그려."

"자네 가보았나?"

"그래, 가보았어. 그런데 조화데 조화야. 빠진 곳은 물이 한 자도 못 되데그려."

한참 있다가 또다시,

"그런데 그와 정혼한 사람이 있지?"

한 사람이 입술을 삐죽 내밀더니,

"말 말게. 이번 일도 다 그 사람 때문이라네."

"그 사람 때문이라니?"

"소박덕이야, 소박덕이. 새로운 문자로 말하면 실연자렷다."

"그걸 보면 사람이란 알 수 없는 것이야. 남들은 침들을 게게 흘리면서 따라다니는 놈도 있는데 또 싫다고 내대는 사람은 누구야. 그것을 보면 우리 사람이란 영원히 불구자들야. 장님이며 귀머거리들야."

이러한 소문이 난 줄을 알지 못하는 일복은 아침 일찍이 일어나서 은행으로 가려 하다가 시간이 아직 되지 못하였으므로 이동진을 찾아 그의 집까지 갔다.

"동진 씨."

하고 문밖에서 부르는 소리를 들은 주인은,

"네, 누구십니까? 에구, 이게 웬일이시오. 이렇게 일찍이……."

하면서 아직 대님도 푼 채 문밖으로 나와 일복을 맞아들인다. 일복은 방 안으로 들어가 앉으며,

"네, 하도 잠이 오지 않기에 세 시에 일어나 앉어 밤이 새기를 기다려 여기까지 찾어왔습니다. 일찍 일어나니까 참 좋은걸요."

두 사람은 대좌하였다. 이 말 저 말 하다가 일복은 무슨 하기 어려운 말이나 꺼내려 하는 듯이 기침을 한번 하고,

"그런데요, 한 가지 청할 것이 있어서요."

하니까 동진은 이상히 여기는 눈으로 일복을 바라보며,
“무슨 말씀입니까?”
하였다. 일복은 다짐을 받으려는 것처럼,
“꼭 성공을 시켜주셔야 합니다.”
“글쎄 말씀을 하셔야지요. 성공할 만한 일이면 어디까지든지 일복 씨를 위하여 전력하여 드리지요. 대체 무슨 일인가요?”
일복은 한번 빙긋 웃더니 부끄러워 얼굴이 잠깐 연분홍빛으로 변하였다가 사라지며,
“저— 엄영록을 아신다지요?”
하고서는 동진의 기색을 살피는 동시에 아첨하는 듯이 또 빙긋 웃었다.
“하하하하.”
하고 크게 웃는 동진의 웃음 속에는 일종의 조롱과 호기심이 잠재하였다. 이것을 알아챈 신경질의 일복은 달아나고 싶을 듯이 부끄러웠다. 그러나 꿀꺽 참고 자기도 거기에 공명하는 듯이,
“하하하.”
하고 웃었으나 그 웃음소리는 자기의 폐부를 씻어내는 듯한 시원한 웃음이 아니었다.
“알었습니다. 그러면 날더러 중매가 되라시는 말씀이지요. 예, 진력해 보죠. 그러나…….”
한참 입을 다물고 있더니,
“그러면 그이는 어떻게 하시나요?”
하며 일복의 얼굴을 중대 문제나 들으려는 듯이 물어본다.
“그이라뇨?”

"정희 씨 말씀예요."

"네, 정희요. 정희가 나에게 무슨 관계가 있습니까?"

"그게 무슨 말씀예요? 그 정희 씨는 일복 씨의 아내가 되시지 않습니까?"

"아내요? 저는 아내가 없거니와 될 사람도 없어요. 있었다 하드래도 그것은 벌써 옛날이지요."

동진은 일복의 마음을 잘 알아차리지 못하였는 듯이,

"나는 이런 문제를 당할 때마다 한 가지 큰 걱정으로 생각하는 것이 있어요. 요사이 젊은이들 가운데에는 이혼 문제가 많이 일어나는 모양이올시다. 그런데 그것은 당사자 된 그 사람들이 깊이깊이 생각하지 않고서 경솔히 행하는 것이라 생각합니다. 자기네들은 자기의 만족만 채우기 위하여 일개 잔약한 여자의 불행을 생각지 못한다 하는 것예요."

"그거야 사랑이 없는 까닭이지요. 또한 그 아내 되는 이가 자기를 이해하지 못하고 다만 습관의 노예가 되는 까닭이지요."

"흥, 사랑이 없어요? 사랑만 없다 하면 차라리 모르겠습니다마는 그것을 지나쳐 자기의 정식 아내를 아내라는 미명하에 유린하는 사람들은 그것을 무엇이라 할까요? 아내와 사랑이 없다는 핑계로써 다른 여자를 소위 애인이라고 사랑을 하면서 또 한옆으로 자기 아내에게 자식을 낳게 하는 것은 그것이 자기 아내에게 대하여서 부정일 뿐만 아니라 그 소위 애인이라 하는 사람에게 간음이 아니고 무엇예요? 정식 아내는 신성합니다. 부모가 정하여 주었다거나 또는 법률상으로 인정한다 하여 신성한 것이 아니라 그에게 자기는 누구의 아내라는 굳은 신념과 책임을 갖게 한 곳에 있어 신성하지요. 보십시오. 비록 그의 남편을 이해하지는 못할지라도 그 남편을 위하여 자아를 희생하는 곳에 있어 아마 자기네들이 싫어하는 아내 같은 이가 별로이 없다고 생각합니다. 나는 요사이 새로운 청년 간에 애인이라는 새로운 명사를 많이 듣습니다. 애인, 진정한 애인이 있기를 나도 바라마지 않는 바가 아니지마는 자기네들도 죄악으로 덮어놓고 인정하는 첩이라는 말과 애인이라는 명사의 그 거리가 얼마나 먼지 알 수가 없는 일이 있어요."

이 말을 들은 일복은,

"그렇지요. 거기 들어서는 나도 공명하는 의견을 가졌습니다. 아내가 즉 애인이요 애인이 즉 아내가 되지 않으면 안 될 것이지요. '아내=애인 애인=아내' 여기에 비로소 완전한 애인 원만한 가정이 생길 것입니다. 그런데 동진 씨나 나나 입으로 말하는 곳에 그럴듯한 생리, 일리, 혹은 진리가 없지 않겠지마는 우리의 모든 행동에 모순이 있을는지 없을는지 나는 단언하기 어렵다고 생각해요. 감정이 미친 장님처럼 날뛸 때에 과연 생각의 일절 사이에라도 죄악의 마음이 발동하지 않느냐 하는 것이 저의 입으로는 대답하기 어려운 말입니다. 그러나 우리 사람이 약한 동시에 강할 수 있는 것으로서 다른 만물과 다른 점이 있는 것이지요. 우리는 약한 데서 일어나 강한 데로 나가는 곳에 자아를 완성할 수 있다고 생각합니다. 미성품未成品인 자아를 성품成品을 만들려고 노력하는 그 노력 여하에 그 인격이 나타나는 것이라고 저는 생각해요. 오늘의 제가 약자가 되어 일개 여성의 눈물을 보고서 저의 입을 한번 잘못 벌리었드면 저는 영원히 죄짓는 사람이 되었을 터이지요."

"그것은 무슨 말씀이십니까?"

"네, 차차 아시겠지요. 그러나 동진 씨는 나를 독신자로 물론 인정하시는 동시에 어떠한 이성의 사랑을 구하는 데 완전한 권리와 자격이 있는 것을 의심치 않으시겠지요?"

동진은 빙긋 웃어 그것을 긍정하는 뜻을 표하디니,

"그거야 그렇지요. 그러나 정희 씨와 그렇게 되셨다 하는 말씀을 들으니까 어째 좋은 마음은 들지 않는걸요."

"그러하시겠지요. 그런 일이 없으니만은 같지 않으니까요. 저도 좋은 감정이 일지는 않어도, 그러나 적은 것은 큰 것을 위하여 용단 있게 버릴 것이지요. 그러면 아까 말씀한 것은 꼭 그렇게……."

"그거야 염려 맙쇼. 말씀을 해보지요."

9

일복은 동진의 집 문을 나섰다. 그리고 큰길 거리로 나섰을 때 등에 나무를 진 촌사람들과 지게에 물건을 듬뿍 진 장돌뱅이들이 서문으로 통해서 읍을 향하여 들어오는 것을 보았다. 이것을 본 그는 무엇을 깨닫는 듯이 발을 멈칫하다가 다시 걸어가며,

"옳지, 가만있거라. 오늘이 며칠인가? 오늘이 장날이로구나, 오늘이 장날이야. 됐다, 됐어. 그러면 오늘 엄영록이가 이동진의 집에를 들어올 터이지. 그러면 내가 부탁한 말을 하렷다."

하고서는 웬일인지 얼굴이 시커멓고 상투 꼬부랭이에 땀내 나는 옷을 입은 촌사람 장돌뱅이들이 만나는 족족 반가워 손목을 붙잡고 인사를 하고 싶었다. 그러고는 엄영록은 양순의 오라비였다, 저렇게 저 사람들처럼 생긴 촌사람이었다. 그리고 나는 은행원. 제가 나를 매부를 삼기만 하면 해로울 것은 없지! 사람의 마음이라 알 수 없지마는 제가 나를 매부를 삼아보아라, 제 등이 으쓱하여질 터이지.

일복 앞에는 새로 뜨는 아침 볕이 금색으로 번득거려 새날의 기쁜 새 소식을 전하여 주는 고마운 전령사의 사람 좋은 웃음같이 그의 마음을 즐거움으로 넘치게 하고, 부드러운 봄바람이 산들산들한 길거리로 걸어가는 사람들은 모두 혼인 잔치 구경 가는 사람들처럼 발자취가 가벼웁고 기꺼운 농담이 입 가장자리에 어린 듯하다.

그에게는 어린애가 촛불을 잡으려는 듯한 환희와 기대가 있었다. 앞길이 밝고도 붉으며 신묘하고도 즐거운 희망의 서색이 그를 끝없는 장래까지 끌고 가는 듯하였다. 그러나 어린애가 다만 그 목전에 휘황한 촛불의 빛만 보고 그 뜨거운 것은 알지 못하는 것과 같이 일복도 또한 자기 앞길에 전개되는 광채 나게 즐거운 것만 볼 줄 알았지만, 그 외에 그 광채 속에 가리어 있는 그 어떤 쓰림과 그 어떤 아픔이 있을 것을 알지 못하였다.

그가 은행 문을 들어서기는 아홉 시가 십오 분을 지난 뒤였다. 앞서 온 은행원들은 장부들도 뒤적거리고 전표를 가지고 왔다 갔다 하기도 했다.

일복은 모자를 벗어 걸고 자기 사무상事務床으로 나아가려 할 때 다른 행원 두엇이 자기를 돌아다보고서는 냉정한 눈으로 다만 묵시를 하고서는 하나는 저쪽 지배인실 모퉁이를 돌아가 버리고 한 사람은 자기 상에 돌아앉아 전표에 도장을 찍을 뿐이다.

그는 일부러 당좌예금계에 있는 행원에게 가까이 가서 심심풀이로 말을 붙여보려 하였다.

"오늘은 어째 이르구려. 어제는 아마 마시지를 않은 모양이구려."

술 잘 먹는 당좌예금계는 삐쭉하면서, 그전 같으면 껄껄 웃고 말 일을 오늘은 어째 유난히 냉정한 태도에 침착한 어조로,

"내가 술 잘 먹는 것을 언제 보셨든가요?"

하고서는 장부를 이것저것 꺼내 들고서 쓸데없이 뒤적거린다. 이 말을 들은 일복의 마음은 불쾌하였다. 더구나 '보셨든가요'라 아주 싫었다. 전 같으면 '보셨소' 하든지 '보았다' 할 것을 오늘에 한하여 '보셨든가요' 경어를 쓰며 그의 표정이 너무 사무적인 데 일복은 불쾌하지 않을 수가 없었다. 그리고 말 한마디를 정다웁게 꺼냈다가 도리어 불의不意와 분외에 존경을 받고 보니 도리어 그는 치욕을 받은 것 같고 멸시를 당한 것 같았다. 그래서 입이 멍멍하여지며 공연히 얼굴이 홧홧하여졌다. 그러나 그대로 돌아설 것도 없어,

"아뇨. 보았다는 것이 아니라 본래 유명하시니까 말씀예요."

"무엇이 유명해요? 나는 그런 불명예스러운 유명은 원치 않아요."

일복은 기가 막혀 한참이나 아무 말이 없다가,

"그렇게 말씀할 것은 없지요. 그리고 그렇게 불명예 될 것은

없을 듯한데요."

"일복 씨는 그것을 불명예로 생각지 않으시는지는 알 수 없으나 저는 아주 얼굴 붉어지는 불명예로 알어요. 그리고 저는 언제든지 자기로 말미암아 남에게 불행을 끼치기를 원치 않으므로 이제부터는 술을 끊으려 합니다."

"술 먹는 것으로 남에게 불행을 끼치게 할 것이 무엇입니까?"

당좌계는 "흥" 하고 한번 기막힌 듯이 웃더니 그 말대답을 하지도 않고,

"사람이란 불쌍한 것이지요. 자기 때문에 생명을 잃은 사람이 있는 것을 알지 못하고 안연한 태도로 하늘과 땅 사이에 서 있는 것은……."

일복은 속으로 '이 사람이 미쳤나?' 하였다. 그래서 '그게 무슨 말씀예요?' 하려 할 때 누가 소절수 하나를 들이밀므로 그는 그 소절수 들이민 사람의 얼굴 한번 보고 그것을 받는 당좌계를 한번 쳐다보고서는 남의 일에 방해가 될까 하여 이쪽 자기 사무상으로 왔다.

일복이 자기 사무상으로 가는 뒷그림자를 보는 당좌계는 현금출납계를 건너다보며 일복을 향하여 입을 삐쭉하더니 빙긋 웃었다. 출납계원도 거기에 따라 웃었다. 일복을 보고서 말 한마디 하는 사람이 없었다. 그리고 전표를 옮기는 하인까지 경멸히 여기는 태도와 또는 가까이하기에도 무서운 눈으로 일복을 대한다. 그리고 여기저기 자기 일을 보고 앉았는 여러 사람들은 약속한 듯이 말이 없고 은행 안은 근지러운 듯이 적적하여 때때로 문 닫히는 소리와 스탬프 찍는 소리가 가라앉은 신경을 놀라웁게 자

극할 뿐이다.

일복은 자기의 장부를 폈다. 그러고서 주판을 골라놓고 한 줄기 숫자를 차례로 놓아본 뒤에 다시 다른 장부를 펴려 하다가 다시 접어놓고 혼자 멀거니 앉아 유리창으로 바깥을 내다보고 앉았으려니까 또다시 자기 눈에 보이는 것은 양순이며, 또는 오늘 그의 오라비와 이동진 사이에 체결될 연담緣談이 성공되리라는 믿음이 공연히 침울하던 마음을 양기 있게 흥분시켜 당장에 자기가 하늘로 올라갈 듯이 기쁜 생각이 나는 동시에 아까 당좌예금계에게 받은 반모욕의 핀잔이 지금 와서는 자기의 행복을 장식하는 한개 쇠못같이밖에 생각되지 않아 혼자 빙긋 웃었다.

열한 시가 되어도 지배인은 들어오지를 않았다. 일복은 지배인실을 돌아다보고 지배인이 들어오지 않음에 얼마간 이상히 여기는 생각이 났다. 그리고 여태까지 알지를 못하였더니 모든 사무를 다른 사람들은 지배인을 거치지 않고 그대로 처리하는 것을 그때야 발견하였다. 지배인에게 인을 찍어 받아야 수리될 전표는 그대로 그다음 계로 돌아가 거기서 임시 처리가 되고, 지배인의 승낙을 받아야 할 만한 일은 내일로 연기가 된다.

그것을 본 일복은 오늘 지배인이 들어오지 않는 것은 반드시 무슨 긴급한 일이 생기었으며, 또는 다른 사람들은 그것을 아는구나 하였다. 그래서 그는 하인을 불러,

“오늘 지배인 어른은 안 오셨니?”

하고 물었다. 다른 사람들이 자기에게 대하여 태도가 냉정한 듯하므로 하는 수 없이 만만한 하인을 부름이다. 하인은 다만,

“네, 안 들어오셨어요. 아마 오늘은 못 들어오신다나 보아요.

무슨 일이 계신지요?"
하고서 일종 연민히 여기는 눈으로 일복을 보다가 저쪽에서 자기를 부르므로 그리로 가버렸다.
조금 있다가 지배인의 집 하인 하나가 은행 문에 들어섰다.
"유일복 씨 계세요?"
하는 하인의 말을 수부受付에 앉았던 행원이 듣고서 조소하듯이 쌍긋 웃더니 얼굴짓을 하여 일복을 가리킨다. 하인의 목소리를 들은 일복은 서슴지 않고 벌떡 일어서며,
"왜 그러나?"
하였다. 하인도 일복을 조금 경멸히 여기는 듯이 시원치 않은 말씨로,
"댁에서 잠깐만 오시라고요."
즉 지배인이 부른단 말이다.
"나를?"
"네."
"왜?"
하인은 조금 주저하다가,
"모르겠어요?"
"여기 일은 어떻게 하고."
"곧 오시라고 하시든걸요. 퍽 급한 일이 있는가 봐요."
일복은 공연히 의심이 난다. 어제저녁에 정희가 다녀갔는데 오늘 지배인이 은행에도 들어오지 않고 또 은행 사무 시간에 당장 오라는 것은 어떻든 좋은 일이 아닌 것을 예감하였다.
"가지. 먼저 가게."

"아뇨. 같이 가세요."

하인은 구인장을 가진 형사나 순사 모양으로 의기양양하고 또는 엄격한 빛을 띠고 그 자리에 서 있다.

그러나 일복은,

"먼저 가."

하고 조금 무례를 책하는 듯이 하인을 흘겨보았다. 그러나 하인은 더욱 꿋꿋한 태도로써,

"같이 가셔야 합니다. 같이 모시고 오라 하셨어요."

일복은 하는 수 없이 모자를 쓰고 여러 사람에게 인사하고 문밖으로 나왔다.

나가자 은행 속에서는,

"잡혀가는구나!"

"인제는 저도 이 은행하고는 하직일세."

"하지만 제 잘못은 아니니까."

"이 사람아, 그럼 누구 잘못인가? 사람이 인정이 있어야지. 그렇게까지 저를 생각하는 여자를 목숨까지 끊게 하였으니 그게 사람이 할 짓인가? 사람으로서는 너무 냉정한 짓을 하였으니!"

"말 말게. 그 사람도 하고 싶어 했겠나. 다 저 좋아하는 사람이 있으니까 그랬지."

"참 알 수 없어. 글쎄 주막집 계집애가 아무리 인물이 반반하다 하드래도 그래 자기 처지도 생각하고 장래도 생각해야지. 무엇무엇 할 것 없이 죽은 사람만 불쌍하이. 그러나 저도 잘못이지. 죽을 것까지야 무엇 있나?"

10

문밖에 나오려니까 장꾼들이 와글와글한다. 층계를 내려서려 하니까 우편배달부가 편지 뭉치를 들고 은행 문을 향하여 들어온다.

우편배달부는 일복을 보더니 고개를 끄덕하며 인사를 하고서 편지 한 장을 꺼내 준다.

일복은 그 편지를 손에 받기 전에 벌써 그것이 김우일에게서 온 것을 알았다.

편지를 뜯었다. 그리고 읽었다.

> 나는 지금 이곳에 온 지 삼십 분이 못 되어 이 편지를 친애하는 군에게 쓴다. 일천여 년 긴 역사를 말하는 고운사에 오려고 맘먹기는 벌써 여러 해였으나 이제야 이곳에 발을 잠시 머물게 되니 옛날과 오늘을 한 줄에 쭈루룩 꿰뚫은 회고의 심정 위로 나의 추상의 그림자는 시간을 초월한 듯이 고금을 상하를 오락가락한다.
>
> 군이여, 안동서 여기가 걷자면 삼십 리, 멀지 않은 곳이니 한번 다녀가라. 그대를 떠난 지도 벌써 반재여半載餘 멀리 있어 그립던 정이 가까운 줄을 알게 되매 더욱 끊어지는 듯이 간절하다.
>
> 의성 고운사에서 우일

이 편지를 받아 든 일복은 의성 편을 바라보았다. 몽몽한 구름과 한없는 천애가 다만 저쪽에 고운이 있다는 추상만 주고 산이 막힌 그쪽에는 산모퉁이의 위로 두어 마리 소리개가 소라진을 치고 있다.

나의 벗은 저쪽에 있다. 나의 모든 사상, 모든 감정을 속속들이 피력할 수 있고 또는 호소할 수 있으며 또는 능히 지도하여 주고 안위를 줄 수 있는 친우는 여기서 재를 넘고 물을 건너 삼십 리 저쪽에서 나 오기를 기다리고 있다.

나는 갈 터이다. 마음을 서로 비추어 밝힐 수 있고 간담을 서로 토하여 서로 알아주는 우일에게로 나는 가리라 하였다.

그는 당장에 맥관으로 흐르는 핏결이 술 먹어 유쾌한 흥분을 깨달은 듯이 얼굴이 더워지도록 약동함을 깨달았다. 그리고 흐르고 넘치는 회우의 정이 그의 가슴으로 스며드는 듯함을 느꼈다.

한 사람의 지기도 갖지 못한 사람은 아무것도 가진 바 없이 사막을 가려 함과 같다. 일복에게는 만 사람 주고도 바꿀 수 없는 우일이라는 지기가 있다. 그는 그의 생애에 기름이며 에너지였다. 우일은 자기를 바쳐서 일복을 도와주는 사람이다. 그에게는 일복에게 능히 신앙을 부어줄 만한 뜨거운 열정이 있었으며, 일복을 우는 데서 웃게 하며 약한 데서 강하게 할 만한 힘이 있었다.

우일의 웃음은 도리어 일복을 감격으로 울릴 수 있으며 그의 눈물 한 방울은 일복의 용기를 솟쳐줄 만큼 뜨거움이 있었다.

우일은 일복이 울려 할 때 웃음으로 그 눈물을 위로하였으며, 그는 일복이 넘어지려 할 때 농담 섞어 격려하여 그를 붙잡아 주는 사람이다. 네가 우느냐? 함께 울어주는 마음 약한 동정자가 아니라 울려거든 네 맘껏 울고 그 울음을 말았거든 다시 웃어라 하는 자였다. 너는 약함을 알고 비애를 알고 고통을 알아라! 그러나 그것은 강자가 되기 위하고 또는 환희를 얻기 위하고 또는 무한한 생의 위안을 얻기 위하여서 하라 하는 자였다.

남이 넘어지거든 그를 붙잡아라. 그리고 자기 등에 그 사람을 짊어지고 나아갈 만한 용자勇者가 되라. 넘어진 사람을 위하여 함께 넘어져 같이 파멸되는 자가 되지 말라 하는 자였다.

진주 같은 눈물방울은 영원한 환희의 목을 장식하는 치렛거리요 탕 비인 한숨의 울림은 무한한 안위의 반영인 신기루로밖에 생각지 않는 사람이었다.

일복이 편지를 주머니에다 넣고 다시 앞으로 한 걸음 나가려 할 때에 하인은 죄수를 감시하는 간수와 같이 일복에게서 시선을 조금도 떼지 않았다.

일복은 그러나 그것을 알지 못하였다. 그가 다시 군청 서기 한 사람을 만나 모자를 벗고 인사를 하며 넘치는 우정을 웃음으로 나타내었으나 그 사람은 전에 없는 멸시하는 표정으로 모자를 벗고 땅만 내려다보며 인사를 하고 지나갈 뿐이다.

장거리에서 물건을 사고팔던 사람들도 일복을 모두 한 번씩 유심히 바라본다. 저쪽에서 방물을 늘어놓고 촌사람과 수작을 하던 상투쟁이 장돌뱅이가 일복을 보더니 손가락질을 하며 무엇이라 수군댄다.

술집 마누라쟁이가 일복을 보았다. 허리가 아픈 듯이 뒷짐을 지고 뚱뚱한 배를 내밀고서 진물진물한 두 눈을 두어 번 끔벅끔벅하더니 긴 한숨을 휘— 쉬며 들릴 둥 말 둥 한 소리로,

"허— 저렇게 얌전한 이가 가엾은 일이로군."

하며 옆의 어린애를 업고 있는 늙은 할멈을 부르더니,

"동생네, 이리 오소. 술이나 한잔 자시소."

사투리 섞어 동무를 부른다.

일복은 어제와 아주 다른 별천지를 지나간다. 모든 사람들이 자기에게 대한 태도가 그렇게까지 고등을 틀어놓은 듯이 변한 줄은 알지 못하고 다만 이상한 숲 속으로 지나가는 듯이 일복은 장거리를 지나간다.

방 안에서 술 먹던 사람은 고개를 기웃 일복을 쳐다보며, 이발관에서 머리를 깎던 이발쟁이는 가위를 솔로 털면서 일복을 내다본다.

일복은 지배인의 집 문간에 들어섰다. 새로이 지은 주택이 해정하고 깨끗하나 그런데 맨 첨 생각나는 것은 정희다.

정희가 나를 보면 어저께 일을 생각하고 퍽 부끄러워하겠지! 아니다, 보러 나오지도 않으렷다. 보러 나오지 않는 것이 피차간 좋은 일일는지도 알지 못하니까. 그러나 오늘 지배인이 다른 날과 다르게 나를 사무 시간에 자기 집으로 부르는 것은 반드시 중대한 일이 있는 모양인데 필연 정희에게 무슨 말을 듣고서 그것을 나에게 권고하려거나 또는 책망하려는 것인 게지. 그렇지, 그래. 그러나 쓸데 있니. 나에게는 하늘이 준 절대 자유가 있으니까. 내가 하고 싶은 일은 하고 하기 싫은 일은 아니 하는 것이지.

일복은 마루 끝까지 갔다. 그전 같으면 문간까지 나오지 못하는 것을 한할 만치 자기 목소리만 들어도 반가워하던 지배인이 자기가 방문 가까이 와서 기침을 서너 번 하여도 소리가 없다.

그가 열어놓은 방을 흘깃 들여다볼 때 지배인은 그대로 자리에 누워 일복을 보고도 본체만체한다. 어제까지 그렇게 인자하고 온정이 넘치었으나, 적의와 노여움과 심각한 비애의 빛이 그 얼굴에 박혀 있다.

일복은 방 안에 들어서 예를 하였다. 그러나 지배인은 점잖은 사람의 예하는 투로 고개를 끄덕 아무 말이 없다. 그러나 그의 드러누운 태도로 패전한 장군이 적군의 하급 병졸을 대하는 듯이 비소鼻笑 중에는 한恨 있는 적의를 품은 듯하였다.

일복은 자리를 정하고 앉았다. 그러나 어쩐지 지배인의 태도가 너무 냉담하다 함보다도 결투장에서 늙은 원수에게 무리로 결투하기를 강청함을 받은 듯이 불안하여 못 견딜 지경이었다.

"부르셨습니까?"

하는 것이 맨 처음 불안을 누르고 나오는 일복의 목소리다. 지배인은 다만 들릴 듯 말 듯 한 한숨을 쉬어 긴장하였던 가슴을 내려앉히더니,

"어제저녁에 정희가 자네에게 갔든가?"

일복은 속으로 그렇지 그래, 그 까닭이지, 하면서도 부끄러운 생각이 나는 중에 얼굴이 잠깐 붉어져 수줍은 생각이 나면서도 공연히 사람을 부끄럽게 하여준 정희가 원망스러웠다. 그러나,

"네."

하고 정직하게 대답하였다.

"그러면 몇 시에 왔나?"

"자세히는 모르겠으나 두 시는 된 듯합니다."

"두 시?"

한번 다시 묻더니,

"혼자 왔는가?"

"네."

"자네는 정희를 아내로 생각하는가?"

일복은 아무 대답이 없다.

"왜 대답이 없어!"

"그것을 왜 저에게 거푸 물으십니까?"

"글쎄 거기에 대답을 해달란 말야."

"저는 아무 대답도 할 수가 없어요."

"그것은 어째서?"

"정희는 저에게 아무 관계가 없는 사람이니까요."

지배인은 멀거니 무엇을 탄식하는 듯이 한참 있더니,

"그러면 자네 내 말 한마디 들어주려나?"

"무슨 말씀입니까?"

지배인은 벌떡 일어나서 바로 앉더니,

"만일 세상에 어떤 사람으로 인하여 그 어떤 사람이 목숨을 끊는다 하면 도덕상으로 보아서 그 어떤 사람은 책임을 갖게 되겠지?"

"물론 그거야 형편에 따라서 다르겠지요."

"형편에 따라서 다르다니, 형편이란 어떤 것 말인가?"

"즉 말씀하면 어떤 남성과 여성이 있어 그 여성이나 남성이 그 어떤 남성이나 여성을 혼자 사랑하다가 저편에서 뜻을 받어주지 않는 편에는 책임이 없다는 말씀예요."

이때 안방 쪽에서 여자의 울음소리가 들리기 시작하였다. 바늘로 찌르는 듯하고, 날카로운 칼로 저미는 듯한 여성의 울음소리가 따뜻한 햇볕이 쬐어 드는 앞마당을 지나 일복의 귓속으로 원한 있는 듯이 달려든다. 그리고 조調 있게 뽑아내는 애처로운 소리가 일복의 가슴 위로 살금살금 기어드는 것이 천연 산발한 처녀가 덤비어 돌아다니는 듯하다.

일복은 가슴이 공연히 내려앉았다. 지배인이 나를 불러다가 정희 말을 묻고서, 또는 어떤 사람으로 인하여 그 어떤 사람이 목숨을 끊는다 하면 도덕상으로 보아서 그 어떤 사람이 책임을 지지? 하는 말을 물은 것을 생각하면서 안에서 곡성이 나는 것을 들으매 반드시 곡절이 있는 일인가 보다 하였다. 그러고서 자기가 거기에 대답한 말이 생각날 때 내가 대답은 그렇게 하였지만 만일 그 경우를 당장 내가 당하고 있으면 참으로 그 책임을 면할 수가 있을까?

울음소리는 일복을 소스라치고 소름이 끼치게 한다. 그리고 저 울음소리가 마녀의 홑치맛자락이 흩날리는 것같이 회선하는 저 방 안 아랫목에는 창백하게 식은 정희의 시체가 놓여 있지나 아니한가? 그리고 그 정희의 죽음이 이를 악물고서 나를 영원히 원망하지 않는가?

그의 추상이 너무 불명하고 막연하게 자기 눈앞에 보일 때 그는 모든 의식에서 뛰어나 정말 정희가 죽었고 정말 정희의 홑이불 덮은 송장이 저 어머니의 우는 방 아랫목에 놓여 있는 것을 믿었다.

지배인은 안에서 울음소리 나는 것을 듣더니 북받쳐 올라오는 비애를 못 견디는 듯이 힘 있고 떨리는 목소리로,

"일복 군!"

하고서 한참이나 천장을 쳐다보더니 사나이 얼굴에 금치 못하여 흐르는 뜨거운 눈물방울이 두 뺨에 괴며,

"저 울음소리가 무슨 소리인지 자네는 아는가?"

일복도 고개를 숙이었다. 온 방 안은 순례자의 경건한 묵도를 올리는 듯한 엄숙하고도 신비한 침묵이 돌았다. 지배인은 일복을 자기 자식같이 끼어안으며,

"일복! 나의 딸 정희는 갔네! 영원히 갔네! 전능하신 하느님은 우리 딸을 불러 가셨네! 그러나 영과 육을 한꺼번에 찾어가셨네! 아! 일복 군! 내가 누구를 원망하고 누구를 허물하겠나! 그러나 간 사람의 고통과 비애를 나누어 차지할 사람이 남어 있는 사람 가운데 한 사람도 없는 것을 나는 더욱 서러워한다."

일복의 가슴은 떨리었다. 어떻게 그렇게도 나의 추상이 맞았는가? 그러면 정희가 과연 나로 인하여 죽었는가?

일복은 지배인의 점잖은 눈물을 보고서 자기도 아니 울 수가 없었다. 그의 눈물이 한 방울 두 방울 방바닥에 떨어지는 소리가 더욱 그의 신경을 으스스하게 자극한다.

일복은 그때에 자기가 마음이 약한 자인 것을 다시 깨달았다. 그가 눈물을 흘리며 자기를 힘 있게 끼어안는 정희 아버지의 뜨거운 살이 자기 몸에 닿을 때 그는 웬일인지 죄지은 죄수가 의외의 특사를 받은 듯이 눈물 날 듯한 감격을 당한 동시에 또는 자기가 짓지도 않은 죄가 있는 듯이 그 무엇인지 알지도 못하게 뉘우치는 생각이 났다.

"일복 군!"

지배인의 목소리는 간원하는 정이 목이 메었다.

"정희는 죽었으나 자네는 나의 사위지? 그것을 자네가 허락지 않는다 하드래도 나는 그렇게 인정할 터일세."

일복은 방바닥에 엎드러졌다. 그리고 눈을 감고 엎드린 방바닥 밑 암흑 속에는 정희가 있다. 저— 멀리 영혼이 날아가서 자기를 본 체도 하지 않고 멀거니 앉아 있다. 일복은 그 정희를 웬일인지 다시 데려오고 싶도록 그리웠으나 그것은 할 수 없다고 단념할 때 그는 가슴이 죄도록 괴로웠다.

그리고 지배인의 묻는 말에 대하여 얼핏 "네" 하고 대답을 하고 싶도록 모든 꿋꿋한 감정은 풀려버렸다. 그러나 얼른 입이 떨어지지는 않았다. 그때의 일복은 마음이 약하여지려는 자이었다.

그러다가 다시 그가 지배인의 얼굴을 쳐다보려고 고개를 들 때, 여전한 햇빛 여전한 현실이 그의 눈과 코와 귀와 또는 피부에 닿을 때, 그는 다시 풀렸던 감정이 다시 뭉치며 두 손을 단단히 쥐고 전신에 힘을 주었다.

그는 속으로 혼자,

'아니지!'

하였다.

'약자로부터 강자가 되려고 위대한 노력을 하는 자가 인격 있는 자가 될 수 있는 것이다.'

그는 눈물을 씻었다. 어린애 꾸지람 들을까 겁하여 남몰래 씻는 듯이 눈물을 씻고 시치미를 떼는 듯이 얼굴빛을 고치고 바로 앉았다.

그러고는 또 생각하기를, 나의 입아! 네가 나를 죄짓게 마라! 하였다. 그리고 그의 심장을 속마음으로 가라앉히며 너는 상함을 받은 염통이 되지 마라! 보기에도 지긋지긋한 푸르딩딩하게 상흔이 있는 마음이 되지 마라! 그리고 영원히 새 피가 돌고 뜨거운 피가 밀물 일듯 용솟음치는 심장이 되라! 깨끗한 심장이 되라! 하였다.

'눈물에 지는 자가 되지 마라! 자기의 영靈을 비애라는 여울에 던지는 자가 되지 마라! 탄식이란 폭풍우에 날려 보내지 마라! 강한 자야지만 완전한 사랑도 할 수 있나니라!'

일복은 벌떡 일어서며,

'운명은 우리를 무가내하라는 경지로 인도하였습니다. 운명은 진리를 말하는 대변자입니다. 운명처럼 정직한 가치표는 없습니다. 우리는 입이나 또는 형식으로써 그 가치표를 뜯어고칠 수는 없습니다.'

11

집에 돌아온 일복은 쓸쓸히 빈방에 혼자 누웠었다. 그러나 누르는 듯한 공포가 가끔가끔 공중에서 자기 가슴을 누르는 듯할 때 그는 다시 벌떡 일어나 앉았다.

"아— 그 책임은 내가 가져야 할 것이지!"

혼자 중얼거리는 그에게는 온 방 안이 자기 몸에 피가 때때로 타는 듯이 고조高調로 긴장할 때마다 암흑하게 눈에 비친다.

'그가 죽은 것이 과연 나의 잘못으로 인함일까?'

한참 있다가 다시 멀리 보이는 강물을 실없이 내다보다가,

'그가 정말 나로 인하여 죽었다 하자! 그러면 그것은 무엇을 가지고서 나에게 그 책임을 질 만한 증거를 내세울 수가 있는가?'

그는 다시 초조한 감정을 내려앉히고서 아주 침착하고 냉정한 생각으로 그것을 순서 있고 조리 있게 해석하기 시작하였다.

일개 여성의 생명! 더구나 꽃 같은 청춘 여자의 끔찍한 생명! 인생의 무한한 생의 관맥 중의 하나인 정희의 생명! 그 생명은 나의 이 생명과 조금도 다름없이 두 번 얻기 어려웁게 귀한 생명이다! 그러면 그와 같은 생명을 자기의 손으로 자기의 똑똑한 의식으로 사死의 선언을 하고 또한 자기 자신으로서 그것을 집행한 그 생명 소유자의 고통! 그것은 얼마나 정 있는 자의 동정을 받을 만하였을까? 그 동정할 만한 고통의 동기가 나에게 있다 하면 다른 몇만 사람의 동정보다 더욱 많은 동정을 정희에게 부어주어야 할 것이다.

그리고 보자. 내가 비록 정희의 몸에 손을 대거나 또는 흉기를 대어 죽인 것은 아니라 할지라도 또한 그의 생명을 빼앗으리라는 마음은 비록 먹지 않았다 할지라도 오늘의 그 결과는 어떠한가? 정희는 어떻든 죽은 것이 아닌가? 정희라는 여자가 자기의 생명이 끊길 만큼 원동적原動的 원인은 나에게 없다 하더라도 그만큼 반동적 원인을 가진 자 되는 것은 면할 수 없을 것이다.

물론 내가 법률상으로는 죄를 면할 수 있고 또는 양심으로 보아서 내가 허물이 없지마는 인간성의 보배 중 하나인 인정으로 보아서 나는 그 책임은 면할 수 없을 것이다.

나 때문에 초민하고 나 때문에 고통하고 나 때문에 울고 또한 나 때문에 죽고 내가 있으므로 그의 인생이 의의 있을 수 있었고 또한 내가 있어 그의 생애가 능히 무가無價할 수 있는, 즉 내가 있으므로 그의 생이 죽고 살 수 있는 그를 오늘날 생명까지 끊게 한 나는 오늘에 이렇게 살아 있어 자기의 생을 누리고 또한 자기의 사랑을 사랑할 만치 무책임한 자이며 몰인정한 자일까? 자기의 생명을 귀중히 알면은 또한 남의 것도 그렇게 알아야 할 것이다.

그는 새로이 따가운 인정이 그의 전신을 따뜻하게 싸고돌기 시작하였다.

그러고서 그전에는 그렇게까지 보기도 싫어하던 정희의 모든 것을 다시 불러내어 한 번 더 생각하고 한 번 더 만나보고 싶도록 그리운 생각이 나기 시작하였다.

그는 최근의 그를 보던 때와 또는 최초에 그를 만나던 때를 번개같이 머릿속에서 중동을 끊어 영사하는 활동사진 필름같이 보았다.

그리고 어제저녁 자기 앞에서 흘린 눈물방울이 떨어진 방바닥을 한 손바닥으로 쓰다듬어 보고, 또는 어저께 정희가 신 벗어놓았던 마루 끝을 여전히 그 신이 있는 듯이 내려다보았다.

'그리고 어제저녁에 이 방문을 정희가 나갈 적에 나의 이 손이 한 번만 붙잡았더라면 오늘 그가 그대로 이 세상에, 더구나 나와 가까운 안동읍에 살아 있을걸!'
하고서 문지방과 문설주를 만져보기도 하였다.

그러고서 그는 다시 정희가 그 옆에 앉아서 자기 목소리를 들을 수 있는 듯이 "정희!" 하고 불러보았을 때 그 '정' 하는 음의 종성인 'ㅇ' 음이 피아노의 '파' 음이 연하고 부드럽게 울려 나오는 듯하였다. 그래서 그는 "정희! 정! 정!" 두어 번 거푸 혼자 중얼거렸다.

그러나 대답이 없고 다만 새파랗게 개인 공중에 두어 점 구름이 미끄러지는 듯이 서에서 동으로 흘러가는 것이 눈에 보일 뿐이다.

그러매 그는 고적한 듯한 생각이 나며 또는 여태까지 자기를 칭찬하고 숭모까지 하던 온 안동 전읍 사람들이 자기에게서 떠나 자기를 욕하고 비웃고 나중에는 저주까지 하는 듯이 생각이 들 때 그는 암야에 귀신 많은 산골을 지나가는 듯이 머리끝이 으쓱할 만큼 무서움을 깨달았다.

그리고 자기를 누가 있어 두 어깨를 답삭 들어 천인절벽 밑 밑없는 음부에 내려 던지려고 지금 그 위에 번쩍 들고 있어 대룽대룽 매달린 듯하다.

그는 그러나 그 무서움 속에서도 억울함이 있었다. 몸이 떨리는 중에서도 그 비非를 반발하고 자기의 시是를 호소할 만한 정의를 주재하는 이를 찾아보고 싶었다.

그는 자기의 몸에서 우러나오는 두려움과 자기의 마음에서 솟아오르는 떨림을 어떻게 무엇으로든지 이길 것을 찾으려 애썼다.

그는 방에 들어앉은 것이 지옥에 들어앉은 듯하였다. 그래서 그 지옥을 벗어나기 위하여 밖으로 나왔다.

밖에 심은 푸성귀 향내. 저쪽 우물에서 물 길어 올리는 두레박에서 흐르는 물방울. 먼 산에서 바람에 춤추는 허리 굽은 장송丈松. 빨래하는 못 속에 비친 촌녀의 불경 저고리, 검은 치마.

그는 지옥에서 나왔다. 그러나 유열愉悅과 환락이 흐르는 천당에는 들지 못하였다. 태우는 몰약에 혼을 사르고 피우는 볼삼[3]에

3 balsam. 침엽수에서 분비되는 끈끈한 액체로 물에 녹지 않으나 알코올과 에테르에는 잘 녹음. 바니시·페인트 등의 원료, 접착제, 향료 등을 만드는 데 사용함.

영을 취케 하는 듯한 몽중에 들지는 못하였으나, 배암의 혀끝에서 흐르는 듯한 독액을 빠는 듯하고 삼 척 긴 칼 끝에 묻은 독약을 피 솟는 가슴에 받은 듯한 고통은 잊었다.

그는 발을 정처 없이 옮겨놓았다. 그러나 가고 싶은 곳도 없고 오라고 하는 곳도 없었다.

새로운 공기와 향기로운 풀 내음새가 적이 초민에 타는 듯한 가슴을 문질러줄 뿐이다.

'어찌할꼬? 내가 책임을 져? 진다 하면 어떻게 해야 할 것인가? 책임을 진다고 죽은 사람을 다시 살릴 능력이 없는 사람으로서는 그것을 단념하는 수밖에 없거니와 그렇지 않고는 무슨 다른 도리가 있을까? 그러면 정희가 나로 인하여 죽었으니 나도 또한 정희를 위하여 죽을까?'

그것을 생각한 일복은 혼자 껄껄 웃으며,

'죽는다니 어리석은 일이지. 내가 생에 대한 집력執刀이 강해서 그런 것이 아니라 그렇게 어리석은 희생자는 되기 싫어!'

그러면 또 무엇이냐? 나를 사랑하여, 즉 사랑을 위하여 자기의 몸을 바친 정희를 위하여서는 나는 사랑을 바치는 것밖에는 없지? 그렇지. 나의 목숨을 바치는 것은 어리석은 일이라 할지라도 나의 사랑은 바쳐야 할 것이다. 그러면 사랑을 바친다 함에는 다만 한 가지 길이 있을 뿐이다. 즉 소극적으로 내가 일평생 다른 여성을 사랑하지 않고 나의 정신과 육체로써 정희를 위하여 정조를 지켜야 한다는 것이다.

그는 길을 새 길로 취하였다. 초가집 담 모퉁이를 돌고 밭고랑을 지날 때 그는 자기의 그림자가 땅 위에 비쳐 있어, 자기를 따

라오는 것을 보았다. 그러고는 또다시,

'사랑은 생의 일부분이지!'

하면서 고개를 들어 저쪽 영호루를 보았다. 그러자 그의 머리에는 또다시 양순이가 보였다. 그 양순의 자태가 자기 눈앞에서 춤추는 듯 환영이 보일 때 그는 또다시,

'사랑은 죽음을 무서워하지 않을 만치 강한 것이다. 불이 나무에 붙을 수 있는 것이지마는 그 나무를 능히 사를 수 있는 것같이 사랑도 생 있는 연후에 작열할 수 있는 것이지마는 능히 그 생을 불살라 버릴 수 있는 것이다.'

그때 자기 어깨를 탁 치며,

"어디를 가시오?"

하는 사람이 있었다. 일복은 깜짝 놀라 뒤를 돌아다보았다. 거기에는 이동진이가 한턱내라는 듯이 웃으며 서 있었다.

"어째 여기까지, 이렇게?"

하며 일복은 조금 주저하는 중에도 반가워 손을 내밀었다.

"네, 나는 일복 씨에게 좋은 소식을 가지고 왔습니다."

일복은 그 좋은 소식이란 양순과 자기 사이의 연담이 그 공을 이룬 줄로 추상되었을 때 그의 맥을 풀리게 하였다. 그래서 그는 반가운 표정도 보이지 못하고 도리어 침착하게,

"무슨 소식을요?"

"네, 반가운 소식입니다. 엄영록은 그것을 승낙하였습니다. 당장에 쾌락하였습니다."

"그러나 때는 이미 틀렸습니다. 내가 또다시 다른 여성을 사랑할 권리는 있지마는 나는 그 권리를 나로 인하여 죽은 여성을 위

하여 내버리려 합니다."

이동진은 껄껄 웃었다. 그러고서는 일복에게,

"그것은 어째서요?"

하고 물었다.

"그것은 동진 씨도 아시겠지마는 나는 나를 사랑하는 사람을 죽게 한 사람입니다."

이동진은 입을 크게 벌리며 또다시 웃더니,

"나는 알겠습니다. 정희 씨가 죽은 까닭이겠지요?"

일복은 남이 그 말을 하는 데 너무 감정이 감상으로 변하여 눈물이 날 듯하였다. 그러나 억지로 그것을 참고서 "네" 하고 먼 산을 보았다.

동진은 얼굴빛을 교회사처럼 엄숙한 중에도 정이 어리게 하며,

"여보세요! 일복 씨! 정희 씨가 죽은 것이 당신으로 인하여 죽은 줄 아십니까? 물론 그 외면적 원인은 일복 씨에게 있을는지는 알 수 없으나 정희 씨 그이는 자기 자신의 사랑을 위하여 죽은 사람입니다. 그는 자기의 사랑을 완전하고 깨끗한 사랑으로 만들기 위하여 죽은 것입니다. 지금 만일 그 정희 씨의 혼령이 있어 우리가 그 의견을 들을 수 있다 하면, 그는 당신에게 호소할 것도 없는 동시에 또한 원망도 없을 터이지요. 그는 옛날에 순교자가 폭군의 칼날도 무서워하지 않고 자기의 신앙을 위하여 죽은 것과 같이 자기의 사랑을 위하여 목숨도 아끼지 않은 것이지요."

일복은,

"그렇지만 내가 그 책임을 면할 수 없으니까요."

동진은 다시 힘 있게,

“그렇지요. 그 책임이 있다 하면 있겠지요. 그리고 없다 하면 또 없는 것입니다. 그러면 만일 일복 씨가 또다시 다른 여성을 사랑하지 않으신다 하시니 당신은 그 무가치한 인정—이 경우에만 말씀입니다—그것으로 인하여 일평생 당신은 사랑을 못 하시겠다는 말씀입니까? 사랑을 하는 사람이어야만 이 세상에서 강자가 될 수 있는 것입니다. 사랑만큼 위대한 세력을 우리에게 주는 것이 또 없으니까요! 사랑은 생生보다 적으나 온 생을 포괄하고 또한 지배할 수 있습니다. 마치 우리 인생이 우주의 일부분에 불과하나 능히 그 영靈으로써 온 우주를 포괄할 수 있는 것같이! 나는 적은 인정을 이겨 큰 사랑을 하시라 권합니다. 인정이 물론 우리 인류의 꽃이지만 사랑은 여왕입니다. 만일 신심 깊은 목사가 어떠한 매춘부를 위하여 눈물을 흘렸다 하면 그것을 동정이나 연민이라 할지언정 사랑이라 할 수는 없겠지요. 동정이나 연민으로 인하여 도리어 자기가 죄짓기를 원치 않을까. 일복 씨! 정희 씨는 정희 씨의 사랑을 위하여 순殉하였습니다. 일복 씨는 또한 일복 씨의 사랑을 위하여 최후까지 강하게 나아가셔야 할 것입니다.”

이 말을 들은 일복은 새로운 광명이 자기 앞에서 번득거리는 것 같았다. 그래 그는 동진의 손을 잡고서,

“동정은 사랑이 아니지요? 나는 나의 사랑에 충실하여야 할 것이지요? 사랑을 하여야 참사람이 될 수 있겠지요? 우리 인간미를 영의 나라에서 참으로 맛볼 수가 있겠지요? 고맙습니다. 나는 그러면 지금에 잘못 길을 들려 할 때 동진 씨가 그것을 가르쳐주심에 대하여 감사합니다.”

동진은,

"아뇨, 천만의 말씀을 하십니다. 그러나 어떻든 나는 당신의 장래할 행복이 영원하기를 빕니다. 오늘 엄영록은 당신에게 행복의 문을 열어놓았습니다."

12

일복은 그 이튿날 해가 떨어지려 할 때 양순의 물 긷는 우물을 향하여 갔다.

어제 동진에게 엄영록이가 자기 누이동생 양순을 자기에게 허락하였다는 말을 듣기는 듣고 당장에 알고 싶은 마음이 생기기는 하였으나, 한옆으로 부끄러웁고 또 한옆으로 점잖은 생각이 나서 그날 바로 가지는 못하고 오늘 하루 종일 주저하다가 겨우 해 떨어지려 할 때 그 우물에 가서 기다리고 있었다. 물론 집에서 떠나기는 오정 때나 되었었으나 공연히 빙빙 돌아다니느라고 그날 해를 다 보내었다.

그는 우물 옆에 서서 오리라고 기대하는 양순을 기다릴 때 이슬같이 흐르는 반웃음이 입 가장자리에 돌아 보는 이의 단침을 삼키게 할 듯하였다. 그리고 또는 고대하는 가슴이 따갑게 타서 불난 곳에 화광이 하늘에 퍼지는 것같이 그의 가슴의 불길이 하얀 피부 밑으로 살짝 밀렸을 그의 용모는 술 취한 신랑같이 보였다.

그는 북국의 회색 천지에서 석죽색 공중에 연분홍 정조情調가 떠도는 남국에 온 것같이 껴안고 딩굴 만치 흘러넘치는 희열이 도리어 그를 가슴이 두근거리도록 흥분시키며 입에 윤기가 흐를 만치 오감에 감촉되는 모든 것을 껴안고 입 맞추고 싶었다.

그는 우물에 허리를 구부리고 물 한 두레박을 퍼 먹었다. 그러고 나니까 흥분되었던 것이 조금 가라앉았다.

사람의 기척만 나도 그쪽을 보고서 속으로,

'오는가?'

하다가 아니 오면 무참히 고개를 돌리기를 몇 번이나 하였는지, 어떤 때는 벌떡 일어서려다가 다른 곳을 보고서 군소리까지 한 일이 있었다.

사면은 조용하다. 저쪽 포플러 그늘 속으로 대구서 오는 자동차가 읍을 향하여 달아나고는 또다시 무엇으로 탁 때린 듯이 조용하다.

멀리서 저녁 짓는 연기가 공중으로 오르지 않고 땅 위로 기어간다. 아마 비가 오려는가 보다.

그러나 양순의 그림자는 볼 수 없었다. 일복은 우물 옆 잔디 위 넓죽한 돌 위에 다리를 꼬고 앉아서 양순의 집을 머릿속으로 보고 앉았었다. 양순의 오라비 엄영록은 무엇을 하는가? 마루 위에 벌떡 드러누워 아리랑 타령을 하지 않으면 땔나무를 끌어들이렷다. 양순의 어머니는 무엇을 하는가? 부엌에서 솥뚜껑을 열어보고서 옆에서 가로거치는 개란 놈의 허구리를 한 발 툭 차며 "이 가이!" 하고 소리를 지르렷다. 그리고 보자, 양순은 지금 마루 끝에 내려섰다. 그러면서 혼자 속마음으로 '오늘도 또 그이가 안 왔으면 어떻게 하노? 그가 와 있었으면 좋으련만' 하면서 툇마루 위에 놓았던 또아리를 휘휘 감아 가르마 어여쁘게 탄 머리 위에 턱 얹고서 허리를 굽혀 물동이를 이렷다. 그럴 때 그만 잘못 또아리가 비뚤어지니까 그 옆에 있던 오라비더러 그것을 고쳐 놓아달라고 두 팔로 물동이를 공중을 향하여 번쩍 들고 있으렷다. 그러면 그 오라비는 자기 누이 곁으로 와서 그 또아리를 바로 놓아주면서 자기 누이기 새심스럽세 어여쁘기도 하고 또 이 나하고 혼인할 것을 생각하매 아주 좋아서,

"저것이 시집을 가면 흉만 잡힐 터이야. 또 쫓겨나 오지 않았으면 좋겠지만! 쫓겨 오지! 쫓겨 와! 얘, 양반 남편 섬기기가 어떻게 어려운데 그러니?"

하며 놀려먹으면 양순은 얼굴이 그만 빨개져서 물동이를 내던질 만치 부끄러워 저의 오라비에게 달려들며,

"에그, 난 싫어. 오라버니두, 그럼 난 물 안 길러 갈 테야."

하다가 그래도 나를 못 잊어 문밖을 나서렷다. 지금 나섰다. 그리고 걸어온다. 지금 오는 중이다.

일복은 혼자 눈을 감고서 머릿속에서 양순의 걸음 걸어오는 것을 하나 둘 세고 있다. 그리고 지금쯤은 그 수양버들 나무 밑을 걸어오렷다. 지금은 밭이랑을 지났다. 그리고 지금은 바로 요 모퉁이 돌아섰다. 양순은 지금 나를 보면서 이리로 온다. 왔다. 이만하면 눈을 떠야지. 이 눈을 뜨면은 양순이 바로 내 앞에 있을 터이지.

일복은 눈을 떴다. 정말 양순이 서 있다. 그러나 저를 보고서 '악' 하고서 희롱 삼아 깜짝 놀라며 가만가만 상글상글 웃으면서 오는 것이 아니라, 그는 돌아서서 울고 있었다.

이게 웬일이냐? 일복은 벌떡 일어나서 양순의 등 뒤로 가서,

"왜 그래?"

하며 두 어깨를 껴안을 듯이 두 손으로 쥐었다.

그러나 양순은 자꾸 울고 있을 뿐이다.

"왜 울어, 응?"

일복은 귀밑에서 소곤거려 물었다.

그래도 말이 없다.

"말을 해야지?"

일복은 두 어깨를 재촉하듯이 흔들었다. 그때야 겨우 울음 섞인 목소리로,

"아녜요."

"아니라니, 집에서 꾸지람을 들었나?"

"아뇨."

"그럼 무엇을 잘못한 것이 있나?"

"아녜요."

"그럼 내가 오지 않아서 그래?"

"그것도 아녜요."

"그럼 무엇야?"

양순은 눈물을 두 뺨 위에 흐르는 채 그대로 내버려 두고서 긴 한숨을 힘없이 쉬더니 일복을 바라보며,

"여보세요."

그의 목소리는 아직까지 보지 못하던 애수가 뭉켰었다.

"왜 그래?"

일복의 감정은 이유 없이 양순의 애수에 전염되어 그도 울고 싶었다.

"당신은 양반이지요?"

"그게 무슨 소리야."

"저는 상사람의 딸입니다."

일복은 속으로 껄껄 웃었다. 그러나 양순은 말을 계속하여,

"저를 생각하시는 것은 도리어 당신 명예나 신상에 이롭지 못합니다. 저를 잊으시는 것이 도리어 당신이 저를 생각하여 주시는 정예요. 오늘부터 저를 잊어주세요."

일복은,

"그게 무슨 소리야. 양순이가 없으면 내가 없는데 나는 어디까지든지 양순을 잊을 수는 없어. 내가 잊지 않으려는 것 아니라 잊어지지 않는 것을 어찌하나?"

"여보세요. 나는 당신을 섬길 마음이 간절하지마는 저는 내일…… 아녜요. 저는 당신을 섬길 몸이 못 되지요. 너무 천한 몸예요."

양순은 내일이라는 말을 하다가 다시 말을 고쳐 하였다. 이 말을 들은 일복은 의심이 생기어,

"무엇야, 내일 어째?"

양순은 이 말을 들더니 눈물이 새로이 떨어지며 울음이 복받쳐 올라온다.

"여보세요? 당신은 저를 참으로 생각하시지요? 그러면 저를 데리고 어디로든지 가주세요. 저는 내일 돈 백 원에 팔려 가는 몸예요. 우리 어머니는 돈 백 원에 나를 장돌뱅이에게 팔았어요. 그래서 내일은 그 장돌뱅이가 와요."

"무엇?"

일복의 몸과 혼이 한꺼번에 떨리기 시작하였다. 일복의 가슴에 몸을 기댄 양순의 몸까지 부리나케 떨린다.

"정말야?"

일복은 다시 물었다. 그러다가는 양순의 귀밑에 입을 대고,

"거짓말이지? 응?"

그것이 거짓말이지 참말일 리는 없었다.

"거짓말이지? 거짓말?"

"왜 거짓말을 해요?"

일복은 두 주먹을 불끈 쥐고 눈에서 형광 같은 불빛이 번쩍이며,

"여! 금수! 독사다! 내가 그런 짐승들을 그대로 둘 수는 없다. 자기 딸의 살과 피를 뜯어먹고 빨어먹는 귀신이다. 에! 그런 것을 그대로 두어?"

그는 당장에 그쪽으로 향하여 가려 하였다. 그가 힘 있는 발을 한 걸음 내놓았을 때,

"왜 이러세요."

양순은 일복의 팔을 붙잡았다.

"우리 오라버니는 황소 하나를 드는 기운을 가진 이예요. 당신이 가시면 당장에 큰일 나세요."

"아냐. 내가 가서 그까짓 것들은 모조리 처치를 할 터이야."

"가지 마세요. 글쎄 어떻게 하시려고 그러세요."

일복은 아무 말 없이 한참 먼 산만 바라보고 있었다. 양순은 한참 있다가,

"여보세요! 저는 당신의 몸이지요?"

"왜 그것을 거퍼 물어?"

"글쎄 대답을 하세요."

"그래."

"그러면 저를 죽이시거나 살리시거나 그것은 당신에게 달렸으니까 저를 어디로든지 데리고 멀리 가주세요."

"어디로?"

"어디로든지."

"죽을 때까지?"

"죽어도 좋아요. 당신과 같이 죽으면……."

양순은 일복의 허리에 착 감기며 잠깐 바르르 떨더니,

"여보세요. 나는 결심했습니다. 저의 한 가지 길은 그것밖에 없어요."

일복의 마음은 무엇으로 부수려 할지라도 부술 수 없이 단단하여졌다. 온 우주의 정령과 세력의 정화가 그의 가슴에 엉키어 만능의 힘을 가지게 된 듯하였다. 그러고서 형광 같은 신앙의 불길이 그 앞에서 붙으며 최대의 세력이 그 전 관능을 지배하는 듯하였다.

"나도!"

그의 부르짖음은 굳세었다. 그리고 투사가 모자gage를 던진 그 찰나와 같이 아무 세력도 그의 의지를 움직일 수는 없었다.

"그러면!"

일복은 말을 꺼냈다.

"오늘 저녁에라도 달아날까?"

"네!"

양순은 몸을 턱 일복의 팔에 실으면서 대답하였다.

"저를 저기서 해가 넘어가는 저 산 뒤까지라도 데려다주세요. 그리고 언제든지 같이 가세요. 저는 당신이 계실 때는 조금도 무서운 것이 없으나 당신이 없으시면 무서워 죽겠어요."

"그러지, 그래. 어디든지 데리고 가지. 같이 가고 같이 살고 같이 죽지! 응?"

양순은,

"네."

하면서 고개를 숙였다.

일복은 벌게진 서천西天을 한탄 있는 눈으로 한참 바라보다가,

"그렇다, 그렇지!"

하며 손뼉을 탁 치더니,

"옳지, 옳아."

하며 무엇을 혼자 깨달은 듯이,

"이것 봐! 그러면 좋은 수가 있어! 만일 어머니에게 내가 돈 백 원을 주면 고만이지! 그렇지? 그래그래, 그러면 고만야. 자, 오늘 그러면 어머니에게 나는 의논을 할 테야."

양순은,

"글쎄요. 그러나 그렇게 많은 돈을 가지셨어요?"

"그것야 어디 가서든지 변통을 하여 오지! 그것은 염려 없어. 그러나 그것을 저쪽에서 물러줄는지가 의문이지."

"그러면 우리 두 사람이 멀리 가지 않어도 괜찮지요?"

"그것야 말할 것도 없지!"

"정말요?"

"그럼."

양순은 눈물방울을 방울방울 눈썹에 달고서 좋아 못 견디어 나오는 웃음을 웃으면서,

"그러면 저는 공연히 울었어요."

하고 두 손등으로 눈을 씻었다.

13

일복은 집으로 돌아오는 길에 또다시 이동진을 만났다.

"아, 그런데 어떻게 된 일입니까?"

일복은 인사도 없이 댓바람에 물어보았다. 동진도 그 말을 알아들은 듯이,

"허, 참 일이 우습게 되었습니다. 그렇지 않아도 만나 뵙고 그 말씀이나 여쭈려고 지금 댁에를 다녀오는 길입니다."

일복은 주춤하고 서서,

"글쎄 그런 일이 어디 있습니까? 돈 백 원에 일직一直 사는 장돌뱅이에게 팔아먹었다니, 그런 비인도의 짓이 글쎄 어디 있습니까?"

하고서 상을 찌푸리고 고개를 내돌린다.

"글쎄요. 저도 그 말을 오늘야 듣고서 퍽 분개하였습니다. 그런 죄악의 짓을 하고도 부끄러움을 모르니 짐승이 아니고 무엇예요."

하고서 동진은 손에 들었던 사냥총을 다시 어깨에 메고서,

"이번 일은 제가 퍽 미안하게 되었습니다. 그 내용인즉 이렇습니다그려. 엄영록은 자기 어머니가 자기 딸을 팔아먹은 줄 알지

못하고서 나에게 그와 같이 승낙을 하였다가 그날 자기 집에 가서 어미와 의논을 하여보니까 어미 말이 그와 같은 일이 있으므로 할 수 없다고 하드랍니다. 그 어미 말이 그 돈 백 원이라는 것도 그 어미가 그 장돌뱅이 놈에게 거진 이백 원 돈의 빚이 있는 것을 얼마간은 탕감해 주고 그 딸을 백 원에 쳐서 데려가는 것이랍니다그려. 어떻든 언어도단이지요. 말할 것도 없지마는 그 어미가 나쁩니다. 그래서 나는 그 어미도 알고 또는 어미도 내 말이라면 웬만한 것은 듣는 터인 고로 오늘 일복 씨하고 같이 가서 직접 말이라도 해보고 만일 돈이라도 달라면 좀 안되기는 하였습니다마는 돈이라도 주시지요."

일복도,

"그러지요. 돈야 주려면 주겠지요마는 어떻든 일이 잘되었으면 좋겠습니다. 동진 씨가 많이 진력하여 주실 줄만 믿습니다."

"힘은 써보지요마는. 무얼 그런 것들은 돈만 주면 고만이지요. 그저 돈예요, 돈."

하며 동진은 손가락을 동그랗게 만들어 내흔든다. 일복의 마음에도 그렇지, 돈만 많이 주어보아라, 저의 입들이 딱 벌어질 터이니. 그놈이 백 원 주면 나는 이백 원 주지. 그래도 싫달라구? 그러나 돈으로 애인을 산다는 것은 부끄러운 일인걸! 그러나 아냐. 결함 많은 세상에서 살려는 우리의 임시 권도지!

"그러면 이따 저녁 잡순 후에 우리 같이 가십시다. 아니, 우리 집 가서 저녁을 같이 잡숫고 그리고 같이 가십시다."

하며 동진의 팔을 끌어당기었다.

"아녜요. 집에 가서 먹지요."

"같이 가세요. 우리 집에도 밥 있습니다. 밥 없을까 보아서 그러세요? 하하."

두 사람은 일복의 집으로 가기로 정하였다.

얼마 가다 동진은 어깨에 메었던 사냥총을 보이며.

"이것 좋지요? 어저께 허가가 나왔어요. 그래서 내일은 사냥을 좀 해볼까 합니다."

"그것 참 좋습니다그려. 얼마 주셨어요?"

"○○원 주었어요. 제가 학교 다닐 때 어떤 선생님에게 총 놓는 법을 한 일 년간 배운 일이 있지요."

"그러면 퍽 잘 놓으시겠습니다."

"무얼요. 잘 놓지는 못하여도 대강 짐작은 합니다."

"이것으로 사람을 놓으면 죽지요?"

"죽고말고요. 바로 맞으면 죽습니다."

"그러나 몇 방이나 나갑니까?"

"오연발예요."

일복은 그 총을 빼앗아 들고서 한번 노려보더니,

"저도 대구 있을 때 일본 사냥꾼의 총을 두어 번 놔본 일은 있지요. 그러나 겁이 나요. 하지만 총이란 위태한 것인 까닭에 가까이하는 것이 좋지는 못하지요. 어떻든 사람의 감정이라는 것은 알 수 없는 것이 되어서 웬만큼 자제력이 있는 사람이 아니면 무슨 짓이든지 하니까요."

"그래요. 그러기에 조선에도 성미가 급한 사람이 주머니칼을 아니 가진다는 말이 있지 않습니까?"

"그러므로 저는 사람을 죽이는 것도 거의 다 그 자제력 없는

데서 나는 것이라 합니다. 그러나 감정을 누를 만한 자제력을 가진 사람이 어디 있습니까? 감정도 피도 생명인데 더구나 사랑으로 인하여 사람을 죽였다 하면, 즉 자기의 사랑 원수를 죽였다 하면 그것은 얼마간 동정할 만한 일이라 할 수 있을 것 같아요."

하다가,

"고만두십시다, 그까짓 이야기는. 우리 관에 가서 쇠고기나 한 근 사고 술집에 가서 술이나 몇 잔 받어가지고 가십시다…… 그러나 그 돈을 준비하실 수가 있습니까?"

일복은 속에 예산하기를 의성 고운사에 있는 김우일에게 그와 같은 사정을 하지 않고라도 자기가 급히 쓸데가 있으니 얼마간 보내라 하면 그만한 것은 즉시 보내줄 줄을 믿는 터이므로 그렇게 하기로 하고서,

"그거야 되지요. 어떻든 하면 그거야 못 되겠습니까."

"만일 없으시면 저라도 변통하여 드리지요."

두 사람은 밥을 먹었다. 일복은 먹을 줄을 모르는 술을 동진의 강권에 못 이기어 석 잔이나 먹었다. 얼굴이 빨개지고 숨소리가 잦았다. 그리고 온 세상이 팽팽 내둘리고 어질어질하면서도 그의 감정이 흥분되어 앞에 무서운 것이 별로 없고, 유쾌함이 한이 없다. 그래서,

"여보, 동진 씨!"

아무리 똑똑히 한 말이라도 자꾸 헛나간다.

"그까짓 년을 그래 그대로 둔단 말이오?"

동진은 껄껄 웃으며,

"여보, 술 취했소. 정신 차리시우."

"술이 취해요? 예 여보시우. 그까짓 술에 취해요."
하고서는 머리를 짚으며,
"어, 머리 아퍼."
한다.
"큰소리는 고만하시우. 당상에 머리가 아프다면서 그러십니까? 자, 어서 갈 곳이나 가봅시다."
"가지요! 자, 이번 일은 꼭 동진 씨에게 있습니다. 만일 듣지를 않으면 그런 짐승 같은 것은 죽여버리지."
"사람을 죽여요? 그것은 죄 아닌가요?"
"그것이 어디 사람인가요? 짐승이지요. 짐승을 죽이는 것이 죄예요?"
"그럼 죄가 아녜요? 요새 사냥 규칙을 좀 보십시오. 팔자가 사람보다도 좋은 짐승이 어떻게 많은데 그러십니까?"
"네, 보호받는 짐승들 말씀이지요. 그래요. 짐승도 마음이 곱고 모양이 어여쁘면 대접을 받어요. 그러니까 사람은 동물 아닌가요. 그저 짐승만 못한 것은 일찍 죽여버리는 것이 도리어 양순씨를 보호하는 가장 좋은 방법이지요."
이렇게 실없은 말 섞어서 무엇이라 떠들더니 구두를 신으려고 마루 끝에 내려서려 하다가 다리가 헛놓여서 고만 주저앉았다. 이것을 본 동진이가,
"글쎄 이게 무슨 짓이오. 그렇게 취하셨소?"
"아녜요. 취하기는 취했어도 정신은 까딱없어요."
동진은 짚어 세워놓았던 사냥총을 집으며,
"이것을 어떻게 할까? 가지고 가자니 안되었고."

일복은,

"이리 주세요. 내 방에 두세요. 내일이나 이따가 찾어가시지요."

"그렇지만 위험합니다."

"위험하기는 누가 어쩌나요?"

"그러나 탄환을 아까 장난하느라고 다섯 개를 넣었다가 한 개를 쓰고 네 개가 남었는데요."

"괜찮어요. 나도 그만한 주의는 하는 사람이랍니다. 염려 말고, 자, 내 방에 두세요."

하고 일복은 총을 방에 들여다 세우고 나왔다.

14

의성이라 고운사다. 울울창창한 대삼림이 제철형으로 등을 껴안아 고개를 돌려 쳐다보면은 높이 뜬 솔개가 그 중턱에서 배회한다. 절 옆으로 흐르는 잔잔한 시내 소리는 숲 속에서 울려 나오는 자규의 소리와 이리저리 얽히어 한아한 정조에다 새긴 듯한 무늬를 놓아놓는다. 가운루 옛집이 구름을 꿰뚫지는 못하였으나 천여 재 시일을 구슬 꿰듯 하였고, 최고운[4] 선생의 목소리는 들을 수 없으나 그의 발자취를 고를 수 있는 듯하다.

여기 온 지 며칠이 되지 못한 김우일은 사무실 뒷방에 혼자 누웠다. 너무 고요한 것이 피부를 간지럽게 문지르는 듯하다. 저쪽

4 통일신라 말기의 학자이자 문장가(857~?). 본명은 치원.

선방에서 참선하는 소리가 가끔가끔 그 간지러운 정적을 긁어줄 뿐이다.

우일은 혼잣말로,

"이상하다!"

하고서는 벌떡 일어났다.

"오늘 저녁에는 다시 한 번 나가보리라!"

할 즈음에 그 절 주임의 대리를 보는 중 하나가 앞 복도를 지나다가 우일을 보고서 합장하고 와 앉는다. 얼굴빛은 자둣빛같이 검붉으나 건강하다는 것을 유감없이 나타내며 미목眉目이 청수하여 그의 천분을 읽을 수 있다. 그가 웃음 지으며 말을 꺼낼 때에 하얀 이가 사람의 마음을 잡아당긴다.

"심심하시지요?"

그는 꿇어앉아 친절하게 물어본다.

"네, 조금 무료합니다. 그러나 퍽 좋습니다."

"무얼 좋을 거야 있겠습니까마는 속계보다야 조금 한적한 맛이 있지요."

"조금뿐이 아니라 퍽 많습니다. 이런 데서 살면은 늙지를 않을 것 같습니다."

"네. 헤헤, 그렇습니다. 건강에 관계가 조금 있지요."

우일은 화제를 돌리어,

"그런데 이 절에 모두 몇 분이나 계십니까?"

"몇 사람 안 됩니다. 한 이십여 인밖에."

"여자라고는 하나도 없겠지요?"

그 중은 시치미나 떼는 것처럼,

"없습니다."

하니까 우일은 의심쩍은 듯이,

"네—"

하고서는 멀거니 서 있다. 그러니까 그 중은 할 말이 없어 군이야기처럼,

"안동읍에 가보신 일이 계신가요?"

"한 두어 번 가보았지요. 거기에는 나의 절친한 친구 한 사람 있어서요."

"네, 그러세요. 누구십니까요?"

"네, 지금 은행에 있는 유일복이라는 사람예요."

이 말을 들은 중은,

"유일복 씨요!"

하고 고개를 기웃하고 무엇인지 한참 생각하다가,

"그의 본댁이 의성이지요?"

"네, 바로 우리 집하고 가깝습니다."

김우일은 이 중도 그러면 혹시 유일복을 짐작하는가 하여,

"그것은 어떻게 아십니까?"

"네, 알 만한 일이 있어요. 들으니까 그이가 은행 일을 고만두었다나 보아요."

김우일은 깜짝 놀라는 듯이,

"그럴 리가 있나요?"

"아니올시다. 고만두었습니다. 그럴 사정이 있어요."

김우일은 속마음으로 일복 사정은 나같이 자세히 알 사람이 없는데 내가 모르게 일복이 은행 일을 그만두었다니 네가 잘못

알았다 하는 듯이,

"아마 똑같은 이름이 있는 게지요"

하니까 그 주지 대리는,

"그러면 우일 씨 아시는 그 어른이 저 아는 그이가 아닌 게지요."

"그렇지만 안동은행에는 유 성 가진 이가 그 사람밖에 없는 걸요."

"그러면 정희라고 아십니까?"

"은행 지배인의 딸 말씀입니까?"

"네, 네. 바로 맞었습니다."

"알고말고요. 그이가 유일복과 정혼한 이죠."

"바로 맞었습니다. 네, 네."

주지 대리는 한숨을 후 쉬더니,

"참 가엾은 일예요."

하고 고개를 숙인다.

우일은 무슨 가탄한 일이 일복과 정희 사이에 생겼는가 하여,

"무슨 일이요?"

하니까 그 중은,

"말씀할 것까지는 없습니다마는…… 가엾어요."

우일은 궁금증이 나서 무슨 일인지 어떻게 해서든지 알아보려고,

"무슨 일인지 가르쳐 주십쇼그려. 궁금합니다. 그렇지 않어도 요사이 그 사람의 소식을 듣지 못해서 궁금하던 차인데요."

"네, 일복 씨하고 그렇게 친하시다 하고 또 우일 씨를 신용하는 까닭에 말씀은 하겠습니다마는 정희 씨가 일전에 돌아갔지요."

이 말을 들은 우일은 자기의 동생의 죽음을 들은 듯이,

"네? 죽어요?"

중은,

"네."

하고서 점잖게 고개를 숙이고 눈을 감으며 입속으로 중얼중얼 염불을 하였다.

"어떻게 하다가요? 병이 났었든가요?"

우일은 바짝 달라붙어 앉았다.

"아니지요."

그 중은 다시 점잖게 고개를 내흔들더니,

"물에 빠졌지요"

하며 입맛을 다셨다.

우일은 중의 얼굴을 무엇이 나오는 것을 기다리듯이 한참 들여다보았다. 그리고 여태까지 민틋한 얼굴에 윤기가 번쩍거리고 그야말로 영광靈光이 있는 듯하더니 지금 자기가 속마음에 어제 저녁 자기가 변소에 갔을 때에 이 절에는 여자가 하나도 없다는 데서 여자를 본 것과 또는 그 여자가 정희와 똑같은 것을 본 것을 생각하면서 그 중의 얼굴을 보니까 그 윤기와 영광은 어디로 사라지고 짐승의 털 같은 검은 수염과 사자 입 같은 길게 째진 입과 이리의 욕심 많은 눈 같은 두 눈이 보일 뿐이다.

아무리 신심 깊다는 승 목사 등 여러 종교가에게 대하여 착실한 신임을 하지 못하는 우일은 속으로,

'너도 사람인 이상에야 죄를 안 짓고는 어디가 가려워서 못 견디는 모양이로구나?'

하였다.

우일은 얼굴빛을 다시 냉정하게 고치고서,

“어째 그랬을까요?”

“그것은 그 유일복 씨 까닭이지요. 그이가 아마 마음을 주지 않었든 모양예요.”

“네.”

우일은 대답할 뿐이다.

15

그날 밤 한 시나 되었다. 우일은 문을 살며시 열었다. 그리고 조심스러웁게 문을 나섰다. 복도로 가만가만 걸어서 옆의 방을 들여다보니까 주지 대리가 코를 골며 자고 있다. 시커먼 먼 산에 바람이 쏴 할 때에는 그 부슨 대신大神이 달음질하는 듯하다. 우일은 회랑을 돌았다. 대웅보전이 점잖게 앉아 있는 앞뜰을 지났다. 주방을 지나 다시 마당에 나왔다. 이쪽 선방에서는 이야기 소리가 들리더니 뚝 그친다. 우일도 멈칫하고 서 있었다. 그리고 다시 이야기 소리가 나기를 기다려 다시 걸어갔다. 맨 끝 방을 돌았다. 그리고 뒷방 문 앞에 와 섰다. 백지로 다시 바른 미닫이에는 머리카락 날신날신하는 양 머리가 비쳤다 말았다 한다. 우일은 숨소리를 죽이고 마루 위로 올라섰다. 찬 바람이 쏴— 불어 잔등이를 으쓱하게 할 제 그는 미닫이 틈에 한 눈을 대고 방 안을 들여다보았다.

불빛이 어룽대어 그 방 안에 앉은 여자의 얼굴이 선명히 보이지 않고 윤곽의 곡선이 자주 변한다. 그 여자는 무슨 책인지 펴놓고 앉아서 보는지 마는지 십 분이 지나가도 책장 하나 넘기지 않는다.

우일은 속으로 '분명히 정희는 정흰데' 하며 더욱 똑똑한 증거를 알기 위하여 자기가 삼 년 전에 대구서 만날 때의 기억을 꺼내어 그것과 지금 방 안에 앉아 있는 실물과 대조하기를 시작하였다. 댕기를 드렸을 때에 본 정희가 지금 머리를 튼 때와 똑같을 리는 없지마는 어떻든 많이 같은 곳이 있다. 눈초리에 눈썹이 조금 숱해서 사람의 마음을 끌게 된 것, 코가 어여쁜 것, 입이 조그마한 것, 두 빰이 불룩한 것, 가끔가다가 고개를 까댁까댁하는 버릇까지 꼭 정희다.

그러면 저 정희가 무엇하러 자기 부모와 또는 일복까지 내버리고 이런 절에 외로이 와 있는지? 정말 주지 대리의 말과 같이 죽었다 하면 여기에 와 있을 리도 없을뿐더러, 그렇다고 죽지 않은 정희를 옆에다 두고 죽었다고 거짓말을 했을 리는 없겠는데 내가 아마 잘못 보고 그러지나 않는지? 똑같은 여자가 있는 것을 잘못 보고 그러지! 그렇지만 어떻든 나이 젊은 여자가 여기 혼자 와 있는 것은 무슨 곡절이 있는 것이다. 아니 한양閒養을 하러 와 있는 것인가?

우일은 한참 의혹에 싸여 멀거니 서 있으려니까 방 안에서 가늘게 기침하는 소리가 나더니 부시시 일어나는 소리가 난다. 우일은 깜짝 놀라 담 모퉁이에 가서 숨었다.

방문 소리가 나더니 그 여자는 신을 신고 마당으로 내려섰다.

그는 마당 한복판에 한참 섰다가 다시 두어 번 사면을 둘러보고서 샛길로 아래 시내를 향하여 내려간다. 우일도 나무 사이에 몸을 숨겨 쫓아 내려갔다.

저 아래서 치르럭치르럭 손 씻는 소리가 나더니 또 얼굴 씻는 소리가 난다. 우일은 그 여사가 앉아서 수건을 적시는 바로 옆 나무 뒤에 숨어 섰다. 그 여자는 얼굴을 씻고 손을 씻은 뒤에 다시 일어서 멀거니 섰더니 고개를 숙이고 한숨을 쉬며 나무 사이에서 반짝거리는 별을 쳐다보고서 그 별을 껴안을 듯이 두 팔을 벌려 한껏 내밀었다가 다시 끌어들이며,

"아아."

하고 옆의 사람에게까지 들리도록 소리를 내어,

"저는 아무도 원망하지 않고 또한 아무것도 부끄러울 것이 없습니다. 저는 다만 하느님이 하라시는 대로 할 뿐입니다. 저의 생명을 하느님께 바쳤습니다"

하고서 한참 있나가 다시,

"하느님! 그러나 저는 그이를 사랑합니다. 저의 피와 저의 생명은 그를 위하여 있습니다. 저는 그를 위하여 그의 제단 위에 저의 흠 없는 사랑을 바치려 합니다."

그러고서는 고개를 숙이고서 훌쩍훌쩍 우는 소리가 들린다. 너무 감격함은 자기 스스로 자기를 울게 하였다.

'그이! 그이가 누구일까?'

우일은 '그이'가 알고 싶었다.

'그이가 일복이가 아닌가?'

그러면 저 여자는 필연 실연자인 듯한데 그 대상 되는 사람은

누구인가?

소나무 위에서 이슬이 가끔가끔 머리 위에 떨어질 때마다 처끈처끈한 것이 흐릿한 감정을 청신하게 하는 동시에 어디선지 자기 몸뚱어리에서 용기가 나는 듯하다.

그는 혼자 속으로,

'물어봐?'

하다가도 그 냅다 나오는 감정을 참고서,

'아니지! 만일 말을 꺼냈다가 정말 저 여자가 정희가 아니면 어떻게 하게. 정희라 할지라도 나를 못 알어보면 어찌하노? 그렇지. 내일 자세히 알어본 뒤에 하자!'

하고서 다시 나무 등 뒤로 서 그 여자의 행동만 살펴본다.

가끔가끔 나뭇잎 사이로 스쳐 지나가는 바람이 가늘게 떨 때 우수수하는 소리가 너무 고요함을 조금씩조금씩 깨뜨린다.

그 여자는 대리석으로 깎아 세운 여신상처럼 한참이나 멀거니 서 있더니 몸을 잠깐 뒤로 틀어 고개를 돌리더니 올라갈까 말까 하는 듯이 주저주저하다가 다시 그 자리에 서 있다. 흰옷 입은 그의 흐르는 듯한 몸맵시가 새까만 암흑 속에 서 있으니 시내에서 솟아오른 정령의 화신같이 보인다. 그러고서 몸짓을 잠깐씩 할 적마다 치마저고리의 주름살이 살근살근 울멍줄멍할 때 주름살의 음영이 이리 변하고 저리 변하여 휘둘리는 곡선이 희었다 검었다 한다.

그 여자는 다시 두 손을 맞잡고서,

"그만 올라갈까?"

하고서 내려오던 비탈로 다시 올라갈 때 그는 입속으로 혼잣말로,

"나는 살었으나 죽은 사람이지? 그렇지! 언제든지 일복 씨가 나를 생각지 않으시면 나는 죽은 사람이나 마찬가지니까."

할 제 이 소리를 들은 우일은,

'응? 무엇이야? 일복?'

하고 속으로 놀라면서,

'그러면 정말 정희인가?'

할 제, 그 여자는 다시,

"이이는 나를 여기다 혼자 맡겨두고 어디를 가서 여태 오지 않는고?"

하다가,

"그렇지. 나는 어디로든지 그 여승이 가자는 대로 가겠지만 일복 씨는 이렇게 내가 살어 있는 줄 모르시고 죽은 줄만 믿으시렷다! 그렇지. 그렇게 아시는 것이 일복 씨에게는 도리어 좋으실 터이지!"

우일은 알았다. 그 여자가 분명히 정희인 것을 알았다. 그래서 당장에 '정희 씨, 무엇요?' 하려다가, 그래도 그렇지 않아서 가만히 그 여자의 뒤를 쫓아 너른 마당 한가운데 왔을 때 그는 가늘게 기침을 하여 인기척을 내었다. 별은 공중에 총총히 박히었고 시커먼 숲은 사면에 둘러 있었다.

"에고!"

하고 자지러지는 듯이 놀란 그 여자는 뒤를 한번 돌아다보고서 누가 자기 뒤를 따라오는 것을 보더니 한달음에 뛰어서 방으로 들어가려 한다. 우일은 어조를 가다듬어,

"여보세요! 정희 씨!"

하고서 그래도 의아하여 시험 삼아 불러본 '정희'라는 이름이 맞았는지 맞지 않았는지 그 여자가,

"네?"

하고서 자기의 이름을 부르는 사람이 있으므로 멈칫하고 서서 반갑기도 하고 의심쩍어 흘끔 돌아다보지 않았다면 몰랐었을 것이다.

"정희 씨를 이런 곳에서 뵈옵기는 참으로 뜻밖입니다."

하고 돌아서는 정희에게로 가까이 갔다. 정희는 누구인지 몰라서 겁이 나는 듯이 뒤로 물러서며,

"누구세요?"

우일은,

"네! 저를 몰라보시겠어요? 저는 김우일이올시다."

정희는 눈을 번쩍 뜨는 듯이,

"네! 김우일 씨요! 이게 웬일이십니까?"

하고서 일복이나 만난 듯이 가까이 덤벼들려다가 다시 멈칫하고 서면서,

"참 오래간만이십니다."

하고서 고개를 숙이고 땅을 내려다보면서 한참 서 있더니,

"참 오래간만이세요."

다시 하는 목소리에는 옛날을 생각하여 오늘을 비추어 보는 일종 금치 못한 애수의 회포가 엉키었다.

"네. 뵈인 지가 벌써 삼사 년이나 되나 봅니다. 그러나 어떻게 이런 곳에 와 계십니까?"

정희는 주저하였다. 말을 할 수도 없고 아니 할 수도 없었다.

말을 하자니 자기의 비밀을 세상에 알릴 터이요, 아니 말하자니 무슨 핑계가 없었다.

"네, 네, 다니러 왔어요."

"다니러요?"

"네."

"그러면 혼자 오셨나요?"

"네."

"언제 오셨어요?"

"온 지 며칠 안 돼요."

"네, 그러세요."

우일은,

"저도 여기 온 지가 며칠 못 됩니다마는, 일복은 요사이 잘 있나요?"

하면서 어두운 가운데서도 정희의 기색을 살피었다. 정희는 일복이란 소리만 들어도 가슴이 괴로운 듯이,

"네, 안녕하세요."

하고서는 눈을 위로 흘겨 뜨면서 우일을 바라보다가 다시 고개를 숙이더니 속마음으로 저이가 내가 물가에서 한 소리를 다 듣고서 일부러 저렇게 물어보는 것이렷다, 하는 생각을 할 때 얼굴이 홧홧하여졌다. 우일은 또다시 어떻게든지 의심나는 것을 알아보고 싶어서,

"이런 말씀을 여쭈어보는 것은 실례일는지 알 수 없습니다마는 밤마다 시냇가에 내려가시나요?"

정희는 가슴이 달랑 내려앉으며,

'에쿠, 저이가 아는구나.'

하고서,

"그것은 어떻게 아십니까?"

"날마다 뵈오니까 말씀예요."

"날마다요?"

"네."

"오늘도 오셨어요?"

"네. 뵈옵기만 할 뿐 아니라 무엇이라고 하시는 말씀까지 다 들었어요."

"제 말하는 것까지?"

"네."

정희는 한참 있다가 공중을 쳐다보더니,

"우일 씨는 우일 씨의 누이동생 같은 이정희의 비애를 알어주실 수가 있겠지요?"

입술이 떨리는지 목소리가 가늘어지며 떨린다. 그리고 망연히 서 있는 그의 두 눈에는 무궁한 거리에서 멀리 비추는 별빛을 반사하여 반짝거리는 눈물방울이 그 별같이 반짝이기 시작한다.

우일은 정중한 목소리로,

"그게 무슨 말씀입니까?"

"저는 죽은 사람예요. 저는 살어 있으나 죽은 사람예요. 저의 목숨은 비록 육체의 피를 돌게 하나 저는 죽은 지 오랜 사람입니다. 그는 저의 최대의 행복을 잃었고 또는 저는 지금 세상을 속이어 이곳에 몸을 감춘 사람입니다. 물에 빠진 나로서 오늘은 잠깐 이곳에 머물렀으나 내일은 또 어디로 갈는지 모르는 사람입니다.

저를 물에서 구해낸 여승은 저를 잠깐 이곳에 맡겨놓고 모레에는 다시 나를 데려다가 어느 곳에 숨겨줄는지 알 수 없습니다."

그러고서는 그대로 서 있는 정희의 두 눈에는 구슬구슬이 눈물이 떨어진다.

이 말을 들은 우일은,

"정희 씨! 제가 일복의 가장 신뢰하는 친구인 것을 알어주시죠. 그러면 저는 일복 군에게……."

"고만두세요."

정희는 우일의 말을 가로 끊었다.

"나는 우정을 의뢰하여 사랑을 이으려 하지 않습니다. 아니라, 우정으로써 사랑을 이을 수는 없습니다. 사랑은 사랑으로야만 이을 수가 있겠지요."

이때이다. 저편에서 사람이 오는 기척이 났다.

"에헴."

기침 소리는 나이 늙은 주지의 소리다. 두 사람은 깜짝 놀랐다. 삼물 장삼 자락이 어두운 저쪽에서 걸음걸이에 흩날리는 것이 희미하게 보인다. 정희는 깜짝 놀라면서,

"에쿠, 우일 씨! 가세요, 어서요."

우일은,

"네? 네."

"밤이면 이 절 주지가 가끔가끔 저 있는 곳까지 순회를 하고 가요. 제가 이 절에 맡겨 있을 때까지는."

정희는 자기 방으로 들어가며 댓돌 밑까지 쫓아온 우일에게 나지막한 목소리로,

"이 절 주지가 저를 구한 여승의 법사이라나요."

이것이 일복과 동진이 양순의 집을 가려던 전날 밤이었다.

16

동진과 일복은 엄영록의 집에 다다랐다. 일복은 여태까지 술이 깨지 않았는지 얼굴빛이 붉은 데다가 양순의 집으로 비록 자기 직접은 아닐지라도 연담을 하러 가는 것을 생각하매 부끄러웁기도 하며 또 한옆으로는 한번 허락하였던 것을 물리치고 오십이나 된 장돌뱅이에게 돈 백 원에 팔았다는 것을 생각하매 공연히 두 주먹이 쥐어졌다 펴졌다 하며 팔이 불불 떨린다.

그가 양순의 집에 들어가는 심리는 두 가지였다. 한 가지는 초례청에 들어가는 나이 어린 신랑 수줍어하는 듯한 그것과 또 한 가지는 흉적을 물리치려 그 소굴로 들어가는 연소무인年少武人의 의분이 넘치는 그것이었다.

동진은 먼저 마당에 들어섰다. 마루에 앉아 하루 판돈을 세던 양순 어미는 동진을 보더니 술 항아리 옆으로 비켜 앉으며,

"어서 오시소."

하고서 인사를 한다.

"괜찮은가?"

동진은 인사 대답을 하고 마루에 걸터앉아 사면을 한번 둘러보더니,

"재미가 어떤고?"

"언제든지 그렇지요. 장 그렇지요."

하면서 두 눈을 더러웁게 스르르 감는다.

"죄다들 어디 갔는가? 아들서껀."

"모르겠쇠다. 동리에 갔는가요."

"또 딸은?"

어미는 방을 가리키며,

"저 방에요."

이러다가 일복이 웬일인지 뚫어지도록 자기를 들여다보면서 마루 끝에 서 있는 것을 보더니,

"이리 올러오시죠."

하고서 마룻바닥을 가리킨다. 동진은 그제야 알아차린 듯이 두루마기를 휩싸고서,

"올러앉이소."

하며 일복을 권하는 듯이 쳐다본다.

일복은 허리 굽혀 사례를 하고,

"네."

하며 걸터앉았다.

동진은 담배를 피워 물고,

"그런데 술이나 한잔 주게나그려."

어미는 잔을 씻고 안주를 담더니 미안한 듯이 빙긋 웃으며,

"안주가 있어야죠. 에그, 맨술만 잡숫나요?"

하고서 두 잔을 부어놓는다. 일복은 술을 보더니 진저리나 치는 듯이 상을 찌푸리고 얼굴을 내흔들며,

"에그, 나는 정말 못 먹겠어요. 지금도 머리가 아퍼 죽겠는데요."

그래 동진은 억지로 권하면서,

"한 잔만, 꼭 한 잔만 잡수세요."

"네, 정말 못 해요."

"무얼 공연히 그러십니다그려. 오— 장모에게 어여쁘게 보이려고 그러십니까?"

이 말이 떨어지자 어미는 일복을 보더니 고개나 끄덕거리는 것같이 곁눈으로 일복을 바라본다. 일복은 얼굴이 더욱 빨개지며 이 양반이 유일복 씨란다 하는 듯이 슬그머니 얼러맞추는 동진의 두름성 있는 말을 듣고서는 이제는 주저할 것 없다는 듯이 안심이 된다. 그러나 참말 먹을 수 없는 술이나마 하는 수 없이 안 받아먹을 수가 없었다. 그는 마시었다.

그리고 안주를 먹은 뒤에 뒤로 물러앉았다. 동진은 마루에 걸쳤던 두 다리를 마루 위로 올려놓으면서 부어놓은 술을 마시더니 잔을 탁 내려놓고 안주를 씹으며,

"그런데 여보게, 내 말 한마디 할 것이 있네."

하고서 젓가락을 놓고 다시 고개를 쳐들어 양순 어미를 보면서,

"그래 이번 일은 어떻게 된 셈인가? 오늘 온 것은 다름이 아냐. 그 일 때문에 온 것이야."

그 말이 나오자 양순 어미는 그 말 나오는 것이 귀찮은 듯이 공연히 딴소리를 하려고 앵 하고 모여드는 모기를 두 손으로 날리면서,

"망할 놈의 모구, 사람 못 살겠군."

하니까 얼핏 대답하지 않는 데 조금 조급한 듯이,

"응? 웬일야? 곡절을 알 수가 없으니."

동진은 재우쳐 묻는다. 양순 어미는 벌써 알아차리고서,

"무엇을요?"

하면서 미안히 여기는 중에도 비웃는 듯이 씽긋 반웃음을 웃었다.

"내가 자네 아들에게 청한 것 말야?"

그때야 어미는,

"네—"

하며 긴대답을 하고서,

"나는 무엇이라구요. 참 미안한 말씀을 벌써 하려다가. 그렇지만 정혼을 하여놓은 것을 어떻게 합니까?"

"정혼을 하였어?"

"네."

일복은 한잔 술이 또 취하여 공연히 말이 하고 싶은 중에도 동진의 교섭이 점점 진전할수록 마음 조마조마한 기대를 가지고 있었다. 동진은,

"흥!"

하고 코웃음을 한번 치더니,

"여보게, 글쎄 그게 무슨 짓인가? 자아 여기 앉으신 이가 그 어른일세."

하며 일복을 가리키더니,

"자아, 그런 생각 먹지 말고 내가 말한 것대로 이 어른에게 허락하게. 오늘은 이 어른이 직접으로 자네의 말을 들으시려고 몸소 오셨으니."

일복은 소개하는 소리를 듣고서 허리를 다시 펴고 몸을 고쳐 앉아서,

"참 보기는 두어 번 보았으나 알지를 못하였소. 나는 유일복이오. 아마 이미 동진 씨에게 말씀을 들었을 듯하오."

하니까 어미는 조금 냉담하게,

"참 말씀은 많이 들었습니다."

하고서 걸레로 방바닥을 훔쳤다.

동진은 조금 더 바싹 들어앉더니,

"어떻게 할 터인가? 허락할 터인가?"

하니까 어미는 동진을 바라보고 태연한 웃음을 웃으면서,

"무엇을 어떻게 하랍니까? 어서 술이나 드소."

"술야 먹겠지마는 그 말대답을 해야지."

"글쎄요."

하고서 일복을 가리키며,

"약주 한 잔만?"

하며 주전자를 들어 먹겠느냐는 의견을 들으려 한다.

"아니, 싫소. 싫어. 진저리가 나오."

일복은 손을 내저으며 고개를 돌이킨다. 동진은 한 잔을 마시더니 고개를 숙이고 젓가락으로 안주를 뒤적거리면서,

"사람이란 그래서 안 되네. 어린 딸을 생각해야지. 자네가 그것은 잘못 생각하고 한 짓이지. 글쎄 이 사람아, 지금 말하자면 갓 피는 꽃봉오리 같은 젊은 딸을 오십이나 넘은 늙은 사람에게다 주다니, 안 돼. 안 될 일야"

하니까 어미는 그래도 부끄러운 듯이 고개를 숙이고서 한참 있다가,

"그것도 연분이지요."

"연분!"

동진은 어미를 한번 쳐다보더니,

"연분이 무슨 빌어먹을 연분인가? 그래 젊은 딸을 늙은 놈에게 팔어먹는 것이 연분야?"

하고 조금 어조가 불온히 나가는 것을 들은 일복은 자기까지 미안한 생각이 나서, 어미는 오죽하랴 하는 듯이 어미의 기색을 살피었다. 그러나 어미는 또 한 번 씽긋 웃더니,

"그것도 다 연이 있길래 그렇게 되지요."

동진은 껄껄 웃어 쓸데없는 분격에 잘못 말한 것을 덮어버리면서,

"그렇지. 그러나 그 연을 이쪽으로 끌어와 보게그려. 그것은 자네 입에 달린 것이 아닌가?"

"그러면 혼인을 무르라는 말씀이지요?"

"그렇지 그래."

"혼인을 무르기야 어려운 일이 아니지요."

"그러면?"

"그렇지만 이번 일은 무를 형편이 되지 못해요."

동진은 어미를 흘겨보더니,

"형편이 무슨 형편야. 그까짓 놈에게 나는 싫소 하면은 제가 또 무슨 큰소리를 할라구."

"그래도 못 돼요."

"무엇이 못 돼?"

동진은 무엇을 알아차린 듯이 들었던 젓가락으로 소반 변죽을 탁 치면서,

"옳지, 알겠네. 그거야 염려 말게, 이 사람아! 그까짓 것을 가지고 그러나? 돈 말일세그려. 돈 때문에 그러지? 하하, 그거야 내가 있는데도 그러는가? 아마 말하기가 부끄러워 그러나 보이그려. 그거야 벌써 생각해 둔 거야."

동진은 일복을 돌아다보며,

"사람이 저렇게 용렬합니다그려."

하고서 놀려먹듯 웃더니 다시 어미를 보고서,

"이 사람아, 아무리 하기로 이 어른이 돈 몇백 원이야 못 해주실 줄 아는가?"

일복은 속으로 문제는 그것 하나면 낙착이 되리라 하면서도 혼인 이야기를 하는데 돈이라는 소리가 나는 것이 아주 불쾌하였다. 그러나 어떻든 잘되기만 기대하는 그는,

"그거야 우리도 벌써 의논한 것이 아닙니까? 그런 염려는 할 것이 없겠지요."

하고서 동진의 말에 뒷받침을 하였다.

그러고 나니까 반 이상의 허락을 받은 듯하여 일복은 부질없이 기꺼운 중에도 죄던 가슴이 내려앉았다.

그리고 석유남포에 켜놓은 불빛으로 마주 앉은 어미를 볼 때 기름때 묻은 머리채를 이리저리 설기설기하여 틀어 얹은 것과 두 발의 열 발가락이 짐승의 발같이 험상스러웁게 생긴 것과 격에 맞지 않는 은가락지를 목우상木偶像의 손가락에 끼워놓은 것 같은 것까지 반 이상은 벌써 눈에 익어 짐승 같은 발가락과 격에 맞지 않는 은가락지와 때 묻은 머리채가 벌써 자기 장모의 그것이 되고 만 듯하다. 그래서 아까 여기를 들어올 때에 깨달았던 그

의분은 어디로 사라지고 잦아지는 재미에 웃음으로 꽃피는 화목한 가정에 앉은 듯할 뿐이다. 그리고 마루 밑에서 정정하고 나서는 그 집 개까지 벌써 자기 집 개가 되고 만 듯하다.

그러나 어미는 얼굴에 차디찬 정이 돌면서,

"고만두세요."

하며 고개를 내두르는 두 눈에는 어떠한 여성에게서든지 볼 수 있는 암상맞은 광채가 나면서,

"저는 돈도 바라지 않고요, 아무것도 싫어요. 상사람은 상사람끼리 혼인을 해야지 후환이 없어요."

일복은 다시 어미를 보았다. 그러고서는 양을 보려다가 여우를 본 것같이 적지 않은 낙망이 되면서도, 그러나 한 번 더 다지는 수작이려니 하고서 일복은 있는 말솜씨를 다 내어,

"그러면 내가 상사람 노릇을 하지."

하니까 동진도 잠깐 웃다가,

"이 사람아, 양반하고 혼인해서 후환 있을 것이 무엇인가?"

어미는,

"어떻든 저 어른에게 내 딸 드릴 수는 없어요."

하면서 일복을 원망이나 있는 듯이 가리킨다. 동진은 기가 막힌 듯이 허허 웃고서,

"그것은 또 어째서?"

"왜든지요."

"말을 해야지?"

"말요?"

"그래."

"그 말 해 무엇하게요? 안 하는 것이 좋지요."

"무슨 말인데 못 할 것이 무엇이야. 알기나 하세그려."

"어떻든 저는 저의 딸을 아무리 나이 늙은 장돌뱅이라도 그 사람에게 주는 것이 좋아요."

일복은 다시 살이 에이는 듯한 불쌍한 정과 피가 끓는 듯한 분노가 가슴에서 일어난다. 그러고서 가끔가끔 방 안에서 크게 못 하는 가는 양순의 기침 소리를 들을 때 일복은 그 어여쁜 양순을 수염이 짐승의 털같이 나고 수욕獸慾이 입 가장자리와 두 눈에서 낙수 지듯 하는 그놈의 장돌뱅이가 이리 발 같은 두 손을 넓게 벌리고 자기의 만족을 채우려고 덤벼드는 듯할 때 악 소리를 치면서 덤벼들어 그놈을 당장에 죽여 흠 없고 깨끗한 양순을 구해 내고 싶었다. 그는 그것을 생각할 때마다 온몸을 진저리치듯 떨었다. 그래서 그는 저도 모르게,

"무어요? 그것은 어째 그렇소?"

하고서 바싹 가까이 다가앉았다. 어미는,

"네, 네. 그것은 아무리 나이 젊고 얌전하고 재주 있는 당신이라도 남의 목숨을 끊게 한 어른에게는 드릴 수가 없단 말예요."

일복의 머릿속에는 번개같이 정희가 보였다. 정희!

일복은 아무 말도 못 하고 벙벙히 천장만 바라보고 앉았었다. 그의 입은 무엇으로 풀 발라 봉한 듯하였다.

이 말을 들은 동진은 눈 크게 뜨며 어미를 쥐어지를 듯이,

"무어야? 누가 사람을 죽게 해?"

하니까 어미는 태연한 얼굴로,

"꽃 같은 젊은 아가씨를 죽게 한 이가 누구십니까?"

하며 일복을 쳐다본다. 일복은 그 자리에 엎드러질 듯이 낙망하였다.

"여보!"

일복의 목소리는 떨리더니 조금 있다가 다시,

"동진 씨!"

하려니까 어미는 하려던 말을 채 마치지 못한 듯이,

"흥, 물에 빠진 귀신은 사라지지도 않고 언제든지 등 뒤에 따러다닌답니다. 그런 이에게 딸을 줘요!"

동진은 아무 말이 없었다. 일복은 고개를 숙이고 한참이나 앉았더니,

"여보! 내가 이 말을 하지 않으려 하였으나 하는 수가 없이 하오. 그런데 동진 씨!"

말에 눈물이 마룻바닥에 떨어진다.

"동진 씨! 나의 마음을 말하려 하나 그 말이 없고 귀를 가졌으나 들어줄 사람이 없습니다. 여보세요, 만일 나를 죄인으로 생각하고 자기의 딸을 줄 수가 없거든, 줄 수가 없거든 말씀여요……."

일복은 갑자기 고개를 들더니 사면을 한번 물끄러미 바라보고서,

"저에게 주지는 않을지라도 제발 오십 먹은 장돌뱅이에게는 주지 말어달라고 해주세요"

하고서는 그 자리에 엎드러져 울었다. 그러려니까 그 어미는 다시 깔깔 웃으면서,

"별격정을 다 하십니다그려. 내 딸이지 당신의 딸은 아니지요.

내 딸은 언제든지 내 맘대로 하렵니다."

이 말을 들은 일복은 벌떡 일어나 두 주먹을 쥐고서 어미에게 달려들며,

"이 아귀야! 딸의 피를 빨아먹는 독사야! 너 같은 것들은 모두 한 번에……."

하고서 발길을 들려 하니까 동진이 덤벼들어 말리면서,

"고만두십쇼. 고만두세요. 그것을 그러시면 무엇합니까?"

어미는 분해서 씩씩하며,

"무어요? 아귀요? 내가 아귀여요? 어째 내가 아귀요?"

하고 말대답을 하려니까 동진은 호령을 하면서,

"가만있어! 무엇이라 지껄여?"

일복은 눈물을 씻으면서,

"에― 분해요. 내가 죽드라도 저런 짐승 같은 것은 살려두기가 싫어요."

17

그날 밤이다. 일복과 동진이 양순의 집에서 나간 지 한 시간이 지난 열한 시이다.

누구인지 시커먼 옷을 입고 머리에 검은 수건을 두른 사람 하나가 양순의 집 뒤 언덕을 기어오르더니 사면을 둘러보고서 다시 그 집 뒷담을 살금살금 기어간다. 무엇인지 기다란 막대기로 이리저리 위아래를 조사하더니 중턱을 손에 단단히 쥐고서 뒤창

을 향하여 걸어가다가 무엇이 부스럭하기만 하여도 멈칫하고 서 있다가 소리가 그친 뒤에야 다시 걸어간다. 사면은 적적 고요한 밤인데 공중 위에서 유성 하나가 비스듬히 공중을 금 긋는 듯이 흐르고 별들까지 속살대는 소리를 그친 듯하다. 영호루 나루에 가로놓인 다리에 물결치는 소리가 차르럭거리며 풀 속에 곤히 자는 벌레를 잠 깨우는 것이 오늘 밤의 정적을 깨뜨리는 것이다.

그 검은 옷 입은 사람은 뒤창에 와서 가만히 엎드려 한참이나 그 속을 엿듣더니 손가락에 침질을 하여 창구멍을 뚫고서 그 속을 들여다본다. 그러고서는 무엇을 생각하더니 다시 뒤를 돌아보았다. 저쪽에는 버드나무 두어 개가 하늘을 꿰뚫을 듯이 정적 속에 서 있다. 그는 다시 뒤를 돌아 앞마당으로 나왔다. 그리고 마루로 올라와 뒷방을 엿보고 안방을 들여다보았다. 처마에 잠자던 제비 새끼가 찌르륵 하는 바람에 그는 멈칫하고서 뒤를 돌아보다가 다시 건넌방으로 소리 없이 건너가서 손에 든 총을 옆에 놓고서 머리에 쓴 것을 벗었다. 그는 말할 것도 없이 일복이었다.

일복은 이불도 덮지 않고 가로누운 양순을 가만히 흔들었다. 그의 손이 그의 보드라운 살에 닿을 때 그는 간지러운 불쌍함을 깨달았다. 그러고서 지금 이때부터는 여기 누운 이 여자와 끝없이 갈 것을 생각하매 공연히 세상일이 비애로웁고 한스러웠다.

"일어나!"

오기를 기다렸는지 양순은 쌍꺼풀 진 두 눈을 반짝 뜨더니 꿈꾸는 사람처럼,

"에구, 오셨네."

"일어나! 어서!"

양순의 손을 붙잡고 뒤를 돌아다보는 일복의 손은 떨리었다.

"가야지!"

일복의 목소리는 전판電板에 구르는 구슬같이 떨리었다.

"어서! 어서!"

그러나 양순은 일복의 목을 끼어안으며,

"여보세요, 정말 가요?"

하고서 소리 없이 운다.

"그럼 가야지. 가지 않고 어떻게 해?"

하고 양순을 달래듯이,

"울지 말어, 응! 남이 알면은 어떻게 하게."

양순은 고개를 더욱 일복의 가슴에 비비면서,

"어디로 가요?"

양순은 어린애처럼 온몸을 발발 떤다.

"어디로든지."

일복은 또 한 번 안방을 건너다보았다.

양순의 울음은 북받쳐 오르며,

"여보세요, 저는 할 수가 없어요."

하고서 침을 한번 삼키었다.

일복은 병 앓는 어린애를 안은 어머니가 귀여웁고도 불쌍히 여겨 내려다보는 듯이 양순을 내려다보며 혼자 마음으로,

'네가 아직 집을 떠나보지 못해서 집을 떠나기가 싫어서 그러는구나?'

하였다.

"그럼 어떻게 해? 어서 가야지? 응?"

"가기 싫거나 집을 떠나기가 싫어서 그러는 것이 아니에요."

"그럼?"

"어제까지는 제가 당신을 따라서 어디까지든지 가려 하였어요. 그러나 오늘은 다만 당신이 죽여주기만 기다릴 뿐이에요."

"무이야?"

일복은 소리가 커졌는가 의심하여 다시 문밖을 내다보고서,

"그런 소리 말고 어서 가!"

일복은 울고 싶도록 섭섭하고 분하였다.

"그러면 너의 마음이 하룻밤 사이에 변하였구나?"
하면서 을크러뜨릴 듯이 양순을 끼어안았다. 양순은 일복의 허리를 안고 몸은 어리광처럼 좌우로 흔들며 기막히는 목소리로,

"아녜요, 아녜요."

"그러면 어째 그래?"

양순은 한참이나 주저하다가,

"저는 장돌뱅이에게로 가는 수밖에 없어요."

일복은 양순을 몸에 붙은 거머리나 떼는 것처럼 두 손으로 밀치고 얼굴을 물끄러미 들여다보더니,

"무어야? 장돌뱅이에게로?"

"……."

일복은 양순을 손에서 뿌리치며,

"에— 더러운 년! 그러면 여태까지 네가 나를 생각한다는 것이 다 거짓말이었구나. 너의 조 새빨간 입으로 같이 가자 한 것도 다 거짓말이었지?"
하자 개가 다시 킹킹 짖는다.

안방에서 잠자던 어미가 개소리에 잠을 깨었다가 건넌방에서 인기척이 있는 것을 듣고서,

"그 누구요?"

하고 드러누워서 건넌방을 바라본다. 이 소리를 들은 일복은 얼핏 옆에 놓았던 사냥총을 들고 아무 말 없이 안방 동정만 살피었다.

어미는 그래도 담벼락에 어룽대는 그림자가 이상하므로 옆에서 자는 자기 아들을 깨운다.

"얘, 얘야."

코를 골고 자던 엄영록이라는 놈이 부스스 돌아누우며 응응 할 뿐이다.

"응, 일어나거라, 일어나."

그래도 대답이 없다. 어미는 혼자 일어나 건넌방에 누가 왔는가 알려고 가만가만히 마루로 건너간다.

일복은 가슴이 떨리고 손이 떨리고 다리가 떨린다. 그리고 그의 눈에는 아무것도 보이지 않고, 보이는 것이라고는 그 앞에 선 양순 어미뿐이다. 그리고 그 양순 어미는 여적女賊의 괴수나 힘 많은 짐승같이 보이는 동시에 자기의 몸이 지금 당장에 그 여적의 괴수 같고 짐승 같은 양순 어미에게 해를 당할 것같이 보인다. 그래서 그는 침착지 못한 마음으로써 최후의 수단으로 자기가 보신용으로 가져온 사냥총을 들었다. 그러나 그 총부리는 떨렸다.

"이 짐승 같은 년, 꿈적 말어. 찍소리만 해보아라. 그대로 쏠 터이니."

어미는 "에구머니" 한소리에 그대로 마룻바닥에 주저앉아 벌벌 떤다. 일복은 이것을 보고서 아까 그 여적의 괴수나 사나운 짐

승을 본 듯한 생각은 어디론지 없어지고 땅에서 꿈지럭거리는 지렁이같이 더러웁고 징그러운 중에도 아무 힘도 없는 것을 알아차렸을 때 그는 웬일인지 세계를 정복한 듯한 용기와 자신이 생기었다. 그래서 그가 "꿈적 말어" 소리를 지를 때 자기가 생각지도 못하던 큰 소리가 자기의 폐와 성대를 과도로 떨리게 하며 나왔다.

안방에서 자던 엄영록이 이 소리에 깨었다. 굴속에 잠들었던 사자와 같이 그는 툭툭 털고 일어나 문밖을 내다보더니 한달음에 마루로 뛰어나와, 채 일복은 보지 못하고 어미의 떠는 것을 보고서,

"이게 웬일인고?"

하니까 어미는 그저 덜덜 떨면서 건넌방을 가리키며,

"저, 저."

할 뿐이다.

일복은 또 총을 엄영록에게 들이대며,

"너는 웬 짐승이냐? 이놈! 꿈적 말어. 죽고 싶거든 덤벼라!"

일복은 으레 그놈도 항복하려니 하였다. 그러고서 그 조그마한 여적의 자식쯤이야 그대로 꼼짝 못 하리라 하였더니, 일복의 예상은 틀리었다.

엄영록이란 담 크기로 동리에 유명한 놈이다. 그는 태연히 나서더니 한참이나 일복의 눈을 바라보다가 재빠르게 옆에 놓여 있는 방칫돌[5]을 들었다.

5 다듬잇돌.

양순은 방 한 귀퉁이에 서서 일복의 행동만 살핀다.

엄영록은 일복에게로 덤비어든다. 이것을 본 일복은 자기의 손에 그것을 보호할 만한 무기가 있는 것을 알기는 알면서 황망하고도 무서운 생각이 나서 총부리가 떨리기 시작하였다.

"어디 놔봐라! 놔!"
하고 소리를 지른다.

일복은 황급한 가운데 그놈의 팔을 향하여 한 방 놓았다. 팔에 들렸던 방칫돌은 쾅 하고 떨어지며, 떨면서 앉아 있는 어미의 가슴을 눌렀다.

"에구, 사람 살리우" 소리가 나더니 어미는 그 자리에 자빠졌다. 이것을 당한 엄영록은 붉은 피가 뚝뚝 듣는 팔로 옆에 찼던 장도를 빼어 들었다. 그러고서는 자기의 용기와 힘을 다하여 일복에게로 덤벼든다.

일복의 총부리는 떨린다. 그가 사람의 신음하는 소리와 또는 마룻바닥에 떨어져 흐르는 사람의 피를 볼 때 그의 몸이 아니 떨리는 곳이 없고 그의 눈길이 닿는 곳이 떨리지 않는 곳이 없었다. 그러나 자기의 목숨을 빼앗으려고 입을 벌리고 덤벼드는 엄영록을 볼 때 그는 총을 아니 놓을 수가 없었다. 그래서 함부로 자기의 정신을 다 차려 두 방을 놓았으나 밤중에 이슬 찬 공기를 울리는 총소리는 다만 담벼락을 뚫고서 지나 나갈 뿐이다.

일복은 엄영록에게 총부리를 잡혔다. 그러고서는 엄영록의 단도 쥔 손이 일복의 허리를 스치더니 일복은 정신없이 그 자리에 쓰러졌다.

엄영록은 칼을 마루에 내버리는 듯이 획 던지며,

"흥, 다 무엇이냐? 되지 않은 녀석! 총? 총이 무슨 일이 있어?"

양순은 일복이 넘어지는 것을 보더니 그대로 덤벼들어 얼싸안고서,

"여보세요, 일어나세요."

하면서 일복의 몸을 흔들어 죽은 데서 깨려 한다. 이것을 본 엄영록은,

"흥."

하고 비웃더니,

"얘, 그 정신없는 짓 좀 하지 마라. 죽었어, 죽어! 죽은 사람을 붙잡고 네가 암만 그러면 무엇하니?"

양순은 죽었다는 말에 실신이 되도록 놀라,

"에!"

하고서 자기 오라버니 한번 보고서 일복의 얼굴 한번 들여다보았다.

"오라버니."

"왜 그래?"

양순의 눈에서는 애소의 눈물이 떨어지며,

"이이를 다시 살려주세요."

"무어야? 허허, 죽은 사람을 다시 살려주어?"

"네! 살려주세요. 제가 할 말이 있어요."

엄영록은 핀잔주듯이,

"이 어리석은 계집년아! 그따위 생각 말고, 자! 송장이나 치워서 너의 오라비 죄나 벗게 해!"

"오라버니!"

양순은 두 손을 모으고 신명神明께 기도나 하는 듯이 자기 오라버니를 쳐다보면서,

"저이를 죽이지 마시고 나를 죽이셨드면 좋았을 것을……."

할 때 일복은 눈을 떴다. 그는 그때야 자기 옆구리가 아픔을 깨달았다. 그리고 고개를 돌이켜 옆을 볼 때 거기에는 양순이가 고개를 숙이고 울고 있었다.

그는 몸에 칼을 맞고서도 마음속에 어서어서 양순을 데리고 도망할 생각뿐이었다. 그래서 힘을 다하여 벌떡 일어서며,

"가! 어서 가!"

하고 양순의 손을 잡아끌려 할 때 그의 신경은 교란하여져서 눈에는 남폿불이 보이기도 하고 마당이 보이기도 하고 자빠진 양순 어미가 보이기도 한다. 그리고 그의 눈앞에 양순 어미의, 자빠진 늙은 계집의 히들히들한 살이 보일 때 그는 눈을 가리고 싶도록 무서웁게 더러웠었다. 그러고서는 죄 묻은 검은 남루를 누가 자기 몸 위에 씌워주는 것 같아서 그는 몸서리를 치고 벌벌 떨다가 그 어미가 으스스한 신음 소리를 내고서 뒤쳐누울 때 그는 미친 사람같이 무서운 웃음소리를 내면서 뒤로 물러섰다. 그러고서는 다섯 손가락을 벌리고서 그 어미를 뜯어먹을 듯이 들여다보다가 다시,

"양순! 가! 어서 가! 날이 밝기 전에!"

하며 연한 양순의 가는 팔을 잡아끈다.

"가! 가!"

양순은 아무 말 없이 일어서서 끄는 대로 끌려간다.

이 꼴을 서서 보고 있던 엄영록이라는 놈이 성큼 한 발자국 나

서면서 양순을 홱 뺏으면서,

"어디를 가?"

하고 가로 나선다.

"못 가!"

이 꼴을 당한 일복은 엄영록을 한참이나 바라보다가,

"엠."

하고 이를 악물며 덤빌 때 그의 전신을 맹화 같은 분노가 사르는 듯하였다.

"안 놓을 터이냐?"

일복은 엄영록의 팔을 잡고 양순을 빼앗으려 할 때 엄영록은 완강한 주먹으로 일복의 가슴을 탁 밀치는 바람에 일복은 그대로 건넌방 구석에 나자빠지자, 머리를 놓여 있던 총대에 맞아 눈앞에 번갯불이 번쩍하는 것 같고 정신이 없어 온 천지가 팽팽 내돌리며 콧속에서는 쇳내가 난다.

그는 한참 정신을 차리다가 다시 벌떡 일어나려 할 때 그의 방바닥을 짚으려는 손이 총부리를 만지게 되었다.

그럴 때 그는 무슨 신통한 도리를 발견한 듯이 속마음에 옳지 하는 생각이 났다. 그러고서 그 총을 들고 일어서려 할 때 귓결에 엄영록이란 놈이 양순의 팔을 끌며 "가자, 어서 가" 하며 "어머니를 일으켜야지" 하는 소리를 듣고서, 그는 다시 벌컥 분기가 치밀어 올라오며,

"에 이놈아, 어디를 가?"

하고 일어서자 한 방을 놓은 총소리와 함께 엄영록은 마루 끝에서 마당으로 굴러떨어졌다.

이것을 본 양순은 일복에게로 달려들었다. 그에게는 일복이 자기 오라버니 죽이는 것을 보고서 얼마나 일복이가 무서웠는지 알 수 없으나 그래도 그 무서움을 없이할 만큼 안전한 피난처는 일복밖에 없었다.

그러나 엄영록이 쓰러지는 것을 본 그 찰나에 일복의 머릿속에는 '살인!'이라는 소리가 들려오며 그는 혼자 속으로,

'인제는 정말 사람을 죽이었는가?'

하면서 덤벼드는 양순도 본체만체 그는 그대로 멀거니 섰다가 엄영록이 자빠진 것을 가까이 와서 들여다보더니,

"에!"

소리를 지르고 그 자리에 기절하다시피 놀라 자빠지더니, 다시 일어서서 고개를 돌이켜 양순을 보더니, 양순의 마음을 위로나 하는 듯이 빙긋 웃을 때 감출 수 없이 일어 나오는 무서운 마음은 그 웃음을 살인광이 사람의 피를 보고 웃을 때와 같이 음침하고도 으스스한 웃음을 만들었다. 그래도 일복은 두 눈에 피가 올라와 불같은 빛이 나는 눈망울로 양순을 보며,

"가야지! 어서 가! 남에게 들키기 전에."

양순은 아무 말도 못 하고 가만히 서 있다가,

"여보세요."

하며 일복을 애연하고도 떨리는 목소리로 부를 때,

"어서 가! 어서! 어서."

일복은 황망히 사면을 둘러보며 재촉을 할 제 그의 다리는 떨리었다. 그러나 양순은,

"저는 갈 수가 없어요."

하며 붙잡으려는 손을 피하여 몸을 이리로 돌이켰다.

"저는 가고 싶어도 할 수가 없거니와……."

하면서 속마음으로 생각하기를,

'저이는 진정으로 나를 사랑하지! 그러나 나는 저이를 사랑할 수는 없다. 내가 비록 저이를 잊지는 못한다 할지라도 내가 저이를 따라갈 수는 없지. 저이는 자기의 사랑하는 이를 죽게 한 이지? 그리고 우리 오라버니를 죽인 이지?'

한참 있다가 또다시 생각하기를,

'그렇지만 나는 저이 없이는 살 수가 없지.'

하고서 일복을 한참 또다시 보더니,

"저는 당신을 따라갈 수는 없어요."

할 때 피 묻은 허리를 한 손으로 쥔 일복은,

"무어야? 갈 수가 없어?"

"네! 저를 이 자리에서 저 우리 오라버니처럼 쳐 죽여주세요."

"안 될 말! 안 될 말이다!"

그는 미친 사람같이 소리를 지르더니,

"어서 가자! 어서 가!"

할 제 양순은 그 옆에 떨어진 일복의 피 묻은 칼을 집어 일복을 주며,

"여보세요, 제가 당신을 생각지 않는 것이 아니며 또는 같이 가기 싫어서 그런 것이 아닙니다. 저는 당신을 따라감보다도 당신의 칼에 죽기를 바랍니다."

그의 목소리는 비장하였다. 그리고 다시,

"나는 남의 사랑을 빼앗어 자기를 복스럽게 하기는 원치 않어

요. 당신을 위하여 죽은 이의 사랑을 빼앗으려 하지는 않아요."
하고는 떨어지는 눈물로써 발등을 적시다가 다시,

"자."
하고 칼을 내밀면서 일복을 향하여,

"당신께서도 무슨 결심이 계시겠지요."
하고서 속적삼을 풀어 헤친 양순의 젖가슴은 백옥같이 희다.

일복은 무의식하게 그 칼을 받아 들 때 그에게 모든 것이 절망인 것을 알았다. 그러고서는 그래도 맨 마지막 희망, 즉 양순을 데리고 사랑의 나라로 도망을 갈 줄 알았다가, 오늘에 그 사랑인 양순이가 가기를 거절할 때 그는 이를 악물었다. 그리고 "엥" 소리를 치고 온몸을 부르르 떨 때에는 모든 비분이 엉키고 덩지가 되어 나중에는 이 세상의 모든 것을 저주하고 싶은 동시에 그것을 참지 못하여 일어나는 본능적 잔인성이 그의 칼자루를 단단히 쥐게 하고서 절대의 자유로서 그의 생명을 좌우할 수 있는 양순이 자기 팔에 안기어서 흐트러진 머리카락이 창백한 이마를 어려 덮었고, 다시는 뜨지 않으리라고 결심한 두 눈이 비장하게 감기어 있으며 맺힌 마음으로 악물은 붉은 입술이 하얀 두 이 사이에 을크러지도록 물려 있어 자기의 전 생명을 바치고 있는 양순을 내려다볼 때 그는 자기의 모든 원망을 한꺼번에 몰아다가 한칼 끝에 모아 연약한 양순을 그대로 찌르려 하였다.

그러나 그가 눈을 감고 칼을 들어 양순의 가슴을 찌르려 하다가 그는 이런 것을 깨달았다.

누가? 남의 칼날에 말없이 자기 생명을 바치는 자이냐? 할 때 그는 모든 희열과 또는 애인에 대한 경건한 감사의 마음이 생기

면서 그는 다시 한 번 최후를 기다리는 양순을 안았다. 그러고서는 뜨거운 눈물이 떨어지면서,

"참사랑을 알 때에는 그 생生의 여유가 찰나를 두고 다투지 않지는 못하는가?"

그러고는 눈물이 어린 눈으로 자기의 손에 든 칼을 볼 때 멀리서 사람의 기척이 들렸다. 그는 황급한 마음이 다시 나서, 다시 눈을 감고 칼을 들어 양순의 심장을 향하여 힘껏 칼날이 쑥 들어갔을 정도로 찔렀을 때 자기 팔에 안긴 양순은 팔딱하더니 두 팔 두 다리에 힘을 잃었다. 그러나 그가 고개를 돌이키고 감히 바로 양순을 보지를 못할 때 자기 손에 피 묻은 것을 보았으나 그래도 양순이 어쩐지 참으로 죽은 것 같지가 않아서 또다시 한번 그의 가슴 정중을 내리 찔렀다. 이번에는 아까와 같이 손이 떨리지 않고 아까와 같이 지긋지긋하지가 않고 아까와 같이 감히 손이 내려가지 않지 않고 한 번에 내려갔다. 그의 칼이 양순의 가슴에 박혀 잠깐 바르르 떨 때에는 또 한 번 양순이가 몸을 팔딱하고 목구멍 속으로 연적硯滴에 들어가는 물방울 소리 같은 소리를 낼 적이다.

그는 칼을 잡아 빼었다. 흰 옥판에 붉은 피를 흘리는 듯이 새어 나온다. 그는 그것을 보고서 그래도 양순이 죽은 것 같지 않아 못 견디겠다. 이왕 죽여주면 완전히 죽여주어야지 하는 생각이 나면서 그는 또 칼을 들었다. 그리고 이번에는 아무 지긋지긋함이나 애처로움이나 참기 어려운 잔인성이 조금도 없고 대리석상을 쪼아내는 석공과 같이 아무 감정도 그는 깨닫지 못하였다. 그는 다시 그의 허리를 찔렀을 때 양순은 조금도 팔딱하지 않고 그

대로 곤포昆布 쪽같이 일복의 팔에 매달려 있을 뿐이었다. 일복은 그제야 양순이 죽은 것을 알은 듯이 마루 위에다 양순의 시체를 놓고서 그래도 연연한 정이 미진한 듯이 그의 팔과 그의 다리를 만져보았다.

그러자 또 한 번 수군수군하는 사람의 소리를 들었다. 그는 여태까지 잊었던 공포가 다시 일어나며 이리 허둥 저리 허둥 할 제 그는 혼자,

"살인을 했어! 예끼, 내가 살인을 하다니, 그렇지만 양순을 죽였지!"

중얼거리면서 부엌으로 툇마루로 왔다 갔다 하더니,

"그렇지! 그래!"

하고서 성냥을 득 긋더니 처마 끝과 나뭇더미에 불을 붙이고서는 미친 사람처럼 집 뒤를 돌았다. 그러자 사람 죽이는 것은 모르고, 달아나는 것만은 개란 놈이 쫓아오며 짖으매 그는 손에 들었던 칼로써 개란 놈의 허구리를 찔러 그대로 쓰러뜨리고 한걸음에 강 다리를 건넜을 때 그 모래톱에 쓰러졌다. 그는 다시 일어나 물가에 가서 물을 마시고 풍현風峴(바람뫼)을 올라섰다. 입에서 단내가 나고 허리가 끊어지는 듯하다. 땀은 온 전신에 폭포같이 흐른다.

그가 고개 마루턱에 올라서서 뒤를 돌아다보매 멀리 외로이 서 있는 양순의 집에는 불이 붙어 배암 혀 같은 불길이 이 귀퉁이 저 귀퉁이를 날름날름하고 있다.

이것을 본 일복은 뜯어 먹던 미끼의 흐른 피를 입 가장자리에 흘린 짐승처럼 잔인한 웃음을 크게 웃으면서,

"아! 악마의 전당! 요귀의 소굴! 내가 너를 불 지른 것이 아니다! 옛날의 소돔이 불에 탄 것같이 너의 운명이 너를 불에 타게 한 것이다."

그는 풍현을 넘어섰다. 굼실굼실한 산 그림자가 안동읍을 눈앞에 가려버렸다. 그는 달아나면서도 혼자 중얼거리기를,

"고운사로 가야지! 우일에게로!"

한달음에 송고개를 지나 다랫들[月坪]에 다다랐을 때 그는 다시 엎으러졌다. 그는 개울의 물을 마셔 정신을 차린 후에 다시 노루고개를 넘었다.

토각골을 지날 때는 아무리 흥분된 그일지라도 요귀의 토굴을 지나는 것같이 머리끝이 으쓱하여지지 않을 수가 없었다. 도적 많고 제일 무서웁기로 유명한 토각골을 지난 그는 토지동을 지나갈 제 먼 동리에서 닭이 울기를 시작하였다. 다시 톡갓재를 지날 때에 그는 그곳이 안동과 의성이 북남으로 경계되는 곳인 줄을 알고서, 자기 고향 의성을 바라보았다. 그는 거기에서 잠깐 다리를 쉬었다. 그는 땅 위에 누워서 하늘의 별을 쳐다보았다. 풀 냄새는 사면에서 코가 알싸하도록 나고 축축한 이슬은 홧홧 달아오르는 상처를 시원하게 식힌다. 그는 누워서 먼 창공에서 반짝이는 작고 큰 별들을 보다가 다시 벌떡 일어나며,

"어서 가야지. 어떻든 가고 보아야 한다."

그는 다시 풀 냄새를 맡을 수 있으며 다시 창공에 반짝이는 별들을 보지 못하리라고 생각지는 못하였다.

그가 다시 힘을 다하여 매기골에 왔을 때에는 멀리서 개가 짖는다. 그는 다시 지동골을 지나 고운사 어귀까지 와서, 안동서 여

기가 삼십 리, 겨우 세 시간에 왔다.

그가 여기가 고운사이지 할 때, 여태까지 참았던 신체의 맥이 풀리며 그대로 길바닥에 쓰러졌다. 땀과 피가 섞이어 붉고 누른 물이 온몸을 적시었다.

그는 다시 일어서려 하였다. 그러나 의식은 똑똑하나 일어서지를 못하였다. 그래 그는 넘어진 어린아이가 일으켜 주기를 기다리는 듯이 한참 고개를 숙이고 엎드렸을 때 때 없이 약한 마음이 자기 가슴으로 지나갈 때 그는 우일을 소리쳐 부르고 싶었다.

그는 다시 고개를 들어 나무가 우거진 틈으로 절집을 살필 때 옆에서 물 흐르는 소리를 듣고서 다시 산 듯이 벌떡 일어나려 하다가 다시 쓰러지려 할 때 그는 허리를 짚고서 꿋꿋이 버티고 섰다. 그리고 비슬비슬 걸어서 물소리를 찾아 물을 먹으러 시냇가로 갔다. 그는 그대로 엎드려 물을 마시었다. 두 모금 세 모금 물을 마신 후에 그는 고개를 들고 다시 일어나 양쪽의 나무가 홍예문을 튼 듯한 너른 길을 얼마인지 걸어와서 층계 돌을 모은 데 걸려 넘어져 이마가 깨지었다. 그리고 다시 한 층을 오르려다가 무릎을 벗기었다. 그는 또다시 일어서려 하였으나 일어서지를 못하고 그대로 쓰러져 몸을 이리 굴리고 저리 굴리며 고통에 신음을 하다가 다시 번듯이 누웠을 때 그는 생각하였다. 자기의 육체가 자기 의식을 행사치 못하니 아마 이제 나의 생명이 끊어질 시간이 가까웠나 보다. 그러면 나의 벗 우일도 만나보지도 못하고 이 자리에서 죽나 보다 할 때 암흑 속에서 우는 벌레의 소리들과 샘물의 중앙중앙 흐르는 소리가 바람 밑에서 살락살락하는 나뭇잎의 떠는 소리나 자기 손에 만져지는 가슬가슬한 모래들이나 또는 콧속에 맡이는 수기水氣 있는 흙냄새, 멀리서 자기의 임종을 못 하는 듯한 빼꾸기의 소리, 이 모든 것을 그는 이 몇 찰나 사이에 마지막 듣고 보지나 않는가 하였다.

그는 그것을 생각할 때,

'아니다, 마시막으로라도 우일을 만나야 한다.'

하고서 맨 나중 힘을 다하여 일어섰다. 그러고서 다시 저쪽 가운루가 어두컴컴한 속에 희미하게 보일 때 그는 그쪽을 향하여 달음질하려 하였으나 그의 다리는 힘없이 떨리고 그의 옆구리는 지구를 차고 가는 듯이 무거웠다. 그러나 그가 한 다리를 내어놓으려 할 때 바로 자기 눈앞에는 우일과 정희가 와서 섰다. 일복은,

"아, 우일 군!"

하고서 그의 가슴에 그대로 안기며 다시 옆에서 자기를 무서운 듯해하는 정희를 보고서,

"아! 정희?"

하고서 꿈이나 아닌가 하는 의아한 눈으로 그를 비킬 때,

"이게 웬일인가?"

하고 자기의 몸을 잡는 사람은 분명한 우일이었다.

그러나 너무나 의외 일에 그는 꿈이나 아닌가 하고서 두 사람의 얼굴을 물끄러미 들여다볼 때 정희도 그때야 알은 듯이,

"아! 일복 씨."

하고서 덤벼들려 하니까 일복은 다시 우일의 팔에 힘없이 턱 안기며,

"아! 정희의 환영이다! 환영이다!"

하면서 우일을 쳐다보며,

"우일 군! 정희의 환영! 저기 정희의 환영!"
하고서 아무 소리 없이 우일의 팔에서 실신을 해버렸다.

이 말을 들은 정희는 일복의 가슴에 엎드러지며,

"일복 씨! 저는 환영이 아니라 정체正體입니다. 저는 일복 씨의 아내인 정희입니다!"

우일은 일복을 무릎에 뉘었다. 그러고서 그의 얼굴과 피를 씻으며,

"이게 웬일인가?"
하고서 다시 그의 허리를 만지다가 다시 눈을 크게 뜨며 깜짝 놀라면서,

"이 사람아 어디서 칼에 맞었으니 도적을 만났는가?"
하고 십 분이나 넘게 주물렀을 때 일복은 겨우 눈을 떠 우일을 보며 입속에서 잘 나오지도 않는 소리로,

"여보게 나, 나는 사람을 죽였네!"

우일은,

"응? 무어야?"
하며 사면을 둘러보고서,

"그래 어떻게, 무슨 일로?"

"나는 나의 애인을 죽였다! 그러나 나는 죽지를 않았다. 그러나 그때는 가까웠다."
하고서,

"여보게, 나의 가슴을 좀 문질러주게."
하고서는 그의 눈에서는 눈물이 비 오듯 하였다. 그러나 그의 목소리는 점점 풀이 죽어지며,

"나의 눈물은 우리 정다운 친구를 마지막으로 작별하는 눈물이다!"

우일의 눈에서도 눈물이 나왔다. 정희는 또다시 일복을 잡으며,

"일복 씨! 저에게 다만 한마디 말씀이라도 아내라고 불러주세요!"

할 때 일복은 다시 정희를 물끄러미 바라보더니 고개를 내두르며,

"환영은 언제든지 환영! 죽은 정희의 환영! 죽음을 찰나 앞에 둔 나로서도 그런 어리석은 짓은 하지 못하겠다……."

하고서 우일의 팔에 힘 있게 몸을 비틀 때 심장의 고동은 정지하고 말았다.

—《청춘》, 조선도서주식회사, 1926.

나도향 연보

1902년　음력 3월 30일 서울에서 아버지 나성연과 어머니 김성녀 사이에 7남매 중 장남으로 태어남. 본명은 경손, 호는 도향, 필명은 빈.

1909년　공옥보통학교에 입학.

1914년　배재학당에 입학. 교우지 편집 등 문예 활동을 함.

1918년　배재고등보통학교 졸업. 경성의학전문학교에 입학했으나 의학 공부보다는 시와 소설에 몰두함.

1919년　와세다 대학 영문과에 입학하기 위해 일본으로 건너갔으나 본국에서 송금이 끊겨 되돌아옴.

1920년　경북 안동에서 약 1년간 보통학교 교사로 근무함. 중편소설 〈청춘〉을 씀.

1921년　경성청년구락부 기관지인 〈신청년〉 편집에 관여. 현진건·이상화 등과 〈백조〉를 창간함. 단편소설 〈계영의 울음〉 〈나는 참으로 몰랐다〉 〈나의 과거〉 〈박명한 청년〉 〈추억〉 〈출학〉 등을 발표함.

1922년　단편소설 〈별을 안거든 우지나 말걸〉 〈옛날 꿈은 창백하더이다〉 〈젊은이의 시절〉 등을 발표함. 장편소설《환희》를 〈동아일보〉에 연재.

1923년　조선도서에서 일함. 단편소설 〈당착〉 〈속 모르는 만년필 장사〉 〈십칠 원 오십 전〉 〈여이발사〉 〈은화·백동화〉 〈춘성〉 〈행랑 자식〉 등을 발표함.

1924년　시대일보에서 일함. 단편소설 〈자기를 찾기 전〉 〈전차 차장의 일기 몇 절〉 등을 발표함.

1925년 두 번째 장편소설《어머니》를 〈시대일보〉에 연재. 대표작으로 꼽히는 단편소설 〈벙어리 삼룡이〉 〈뽕〉 〈물레방아〉 외에 〈J 의사의 고백〉 〈계집 하인〉 〈꿈〉 등을 발표함. 다시 일본으로 건너갔으나 폐병을 앓음.

1926년 6월 초에 귀국. 단편소설 〈피 묻은 편지 몇 쪽〉 〈지형근〉 등 발표. 〈화염에 싸인 원한〉을 〈신민〉에 연재하던 중 8월 26일 폐병으로 사망. 중편소설《청춘》 출간.

1939년 장편소설《어머니》 출간.

27

나도향 중단편전집

벙어리 삼룡이

초판 1쇄 인쇄 2015년 7월 20일
초판 1쇄 발행 2015년 7월 27일

지은이 나도향
펴낸이 이범상
펴낸곳 (주)비전비엔피 · 애플북스

기획 편집 이경원 박월 윤자영 강찬양
디자인 최희민 김혜림 이미숙
마케팅 한상철 이재필 김희정
전자책 김성화 김소연
관리 박석형 이다정

주소 121-894 서울특별시 마포구 잔다리로7길 12 (서교동)
전화 02) 338-2411 | **팩스** 02) 338-2413
홈페이지 www.visionbp.co.kr
이메일 visioncorea@naver.com
원고투고 editor@visionbp.co.kr

등록번호 제313-2007-000012호

ISBN 979-11-86639-01-6 04810

· 값은 뒤표지에 있습니다.
· 잘못된 책은 구입하신 서점에서 바꿔드립니다.

「이 도서의 국립중앙도서관 출판시도서목록(CIP)은 서지정보유통지원시스템 홈페이지(http://seoji.nl.go.kr)와 국가자료공동목록시스템(http://www.nl.go.kr/kolisnet)에서 이용하실 수 있습니다.(CIP제어번호: CIP2015016616)」